DEANNA RAYBOURN

Der Himmel über Afrika

Roman

Ins Deutsche übertragen von
Anja Mehrmann

LYX
EGMONT

Die Originalausgabe erschien 2013 unter dem Titel A Spear of Summer Grass bei Harlequin MIRA, Don Mills, Ontario, Kanada.

Deutschsprachige Erstausgabe Oktober 2015 bei LYX
verlegt durch EGMONT Verlagsgesellschaften mbH,
Gertrudenstraße 30–36, 50667 Köln

1. Auflage
Redaktion: Susanne Kregeloh
Satz: Greiner & Reichel, Köln
Printed in Germany (670421)
ISBN 978-3-7363-0041-5

www.egmont-lyx.de

Für Valerie Gray, begnadete Lektorin
und Zauberkünstlerin. Die Begegnung mit ihr
hat mich zu einer besseren Schriftstellerin gemacht.

1

Glauben Sie die Geschichten nicht, die Sie über mich gehört haben. Ich habe nie jemanden umgebracht, und ich habe auch nie einer anderen Frau den Ehemann weggenommen. Na ja, wenn ich einen unbeaufsichtigt herumliegen sähe, würde ich vielleicht draufspringen, aber ich habe mir nie einen genommen, der nicht genommen werden wollte. Und ich hatte nie vor, nach Afrika zu gehen. Daran ist nur das Wetter schuld. Es war ein scheußlicher Tag in Paris, grau und düster und verregnet, als ich zur Suite meiner Mutter ins Hôtel de Crillon gerufen wurde. Zu diesem Anlass hatte ich mich sorgfältig gekleidet, nicht weil Mossy das etwas bedeutet hätte – meine Mutter ist in solchen Dingen merkwürdig schnörkellos. Aber ich wusste, in schicken Kleidern würde ich mich besser fühlen angesichts der Tortur, die mich erwartete. Also zog ich ein göttliches kleines Kleid von Molyneux aus scharlachroter Seide an, setzte den dazu passenden Glockenhut auf, krönte das Ganze mit einer pfiffigen Chinchillastola und verließ meine Suite. Dann stieg ich in den Aufzug und fuhr die zwei Stockwerke zu ihrer Zimmerflucht hinauf.

Das schwedische Dienstmädchen meiner Mutter öffnete mit mürrischem Blick die Tür.

»Guten Tag, Ingeborg. Ich hoffe, es geht Ihnen gut?«

Der Blick wurde noch mürrischer. »Ihre Mutter ist besorgt um Sie«, sagte sie kühl. »Und ich mache mir Sorgen um Ihre Mutter.« Schon vor meiner Geburt hatte Ingeborg sich Sorgen um meine Mutter gemacht. Die Tatsache, dass ich eine Steißgeburt war, reichte ihr, um mich für immer in Ungnade fallen zu lassen.

»Ach, regen Sie sich nicht auf, Ingeborg. Mossy ist stark wie ein Ochse. Alle in ihrer Familie sind mindestens hundert geworden.«

Erneut warf Ingeborg mir einen finsteren Blick zu und führte mich ins Wohnzimmer der Suite. Mossy war dort, natürlich, und hielt inmitten einer Gruppe von Gentlemen Hof. Das war nichts Neues. Seit ihrem Debüt in New Orleans ungefähr dreißig Jahre zuvor hatte es ihr nie an männlicher Aufmerksamkeit gefehlt. Sie stand in Reitkleidung vor dem Kamin, einen Ellbogen auf den marmornen Kaminsims gestützt, und ließ beim Reden eine Wolke Zigarettenrauch ausströmen.

»Aber das ist doch nicht möglich, Nigel. Es tut mir leid, aber das geht einfach nicht.« Sie stritt sich mit ihrem Ex-Ehemann, doch man musste sie gut kennen, um das zu merken. Mossy hob niemals die Stimme.

»Was geht nicht? Hat Nigel dir einen skandalösen Vorschlag gemacht?«, fragte ich hoffnungsvoll. Alle Männer drehten sich gleichzeitig zu mir um, und Mossy verzog den Mund zu einem breiten Grinsen.

»Hallo, mein Liebling. Komm her und gib mir einen Kuss.« Ich tat wie mir befohlen und küsste sie rasch auf die gepuderte Wange. Aber nicht rasch genug. Sie kniff mich heftig, als ich mich abwandte. »Du warst ungezogen, Delilah. Zeit, die Zeche zu bezahlen, Liebling.«

Ich blickte mich in dem Raum um und lächelte die Gentlemen nacheinander an. Nigel, mein ehemaliger Stiefvater, war ein rundlicher Engländer mit rötlicher Gesichtsfarbe und einem Herzleiden, und in diesem Augenblick sah er aus, als wäre er vor zehn Minuten gestorben. Dass auch Quentin Harkness anwesend war, machte mich glücklich, und ich stellte mich auf die Zehenspitzen, um ihn zu küssen. Wie Mossy hatte auch ich mein Teil an ehelichen Missgeschicken abbekommen. Quentin war der zweite. Er war ein schrecklicher Ehemann, aber als Ex ist er traumhaft und als Rechtsanwalt sogar noch besser.

»Wie geht es Cornelia?«, fragte ich ihn. »Und den Zwillingen? Können sie schon laufen?«

»Ja, in der Tat, seit letztem Monat. Und Cornelia geht es gut, danke«, sagte er höflich. Ich hatte nur aus Höflichkeit gefragt, und das wusste er. Cornelia war vor unserer Hochzeit mit ihm verlobt gewesen, und sie hatte sich ihn zurückgeholt, noch bevor die Tinte auf unseren Scheidungspapieren getrocknet war. Ihre Kinder aber waren goldig, und es freute mich, dass er offenbar glücklich war. Aber Quentin war Engländer. So war es meistens schwer zu erraten, was er wirklich empfand.

Ich beugte mich vor. »Stecke ich in großen Schwierigkeiten?«, flüsterte ich. Er neigte sich zu mir herab, sein Mund streifte kaum spürbar den Rand meines Bubikopfes.

»In ziemlich großen.«

Ich zog eine Schnute und nahm Platz auf einem der zerbrechlich wirkenden Sofas, die überall im Raum verteilt standen. Dann kreuzte ich artig die Knöchel, genau wie mein Benimmlehrer es mir beigebracht hatte.

»Wirklich, Miss Drummond, ich glaube, Sie sind sich des Ernstes der Lage nicht bewusst«, fing Mossys englischer Anwalt an. Ich versuchte angestrengt, mich an seinen Namen zu erinnern. Weatherby? Enderby? Endicott?

Ich lächelte breit und stellte die beträchtliche Summe unter Beweis, die Mossy in meine kieferorthopädische Behandlung investiert hatte.

»Ich versichere Ihnen, er ist mir bewusst, Mr –« Ich brach mitten im Satz ab und sah die Andeutung eines Lächelns über Quentins Gesicht huschen. Zum Teufel mit ihm. So ruhig wie möglich fuhr ich fort: »Das heißt, ich bin mir ziemlich sicher, dass am Ende alles wieder in Ordnung kommt. Natürlich habe ich die Absicht, Ihre ausgezeichneten Ratschläge zu berücksichtigen.« Diesen besonders besänftigenden Ton hatte ich von Mossy gelernt. Im Allgemeinen wandte sie ihn bei Pferden an, aber ich hatte festgestellt, dass er bei Männern genauso gut funktionierte. Vielleicht sogar noch besser.

»Dessen bin ich mir ganz und gar nicht sicher«, erwiderte Mr Weatherby. Oder vielleicht auch Mr Endicott. »Ihnen ist doch sicher bewusst, dass die Familie des verstorbenen Prinzen mit rechtlichen Schritten droht, um wieder in den Besitz der Volkonsky-Juwelen zu gelangen?«

Ich seufzte und durchsuchte meine Handtasche nach einer Sobranie-Zigarette. Als ich die Zigarette in die lange Spitze aus Elfenbein gesteckt hatte, waren Quentin und Nigel schon bei mir, um mir Feuer zu geben. Ich ließ zu, dass beide mir die Zigarette ansteckten – es gehört sich nicht, jemanden zu bevorzugen –, und blies einen raffinierten kleinen Rauchring aus.

»Oh, das ist famos«, sagte Mossy. »Du musst mir zeigen, wie das geht.«

»Du machst es mit der Zunge«, sagte ich. Quentin verschluckte sich fast, doch ich wandte mich Mr Enderby zu und blickte ihn aus weit aufgerissenen Augen an. »Misha hatte keine Familie«, erklärte ich. »Seine Mutter und seine Schwestern haben mit ihm Russland während der Revolution verlassen, aber sein Vater und sein Bruder waren bei der Weißen Armee. Sie und alle anderen männlichen Familienmitglieder sind in Sibirien getötet worden. Misha ist nur entkommen, weil er zu jung zum Kämpfen war.«

»Da wäre die Gräfin Borghaliev«, hob er an, doch ich winkte ab.

»Feathers! Die Gräfin war Mishas Gouvernante. Sie mag zwar zur Familie gehören, ist aber nur eine Cousine, und eine sehr entfernte noch dazu. Gewiss hat sie keinerlei Anrecht auf die Volkonsky-Juwelen.« Und selbst wenn sie eines gehabt hätte – ich hatte nicht die Absicht, auf die Juwelen zu verzichten. Die ursprüngliche Kollektion war im Verlauf von mehr als drei Jahrhunderten zusammengestellt worden, und sie war alles, was die Volkonskys mitgenommen hatten, als sie flohen. Mishas Mutter und seine Schwestern hatten sie aus Russland hinausgeschmuggelt, indem sie den Schmuck in ihre Kleider eingenäht hatten, jedes Stück einzeln, außer dem größten. Den Kokotchny-Smaragd hatte Mishas Mutter an einer unaussprechlichen Stelle versteckt, und auch wenn es nie jemand erwähnt hat, bin ich überzeugt davon, dass ihr Gang ein wenig merkwürdig ausgesehen haben muss, als sie ihr Vaterland verließ. Sie hatte angenommen – zu Recht, wie sich herausstellte –, dass die Beamten sich scheuen würden, an einer solch intimen Körperstelle zu suchen, und nach einer gründlichen Wäsche glänzte der Smaragd so strahlend wie immer, mit all seinen achtzig Karat. Das war jedenfalls die offizielle Geschichte der Juwelen. Ich wusste manches, was nicht in den Zeitungen stand, Dinge, die Misha mir als seiner Ehefrau anvertraut hatte. Und eher hätte ich mein eigenes Haar in Brand gesteckt als zuzulassen, dass dieses boshafte alte Weib die Wahrheit erfuhr.

»Das mag stimmen«, sagte Mr Endicott mit strenger Miene, »aber sie redet mit der Presse. Kurz nach dem Selbstmord des Prinzen und angesichts Ihrer recht laschen Art zu trauern ergibt das Ganze ein ziemlich geschmackloses Bild.«

Ich blickte Quentin an, doch der betrachtete eingehend seine Fingernägel, ein alter Trick, der bedeutete, dass er nichts sagen würde, bevor er nicht dazu bereit war. Und der arme Nigel sah aus, als hätte er Magenschmerzen. Nur Mossy wirkte empört, und ich lächelte, um ihr zu zeigen, dass ich ihre Unterstützung zu schätzen wusste.

»Es gibt keinen Grund, darüber zu lachen, Liebling«, sagte sie, drückte ihre Zigarette aus und zündete sich eine neue an. »Weatherby hat recht. Es ist eine schwierige Situation. Gerade jetzt kann ich es nicht gebrauchen, dass man deinen Namen in den Dreck zieht. Und Quentins Kanzlei läuft sehr gut. Glaubst du, er würde sich freuen, wenn sich um seine Exfrau ein Skandal zusammenbraut?«

Ich blickte sie aus schmalen Augen an. »Liebes, was meinst du damit, dass du es nicht gebrauchen kannst, wenn mein Name gerade jetzt durch den Dreck gezogen wird? Was geht bei dir vor?«

Mossy sah Nigel an, der im Sessel ein wenig das Gewicht verlagerte. »Mossy ist zur Hochzeit des Duke of York mit Lady Elizabeth Bowes-Lyon eingeladen, die diesen Monat stattfindet.«

Ich blinzelte. Die Hochzeit jenes Mannes, der in der Thronfolge an zweiter Stelle stand, war *das* gesellschaftliche Ereignis des Jahres, und für Mossy hätte es eigentlich die Grenzen des Erlaubten überschreiten müssen. »Die Queen empfängt keine geschiedenen Frauen. Wie in aller Welt hast du das geschafft?«

Mossys Lippen wurden schmal. »Es ist ein privater Anlass, nicht bei Hof«, berichtigte sie. »Außerdem weißt du, dass ich den Strathmores von jeher sehr zugetan bin. Die Countess ist eine meiner allerliebsten Freundinnen. Es ist schrecklich liebenswürdig von ihnen, dass sie mich zum großen Tag ihrer Tochter einladen, und ich darf sie auf keinen Fall mit irgendwelchen *Gerüchten* in Verlegenheit bringen.«

Aha, *Gerüchte.* Diese schönfärbende Umschreibung, die ich

seit meiner Kindheit kannte, der Fluch über meiner Existenz. Ich dachte daran, wie oft wir umgezogen waren, von England nach Spanien, nach Argentinien, nach Paris, und jedes Mal war uns das Gespenst des Geredes auf den Fersen. Mossys Liebesaffären und ihre geschäftlichen Unternehmungen waren legendär. Schon zum Frühstück konnte sie mehr Skandale verursachen als die meisten Frauen in ihrem ganzen Leben. Sie war überlebensgroß, meine Mossy, und während sie dieses sehr große Leben lebte, hatte sie aus Versehen und nebenbei etliche Leute mit ihren zierlichen Schuhen in Größe achtunddreißig zertreten. Sie hatte das nie verstanden, auch jetzt nicht. Sie stand in einer Hotelsuite, die pro Nacht mehr kostete, als die meisten Leute in einem Jahr verdienten, und sie konnte dafür mit dem Kleingeld zahlen, das sie noch in den Taschen hatte. Doch sie würde niemals verstehen, dass sie andere geschädigt hatte, um so weit zu kommen.

Natürlich merkt sie es sofort, wenn *ich* etwas Falsches tue, dachte ich gereizt. Wenn eine ihrer Ehen scheiterte, konnte sie nichts dafür, aber wenn ich mich scheiden ließ, dann lag das daran, dass ich mir nicht genug Mühe gab oder nicht wusste, wie eine Ehefrau sich zu verhalten hat.

»Hör auf zu schmollen, Delilah«, befahl sie. »Du bist viel zu alt, um einen Flunsch zu ziehen.«

»Ich ziehe keinen Flunsch«, erwiderte ich und klang dabei ungefähr wie vierzehn. »Wissen Sie, Mr Weatherby, die Leute verstehen meine Beziehung zu Misha einfach nicht. Unsere Ehe war vorbei, lange bevor er sich eine Kugel in den Kopf gejagt hat.« Mr Weatherby zuckte sichtlich zusammen. Ich versuchte es noch einmal. »Für Misha war es keine Überraschung, dass ich mich scheiden lassen wollte. Und dass er sich sofort nach dem Erhalt der Scheidungspapiere umgebracht hat, ist nicht meine Schuld. An dem Morgen habe ich Misha sogar noch gesehen und ihm gegenüber betont, dass alles ganz anständig zugehen sollte. Ich bin mit all meinen Ehemännern befreundet.«

»Ich bin der einzige, der noch lebt«, warf Quentin ein – nach meinem Dafürhalten allerdings wenig hilfreich.

Erneut streckte ich ihm die Zunge heraus und wandte mich wieder an Mr Weatherby. »Was die Juwelen angeht: Mishas Mutter und seine beiden Schwestern sind 1919 an der Spanischen Grippe gestorben, bei der Epidemie. Er hat den gesamten Schmuck geerbt und ihn mir zur Hochzeit geschenkt.«

»Dass der Schmuck an ihn zurückgegeben wird, war Teil der Scheidungsvereinbarung«, gab Weatherby zu bedenken.

»Es gab aber keine Scheidung«, sagte ich triumphierend. »Misha hat die Papiere nicht unterzeichnet, bevor er sich die Kugel gegeben hat. Darum bin ich offiziell Witwe und habe ein Anrecht auf das Vermögen meines Ehemannes, denn er ist gestorben, ohne ein Testament oder Nachkommen zu hinterlassen.«

Mr Weatherby zog ein Taschentuch heraus und wischte sich über die Brauen. »Wie dem auch sei, Miss Drummond, die ganze Angelegenheit wird in der Presse sehr unvorteilhaft dargestellt. Wenn Sie in dieser Angelegenheit ein wenig veschwiegener sein könnten, vielleicht Trauer tragen oder Ihren rechtmäßigen Namen benutzen könnten.«

»Delilah Drummond *ist* mein rechtmäßiger Name. Ich habe nie den Namen oder den Titel eines Mannes angenommen, und das werde ich auch niemals tun. Ehrlich gesagt finde ich, dass es ein bisschen zu spät ist, um mich Fürstin Volkonsky zu nennen.« Quentin zuckte leicht zusammen, doch ich sah darüber hinweg. Tatsächlich hatte ich erlebt, wie Mossy ihren Namen öfter gewechselt hatte, als ich Finger an einer Hand habe, und das war schrecklich wegen der Tischwäsche und des Tafelsilbers. Viel vernünftiger, bei einem einzigen Monogramm zu bleiben. »Das ist ein dummer, altmodischer Brauch«, fuhr ich fort. »Ihr Männer habt uns die letzten viertausend Jahre gezwungen, unsere Namen zu ändern. Warum machen wir es nicht einfach andersherum? In den nächsten paar Jahrtausenden nehmt ihr unsere Namen an, und dann sehen wir mal, wie euch das gefällt.«

»Gebiete ihr Einhalt, bevor sie richtig in Fahrt kommt«, sagte Mossy zu Nigel. Sie hasste es, wenn ich über Frauenrechte sprach.

Nigel beugte sich in seinem Sessel vor, ein freundliches Lächeln lag auf seinem liebenswürdigen Gesicht. »Meine Liebe, du weißt, dass dir immer meine besondere Zuneigung gegolten hat. Für mich bist du wie eine Tochter.«

Ich erwiderte das Lächeln. Nigel war immer mein Lieblingsstiefvater gewesen. Seine erste Frau hatte ihm zwei stumpfsinnige Söhne geschenkt, und sie waren schon im Internat, als er Mossy heiratete und wir mit ihm auf seinen Landsitz zogen. Er hatte es genossen, zum ersten Mal ein Mädchen um sich zu haben, und er hat mich nie belästigt, wie es einige andere Stiefväter getan haben. Ein paar hatten sogar versucht, den Vater für mich zu spielen, hatten sich in meine Schulausbildung eingemischt, die Gouvernanten mit Fragen darüber gequält, was ich aß und welche Fortschritte mein Französisch machte. Nigel kümmerte sich einfach um seine Angelegenheiten, und er ließ mir freie Bahn in der Bibliothek und der Küche, wie es mir gerade gefiel. Wenn er mich sah, tätschelte er mir voller Zuneigung den Kopf und fragte mich, wie es mir ging, bevor er wieder verschwand, um sich um seine Orchideen zu kümmern. Er brachte mir Reiten und Schießen bei und wie man beim Pferderennen auf Sieg setzte. Ich habe es ziemlich bedauert, als Mossy ihn verließ, aber es war typisch für Nigel, dass er sie kampflos ziehen ließ. Ich war fünfzehn, als wir unsere Sachen packten, und am letzten Morgen, als Kisten und Koffer verschlossen und im Hausflur gestapelt wurden und es im Haus schon auf eine Art hallte, die mir nur allzu vertraut war, fragte ich ihn, wie er sie einfach so gehen lassen konnte. Er lächelte sein trauriges Lächeln und sagte, dass er sich bei seinem Heiratsantrag auf einen Handel eingelassen habe. Er habe ihr versprochen, dass er ihr – falls sie ihn heiratete – nicht im Weg stehen würde, sollte sie eines Tages ihre Meinung wieder ändern. Vier Jahre lang war sie bei ihm geblieben – zwei Jahre länger als bei irgendeinem anderen Mann. Ich hoffte, dass ihn das ein wenig trösten würde.

Nigel fuhr fort: »Wir haben lange darüber diskutiert, Delilah, und wir sind übereingekommen, dass es das Beste für dich ist, wenn du dich ein wenig aus der Öffentlichkeit zurückziehst. Du siehst dünn und blass aus, meine Liebe. Ich weiß, für die Schönheiten der feinen Gesellschaft ist das heutzutage modern«, fügte er mit einem wehmütigen Schimmer in den Augen hinzu, »aber ich würde dich so gern wieder mit rosigen Wangen sehen.«

Zu meinem Entsetzen spürte ich, dass mir die Tränen kamen. Ich fragte mich, ob ich vielleicht eine Erkältung ausbrütete. Heftig blinzelnd wandte ich den Blick ab.

»Das ist sehr freundlich von dir, Nigel.« Es *war* liebenswürdig, aber das hieß noch lange nicht, dass er mich überzeugt hatte. Mit neuer Entschlossenheit drehte ich mich um.

»Weißt du, ich habe die Zeitungen gelesen. Diese Borghaliev hat bereits ihr Schlimmstes getan. Sie ist eine kleingeistige, gemeine Kreatur, und sie verbreitet kleingeistigen, gemeinen Klatsch, den nur kleingeistige, gemeine Leute hören wollen.«

»Du sprichst von der feinen Gesellschaft von Paris, Liebes«, warf Mossy ein. »Und von London. Und New York.«

Ich zuckte die Achseln. »Was andere von mir denken, interessiert mich nicht.«

Mossy hob resigniert die Hände und machte Anstalten, sich eine weitere Zigarette anzuzünden, doch Quentin beugte sich vor und sagte leise zu mir: »Ich kenne diesen Blick, Delilah, diesen Blick einer Eiskönigin, der bedeutet, dass du glaubst, über all dies erhaben zu sein und dass nichts davon dich berühren kann. Denselben Blick hattest du, als die Gesellschaftsreporter sich vor Begeisterung überschlugen, weil sie über unsere Scheidung schreiben konnten. Aber ich fürchte, diesmal wird diese Haltung edelmütigen Leidens nicht ausreichen. Es ist nämlich die Rede davon, Druck auf die Behörden auszuüben, damit sie offizielle Ermittlungen einleiten.«

Ich zögerte. Das war allerdings etwas anderes. Offizielle Ermittlungen würden unschön und zeitaufwendig werden, und die Presse würde sich darauf stürzen wie eine durstige Katze auf einen Napf Milch.

Quentin fuhr fort, und seine Stimme wurde beschwörend, als er seinen Vorteil zu nutzen versuchte. Er wusste immer, wann er mich am Haken hatte. »Das Wetter hier ist scheußlich, und ich weiß doch, wie sehr du die Kälte hasst. Warum verreist du nicht einfach, der Sonne entgegen, und überlässt alles mir? Deine französischen Anwälte und ich können sie bestimmt überzeugen, die Sache fallenzulassen, aber das wird ein bisschen dauern. Warum verbringst du die Zeit nicht irgendwo in der Sonne?«, fügte er mit derselben honigsüßen Stimme hinzu. Diese Stimme war sein größter Vorzug, sowohl als Anwalt als auch als Liebhaber. Mit dieser Stimme hatte er mich an dem Abend, an dem wir uns kennenlernten, zum Nacktbaden im Gartenteich des Bischofs von London überredet.

Doch er warf Mossy vielsagende Seitenblicke zu, und ich sah, wie ihre Lippen schmal und die Fingerknöchel der Hand, in der sie ihre Zigarette hielt, weiß wurden. Sie war weitaus besorgter, als sie zugab, doch irgendwie hatte Quentin sie davon überzeugt, dass sie es ihm überlassen sollte, mit mir fertigzuwerden. Sie fixierte das schwarze Seidenband, das ich mir um das Handgelenk gebunden hatte. In der Schickeria hatte ich damit so etwas wie eine Mode begründet. Andere Frauen mochten Bänder aus Spitze oder Satin tragen, die zu ihren Ensembles passten, doch ich trug nur Seide und nur Schwarz, und Mossy konnte den Blick nicht von diesem Streifen Stoff abwenden, als ich mit dem Finger darüber rieb.

Ich nahm noch einen tiefen Zug von meiner Zigarette, und Mossy verlor endgültig die Geduld mit mir.

»Hör auf herumzuspielen, Delilah.« Ihre Stimme klang schrill, und sogar sie selbst merkte es. Sie mäßigte den Ton und redete mit mir, als wäre ich ein Pferd, das sie beruhigen müsste. »Darling, ich wollte es dir eigentlich nicht sagen, aber ich fürchte, dir bleibt in dieser Sache keine Wahl. Heute Morgen habe ich ein Telegramm von deinem Großvater bekommen. Es scheint, dass sich der Klatsch und Tratsch der Gräfin Borghaliev weiter herumgesprochen hat als nur in den Cafés von Paris. Es stand sogar im *Picayune*. Momentan ist er sehr wütend auf dich.« Das konnte ich mir ohne Weiteres vorstellen. Mein Großvater – Colonel Beauregard L'Hommedieu von der *9th Louisiana Confederate Cavalry* – war der wildeste Kreole, den New Orleans je gesehen hatte, doch von den Frauen seiner Familie erwartete er manierliches Betragen. Mit mir und Mossy hatte er da kein Glück gehabt, doch es bereitete ihm keine Mühe, den Geldhahn nach Belieben auf- oder zuzudrehen, um seinen Willen durchzusetzen.

»Wie wütend?«

»Er hat gesagt, wenn du nicht verschwindest, ohne Aufsehen zu erregen, streicht er dir die finanzielle Zuwendung.«

Ich drückte meine Zigarette aus und verstreute Asche auf dem weißen Teppich. »Aber das ist Erpressung!«

Mossy zuckte mit den Schultern. »Es ist sein Geld, Liebling. Er kann damit genau das tun, was er will. Was du von deinem Großvater bekommst, gibt er dir nach Belieben, und zurzeit beliebt es ihm nach ein wenig mehr Diskretion deinerseits.« Damit hatte sie recht. Der Colonel hatte sein Testament bereits aufgesetzt, und Mossy und ich kamen darin nicht vor. Er verfügte über ein beträchtliches Vermögen – Stadthäuser im French Quarter, gewerbliche Immobilien am Mississippi, Rinderfarmen und Baumwollfelder und dazu sein Kronjuwel, Reveille, die Zuckerplantage an der Stadtgrenze von New Orleans. Und jeden Morgen Land, jedes Rind und jede Baumwollkapsel würde sein Neffe bekommen. Es hatte seinen Preis, verrufen zu sein, und Mossy und ich würden ihn zahlen müssen, wenn der Colonel eines Tages starb. In der Zwischenzeit war er ziemlich großzügig mit Zuwendungen, doch er gab niemals etwas, ohne eine Gegenleistung zu erwarten. Je besser wir uns benahmen, desto mehr erhielten wir. In dem Jahr, in dem ich mich von Quentin scheiden ließ, hatte ich keinen Cent von ihm gesehen, doch danach hatte er sich wieder freigebig gezeigt. Dennoch war es ein wenig ermüdend, den Zug seiner Leine über fünftausend Kilometer hinweg zu spüren.

Ich merkte, dass meine Laune sich wieder verschlechterte. »Das Geld des Colonels ist nicht alles.«

»Aber fast«, murmelte Quentin. Es hatte ihn beinahe ein Jahr gekostet, das Durcheinander der Erbschaften, Pensionen, Unterhaltszahlungen und sonstiger Zahlungen zu entwirren, aus denen meine Finanzen bestanden. Ein weiteres Jahr hatte er gebraucht, um sich zu erklären, auf welche Weise ich stets weit mehr ausgab, als ich besaß. Mit seiner Hilfe und ein paar geschickten Investitionen hatte ich es annähernd wieder in die schwarzen Zahlen geschafft. Der Großteil meines Einkommens diente noch immer dazu, die letzten Gläubiger zu befriedigen, und es würde noch lange dauern, bis ich wieder eine nennenswerte Rendite erzielen würde. Die Zuwendungen des Colonels ermöglichten mir Kleider aus Paris und Urlaub in St. Tropez. Ohne sie würde ich sparen müssen – etwas, das mir vermutlich nicht besonders gefallen würde.

Erneut wandte ich den Blick ab und sah aus dem Fenster, beobachtete, wie der Regen gegen das Glas schlug. Es war trostlos dort draußen, genau wie in England. Die letzten Monate des Jahres 1922 waren bedrückend gewesen, und 1923 kündigte sich mit kaum besserem Wetter an. Egal, wo ich hinging, es war grau und öde. Während ich zusah, verwandelten die Regentropfen sich in Graupel und prasselten heftig gegen das Glas. Himmel, dachte ich niedergeschlagen, warum kämpfe ich eigentlich darum, *hier* bleiben zu können?

»Also gut. Ich gehe«, sagte ich schließlich.

Mossy seufzte erleichtert, und sogar Weatherby wirkte ein kleines bisschen glücklicher. Die erste und höchste Hürde hatte ich genommen; sie hatten es geschafft, dass ich einwilligte fortzugehen. Nun fragte sich nur noch, wohin sie mich schicken würden.

»Amerika?«, schlug Quentin vor.

Ich warf ihm einen skeptischen Blick zu. »Verdammt unwahrscheinlich, Liebling.« Angesichts des *Volstead Acts* – der landesweiten Prohibition – und der *Sullivan Ordinance*, die es Frauen verbot, auf öffentlichen Plätzen zu rauchen, hätte ich in New York in der Öffentlichkeit keinem dieser Laster frönen können. Für ein Mädchen wurde es immer schwieriger, sich zu amüsieren. »Ich protestiere gegen die Einmischung der Bundesregierung in die Rechte des Individuums.«

»Protestierst du nicht vielmehr gegen den Mangel an anständigen Cocktails?«, murmelte Quentin.

»Nein, sie hat recht«, mischte Mossy sich ein. »Schließlich reist sie nicht einmal mit ihrem amerikanischen Reisepass, sondern mit dem britischen.«

Quentin warf Nigel einen kurzen Blick zu. »Ich glaube tatsächlich, Sir Nigel, dass Ihr ursprünglicher Vorschlag Afrika weiterer Überlegung wert ist.« Darüber hatten sie also diskutiert, als ich hereinkam – Afrika. Bei dem Wort wollte Mossy erneut Theater machen, und Nigel wies sie sanft zurecht. Mossy hasste Afrika. Dorthin war er mit ihr in die Flitterwochen gefahren, und um Haaresbreite hätte sie sich deshalb von ihm scheiden lassen. Irgendetwas mit Schlangen im Bett.

Nigel war als junger Mann nach Afrika gegangen, damals, als es noch ein Protektorat namens Britisch-Ostafrika war und nur ein Versprechen dessen, was es eines Tages vielleicht werden würde. Damals war es roh und jung, und die Luft vibrierte vor Möglichkeiten. Er hatte ein ansehnliches Stück Land gekauft und ein Haus am Ufer des Lake Wanyama gebaut. Er nannte es Fairlight, wegen des rosafarbenen Glanzes, den die untergehende Sonne auf den See legte, und er hatte vorgehabt, den Rest seines Lebens an diesem Ort zu verbringen, Vieh zu züchten und zu malen. Doch sein Herz war schwach, und so war er dem Rat seines Arztes gefolgt und hatte Fairlight verlassen, um mit nichts als gescheiterten Plänen und einem Tagebuch nach Hause zurückzukehren. Er warf nie einen Blick in das Buch; er sagte, dass er dann Heimweh nach jenem Ort bekäme, was merkwürdig klang, weil England seine Heimat war. Aber ich ging oft in seine Bibliothek und nahm es aus dem Regal. Ich behandelte es mit derselben Ehrfurcht, die ein Glaubender angesichts des Heiligen Grals empfinden würde. Dieses Tagebuch war ein geheimnisvoller Gegenstand, gebunden in die Haut eines Krokodils, das Nigel auf seiner ersten Safari erlegt hatte. Es war mit mattbrauner Tinte vollgeschrieben, voller Skizzen und mit Knochen, Perlen und Stückchen von Eierschalen versehen – eine lebendige Erinnerung an seine Zeit in Afrika und an einen Traum, der sich noch einmal aufbäumte, bevor er endgültig starb.

Als wäre der Einband nicht groß genug, um ganz Afrika zu umfassen, ließ das Buch sich nicht zuklappen, und ich saß stundenlang da und las und fuhr mit dem Finger über die schmale blaue Linie des Flusses, tauchte den kleinen Finger in das saphirblaue Becken des Lake Wanayama und folgte den hohen grünen Abhängen des Mount Kenya. Es gab sogar kleine Zeichnungen von Tieren, manche heiter, andere ziemlich albern. Affen tollten auf den Seiten herum, und auf einer vorzüglichen Zeichnung verbeugte sich ein Leopard vor einem Elefanten, der eine Krone trug. Es gab winzige Aquarellskizzen von Blumen, die so üppig und bunt waren, dass ich ihren Duft beinahe riechen konnte. Oder vielleicht lag das an den hauchdünnen Blüten, die Nigel zwischen den Seiten gepresst hatte und die nun braun und zerdrückt waren. Er beschwor Afrika für mich in diesem Buch herauf. Ich konnte es ganz deutlich vor meinem inneren Auge sehen. Immer hatte ich mir gewünscht, er könnte uns dorthinbringen, und insgeheim gehofft, dass Mossy ihre Meinung ändern und beschließen würde, Afrika zu lieben, damit ich selbst sehen konnte, ob der Leopard sich wirklich vor dem Elefanten verbeugte.

Aber das tat sie nie, und bald darauf packte sie unsere Sachen und verließ Nigel. Die Jahre vergingen, und ich vergaß meinen Traum von Afrika. Bis zu einem frühen Aprilmorgen mit Schneeregen in Paris, an dem ich die Nase voll hatte von

Zeitungen und Tratsch und Gerede und einfach nur von allem fort wollte. *Afrika.* Schon das Wort besaß Zauberkraft für mich, und ich nahm einen tiefen Zug von der Zigarette, überrascht, dass meine Finger leicht zitterten.

»Also gut«, sagte ich gedehnt. »Ich gehe nach Afrika.«

2

Quentin hob sein Champagnerglas. »Einen Toast. Auf meinen tapferen Liebling Delilah und auf alle, die mit ihr gehen. *Bon voyage*!«

Kaum vierzehn Tage waren vergangen, doch ich hatte bereits alle Vorkehrungen getroffen. Ich hatte Kleidung bestellt, Koffer gepackt und Papiere besorgt. Das klingt einfach, doch tatsächlich bedeutete es endlose Besuche bei Couturiers und Ausrüstern, in Buchläden und stickigen Büros, um Tickets, Formulare und Genehmigungen zu besorgen. Am Ende war ich erschöpft, also beschloss ich natürlich, noch einmal richtig auf den Putz zu hauen und das Beste aus meinem letzten Abend in Paris herauszuholen. Quentin hatte vorausgesehen, dass ich ein wenig niedergeschlagen sein würde, und er hatte es so eingerichtet, dass er mich ausführen konnte. Alles in allem war es ein ziemlich mieser Tag gewesen. Fast ein Dutzend Mal wollte ich einen Rückzieher machen, was Afrika betraf, aber an diesem Morgen erschien Mossy in meiner Suite und schwenkte die neueste Ausgabe einer ordinären französischen Zeitung, der es irgendwie gelungen war, Fotos des toten Misha am Ort seines Selbstmordes zu kaufen. Sie wagten zwar nicht, sie zu veröffentlichen, aber die Beschreibungen waren grauenhaft genug, und sie hatten sich schauderhafte Freiheiten bei der Prosa erlaubt.

»›Der Fluch der Drummonds‹«, murmelte Mossy. »Wie können sie es wagen! Ich bin keine Drummond. Irgendwann im Jahr 1891 war ich ungefähr zehn Minuten lang mit Pink Drummond verheiratet. Ich kann mich kaum noch an sein Gesicht erinnern. Wenn sie über einen Fluch schreiben wollen, der auf den Frauen unserer Familie liegt, dann sollten sie über den L'Hommedieu-Fluch schreiben«, sagte sie und knallte die Tür hinter sich zu, um ihren Worten Nachdruck zu verleihen.

Und damit hatte ich jede Hoffnung aufgegeben, das Exil vermeiden zu können, und fing an, mir Cocktails einzugießen. Als Quentin mich abholte, war ich leicht beschwipst, aber er war verschwenderisch mit dem Champagner, und als wir im *Club d'Enfer* ankamen, war ich restlos betrunken.

Ich schwärmte für den *Club d'Enfer*. Wie der Name erwarten lässt, war das Etablissement eine Nachbildung der Hölle. Unter der Decke hing roter Satin in der Form von Flammen, und karminrote Lichter tauchten alles in eine sündhafte Glut. Ein durchtriebener kleiner Teufel stand an der Tür und begrüßte die Gäste, indem er mit seinem gespaltenen Schwanz raschelte und den Leuten mit seiner Forke ins Hinterteil piekte.

Quentin rieb sich den Allerwertesten. »Also wirklich, musste das denn sein?«

»Oh, Quentin, sei kein Spielverderber. Das hier hat *swing*.«

Hinter uns stieß meine Cousine Dora einen spitzen Schrei aus, als die Forke ihren Po berührte.

»Spar dir die Mühe«, sagte ich zu dem Teufel. »Sie ist Engländerin. Du wirst dort nichts finden als knochige Missbilligung.«

»Delilah, also wirklich«, protestierte sie, doch ich hörte schon nicht mehr zu. Ein dämonischer Kellner winkte uns zu einem Tisch in der Nähe der Bühne, und noch bevor wir Platz genommen hatten, bestellte Quentin Champagner.

Um uns pulsierte Musik, eine merkwürdige, misstönende Melodie, die an jedem anderen Ort völlig fehl am Platz gewesen wäre, in den *Club d'Enfer* jedoch passte sie ausgezeichnet.

Als wir saßen, näherte sich der Inhaber. Er – oder sie? – war eine eigenartig androgyne Kreatur mit den Gesichtszügen einer Frau und der Stimme eines Mannes in einem perfekt geschnittenen Smoking. Bei meinem ersten Besuch des Clubs hatte das Wesen sich mir als Régine vorgestellt und schien weder weiblich noch männlich zu sein. Oder beides. Ich hatte gehört, dass Régine eine Vorliebe für stark behaarte Männer oder Frauen mit Pferdegesichtern hatte, was ich beides nicht war.

Régine beugte sich tief über meine Hand, doch dann klemmte er oder sie sie entschlossen in ihre oder seine Armbeuge.

»Mein Herz ist betrübt, Mademoiselle! Wie ich höre, ist Paris im Begriff, einen seiner leuchtendsten Sterne zu verlieren.«

Solch blumige Sprache war im Umgang mit Régine ganz normal. Ich lächelte wehmütig.

»Ja, man hat mich nach Afrika verbannt. Offenbar bin ich zu unanständig, um in Paris zu bleiben.«

»Ein Verlust für die Stadt. Und reisen Sie allein in das *pays sauvage*?«

»Nein. Meine Cousine begleitet mich. Régine, kennen Sie Dora? Dora, bitte begrüß doch Régine.«

Dora murmelte etwas Höfliches, aber Régines Blick hatte sich belebt, als sie Doras lange, kummervolle Gesichtszüge musterte. »Noch ein großer Verlust für Paris.«

Dora senkte den Kopf, und ich betrachtete sie prüfend. »Dodo, wirst du etwa rot?«

»Natürlich nicht«, versetzte sie. »Das Licht ist rot.«

Régine zuckte die Schultern. »Ein unverzichtbarer Trick. Im *Club d'Enfer* müssen Sie wirklich glauben, auf einer Reise durch die Hölle zu sein.« Und damit küsste sie Dora die Hand. Die Röte in Doras Gesicht vertiefte sich, bevor Régine verschwand, um noch Champagner und einige köstliche Knabbereien für uns zu bestellen.

Quentin schüttelte den Kopf. »Ich muss zugeben, dass ich ein wenig besorgt um dich bin, Delilah. Afrika erinnert nicht im Entferntesten an Paris, weißt du. Oder New York. Oder St. Tropez. Oder auch nur an New Orleans.«

Ich nippte an dem Champagner und ließ mir die hübschen goldenen Bläschen heiter zu Kopf steigen. »Ich werde schon zurechtkommen, Quentin. Nigel hat mich mit Empfehlungsschreiben versorgt und mir freundlicherweise sein bestes Gewehr zum Geschenk gemacht. Ich bin gut vorbereitet.«

»Nicht die Rigby!«, sagte Quentin, doch er klang nicht überzeugt.

»Doch, die Rigby.« Es war das zweite Gewehr, mit dem ich schießen und das erste, das ich lieben lernte. Nigel hatte es bestellt, bevor er nach Afrika gegangen war, und es war ein prächtiges Ungetüm von Feuerwaffe – elf Pfund schwer und von so großem Kaliber, dass es einen Elefanten zu Fall gebracht hätte.

Quentin schüttelte den Kopf. »Nur Nigel ist so sentimental zu glauben, dass eine .416 die passende Waffe für eine Frau ist. Kannst du sie überhaupt hochheben?«

»Hochheben und besser damit schießen als alle seine Söhne. Darum hat er sie mir gegeben und nicht ihnen. Sie werden wütend sein, wenn sie merken, dass die Rigby verschwunden ist.« Ich grinste.

»Was ich ihnen nicht verübeln kann. Das Gewehr muss Nigel an die tausend Pfund gekostet haben. Du hast doch an Munition gedacht?«

»Natürlich habe ich das! Liebling, mach nicht so einen Wirbel. Ich werde hervorragend zurechtkommen. Außerdem passt Dora auf mich auf«, sagte ich und deutete mit dem Kinn auf die Stelle, an der sie saß und mürrisch in einem Ei mit scharfer Füllung herumstocherte.

»Arme Dora«, sagte Quentin, und vielleicht lag sogar ein

Quäntchen aufrichtigen Mitgefühls darin. Quentin hatte Dora immer gerngehabt, so, wie man auch einen leicht inkontinenten Schoßhund gernhat. Die Tatsache, dass sie einem Spaniel auffallend ähnlich sah, war dabei nicht hilfreich. Sie war pflichtbewusst und langweilig und hatte nur an zwei Dingen im Leben Interesse – Gott und Gärten. Wir waren entfernte Cousinen, zweiten oder dritten Grades – die Äste des Stammbaums der Familie Drummond waren hoffnungslos verknotet. Doch sie war eine arme Verwandte aus der Familie meines Vaters, und als solche stand sie stets auf Abruf zur Verfügung, wenn ich einen Anstandswauwau brauchte. Sie war mir bereits um die halbe Welt gefolgt, und ich fragte mich, ob sie meiner Person ebenso überdrüssig war wie ich ihrer.

Sie blickte von ihrem Ei auf und lächelte Quentin an, während ich weiterredete. »Dora wird es nicht leicht haben, fürchte ich. Meine Zofe hat gekündigt, als ich ihr sagte, dass wir nach Afrika gehen würden. Und es lohnt sich nicht, eine neue auszubilden, nur damit sie von einer Kobra gebissen wird und irgendwann an der Cholera stirbt. Also wird Dora meine Zofe sein und mir gleichzeitig den Anschein von Ehrbarkeit verleihen.« Sie machte Anstalten zu protestieren, aber ich redete weiter. »Ich habe sie aus dem Salon direkt zu *LaFleur's* geschleppt, damit Monsieur ihr beibringt, mir die Haare zu schneiden.« Dass ich mich in die Wildnis Afrikas stürzen würde, war keine Entschuldigung für ein ungepflegtes Äußeres. Mein glatter schwarzer Bubikopf brauchte regelmäßige und sehr akkurate Pflege, und es war naheliegend gewesen, Dora diese Aufgabe zu übertragen. Ich hatte ihr gesagt, sie sollte sich das Ganze als eine Art Baumbeschnitt oder wie Heckenpflege vorstellen.

Quentin lachte laut, ein sicheres Zeichen dafür, dass der Champagner ihm allmählich zu Kopf stieg.

Ich fixierte ihn mit meinem gewinnendsten Gesichtsausdruck. »Du kannst mir einen Gefallen tun, während ich weg bin.«

»Was immer du willst«, antwortete er unverzüglich.

»Ich habe mein Automobil in einer Garage in London abgestellt.« Ich griff in meine winzige, perlenbestickte Tasche, zog den Schlüssel heraus und schnippte ihn in sein Champagnerglas. »Hol es gelegentlich heraus und fahr ein wenig damit.«

Er starrte auf den Schlüssel, um den herum sich Bläschen gebildet hatten. »Der Hispano-Suiza? Aber der ist brandneu!«

Das war er in der Tat. Ich hatte ihn erst zwei Monate zuvor in Besitz genommen. Ein halbes Jahr lang hatte ich mir die Beine in den Bauch gestanden, bis sie die Farbe endlich richtig hinbekamen. Ich hatte den Händler angewiesen, das Automobil im Scharlachrot meines Lippenstiftes zu lackieren, was der Mann offenbar nicht verstehen konnte, bis ich schließlich einen karminroten Abdruck meiner Lippen auf der Wand in seinem Büro hinterließ. Ich hatte den Wagen mit Polstern in Leopardenmuster bestellt, und immer, wenn ich ihn fuhr, fühlte ich mich wild und stilvoll, wie eine moderne Boudicca, die britannische Königin mit ihrem Streitwagen.

»Ja, und darum will ich, dass er gefahren wird«, erklärte ich Quentin. »Dieses Automobil ist wie eine Frau. Wenn es ein ganzes Jahr herumsteht und nichts zu tun hat, setzt es Rost an. Und etwas so Schönes verdient es, ausgefahren und vorgeführt zu werden.«

Er fischte in dem Glas nach dem Schlüssel und trug eine so verwunderte Miene zur Schau, als hätte ich ihm gerade die Kronjuwelen in den Schoß gelegt. Sorgfältig trocknete er den Schlüssel mit seinem Taschentuch ab und steckte ihn in seine Tasche. Cornelia würde das nicht gefallen, aber das kümmerte weder mich noch Quentin.

Und dann stimmte die Kapelle ein Tanzlied an, etwas Sinnliches, Pulsierendes, und Quentin stand auf und reichte mir die Hand. »Tanzen?« Ich erhob mich, und er lächelte Dora an. »Der nächste Tanz gehört uns, in Ordnung?«

Sie winkte ihm zum Abschied zu, und ich schmiegte mich in seine Arme. Quentin war ein himmlischer Tänzer, und es lag etwas wunderbar Vertrautes in der Art, wie unsere Körper sich gemeinsam bewegten.

»Das hier habe ich vermisst, weißt du«, sagte er und streifte mit den Lippen mein Ohr.

»Nicht, Liebling«, sagte ich leichthin. »Dein Schnurrbart kitzelt.«

»Darüber hast du dich noch nie beklagt.«

»Ich hatte keine Gelegenheit dazu. Als wir ein Jahr verheiratet waren, wollte ich immer, dass du ihn abrasierst.«

Er umarmte mich fester. Der Rhythmus der Trommeln wurde drängender. »Manchmal denke ich, dass ich ein riesengroßer Idiot war, weil ich dich habe gehen lassen.«

»Werde nicht sentimental«, befahl ich ihm. »Mit Cornelia bist du viel besser dran. Und ihr habt die Zwillinge.«

»Die Zwillinge sind magenkrank und kurzsichtig. Sie kommen ganz nach ihrer Mutter.«

Ich lachte, als er mich durch eine Reihe komplizierter Schritte führte und mich dann wieder in seine Arme schwang. Er fühlte sich solide an. Quentin hatte nie die weichliche Art der Engländer an sich gehabt. Dafür war er viel zu versessen auf Kricket und Polo.

Ich fuhr ihm leicht mit der Hand über die Schulter und spürte, dass er erschauerte.

»Delilah, wenn du nicht gerade vorhast, mich für die Nacht heraufzubitten …«

Er beendete den Satz nicht. Es war nicht nötig. Wir wussten beide, dass ich das tun würde. Seit der Scheidung hatten wir mehr Nächte miteinander verbracht als während unserer Ehe. Natürlich nicht, als ich mit Misha verheiratet war. Das wäre ganz falsch gewesen. Aber es schien dumm zu sein, auf ein Schäferstündchen zu verzichten, wenn wir beide zufällig in derselben Stadt waren. Im Grunde genommen hatte Cornelia nichts von mir zu befürchten. Ich hatte ihn gehabt, und ich hatte ihn gehen lassen. Ganz gewiss würde ich nicht versuchen, ihn mir wieder zu nehmen. Tatsächlich glaubte ich sogar, ihr einen Gefallen zu tun. Nach einer Nacht mit mir war Quentin stets in fröhlicher Stimmung; es muss das Zusammenleben mit ihm leichter gemacht haben. Außerdem wurde er so sehr von Schuldgefühlen gequält, dass er jedes Mal mit einem teuren Geschenk für Cornelia nach Hause fuhr. Lächelnd blickte ich Quentin in die Augen und fragte mich, was sie diesmal bekommen würde. Im Schaufenster von Cartier in der Rue de la Paix hatte ich traumhafte Smaragdohrclips gesehen. Ich machte mir im Geiste eine Notiz, ihm davon zu erzählen.

Wir tanzten, und das Orchester spielte weiter.

Am nächsten Morgen verabschiedete ich mich von Paris und betrachtete es durch den Schleier eines ordentlichen Katers. Dora, die sich auf zwei Gläser Champagner beschränkt hatte, war entsetzlich munter. Paris hatte sein bestes Kleid angelegt, um sich von uns zu verabschieden. Die warme Frühlingssonne lugte durch die perlgrauen Röcke des Morgennebels, und eine leichte Brise strich durch das Laub der Bäume auf den Champs-Élysées und ließ es rascheln, als wollte jedes Blatt uns zum Abschied winken.

»Es könnte wenigstens wie aus Eimern schütten«, murmelte ich gereizt. Außerdem war ich ärgerlich, weil Mossy Weatherby geschickt hatte, der dafür sorgen sollte, dass ich den Zug nach

Marseille auch wirklich bestieg. »Sagen Sie, Mr Weatherby, haben Sie vor, uns bis nach Mombasa zu begleiten? Oder trauen Sie uns zu, dass wir allein durch den Suezkanal fahren?«

Weatherby überhörte die Stichelei wohlweislich. Er überreichte mir einen prallen Koffer aus Saffian, der mit Papieren und Banknoten gefüllt war. »Hier sind Ihre Reisedokumente, Miss Drummond, und ein wenig Reisegeld von Sir Nigel, falls unerwartete Ausgaben auf Sie zukommen. Außerdem sind Empfehlungsbriefe darin.«

Ich bedachte ihn mit einem Lächeln, so scharf und spitz, dass ich Glas damit hätte schneiden können. »Wie vollkommen edwardianisch.«

Weatherby nahm Haltung an. »Es könnte hilfreich sein, in Kenia gewisse Leute kennenzulernen. Den Gouverneur zum Beispiel.«

»Tatsächlich? Werde ich ihm begegnen?«

Er atmete hörbar ein und schien um Geduld zu ringen. »Miss Drummond, ich glaube, Sie verstehen nicht ganz, in welcher Lage Sie sich befinden. Alleinstehenden Frauen ist es nicht gestattet, sich in Kenia niederzulassen. Sir Nigel hat erhebliche Mühen auf sich genommen, um Ihre Einreise zu ermöglichen. Der Gouverneur selbst hat die Genehmigung erteilt.«

Er fuchtelte mit einem Stück Papier voller offiziell aussehender Stempel herum. Ich spähte auf die Unterschrift. »Sir William Kendall.«

»Wie gesagt, der Gouverneur – und ein alter Freund Ihres Stiefvaters aus seiner Zeit in Kenia. Zweifellos wird er sich in Ihrem neuen Leben in Kenia als nützliche Verbindung erweisen.«

Ich schob die Genehmigung in meine Aktenmappe und übergab sie Dora. »Es ist sehr freundlich von Nigel, sich solche Mühe zu machen, aber ich habe kein neues Leben in Kenia,

Mr Weatherby. Ich werde mich nur so lange dort aufhalten, bis alle aufhören, die Dinge so kompliziert zu machen. Wenn die Schlagzeilen vergessen sind, komme ich zurück«, erklärte ich ihm. Ich wollte noch mehr sagen, aber genau in diesem Moment gab es einen kleinen Aufruhr auf dem Bahnsteig. Eilige Schritte waren zu hören, eine Rempelei und schließlich das Gebell von Jagdhunden auf heißer Spur.

»Da ist sie!« Es waren Fotografen, und bevor sie ein brauchbares Bild schießen konnten, hatte Weatherby mich schon in den Zug geschoben und die Tür zugeworfen, wobei er Dora beinahe auf dem Bahnsteig zurückgelassen hätte. Sie kämpfte sich in den Zug und ließ die drängende Reportermeute hinter sich.

»Also wirklich«, murmelte Dora. Irgendwie war ihr Hut in dem Gedränge zerdrückt worden, und sie betrachtete ihn traurig.

»Versuch nicht, ihn zu reparieren, Dodo. So sieht er besser aus als vorher«, sagte ich. Ich ging ans Fenster und zog es herunter. Sofort stürzten die Fotografen auf den Zug zu, brüllten und ließen Blitzlichter zucken. Ich bedachte sie mit einer leicht ordinären Geste und einem breiten Grinsen. »Fotografiert, so viel ihr wollt, Jungs. Ich bin auf dem Weg nach Afrika!«

Als wir in Marseille an Bord des Schiffes gingen, hatte meine ausgelassene Stimmung sich verflüchtigt. Ich war es durchaus gewöhnt zu verreisen. Es gefiel mir, unterwegs zu sein, allen anderen einen Schritt voraus, und zu fahren, wohin meine Laune mich trieb. Allerdings hasste ich es, wenn man mir *vorschrieb* zu verreisen. Tatsächlich verletzte es mich sogar. Mossy hatte jede Menge Skandalgeschichten in der Presse überlebt, und nie hatte sie ins Exil gehen müssen. Natürlich war keiner ihrer Ehemänner je unter mysteriösen Umständen ums Leben gekommen. Sie hatte sich von allen scheiden lassen, außer von meinem Vater, dem armen Peregrine Drummond, Gott und aller Welt bekannt unter dem Namen Pink. Gleich nach den Flitterwochen war er in den Burenkrieg gezogen, ohne auch nur zu wissen, dass ich unterwegs war. Er starb an der Ruhr, bevor er sein Gewehr angerührt hatte – eine traurige Fußnote zu dem, was laut Mossy ansonsten ein verdammt gutes Leben gewesen war. Er war abenteuerlustig und charmant und teuflisch gut aussehend, und niemand konnte recht daran glauben, dass er sterben würde, als er sich in einen Eimer erbrach. Das war wirklich eine sehr banale Art, diese Welt zu verlassen.

Da es gut möglich war, dass Mossy den Titelerben der Drummonds erwartete, verbrachte sie die Schwangerschaft, indem sie auf dem Anwesen der Familie herumsaß und auf ihr Junges wartete. Sobald die Wehen begannen, fielen die fünf Brüder meines Vaters aus London in Cherryvale ein und liefen vor Mossys Zimmer auf und ab, bis der Arzt mit der Nachricht auftauchte, dass der Älteste von ihnen jetzt der unangefochtene Erbe des väterlichen Titels war. Mossy erzählte mir, dass sie die Champagnerkorken und gedämpften Freudenschreie durch die Tür hören konnte. Sie hätten sie nicht unterdrücken müssen. Wenn sie Mutter eines Erben geworden wäre, wäre sie gezwungen gewesen, bei ihren Schwiegereltern in Cherryvale zu bleiben. Da ich jedoch ein Mädchen und daher für niemanden sonderlich interessant war, durfte sie gehen. Die Aussicht, das Anwesen verlassen zu können, begeisterte sie so sehr, dass sie ihnen mit größtem Vergnügen selbst eine Runde Champagner spendiert hätte.

Und so kam es, dass sie mich einpackte, sobald sie wieder gehen konnte, und mit mir und Ingeborg ins *Savoy* zog, wo der Zimmerservice uns umsorgte. Mossy kehrte nie nach Cherryvale zurück, doch als meine Großeltern noch lebten, hielt ich mich in den Schulferien dort auf. Den Großteil der Zeit verbrachten sie damit, meine Haltung und meinen Akzent zu korrigieren. Endlich hörte ich auf, mit hängenden Schultern dazusitzen, nachdem ich gezwungen worden war, mit einem Exemplar von *Fordyce's Sermons* auf dem Kopf stundenlang in der langen Gemäldegalerie in Cherryvale auf und ab zu gehen. Den schleppenden Louisiana-Tonfall hingegen, der sich auf meiner Zunge häuslich eingerichtet hatte, bin ich nie wieder losgeworden. Er wurde jeden Sommer stärker, wenn ich nach Reveille zurückkehrte, doch im Schulhalbjahr ließ er wieder nach, weil ich ihn zu unterdrücken versuchte, wenn die Mädchen sich über mich lustig machten. Ich bekam den Bogen einfach nicht raus mit diesen flachen, tonlosen englischen Vokalen, und irgendwann wurde mir klar, dass es viel leichter war, einfach das erste Mädchen zu verprügeln, das mich verspottete. Wegen Schlägereien bin ich von vier Schulen geflogen, und Mossy verzweifelte fast an der Aufgabe, eine Lady aus mir zu machen.

Doch ich beherrschte die Umgangsformen – die meisten jedenfalls – und debütierte 1911 in London. Mossy war wegen ihrer Scheidungen bei Hof nicht zugelassen, und so blieb es meiner Drummond-Tante überlassen, mich anständig in die Gesellschaft einzuführen. Sie tat es mit wenig Anmut und noch weniger Begeisterung, und ich vermutete, dass etwas Geld den Besitzer gewechselt hatte. Ich steckte mir meine schicken Prince-of-Wales-Straußenfedern ins Haar, fuhr in einer Kutsche zum Palast und knickste zweimal vor dem Königspaar. Am nächsten Abend besuchte ich meinen ersten Debütantinnenball, und zwei Tage später brannte ich mit einem schwarzhaarigen Jungen aus Devonshire durch, dessen Familie ihn fast enterbt hätte, weil er eine Amerikanerin geheiratet hatte, die als Mitgift nichts als Skandale vorzuweisen hatte.

Johnny war das egal. Er wollte nur mich, und da ich nur ihn wollte, lief alles wie am Schnürchen. Der Colonel steuerte als Geschenk ein nettes Sümmchen Bargeld bei, und Johnny bekam etwas Geld von seiner Familie. Er wollte schreiben, also kaufte ich ihm als Hochzeitsgeschenk eine Schreibmaschine, und er saß an unserem kleinen Küchentisch und haute in die Tasten, während ich die Koteletts anbrennen ließ. Jeden Abend las er mir seine Artikel und Auszüge aus seinem Roman vor, und schließlich fand ich heraus, wie ich das Anbrennen verhindern konnte. Als das Buch fertig war, hatte ich sogar gelernt, einen ordentlichen Auflauf zuzubereiten. Wir waren stolz aufeinander, und alles, was wir taten, schien neu zu sein, als würde es überhaupt zum ersten Mal von jemandem getan. Ob es sich um Sex handelte, um Prosa oder um Marmelade auf Toast – wir hatten es erfunden. Unsere gemeinsame Zeit war heiter, und als ich meine Erinnerungen hervorholte, um sie mir anzusehen, musste ich angestrengt nach einem Schatten Ausschau halten. Zerbrach der Spiegel, als ich mich auf den Rand der Badewanne setzte und ihm beim Rasieren zusah? Habe ich Salz verschüttet, wenn ich ihm Eier briet? Nistete eine Eule im Gebälk des Dachbodens? Ich war mit Omen großgezogen, mit schlechten Vorzeichen schon gestillt worden. Nicht von Mossy. Sie war ein neues Geschöpf, eine moderne Frau, obwohl ich beobachtet hatte, wie sie den Rosenkranz betete, als sie glaubte, dass ich es nicht sehe.

Aber da waren noch die anderen. Die verblühte alte Mutter des Colonels, Granny Miette, ihre Pflegerin Teenie und deren Tochter Angèle. Sie waren die Hüter meiner Kindheitssommer in Reveille, und sie pflegten die alten Sitten und Gebräuche. Sie wussten, dass nicht alles so ist, wie es scheint, und dass man die Schatten dessen, was einem bevorstand, im strahlend hellen Licht des eigenen Glücks bereits erkennen konnte. In

Louisiana vergeht die Zeit langsamer, jede Minute verrinnt wie zäher, kalter Sirup. Reichlich Zeit, um zu sehen, wenn man es wollte, und herauszufinden, wo man nachgucken musste.

Während der Zeit mit Johnny achtete ich nicht auf Vorzeichen. Wenn ich einen Kleiderschrank öffnete und aus dem Augenwinkel etwas flattern sah, sagte ich mir, dass es Motten waren und sonst nichts, und dann legte ich Lavendel und Zedernholz in den Schrank, um sie zu vertreiben. Wenn ich einen Geschirrschrank aufmachte und einen Schatten vorbeihuschen sah, sagte ich mir, dass es Mäuse waren. Und dann kaufte ich eine Katze, den fiesesten Mäusefänger, den ich finden konnte. Ich schickte jemanden wegen goldfarbener Vetiverwurzel nach Reveille und trug das getrocknete Gras in kleinen Bündeln in meiner Tasche bei mir. Es war der Duft nach Sonnenlicht und Heimat, scharf und erdig und grün wie Zedern, und ich nähte eine Handvoll davon in die Uniform, die Johnny 1914 anzog.

Die Uniform kehrte zurück – oder zumindest Teile davon. Deutsche hatten ihn in der Schlacht an der Marne in Stücke gesprengt, und ich kann mich kaum noch erinnern, was danach geschah. Ein schwarzer Vorhang verdeckt diese Zeit, und ich ziehe ihn niemals beiseite, um einen Blick dahinter zu werfen. Es ist ein Ort, den ich in meiner Erinnerung nicht besuche, und es hat lange gedauert, bis ich ihn endlich verlassen konnte. Als ich wieder aus der Versenkung auftauchte, schnitt ich mir das Haar ab, kürzte meine Röcke und zog los, um nachzuholen, was ich in der Welt verpasst hatte. Es war ein interessanter Ausflug gewesen, zweifellos, doch die Dinge mussten mir irgendwie entglitten sein, da sie mich nun in die Verbannung nach Afrika führten. Ich hatte meine Angelegenheiten mit Stil erledigt, manchmal war ich sogar diskret gewesen. Aber die Welt konnte hart sein für ein Mädchen, das sich nur ein bisschen amüsieren wollte, und ich fühlte mich ziemlich ausgenutzt, als der Zug rumpelnd in den Bahnhof von Marseille einfuhr.

Beim Anblick des Schiffes kehrten meine Lebensgeister sofort zurück. Ich hatte die Wahl, ob ich mit einer britischen Gruppe oder später mit einer deutschen auslaufen wollte, aber ich hatte es rundheraus abgelehnt, mit einer Horde von Krauts nach Mombasa überzusetzen. Wegen Johnny hatte ich noch immer einen Groll auf sie und gönnte ihnen keinen Penny meines Geldes. Eine Woche früher in See zu stechen bedeutete zwar, die Schlussvorstellung von Cocteaus *Antigone* zu verpassen, aber ich ließ mich nicht umstimmen. Und als ich die Besatzung sah, machte es mir nicht einmal etwas aus, die Chanelkostüme und die Picasso-Sammeltassen zurückzulassen. Die Jungs waren absolut entzückend, jeder einzelne von ihnen, und während der folgenden vierzehn Tage hegte ich meinen Groll mit Stil. Der Steward an Deck sorgte dafür, dass mein Stuhl immer an der besten Stelle stand, in der Nähe der Sonne, aber bequem im Schatten, als wir uns weiter südwärts bewegten. Sobald ich mich morgens dort niederließ, stand er mit einer Reisedecke und einer Tasse heißer Bouillon bereit. Der Kellner befeuchtete leicht die Tischdecke an meinem Platz, damit mein Teller bei rauer See nicht wegrutschte und der Wein sich nicht auf meine französische Seide ergoss. Die älteren Offiziere führten mich abwechselnd auf die Tanzfläche, und die jüngeren sammelten reihenweise leere Flaschen ein. Wir dachten uns Botschaften aus, die wir darin versiegelten, eine alberner als die andere, und warfen sie über Bord, bis der Kapitän unserem Treiben ein Ende setzte. Doch er entschädigte mich dafür, indem er mich einlud, während der restlichen Reise an seinem Tisch zu sitzen, und ich entdeckte, dass er der beste Tänzer von allen war. Die arme Dodo war schwer seekrank und verkroch sich die gesamte Reise über in ihrer Kabine, mit einem

Eimer zwischen den Knien und feuchten Umschlägen auf der Stirn.

Als wir an der alten portugiesischen Festung St. Jesus vorbei in den Hafen von Mombasa einliefen, fühlte ich mich tatsächlich schon viel besser. Ich hatte die Offiziere mit endlosen Fragen über die Stadt bestürmt, und sie redeten durcheinander, bis ich kaum noch zu Wort kam. Ich lernte ziemlich viel über Mombasa, obwohl sich mein Wissen auf Orte beschränkte, die für Seemänner reizvoll waren. Hätte ich einen Drink gebraucht oder eine Tätowierung oder eine billige Hure, dann hätte ich gewusst, wo ich das kriegen konnte, aber Fünf-Sterne-Hotels schienen knapp zu sein. Sie sagten, wenn wir am frühen Morgen in den Hafen einführen, könne ich mit dem Mittagszug direkt nach Nairobi fahren, ins Landesinnere, wo die weißen Kolonisten sich ihre Siedlungen erkämpft hatten. Der Kapitän hatte einen Onkel, der landeinwärts gefahren war, und er unterhielt mich mit Geschichten über Flusspferde in den Gärten und Leoparden auf den Bäumen. Ich wusste auch ein bisschen aus Nigels Erzählungen, aber das Wissen des Kapitäns war frischer, und obendrein bot er mir seinen Reiseführer zum Nachlesen an.

»Seien Sie vorsichtig mit den Eingeborenen«, warnte er mich. »Lassen Sie sich nicht von ihnen ausnutzen. Wenn Sie Rat brauchen, wenden Sie sich an einen Engländer, der das Land und die Gepflogenheiten kennt. Sie müssen unbedingt den Club in Nairobi besuchen. Es ist die beste Adresse, um etwas Gesellschaft zu haben und alle Neuigkeiten zu erfahren. Natürlich können Sie nicht beitreten, denn Sie sind eine Lady, aber als Gast eines Mitglieds wird man Ihnen Eintritt gewähren. Selbstverständlich wollen Sie sich unter Ihresgleichen mischen, aber machen Sie einen großen Bogen um alles Politische.«

»Politik! Und das hier am Ende der Welt?«, neckte ich ihn.

Der Kapitän hatte schöne Augen, doch sein Blick war so ernst, dass er die Wirkung schmälerte.

»Allerdings. Rhodesien hat im letzten Jahr die Unabhängigkeit von der Krone erlangt, und viele Menschen sind der Meinung, dass Kenia als nächstes an der Reihe ist.«

»Und wird England das Land so einfach gehen lassen wie Rhodesien?«

Eine senkrechte Falte grub sich zwischen seine Augenbrauen. »Schwer zu sagen. Wissen Sie, England interessiert sich eigentlich nicht für Afrika im Ganzen, im Grunde nicht. Es geht um die Kontrolle über Suez.« Er schlug den Reiseführer auf und zeigte auf die Landkarte, die darin lag. »Frankreich, England und Deutschland haben in Afrika Kolonien gegründet, um Suez im Auge zu behalten. Gegenwärtig haben wir einen gewissen Vorsprung«, sagte er mit einer Spur britischen Stolzes, »aber vielleicht ändert sich das. Alles hängt von der britischen Regierung in Whitehall ab und davon, wie nervös man dort wegen Indien ist.« Er zog eine Linie von Indien aus westwärts, zum Arabischen Meer, in den Golf von Aden und dann in einer scharfen Kurve durch die Enge des Roten Meeres bis nach Suez an der Spitze von Ägypten. »Sehen Sie? Wer Ägypten kontrolliert, kontrolliert auch den Suez und damit den Zugang zu den Reichtümern Indiens.«

Ich fuhr mit dem Finger über die schmale Linie des Nils. Einer seiner Arme, der Blaue Nil, schlängelte sich bis nach Äthiopien, doch der andere verlief durch Uganda und verlor sich dann irgendwo jenseits davon. »Und wer den Nil kontrolliert, kontrolliert Ägypten.«

»Das stimmt«, räumte er ein. »Derzeit kontrollieren wir Briten Ägypten, und der Suez ist sicher, aber die Dinge könnten sich ändern, wenn entdeckt wird, dass die letztendliche Quelle des Weißen Nils auf feindlichem Gebiet liegt.«

»Grund genug für England, an Kenia festzuhalten.«

»Nicht nur das«, sagte er und faltete die Karte bedächtig wieder zusammen. »England hat eine Verpflichtung den Indern gegenüber, die sich dort angesiedelt haben.«

»Inder? In Kenia?«

»Tausende«, sagte er grimmig. »Ja, während des Krieges haben sie ihren Teil getan, zweifellos. Aber es lässt sich nicht leugnen, dass sie die Dinge hier unendlich viel schwieriger gemacht haben. Sie setzen sich für das Recht auf Grundbesitz ein, und in Whitehall ist mancher geneigt, es ihnen zu gewähren.«

»Darüber sind die weißen Siedler sicher nicht glücklich.«

»Die Spannungen verstärken sich, und Sie tun gut daran, jeden Anschein von Parteinahme für die eine oder andere Seite zu vermeiden. Auch wenn niemand davon ausgehen wird, dass eine so reizende Lady wie Sie sich mit solchen Fragen abmüht«, fügte er hinzu. Seine Ritterlichkeit überraschte mich ein wenig.

»Kommen Sie bloß nicht auf die Idee, mit mir zu flirten«, warnte ich ihn und gab ihm einen leichten Klaps auf den Arm. »Ich weiß, dass Sie drüben in Southampton eine Frau haben.«

Er schenkte mir ein betrübtes Lächeln. »Das stimmt. Aber trotzdem darf ich mich an Ihrer unschuldigen und angenehmen Gesellschaft erfreuen.«

»Solange wir uns einig sind, dass es unschuldig bleibt«, antwortete ich und bedachte ihn mit einem schelmischen Blick.

Er lachte und füllte meinen Drink auf. »Mein Schiff und ich sind Ihnen stets zu Diensten, Miss Drummond. Womit können wir Sie unterhalten?«

Ich neigte den Kopf und tat, als müsste ich nachdenken. »Ich würde gern das Schiff steuern.«

3

Ich steuerte das Schiff tatsächlich, und beinahe hätte ich eine Insel gerammt, doch der Kapitän war sehr verständnisvoll, und wir schieden als Freunde. Als ich mit Dodo – die immer noch ziemlich mitgenommen aussah – von Bord ging, versammelte sich die Besatzung, um uns zum Abschied zu winken. Die Männer feuerten sogar einen Salutschuss ab. Ich warf ihnen Kusshände zu, bis Dodo mir schließlich fast den Arm auskugelte.

»Delilah, musst du dich immer so unmöglich aufführen?«, zischte sie. Ich versuchte, es nicht persönlich zu nehmen. Sie sah noch sehr blass aus und hielt inniglich ihren Eimer umklammert.

»Das liegt nicht an mir, Liebes. Die Jungs haben sich versammelt, um zuzusehen, wie wir an Land gehen. Es wäre unhöflich, das nicht zur Kenntnis zu nehmen.« Ich winkte ein letztes Mal, als ich in das Automobil stieg, das darauf wartete, uns zum Bahnhof zu bringen. Dodo würgte in ihren Eimer, während sie sich mit meinem Schmuckkästchen und einem Bücherstapel abmühte, der von einem Lederriemen zusammengehalten wurde. Die Bücher waren ein Geschenk der Crew, und jedes war mit einer wohlbedachten Widmung versehen.

Die Stadt Mombasa war so seltsam und wild, wie ich erwartet hatte, die Luft war feucht und von schweren Gerüchen nach Gewürzen, Rauch und Eseln erfüllt. Ich schnupperte genüsslich, doch Dodo stöhnte nur immer wieder leise vor sich hin, bis wir uns schließlich sicher im Zug niedergelassen hatten und uns von der Stadt entfernten.

Ich schob das Fenster herunter, ließ den Duft der Gewürze und einen Hauch des Holzrauchs, den die Lok ausstieß, herein. »Hier, Dodo, setz dich ans Fenster und steck den Kopf hinaus wie ein Hund. Die frische Luft wird dir guttun.«

Sie tat wie ihr geheißen, und bald kehrte die Farbe in ihre Wangen zurück, obwohl das auch an dem roten Staub liegen mochte, der ihr ins Gesicht flog. Nach einer Weile setzte sie sich wieder, und die nächsten Stunden verliefen still und friedlich. Dodo döste, und ich sah, wie Afrika sich mir offenbarte. Zuerst kamen die Mangrovensümpfe mit ihren düster und bedrohlich wirkenden Wurzelformationen, die mich an die Bayous zu Hause erinnerten. Die Wurzeln erhoben sich wie knorrige Stelzen aus dem brackigen Wasser. Es sah aus, als wären die Bäume in einem unbeobachteten Moment aufgestanden und herumgelaufen und wären gerade eben erst wieder zur Ruhe gekommen. Ihre verdrehten Äste schienen nach jedem greifen und ihn festhalten zu wollen, der ihnen zu nahe kam.

Nach den Mangrovensümpfen fuhren wir durch Obstplantagen, die vor tropischen Früchten nur so strotzten – Kokosnüsse und Mangos, Bananen und Papayas, alle reiften heran wie Juwelen, während Affen in den Ästen herumtollten und sie wie Wegelagerer stibitzten. Jenseits der Obstbäume öffnete sich das Land zu einer weiten, sanft ansteigenden Savanne, und jede Meile führte uns weiter hinauf. Wir überquerten einige Brücken, deren Anblick mir nicht behagte, und die Geräusche, die sie von sich gaben, gefielen mir sogar noch weniger. Sie alle schaukelten und ächzten widerwillig, und ich hielt die Luft an, bis wir auf der anderen Seite angekommen waren.

An jedem kleinen Bahnhof entlang der Bahnlinie hielten wir an, um die Kessel der Dampflok aufzufüllen, und an jedem Bahnhof boten Händlerinnen aus Körben, die sie auf dem

Kopf transportierten, ihre Waren an. Die Frauen trugen leuchtend bunte Gewänder aus Baumwolle, und ihre schwarze Haut glänzte. Ich kaufte Bananen und Mangos, die ich gierig verschlang, um mir danach den Mangosaft von den Fingern zu lecken, während Dora nur hin und wieder gequält stöhnte.

Als wir wieder einmal eine Brücke überquerten, deutete ich auf das Bild derselben in meinem Reiseführer. »Das hier ist die Tsavobrücke, Dodo. Als sie errichtet wurde, sind zwei Löwen neun Monate lang um das Lager der Bauarbeiter herumgestrichen. Hier steht, dass sie über hundert Menschen gefressen haben.«

Sie hickste leise und fixierte mich mit einem hasserfüllten Blick. »Was liest du denn da? Den *Makabren Reiseführer für Kenia*?«

Ich winkte ihr mit dem Buch zu. »Das ist der Reiseführer, den der Kapitän mir geschenkt hat, sein ganz persönliches Exemplar. Ein Baedeker. Oh, und hier heißt es, dass die Löwen sich des Nachts in die Camps schleichen und ihre Opfer dann verschleppen. Aber nur so weit, dass die verschont Gebliebenen hören können, wie die Bestien geräuschvoll die Knochen ihrer Beute zermalmen.«

»Hör auf, Delilah. Du bist genauso schlimm wie damals, als wir noch Kinder waren und du immer diese schrecklichen Gespenstergeschichten vorgelesen hat, nur um mir Angst einzujagen.«

»Sei nicht albern. Ich habe sie dir vorgelesen, weil du nie zugeben wolltest, dass du Angst hattest. Wenn du auch nur die geringste Furcht gezeigt hättest, hätte ich sofort aufgehört.«

»Ich habe mich dann immer im Bad eingeschlossen und in der Badewanne geschlafen. Natürlich hatte ich Angst«, behauptete sie. »Es hat dir einfach Spaß gemacht, mich zu quälen.«

»Schon möglich«, räumte ich ein. »Oh, und hier steht auch noch, dass einer der Bahnhöfe besonders berüchtigt ist für die vielen menschenfressenden Löwen, die sich dort herumgetrieben haben. Der Bahnhof heißt Kima. Das ist Suaheli und bedeutet Hackfleisch.«

»Sei endlich still«, sagte sie mit schneidender Stimme und übergab sich prompt wieder in ihren Eimer.

Derweil blickte ich aus dem Fenster und sah zu, wie sich Afrika vor meinen Augen entfaltete, unendliche Leere unter einem Himmel, der so weit war wie vielerorts in den Vereinigten Staaten.

Etwas später, als es zu dämmern begann, hörte ich Schritte über unseren Köpfen. Dora fuhr auf. »Was ist das? Ein Tier?«

Ich beantwortete ihre Frage mit schallendem Gelächter. »Nein, du Dummerchen. Das ist ein Eisenbahner, der die Lampen anmacht.«

Genau in diesem Augenblick öffnete sich über uns eine Luke, und das fröhliche Gesicht eines Inders erschien.

»Guten Abend, *memsahibs.*«

Dora schrie leise auf und drückte sich in den Sitz, ich aber lächelte den Burschen an.

»Ich bitte Sie, beachten Sie sie einfach nicht. Sie hat schwache Nerven.«

Er griff durch die Luke, um die Öllampe anzuzünden, und der Waggon wurde in den warmen Schein der Zivilisation getaucht. Er nickte und sagte munter: »*Voi* in einer halben Stunde«, bevor er die Klappe ordentlich wieder schloss.

»Was bedeutet *Voi*?«, fragte Dora.

Ich durchstöberte die Seiten des Reiseführers, bevor ich Dora mit einem triumphierenden Lächeln bedachte. »*Voi* ist da, wo wir essen.«

Genau im Zeitplan hielt der Zug vor einer Art Bungalow. Davor hing ein handgeschriebenes Schild, das verkündete, dass wir den *Voi* erreicht hatten. Auf dem Lehmboden des Hofes drängten sich Passagiere aus der dritten Klasse um Picknickkörbe, während die Reisenden der ersten Klasse sich geradewegs in den Speiseraum im Innern des Gebäudes begaben. Die Kellner trugen makellos weiße Jacken und servierten allem Anschein nach gutes englisches Essen. Dora stolperte zu ihrem Stuhl und ließ sich dankbar darauf fallen. Sie bat um eine Tasse Ingwertee und winkte ab, als der Kellner sie fragte, was sie essen wollte.

Ich hatte gerade beschlossen, mir ein zweites Glas Champagner zu bestellen, als ein Schatten über den Tisch fiel.

»Hören Sie, es tut mir furchtbar leid, dass ich störe, aber es scheint keinen freien Tisch mehr zu geben.«

Ich blickte auf und sah, dass der Engländer zu seiner Stimme passte: reich und bedächtig. Er sah auf leicht schäbige Weise gut aus, und mir gefielen seine kühlen blauen Augen. Sein Mund war schmal, vielleicht sogar grausam, doch er hatte schöne Hände. Ich lächelte.

»An dem Tisch dort drüben ist noch ein Stuhl frei«, erwiderte ich und deutete mit einem Nicken auf ein Trio von Gentlemen, die sich an Schüsseln voll trüber, brauner Suppe gütlich taten. »Warum setzen Sie sich nicht zu ihnen?«

Er zögerte nicht. »Weil eine schöne Frau an diesem Ort so ist wie ein großes Glas kühles Wasser in der Wüste. Und zwei schöne Frauen …« Er verstummte und erfasste Dora mit einem Blick. Es war pure Schmeichelei. Dora war nicht schön.

Als er sich vorstellte, zeigte ich auf einen der leeren Stühle. »Ich kann Ihnen versichern, die Umgangsformen hier in Afrika sind wesentlich lockerer als bei uns zu Hause. Seien Sie also unbesorgt, wenn ich mich Ihnen nicht in aller Form vorgestellt habe. Ich bin Anthony Wickenden.«

»Und woher wissen Sie, wo ich zu Hause bin, Mr Wickenden? Vielleicht bin ich lockere Umgangsformen ja gewöhnt.«

Er hob eine elegant geschwungene Braue. Es war eine routinierte Geste, eine, die er zweifellos schon häufig und mit großem Erfolg ausgeführt hatte. »Ich glaube, eine Dame von solcher Raffinesse kann nur aus Paris kommen.«

Ich schnalzte mit der Zunge. »Illoyal für einen Engländer«, tadelte ich ihn leise und halb im Scherz. »Gibt es bei Ihnen in London keine eleganten Frauen?«

»Keine wie Sie.«

Ich nahm eine Sobranie heraus und steckte sie in die Spitze. Bevor ich erneut in meine Handtasche greifen konnte, beugte er sich vor und ließ eine winzige Flamme am Ende eines Zündholzes tanzen. Ich neigte mich zu ihm, als er schützend die Hände um die Flamme legte. Ich nahm zwei kurze Züge, saugte den Rauch ein, bis die Zigarette glühte, und blickte ihm direkt in die Augen. Er schluckte heftig, und ich blies das Streichholz aus.

Dann lehnte ich mich zurück und schlug die Beine übereinander. »Erzählen Sie mir von Mrs Wickenden.«

Ein träges Lächeln breitete sich auf seinem Gesicht aus. »Warum sind Sie so sicher, dass es eine Mrs Wickenden gibt?«

»Ich kann Ehefrauen auf eine Meile Entfernung riechen, Mr Wickenden, und Sie stinken geradezu danach.«

Er lachte, und der weltmännische Fremde verschwand. Nun war er einfach ein netter Bursche, der gern ein bisschen plaudern wollte, und wir ließen uns auf ein geselliges Abendessen ein. Die Kellner servierten eine Folge von deprimierenden Gängen – braune Windsorsuppe, gefolgt von gekochtem Rindfleisch mit Kohl, lustlos gestampftem Kartoffelpüree und Dosenobst mit Vanillepudding. Ich fischte die Insekten aus meinem Dessert und deponierte sie in einer Reihe auf dem Tellerrand. Wickenden hielt das für überflüssig.

»Mit der Zeit gewöhnen Sie sich daran. Insekten und Staub machen die Hälfte der Mahlzeiten aus, die Sie hier draußen zu sich nehmen.« Gleichmütig begann er zu essen, und zwischen den Bissen erzählte er mir etwas von sich. Er befand sich auf dem Heimweg zu seiner Farm in der Nähe von Nairobi. Er lebte schon seit vielen Jahren in Afrika, seitdem er als Junge mit seinen Eltern hergekommen war. Ohne Erfolg hatte er versucht, verschiedene Getreidesorten anzubauen, bevor er beschloss, sich der Zucht von Rennpferden zu widmen.

»Das habe ich in Mombasa getrieben«, sagte er aalglatt, »mir frisches Material angesehen.«

Ich merkte, dass er an mir testete, ob seine Lüge glaubhaft war, bevor er sie zu Hause erzählen würde. Ich zuckte mit den Schultern. Ich war nicht seine Frau; mir war es egal, was er wirklich in Mombasa getrieben hatte, doch sogar ich wusste, dass die Stadt nicht gerade als Mekka des Pferdehandels bekannt war.

Ich erzählte ihm von Fairlight, und er beugte sich vor, sodass er mit einer Manschette beinahe in seinem Vanillepudding hing. »Moment mal. Kennen Sie Sir Nigel?«

»Er war mein Stiefvater«, sagte ich. »Er hat mir Fairlight freundlicherweise zur Verfügung gestellt, solange ich mich aufs Land zurückziehe.«

»Aber dann sind wir Nachbarn!«, rief er erfreut aus. Zu diesem Zeitpunkt hatte er fast eine ganze Flasche Gin getrunken, was seine Begeisterung erklären mochte, aber vielleicht war ein neues Gesicht in der kenianischen Wildnis an sich schon ein aufregendes Ereignis. So oder so war es angenehm, willkommen zu sein, und das sagte ich ihm auch.

»Mehr als willkommen, meine Liebe. Sie müssen zum Dinner zu uns auf die Nyama Ranch kommen.«

»Uns?«, neckte ich ihn.

Er hatte den Anstand zu lächeln. »Ja, uns. Nyama gehört der Tante meiner Ehefrau. Jude und ich leben dort mit ihr. Halten das alte Mädchen sozusagen bei der Stange, wenn Sie verstehen, was ich meine. Ist nicht mehr die Jüngste.«

Oh, ich verstand voll und ganz. Der arme, nichtsnutzige Wickenden hatte sich mit seinen Experimenten als Farmer ins Armenhaus spekuliert, und nun blieb ihm nichts anderes übrig, als vom Geld seiner Frau zu leben. Ich fragte mich, wer die Rechnungen für den Rennstall beglich.

Wir tranken aus und lotsten Dora auf die Veranda, zu Brandy und Zigarren. Ich mochte meine Sobranies, aber gute Zigarren liebte ich. Eine Zigarre zu rauchen, das war, als tauschte man Zungenküsse mit dem Feuer. Dora machte sich schon seit langer Zeit nichts mehr daraus, wenn ich mich gelegentlich diesem Genuss hingab, doch Wickendens Miene erhellte sich wie die eines Jungen, der gerade zum ersten Mal eine unanständige Fotografie sieht.

»Wie köstlich skandalös«, flüsterte er. Er näherte seine Lippen meinem Ohr und flüsterte einige unangemessene Vorschläge hinein, doch ich gab vor, sie nicht zu hören. Genau in diesem Augenblick ließ ein Kellner die Glocke der Veranda erklingen, das Signal für die Passagiere, wieder in den Zug zu steigen. Dora trieb mich an, doch Wickenden hielt meine Hand fest.

»Dummes Mädchen. Wir müssen noch nicht gehen. Es dauert ewig, diese verdammte Lok anzuheizen. Bei mir ist das ganz anders«, sagte er und steckte mir seine dicke, schlaffe Zunge ins Ohr.

Ich lächelte ihn an, während ich das glühende Ende meiner Zigarre an sein Hosenbein hielt. Es ging schneller, als ich gedacht hatte. Das Leinen seines Anzugs war von vorzüglicher Qualität, so feingewoben, dass die Zigarre es sofort durchbrannte und seine Haut ansengte, bevor er wusste, wie ihm geschah. Er sprang auf und versprühte Funken und Schimpfwörter in die Dunkelheit.

Mit wiegenden Hüften ging ich zum Zug, während er mir vielfältige Beschimpfungen nachrief. Wie üblich ließ ich sie an mir abperlen, ging zu unserem Waggon zurück und sah, dass die Betten frisch bezogen worden waren. Dora hatte sich schon umgezogen für die Nacht. Sie hatte mir mein Nachthemd herausgelegt und einen Tiegel meiner Cold Cream von Elizabeth Arden. Eine fähigere Zofe wäre aufgeblieben, um meine Sachen wegzuräumen, aber ich musste Zugeständnisse machen. Schließlich gehörte Dora zur Familie. Ich streifte mein Kleid und die Unterwäsche ab und fing an, mich zu waschen.

»Hat er einen Annäherungsversuch unternommen?« Sie blickte nicht von ihrem Buch auf, doch die Tatsache, dass sie las, verriet, dass es ihr besser ging. Ich warf einen Blick auf den Titel. *Meditations on the Song of Songs.*

»Ja, das hat er, und noch dazu ziemlich plump. Ohne jede Raffinesse.« Ich trocknete mich ab und fing an, mich einzucremen.

»Was hast du gemacht?«

»Ihn mit meiner Zigarre angesengt.«

Sie unterdrückte ein Lachen und wandte sich wieder ihrem Buch zu, als ich mich in die Decken kuschelte. Der Zug fuhr los und ließ seine Pfeife in der langen afrikanischen Nacht ertönen.

Am nächsten Morgen hielten wir zum Frühstück an einem weiteren der unzähligen Bahnhöfe an, und ich aß einen Teller voll erstaunlich leckerer Eier mit einigen zweifelhaften Würstchen dazu und eine Schüssel tropischer Früchte, die mit Limettensaft beträufelt waren. Dora mümmelte einen Maisbrei und trank stark verdünnten Tee, und als ihr beides nicht gleich wieder hochkam, wagte sie sich an ein Ei und etwas Toast.

»Weißt du eigentlich, dass das seit Marseille deine erste komplette Mahlzeit ist?«, fragte ich und nahm mir eine Scheibe von ihrem Toast.

Plötzlich wurde sie munter. »Wirklich? Glaubst du, ich habe abgenommen?« Doras Hüften waren der Fluch ihrer Existenz. Sie verbrachte viel Zeit damit abzunehmen – eine in mehr als einer Hinsicht vergebliche Anstrengung.

»Schwer zu sagen in diesem Kleid«, antwortete ich und bestrich den Toast mit Passionsfruchtmarmelade.

Sie verzog das Gesicht. »Wahrscheinlich ist es nicht sehr vorteilhat, aber du weißt, dass ich von Kleidern nichts verstehe.«

Ich zuckte mit den Schultern. »Du führst einen aussichtslosen Kampf, Dodo. Gerade Linien schmeicheln deiner Figur einfach nicht.« Doras Silhouette wäre vielleicht zur Zeit Edwards VII. up to date gewesen, aber Moden ändern sich, und Doras Körper tat das unglücklicherweise nicht. Die Figur, über die sie von Natur aus verfügte – schwere Brüste und runde Hüften und einer Kropftaube nicht unähnlich – war hoffnungslos aus der Mode geraten. In ganz Paris war kein Kleid zu finden gewesen, das zu ihrer schmalen Taille und den stattlichen Kurven einer Göttin Juno gepasst hätte. Alles war schmal geschnitten und eng anliegend und schien sich dazu verschworen zu haben, sie pummelig und fade aussehen zu lassen. Daran konnte auch ihr Haar nichts ändern. Zwar war es ganz hübsch – von der Farbe dunklen Honigs, kräuselte es sich wie ein Teich im Wind, wenn sie die Nadeln herauszog. Aber es war so lang, dass sie darauf sitzen konnte, und der Chignon, zu dem sie es frisierte, ließ sie aussehen wie eine Großmutter. Das viele Haar bescherte ihr auch die Kopfschmerzen, die mit ihren Verdauungsbeschwerden einhergingen.

»Wenn an mir sowieso nichts gut aussieht, muss ich mir auch keine Gedanken über meine Kleidung machen.«

Ich sparte mir die Mühe, darauf zu antworten. Normalerweise war Dora so eitel wie ein Wischmopp, aber hin und wieder schnitt sie das Thema ihres absoluten Mangels an Schick an. Und wenn es um Selbstmitleid ging – darin konnte sie sich wälzen bis zum Gehtnichtmehr.

Als wir zusammen mit den anderen Reisenden wieder in den Zug gestiegen waren – es amüsierte mich zu sehen, dass Mr Wickenden wesentlich weniger freundlich war, seitdem er eine kleine Brandwunde und einen großen Kater pflegen musste –, brachen wir zum letzten Teil unserer Reise nach Nairobi auf. Offene, weite Ebenen lagen vor uns wie eine Einladung. Buschwerk war zu sehen, und in der Ferne konnte ich Umrisse ausmachen, die sich bewegten und die ich für Gnuherden hielt. Ich zeigte Dora den Kilimandscharo weit weg im Süden, gleich hinter der Grenze des von den Deutschen kontrollierten Tansania.

»Sieh dir nur den schneebedeckten Gipfel an«, sagte ich und blätterte den Reiseführer durch. »Es sieht aus, als trüge der Berg eine kleine Nachtmütze. Hier steht, dass der Kilimandscharo auf die kenianische Seite der Grenze gehörte, bis Königin Viktoria beschloss, die Grenze ein bisschen zu verschieben und den Berg ihrem Enkel zum Geburtstag zu schenken.«

Dora konnte den Blick nicht von der Aussicht abwenden. »Das erklärt viel von dem, was mit dem deutschen Kaiser nicht stimmte. Wenn die Königin von England und Kaiserin von Indien bereit ist, eine Landkarte neu zu zeichnen, um jemandem einen Berg zum Geburtstag zu schenken, dann ist es nur noch ein kleiner Schritt, bis jemand sich berechtigt fühlt, die ganze Welt in einen Krieg zu stürzen und Tausende von Menschen zu töten.«

Ich sagte nichts, doch Dora kannte mich gut genug, um meine Missbilligung zu spüren.

»Tut mir leid, Delilah. Ich habe nicht nachgedacht.«

Ich zuckte die Achseln. »Es ist neun Jahre her, dass Johnny gefallen ist. Ich glaube, ich sollte in der Lage sein, über den Krieg zu reden, ohne gleich zusammenzubrechen.«

Wir schwiegen einen Augenblick. Plötzlich setzte Dora sich auf und rief: »Zebras! Eine ganze Herde, sie laufen neben dem Zug her – sieh mal, Delilah, da kommen sie!«

Offenbar hatte die Zebraherde beschlossen, mit dem Zug Schritt zu halten, was nicht sehr schwierig war. Sogar ein hinkendes Kleinkind hätte die arme alte Lok überholen können. Doch die Zebras zogen eine echte Show ab, die kurzen Mähnen flatterten im Wind, und laut schnaubend liefen sie neben dem Zug her. Sie kamen so nah, dass ich nur die Hand hätte ausstrecken müssen, um beinahe eines der gestreiften Felle zu berühren. Dora und ich lehnten uns aus dem Fenster, um sie anzufeuern, während sie Wolken feinen roten Staubs aufwirbelten, der uns in Mund und Ohren flog.

»Wir sehen aus wie Rothäute«, sagte ich zu ihr.

»Grins nicht so viel – sonst fliegt es dir zwischen die Zähne«, antwortete sie und grinste genauso breit.

Auch andere Passagiere lehnten sich aus den Fenstern, um zu fotografieren oder einfach den kühlen Fahrtwind der Savanne zu spüren. Ich roch die Zebras, ein pferdeähnlicher Geruch nach Schweiß, Gras und darunter etwas leicht Muffiges. Ich lächelte noch, als Dora mich plötzlich fragte: »Weißt du, ich habe mich oft gefragt, ob … Hast du irgendeinen von ihnen geliebt? Von den Männern, die nach Johnny kamen?«

Sie blickte mich nicht an und ich sie auch nicht. Manche Fragen sind so direkt, dass man sie nur von der Seite stellen kann.

»Und wenn ich dir nun sage, dass ich sie alle geliebt habe und zugleich keinen von ihnen?«

»Dann weichst du meiner Frage listig aus.«

»Also bin ich wohl ein listiges Schlitzohr«, sagte ich.

Sie schwieg, seufzte aber vielsagend. Was bedeutete, dass sie bekommen hatte, womit sie gerechnet, aber weniger, als sie gehofft hatte.

»Fein. Du willst also wirklich eine Antwort? Die Wahrheit ist, dass ich sie alle geliebt habe, wenn ich daran gedacht habe. Aber es ist so leicht, es zu vergessen.«

»Das verstehe ich nicht.«

»Du schließt die Augen, und plötzlich ist er nicht mehr da. Was du liebtest oder zumindest zu lieben glaubtest, ist einfach nicht mehr da, und es gibt nur noch ein Loch in Form eines Mannes an der Stelle, wo er sonst war. Traurig ist es, wenn das passiert, während er mit dir am Tisch sitzt oder im selben Bett liegt. Du blickst ihn an und kannst dich nicht einmal an seinen Namen erinnern, weil er nur ein Gast war. Er war ein Mann auf der Durchreise durch dein Herz, und du hast ihm niemals wirklich einen Platz eingeräumt, sodass er einfach weiterzieht. Meine Ehemänner nach Johnny sind alle weitergezogen. Keiner von ihnen ist geblieben.«

»Und Johnny?«

»Johnny ist geblieben«, sagte ich und wischte mir den roten Staub aus dem Gesicht. »Johnny hatte wirklich Durchhaltevermögen.«

Dodo hatte keine weiteren Fragen mehr. Und hätte sie welche gehabt, so hätte ich sie ihr nicht beantwortet. Eine Zeit lang beobachteten wir die Zebras, bis sie allmählich zurückfielen und dann stehen blieben. Mit schäumenden Mäulern und heftig bebenden gestreiften Flanken blickten sie uns nach, als wir uns immer weiter von ihnen entfernten.

Dora griff nach dem Reiseführer. »Hier steht: ›Die Telegrafenmasten sind wegen der Giraffen höher als üblich‹«, las sie laut vor.

»Erzähl mir mehr«, befahl ich ihr, und gehorsam las sie mir aus dem Reiseführer vor, bis sie heiser war, las, bis die flachen, leicht ansteigenden Ebenen Afrikas uns nach Nairobi hinaufführten, las, bis ich nicht mehr an Johnny dachte, sondern an Telegrafenmasten und Giraffen und menschenfressende Löwen, die die Knochen der Toten zermalmten.

Kurz nach Mittag fuhr der Zug in Nairobi ein, eine von rotem Staub bedeckte Stadt, die aussah, als wäre sie irgendwo in Indien aufgehoben und mitten in die afrikanische Savanne geworfen worden. Die Straßen von Nairobi wimmelten von Menschen, die den vielfältigen Aufgaben nachgingen, die die Zivilisation mit sich brachte. Es gab Menschen jeglicher Couleur – zielstrebige indische Angestellte, die dunkelhäutige afrikanische Eingeborene anrempelten, welche sich mit würdevoller Anmut durch die Menschenmenge schoben. Hier und dort waren hellhäutige Gesichter zu sehen, die sorgfältig mit breitkrempigen Filzhüten oder Tropenhelmen vor der äquatorialen Sonne geschützt wurden. Nur die Weißen schlenderten ungezwungen umher und hielten sich im Schatten der Eukalyptusbäume, die vereinzelt am Straßenrand standen, während die Inder und Afrikaner ihnen rasch auswichen und in der Sonne weitergingen. Das war mir nicht neu. Ich hatte viel Zeit in Louisiana verbracht und gesehen, wie die Schwarzen den Weißen botmäßig aus dem Weg gingen.

Die Straßen waren gepflastert, und elektrische Leitungen verliefen hoch über unseren Köpfen. Bunte Vögel hatten sich darauf niedergelassen, und Affen hangelten sich daran entlang. Es gab zahlreiche Automobile, doch überwiegend wurden die

Straßen von Ochsenkarren beherrscht, Rikschas holperten vorbei, überholten Passanten, die Handwagen hinter sich herzogen und sich durch Eseldung und verfaulende Abfälle mühten. Die Luft roch beißend danach, und die Ausdünstungen verbanden sich mit dem Geruch von Holzrauch und Eukalyptusblättern und sonnenverbranntem, roten Boden und verliehen Afrika seinen einzigartigen Duft. Ich atmete ihn tief ein, bis Dora mich vom Fenster zurückzog und mir vorwarf, dass ich mich unmöglich benähme.

Als wir in den Bahnhof einfuhren, kämmte ich mein Haar, puderte mir die Nase und trug eine frische Schicht Lippenstift auf. Ich bemerkte einen Tumult auf dem Bahnsteig, und Dodo warf mir einen Blick zu und verdrehte die Augen, sodass das Weiße darin zu sehen war.

»Es kann nicht sein, dass hier Reporter auf dich warten«, murmelte sie. »Das ist einfach nicht möglich.«

»Oh doch, das ist möglich, und wahrscheinlich ist es auch so«, erwiderte ich. »Oh, Dodo, ich weiß, sie sind furchtbar lästig, aber schau doch einfach zu Boden und warte ab. Sobald sie ihr Foto haben, hören sie auf.«

Ich gab ihr alles bis auf meine Handtasche und strich meinen Seidenrock glatt. Für die Ankunft in Nairobi hatte ich mich für Weiß entschieden, und meine gesamte Kleidung war in dieser arktischen Farbe gehalten, von den Wildlederschuhen bis zur Pelzstola, die ich mir über den Arm gehängt hatte. Es war viel zu warm, um sie zu tragen, aber andererseits war der Pelz einfach zu hübsch, um ihn einzupacken. Ich glättete meine Strümpfe und straffte die Schultern, stieg aus dem Zug und wappnete mich gegen den Angriff der Kameras und Journalisten.

Gerade als ich den Bahnsteig betrat, entstieg auch Mr Wickenden dem Zug. Er bedachte mich mit einem kühlen Lächeln.

»Miss Drummond.« Er zog den Hut.

»Mr Wickenden. Ich hoffe, Ihre Einladung gilt noch. Die Vorstellung, dass wir vielleicht keine Freunde mehr sind, gefällt mir überhaupt nicht.«

Ich hob eine Braue. Er zögerte, dann grinste er. »Afrika ist groß, Miss Drummond, aber es ist zu klein für Groll und Missgunst. Schließlich sind wir Nachbarn, und hier draußen müssen wir zusammenhalten.«

Erneut zog er den Hut und streckte mir die Hand entgegen.

Bevor ich einschlagen konnte, hörte ich ein Dröhnen über der versammelten Menge. Es musste ein höllisch lautes Getöse sein, wenn ich es inmitten des Chaos' auf dem Bahnhof von Nairobi hören konnte, doch in diesem Augenblick hörte alles auf. Die Rufe der Träger, das Wimmern der Babys, die Schreie der Verkäufer – alles verstummte, und alle blickten zum Ende des Bahnsteigs, wo ein Pirat stand. Breitbeinig und in Stiefeln, die Hände in die Hüften gestützt, stand er dort und beobachtete den Schauplatz.

Natürlich war es kein Pirat, aber das war der erste Eindruck, den ich von ihm hatte, und erste Eindrücke halten sich lange. Er war abenteuerlich gekleidet, hatte ein dreckiges Hemd in eine noch dreckigere Hose gesteckt, die ihrerseits in einem Paar abgewetzter hoher Reitstiefel aus Leder steckte. Die Ärmel waren aufgekrempelt, der Kragen offen, und jeder Muskel seines Körpers schien vor Wut zu vibrieren. Er hatte sich einen abgenutzten ledernen Stetson auf den Kopf gedrückt, der sein Gesicht beschattete. Er ging auf einen der Eingeborenen zu und sagte irgendetwas Unverständliches in dessen Kauderwelsch. Sofort händigte der Mann ihm eine lange, schlanke Peitsche aus. Der Pirat nahm sie und kam auf mich und Anthony Wickenden zu, der noch immer meine Hand schüttelte. Ohne zu zögern packte er Wickenden bei den Schultern und hob ihn hoch, warf ihn auf den Bahnsteig. Dann hob er die Peitsche, und der erste Knall war so laut, dass sein Echo mir durch Mark und Bein fuhr.

Was nun begann, war die blutigste Tracht Prügel, die ich in meinem ganzen Leben gesehen hatte. Und als sie vorbei war, rollte Wickenden über den Bahnsteig, spuckte Blut und betastete seine gelockerten Zähne.

»Gottverdammt, White«, stieß er hervor, bevor er sich herumwälzte und sich erbrach.

In dem Handgemenge hatte der Angreifer seinen Hut verloren, und er bückte sich, um ihn aufzuheben. Sein Gesicht schwebte direkt über Mr Wickenden. Er sprach leise, doch ich konnte ihn ziemlich deutlich verstehen. »Ich habe die blauen Flecken gesehen, Tony. Wenn du es wagst, sie noch einmal anzurühren, bringe ich dich um – so langsam, dass du mich anbetteln wirst, dir endlich den Rest zu geben. Hast du das verstanden?«

Wieder spuckte Wickenden Blut, und anstatt zu antworten stöhnte er nur.

Der Pirat setzte seinen Hut wieder auf und ging mit großen Schritten davon. Ohne stehen zu bleiben warf er die Peitsche ihrem Besitzer zu. Einen Augenblick herrschte angespannte Stille, doch dann setzte die Menge sich wieder in Bewegung, rief und drängelte, als die Träger zu dem verletzten Mann eilten und die anderen überall verbreiteten, was sie soeben gesehen hatten. Ein Blitzlicht blendete mich, und irgendein neugieriger Bursche bat mich, ihm einige Fragen zu beantworten, aber bevor ich ihm auch nur eine beantworten konnte, tauchte neben mir ein schlanker Gentleman auf.

»Miss Drummond, nehme ich an? Mein Name ist Bates. Ich komme vom Gouverneur und muss Sie bitten, mir zu folgen.« Ich machte mir nicht die Mühe zu protestieren. Er hatte mich untergehakt und zog mich eilig mit sich fort.

»Delilah! Wo willst du hin?«, schrie Dodo hinter mir her. Ich zuckte nur die Achseln, doch der Gentleman drehte sich um und rief über die Schulter:

»Zum Gouverneurssitz. Sie können Miss Drummond danach im *Norfolk Hotel* treffen.«

Eilig bugsierte er mich durch die Menschenmenge, aus dem Bahnhof hinaus und die Straße zum Regierungsgebäude entlang. Ich erwog, mich auf Sir William Kendall zu berufen, beschloss jedoch, einen geeigneteren Zeitpunkt abzuwarten. Wir traten durch die großen Türen ein und stiegen eine breite Treppe aus poliertem Holz hinauf, liefen durch einige Flure und blieben dann vor einer geschlossenen Tür stehen. Davor hatte jemand zwei Stühle aufgestellt, und zu meinem Erstaunen erblickte ich den Angreifer vom Bahnsteig, der bereits einen der Stühle belegt hatte. Er wirkte so ruhig und gelassen, als hätte er den Morgen damit verbracht, Zahlen in einem Wirtschaftsbuch zusammenzurechnen, anstatt einen Mann zu verprügeln.

Mr Bates blieb stehen und deutete auf den freien Stuhl. »Bitte warten Sie hier, Miss Drummond.«

Er verschwand hinter der verschlossenen Tür, und von drinnen hörte ich Stimmen. Ich nahm wie befohlen Platz und betrachtete den Mann, der mir Gesellschaft leistete. In der glänzenden Rechtschaffenheit des Regierungsgebäudes wirkte er mit seinen abgetragenen Stiefeln und dem unrasierten Kinn ziemlich fehl am Platz. Ich bemerkte, dass seine Ohrläppchen durchstochen waren, und in jedem Loch trug er einen kleinen Ring aus Gold. Tatsächlich ein Pirat. Sein Hut lag auf seinen Knien, während er die Hände locker auf die Oberschenkel gelegt hatte – große, kräftige Hände, gezeichnet von Narben und Schwielen. Sein Haar war eine Schande, es war verknotet und brauchte dringend einen Schnitt und eine Wäsche. In milderem Klima wäre es von hellem Braun gewesen, doch die afrikanische Sonne hatte es zu einem Goldton gebleicht, dieselbe Farbe wie die Stoppeln an seinem Kinn. Sein Gesicht war von verwitterter Bräune, mit einem Netz feiner Falten um die Augen, das daher rührte, dass er zu viele Jahre lang zu angestrengt blinzelnd auf ferne Horizonte gespäht hatte. An einem der gebräunten Handgelenke trug er eine merkwürdige Sammlung von Armbändern, manche davon mit Perlen besetzt, andere geflochten, und auf einem schmalen Lederriemen war etwas aufgefädelt, was wie ein Sortiment von Zähnen und Klauen aussah. Unter den Armbändern entdeckte ich Narben, die seinen linken Arm entstellten, lange weiße Striemen liefen vom Handgelenk aus über den Unterarm und verschwanden unter dem aufgekrempelten Ärmel seines Hemdes. Ich schauderte leicht und wandte den Blick ab. Alles an dem Mann erzählte eine Geschichte, wenn man sie denn hören wollte. Ich nahm eine Zeitschrift vom Tisch und tat, als läse ich darin.

Während ich ihn betrachtet hatte, hatte er dasselbe mit mir getan. Er ließ den Blick langsam von meinen Füßen bis zum Haar und wieder zurück schweifen. »Tut mir leid wegen Ihrer Schuhe«, sagte er. Seine Stimme war tief und ein bisschen rau, doch seine Aussprache war gepflegt, und sein Akzent war nicht der eines Engländers, passte aber auch nicht zu einem Amerikaner.

Ich blickte auf das schneeweiße Wildleder, das nun unauslöschlich mit hochroten Andenken an die Prügelei befleckt war. Ich bewegte den Knöchel und betrachtete meinen Fuß von allen Seiten.

»Ach, wer weiß. Vielleicht wird das eine neue Mode«, sagte ich.

»Die ganze Sache lässt Sie völlig kalt«, stellte er fest.

Ich zuckte mit den Schultern. »Hat er es etwa nicht verdient?«

Er lachte auf, kurz, fast freudlos, und richtete den Blick direkt auf mich. Seine Augen waren auffallend blau, wie der Himmel an einem sehr schönen Tag. Sein Blick wirkte vollkommen freimütig, und in Verbindung mit jener kühlen Distanziertheit waren diese schönen Augen sehr eindrucksvoll. Ich fragte mich, ob er das wusste.

»Das hat er. Er hat seine Frau geschlagen.«

»Und die Dame ist eine Freundin von Ihnen?«

Ein Lächeln umspielte seine Mundwinkel. Es war ein ausdrucksvoller Mund, und er verstand es, ihn einzusetzen, auch wenn er nicht sprach.

»So könnte man es nennen«, sagte er.

Ich hob eine Braue, um meine Missbilligung zum Ausdruck zu bringen, und abermals lachte er. Diesmal klang es echt. In dem kleinen Korridor erschreckte mich das Geräusch beinahe, und ich spürte ein Grollen in meiner Brust, genau wie beim Knall der Peitsche zuvor.

»Sehen Sie mich nicht so tadelnd an, Miss Drummond. Ich hätte gedacht, die Vorstellung von Freundschaft zwischen den Geschlechtern wäre das letzte, was Sie schockieren würde.«

»Wie ich sehe, eilt mein Ruf mir voraus«, sagte ich und strich mir geziert den Rock über den Knien glatt.

»Im Club wurden bereits Wetten abgeschlossen«, sagte er und fixierte mich mit seinen bemerkenswerten Augen.

»Tatsächlich? Und wie sind die Konditionen?«

»Fünfzig Pfund für denjenigen, der den Mann errät, der als Erster mit Ihnen schläft«, sagte er gleichmütig.

Bevor ich etwas erwidern konnte, öffnete sich die Tür, und Bates erschien.

»Miss Drummond, wenn es Ihnen recht ist – der Vizegouverneur würde Sie jetzt gern empfangen.«

Ich erhob mich und ging zur Tür. Als ich sie erreicht hatte, drehte ich mich noch einmal um. Ich bedachte ihn mit einem langen, entschlossenen Blick, musterte ihn von den abgenutzten Stiefeln bis zu den dreckigen, ungekämmten Haaren.

»Und auf wen haben Sie gesetzt?«

Er streckte die Beine aus und schlug sie übereinander, verschränkte die Arme hinter dem Kopf und grinste mich an. »Was für eine Frage. Auf mich natürlich.«

4

In dem Büro saß ein Bursche mit kupferfarbenem Haar – der Vizegouverneur, vermutete ich – an einem Schreibtisch und kritzelte etwas auf ein paar Unterlagen, wobei er nachdenklich die Lippen kräuselte. Zweifellos ließ er mich warten, um mir die Bedeutsamkeit seines Amtes klarzumachen. Also sah ich mich im Zimmer um und fasste mich in Geduld, bis er genug von seiner eigenen Wichtigkeit hatte. Nach einigen Minuten schaute er auf und spähte gedankenverloren durch eine Brille, die dringend geputzt werden musste.

»Miss Delilah Drummond? Ich bin Oswell Fraser, der Vizegouverneur der Kolonie Kenia.«

Ich lächelte, um ihm zu zeigen, dass mir der alles andere als höfliche Empfang nichts ausmachte, doch er starrte mich weiterhin finster an.

»Nun, soweit ich weiß, hat Ihr Stiefvater Ihretwegen seine guten Beziehungen zum Gouverneur genutzt.«

Ich zuckte mit den Schultern. »Na ja, so würde ich das nicht ausdrücken …«

»Ich aber«, unterbrach er mich mit schneidender Stimme. »Und Sie sollen wissen, dass Ihnen das nichts nützen wird. Jedenfalls nicht zurzeit. Sir William hat es für nötig befunden, nach England zurückzukehren. Er wird sich voraussichtlich mehrere Wochen dort aufhalten. Während seiner Abwesenheit übernehme ich die Aufgaben des Gouverneurs.« Er beendete die kleine Ansprache und zwirbelte seinen Schnurrbart.

»Wie schön für Sie«, sagte ich, doch er hob die Hand.

»Ich habe nicht den Wunsch, mehr Zeit als nötig auf dieses Thema zu verwenden, also erlauben Sie mir, die Sache zu beschleunigen. Ihr Ruf ist mir durchaus bekannt, Miss Drummond, und ich zweifle nicht daran, dass Sie hier in Kenia eine ebenso gute Zeit verbringen wollen wie überall sonst auf der Welt. Aber lassen Sie mich ganz offen sprechen: Ich werde das nicht zulassen.«

Er war so ernst, dass ich ein Lachen unterdrücken musste und die Augen aufriss, um so unschuldig wie möglich zu wirken. Ich versuchte sogar einen Augenaufschlag, doch dafür war er ganz und gar unempfänglich.

»Ich meine es ernst, Miss Drummond. Unter den gegebenen Umständen ist es zwingend notwendig, dass die Kolonisten hier sich anständig und achtbar verhalten. Das gilt auch für Sie.«

Ich schenkte ihm ein gewinnendes Lächeln. »Mr Fraser, wirklich, ich kann mir nicht erklären, warum Sie eine so negative Meinung von mir haben. Aber ich versichere Ihnen, dass ich nicht die Absicht habe, mich schlecht zu benehmen.«

»Schlecht benehmen?« Er griff nach einem Blatt Papier und las vor. »Verhaftet, weil Sie vor einem Nachtclub in Harlem ein Automobil gestohlen und es in den Hudson gefahren haben. *In flagranti* erwischt mit dem achtzehnjährigen Sohn eines Richters in Dallas. Wegen Nacktbadens in der Seine mit einem Bußgeld belegt. Muss ich fortfahren?«

»Diese Vorfälle sind völlig aus dem Zusammenhang gerissen, bitte glauben Sie mir.«

»Das bezweifle ich«, antwortete er steif. Er ließ das Blatt auf den Schreibtisch fallen, als könnte er es nicht ertragen, es noch länger zu berühren. »Diese und weitere Vorfälle, die in diesem Bericht aufgeführt sind, sprechen für ein Leben voller falscher Entscheidungen und verantwortungslosem, bisweilen *krimi-*

nellem Verhalten. Und als wäre das noch nicht genug, bin ich zufällig mit einer ehemaligen Schulkameradin von Ihnen verheiratet. Annabel hat mir Ihre Mätzchen in der Schweiz ganz unverblümt geschildert.«

»Ach, die liebe Annabel!«, sagte ich leise. Ich erinnerte mich gut an sie. Ein unscheinbares Mädchen mit wenig einprägsamen Zügen und dicken Fesseln. Sie hatte großen Gefallen daran gefunden, mich bei der Schulleiterin zu verpetzen und sich hämisch zu freuen, wenn ich bestraft wurde. »Wie geht es ihr? Bitte grüßen Sie sie von mir.«

Von dieser leeren kleinen Schmeichelei ließ er sich keineswegs erweichen. »Vergessen Sie nicht, was ich Ihnen gesagt habe, Miss Drummond. Es sind bedeutsame Zeiten für diese Kolonie. Ich werde nicht zulassen, dass Ihr Benehmen oder das irgendeiner anderen Person unserer endgültigen Unabhängigkeit von London im Wege steht.«

»Ist der Gouverneur deshalb nach England gereist?«

Zu meiner Überraschung entspannte er sich ein wenig. »Nun, ja, das stimmt. Das Parlament hat einen Ausschuss einberufen, der überprüfen soll, ob es möglich ist, Kenia die Autonomie zu gewähren.«

Ich dachte an das, was der Schiffskapitän mir erzählt hatte. »Sie meinen, so ähnlich wie das, was letztes Jahr in Rhodesien passiert ist?«

Ihm blieb der Mund offen stehen. »Ich bin erstaunt, dass Sie darüber informiert sind. Aber ja, genau darum geht es.«

»Und Sie und der Gouverneur glauben natürlich, dass der Ausschuss und damit auch das Parlament das Thema der Autonomie wohlwollender betrachtet, wenn die Kolonisten als hart arbeitende und achtbare Leute gelten.«

»Ganz recht«, sagte er, und seine Stimme klang eine Nuance freundlicher. »Wissen Sie, wenn über unsere Belange so weit weg in London entschieden wird, ist es furchtbar schwer, dafür zu sorgen, dass die richtigen Entscheidungen getroffen werden. Widmen wir uns nur einmal der Frage des Grundbesitzes für Inder ...« Und das tat er. Fast eine Viertelstunde lang beleuchtete er dieses Thema. Ich lächelte und nickte und wirkte sehr interessiert, ein Trick, den Mossy mir beigebracht hatte, als ich fünf war. Männer fielen immer darauf herein, und wenn man sorgfältig darauf achtete, gelegentlich ein »Hmm« einzustreuen, glaubten sie, dass man ernsthaft nachdachte. Das gab einem die Freiheit, an Strümpfe zu denken oder sich zu überlegen, ob er versuchen würde, einen zu küssen. Nicht dass ich mich Letzteres bei Mr Fraser gefragt hätte. Ein Blick auf seine schmalen, feuchten Lippen reichte, um mir den Wunsch, ihn zu küssen, für alle Ewigkeit auszutreiben.

Endlich war er fertig. Er stand auf und beendete das Gespräch. »Nun wissen Sie, warum es so ungemein wichtig ist, dass Sie sich benehmen, Miss Drummond. Und vor diesem Hintergrund halte ich es für das Beste, wenn Sie sich ohne jede Verzögerung nach Fairlight begeben.«

»Ohne Verzögerung? Aber Mr Fraser, ich hatte eigentlich vor, ein paar Tage in Nairobi zu verbringen, um einige Clubmitglieder kennenzulernen zum Beispiel.«

Er schüttelte den Kopf. »Kommt nicht infrage. Tatsächlich habe ich dafür gesorgt, dass Sie gleich morgen früh nach Fairlight gebracht werden. Heute Nacht sind Sie natürlich im *Norfolk Hotel* willkommen. Bitte tun Sie mir den Gefallen.«

Ich zögerte, und dann fiel mir ein, dass Fraser der mächtigste Mann hier war, so lange der Gouverneur sich außer Landes aufhielt. Vielleicht war es gar nicht schlecht, wenn er in meiner Schuld stand.

Noch einmal schüttelte ich ihm die Hand und sagte in angemessen sachlichem Tonfall: »Also gut, Mr Fraser. Ich werde

Ihren vortrefflichen Rat befolgen. Sie können sich auf mich verlassen.«

Ich sah den Zweifel in seinem Blick und wusste, dass Annabel am Abend einiges zu hören bekommen würde. Ich verabschiedete mich und ging an dem dreckigen Schurken vom Bahnsteig vorbei. Bevor die Tür hinter mir zufiel, hörte ich Fraser noch sagen: »Zur Hölle mit Ihnen, Ryder, was haben Sie da wieder angestellt? Hätten Sie den Mann nicht auf seinem eigenen Grundstück verprügeln können anstatt vor hundert Zeugen mitten im Bahnhof von Nairobi?«

Der Pirat lachte auf, als die Tür ins Schloss fiel und ich das Gebäude verließ, meinen Pelz zurechtrückte und stirnrunzelnd das Blut auf meinen Schuhen betrachtete. So viel zu Anstand und Achtbarkeit. Ich hatte nichts verbrochen, außer aus dem Zug zu steigen und dafür etwas auf die Finger zu kriegen, während dem großen weißen Jäger auf die Schulter geklopft wurde, weil er einem Mann die Zähne ausgeschlagen hatte. Männer!

Dodo wartete im *Norfolk* auf mich. Sie hatte schon eingecheckt und alles ausgepackt, was wir am Abend brauchen würden. Besorgt betrachtete sie meine ruinierten Schuhe, während ich mich frisch machte und ihr erzählte, was Mr Fraser mir angesichts meiner Ankunft in Kenia zu sagen gehabt hatte.

»Das ist der Preis, den du für dein ruchloses Leben zahlst«, sagte sie und schürzte die Lippen, während sie meine Schuhe mit einem Schwamm bearbeitete.

Ich blies einen Rauchring aus und lehnte mich in der Badewanne zurück. »Ich würde es eher als schwungvoll bezeichnen. Was meinst du, Dodo? Wollen wir heute Abend etwas Unangemessenes tragen und bei den Landpomeranzen anecken?«

»Nein, das werden wir nicht tun. Ich habe das Dinner bereits aufs Zimmer bestellt, und wir werden offenbar gleich nach dem Frühstück, das uns ebenfalls im stillen Kämmerlein serviert werden wird, hier abgeholt.«

Ich verzog das Gesicht. »Hör mal, ich bin keine Aussätzige. Ruchlosigkeit ist nicht ansteckend.«

Sie antwortete nicht. Warum sollte sie auch? Wir wussten beide, dass das nicht stimmte. Ein schlechter Ruf war in der Tat ansteckend. Wenn man das Virus in sich trug, gaben anständige Leute sich nicht mit einem ab, um nicht selbst daran zu erkranken. Verrufenheit war ein Infekt, auf den die meisten Leute lieber verzichteten, selbst um den Preis eines sehr unbedeutenden und farblosen Lebens. Sie waren graue Menschen in einer grauen Welt, und Dora war eine von ihnen.

Doch sie war ein großartiger Kumpel gewesen, als es darum ging, sich in die Wildnis Afrikas verschleppen zu lassen. Sie hatte es verdient, dass ich mich wenigstens diesen einen Abend lang benahm.

Ich stieg aus der Badewanne, trocknete mich ab und bestäubte mich großzügig mit nach Mimose duftendem Reispuder. Ich zog meinen japanischen Lieblingskimono an – aus pfauenblauer, mit Silberfäden bestickter Rohseide – und schlüpfte in Satinpantoletten. Ich packte das Grammofon aus und öffnete eine Flasche Gin.

»Lass uns eine Party feiern, nur wir beide«, schlug ich Dora vor, und als das Dinner serviert wurde, hatte sie sich die Fenstergardine wie eine römische Toga umgelegt und trug eine offene Handtasche als Krone auf dem Kopf. Trübsinnig teilte sie die Männer, die sie geliebt und nie geküsst hatte, in Kategorien ein, und sie hörte nicht einmal damit auf, als die Kellner anfingen, das Geschirr auf dem Tisch zu verteilen. Sie tischten uns ein großartiges Dinner auf, und ich gab ihnen gerade ein großzügiges Trinkgeld, als Dora von Quentin zu reden anfing.

»Er hatte einen so stattlichen Schnurrbart. Ich habe mich immer gefragt, wie es wäre, einen Mann mit Schnurrbart zu küssen.«

Ich goss ihr noch etwas Gin ins Glas. »Du hättest ihn fragen sollen. Vielleicht hätte er dir deine Bitte erfüllt. Quentin ist ein sehr entgegenkommender Mann.«

Dass sie überhaupt über so etwas nachdachte, zeigte, wie betrunken sie bereits war. Sie schüttelte den Kopf und hob dann beide Hände, um ihren Kopf festzuhalten.

»Nein, lieber nicht. Wenn ich mich recht erinnere, ist er verheiratet.«

»Mit Cornelia«, fügte ich hinzu, hilfsbereit wie immer.

»Aber das hat dich noch nie von irgendetwas abgehalten.« Sie schien aufrichtig verwundert.

Ich zuckte mit den Schultern. »Schließlich war ich zuerst da. Ich habe das Vorrecht.«

Einen Moment lang versuchte sie mühsam, ihre Finger zu zählen. »Nein, das stimmt nicht, das stimmt überhaupt nicht. Als er dich kennengelernt hat, war er mit Cornelia verlobt.«

»Ich habe nicht gesagt, dass er mir als Erster sein Herz geschenkt hat, Do. Er hat mir *das* zuerst geschenkt«, erklärte ich mit ostentativem Blick auf ihren Schritt.

Sie kreischte und zog sich die Toga noch enger, obwohl ich nicht wusste, warum sie sich diese Mühe machte. Sie hatte sie über ihrer Kleidung zusammengebunden, und sie saß so fest wie bei einer Vestalin, ausgerechnet in meiner Gesellschaft. Zwar hatte ich einige Freundinnen mit lesbischen Neigungen, aber ich schloss mich ihnen nie an. Ich habe es immer vorgezogen, im Bett die Schönste zu sein, also bin ich ausschließlich bei Männern geblieben. Allerdings war Misha verdammt nahe daran gewesen, mich in dieser Hinsicht zu übertrumpfen. Er hatte das Gesicht eines Renaissanceengels gehabt. Ich hatte immer den Verdacht, dass unsere Ehe auch aus diesem Grunde gescheitert war.

»Du warst die Gescheitere«, sagte sie und starrte in ihr Glas, als fragte sie sich, wie der Gin plötzlich hineingekommen war. »Ich hätte es früh hinter mich bringen sollen. Jetzt ist es zu spät. Die Tür ist wahrscheinlich für immer verschlossen. Du weißt schon, *innerlich«*, jammerte sie und fing an, in den Brotkorb zu weinen. »Und du hast nicht einmal das Gefühl, dass es eine Sünde ist, stimmt's? Dir macht es nicht mal etwas aus, dass es so falsch ist, so sträflich falsch.«

Immer noch schluchzte sie. Ich stand auf, schob ihr die Hände unter die Achseln und hievte sie hoch. Trotz ihres massigen Körpers war sie erstaunlich leicht. Es war fast, als hätte ich es mit einem Kind zu tun, und sie rollte sich an meiner Schulter ein, als ich sie zu ihrem Schlafzimmer brachte.

»Du bist voll, Dora. Kein Gin mehr für dich.«

Sie nickte und stöhnte gleich darauf. »Warum drehen sich die Zimmer in diesem Hotel?«

»Ich glaube, das liegt am Gin, Darling.«

»Oh, verstehe.«

Ich zog ihr die Decke bis zum Kinn und löschte das Licht. »Nacht, Dodo.«

»Oh, ich bin gar nicht müde«, behauptete sie, drehte sich um und begann zu schnarchen wie ein Nilpferd.

Ich ging zum Tisch zurück und schob das Essen beiseite. Dann goss ich mir noch einen Gin ein und zündete eine weitere Zigarette an. Nach einer Weile stand ich auf, schaltete das Licht aus und trat nach draußen auf die abgeschiedene Veranda. Es war spät in der Nacht, und Nairobi war in den unruhigen Schlaf einer Stadt gefallen, die den Spagat zwischen den in ihr herrschenden Gegensätzen hinbekommen musste. Ich hörte ein Tier schreien, ein Kreischen, das mich erschütterte. Es war abnehmender Mond, die Sterne schienen hoch am Himmel und breiteten ihr silbernes Licht über die schlummernde Stadt. Irgendwo in der Nähe schwatzte ein Affe in den Bäumen, und ein Betrunkener sang auf Französisch ein rührseliges Lied. Ich drückte meine Zigarette aus, atmete tief und lange ein und sog Afrika in mich auf, das fremdartige und wunderbare Afrika. Als die Sterne zu verblassen begannen, einer nach dem anderen, verzog ich mich ins Bett und schlief den traumlosen Schlaf einer Reisenden.

5

Als ich am nächsten Morgen erwachte, sah ich Dora durch das Zimmer schleichen. Mit dem Packen war sie fast fertig. Sie sah schlimm aus und stöhnte hin und wieder leise, während sie Dinge zusammenfaltete und ordnete. Die Zimmerkellner servierten uns ein englisches Frühstück, das ich komplett verzehrte, während Do sich mit einer Tasse dünnem Tee und einem feuchten Taschentuch auf der Stirn begnügte.

Ich schüttelte den Kopf. »Do, ich hoffe, du wirst mir in Afrika keine Schwierigkeiten machen.«

»Schwierigkeiten?« Ihre Stimme klang tonlos, als käme sie aus großer Entfernung.

»Du nimmst das Leben zu ernst, immer schon. Du sollst dich hier ein bisschen amüsieren, mal über die Stränge schlagen. Du bist nur einmal jung, weißt du.«

Ich tunkte eine Ecke Toast in mein Ei, und Dora wurde grün im Gesicht.

»Ich weiß wirklich nicht, was du meinst. Ich kümmere mich jetzt mal lieber um die Reisetaschen.«

Mit dem Taschentuch vor dem Mund floh sie aus dem Zimmer die Treppe hinunter, um den Abtransport unseres Gepäcks zu überwachen, während ich zu Ende aß und mir viel Zeit bei meiner zweiten Tasse Tee ließ. An der Rezeption machte ich halt, um die Rechnung zu begleichen und ein üppiges Lunchpaket in Empfang zu nehmen.

Ein charmanter junger Mann in Livree trug mir den Essenskorb bis auf die Straße und stellte ihn zu dem Gepäck, das bereits am Bordstein aufgestapelt war. Daneben parkte ein Fahrzeug, das aussah wie ein einziger Müllhaufen. Es war eindeutig als Krankenwagen in sein Dasein gestartet, und Gott allein wusste, welche Sünden es begangen hatte, um so herunterzukommen. Rostige Pocken hatten es befallen und Schweißnähte verunstalteten den Lack, wo die übrigen Wunden mit Metallstreifen vom Schrott versorgt worden waren und aussahen wie Narben.

Ich sah den Fahrer herausspringen, und er erteilte den Trägern Anweisungen, wohin sie die Taschen stellen sollten. Ich erkannte ihn sofort. Er trug genau dieselben Sachen wie am Tag zuvor, was mich nicht weiter überraschte. Wahrscheinlich hatte er in ihnen geschlafen. Ich trat zu ihm und setzte ein strahlendes Lächeln auf.

»Ich wusste gar nicht, dass Sie auch Fahrdienste anbieten«, sagte ich mit süßlicher Stimme.

Er drehte sich um und schob seinen Hut mit dem Zeigefinger ein wenig aus der Stirn. »Nur ein Dienst von vielen, Miss Drummond.«

»Dieses Fahrzeug sieht aus, als würde es nur noch von Draht und viel Hoffnung zusammengehalten.«

Es sprach für ihn, dass er lächelte. »Er wird's schon schaffen.« Mit einem Kopfnicken deutete er auf den Haufen Koffer am Straßenrand. »Wie ich sehe, sind Sie ganz darauf eingestellt, ohne Komfort zu reisen.«

Ich zuckte mit den Schultern. »Ich bin eben ein Mädchen, das schöne Dinge mag«, sagte ich und betonte leicht das Wort *schön.* »Sie haben mir noch nicht gesagt, wie Sie heißen.«

Er nahm den Hut ab und verbeugte sich formvollendet. »J. Ryder White.«

»Und an Ihrem Akzent erkenne ich, dass Sie kein Engländer sind, Mr White. Aber Amerikaner sind Sie auch nicht, glaube ich.«

»Nennen Sie mich Ryder. Sie haben ein feines Gehör. Ich komme von überall und nirgendwo, aber geboren bin ich in Kanada.«

»Ein Kanadier! Wie hinreißend rustikal«, sagte ich in demselben süßlichen Ton. »Sagen Sie, sind Sie schon stubenrein?«

Seine Mundwinkel zuckten, doch er lächelte nicht. Er beugte sich über das Gepäck und wählte einen langen, schmalen Koffer aus, der mit unleserlichen Symbolen aus der Zollstation von Mombasa beschriftet war. »Wie ich sehe, sind Sie bestens gerüstet, Miss Drummond.« Er ließ die Verschlüsse aufschnappen und warf den Deckel zurück. Was immer er zu entdecken geglaubt hatte – der Inhalt überraschte ihn.

»Das ist nicht Ihr Ernst. Hat Ihnen das eine Freundin eingepackt, um Ihnen einen Streich zu spielen?«

»Ich versichere Ihnen, ich kenne diese Waffe sehr genau.«

Er hob die Rigby hoch und lächelte ein Krokodilslächeln. »Prinzessinnen sollten nicht versuchen, Drachen zu töten. Überlassen Sie das lieber den Rittern.«

»Und den Bauern?«

Er lachte laut, legte die Rigby zurück und ließ den Koffer wieder zuschnappen. »Ich glaube, wir werden viel Spaß miteinander haben.«

»Darauf würde ich nicht wetten«, antwortete ich und zeigte ihm die Zähne.

Ich trat beiseite, damit er sein monströses Gefährt beladen konnte. Dora stand an der Beifahrertür, und ich ging zu ihr, um sie ins Wageninnere zu schieben. Verzweifelt schüttelte sie den Kopf.

»Ich muss ans Fenster«, flüsterte sie flehentlich.

»Oh, um Himmels willen, wann lernst du endlich, mit Alkohol umzugehen?« Die Frage war rein rhetorisch. Dora war schon nach einem Fingerhut voll Sherry sturzbetrunken, und ich hatte sie mit einer halben Flasche Gin abgefüllt. Also sollte ich ihr zumindest zugestehen, sich diskret zu übergeben. Ich seufzte und kletterte in das Wrack, setzte mich in die Mitte, während Dora an die Tür gedrückt dasaß.

»Hör auf zu stöhnen, Do. Wir sind noch nicht mal losgefahren.«

»Du vielleicht nicht«, sagte sie. Sie schloss die Augen und sank in sich zusammen, den Kopf hielt sie aus dem Fenster. Einen Augenblick später fiel ein Schatten auf ihr Gesicht.

»Miss?« Ryders Stimme klang sanfter, als ich sie bisher je gehört hatte.

Dodo hob den Kopf wie ein Hund, der in der Luft herumschnüffelt. Er lächelte sie an und gab ihr einen Blechbecher. »Vielleicht hilft Ihnen das.«

Vorsichtig trank sie einen Schluck. »Oh. *Oh.* Was ist das?«

Er zuckte die Achseln. »Selbstgemachtes Heilmittel. Papayasaft, Ingwer, ein paar andere Sachen noch. Trinken Sie einfach. Ich habe noch einen ganzen Flachmann davon.«

Sie blickte zu ihm auf. Ihre Miene wirkte ehrfürchtig. »Danke.«

Ich warf ihm einen schiefen Blick zu, und über Doras Kopf hinweg lächelte er mich an. Dann zog er den Hut und verneigte sich tatsächlich vor Dora. »Jederzeit gern, Miss.«

Einen Augenblick später schob er sich auf den Sitz neben mir, bis sein Oberschenkel den meinen berührte. »Rutschen Sie rüber, Prinzessin. Ich muss die Gangschaltung bedienen können.«

Ich rückte so weit weg, wie es nur ging, und schenkte ihm erneut ein süßes Lächeln. »Und wo bleibt mein Morgentrunk?«

»Sie haben keinen Kater«, sagte er.

»Ich habe keinen Kater«, sagte Dora so energisch sie konnte. »Eine Dame trinkt nicht exzessiv. Ich bin nur völlig übermüdet.«

»Natürlich«, sagte Ryder beschwichtigend. Er zwinkerte mir zu, und ich verschränkte die Arme vor der Brust. Dora hatte die Augen wieder geschlossen und nuckelte heftig an ihrem Becher.

»Was ist da drin?«, wollte ich wissen.

Er beugte sich eine Spur näher als nötig zu mir und sagte leise: »Genau das, was ich schon sagte. Papayasaft, Ingwer. Und eine halbe Flasche Gin.«

»Genau das, was sie überhaupt in diese Lage gebracht hat.«

Er zuckte die Achseln. »Das beste Mittel gegen den Kater ist, sich erneut zu betrinken. Glauben Sie mir, wenn ich könnte, würde ich diese Fahrt auch nicht nüchtern hinter mich bringen. Später wird sie mir dankbar sein.«

»Ja, aber gilt das auch für mich?«

Er lachte nur und ließ das Getriebe krachen.

»Sie *sind* doch der Fahrer, für den dieser nette Mr Bates von der Regierung gesorgt hat, stimmt's? Ich kann es nicht ausstehen, entführt zu werden, ohne es vorher zu wissen.«

»Sie sind meine Fahrgäste. Zahlende Fahrgäste«, fügte er vielsagend hinzu.

Dodo schlug die Augen auf und griff nach ihrer Handtasche. Ich gab ihr einen Klaps auf die Hand. »Wage es nicht. Nicht, bevor er uns heil nach Fairlight gebracht hat. Womöglich schmeißt er uns einfach irgendwo in der Wüste raus, wo kommen wir denn da hin?«

Belustigt sah er mich an. »Die Wüste? Prinzessin, was glauben Sie, wo Sie sind? Das ist hier nicht die gottverdammte Sahara.«

Und damit startete er den Wagen, und wir donnerten mit

röhrendem Motor los, verließen Nairobi und die letzten Ausläufer der Zivilisation.

Wir schwiegen, während er den dichten Verkehr bewältigte, der sich aus der Stadt hinausquälte. Die Straßen waren überraschend belebt – Eselskarren und Rikschas drängten sich zwischen gepflegten neuen Automobilen und Fußgängern, die mit Bündeln von Brennholz und Körben mit Früchten beladen waren. Ryder machte uns auf einige der örtlichen Sehenswürdigkeiten aufmerksam, darunter den Turfclub, das Gefängnis Kilimani und das japanische Bordell, aber ich stellte keine Fragen, und Dodo war vollauf damit beschäftigt, sich um ihr »Heilmittel« zu kümmern. Ich blickte aus dem Fenster, sah die schäbigen kleinen Bungalows verschwinden, die die Außenbezirke von Nairobi sprenkelten. Die lehmige Straße verlief nun bergan und bahnte sich ihren Weg durch die Wildnis, eine Wildnis, an der sich nichts geändert hatte, seitdem Eva in einem Rock aus Feigenblättern tanzen gegangen war. Der Boden war so rot wie der Lehm in Georgia, und hier und dort spendete ein Dornenbaum mit flacher Krone dem Gras der Savanne ein wenig Schatten. Soweit das Auge reichte, war nichts zu sehen als Land und noch mehr Land, eine Leere, die so groß war, dass nicht einmal Gott selbst sie zu füllen vermocht hätte. Die Meilen flogen an uns vorbei, und auch meine schlechte Laune verflog, und als die erste anmutige Giraffe in Sicht kam, schnappte ich hörbar nach Luft.

Ryder hielt das Gefährt an und deutete auf das Tier. »Sie hat ein Kalb.« Ich spähte in das Gestrüpp hinter der Giraffe und entdeckte eine winzige Ausgabe von ihr, die auf unmöglich langen Beinen schwankend daraus hervorkam.

Die Mutter drehte sich um, und mit einer eleganten Kopfbewegung versetzte sie dem kleinen Ding einen ermunternden

Stups. Die beiden näherten sich dem Laster, und ich sah, dass das Jungtier überhaupt nicht winzig war – es war sogar riesig, und Ryder fuhr langsam die Straße hinunter, ganz langsam, um die beiden nicht zu erschrecken.

»Warum fahren wir weiter?«, fragte ich ihn. »Ich hätte sie gern noch ein wenig beobachtet.«

»Zweite Buschregel. Gehen Sie niemals zu nahe an ein Tier heran, das Junge hat.

»Und wie lautet die erste Regel?«

»Beute rennt. Wenn Sie keine Beute werden wollen, rennen Sie nicht.«

Ich lächelte und erwartete, dass er lachen würde, doch er blieb todernst. Er hatte den Blick auf die Straße gerichtet, und ich nutzte die Gelegenheit, um ihn etwas genauer zu betrachten als am Tag zuvor. Er hatte sich ein wenig in Ordnung gebracht, obwohl seine Kleidung in üblem Zustand war. Sein Kinn war noch immer rau vor goldblonden Stoppeln, doch Hände und Gesicht waren sauber. Er hatte starke, feste Hände, und ihr Anblick verriet mir, dass es nur wenig gab, was er nicht bewerkstelligen konnte. Mossy sagte immer, dass man an den Händen eines Mannes alles ablesen könne, was man über ihn wissen muss. Manche Hände, hatte sie zu mir gesagt, waren unruhig. Sie gehörten zur Sorte der wandernden Hände, die an Orte schlüpften, an denen sie nichts zu suchen hatten, und sie würden gleich wieder weiterwandern, weil diese Hände einfach nicht stillhalten konnten. Manche Hände waren wertlos, zu nichts anderem in der Lage, als einen Drink zu halten oder Asche von einer Zigarre zu schnippen, und manche Hände waren strafende Hände, die fest zuschlugen, ohne einen Abdruck zu hinterlassen, und das waren die, mit denen man kein zweites Mal zu tun haben wollte.

Aber die besten Hände waren die wissenden, hatte Mossy

gesagt und vielsagend gelächelt. Wissende Hände waren fähig; sie konnten ein Pferd oder eine Frau beruhigen. Sie konnten Dinge auseinandernehmen – einschließlich eines Herzens – und sie besser als zuvor wieder zusammensetzen. Wissende Hände waren selten, doch wenn man welche fand, lohnte es sich, sie festzuhalten, zumindest eine Weile. Ich betrachtete Ryders Hände. Sie lagen locker auf dem Steuer und dem Schaltknüppel, schmeichelten, anstatt zu zwingen, und ich fragte mich, wie viel sie wussten.

Sie wussten, was Schmerz war, das zumindest ließ sich angesichts der Narben, die seinen linken Arm überzogen, mit Sicherheit sagen. Er hatte Glück gehabt. Was immer sich in seinen Arm gekrallt hatte, es hatte nicht loslassen wollen. Es waren lange, gezackte weiße Narben wie Satzzeichen, mit einem Punkt aus knotigem, weißem Narbengewebe an jenen Stellen, an denen dieses Etwas sich unnachgiebig festgebissen hatte. Manche Männer hätten sie vielleicht unter Hemdärmeln versteckt und so getan, als wäre nichts passiert. Andere hätten die Geschichte jedem sofort erzählt, hätten vor jedem weiblichen Wesen damit geprotzt, das sich davon beeindrucken ließ. Ryder jedoch schien sich seiner Narben nicht einmal bewusst zu sein. Er trug sie, wie er seine Armbänder trug – als Souvenirs der Orte, an denen er einmal gewesen war. Ich hätte ihn fragen können, aber ich tat es nicht. Ich wollte seine Geschichten noch nicht hören. Er war ein Fremder, ein unmöglicher und ungehobelter zwar, aber nichtsdestotrotz ein Fremder. Und es gibt nichts Interessanteres als einen Fremden.

Also beschloss ich, ihm seine Geschichten zu lassen und nur Alltägliches von ihm zu erfahren, Dinge, die keine Rolle spielten. »Sie sind also in Kanada geboren. Und wo da?«

»Quebec.«

Ich hob eine Braue. »Tatsächlich? Sie klingen nicht so, als kämen Sie aus Quebec.«

»Bin da weg, als ich ein Jahr alt war. Mein Vater und ich sind den Mississippi rauf- und runtergefahren und dann nach Westen, nach Kalifornien. Sind im Klondike-Goldrausch gelandet, als ich sechs war.«

»Das sind ziemlich lange Reisen für einen kleinen Jungen. Was hat Ihr Vater gemacht?«

»So wenig wie möglich«, sagte er und verzog ironisch den Mund.

»Und was hat Ihre Mutter dazu gesagt? Hat es ihr gefallen, dass er sie nach Lust und Laune durch die Weltgeschichte geschleppt hat, oder hatte er sie angesteckt mit seinem Fernweh?«

»Sie ist gestorben, bevor wir Quebec verließen.« Er sagte es leichthin, als wären es nur Worte für ihn. Zwar hatten wir den Verlust eines Elternteils gemeinsam, nicht aber die Art, mit der entstandenen Leere umzugehen. Kein Tag verging, an dem ich nicht an Pink dachte und daran, wie anders mein Leben verlaufen wäre, hätte er noch gelebt.

»Also sind Sie ohne weiblichen Einfluss aufgewachsen?«

»Eine Algonkin-Indianerin ist eine Weile mit uns gereist. Sie hat sich um mich und meinen Vater gekümmert, obwohl ich nicht weiß, ob ich sie wirklich als Frau betrachten würde. Ihr Schnurrbart war dichter als seiner.«

»Was hat Sie nach Afrika verschlagen?«

»Mein Vater hat einen Treffer gelandet. Er ist auf Gold gestoßen, und er hat so lange nicht locker gelassen, bis er seinen Anspruch darauf durchsetzen konnte. Aber dann meinte er, dass es am Klondike allmählich zu voll würde und zu kalt. Afrika war leer und heiß. Wir kamen an, als ich zwölf war. Seitdem bin ich fast immer hier gewesen.«

»Und was machen Sie hier?«

Er zuckte die kräftigen Schultern. »Dies und das – in letzter Zeit arbeite ich manchmal als Fremdenführer. Ich leite Safaris. Ich habe ein bisschen Land an der Küste, wo ich Zuckerrohr anbaue, und ich besitze ein paar *dukas.*«

»*Dukas?*«

»Läden – so etwas Ähnliches zumindest. Das, was hier der Zivilisation noch am nächsten kommt. Die Post wird dort angeliefert, und die Leute kommen auf einen Drink vorbei und um sich mit den Nachbarn zu treffen.«

»Himmel, das ist hier das Ende der Welt, stimmt's?«, fragte ich. Als ich in Paris in einem Hotelzimmer saß, erschien mir Afrika wie ein aufregendes Abenteuer. Nun hatte mich die Wirklichkeit eingeholt, riesig und ungewiss, und ich fühlte mich sehr klein.

Mit undurchdringlicher Miene blickte er mich an. »Es ist gar nicht so schlecht, Prinzessin. Sie werden schon sehen.«

Plötzlich fuhr ich auf wie der Blitz, starrte durch die Windschutzscheibe, und alle Gedanken an mein Exil waren wie weggewischt. Vor mir erstreckte sich das Großartigste, was ich je in meinem Leben gesehen hatte, und nicht einmal diese Worte werden der Erinnerung daran gerecht. Es war der Große Afrikanische Grabenbruch, der das gesamte Blickfeld einnahm und die Erdoberfläche zu einem so riesigen Krater aufriss, dass kein Mensch ihn von einem zum anderen Ende überblicken konnte. Tief im Herzen dieser großartigen kontinentalen Wasserscheide wehten Gräser, ein riesiger grüner Teppich, übersät mit Tieren, wie ich sie bisher nur in Bilderbüchern und Reiseberichten gesehen hatte. Eine winzige Elefantenherde wirkte von unserem Standort in luftiger Höhe aus verschwindend klein, und als Ryder den Motor ausstellte, hörte ich nichts außer dem Rauschen des Windes, das aus dem Tal heraufdrang. Dieser Wind trug alle Versprechen Afrikas in sich. Er roch nach grünem Wasser und roter Erde und nach den Tieren, die beides durchstreiften. Aber da war noch etwas, und es war so alt wie der Fels selbst. Es hätte der Duft des Allmächtigen sein können, und ich wusste, dass es keine Worte dafür gab. Ich befand mich an einem Ort, so heilig wie kein anderer, an dem ich jemals gewesen war.

»Mein Gott«, flüsterte ich. »Wie groß ist sie?«

»Viertausend Meilen von den nördlichen Ausläufern in Syrien bis in die Tiefen Mosambiks. Die Breite ist unterschiedlich, an manchen Stellen beträgt sie sechzig Meilen, aber hier wird sie schmaler. Nur ungefähr zwanzig Meilen.«

»Das ist das Erstaunlichste, was ich je gesehen habe.« Ich stieß Dodo an, die aufwachte und heftig blinzelte.

»In welcher Höhe befinden wir uns?«, fragte sie mit krächzender Stimme.

»Ungefähr zweitausend Meter hoch.«

Dodo stöhnte kurz auf und hielt sich am Sitz fest. »Am besten schließen Sie die Augen, bis wir unten sind«, sagte Ryder freundlich. Sie nickte, hielt sich ihr Taschentuch vor die Augen und zog sich so weit in den Wagen zurück, wie sie konnte. Mit herausfordernder Miene drehte er sich zu mir.

»Was ist mit Ihnen, Prinzessin? Sind Sie Manns genug, um hinunterzusehen?«

»Fahren Sie«, stieß ich zwischen zusammengebissenen Zähnen hervor.

Er lachte und schaltete krachend in den zweiten Gang, um sich auf dem Gefälle in Bewegung zu setzen. Die Stoßdämpfer des Hispano-Suizas vermisste ich schmerzlich, als wir auf dem holperigen, gewundenen Hang heftig durchgeschüttelt wurden. Der Geruch nach überhitztem Metall erfüllte die Luft, und als wir beinahe unten angekommen waren, waren die Bremsen so heiß und glatt, dass sie kaum noch griffen.

Schlitternd kamen wir an einem kleinen Wasserlauf zum Stehen, und Ryder stellte den Motor ab, um ihm eine Pause zu gönnen. Die einzigen Geräusche waren das Ticken des heißen Metalls, das Rauschen des Wassers und Doras leises Keuchen.

Ryder blickte betont nach unten, und ich sah, dass ich mich an seinem Bein festgeklammert hatte. Sofort nahm ich meine Hand weg, aber er lächelte nur.

»Es ist vorbei, Dora«, sagte ich scharf. Sie fuhr auf, als Ryder aus dem Wagen sprang.

»Wo wollen Sie hin?«, fragte ich.

Er griff ins Heck des Wagens und hob einen Kanister hoch. »Wasser. Nach so einer heißen Fahrt muss man den Kühler wieder auffüllen. Denken Sie daran, falls Sie jemals selbst hier hinunterfahren.«

Er ging um das Gefährt herum, und ich machte mich daran, ihm zu folgen. »Bleiben Sie drin«, befahl er. »In dieser Gegend gibt es wilde Tiere, und Sie wissen nicht, wie Sie sich verhalten müssen.«

Ich öffnete den Mund, um zu widersprechen, doch er hob die Hand und brachte mich mit einer Geste, so gebieterisch wie die eines römischen Kaisers, zum Schweigen.

Ein leises, schnüffelndes Geräusch war zu hören und dann ein Krachen, als sich etwas Riesiges im Busch jenseits des kleinen Flusses bewegte. Ryder trat vorsichtig ein Stück zurück und ließ das bebende Gestrüpp keine Sekunde aus den Augen.

»Geben Sie mir mein Gewehr.«

Ich drehte mich um und griff in den Gewehrständer hinter mir. »Welches?«

»Das größte. Es ist schon geladen, aber noch nicht entsichert. Geben Sie es mir einfach.«

Ich tat, was er mir sagte. »Braves Mädchen«, murmelte er.

»Keine Geräusche und keine plötzlichen Bewegungen. Wir schaffen es nicht mehr den Berg hinauf, der Motor ist überhitzt. Wenn mir etwas passiert, fahren Sie wie der Teufel geradeaus die Straße hinunter, bis sie zu einer *duka* kommen. Der Ladenbesitzer weiß, was er zu tun hat.«

»Wenn Ihnen etwas passiert?« Ich hatte nicht gewusst, dass man gleichzeitig flüstern und kreischen konnte, aber ich brachte es fertig. Dora kauerte auf dem Sitz, spähte über ihr Taschentuch und trank so gierig aus dem Flachmann, dass ich glaubte, sie würde den Lack vom Metall saugen.

»Es ist wahrscheinlich ein Büffel«, erklärte Ryder. »Sie mögen Menschen nicht besonders, und wenn ich ihn erledigen muss, habe ich genau einen Schuss. Für einen zweiten ist es zu spät, wenn er erst aus der Deckung aufgetaucht ist. Falls ich ihn verfehle, bleiben Sie nicht hier, um zuzusehen. Das wird kein besonders schöner Anblick sein.«

Seine Stimme war so ruhig und sachlich, als sprächen wir darüber, was es zum Dinner geben sollte, und nicht über Leben und Tod. Er hatte mich kein einziges Mal angesehen. Seine ganze Aufmerksamkeit war auf die bevorstehende Abrechnung gerichtet. Er stand auf der anderen Seite des Wagens und hatte den Blick auf den Busch geheftet, sodass es leicht für mich war, ins Heck zu greifen und die Rigby hervorzuholen. Die Munition lag griffbereit, und ich nahm zwei Patronen heraus, meine schweißnassen Finger rutschten an dem kühlen Metall ab. Es war sinnlos, noch mehr zu nehmen. Mir würde keine Zeit zum Nachladen bleiben. Ich schob die Patronen ins Gewehr und ließ es zuschnappen. Lautlos bewegte ich mich auf Ryder zu und blieb hinter ihm stehen. Ohne den Kopf zu mir zu drehen, stand er dort, aber er musste gesehen haben, dass sich in den Schatten etwas bewegt hatte. Das eigene Gewehr hatte er an der Schulter angelegt und ein Auge geschlossen, während er mit dem anderen durch das Zielfernrohr spähte.

»Gehen Sie wieder auf die andere Seite des Wagens. Ich will, dass Sie aus der Deckung schießen. Warten Sie, bis er genau in Ihrer Schusslinie steht«, befahl er mit leiser Stimme. »Er kommt direkt auf uns zu. Zielen Sie zwischen die Augen. Ich ziele auf sein Herz.«

Es gab eine Menge, was mir daran nicht gefiel, aber ich legte mich nicht mit ihm an.

Ich wich zurück, damit der Laster zwischen uns stand, und stützte meinen Arm auf der Motorhaube ab. Dann spannte ich beide Läufe des Gewehrs und wartete. Eine Ewigkeit verging, bevor die Äste endlich erbebten und sich gleich darauf teilten.

Was zwischen ihnen hervorbrach, war so groß wie ein kleines Haus, riesig und schwarz und unaufhaltsam. Es war so stabil wie die Erde selbst, und seine Augen waren klein und böse. Einen Moment lang hielt der Büffel inne, und ich sah, wie der Schweiß sich auf Ryders Schultern sammelte, sein Hemd durchnässte, während er ruhig mit dem Gewehr zielte und wartete, wartete auf die Chance, nicht schießen zu müssen.

Aber den Gefallen tat der Büffel ihm nicht. Er senkte den Kopf, sammelte seine Kräfte und drückte sich vom Boden ab, um geradewegs auf uns zu loszustürmen.

Ryder hatte sich geirrt. Ihm blieb genug Zeit für einen zweiten Schuss. Sein erster war schnell und hitzig und fuhr dem Büffel durch die mächtigen Schultern direkt ins Herz. Ich schoss ihm in die Stirn, und bevor ich mich von dem Rückstoß erholen konnte, um erneut zu zielen, hatte Ryder schon eine zweite Patrone an derselben Stelle wie zuvor versenkt. Der Büffel sank schwer auf die Vorderkeulen und fiel nach vorn. Wenige Zentimeter vor Ryders Stiefeln blieb er reglos liegen.

Ich schlich um den Wagen herum, eine Patrone noch im Gewehr. Ich hielt es Ryder hin.

Er nahm es nicht. »Nicht nötig. Er ist erledigt«, sagte er. Wir standen da und beobachteten, wie die bösen Schweinsäuglein blind wurden, matt und glasig. Ich keuchte heftig, und der Schweiß rann mir über die Furche des Rückgrats, sammelte sich in der Wölbung über meinem Po zu einer kleinen Pfütze. Ich fasste mir an die Stirn und schob den Pony zurück, damit die Luft mein Gesicht kühlen würde. Kleine Schweißperlen rannen mir in den Nacken. Mein Körper war feucht, und ich zitterte am ganzen Leib, meine Beine schienen unter mir nachgeben zu wollen.

Aufmerksam musterte Ryder mich. »Alles in Ordnung?«

»Ja.« Mühelos brachte ich die Lüge über die Lippen.

Er nahm die Totenstille des Büffels in sich auf. »Verdammt guter Schuss, Prinzessin«, sagte er und tauchte einen Finger in das Blut des Büffels. Dann zeichnete er mir damit ein Zeichen auf die Stirn.

»Erstes afrikanisches Blut«, sagte er leise. »Das ist ein Jagdbrauch hier draußen.«

Er entlud meine Rigby und legte die Gewehre beiseite. Im Wagen weinte Dora leise in ihr Taschentuch, und er sagte in beruhigendem Ton etwas Tröstendes zu ihr. Dann kam er wieder zu der Stelle, an der ich immer noch stand, und starrte auf den gewaltigen Büffelkadaver.

Er nahm mich bei der Hand und führte mich zu dem Flüsschen. Dort angekommen, zog er ein Taschentuch aus seiner Hosentasche, und der Anblick dieses kleinen Quadrats aus schlichtem Leinen trieb mir heiße Tränen in die Augen. Es hätte das Kopftuch eines Zigeuners sein müssen, dreckig und nach billigem Parfum riechend. Aber es war so weiß und sauber wie die Taschentücher, die mein Großvater bei sich trug.

Er nahm den Hut ab und kniete sich an den Wasserlauf. Als er den Kopf beugte, sah ich, dass sein Haar sich im Nacken leicht lockte, und sein entblößter Hals und die Anmut des lockigen Haares machten mich beinahe fertig. Er tauchte das Taschentuch ins Wasser und fuhr mir damit über das Gesicht, wischte das Blut ab und den Schweiß und die Tränen. »Alles ist gut, Prinzessin«, sagte er leise.

Wenn ich mich an ihn gelehnt hätte, hätte er mich festgehalten. Aber ich tat es nicht. Ich setzte mich nur auf einen Felsbrocken und ließ zu, dass er mich sauber machte. »Sie sind verrückt«, sagte ich. »Sie hätten auch aus der Deckung schießen sollen, genau wie ich.«

Er sagte kein Wort. Stattdessen blieb er dort an dem Flüsschen hocken, wusch das Blut aus dem Taschentuch und wrang es aus, bis das Wasser wieder klar war.

»Sie haben sich zwischen den Büffel und uns gestellt, damit wir entkommen können, wenn er angreift«, sagte ich vorwurfsvoll.

Er wirbelte auf dem Absatz herum. »Das ist meine Aufgabe. Die Sicherheit der Kunden geht vor.«

»Wenn es um Sie oder uns geht, dann sind also Sie es, der dran glauben muss?«

Gleichmütig zuckte er die Schultern. »Wie ich schon sagte, das ist meine Aufgabe.«

»Das ist eine verdammt dämliche Art, sich seinen Lebensunterhalt zu verdienen.«

Er griff in seine Hosentasche und zog ein Zigarettenetui heraus. Er entnahm ihm zwei Zigaretten, zündete sie an und zog daran, bis die Spitzen rot glühten. Er reichte mir eine Zigarette, und ich nahm sie. Sie war zwar nicht glatt und schwarz wie meine Sobranies, aber sie würde erst einmal reichen. Meine Hand zitterte leicht, und er gab vor, es nicht zu bemerken. Das

Zigarettenetui war schmal und aus Silber, Sterlingsilber allem Anschein nach. Das Geschenk eines wohlhabenden Kunden, kein Zweifel. Wahrscheinlich eine Frau.

»Warum tun Sie das? Haben Sie keine Ausbildung?« Die Worte waren messerscharf und bewusst gewählt, um ihm einen Stich zu versetzen.

Nachdenklich zog er an seiner Zigarette. »Ich verfüge über so viel Ausbildung, wie ein Mann eben braucht.«

»Nicht, wenn Sie Ihr Leben riskieren müssen, um dumme reiche Leute herumzuschleppen und sie auf Tiere schießen zu lassen.«

»Na ja, mich können eben nur die Reichen bezahlen.«

Er lächelte, und ich warf meine fast vollständig heruntergebrannte Zigarette nach ihm. Nachdem er sie gründlich mit dem Absatz ausgetreten hatte, reichte er mir seine große Hand, um mir aufzuhelfen. Ich ergriff sie.

»Kommen Sie, Prinzessin. Es ist Zeit weiterzufahren.«

Leicht schwankend kam ich auf die Füße. »Ich glaube, ich werde ohnmächtig.«

»Wagen Sie es nicht«, befahl er mit zusammengebissenen Zähnen.

Als er Anstalten machte, mir einen Arm um die Taille zu legen, schlug ich ihn weg. »Ich kann allein gehen, vielen Dank.«

Ich löste mich von ihm und torkelte bis zu dem Laster, wobei ich sinnloserweise die blutigen Streifen auf meinem weißen Kleid und den weißen Schuhen abzureiben versuchte. Ich sah aus wie eine Hochzeitsnacht auf Beinen.

Als ich mich näherte, kam Dodo aus dem Laster gestürzt. »Delilah! Liebes, geht es dir gut?«

»Ziemlich«, sagte ich und setzte ein künstlich strahlendes Lächeln auf.

Und dann glitt ich zu Boden, so anmutig es nur ging.

Einige Minuten später kam ich wieder zu mir, mit brennenden Wangen und nach Luft schnappend, weil mir etwas giftig Alkoholisches zwischen die Lippen gesteckt wurde. Ich schob es weg.

»Ich bin wach, vielen Dank«, sagte ich kalt. Achselzuckend trank Ryder einen kräftigen Schluck aus dem Flachmann, den er mir in den Mund geschoben hatte.

»Ihr Pech. Es ist Single Malt.«

Ich rieb mir die Wange. »Haben Sie mich zum Wachwerden etwa *geschlagen*?«

Gleichmütig zuckte er die Achseln. »Unter den gegebenen Umständen schien das nötig zu sein.«

Damit ging er fort und überließ es Dora, mir beim Aufstehen zu helfen. »Ich habe irgendwo noch ein Riechfläschchen, aber Ryder hat gesagt, er könne dich schneller wieder zu Bewusstsein bringen.«

»Darauf würde ich wetten«, sagte ich und betastete vorsichtig meinen Kiefer. »Das wird ein blauer Fleck.«

»Überhaupt nicht«, beteuerte Dora. »Es war wirklich nur ein kleiner Klaps, ehrlich.«

Das glaubte ich ihr aufs Wort, obwohl der Schmerz in meiner Wange etwas anderes sagte, als ich schwerfällig in den Laster kletterte. Ich wandte mich an Ryder.

»Bringen Sie uns nach Fairlight. Bringen Sie uns so schnell wie menschenmöglich dorthin. Und dann gehen Sie. Ich glaube, ich habe erstmal genug von Ihnen.«

Er lächelte. »Schade, dass Sie das so empfinden.«

Ich dachte an die äußerst arrogante Wette, die er im Club abgeschlossen hatte, und empfand eine gewisse Genugtuung, weil er sich nun große Sorgen machen musste, diese Wette zu verlieren.

»Wirklich? Warum denn?«, fragte ich mit süßlicher Stimme,

um den Genuss dieses Augenblicks und seiner Erniedrigung zu verlängern.

Er drehte sich um und sah mir ins Gesicht. »Weil ich auf Fairlight lebe.« Er beugte sich zu mir, so nah, dass ich die gelben Flecken in seinen blauen Augen sehen konnte. »Hallo Nachbarin.«

6

Schweigend fuhren wir weiter. Dora schlief mit offenem Mund und schnarchte leise, während sie ihren Flachmann zärtlich an sich gedrückt hielt. Weder er noch ich machten Anstalten, uns um den Essenskorb zu kümmern. Er schien damit zufrieden, für immer auf Straßen zu fahren, die sich ins Nirgendwo erstreckten. Die lehmige Straße ging in eine schlichte Staubpiste über, doch deswegen fuhr er keineswegs langsamer. Mein Großvater behauptete immer fluchend, auf einer unbefestigten Straße sei es besser, so schnell wie möglich zu fahren, weil man das nächste Schlagloch schon fast hinter sich habe, wenn man das vorhergehende noch spüre. Ryder schien derselben Meinung zu sein. Wir flogen die Straße hinunter und wirbelten eine Staubwolke hinter uns auf, die meilenweit in der Savanne zu sehen sein musste.

Ryder sagte kein Wort, doch er schien nicht im Mindesten verärgert zu sein, denn sein Schweigen war angenehm. Meines hingegen war anders. Es hatte scharfe Ecken und eine dornige Unterseite, und am meisten ärgerte mich, dass er offenbar überhaupt keine Notiz davon nahm. Ich hatte ihn damit bestrafen wollen, doch wenn es ihm nicht das Geringste ausmachte, war das ziemlich sinnlos. Schließlich seufzte ich und stellte die unvermeidliche Frage.

»Wie weit ist es noch?«

Er zuckte die Achseln. »In Afrika misst niemand die Entfernung in Meilen. Reisen werden in Zeitspannen gemessen – ein Zweitagesmarsch, eine vierstündige Fahrt. Aber es kommt auf die Straßen an. In der Regenzeit kann es zwei Tage dauern, nach Nairobi zu fahren. Im Augenblick ist es trocken, also werden wir nur noch ungefähr eine halbe Stunde brauchen.«

Ich nahm Zuflucht zu dem Fläschchen, das in meinem Strumpf steckte, und nippte zunächst nur unauffällig daran, doch allmählich ging ich zu den langen Zügen einer geübten Trinkerin über. Als wir uns Fairlight näherten, fühlte ich mich kaum besser. Es gab kein Tor – oder vielmehr gab es eines, aber es war verrostet und hing schlaff in kaputten Angeln.

»Ich hoffe, das ist kein Vorzeichen für das, was noch kommt«, murmelte ich düster, aber Ryder schwieg. Auf seinem Gesicht lag ein grimmiges Lächeln, das mir nicht gefiel, und bald wurde mir klar, warum.

Das Anwesen war gelinde gesagt eine Ruine. Die Zäune waren zerstört und schenkten der Savanne hinter uns ein Lächeln voller Zahnlücken, während das Haus, lang und flach, seine geduckte Hinterseite der Zufahrt zuwandte. Es war aus massivem Stein gebaut und recht ansehnlich, doch der Anstrich blätterte ab, und die Bretter der Veranda waren verzogen. Wortlos stieg ich aus dem Wagen und blieb stehen, überwältigt von all dem Grauen, das vor mir lag. Von den verwilderten Sträuchern bis zu den zerrissenen Gardinen an den Fenstern fehlte es allem an Pflege. Ich dachte an die Skizzen in Nigels Tagebuch und hätte weinen mögen. Es war, als hätte mir jemand die Fotografie eines reizenden Waisenkindes gezeigt, das ich adoptieren wollte, und als hätte ich es dann mit Rachitis, einer Rotznase und in Lumpen gekleidet vorgefunden. Ich spürte, wie meine Schultern nach vorn fielen, als ich regungslos dort stand.

Von allen Gefühlen ist Enttäuschung dasjenige, das am schwersten zu verbergen ist. Wut, Hass, Neid – das ist leicht zu kaschieren. Aber Enttäuschung trifft das Kind in uns mitten ins Herz, erweckt jedes enttäuschende Weihnachtsfest wieder zum Leben und jeden Wunsch, den keine Sternschnuppe erfüllt hat. Und ich unternahm keinen Versuch, sie zu verstecken. Die Reise war anstrengend gewesen, die Gesellschaft eher unerfreulich, und die vielfältigen Belastungen des Tages forderten nun ihren Tribut.

Als ich mich umdrehte, sah ich, dass Ryder mich aufmerksam musterte. »Sie hätten mich ruhig warnen können.«

»Es schien mir netter, Ihnen Ihre Illusionen noch eine Zeit lang zu lassen.«

Ich bedachte ihn mit einem kühlen Blick. »Nun, ich fürchte, ich habe kein Bargeld dabei. Sie werden Dora um den Betrag bitten müssen, den wir Ihnen schuldig sind. Guten Tag.«

Er schnaubte. Dann machte er einen großen Schritt vorwärts und fasste mich am Arm. »Kommen Sie mit.«

Mir blieb nichts anderes übrig. Die Hand auf meinem Arm war fest, und einen Augenblick lang war es köstlich, sich selbst aufzugeben und sich herumkommandieren zu lassen. Er führte mich auf die Veranda und um das Haus herum bis zu der Stelle, wo vom Anwesen aus das Ufer eines riesigen grünen Sees zu sehen war. Die Sonne stand schon tief am Horizont, und die letzten warmen Strahlen fielen auf die schimmernde Wasseroberfläche und ließen sie wie flüssiges Gold aussehen. Eine Kolonie von Flamingos flog auf, und ihr Gefieder blitzte auf wie ein grellrosa Abschiedsgruß, als sie sich in die Luft erhoben. Auf der anderen Seite des Sees trug ein Flusspferd eine Krone aus Seerosen, die ihm über ein Auge reichte und es betrunken aussehen ließ. Es mampfte zufrieden vor sich hin, während eine leichte Brise das Wasser des Sees kräuselte. Ich atmete tief ein, und einen Moment lang sah ich das Afrika, das ich mir vorgestellt hatte. Dann plötzlich glänzte die Sonne in einem gewaltsamen Ausbruch von Karminrot und Gold heiß auf dem Wasser und war dann verschwunden, sank unter den Horizont und hinterließ nur blauviolette Schatten. »Nirgendwo sonst sind die Abende so wie hier in Afrika«, sagte er. »Jetzt ist die Sonne weg, und Sie gehen besser ins Haus. Heute Nacht scheint der Mond nicht, also werden die Löwen draußen sein.«

Ich blickte ihm ins Gesicht. »Sagen Sie das nur, um mir Angst zu machen?«

»Nein, ich sage es, um Sie zu schützen. Sie kommen mir vor wie der Typ Frau, der dumm genug ist, in diesem Land spazieren zu gehen und sich fressen zu lassen.«

Ich dachte einen Augenblick nach, dann zuckte ich die Schultern. »Da haben Sie wahrscheinlich recht. Danke dafür«, sage ich und deutete mit einer Hand auf den Lake Wanyama. »Es ist wirklich hinreißend.«

»Afrika ist kompliziert, Miss Drummond. Es ist der schönste und der gefährlichste Ort auf der Welt. Denken Sie immer daran.«

»Das werde ich«, versprach ich.

Er zögerte. »Es gibt Personal im Haus. Es ist zwar nicht besonders anstellig, aber sie wissen immerhin, wo sie mich finden. Ich habe eine *boma,* eine umzäunte Hütte, von hier aus ungefähr zehn Minuten zu Fuß. Wenn Sie mich brauchen, schicken Sie einen der Hausdiener. Versuchen Sie unter keinen Umständen selbst, mich zu finden.«

Ich nickte. »Verstanden.«

»Gut.«

Noch immer ging er nicht fort, und das seltsame Zwielicht schuf eine ungewohnt vertrauliche Atmosphäre. »Es war nett von Ihnen, mir den Sonnenuntergang am See zu zeigen.«

Anstelle eines Lächelns verzog er nur leicht die Lippen. »Ich wollte nicht, dass Sie so schnell aufgeben. Das passt einfach nicht zu Ihnen.«

Und damit drehte er sich um und ging in die Dunkelheit hinaus, die sich über das Land senkte.

Auf einmal rief Dora nach mir, und ich lief zu ihr auf die vordere Veranda. Eine Reihe von Dienern war aus dem Haus gekommen und schlurfte auf unseren Berg an Gepäck zu. Sie griffen sich die kleinsten Koffer und Taschen und kehrten damit ins Haus zurück.

»Ist das Ganze hier irgendwie organisiert?«, fragte ich Dora. »Gibt es irgendeinen Verantwortlichen?«

Sie zuckte die Schultern. »Ich habe gefragt, aber sie scheinen kein Englisch zu verstehen.«

»Natürlich verstehen sie Englisch. Du da, ja, du mit dem Turban. Bist du hier der Boss?«

Er schüttelte den Kopf und zeigte auf ein Cottage, das in einiger Entfernung lag. Das Haus war dunkel und die Fensterläden geschlossen, und nach einem langwierigen Gespräch, das mehr aus Handzeichen als aus Worten bestand, begriff ich, dass der Verwalter der Farm in dem Cottage wohnte, gegenwärtig aber nicht zu Hause war.

»Offenbar hat man uns nicht erwartet«, sagte ich zu Dora. »Unser plötzlicher Aufbruch aus Nairobi, auf dem Mr Fraser bestanden hat, hat das Personal vermutlich kalt erwischt. Eigentlich wollten wir ja erst fast eine Woche später ankommen.« Ich wandte mich wieder an den Burschen mit dem Turban. »Können wir wenigstens hineingehen, anstatt hier herumzustehen und uns von Insekten fressen zu lassen?«

Ich schlug nach den verschiedenen Wesen, die versuchten, mein Blut zu saugen, und der Mann verstand mich sofort. Er bedeutete uns, ihm zu folgen, und endlich betraten wir Fairlight. Ich seufzte erleichtert. Es war nicht so schlimm, wie ich es angesichts des äußeren Zustands des Hauses befürchtet hatte. Natürlich sieht bei Kerzenlicht alles hübscher aus, und mir wurde klar, dass Fairlight nicht über elektrische Leitungen verfügte. Stattdessen gab es Kerzen und Paraffinlampen.

»Wie im 19. Jahrhundert«, murmelte ich. »Gibt es etwas zu essen?« Ich tat so, als äße ich etwas.

Er nickte und winkte uns herein. Der Eingangsbereich war mit sehr schönen tropischen Hölzern verkleidet und führte in ein angenehmes Wohnzimmer mit einem großen Kamin darin, dessen Gitter mit Moos bewachsen war. Die staubigen Parkettböden waren mit mottenzerfressenen Fellen verschiedener Tierarten übersät, und an den Wänden hingen Trophäen und starrten uns aus blanken, glasigen Augen an. Die Federn waren aus den Sesseln gesprungen, aber wenigstens sahen sie gemütlich aus, und ich ließ mich mit einem hörbaren Seufzer in einen davon fallen.

Der Mann verschwand durch einen Gang für die Bediensteten und tauchte wenige Minuten später mit einem Tablett auf dem Arm wieder auf.

»Suppe«, sagte er und zeigte auf das Tablett. Darauf war zwar keine Suppe zu sehen, dafür aber ein Reisgericht mit kleinen Stücken nicht identifizierbaren Fleisches und einer Currymischung, ein paar gebratene Kartoffeln, Fladenbrote und einige gekochte Eier.

»Wenn wir Afrika wieder verlassen, werde ich gackern«, sagte ich zu Dora.

»Beklag dich nicht. Bei einem gekochten Ei weißt du wenigstens, dass du dich nicht vergiftest«, sagte sie und betrachtete argwöhnisch das Fleisch.

Ich war zu ausgehungert, um mir darüber Gedanken zu machen. So schnell ich konnte, stach ich mit der Gabel ins Essen, und ich war glücklich festzustellen, dass es Milchreis zum Nachtisch gab. Noch glücklicher war ich, als ich das Angebot an Alkoholika entdeckte. Ich goss uns beiden einen Schlummertrunk ein, und wir machten es uns vor dem Kamin bequem.

»Ich bin so müde, ich glaube, ich kann nicht mal aufstehen, um ins Bett zu gehen«, sagte Dora schließlich.

»Ich weiß.« Widerwillig betrachtete ich das Sofa mit dem herausquellenden Polstermaterial. »Dir ist doch wohl klar, dass wir an diesem Haus etwas tun müssen. Wenn wir monatelang hier im Exil bleiben, können wir nicht wie Wilde leben.«

»Pst«, machte Dora mit geschlossenen Augen. »Sie können dich hören.«

»Nein, sie hören mich nicht. Und sie halten sich selbst nicht für Wilde. Außerdem habe ich sie nicht gemeint. Es ist die eine Sache, mit einem Leopardenfell als Decke in einer Hütte zu leben, weil du es nicht anders kennst. Etwas ganz anderes ist es, unter diesen Bedingungen in einem solchen Haus zu leben und nichts zu tun, um sie zu verbessern«, sagte ich und zog eine lockere Feder aus der Polsterung.

»Morgen«, sagte sie mit schläfriger Stimme. Sie fing an, ihre Gebete zu murmeln, aber ich redete einfach weiter.

»Wir machen eine Liste«, sagte ich. Allmählich gefiel mir die Vorstellung. »Es ist schön, wenn man einen Plan hat. Und Nigel wird sehr glücklich sein, wenn er erfährt, dass das Haus aufgemöbelt wird. Das Material könnte ein Problem sein, aber dafür sind die Arbeitskräfte billig.«

Doras Antwort bestand in einem Schnarchen, doch ich lag weiterhin wach und beobachtete die Schatten an der Zimmerdecke. Wir standen nicht mehr auf, um ins Bett zu gehen. Meine erste Nacht auf Fairlight verbrachte ich trinkend auf einem zerfallenden Sofa, in einem Haus, das nicht meins war, auf die Geräusche in einer Dunkelheit lauschend, die so tief war, wie ich es noch nie gesehen hatte.

Am nächsten Morgen wachte ich auf, weil Dora mich an der

Schulter stupste. Eine Ansammlung von Eingeborenen stand in einer Reihe vor mir und starrte mich neugierig an.

»Zum Teufel, was für ein Problem haben die?«

Ich versuchte mich auf die andere Seite zu drehen, aber Dora hinderte mich daran. »Ehrlich gesagt siehst du ein bisschen aus wie eine Vogelscheuche.«

Ich setzte mich auf und machte mich an die Bestandsaufnahme. Zerknittertes Seidenkleid mit roten Staubflecken und Ryders Fingerabdrücken auf dem Ärmel. Schuhe voller getrocknetem Schlamm und Büffelblut. Leerer Flachmann auf dem Schoß, und auch ohne in den Spiegel zu sehen, wusste ich, dass mein Make-up von gestern völlig verschmiert war.

»Sag nichts. Gibt es heißes Wasser?«, krächzte ich.

»Halbwegs«, sagte Dora und drückte mir eine Tasse mit heißem Kaffee in die Hand. Ich hasste Kaffee, und das wusste sie, aber er führte zum gewünschten Ergebnis. Ich stürzte ihn hinunter und kam taumelnd auf die Füße.

Sie zeigte mir das Badezimmer, und ich drehte mich zu ihr und blickte ihr ins Gesicht. »Ist das ein Witz? Dodo, ich zähle hier sieben verschiedene Arten von Insekten, einschließlich einer Spinne, die durchaus giftig sein könnte.«

»Spinnen sind Arachnoiden«, berichtigte sie mich.

Ich knallte ihr die Tür vor der Nase zu und zertrat die Viecher, die in der Badewanne herumkrochen, mit meinem blutigen Schuh, löschte sie alle aus, bis auf einen kleinen Skorpion, der sich hinter die Toilette verzogen hatte. Ich tauchte in das heiße Wasser und bürstete mich ab, dankbar, dass Dodo meine französische Luxusseife und einen sauberen Waschlappen für mich ausgepackt hatte. Als mein Haar gewaschen und ich selbst sauber und trocken war, fühlte ich mich ein wenig besser.

Dodo hatte mir ein besonders attraktives Hauskleid aus grün und schwarz gemusterter Seide und grüne Schuhe herausgelegt, und als ich sie anzog, fragte ich mich, ob sie den Tag überleben würden. Dieses Land ist hart zu Schuhen, dachte ich zerknirscht. Das weiße Paar aus Wildleder, das mit Anthony Wickendens Blut befleckt worden war, hatte das Personal des *Norfolk Hotels* verbrannt, und die mit Büffelblut getränkten aus weißer Seide würden als nächstes an die Reihe kommen. Mir war zum Heulen zumute.

Ich tauchte wieder aus meinem Zimmer auf, sah wesentlich besser aus und hatte schon wieder Kohldampf. Dora hatte das Esszimmer gefunden, und es gab Toast, richtigen Toast, mit Orangen und gekochten Eiern und einer Sorte Fleisch, die sich dagegen wehrte, mit der Gabel aufgespießt zu werden.

»Mach eine Liste, Dodo. Punkt eins auf der Tagesordnung: einen Koch suchen.«

Glücklicherweise erinnerte sie sich an den unberührten Picknickkorb vom Vortag, und wir fielen über die einzelnen Päckchen her wie die Mongolen, nur um Fladenbrot von steinerner Konsistenz und ein bisschen welkes Obst zu finden, das wie zur Entschuldigung auf dem Boden des Korbs lag. Auch ein Gelege gekochte Eier gab es und irgendein Dosenfleisch, das ich nicht einmal angerührt hätte, wenn man mir einen Palast auf dem Mond versprochen hätte.

Als die dürftige Mahlzeit beendet war, begaben wir uns auf einen Rundgang durch das Haus, angeführt von dem Burschen mit dem Turban, dessen Name Pierre war, so unwahrscheinlich das auch klang.

»Das kann doch nicht sein«, murmelte ich, an Dodo gewandt. Aber plötzlich kam mir eine Idee. Ich fragte ihn: *»Parles-tu français?«*

Seine Miene hellte sich auf. *»Oui!«* Und dann feuerte er eine Salve grammatikalisch halbwegs korrekter französischer Sätze ab. In wenigen Minuten erfuhr ich alles, was ich über ihn und die Situation auf Fairlight wissen musste. Dora, deren Französisch dem meinen mächtig hinterherhinkte, konnte der Unterhaltung bald nicht mehr folgen. Sie wartete, bis ich für sie übersetzte.

»Pierre ist in einer Missionsschule hier in der Nähe ausgebildet worden. Französische Benediktinernonnen, die ihm ihre eigene Sprache und bruchstückhafte Lateinkenntnisse vermittelt haben, aber kein Englisch.«

»Latein?«

»Das hat er jedenfalls gesagt. Er kann sich ziemlich gut an Nigel erinnern, obwohl er damals nur Laufbursche hier war. Aber jetzt ist er erwachsen und hat geheiratet. Zwei Ehefrauen, und er hofft, bald noch eine dritte zu haben.«

»Um Himmels willen«, sagte Dora leise, aber ich sah, dass sie Pierre mit gesteigertem Interesse ansah. Er hatte faszinierende Gesichtszüge, die eher einer Zeichnung auf einer ägyptischen Grabstätte als dem entsprachen, was man in Afrika südlich der Sahara erwartet hätte. Seine Nase war spitz und hatte einen Höcker, und seine Haut war von der Farbe polierten Nussholzes. Er war groß und stattlich und bewegte sich mit so eigentümlicher Anmut, dass es jedem Pariser Mannequin die Schamröte ins Gesicht getrieben hätte.

»Er ist Somalier, und er ist Christ – gut für uns, denn das bedeutet, dass er sich – anders als ein mohammedanischer Haus- und Hofmeister – mit Schweinefleisch und Alkohol abgibt.«

»Nun, dann ist zumindest dein Bedürfnis nach Nahrung ja gedeckt«, bemerkte sie.

Und da hatte sie nicht ganz unrecht. Ich erzählte ihr den Rest von dem, was Pierre mir berichtet hatte. »Es gibt einen Verwalter der Farm, ein Bursche namens Gates. Er hat eine Frau und zwei Kinder, aber sie sind für ein paar Tage weggefahren. Unten an der Straße liegt ein Cottage, das Fairlight an einen Künstler aus New York vermietet hat, und weiter oben ist die *boma*, in der Ryder wohnt. Das sind unsere nächsten Nachbarn. Er sagt, wir sollten damit rechnen, dass auch Leute von weiter weg herkommen, sobald sie wissen, dass wir hier sind. Offenbar sind Neuankömmlinge Frischfleisch.«

Ich bedachte sie mit einem anzüglichen Lächeln, und sie wandte sich an Pierre und fragte ihn in ihrem stockenden Französisch, ob sie den Garten sehen dürfe. Da sie der Überzeugung war, Lautstärke sei so wichtig wie Vokabeln, wenn man sich verständlich machen wollte, stand sie nur einen halben Meter von Pierre entfernt und wiederholte: *»LE JARDIN. COMPRENEZ-VOUS? LE JARDIN?«*

Fragend sah er mich an, und ich nickte, um mich gleich darauf in die Küche zu verziehen. Oder jedenfalls ging ich in das Zimmer, das ich für die Küche gehalten hatte. Stattdessen schien es eine Art Gesindeküche zu sein. Darin befanden sich ein Sortiment beschlagener Kristallgläser, gesprungenes Porzellan und ein langer Tisch, und ich erinnerte mich, dass Fairlight nach dem Grundriss von Reveille errichtet worden war und dass die Küchen sich außerhalb des Hauses befanden. Das war sinnvoll aus mehreren Gründen, deren wichtigste die Hitze und die Feuergefahr waren. In der Gesindeküche gab es eine Tür nach draußen, und ich ging hinaus und lief über einen kurzen Weg zu einem anderen Gebäude. Ich konnte etwas riechen, was vielleicht Essen war, aber ich hoffte beinahe, es wäre keines.

Ich klopfte an und trat sofort ein. Nur wenige Dinge in meinem Leben habe ich so schnell bereut. Der Geruch war abstoßend. Altes Fett und verfaultes Gemüse bildeten die Basisnote. Darüber hing der schwefelartige Mief alter, gekochter Eier, der fast alles andere überdeckte. Fast alles.

Ein dicker, alter Mann, zweifellos der Koch, kauerte vor der Feuerstelle und rauchte. Ich roch ungewaschene Haut und dreckige Kleidung, aber daneben noch etwas anderes, etwas Süßes und Schweres.

Ich klatschte in die Hände, und der alte Mann starrte mich an, versuchte, mich durch den dichten Rauch hindurch zu erspähen.

»Was ist los, Opa? Hast du mit dem Marihuana auch deine Zunge verschluckt?«

Ich griff nach einem Besen und ging näher heran. Er kam auf die Füße und fing an, in einer der Heimatsprachen zu plappern. Ich schwenkte den Besen.

»Kein Wunder, dass das Essen so ekelhaft ist. Wahrscheinlich hast du das Beste davon behalten. Steh auf!« Er hatte sich zu meinen Füßen niedergeworfen, doch er ruinierte die Wirkung, indem er kicherte. Ich stieß ihn leicht mit dem Besen an. »Steh auf, habe ich gesagt. Und jetzt raus hier.« Ich griff in die Tasche meines Kleides und war überrascht, dort etwas zu finden. »Hier ist ein Pfund. Nimm es anstelle deines Lohns und komm nicht wieder.«

Er nahm das Geld und fing wieder an zu quasseln und sich die Finger zu reiben, als wolle er noch mehr.

»Ganz sicher nicht«, sagte ich ohne Umschweife. »Sei froh, dass du überhaupt etwas bekommen hast. Mit dem Müll, den du uns vorgesetzt hast, hättest du uns vergiften können. Und jetzt raus hier.« Ich hob den Besen hoch, und er wieselte davon, so eilig, dass er seine glimmende Zigarette zurückließ.

Ich hob sie auf und schnüffelte daran. Dann nahm ich einen tiefen Zug und behielt den Rauch in der Lunge.

»Delilah!«

Dora stand in der Tür, ihre Stimme war geschwängert von Missbilligung.

Langsam atmete ich aus. »Ich habe den Koch gefunden«, sagte ich und hielt die Zigarette in die Luft. »Das ist der Grund, warum er die Anforderungen nicht erfüllen konnte. Ziemlich guter Stoff übrigens. Seit Harlem hatte ich keinen so guten mehr.«

Sie streckte die Hand aus, nahm mir die Zigarette ab und drückte sie auf einer Kaminplatte aus. Die Reste der Kippe verstreute sie auf dem Stein. »Also wirklich, Delilah. Wir sind hier nicht auf einer Party.«

»Ich feiere, weil ich diesen stinkenden Koch los bin. Ich habe ihm ein Pfund anstelle seines Lohnes gegeben.«

Dora rang nach Luft. »Hast du die geringste Ahnung, wie viel Geld das für diese Leute ist? Er wird beraubt und umgebracht, bevor er zu Hause ankommt.«

»Geschieht ihm recht, wenn er solches Fleisch aufbewahrt«, sagte ich und zeigte auf eine dicke Scheibe Hammelfleisch, in der es vor Maden nur so wimmelte.

Dora hob es mit einer Zange auf und warf es zur Tür hinaus. Sie kam zurück und überprüfte die restliche Küche. »Alles ist widerlich und total verdorben. Der ganze Raum muss ausgeräumt und gründlich geschrubbt werden, bevor wir irgendetwas essen können.«

»Du klingst ziemlich erledigt.«

»Nein, ich wünschte nur, ich hätte diese Zigarette nicht ausgedrückt.«

Ich lachte. »So ist's recht. Das Marihuana war wirklich gut. Wo mag er das herhaben?«

Vorwurfsvoll blickte sie mich an. »Das reicht jetzt. Ich habe nur einen Witz gemacht. Solche Dinge sind sündig und falsch. Außerdem erwartet Tante Mossy, dass ich auf dich aufpasse.«

Ich hob eine Braue, doch sie fuhr fort. »In Paris hat sie mich zum Mittagessen ausgeführt, und wir haben uns ganz reizend unterhalten. Bisher habe ich geglaubt, ich sollte dir besser nichts davon sagen, aber jetzt ist es wohl doch an der Zeit. Sie legt großen Wert darauf, dass du endlich sesshaft wirst und eine Familie gründest. Sie glaubt, dass du ein Ziel brauchst, eine

Richtung. Und sie glaubt, dass diese Reise vielleicht die beste Gelegenheit für dich ist, dieses Ziel zu finden.«

»Die beste oder die letzte?«

»Beides.«

Lange blickten wir einander in die Augen, dann lächelte ich halbherzig. »Noch nicht, Dodo. Nicht gerade jetzt. Und jetzt mach eine Liste von allem, was nötig ist, und Pierre wird dafür sorgen, dass die Jungen es erledigen.«

»Wo gehst du hin?«

»Spazieren. Afrika ruft.«

Ich zog mich um und tauschte das bedruckte Seidenkleid gegen eine Reithose, hohe Stiefel und ein Herrenhemd aus Seide aus. Es hatte Misha gehört. Nach seinem Tod hatte ich mehr an mich genommen als nur die Volkonsky-Juwelen. Misha hatte immer schon einen hervorragenden Geschmack für Kleidung gehabt, und er war so schlank gewesen wie ein griechischer Faun. Körbeweise hatte ich seine Hemden zum Schneider geschleppt, um sie enger nähen zu lassen, und ich trug sie lässig, am Hals offen und die Ärmel bis zum Ellbogen hochgekrempelt. Sie erinnerten mich an die weichen Baumwollhemden, die ich an den heißesten Hundstagen in Louisiana bevorzugt hatte. Natürlich hätte Misha niemals etwas so Langweiliges wie Baumwolle getragen. Er kleidete sich mit Fingerspitzengefühl und kaufte nur die allerbesten Materialien. Ich war nicht überrascht, dass seine Hemden ihn überlebt hatten.

Ich begab mich auf den Pfad, den Pierre mir gezeigt hatte, und lief auf die Savanne zu. Die Luft war kühl, ein leichter Hauch von Holzrauch und Dung lag darin, aber die Sonne erwärmte den Erdboden und ließ den Duft frischer Erde aufsteigen. Die Farm hatte einst großen Erfolg mit dem Anbau der Pyrethrum-Pflanze gehabt, wie ich mich erinnerte. Die Pflanzen wurden wegen ihres Öls gepresst, einer ätzenden Substanz, die als Pflanzenschutzmittel verwendet wurde. Jetzt wurde Pyrethrum nur noch auf wenigen Feldern angebaut. Der Großteil der Farm lag brach und war erneut der Wildnis anheimgefallen. Hier und dort wuchsen Akazienhaine, die den Vögeln und vielen anderen kleinen Kreaturen Schutz boten. Als ich an ihnen vorbeilief, schlugen sie Alarm. Ich war erst wenige Meter gegangen, als mir bewusst wurde, dass ich ein Gewehr hätte mitnehmen sollen. Ein Gewehr, ein Knüppel, sogar ein dünner Stock wäre klug gewesen. Aber nein, ich war ins afrikanische Buschland gestürmt und hatte zu meiner Verteidigung lediglich einen Seidenschal mitgenommen.

»Du Idiotin«, murmelte ich, lief aber weiter. Der Weg war breit und eben, und das Gehen fiel mir leicht. Ich wich einem Skorpion aus, der herausfordernd den Schwanz hob, und eine Herde hübscher kleiner Rehe sprang vor mir davon. Wenigstens glaubte ich, dass es Rehe waren. Wahrscheinlich handelte es sich um eine Gazellenart, und erneut bereute ich es, kein Gewehr mitgenommen zu haben. Ich hatte gehört, dass Gazellen ausgezeichnetes Fleisch lieferten, und auch wenn das nicht stimmte, waren sie bestimmt dem vor Maden wimmelnden Hammelfleisch vorzuziehen, das der Koch zurückgelassen hatte.

Nach einer Weile stieg der Weg ein wenig an. Gleich nach einem kleinen Hügel fiel er wieder ab und gab den Blick auf ein Cottage frei, das sich an ein Akazienwäldchen schmiegte. Die Türen und Fenster standen weit offen, und am Geruch des Terpentins erkannte ich, dass ich das Cottage des Künstlers gefunden hatte.

Als ich darauf zulief, rief ich laut, und nach einem langen Augenblick tauchte ein Bursche auf, ohne Hemd, der sich die Hände an einem Stofffetzen abwischte. Er beobachtete, wie ich näher kam, und plötzlich stieß er einen Freudenschrei aus.

»Delilah!«

Er sprang von der Veranda und hob mich in einer ungestümen Umarmung hoch.

»Hallo, Kit. Mein Majordomus sagte mir, dass ein Künstler aus New York hier wohnt, aber ich habe nicht zu hoffen gewagt, dass du es sein könntest.«

»Nun, ich bin es. Himmel, du musst eine Fata Morgana sein. Ich kann nicht glauben, dass du hier bist. Lass dich ansehen.«

Er schob mich von sich und betrachtete mich mit dem kritischen Auge eines Künstlers. »Ein paar Jahre älter, aber meine Güte, man sieht sie dir nicht an. Dieses Gesicht! Wie von Praxiteles in Stein gemeißelt. Die Schultern einer Göttin. Und diese Brüste …« Er streckte die Hände aus, und ich versetzte ihnen einen leichten Schlag.

»Ach komm, Liebling. Es wäre nicht das erste Mal, dass ich sie sehe.«

»Du hast sie seit sechs Jahren nicht mehr gesehen. Und seitdem du sie das letzte Mal gesehen hast, waren sie verheiratet.«

»Ich nehme an, sie sind immer noch atemberaubend.«

»Natürlich. Und jetzt lade mich zum Mittagessen und auf einen Drink ein, damit wir Versäumtes anständig nachholen können.«

Er legte mir den Arm um die Schulter und brachte mich ins Haus. »Willkommen in meinem kleinen Königreich, meine Königin.«

Ich betrat das Cottage, und mir blieb fast die Luft weg. »Kit, die sind wundervoll.«

In New York hatte Kit mich ein wenig enttäuscht. Er war der älteste Sohn einer Familie, die ebenso berühmt für ihr blaues Blut wie für die schwarzen Zahlen auf ihren Bankkonten war. Sein Vater hatte die ohnehin bereits überquellende Familienkasse mit geschickten Investitionen in Eisenbahnen und Stahl aufgefrischt, aber Kit hatte über beides nur seine Patriziernase gerümpft. Stattdessen hatte er sich als Künstler versucht, und seiner Kunst widmete er sich mit kaum geringerer Begeisterung als seinen Frauengeschichten. Eine besonders hässliche Scheidung, bei der Kit vor Gericht erscheinen musste, hatte den Affären allerdings ein Ende gesetzt. Seine Mutter hatte der Skandal krank gemacht, und sein Vater hatte ihn mitsamt seinen Pinseln und einem Taschengeld nach Kenia verfrachtet und ihm befohlen, nicht zurückzukommen, es sei denn, er wolle seine Mutter endgültig umbringen. Wie alle anderen aus der alten Clique hatte auch ich ihn aus den Augen verloren. Aber ich hatte immer liebevoll an ihn gedacht. Er war fünfunddreißig, und mehr als jeder andere Mann, den ich kannte, ähnelte er einem kleinen Jungen.

Außerdem war er auffallend attraktiv, mit hellem, goldblondem Haar und einem weichen Schmollmund, der zum Küssen wie geschaffen war. Er hatte warme braune Augen, deren Blick einem Mädchen das Kleid vom Körper schmelzen konnte, und eine Physis, bei der jede Frau sich freute, Frau zu sein. Mehrere Jahre lang hatte er Bildhauerei studiert, und man munkelte, er habe so viel Marmor herumgeschleppt, dass er die Statur eines griechischen Gottes entwickelt habe. Ich hatte es mir zur Aufgabe gemacht, zu erkunden, was hinter den Gerüchten steckte, und das Einzige, was ich dazu sagen konnte, war, dass sie ihm nicht gerecht wurden. Nicht im Geringsten. Sechs Wochen lang haben wir uns prächtig amüsiert. Dann fuhr ich zurück nach London, und er suchte sich eine andere Ablenkung. Es endete, wie es in solchen Fällen enden sollte – in gegenseitiger Zuneigung und einem Gefühl, das beinahe, aber nur beinahe, warm genug war, um Bedauern genannt zu werden.

Es hatte mir aufrichtig leidgetan zu hören, dass er nach Afrika geschickt worden war, aber als ich nun seine Arbeiten sah, wurde mir klar, dass genau das zu seinem Durchbruch geführt haben könnte. Seine Gemälde waren riesig und waghalsig, und sie konnten seine Leidenschaft kaum zwischen die Abmessungen der Leinwand bannen. Er hatte Afrika zu seiner Muse und zu seinem Thema gemacht, und jedes Stück stellte entweder eine Landschaft oder dunkle Gesichter dar. Es waren interessante, charakter- und geheimnisvolle Gesichter, und je genauer ich sie mir ansah, desto mehr wollte ich sehen.

Ich trat zurück und merkte, dass er mich erwartungsvoll anblickte.

»Sie sind ziemlich gut, stimmt's?«

»Sie sind brillant, und das weißt du. Wenn ich könnte, würde ich sie alle kaufen«, sagte ich und meinte es auch so.

»Wenn ich könnte, würde ich es dir erlauben«, sagte er mit einem Lächeln. »Es gibt da einen Burschen namens Hillenbrank, der in Nairobi eine Galerie eröffnen will. Er hat mir eine Ausstellung versprochen, wenn das Geschäft in Gang kommt.«

Eine Ausstellung in einer Galerie in einem Kaff wie Nairobi war keine große Sache, vor allem für einen Künstler, der schon in New York ausgestellt hatte. Aber Kit war glücklich, und ich war die Letzte, die ihm den Spaß verderben wollte. Wie die meisten Künstler war er anfällig für düstere Stimmungen und litt gelegentlich an Anfällen von schlechter Laune, und ich war geübt darin, ihnen auszuweichen.

Ich lächelte und legte meine Hand in seine. »Das hast du dir verdient, Liebling. Sie sind *bedeutend.«*

Bedeutend ist für Künstler das Zauberwort, das Sesam-öffne-dich, das sie ihre Schutzwälle einreißen und dich dahinter blicken lässt. Sie wollen alle glauben, dass sie der Menschheit etwas Bedeutendes zu geben haben, Himmel, und nichts anderes befeuert ihre Kreativität so sehr wie der Glaube, sich mit Kleckssereien aus Ölfarbe ins Buch der Geschichte einschreiben zu können. Dennoch meinte ich es ernst. Seine Kunst hatte etwas wirklich Bewegendes, eine Sicherheit in der Technik, die zuvor noch nicht da gewesen war, und eine neu entdeckte Überzeugung von dem, was er sagen wollte. Und ich wollte zuhören.

Er bereitete ein armseliges Mittagessen zu, das wir nicht anrührten, und machte es mit etlichen Gin Tonics wieder gut.

»Das Tonic hält einem die Malaria vom Leib«, sagte er.

»Tatsächlich?«

»Nein. Das haben die Briten erfunden, um zu rechtfertigen, dass sie genug Gin trinken, um einen Seemann torkeln zu lassen. Aber es klingt gut«, fügte er mit einem schelmischen Lächeln hinzu.

Dann packte er mich, und ich wehrte mich nicht lange. Manche Männer lieben den Widerstand, er gibt ihnen das Gefühl, siegreiche Eroberer zu sein. Aber andere, und zu diesen gehörte Kit, sind mit einer rein symbolischen Weigerung zufrieden. Ich sagte Nein, aber seine Hand war schon unter meinem Hemd, und ich sagte es nicht noch einmal. Ich hatte seine Hände vergessen. Es waren zwar Hände, die einen verließen, doch solange sie bei einem waren, waren sie verdammt gut in dem, was sie taten. Wir versuchten ein paar alte Lieblingssachen und einige neue, und als wir fertig waren, klebten wir beide schweißnass an den Laken. Afrika war heiß und still an diesem Nachmittag, und es machte mich glücklich, mit einem Gin in einer Hand und einer Zigarette in der anderen einfach schläfrig dazuliegen.

»Himmel, ich hatte vergessen, wie gut du darin bist«, sagte er. »Warum haben wir jemals aufgehört, uns zu treffen?«

»Ich bin nach London aufgebrochen, um an einer Hochzeit teilzunehmen.«

»Ach ja? Davon hätten wir uns nicht aufhalten lassen sollen.«

»Ich war die Braut.«

Er lachte und griff nach seinem Glas. Die andere Hand hatte er in den Nacken gelegt, was seine Brust sehr vorteilhaft zur Geltung brachte. Er verstand es brillant, zu posieren und ließ sich stets in einer Haltung nieder, die die langen, ansehnlichen Linien seines Körpers betonte, als ob sich ständig ein unsichtbarer Aktzeichenkurs in seiner Nähe aufhielte, Kohle in der Hand, bereit, seine Gestalt in Zeichnungen festzuhalten. Er drehte den Kopf so, dass ich sein Gesicht im Dreiviertelprofil sehen konnte.

»Was ist mit diesem Ehemann passiert?«

»Geschieden. Jetzt ist er mein Anwalt. Und nach ihm hat es noch einen gegeben. Ein russischer Prinz, der mir einfach weggestorben ist, bevor ich mich von ihm scheiden lassen konnte.«

»Arme Delilah. Kein Glück in der Liebe«, murmelte er in mein Haar.

Ich stand auf und ging zu dem alten Grammofon am Fenster, ohne etwas anderes am Leib als das schwarze Seidenband an meinem Handgelenk. Ich sah die Aufnahmen durch und legte eine davon auf. Dann zog ich das Grammofon auf und setzte die Nadel auf den »Sheik of Araby«. Irgendwie hatte ich plötzlich so ein klirrendes Gefühl, und die Musik passte zu meiner Stimmung.

»Erzähl mir, wie es hier ist«, befahl ich ihm. »Ich will etwas über die Nachbarn wissen und was du tust, um dich zu amüsieren.«

»Na ja, du bist auf jeden Fall die Ballkönigin, wenn es das ist, was dir Sorgen macht«, sagte er und grinste. Er kannte mich einfach zu gut. »Das Königspaar oder jedenfalls so etwas Ähnliches sind Rex und Helen Farraday. Ihnen gehört das Anwesen etwas weiter oben auf dem Hügel. Er versucht, Vieh zu züchten, aber die armen Viecher sterben ihm ständig weg. Briten natürlich. Sie sind hergekommen und haben sich als regierendes Paar niedergelassen, und bisher sind alle zufrieden und lassen sie einfach gewähren.«

»Ich kenne sie. Freunde von Mossy – obwohl ich glaube, dass Helen etwas jünger ist als sie. Rex hat auf meiner Debütantinnenparty mit mir getanzt. Ziemlich rasant und perfekt gekleidet, im Maßanzug.«

»Das ist er immer noch, obwohl ich nicht verstehe, wie er das bei dieser Hitze hier fertigbringt«, sagte Kit, und ein wehmütiger Zug lag um seinen Mund. Damit er nicht gleich schlechte Laune bekam, gab ich ihm einen Kuss. Er griff nach mir, doch ich wich ihm tänzelnd aus und ging zum Grammofon, um eine andere Platte aufzulegen.

»Erzähl weiter. Wer lebt sonst noch hier?«

»Es gibt einen Arzt namens Stevenson, einen Missionar namens Halliwell, der mit seiner Schwester zusammenlebt, eine von der ganz aufrechten und zugeknöpften Sorte. Du wirst ihr überhaupt nicht gefallen.« Ich verzog das Gesicht, und er fuhr fort: »Dann sind da noch Gervase Pemberton und seine spanische Ehefrau, Bianca.«

»Die kenne ich auch. Ist er leichenhaft dünn? Gibt vor, ein Dichter zu sein? Ich habe die beiden in Paris kennengelernt. Behauptet sie immer noch, Tänzerin zu sein?«

»Himmel, ja. Es ist schrecklich. Wenn ich noch einen ihrer Fächertänze ertragen muss, werfe ich mich dem nächsten Krokodil zum Fraß vor. Seine Lunge hat im Krieg Schaden genommen, darum sind sie hergekommen, um von einem Stück Land zu leben, das der Familie gehört und das niemand wollte. Sie ist verbittert, und er ist grimmig. Sie passen perfekt zueinander.«

»Klingt ganz danach.«

Eindringlich sah er mich an. »Hast du diese Lieblingscousine von dir mitgebracht? Wie hieß sie noch gleich?«

»Dora. Ja, ich habe Dodo mitgebracht. Warum?«

»Ich wollte es schon immer mal bei ihr versuchen. Prüde Mädchen enthüllen einem manchmal die verblüffendsten Geheimnisse.«

Ich lachte. »Aber nicht Dodo. Sie ist Jungfrau. Und noch dazu eine sehr gute Christin.«

»Ach, halb so wild. Mir sind Mädchen lieber, die wissen, wie sie auf ihre Kosten kommen«, sagte er mit einem anzüglichen Blick auf mein Hinterteil.

Erneut griff er nach mir, und diesmal ließ ich mich bereitwillig erwischen. Als ich mir hinterher das Hemd zuknöpfte, kamen wir noch einmal auf die Einheimischen zu sprechen.

»Was weißt du über den Burschen, der mich hergebracht hat? Ryder White. Ich glaube, so einem ungehobelten Menschen bin ich noch nie begegnet.«

Ich hatte erwartet, dass Kit mir beipflichten würde, doch stattdessen verfinsterte sich seine Miene.

»Ungehobelt, ja, aber er hat einen sehr guten Charakter – einen der besten. Ich hasse ihn.«

»Weil du ihm nicht gewachsen bist?«

»Ganz genau. Die Eingeborenen lieben ihn, und er hat die schönsten Frauen im Umkreis von hundert Meilen im Bett gehabt. Ich kann keine Konkurrenz gebrauchen.«

Ich dachte daran, wie Ryder eine bestimmte Frau gewaltsam verteidigt hatte. »Vermutlich kennst du die Wickendens? Gestern habe ich gesehen, wie Ryder Anthony Wickenden im Bahnhof von Nairobi mit einer Peitsche verprügelt hat.«

Er warf den Kopf in den Nacken und lachte. »Um Himmels willen, hat er es wirklich getan? Das hätte ich zu gern gesehen. Vielleicht hätte ich mir selbst ein paar Schläge eingefangen. Jude Wickenden ist bei weitem die attraktivste Frau in Afrika. Zumindest war sie das, bevor du gekommen bist«, verbesserte er sich rasch. Um sich für die Kränkung zu entschuldigen, beschnüffelte er meinen Nacken. »Sie war schon einmal verheiratet, aber ihr Mann ist während des Krieges im Busch verschwunden. Sie hat mit einer Tante zusammengelebt, die zufällig total übergeschnappt war. Als Jude den Burschen für tot erklären ließ, hat die Tante gedroht, sie zu erschießen. Sie leben jetzt im selben Haus, aber sie sprechen nicht miteinander. Die alte Frau zieht noch immer in die Wildnis hinaus und sucht nach dem verschwundenen Ehemann.«

Ich dachte an all die jungen Männer, die aus dem Krieg in Europa nicht zurückgekommen waren, und ich hatte Verständnis für die Frau. »Manchmal ist es schwer zu akzeptieren, dass jemand gestorben ist, wenn es keinen Leichnam gibt, den man beerdigen kann.« Ich dachte an die übriggebliebenen Fetzen von Johnnys Uniform und verbannte das Bild aus meinem Gedächtnis.

Kit zuckte die Achseln. »Sie ist Judes Tante, nicht seine. Man sollte meinen, das alte Mädchen hätte sich auf Judes Seite geschlagen. Und dann ist die arme Jude auch noch vom Regen in die Traufe gekommen. Wickenden ist ein Trinker.«

»Sind wir das nicht alle?«

»Ja, aber ich bin entzückend, wenn ich getrunken habe«, sagte er, hob das Glas und drückte mir einen festen Kuss in den Nacken. »Wickenden wird dann gemein. Schubst sie herum, schlägt sie. Sie behauptet zwar, mit ihm fertigzuwerden, aber beim letzten Mal hat er sie übel zugerichtet. Sie hatte blaue Flecken an den unmöglichsten Stellen. Ryder hat es sich zur Aufgabe gemacht, auf sie aufzupassen. Er liebt es, den Ritter für Fräulein in Not zu spielen.«

Erneut hob er sein Glas und trank den Gin aus. Seine Lider wurden schwer. Die Hitze, der Alkohol und die Anstrengung forderten ihren Tribut. Seine Hand erschlaffte, und das

Glas rollte sanft über die Matratze. Ich küsste seinen schönen Schmollmund, schlang meinen Seidenschal um eines seiner Handgelenke und band ihn am Bettpfosten fest. Dann sah ich zu, dass ich aus dem Cottage verschwand.

7

Ich kehrte nach Fairlight zurück und ertappte Dora dabei, wie sie eine Gruppe junger Männer beaufsichtigte, die die Küche reinigten. Als sie mich entdeckte, rang sie verzweifelt die Hände und gesellte sich zu einem Dämmerschoppen zu mir auf die Veranda.

»Es ist unmöglich. Ich kann ihnen einfach nicht klarmachen, dass man nicht mit dreckigem Wasser putzt und dass die schmutzigen Lumpen durch neue ersetzt werden müssen. Im Augenblick verteilen sie den Dreck einfach neu. Wenigstens habe ich ein paar Dosen gefunden, die in Ordnung zu sein scheinen. Ich habe Pierre befohlen, sie öffnen und zum Dinner aufwärmen zu lassen.«

»Pierre befohlen? In welcher Sprache denn? Küchenlatein?«

»Pantomime. Auch wenn es mir sonst nichts bringt, in dieser Hinsicht werde ich mich hier sehr verbessern. Und ich habe nicht die leiseste Ahnung, was sich in diesen Dosen befindet. Die Etiketten sind abgefallen, also wird es wohl so etwas werden wie ein Überraschungsdinner, zu dem jeder etwas mitbringt.«

»Trink mehr, dann macht es dir nichts aus«, schlug ich ihr vor. Sie zögerte, und ich schwenkte ungeduldig die Flasche vor ihrer Nase. »Um Himmels willen, Dora, es ist nur ein Drink. Sei nicht so albern.«

Widerstrebend hielt sie mir ihr Glas hin, sodass ich es auffüllen konnte. Mein schlechter Einfluss schien sich allmählich durchzusetzen. »Wo warst du so lange? Ich habe schon geglaubt, ein Löwe hätte dich verschleppt.«

Vielsagend lächelte ich sie an. »Unser Mieter ist kein anderer als Kit Parrymore.«

Sie verschluckte sich an ihrem Gin, und es dauerte eine ganze Weile, bis sie wieder sprechen konnte. »Du machst wohl Witze.«

»Über so einen Körper würde ich niemals Witze machen«, sagte ich und streckte meine Arme hoch über den Kopf.

»Oh, Delilah, sag, dass du es nicht getan hast!«

Gleichmütig zuckte ich die Schultern. »Ich hatte die Wahl zwischen *dem* und seinem Mittagessen. Und er ist ein lausiger Koch.«

»Was macht er in Afrika?«

Ich erzählte es ihr, und wo ich schon einmal dabei war, setzte ich sie auch gleich über die Nachbarn ins Bild. Als ich fertig war, reichte sie mir einen Umschlag.

»Das ist gekommen, während du Unzucht mit dem Nachbarn getrieben hast.«

Ich nahm ihn an mich und hob eine Augenbraue. »Sei nicht so giftig, Dora. Hmm. Schweres Papier. Jemand, der teure Qualität liebt.« Ich schnüffelte. »Und Jasmin. Himmel, es riecht, als hätte sich eine französische Hure in den Umschlag eingewickelt.«

Ich nahm ein Blatt heraus und warf einen flüchtigen Blick auf das Gekritzel in grüner Tinte. Dann gab ich es Dora. »Ich kann das nicht entziffern. Was steht da?«

Angestrengt betrachtete sie das Papier, hielt es sich näher vors Gesicht und dann wieder weiter weg, wie ein Kryptograf, der einen besonders kniffligen Code zu entschlüsseln versucht. »Offenbar ist Helen Farraday entzückt, dass du hier bist, und sie würde dir zu Ehren gern ein kleines Dinner geben, um dich der Nachbarschaft vorzustellen.«

»Und wann?«

»Morgen.«

»Sie ist flott, stimmt's? Aber das war sie immer schon.« Bei meinem Debüt hatte Mossy sie als anschauliches Beispiel dafür benutzt, wie man sich *nicht* benehmen sollte. Helen war aufgetaucht, als ich noch Pferdeschwänze trug und Mossy ihre Ehemänner so häufig wechselte wie ihre Unterhosen. Als reiche Chicagoer Erbin hatte Helen nur einen Blick auf die Auswahl in Windy City geworfen, ihr Geld aus der Fleischindustrie eingepackt und sich auf den Weg nach London gemacht. Sie wollte einen Engländer, einen mit blauem Blut und einem fünfhundert Jahre alten Namen. Mit Rex hatte sie nichts davon bekommen. Das Geld seiner Familie stammte aus der Generation vor ihm und hatte sich mit ihr auch wieder verflüchtigt. Aber er war so charmant wie der Teufel und doppelt so gut aussehend. Mossy sagte immer, er sei der beste Tänzer, dem sie je begegnet sei, und er hätte die Wahl zwischen einem Dutzend Mädchen gehabt. Es war völlig unklar, warum er ausgerechnet Helen gewählt hatte, obwohl Mossy vermutete, dass er fasziniert von den Gerüchten war, Helen sei eine Nymphomanin, die drei ihrer Hauslehrer und ein Hausmädchen verführt habe. Natürlich schreckte ihn das Geld auch nicht ab, und nach allem, was man so hörte, war die Ehe recht glücklich geworden. Natürlich hatte es Untreue gegeben, aber da diese beidseitig war, hatte niemand Grund zur Klage.

Dora steckte den Brief in den Umschlag zurück. »Gehst du hin?«

»Selbstverständlich. Und du kommst mit.«

»Ich bin nicht eingeladen«, sagte Dora spitz.

Ich zuckte nur die Schultern. »Habe ich mich von so etwas je aufhalten lassen? Helen weiß nicht, dass du hier bist, sonst hätte sie dich ebenfalls eingeladen. Also werde ich ihr schreiben und sie darüber informieren. Außerdem wird Kit sich freuen, dich zu sehen. Er hat heute nach dir gefragt.«

»Hat er das?« Ich bin sicher, wäre es heller gewesen, ich hätte sie erröten sehen.

In der darauffolgenden Nacht schlief ich etwas besser, wahrscheinlich, weil ich endlich in einem Bett lag. Es war eine hervorragende Idee von Dora gewesen, mich im Zimmer des Hausherrn unterzubringen. Ich überließ ihr Mossys altes Zimmer, obwohl es mit einem schöneren Bett und einem aufgeputzten kleinen Toilettentisch ausgestattet war, den sie keines Blickes würdigen geschweige denn benutzen würde. Aber in Nigels Suite gab es Bücherschränke und freien Blick auf den See, und das kam mir gerade recht, vor allem, nachdem Dora ein frisches Moskitonetz aufgehängt und nachgesehen hatte, ob es unter dem Bett Skorpione gab.

»Entwarnung«, sagte sie, als sie unter dem Bett hervorgerutscht kam. Sie wedelte mit einem chinesischen Pantoffel in der Luft herum, mit dem sie jeglichem Krabbelgetier den Kampf angesagt hatte, stand auf und zog den Gürtel ihres Morgenrocks stramm. »Ich bin auf der anderen Seite des Flurs, falls du mich heute Nacht brauchst.«

Dora schlief immer in Rufweite. Eigentlich diente das nur meinem Seelenfrieden. Ich brauchte sie selten, aber ich fühlte mich besser, wenn ich wusste, dass sie in der Nähe war, für den Fall der Fälle. Manchmal, wenn die Albträume zu schlimm wurden und ich nicht schlafen konnte, rief ich nach ihr, und wir spielten Gin Rommé. Es war ein langdauerndes Spiel, und sie führte in der Strichliste immer um fünftausend Punkte, aber ich hoffte sie schließlich doch noch einzuholen. Ich hatte sie im Verdacht zu schummeln, fand aber nie heraus, wie sie das anstellte.

»Gute Nacht, Do.«

Sie ging, und ich drehte mich um, betrachtete die Sterne, die über dem See schimmerten wie Lebewesen. Ich fragte mich, ob die Löwen draußen sein würden, und das lenkte meine Gedanken auf Ryder White. Und bevor ich es merkte, glitt ich in den Schlaf.

Als ich erwachte, war es ein schmerzlich heller Morgen, und Dora brachte mein Frühstückstablett herein.

»Guten Morgen, Delilah.«

»Dodo«, krächzte ich. Ich winkte zum Fenster. »Zieh die Gardinen zu, ja? Um diese Zeit sollte die Sonne nicht so hell scheinen.«

»Es ist fast elf Uhr«, sagte sie. Sie war damit beschäftigt, Handtücher herauszuholen und ein Bad einzulassen, und jede ihrer energischen Bewegungen schien mir vorwurfsvoll meine eigene Faulheit vor Augen zu führen.

»Wahrscheinlich habe ich verschlafen«, sagte ich zerknirscht. »Aber es gibt hier nicht viel, wofür sich das Aufstehen lohnt, stimmt's?«

»Oh, wir haben Besuch. Sie sind bei Tagesanbruch gekommen.«

»Besuch? Was für Besuch?«

Verkniffen blickte sie mich an. »Ortsansässige.«

»Ortsansässige? Du meinst Afrikaner?«

»Genau das meine ich.«

»Du meine Güte, was wollen die denn von mir?«

Dora unterdrückte ein Lächeln und sagte in pathetischem Ton: »Offenbar leiden sie unter verschiedenen Krankheiten. Wenn ich Pierre richtig verstanden habe, sind sie des Glaubens, dass die Dame des Hauses ihnen Beistand leisten kann.«

»Beistand? Do, es ist zu früh für dumme Streiche.«

»Sieh doch selbst.«

»Ist das dein Ernst? Sind wirklich Eingeborene hier, die von mir erwarten, Florence-die-doofe-Nightingale zu spielen?«

»Achte auf deine Wortwahl, Delilah!« Sie schenkte Tee ein, doch ich sprang aus dem Bett. Ich wusch mich und zog mich in Rekordzeit an und war aus der Tür, bevor der Tee auch nur abkühlen konnte. Und da waren sie. Zwanzig, vielleicht sogar dreißig von ihnen. Gekleidet in Stoffbahnen, in die sie sich auf unterschiedliche Weise gewickelt hatten, mit Halsschmuck und Armbändern aus Perlen, die auf Kupferdraht gezogen worden waren. Manche trugen Verbände, andere gingen an Krücken. Einige hielten kranke Babys, andere wiederum ihren eigenen Bauch.

Ich war mir bewusst, dass Dora neben mir stand, und ich murmelte ihr zu: »Das ist ja wie Samstagabend im Bellevue-Krankenhaus.«

Die Leute aus der Nähe zu sehen hatte Dora ernüchtert. »Wahrscheinlich können wir etwas für sie tun«, sagte sie, doch es klang skeptisch. »Wir haben allerdings kaum Medizin. Glaubst du, Riechsalz würde etwas nützen?«

Sie starrten mich an, aber sie wirkten nicht erwartungsvoll. Ihre Mienen waren ausdruckslos, die Gesichter von Menschen, die zu oft vergeblich auf etwas gehofft hatten.

An Dora gewandt sagte ich: »Hol alles, was wir an Arzneimittelvorräten haben und bring ein paar Laken mit, die wir zu Verbandmaterial zerreißen können.«

Gerade als sie davonstürmte, tauchte Ryder auf und kam lässig hereingeschlendert. Er pfiff eine Melodie vor sich hin und trug das Gewehr über die Schulter gehängt. Abwehrend hob ich eine Hand. »Denken Sie nicht einmal daran hierzubleiben. Es sei denn, Sie wollen uns helfen.«

Er betrachtete das Bild, das sich ihm bot. »Heute spielen wir also die Dame mit der Lampe? Hätte nicht gedacht, dass Ihnen das so gut steht. Passen Sie auf, dass Sie nicht aus Versehen irgendein Körperteil amputieren.«

Über irgendetwas hatte er sich geärgert, aber ich hatte keine Ahnung, was das gewesen sein konnte, und ich versuchte auch nicht, es herauszufinden.

»Entweder Sie helfen mir, oder Sie verschwinden. Was davon Sie tun, ist mir ziemlich egal.«

Er schien nachzudenken, doch sogleich drehte er sich um und gab einem jungen Mann ein Zeichen, der ihm den Weg hinauf gefolgt war. Der Bursche war ein Eingeborener, groß und schlank wie die Leute, die in meinem Garten saßen, aber damit endete die Ähnlichkeit auch schon. Er trug eine Art Toga aus scharlachroter Baumwolle, und sein Haar war zu langen, verfilzten Zöpfen geflochten, die rot vor Ockerstaub waren. Üppige Perlenstränge lagen auf seiner Brust und waren um seine Handgelenke geschlungen, und er trug einen langen Speer. Auf nur einem Bein war er stehen geblieben, das andere hatte er angezogen wie ein Storch, und sein Blick war ernst und wachsam. Jetzt half er Ryder, einen Tisch hinauszutragen, und gemeinsam brachten sie heißes Wasser und zerrissene Laken und machten sich ganz allgemein nützlich.

Ich überprüfte den Inhalt des Verbandkastens, während Ryder mich informierte.

»Sie sind Kikuyu. Im Busch spricht sich alles schnell herum, und für diese Leute ist eine weiße Frau gleichbedeutend mit Medizin. Es gibt hier draußen keine einzige Engländerin ohne Rizinusöl und Desinfektionsmittel auf ihrer Vorderveranda.«

»Ich dachte, der Verwalter der Farm hätte eine Frau. Warum kümmert sich nicht Mrs Gates darum?«, fragte ich und scheuerte mit einem halbwegs sauberen Lappen und einem Eimer mit heißem Wasser gereizt den Tisch.

»Gates will die Arbeiter nicht verwöhnen. Er ist der Ansicht, dass ihre traditionellen Heilmittel gut genug für sie sind.«

»Das sind sie eindeutig nicht«, sagte ich zornig und atmete tief durch. »Also gut. Was muss ich über die Kikuyu wissen?«

»Die meisten von ihnen sind Farmer, manche sind auch geschickte Schmiede. Was Sie an meinem Lastwagen bewundern konnten, ist ihr Werk«, fügte er lächelnd hinzu. »Aber sie sind wirklich recht geschickt. Sie können alles herstellen, was sie brauchen – Schlüssel, Messer, solche Dinge. Das einzige, was sie nicht können, ist Kämpfen. Sie sind erbärmliche Krieger, und das ist der Grund, warum sie so an den weißen Farmen hängen. Sie arbeiten für die Weißen auf den Feldern und unterhalten ihre eigenen *shambas* – Kleinbauernhöfe«, erklärte er, als ich ihn fragend anblickte. »Als die Briten anfingen, sich in dieser Gegend niederzulassen, bedeutete das für die Kikuyu, dass die Massai und die Somalier sie nicht mehr abschlachten konnten. Sie liefern sich immer noch Gefechte, aber das ist nichts im Vergleich zu dem, was sie vorher angestellt haben. Sie werden es überwiegend mit Unfällen und Zänkereien und verdorbenen Mägen und Würmern zu tun haben, aber nicht mit den Auswirkungen von Stammeskriegen, falls es das ist, wovor Sie sich fürchten.«

»Ich fürchte mich vor gar nichts.«

Er lachte noch, als ich der nächsten Frau ein Zeichen gab, vorzutreten. Sie setzte ein kleines Kind auf den Tisch, und ich sah es genau an. Das Mädchen bekam genug zu essen; seine Muskeln waren geschmeidig, die Rippen nicht zu sehen. Doch die Augen wirkten teilnahmslos, und ein lockerer, dreckiger Verband hing an seinem Arm. Ich musste keinen Blick hineinwerfen, um zu wissen, was der Geruch bedeutete.

Behutsam entfernte ich den schmutzigen Verband, und darunter kam eine kleine eiternde Wunde zum Vorschein. Ich durchwühlte den Reisekoffer, den Dora geholt hatte, aber außer dem üblichen Sortiment an Pinzetten, Mullbinden, Desinfektions- und Abführmitteln enthielt er nichts. Natürlich auch kein Skalpell. Ich drehte mich zu Ryder.

»Geben Sie mir Ihr Messer.«

Er griff in seine Hosentasche und zog ein Klappmesser heraus. »Woher wussten Sie, dass ich ein Messer habe?«

Ich nahm es ihm aus der Hand und ließ es aufschnappen. »Leute wie Sie haben immer eines.«

So lange es ging, hielt ich die Klinge ins Feuer, und als sie rot glühte, befahl ich der Mutter mit einer Geste, das Kind festzuhalten. Ich stach in die Wunde, und der Eiter begann zu fließen. Das Kind schrie, doch die Mutter war stark, hielt das Mädchen fest und murmelte mahnende Worte, während ich arbeitete. Das Gewebe war noch gesund, und ich arbeitete schnell, drückte ein wenig auf die Wunde, damit der Eiter schneller ablief. Die dicke gelbe Flüssigkeit vermischte sich mit Blut, und ich wischte sie sorgfältig ab und beobachtete weiterhin die Wunde. Ich nahm eine Pinzette aus dem Kasten und schob sie in das Gewebe, und einen Augenblick später zog ich sie mit einem langen Dorn wieder heraus. Ich hielt ihn hoch, um ihn der Mutter zu zeigen, und sie lächelte breit. Ihre Zähne waren weiß und schön, obwohl ihr einige fehlten. Das Kind hatte sich wieder vollkommen beruhigt und jammerte nicht mehr, nicht einmal, als ich die Wunde noch einmal zusammendrückte, damit das Blut frei fließen konnte. Ich wollte sichergehen, dass der Einschnitt sauber war, und als das Blut hell und klar strömte, legte ich ein Tuch darauf, um die Blutung zu stillen. Als es geronnen war, bestäubte ich die Haut mit desinfizierendem Pulver und legte einen festen Verband an.

Ich drehte mich zu Ryder. »Können Sie ihr erklären, dass der Verband trocken und sauber gehalten werden muss? Morgen will ich das Kind noch einmal sehen.«

Er starrte mich an, taxierte mich gründlich, und nach einem

langen Augenblick nickte er. Er brabbelte irgendetwas, und die Mutter zog schüchtern den Kopf ein und sah mich von unten herauf an. *»Asante sana.«*

»Was hat sie gesagt?«

»Sie dankt Ihnen.«

»Wahrscheinlich sollte ich ein paar Brocken Kikuyu lernen«, sagte ich nachdenklich.

»Sie hat nicht Kikuyu gesprochen, und selbst wenn sie es getan hätte – ich garantiere Ihnen, dass Sie nicht in der Lage wären, es zu lernen«, sagte er. »Aber die meisten von ihnen sprechen Suaheli, und die Variante, die im Landesinneren gesprochen wird, kann man sich leicht aneignen.«

»Im Landesinneren?«

»Die Sprache stammt von der Küste«, erklärte er. »Das Suaheli, das in der Nähe von Mombasa gesprochen wird, ist förmlicher. Jeder, der die Sprache im Landesinneren spricht, benutzt sie als Zweitsprache und beherrscht sie gerade gut genug, um zurechtzukommen. Sie ist primitiv, aber wirkungsvoll.«

Ungefähr so wie der Mann selbst auch, dachte ich säuerlich. »Sagen Sie mir noch einmal, was sie gesagt hat. Langsam.«

Er sprach die Worte für mich aus, und ich wiederholte sie. »Was antworte ich ihr darauf?«

»Sagen Sie einfach *karibu.*«

Ich wandte mich an die Frau. *»Karibu.«*

Erneut lächelte sie und schlurfte dann mit dem kleinen Mädchen hinaus, das mir giftige Blicke zuwarf. Ich konnte es ihr nicht sonderlich verübeln.

Mein Blick fiel auf die Mehlsäcke, die Dora aus der Küche geräumt hatte, um sie wegzuwerfen. Plötzlich kam es mir unanständig vor, irgendetwas wegzuwerfen, was diesen Menschen nutzen konnte. Ich rief Pierre herbei und sprach in schnellem Französisch mit ihm.

»Sieb das Mehl durch, damit keine Rüsselkäfer mehr darin sind, und dann back Fladenbrot. Das geht schnell und macht satt. Und wenn es noch irgendwelches Fett gibt, das nicht ranzig ist, sorge dafür, dass etwas davon in den Teig gegeben wird. Sie müssen aufgepäppelt werden. Sieh auch nach, ob es irgendwo Trockenmilch gibt.

Dora ging mit ihm, und ich sagte zu Ryder: »Die Milch sollte mit Vitamintropfen und einem Teelöffel voll Rizinusöl versetzt werden, das wird sie aufbauen. Lässt sich so etwas in Nairobi auftreiben?«

»Ja. Und auch in meiner *duka*, falls Sie nicht abwarten wollen, bis ich Sie in die Stadt fahre.«

»Gut. Betrachten Sie dies als Befehl. Und ich glaube, ich sollte mir eine Milchkuh besorgen.«

»Einer der Eingeborenen kann Ihnen eine verkaufen, oder Sie versuchen es bei Rex Farraday.«

»Danke –« Ich unterbrach mich. Erneut musterte Ryder mich gründlich, und das beunruhigte mich. »Was ist?«

Kopfschüttelnd sagte er: »Die meisten Menschen überraschen mich nicht. Sie aber schon.«

»Offenbar haben Sie nicht viel Erfahrung mit Frauen aus den Südstaaten. Meine Urgroßmutter hat ihre Plantage gegen die Union Navy verteidigt, als die von New Orleans aus über den Mississippi gefahren kam und die Häuser sämtlicher Rebellen beschoss. Ich stamme von tüchtigen Vorfahren ab.«

Er taxierte meinen schlanken Körper und schnaubte. »Wo haben Sie so zu verbinden gelernt?«

»In einem Kriegshospital in London. Ich habe vier Jahre lang als Krankenschwester gearbeitet.«

Einen Augenblick schwieg er, dann sagte er mit leiser, tonloser Stimme: »Drei Jahre im Royal Flying Corps, Geschwader 26.«

»Also, wenn Sie glauben, dass wir jetzt unsere Kriegsgeschichten austauschen und ganz schnell Freunde werden, dann haben Sie sich gründlich getäuscht. Ich brauche keinen Kameraden.«

»Nein, aber Sie brauchen einen Fremdenführer. Sie kennen dieses Land noch nicht. Heute Nachmittag komme ich wieder, fahre mit Ihnen in den Busch und bringe Ihnen noch etwas Suaheli bei.«

Bevor ich etwas erwidern konnte, schulterte er sein Gewehr und gab seinem Freund, dem großen Krieger mit dem Speer, ein Zeichen. »Das ist Gideon, ein Massai. Er wird bei Ihnen bleiben, bis Sie hier fertig sind.« Und damit verschwand er.

»Wie ein verdammtes Gespenst«, murmelte ich. Ich wandte mich an den Krieger. »Sprichst du Englisch?«

Er lächelte, ein verwirrendes Lächeln, und ich sah, dass auch ihm die unteren Zähne fehlten.

»Natürlich, *memsahib*. Ich habe es in der Missionsschule gelernt.«

»Ich dachte, die Nonnen unterrichten nur Französisch.«

»Die Nonnen sind fort, und Engländer sind gekommen. Bei ihnen habe ich Englisch gelernt und die Geschichten aus Ihrer Bibel gelesen.« Er trat einen Schritt vor und verlagerte sein Gewicht mit der Anmut eines Tänzers. »Ryder ist weg. Jetzt helfe ich Ihnen. Ich spreche Maa, das ist die Sprache der Massai. Außerdem Englisch, Suaheli und ein paar andere Dialekte. Ich bin ein gelehrter Mann.«

Vor Stolz schwoll ihm die magere Brust, und ich lächelte ihn an. »Sehr gut, Gideon. Fangen wir also an.«

Dora bewegte sich leise zwischen den Leuten hin und her, verteilte Tassen mit Milch aus Milchpulver und frisch gebackenes Fladenbrot, das noch dampfte. Sie aßen und tranken und warteten darauf, untersucht zu werden.

Ich rief den nächsten Patienten auf und arbeitete eine Stunde am Stück, behandelte Blasen und Brandwunden und nähte einige Schnittwunden.

»Woher kommt das?«, fragte ich Gideon leise.

»Es ist eine Wunde von einer *panga, memsahib.*«

»Eine *panga?* Was ist das? Ein Tier mit Stoßzähnen?«

Gideon warf den Kopf in den Nacken und lachte. »Nein. Eine *panga* ist ein Messer.« Er griff in seine Toga und zog eine lange, mörderisch wirkende Klinge hervor, die leicht gekrümmt war. Sie erinnerte mich an eine Machete, und als ich sie anstarrte, wurde mir klar, was er gesagt hatte. »Du meinst, jemand hat das absichtlich getan?«, fragte ich und deutete auf die Kopfhaut, die ich gerade zunähte.

»Manchmal müssen Männer miteinander kämpfen«, antwortete er achselzuckend.

Ich dachte an die Folgen der Kämpfe, die ich gesehen hatte, die Ströme von Blut, die gebrochenen Knochen, vernarbten Lungen und zerrütteten Seelen. »Nein, das müssen sie nicht, Gideon. Aber sie tun es.«

8

Gerade war ich mit dem letzten Patienten fertig, da ging uns die Milch aus. Ich lief ins Haus, wusch mir die Hände und ließ mich auf das Bett fallen. Dort fand Dora mich einen Augenblick später. Sie trug ein Tablett voller dünn mit Rindfleisch belegter Sandwiches.

»Du solltest etwas essen. Aber zuerst musst du dein Hemd wechseln. Das ist ja eine Sauerei.« Ich blickte an mir hinunter. Mishas schwere Seide war mit Blut, Eiter und Fett verschmiert und wies Flecken des roten Ockerstaubs auf, den die Kikuyu sich ins Haar rieben. Ich roch daran.

»Was für ein seltsamer Geruch, findest du nicht? Aber eigentlich ganz angenehm.«

»Sieh das nicht so verklärt. Es riecht widerlich.« Auf der Suche nach einem sauberen Hemd durchwühlte sie den Wandschrank. Sie warf mir eines zu, nahm das dreckige zwischen die Fingerspitzen und brachte es fort.

Ich drehte mich von dem Tablett mit Sandwiches weg. Mein Magen war stark, aber nicht stark genug, um einen solchen Morgen zu verbringen und trotzdem noch Appetit auf das Mittagessen zu haben. Auch im Krieg hatte ich an Gewicht verloren. Zu viele Operationssäle, zu viele zerfetzte Glieder und geschundene Körper. Als Freiwillige hätte ich nichts dergleichen zu sehen bekommen sollen. Ich hätte Verbände anlegen, aus Briefen von daheim vorlesen und Tee eingießen sollen. Aber der Krieg kümmert sich nicht um das, was sein sollte. Einer der Chirurgen bemerkte, dass ich bessere Nerven und ruhigere Hände als die meisten gestandenen Fachkräfte hatte. Seitdem hatte er grundsätzlich mich angefordert. Wahrscheinlich glaubte er, mir einen Gefallen zu tun. Während meiner ersten Operation musste ich mich dreimal übergeben – eine Amputation, bei dem einem jungen Infanteristen ein Bein abgenommen wurde. Der Blutverlust war so hoch, dass er ihn beinahe das Leben gekostet hätte. Aber immer, wenn ich mich erbrochen hatte, wischte ich mir den Mund ab und kam wieder angeschlichen, bis der Chirurg mir das Bein in die Hand drückte und mir befahl, es irgendwo loszuwerden. Es war schwer, dieses tote Ding in meinen Armen, und ich konnte sein Gewicht noch immer spüren, wenn ich die Augen schloss und die Arme ausstreckte. Ich spürte das Gewicht jedes jungen Mannes, der im Ätherrausch versank und nie mehr daraus auftauchte, jedes Offiziers, der eine tapfere Miene machte, aber meine Hand umklammerte, bis er mir fast die Knochen brach. Ich erinnere mich an jeden von ihnen. Und in den finstersten Nächten, in denen der Gin mir kein Vergessen brachte und die Stunden keinen Schlaf, zählte ich sie wie Schafe, die auf einer schönen grünen Wiese voller Klatschmohn tot über den Zaun fallen.

Ich schreckte hoch. Beim Gedanken an die Jungen, die nie heimgekehrt sind, war ich hinübergedämmert und hatte von ihnen geträumt. Einen Augenblick war ich verwirrt, und als ich die Stimme eines Mannes hörte, fing mein Herz zu rasen an. Es dauerte eine ganze Minute, bis mir wieder einfiel, dass Ryder mich abholen wollte.

Ich trocknete meine Wangen und kämmte mir das Haar. Zusätzlich trug ich etwas glänzenden, blutroten Lippenstift auf und legte einen Seidenschal um. Als ich mich zu Ryder und Dora ins Wohnzimmer begab, fühlte ich mich wieder ein bisschen mehr wie ich selbst. Es war absurd. Dora goss ihm ständig Tee nach, als säße sie am Teetisch in einem Pfarrhaus in Bournemouth, während Ryder in einem der bequemen Stühle lungerte und aussah wie ein verwilderter Panther. Die Teetasse wirkte in seiner Hand lächerlich klein, aber er hielt sie sanft, und als er mit Dora sprach, war seine Stimme leise und zuvorkommend.

»Möchten Sie vielleicht mitkommen, Miss Dora? Jeder Siedler sollte das Land kennen.«

Mit einer Hand winkte Dora ab und schien unter seinem Blick leicht zu erröten. »Oh, lieber nicht! Ich bin überhaupt nicht gern an der frischen Luft, außer zum Gärtnern, wissen Sie. Ich mag es, mich handwerklich zu betätigen, und hier draußen wächst und gedeiht alles so schön. Der Hibiskus und die Gladiolen wuchern geradezu, sie sind ganz verwildert, und die Rosen müssen gründlich beschnitten werden. Wenn Delilah nichts dagegen hat, würde ich gern das Beet zwischen dem Haus und dem See in Augenschein nehmen.«

»Sie hat nichts dagegen«, sagte ich von der Tür her und blickte Ryder an. »Sie verschwenden Ihre Zeit. Dodo ist viel zu sehr Dame, um sich durch das Unterholz zu schlagen.«

Ritterlich wäre es gewesen, wenn er bemerkt hätte, dass auch ich dazu viel zu sehr Dame war, doch das tat er natürlich nicht. Stattdessen blickte er mich nur nachdenklich an und stand dann auf. Er war zu groß für das Zimmer. Seine bloße Gegenwart schien mir die Luft zu nehmen. Ungeduldig wedelte ich mit der Hand.

»Wenn wir noch loswollen, sollten wir endlich aufbrechen.«

Er gab Dora die Teetasse und bedachte sie mit einem höflichen Kopfnicken. »Danke für den Tee, Miss Dora.«

»Gern geschehen, Ryder. Und wenn ich Sie mit Ihrem Vornamen ansprechen soll, müssen Sie dasselbe auch bei mir tun. Von jetzt an bin ich einfach Dora.«

Erneut errötete sie, und ich widerstand dem Drang, die Augen zu verdrehen.

»Wie Sie wünschen, Dora«, sagte er leichthin. »Ich bedaure, dass Sie uns nicht begleiten, aber versprechen Sie mir wenigstens, dass Sie nicht ohne Begleitung draußen herumlaufen. Unten am See gibt es Wasserkresse, und die Elefanten lieben das Zeug. Es wäre nicht gut, wenn Sie zufällig einem begegnen würden. Pierre soll Sie begleiten. Er wird zwar keine große Hilfe sein, aber wenn er einen Dickhäuter sieht, wird er laut schreien und mit den Armen fuchteln, sodass Sie Zeit genug haben, um wegzulaufen.«

Lächelnd zwinkerte er ihr zu, und sie lachte. Ich ging hinaus, ohne mich umzusehen, und wäre auf der Veranda beinahe mit Gideon zusammengestoßen. Ein Bein angewinkelt, stand er da und sah aus wie ein herrenloses Spielzeug. »Gideon, warum hast du dir keinen Tee geholt?«

Gideon schüttelte nur den Kopf, verließ die Veranda und machte sich auf den Weg, der vom Haus wegführte. Ryder hatte mich eingeholt und lief neben mir her.

»Habe ich ihn irgendwie beleidigt? Oder hat Dora mit ihm geschimpft?«

»Nein, sie war sehr höflich. Sie hat angeboten, Pierre mit Tee zu ihm zu schicken, und das hat ihn verwirrt.«

»Warum? Trinken die Massai keinen Tee?«

»Nicht im Haus eines weißen Mannes. Um Himmels willen, sie sind keine Pfarrer oder Bankangestellten, die nachmittags im Wohnzimmer ihren Tee trinken. Sie trinken Milch und das Blut von Kühen, und wenn sie Geschmack daran finden, trinken manche von ihnen auch Alkohol.«

»Das Blut von Kühen?«, fragte ich zaghaft.

Er machte Anstalten, es mir zu erklären, aber ich hob die Hand. »Heute nicht. Vorerst habe ich genug Blut gesehen.«

»Das ist Afrika, Prinzessin. Außerdem würde ein Krieger der Massai niemals Nahrung von einer weißen Frau annehmen.

Das wäre erniedrigend.« Ich machte den Mund auf, um über diesen Punkt zu diskutieren, doch er hob nur den Zeigefinger. »Töten Sie nicht den Überbringer der Nachricht. So sind sie nun einmal, und es ist nicht meine Aufgabe, das zu ändern.«

Ich verfiel in Schweigen, aber nur für einen Augenblick. »Nun, Dora haben Sie jedenfalls beeindruckt. Sonst ist sie bei Fremden nie so gesprächig. Warum sind Sie so nett zu ihr?«

Er zögerte, und dieses Zögern sagte mehr als viele Worte. Er suchte nach den richtigen Worten. »Sie ist eine nette Dame«, sagte er schließlich.

»Ist sie Ihr Typ?«, zog ich ihn auf.

Er lächelte nicht. Es zuckte nicht einmal in seinem Mundwinkel. »Ich habe keinen Typ. Und jetzt seien Sie still. Wenn Ihr Mundwerk ständig in Bewegung ist, werden Sie niemals etwas über den Busch lernen.«

Die nächste Viertelstunde schmollte ich. Ryder ging voran, und mir fiel sein Gang auf, als er sich durch den Busch bewegte, mit schmalen, lockeren Hüften, als gehörten er und die Erde zusammen. Es war der Gang eines selbstsicheren Mannes, der genau wusste, wer er war, und der sich einen feuchten Kehricht darum scherte, ob auch die anderen das wussten.

Wir gingen an Kits Cottage vorbei, aber das Haus wirkte leer, und ich war ein wenig erleichtert.

»Ihr Liebster scheint ausgeflogen zu sein«, sagte Ryder kühl. Er wandte mir das Gesicht im Profil zu, und mir fiel seine Nase auf. Sie war kräftig und gerade, eine sachliche Nase ohne jeden Schnickschnack. Doch die Nasenlöcher waren leicht gebläht, und ich merkte, dass seine Gleichgültigkeit nur vorgetäuscht war. Seit dem Morgen schon war er ziemlich gereizt, und plötzlich wusste ich, warum.

Ich betrachtete meine Fingernägel. »Er ist nicht mein Liebster.«

»Gut. Ihr Liebhaber ist ausgeflogen.«

Ich lachte. »Hier draußen spricht sich alles schnell herum.«

»Es gibt zwei Sorten von Weißen in Afrika. Die, die arbeiten, und die, die herumhuren. Kit gehört zu letzteren.«

»Und zu welcher gehören Sie?«

Er drehte sich zu mir und lächelte, ein träges Lächeln, das unter anderen Umständen vielleicht eine Einladung gewesen wäre. »Zu beiden. Ich bin die große Ausnahme.«

»Tut mir leid, dass Sie Ihre Wette verloren haben«, sagte ich. »Aber lassen Sie sich das eine Lehre sein, Ryder. Ich bin nicht berechenbar.«

Zu meiner Überraschung schien er sich über meine Worte nicht zu ärgern. Stattdessen wurde sein Lächeln noch breiter, und zum ersten Mal sah ich die Andeutung eines Grübchens in seiner linken Wange. Seine Augen strahlten. Er genoss das Spiel ebenso sehr wie ich. Er ging einen halben Schritt auf mich zu, doch ausgerechnet in diesem Moment blieb Gideon, der ein paar Meter vor uns ging, stehen und hob die Hand. Er gestikulierte, und sofort schob Ryder sich hinter mich und drückte seinen Rücken an meinen. Er entsicherte das Gewehr.

»Was ist los?«, flüsterte ich kaum hörbar.

»Frische Löwenspuren«, antwortete er leise.

»Und Sie stehen *hinter* mir? Was für ein Held!«

»Löwen jagen gern paarweise oder in kleinen Gruppen, und wenn sie das tun, läuft einer immer hinter ihnen im Kreis. Und jetzt seien Sie still.« Er drehte den Kopf hin und her, um die Gräser um uns herum zu sondieren. Gideon ging vorsichtig weiter. Einen Augenblick später richtete er sich zu voller Größe auf und rief schnell etwas auf Suaheli.

»Was hat er gesagt?«

»Alles klar. Die Löwen haben schon gefressen. In dem Dickicht da vorn liegt das Gerippe eines Zebras. Aber seien Sie trotzdem leise. Wahrscheinlich ruhen sie sich ganz in der Nähe aus.«

Ich schlich weiter, bis wir einen Punkt oberhalb eines trockenen Wasserlaufes erreichten. Ryder machte halt, um etwas zu trinken. Er bot mir einen Schluck aus seiner Feldflasche an, aber ich winkte ab. Ich ging zu Gideon und bedeutete ihm, mich aus seinem Beutel aus Ziegenfell trinken zu lassen. Mit seinem typischen breiten Lächeln gab er es mir. Ich trank einen großen Schluck und verschluckte mich beinahe. Es war Blut, gemischt mit Milch, beides warm und dick. Das Zeug klebte mir auf der Zunge, und ich zwang mich, es hinunterzuschlucken, ohne zu würgen. Als ich mir die Lippen am Ärmel abwischte, hinterließ ich lange, blasse Streifen Blut auf dem Gewebe.

»Herrgott«, murmelte ich. »Gibt es denn für ein Mädchen nichts Schönes in diesem Land?«

Ich gab Gideon das Ziegenleder zurück, und wieder lächelte er.

»*Asante*«, sagte ich.

»*Karibu, Bibi.*«

»Was bedeutet *Bibi?*«

»Es ist ein ehrerbietiges Wort und bedeutet *gnädige Frau.* Es kann aber auch noch etwas anderes bedeuten.«

»Zum Beispiel?«

»Zum Beispiel *Großmutter* oder eine Dame, die keinen Ehemann hat. Afrikaner geben den weißen Siedlern immer Spitznamen. Das ist unsere Art.«

Hinter mir kicherte Ryder. »Wie nennen sie ihn?«, fragte ich und deutete mit dem Daumen auf Ryder.

»Das ist *Bwana Tembo. Bwana* bedeutet *Herr.*«

»Und was heißt *Tembo?*«

»*Tembo* heißt Elefant, *Bibi.*«

Ich drehte mich zu Ryder um, der sein Lächeln kaum zu verbergen suchte. »Sie nennen Sie Herr Elefant?«

Er drehte den Verschluss auf seine Feldflasche und grinste mich boshaft an, als er aufstand. »Ja.«

Auge in Auge stand ich ihm gegenüber. »Warum genau nennen sie Sie Herr Elefant?«

Er senkte den Blick auf meinen Mund. Dann fuhr er mir mit dem Daumen über die Unterlippe und hielt ihn in die Luft, damit ich ihn betrachten konnte. »Sie haben einen Fleck übersehen.« Er wischte den Blutstropfen an seiner Hose ab. Auf einmal hörte ich die Zikaden, ihr lautes Flirren in der Luft um uns herum pochte in meinem Ohr, oder vielleicht war es auch nur das Geräusch meines eigenen Pulses.

»Sie haben meine Frage nicht beantwortet.«

»Oh, ich denke, Sie werden es in den nächsten Tagen selbst herausfinden.« Er wandte sich ab, sah sich noch einmal um, und ein Grinsen verzog seinen Mund. »Und nur damit Sie es wissen: Kit nennen sie *Bwana Tausi*.«

»Was ist ein *Tausi?*«

»Das ist ein Pfau. Große Klappe und nichts dahinter, das denken sie von ihm. Gehen wir.«

Eines musste ich dem Mann lassen: Er wusste, wie man ein gutes Spiel machte. Ich konnte mir vorstellen, dass sein rauer Charme unter den richtigen Umständen und bei dem richtigen Mädchen eine verheerende Wirkung zu entfalten vermochte. Es tat mir nur leid, dass er noch nicht gemerkt hatte, dass ich die Falsche war.

Aber es gab nichts, was er über den afrikanischen Busch nicht wusste. Als er mich überall herum- und schließlich wieder nach Fairlight zurückgeführt hatte, kannte ich die wichtigsten Orientierungspunkte, wusste, wie ich meinen Standort berechnen konnte, und wann die gefährlichste Zeit für Löwen war. Er zeigte mir die *luggas* – ausgetrocknete Flussbetten voller Laubwerk und kleiner Höhlen –, bevorzugte Schlupfwinkel von Leoparden. Er warnte mich vor den Büffeln, die mich überrennen konnten, vor Giftschlangen, vor den Höhlen von Ameisenbären, in denen ich mir den Knöchel verstauchen konnte, und vor tausend anderen Schrecken, bis sich in meinem Kopf alles vermischte und ich mich laut fragte, ob es auf der Welt noch einen Ort gab, der so gefährlich war wie Afrika.

»Bisher habe ich keinen gefunden«, antwortete er gut gelaunt.

Wir näherten uns Fairlight auf einem anderen Weg als dem, auf dem wir es verlassen hatten, und als wir das Tor erreicht hatten, blieb Ryder stehen.

»Hier sind Sie in Sicherheit. Der Pfad führt durch Gemeinen Stechdorn bis zum Rasen. Denken Sie daran, was ich Ihnen gesagt habe: niemals ohne eine Waffe und ohne einen Führer hinausgehen.«

Wenn er wusste, dass ich allein zu Kit gegangen war, so ließ er es nicht durchblicken, und ich würde es ihm ganz bestimmt nicht verraten. »Wenn ich nicht allein spazieren gehen soll, warum haben Sie sich dann überhaupt die Mühe gemacht, mir etwas beizubringen?«

»Weil Sie sich letzten Endes doch nur auf sich selbst verlassen können.«

»In Afrika oder im Leben?«, fragte ich spöttisch.

»Beides. Und jetzt gehen Sie ins Haus. Ich komme morgen mit den Vorräten aus der *duka* wieder.«

Bevor ich gegen seinen herrischen Tonfall protestieren konnte, war er verschwunden. Der Garten war voller grüner Schatten und fremdartiger Vogelstimmen. Ich streckte eine Hand aus und spürte, wie sie einen Dorn berührte. Es war der Garten Eden vor dem Sündenfall, üppig und verheißungsvoll und voll verborgener Gefahren. Ich schob mich durch das Buschwerk und auf den Rasen hinaus. Dora beschnitt ein paar verwilderte Bougainvilleen und trällerte dabei ein Lied.

»Ich wollte gerade anfangen, mir Sorgen zu machen. Wenn wir pünktlich auf Farradays Party erscheinen wollen, müssen wir uns beeilen.« Sie musterte mein Hemd. »Ist das Blut?«

»Und Milch. Das scheint die afrikanische Variante eines Cocktails zu sein.«

An diesem Abend trug ich Weiß. In heißem Klima ist nichts luxuriöser als Weiß, und ich hatte ein rückenfreies Kleid von Patou, das unbedingt ausgeführt werden wollte. Ausgezogen bis auf meine seidenen French Knickers saß ich da, während Dora mir mit großzügiger Hand und einer Quaste aus Schwanendaunen poudre de riz auf die Haut stäubte. Als sie mich vom Gesicht bis zu den Füßen gepudert hatte, half sie mir in den Fetzen aus hauchdünner weißer Seide. Dazu trug ich Shalimar und blutroten Lippenstift und das schwarze Seidenband an meinem Handgelenk. Dora war hübsch gekleidet in einem der wässrigen Grüntöne, die sie bei Abendkleidern bevorzugte, und wir gaben unserer Toilette gerade den letzten Schliff, als Rex Farraday erschien. Stilgerecht fuhr er in einem cremefarbenen Rolls Royce vor, und der Motor schnurrte im Leerlauf wie eine große Katze. Er sprang die Stufen zur Eingangstür von Fairlight hinauf, schneidig in seinem förmlichen schwarzen Anzug und mit ausgebreiteten Armen.

»Delilah Drummond, welche Freude, Sie hier zu haben!«

Er umfing mich in einer vorsichtigen Umarmung. Rex hatte ein geschmackvolles Ensemble schon immer zu schätzen gewusst. Er lehnte sich zurück und betrachtete mich aufmerksam. »Ich weiß nicht, wie Sie das machen, aber Sie sehen nicht einen Tag älter aus als beim letzten Mal, und das muss inzwischen ungefähr sieben Jahre her sein.«

»Eher zehn, aber Sie sind sehr liebenswürdig. Und so gut aussehend wie immer! Ich liebe die silbernen Fäden an Ihren Schläfen. Sehr distinguiert! Rex, kennen Sie meine Cousine Dora?«

Zu ihr war er ebenso charmant, aber Rex war ohnehin so etwas wie ein Hoflieferant an gutem Willen. Jeder fühlte sich besser, wenn er in der Nähe war. Männer saßen etwas gerader und kamen sich vor wie Helden, und Frauen berührten ihr Haar und stellten sich vor, wie es wäre, ihn mit ins Bett zu nehmen. Er war kein besonders berüchtigter Playboy, doch er war bekannt dafür, sich keine interessante Gelegenheit entgehen zu lassen, die in einem engen Seidenkleid an ihm vorbeiflatterte. Er hatte einfach das Talent, sich Freunde zu machen. Rex gehörte zu der Sorte von Männern, die in der Hölle zum Vorsitzenden des Sozialausschusses gewählt werden würden.

»Möchten Sie einen Drink, Rex? Ich fürchte, der Weinkeller ist gerade nicht gut bestückt, aber wir haben zumindest Gin und Champagner da.«

»Verlockend, meine Liebe, aber Helen freut sich viel zu sehr darauf, Sie zu sehen. Wenn ich mich nur einen Augenblick verspäte, wird sie mir das ewig vorwerfen. Gehen wir also?«

Er führte uns hinaus zum Auto.

»Eine halbe Stunde Fahrt, und wir sollten unser Ziel erreicht haben. Von hier aus gesehen wohnen wir talaufwärts«, erklärte er uns und schlüpfte hinter das Lenkrad. Der Wagen war mit sündhaft weichem, karminrotem Leder ausgestattet, und ich sank dankbar auf den Sitz, glücklich, dass Afrika endlich ein wenig Komfort zu bieten hatte. Rex schien meine Gedanken zu erahnen. Er lachte.

»Ja, liebe Delilah. Afrika ist nicht gänzlich unzivilisiert.«

»Es ist faszinierend«, sagte ich wahrheitsgemäß, »aber Sie müssen zugeben, dass der letzte Schliff noch fehlt.«

»Ich hätte nicht gedacht, dass Sie das stört. Soweit ich gehört habe, sind Sie auf einer Ranch in Wyoming oder Montana oder an einem ähnlichen Ort aufgewachsen?«

»Louisiana«, stellte ich gereizt richtig. »Und es war keine Ranch mit Viehzucht. Es war eine Zuckerrohrplantage, eine Stunde von New Orleans entfernt. Himmel, es gab sogar ein Opernhaus dort.«

Er warf den Kopf in den Nacken und lachte. »Nun, Fairlight ist gewiss nicht die beste Einführung in die Annehmlichkeiten, die wir hier zu bieten haben.« Seine Stimme klang jetzt etwas nüchterner. »Es ist eine Schande, wirklich. Das schönste Anwesen im Tal, und es wird regelrecht zugrunde gerichtet. Trotzdem glaube ich, dass Sie hier viele Möglichkeiten finden werden, sich zu amüsieren«, fügte er hinzu und gab Gas. Wir rasten die Straße hinunter und wirbelten eine große rote Staubwolke hinter uns auf.

9

Bei unserer Ankunft schrie Helen vor Begeisterung auf, breitete die Arme aus und kam herausgestürmt, um uns zu begrüßen. Ich war noch nicht ganz aus dem Wagen gestiegen, als sie mich auch schon in die Arme schloss und mich an sich drückte. Es war eine schmerzhafte Erfahrung. Helen war so dünn wie eine Forelle.

»Liebes, Sie hätten mich mit einer Feder umwerfen können, als Mossy das Telegramm geschickt hat, um uns mitzuteilen, dass Sie kommen würden – wirklich, eine Feder hätte genügt!«, hauchte sie mit ihrer Mädchenstimme. Mir fiel auf, dass die Jahre des Zusammenlebens mit Rex ihren Midwestern-Akzent zu etwas eingeebnet hatten, was nicht wirklich Englisch war, aber England zumindest schon mal gesehen hatte. »Kommen Sie herein, trinken Sie etwas, und lernen Sie die anderen kennen.«

Helen winkte nur, als ich ihr Dodo vorstellte, doch die war es gewöhnt, ein Anhängsel zu sein. Rex verwickelte sie sehr korrekt in ein höfliches Gespräch über das Wetter, während Helen mich mit Beschlag belegte.

Sie drückte mir einen Drink in die Hand und schleppte mich in die Mitte des Raumes. Dort angekommen, klatschte sie in die Hände. Es kehrte Ruhe ein, und sie legte mir einen Arm um die Schultern.

»Meine Lieben, dies ist der Grund, warum wir heute Abend hier versammelt sind: Wir wollen die liebe Delilah willkommen heißen. Ihre Mutter ist eine meiner ältesten Freundinnen.« Ganz besonders betonte sie das Wort *älteste,* damit auch jeder verstand, dass Helen keinesfalls alt genug war, um meine Mutter zu sein. »Sie ist gekommen, sich unserer fröhlichen Truppe anzuschließen, also heißt sie bitte alle recht herzlich willkommen.«

Die Gäste hoben die Gläser, und Helen deutete eine kleine Verbeugung an. Irgendwie schaffte sie es, dass es sogar bei meiner Vorstellung fast ausschließlich um sie selbst ging. Dieser Auftritt war typisch für Helen. Sie stahl anderen grundsätzlich die Schau und suchte stets das Rampenlicht, selbst wenn sie es von jemand anderem ablenken musste. Aber ich war nicht umsonst von Mossy erzogen worden. Vollkommen reglos stand ich da und ließ mich vom warmen Schein der Lampen beleuchten, eine Figur in strahlendem Weiß bis auf den blutroten Mund und das todschicke schwarze Seidenband, das zu meinem Bubikopf passte. Ich schuf ein Kunstwerk mit mir selbst als Gegenstand, ein Selbstporträt in *chiaroscuro*, das nichts verlangte, als betrachtet zu werden. In ihrem Kleid aus hellblauer Seide und mit ihren widerspenstigen Locken hatte Helen dagegen keine Chance. Ich ließ den Blick langsam durch den Raum schweifen, ließ ihn kurz auf jedem Gesicht verweilen, zärtlich, einladend, aber dennoch so kühl, wie sie es vielleicht von mir erwartet hatten.

Innerhalb von Sekunden hatten die Männer sich von ihren Plätzen gelöst und bildeten eine Schlange, um sich mir vorzustellen. Helen wirkte leicht verstimmt, doch sie hakte mich unter. Vermutlich dachte sie im Stillen: »Wenn du sie nicht schlagen kannst, schließe dich ihr an.« Nun lächelte sie den ersten Ankömmling an.

»Das ist unser ortsansässiger Mediziner, Bunny Stevenson, ein brillanter Arzt und ein sehr liebenswerter Mensch. Nein, Bunny, Liebster, erröten Sie nicht, es ist die Wahrheit.«

Er war ungefähr so alt wie Rex, aber er hatte sich nicht ganz so gut gehalten. Während Rex' Lachfalten und sein graues Haar angenehm durch einen starken Körper und eine geschmeidige Eleganz ausgeglichen wurden, neigte der Arzt zu einer gewissen Leibesfülle. Sein Bart sollte offenbar ein beginnendes Doppelkinn verbergen, doch sein Händedruck war warm und fest.

Nach ihm kam ein Gentleman im Kilt, begleitet von einer Frau in einem schäbigen Abendkleid, auf dem eine Schärpe im Schottenkaro befestigt war. »Unsere örtlichen Missionare«, sagte Helen mit einer Spur weniger Wärme in der Stimme, als sie dem Arzt gegenüber an den Tag gelegt hatte. »Lawrence Halliwell und seine liebe Schwester Evelyn.« Ich schüttelte beiden die Hände und vergaß sie fast sofort wieder. Missionare konnte ich nicht leiden, vor allem solche, die Missionsreisen an gottverlassene Orte unternahmen und sich dann für Dinnerpartys aufputzten. Das roch nach Heuchelei.

Ihnen folgte eine schwermütige Gestalt, die ich sofort erkannte. »Gervase, wie schön, Sie wiederzusehen. Und Bianca, wie mutig von Ihnen, so viel Scharlachrot zu tragen. Dazu würde mir der Mut fehlen.« Gervase Pemberton, der trübsinnige Dichter, und seine aufgedonnerte spanische Gattin. Der Kommentar zu ihrem billigen roten Seidenkleid war nicht nett, aber auf der letzten Party, zu der ich sie in Paris eingeladen hatte, hatte sie sich sehr schlecht benommen. Sie war in der Damentoilette verschwunden, und als sie wieder auftauchte, trug sie nichts als einen Strang Perlen, der ihr bis zum Intimbereich baumelte. Ich war keine prüde Person, ich amüsierte mich so gern wie jedes andere Mädchen auch. Aber jedem hergelaufenen Tom, Dick oder Harry im Raum gleich alles zu zeigen war einfach nur vulgär.

Kit Parrymore war der nächste, und neben mir fing Helen

an zu schnurren. »Kit, du ungezogener Bengel. Ich glaube, du hast Delilah schon recht gründlich willkommen geheißen hier in Afrika.«

Er beugte sich zu mir und küsste mich flüchtig auf das Ohr. »Wie schnell sich das herumgesprochen hat«, murmelte ich.

»Das liegt an den Eingeborenen«, erwiderte er flüsternd. »Sie wissen alles, und sie erzählen auch alles.«

»Ich werde es beherzigen«, sagte ich und bedachte ihn mit einem sittsamen Blick. Er trat zurück, um einen anderen Mann vortreten zu lassen. Dieser protzte mit einem Gesicht voller Blutergüsse und einiger recht eindrucksvoller Platzwunden.

Anthony Wickenden hielt meine Hand einen Augenblick zu lange. »Ich muss mich dafür entschuldigen, dass ich in Nairobi Ihre Schuhe mit meinem Blut befleckt habe. Sie haben sie am falschen Ort und zur falschen Zeit getragen. Das ist meine Frau, Jude.«

Und daraufhin zog er eine Frau nach vorn, die das hübscheste Wesen hätte sein können, das ich je gesehen hatte – wenn es ihr nicht völlig egal gewesen wäre. Sie hätte jedem Pariser Showroom Ehre gemacht, und ich konnte sie mir mühelos in der neuesten Mode vorstellen, wie sie am Arm eines Herzogs in die Oper geschwebt kam. Doch stattdessen war sie hier, in einem Kaff in einer Kolonie, und je genauer ich hinsah, desto provinzieller kam sie mir vor. Ihr Haar war schlecht geschnitten und noch schlechter frisiert. Es war hastig in ein Haarnetz gestopft worden, und sie trug ein Abendkleid, das so aussah, als stammte es aus dem Schrank einer dicken Achtzigjährigen und wäre nachlässig geändert worden. Einen Augenblick später verstand ich, warum.

Hinter ihr stand ihre Tante, die mir als Sybil Balfour vorgestellt wurde. »Nennen Sie mich Tusker«, befahl sie und streckte ihre fleischige Hand aus. Sie trug ein Abendkleid, das sehr ähnlich geschnitten war wie das von Jude, doch ihres löste sich an den Säumen bereits auf. Judes war ungeschickt gekürzt worden, und an ihrer großen, schlanken Figur saß es schlecht. Tusker war fünfzehn Zentimeter kleiner, aber fast doppelt so breit, obwohl der Großteil ihrer Masse aus Muskeln zu bestehen schien, und als sie mir die Hand schüttelte, hätte ich schwören können, die Knochen knacken gehört zu haben. »Willkommen in Afrika.«

»Vielen Dank«, sagte ich zu ihr und wandte mich dann an die ganze Gesellschaft: »Danke Ihnen allen für diesen freundlichen Empfang.«

Helen strahlte uns an, und als Rex hüstelte, stellte sie endlich auch Dora vor. Wir knabberten an winzigen heißen Würstchen und hielten Smalltalk, während Rex kühle Drinks verteilte.

»Was ist das?« Es handelte sich um ein Champagnerglas, doch die Flüssigkeit darin schäumte nur, anstatt zu sprudeln. Prüfend betrachtete ich die trübe Flüssigkeit.

»Das ist ein *Black Velvet,* Champagner mit Starkbier gemischt. Kein sehr hübscher Cocktail, das muss ich zugeben.«

»Er sieht aus, als hätte jemand versucht, alles Übel der Welt in eine Flasche zu füllen.« Aber ich hatte schon Schlechteres getrunken. Also nahm ich einen Schluck und bewegte ihn im Mund. Er war sämig, schwer und schmeckte moschusartig. »Nicht schlecht.«

Rex zwinkerte mir zu und ging weiter.

Sobald wir ausgetrunken hatten, winkte Helen uns in das Speisezimmer. »Wie ich sehe, haben wir eine ungerade Zahl – nur sechs Männer für sieben Frauen, also wird sich einer der Gentlemen zweier Ladys annehmen müssen«, sagte sie mit schelmischer Miene.

»Dreizehn bei Tisch«, sagte Bianca mit düsterer Miene.

»Sei nicht albern, Bianca. Das ist bäurischer Aberglaube«, erwiderte Helen scharf. Inzwischen hatte Rex das Problem geschickt gelöst, indem er einen Arm Dora anbot und den anderen mir. Er ließ es so aussehen, als täten wir ihm einen riesengroßen Gefallen.

Der Tisch war so schön gedeckt, wie es in England üblich war – tatsächlich hätte das ganze Haus von Feen verzaubert sein können, und ich setzte mich kurzerhand bei Helen in ein gutes Licht, indem ich ihr genau das sagte.

»Oh, Sie sind reizend«, hauchte sie. »Ich habe es entworfen, wissen Sie. Na ja, ich habe Rex geholfen. Er ist so klug«, fügte sie mit einem Gurren in seine Richtung über den Tisch hinzu. »Wir waren monatelang zum Einkaufen in Paris und London, um genau die richtigen Möbel zu bekommen. Warten Sie nur, bis Sie meine Badewanne sehen – rosa Quarzstein! So gewagt, sie ist sogar im *Tatler* gezeigt worden. Es hat natürlich ewig gedauert, bis alles hier war, aber es ist mein absolutes Traumhaus, bis ins letzte Detail.« Sie versprach, uns später durch das Haus zu führen, und dann wurde das Dinner aufgetragen.

Das Essen war gut und der Wein tadellos, aber irgendeine Kleinigkeit an dieser Gesellschaft war seltsam. Unterschwellig war eine Spannung zu spüren, die ich nicht recht verstand. In jeder geschlossenen Gruppe von Menschen ergeben sich zwangsläufig Feindseligkeiten, und diese Gruppe war geschlossener als die meisten anderen. Außer Ryder und ein paar Farmerfamilien bestand sie aus der gesamten weißen Gesellschaft des kleinen Tals. In einer solchen Versammlung musste es unausgesprochene Bündnisse geben und zweifellos auch unausgesprochenen Verdruss.

Doch kleine Dinge konnten in der afrikanischen Hitze schnell anfangen zu gären, und ich fragte mich, ob vielleicht ein kleiner Stich von einem Dorn vergessen und eitrig geworden war. Ich sah, wie Bianca aus kleinen, dunklen Augen Gervase mit fieberhafter Intensität verfolgte. Als sie ihn berührte, lag in der Liebkosung ein Besitzanspruch. Ich sah auch, dass Jude und ihre Tante Sybil sich große Mühe gaben, den ganzen Abend kein einziges Wort miteinander zu sprechen. Es überraschte mich kaum, dass Jude noch immer mit ihrem Ehemann zusammenlebte, nachdem er sie geschlagen hatte. Ich kannte genug Frauen, die von ihren Männern misshandelt wurden. Sie alle waren gequälte Kreaturen, mit Augen wie eingesperrte Tiere und einer angespannten Kraft, die sie innerlich versengte. Jude aber war anders. Sie wirkte kühl wie ein Bergsee, und ich vermutete, dass sie bei Wickenden blieb, weil seine Schläge sie im Grunde nicht wirklich berührten. Vielleicht war das sogar der Grund, warum er sie schlug. Manche Männer ertragen es nur eine gewisse Zeit, nicht beachtet zu werden, und dann müssen sie etwas dagegen tun.

Die Suppe wurde von einheimischen Dienern verteilt, die rote Feze und lange weiße Gewänder trugen. Sie gaben uns kleine Tassen mit Fleischbrühe, und ich tauchte meinen Löffel hinein und seufzte genüsslich, als ich sie gekostet hatte.

»Das Geheimnis sind Eierschalen«, sagte Helen. »Damit klärt man die Suppe. Ich werde Ihnen das Rezept für Ihren Koch geben.«

Dora kicherte in ihre Suppe, doch ich bedankte mich höflich bei Helen. Dann drehte das Gespräch sich um Küchenhilfen und Diener im Allgemeinen und darum, wie schwierig es war, eine qualifizierte Dienerschaft zusammenzustellen.

»Natürlich steht einem immer das Sprachproblem im Weg«, sagte Helen. »Ich kann einen ganzen Vormittag damit verbringen, ihnen begreiflich zu machen, was ich genau will. Und am Ende sind Kopfschmerzen der einzige Lohn für die ganze Mühe!«

»Warum lernen Sie nicht ein paar von ihren Sprachen?«, fragte ich.

Die Tischgesellschaft verstummte für einen Moment, dann brachen alle in Gelächter aus.

»Sie sind sehr optimistisch, Miss Drummond«, sagte der Missionar Halliwell einigermaßen freundlich. »In jedem beliebigen Haushalt gibt es vermutlich einen Somalier oder einen Ägypter, der Französisch oder Arabisch spricht, ein paar örtliche Stammesangehörige, die ihre eigenen Sprachen sprechen, und ein paar Leute von der Küste, die sich auf Suaheli verständigen. Soll der Hausherr wirklich all diese Sprachen erlernen, nur um Herr in seinem eigenen Haus zu sein? Besser wäre es doch, wenn die Diener ein bisschen Englisch lernten, meinen Sie nicht?«

Sein Argument war durchaus vernünftig, aber es irritierte mich trotzdem. Bevor ich antworten konnte, blickte Gervase von seinem Teller Ente auf, der vor ihn hingestellt worden war.

»Typisch Pfarrer«, sagte er leichthin. »Wie wär's, wenn alle Latein sprächen und um die Hostie bäten?«

Mr Halliwells freundliche Miene war unerschütterlich. »Oh nein, gar nicht nötig. Ich habe mich damit abgefunden, dass sie nicht alle erlöst werden, aber ich gebe die Hoffnung nicht auf, Gervase. Genauso, wie ich die Hoffnung nicht aufgebe, dass auch Sie noch in den Schoß der Kirche finden.«

Gervase sah mich an und verdrehte die Augen. »Lawrence erträgt es nicht, einen Atheisten in seiner Herde zu haben.«

»Im Gegenteil«, widersprach Halliwell gelassen. »Ich halte Sie für den Beweis dafür, dass Gott genug Vertrauen in mich setzt, all die Fragen zu beantworten, die Sie womöglich aufwerfen.«

Biancas Augen blitzten. »Er braucht Ihre Antworten nicht.«

»Also wirklich, Bianca«, sagte Miss Halliwell und legte ihre

Gabel nieder. »Es gibt keinen Anlass, unhöflich zu sein, wenn Lawrence seine Arbeit tut.«

»Seine Arbeit?« Bianca verzog leicht die Oberlippe. Sie war keine besonders attraktive Frau, aber sie verstand es hervorragend, andere zu verhöhnen.

»Ja, seine Arbeit«, sagte Miss Halliwell mit fester Stimme. »Und außerdem –«

»Oh, werdet ihr wohl still sein, bevor ich Verdauungsbeschwerden bekomme?« Sybil Balfours Stimme war laut, ihr Klang schneidend. Sie griff unter den Tisch und zog einen Henkelmann hervor, den sie mit dem Inhalt ihres Tellers füllte.

»Sybil, Liebes, Sie sind eine bessere Gastgeberin bei meinen Partys als ich selbst!«, sagte Helen und meinte es beinahe aufrichtig. Sie blickte mich an. »Sybil hat einen schrecklichen Koch. Er bereitet alles aus Dosen zu, und selbst dann ist er noch eine Bedrohung. Wie oft hat er Sie jetzt schon vergiftet, Sybil?«

»Sieben Mal«, antwortete die ältere Frau umgehend. Sie gab dem Arzt ein Zeichen, der widerstrebend die Hälfte der Ente für ihren Henkelmann auf dem Teller liegen ließ.

»Wenn er so schrecklich ist, warum behalten Sie ihn dann?«, fragte ich.

Sybil zuckte die Schultern. »Pflichtgefühl. Ich habe ihm einmal das Leben gerettet. Eine hässliche Geschichte mit einer Schlange. Jedenfalls glaubt er, in meiner Schuld zu stehen und geht nicht fort. Er hält sich für einen guten Koch, und ich bringe es nicht übers Herz, ihm das Gegenteil zu sagen. Wenn die Reste von Helens Dinnerpartys nicht wären, würde ich auf Nyama niemals ein anständiges Essen bekommen.«

Ich gab ihr mein Brötchen, und zum Dank nickte sie barsch.

Zum Dessert wurde Feigengratin serviert und dazu Sauternes in kleinen Gläsern, in denen der blassgoldene Wein in dem sanften Licht zu glühen schien.

»Château d'Yquem«, sagte Helen. »Ich habe ihn bestellt, weil ich glaubte, dass Ryder vielleicht kommen würde, aber er hat sich entschuldigt. Immer zu neuen Abenteuern unterwegs, wir wissen nie, ob er auftaucht oder nicht. Er lässt alle grüßen.«

Wenn jemand die Vorstellung eigenartig fand, dass Ryder und Wickenden sich so bald nach der Prügelei im Bahnhof bei einem gesellschaftlichen Ereignis wieder begegnen sollten, so sagte er jedenfalls kein Wort dazu. Wickenden aß schweigend weiter, kaute ziemlich langsam, vielleicht wegen des Backenzahns, den Ryder ihm ausgeschlagen hatte. Nur Sybil reagierte, ein winziges Lächeln, das sie nicht ganz unterdrücken konnte. Jude wirkte so abwesend wie immer, und ich fragte mich, ob sie Ryder überhaupt dankbar war für das, was er getan hatte.

»Wahrscheinlich wieder mit dem Kuke unterwegs«, warf der Arzt ein.

Ich blickte auf, und Rex lächelte mich an. »Ryder ist hierzulande für seine Zuneigung zu den Stämmen der Eingeborenen bekannt. Obwohl ich glaube, dass du das falsch verstanden hast, Bunny. Er ist Massai durch und durch.«

Gleichmütig zuckte der Doktor die Achseln. »Als ob man den Unterschied kennen müsste.«

»Mich wundert, dass jemand sie verwechseln kann«, sagte ich. »Auf Fairlight gibt es Kikuyu und Massai, und sie sehen sich überhaupt nicht ähnlich.« Die Kikuyu waren kleiner, mit zumeist runderen Gesichtern und Gliedern, während Gideon groß und schlank war, mit sehnigen Muskeln und einem feingeschnittenen Gesicht.

»Mag sein«, lenkte der Arzt ein, »aber lästige Teufel sind sie alle.«

Ich blickte mich am Tisch um und sah gemischte Reaktionen – Langeweile bei den Frauen, vorgespielte Nonchalance bei den Männern und einen warnenden Blick von Dora, bloß keinen Streit anzufangen. Nur Kit betrachtete mich mit so etwas wie amüsierter Vorfreude. Es war derselbe Gesichtsausdruck, den ich bei meinem Großvater gesehen hatte, bevor er sich auf den Weg machte, um bei einem Hahnenkampf zuzusehen.

»Wenn sie lästig sind, liegt es vielleicht daran, dass die Weißen ihnen zur Last fallen.«

Mr Halliwell legte seine Gabel nieder. »Ein vorzügliches Argument, Miss Drummond. Gewiss hat die Ankunft von Weißen in der Kolonie die Machtverhältnisse verändert. Aber es hat immer Konflikte zwischen diesen Leuten gegeben, Krieg und Blutvergießen. Ja, während unseres Weltkriegs haben die Massai und die Bantu einen üblen Krieg ausgefochten, der noch immer in aller Munde ist. Es ist unsere Pflicht, ihnen zu zeigen, dass es auch anders geht.«

»Absoluter Unsinn«, sagte der Arzt und trank einen großen Schluck aus seinem Glas. Es war sein viertes, und je mehr er trank, umso stärker zitterten seine Hände. Im Stillen sagte ich mir, dass ich besser gesund blieb, solange ich in Afrika war. Auf keinen Fall wollte ich diese plumpen, zittrigen Hände in meiner Nähe haben. »Sie haben keinen Verstand und sind zu keinerlei Einsichten fähig. Das Beste, was wir für sie tun können, ist, sie an einem Ort zu halten, wo sie von klügeren Menschen überwacht werden und wo es ihnen selbst überlassen ist, mit ihren Schwierigkeiten fertigzuwerden.« Listig blickte er mich an. »Ich glaube, ihr Amerikaner habt es ganz richtig gemacht, als ihr eure Indianer in Reservate gesteckt habt. Das hat bei euch doch recht gut funktioniert, nicht wahr?«

Ich beachtete ihn nicht und wandte meine Aufmerksamkeit dem Gastgeber zu. »Sie sind am längsten hier, Rex. Würden Sie zustimmen, dass wir die moralische Pflicht haben, die Eingeborenen zu zivilisieren? Oder glauben Sie, wir sollten sie in Reservate abschieben?«, fragte ich.

Er zögerte, und als er sprach, war seine Antwort sorgsam durchdacht. »Ich glaube, die Sache mit der Pflicht ist etwas für Männer, die in behaglichen Londoner Konferenzsälen debattieren. Hier draußen gibt es nur die Wahrheit.«

»Und was ist die Wahrheit?«, bohrte ich weiter.

»Dass das Leben in Afrika schwer ist, sehr schwer. Aber es ist auch voller Versprechen, ein Land von solch enormer Schönheit und mit so vielen Möglichkeiten, dass jeder Mann ein neuer Adam ist. Diejenigen, die seit Jahrhunderten hier leben, führen ein einfaches Leben, allzu einfach. Sie werden mit dem Land nicht fertig, und darum fordern Krankheiten und Tiere ihren Tribut von der Bevölkerung, und die Armut greift um sich. Das können wir beheben, und wir müssen es auch, wenn es den Weißen hier gut gehen soll. Wir sind die Begründer eines Weltreichs, meine Liebe. Wir bringen ihnen Straßen und Schulen, Medizin und gute Nahrung. Wir haben die Macht, Kinder zu retten, und wenn wir Glück haben, können wir für Notzeiten etwas auf die hohe Kante legen. Wir können allen in Afrika das Leben leichter machen, und um das zu tun, müssen wir uns nicht entscheiden, ob wir Heilige oder Teufel sein wollen«, fügte er hinzu und ließ den Blick vom Arzt zum Missionar wandern. »Wir sind nur Menschen, Söhne des Seth, Erben dieses riesigen neuen Gartens Eden, dieses kleinen Paradieses.«

Zwar roch sie aufdringlich nach Shakespeare, trotzdem war es eine gelungene Ansprache. Der Arzt hob das Glas und rief: »Söhne des Seth!«, und nur den Buchstaben S sprach er ein wenig undeutlich aus.

Alle schlossen sich dem Trinkspruch an, und als sie ihre Gläser wieder absetzten, wedelte Helen ihrem Ehemann neckisch mit dem Finger vor der Nase herum. »Und vergiss uns Frauen nicht, Rex. Nicht nur Männer werden Afrika ein neues Gesicht geben. Auch wir Frauen spielen dabei eine Rolle.«

»Aber natürlich, Liebling«, sagte er mit einem liebevollen Lächeln. »Denn was hat je ein Mann ohne die Inspiration durch eine Frau zustande gebracht?«

Angesichts dieses Beweises seiner Ritterlichkeit lächelte Helen gekünstelt. Als sie damit fertig war, wandte ich mich erneut an Rex.

»Da wir gerade über die Rolle der Frau sprechen: Ich würde gern eine Milchkuh kaufen.«

Er hob die Brauen. »Sie wollen sich eine eigene Herde Milchkühe aufbauen? Kennen Sie sich mit der Viehhaltung denn aus?«

Ich zuckte die Schultern. »Was gibt es da schon zu lernen? Sie haben alle vier Beine, geben Milch, und wenn nicht, kann man sie immer noch erschießen und zum Abendbrot essen.«

Bianca schrie leise auf und schlug die Hände vor den Mund, doch Jude Wickenden lachte. Es war der erste Laut, den ich an diesem Abend aus ihrem Mund hörte.

Rex lächelte, und seine Lachfalten vertieften sich auf attraktive Weise. »Milchkühe brauchen mehr Aufmerksamkeit als Mastrinder. Über die Haltung von Kühen habe ich ein hervorragendes Buch, wenn es Sie interessiert, können Sie es haben. Obwohl ich Ihnen liebend gern so viel Milch verkaufen würde, wie Sie für Ihren kleinen Haushalt vermutlich brauchen werden.«

»Oh, sie ist nicht für uns. Sie ist für die Kikuyu-Arbeiter.«

Schlagartig wurde es still im Salon. Sogar die Musik vom Grammofon schien leiser zu spielen. Aller Augen ruhten auf mir, und ich konnte mir vorstellen, was sie dachten. Nur der Arzt wagte es laut auszusprechen. »Sie verwöhnen diese Teufel, wenn Sie ihnen Milch geben. Sie können sich selbst welche beschaffen, und wenn nicht … nun, so ist das eben in der Natur, nicht wahr? Natürliche Auslese.«

Rex überhörte, was der Doktor gesagt hatte. »In dem Fall sind Sie mit einigen einheimischen Rindern besser beraten. Sie sind widerstandsfähiger gegen Krankheiten, und die Eingeborenen mögen ihre Milch lieber. Der Geschmack ist stärker als der der Milch von europäischen Milchkühen. Befolgen Sie meinen Rat und nehmen Sie sich auch einen Jungen, der sie hütet, am besten einen Massai. Ich kann das veranlassen, wenn es Ihnen recht ist.«

Ich weiß nicht, warum sein Vorschlag mir widerstrebte. Es wäre einfacher gewesen, die Sache Rex zu überlassen. Doch bevor ich mich für den einfachen Weg entscheiden konnte, hörte ich mich schon sagen: »Danke, aber ich glaube, ich versuche es erst einmal selbst.«

Anthony Wickenden schnaubte in sein Glas, und Sybil Balfour warf ihm einen bösen Blick zu.

»Freut mich, das zu hören«, rief sie mir dröhnend vom anderen Ende des Tisches zu. »Zu viele Frauen kommen hier heraus und vergessen, dass sie selbst einen Verstand haben.« Sie blickte von Bianca zu Helen, und Letztere ließ ein perlendes Lachen hören.

»Schuldig im Sinne der Anklage, Sybil. Ich tue nichts anderes, als den Tisch hübsch zu decken und dafür zu sorgen, dass das Gästezimmer für Reisende bereit ist.«

»Ich weiß genau, was du tust«, gab Sybil zurück, und ich sah, dass Rex die beiden aufmerksam beobachtete.

»Ich übe mich als Gastgeberin für die Zeit, wenn ich die First Lady von Kenia sein werde«, sagte Helen zu Sybil und rümpfte die Nase.

Fragend blickte ich Rex an. »Haben Sie vor, Gouverneur zu werden?«

»Gouverneur!«, ließ Anthony Wickenden sich vernehmen, dem das Reden wegen seiner angeschwollenen Lippen ein wenig Mühe bereitete. Während des Essens schienen sie gefühllos geworden zu sein. »Er will Präsident werden.«

Neugierig betrachtete ich Helen, doch Rex winkte ab. »Helen, ich glaube, es ist an der Zeit, Anthony zu bremsen«, sagte er mit einem Augenzwinkern. Er drehte sich zu mir. »Unsere große Hoffnung ist es, dass London Kenia denselben Status zuerkennen wird, den es Rhodesien gegeben hat – den einer freien Nation.«

»Bei meiner Ankunft habe ich jemanden darüber reden hören. Hält Gouverneur Kendall sich nicht genau deshalb gerade in England auf?«

Rex nickte. »Ja, er vertritt unser Anliegen vor dem parlamentarischen Ausschuss. Wir sind ebenso gebildet und Afrika verbunden wie die Grundbesitzer in Rhodesien, und wir haben im Weltkrieg genauso hart gekämpft, um unser Vaterland zu verteidigen. Wir haben einen Versuch mit dem Selbstbestimmungsrecht verdient.«

»Das klingt ziemlich vernünftig. Wird man Ihrem Gesuch stattgeben?«

»Es sind Politiker«, sagte Gervase, und es klang bitter. »Wann haben Politiker sich je vernünftig verhalten?«

Rex war großzügiger. »Kommen Sie, Gervase, das ist nicht ganz fair. Sie haben die Rhodesier angehört, und sie haben ihrer Bitte entsprochen. Jetzt können wir nur hoffen, dass sie dasselbe auch für uns tun.«

»Vielleicht würden sie das, wenn die verdammten Inder nicht wären«, schaltete der Doktor sich ein.

Doch auch diesmal schenkte ich ihm keine Beachtung und drehte mich zu Rex, der erklärte: »Der Doktor will damit sagen, dass Indien England im Weltkrieg unterstützt hat, wie Sie sicherlich wissen.« Er zögerte und rührte nur leicht an meine eigene Verbindung mit dieser schrecklichen Zeit. »Es sind sehr viele Inder hier, sie besitzen Läden und bauen Bahnlinien. Fast alle sind Kaufleute oder Arbeiter. Aber sie wollen eigenen Grundbesitz, und bei den derzeit gültigen Gesetzen ist das nicht möglich. Indien drängt die Regierung in London dazu, ihnen Besitzrechte einzuräumen und dafür zu sorgen, dass Kenia Kronkolonie bleibt. Natürlich sind wir dagegen.«

Ich dachte an das, was der Kapitän des Schiffes mir gesagt hatte, als wir den wimmelnden Hafen von Mombasa anliefen. »Aber wenn sie Unternehmer sind, werden sie gewiss …«

Bevor ich den Satz beenden konnte, unterbrach der Doktor mich. »Von einem Amerikaner kann man in dieser Sache einfach keine vernünftigen Ansichten erwarten!«

»Aber ja, wir haben keine Ahnung von Kolonien und Revolution«, säuselte ich.

Rex warf den Kopf in den Nacken und lachte schallend. »Mit deinen eigenen Waffen geschlagen, Bunny.« Leicht berührte er meine Hand mit der seinen. »Es freut mich, dass es Ihnen nicht egal ist, was aus uns wird. Ich weiß, dass Sie nicht für immer hierbleiben wollen, aber ich hoffe wirklich, dass uns das Vergnügen Ihrer Gesellschaft noch eine Zeit lang erhalten bleibt.«

Dann zog er die Hand zurück, doch ich spürte die Wärme noch auf meiner Haut, und als ich aufblickte, betrachtete Helen mich nachdenklich.

Plötzlich stand Kit auf und hob das Glas. »Auf unsere beiden bezaubernden Neuzugänge«, sagte er und bezog Dora elegant in seine Ehrenbezeigung mit ein. Der Rest der Runde stimmte ein, und Dora und ich stießen fröhlich über den Tisch hinweg miteinander an. Genüsslich trank ich einen Schluck Sauternes. Wenn Rex ein Land so gut führen konnte, wie er einen Weinkeller zu bestücken verstand, würde Kenia sich keine Sorgen machen müssen.

Rex erhob sich. »Und nun lasst uns anstoßen auf Bianca und

Gervase, die uns morgen verlassen werden. Gute Reise, meine Freunde.«

Alle tranken, und an die Pembertons gewandt fragte ich: »Was haben Sie vor? Eine Safari?«

Bianca antwortete nicht, sondern verzog nur ein weiteres Mal die Oberlippe, doch Gervase zeigte mehr Entgegenkommen.

»Wir fahren an die Küste. Unser Haus liegt ganz oben im Tal, und die Höhe ist nicht gut für Biancas Blutdruck. Einmal im Jahr machen wir eine Pause und begeben uns hinunter auf Meereshöhe.«

»Ryder hat ein Haus in Lamu«, sagte Helen. »Es ist ein göttliches altes Gemäuer, der ehemalige Palast eines arabischen Sklavenhändlers! Es wird von schrecklichen Geistern und Dschinns und ähnlichen Wesen heimgesucht, aber es liegt auf einem entzückenden Flecken Erde mit Blick auf den Ozean. Ein wundervoller Zufluchtsort, und Ryder ist so nett, ihn jedem seiner Freunde zu überlassen, der sich unbedingt auf der Höhe des Meeresspiegels aufhalten muss.«

»Dann muss er ein sehr beliebter Bursche sein«, sagte ich leise.

Helen ließ ein dröhnendes Gelächter vernehmen. »Oh, meine Liebe, er ist legendär! Wenn Sie länger in Nairobi geblieben wären, hätten Sie einiges über ihn zu hören bekommen.«

»Das meiste davon ist viel zu skandalös für eine gesittete Tischgesellschaft«, sagte Miss Halliwell und verzog angewidert den Mund.

»Ach, so schlimm ist er gar nicht.« Helen winkte ab. »Er ist nur beherzt. Zum Beispiel«, fuhr sie fort und blickte mich dabei an, »versammeln sich jedes Jahr zu Weihnachten alle im Club. Es ist wundervoll, so viele Leute aus der gesamten Kolonie treffen sich dort mit ihren alten Freunden, es wird gefeiert und getanzt! Nun, bei einem dieser feierlichen Dinners amüsieren sich alle prächtig, als völlig unverhofft der Kellner des Clubs hereingestürmt kommt und etwas über einen Löwen draußen auf der Straße schreit.«

Ich hob eine Braue. »Ein Löwe. In Nairobi?« Ich ließ den Blick über die Dinnertafel wandern, doch Rex nickte.

»Ja. Ein junges Löwenmännchen. Ein ziemlich übler Kerl.«

Atemlos und mit aufgerissenen Augen nahm Helen den Faden auf. »Nun, alle waren völlig verblüfft. Wie Statuen saßen sie da, konnten sich einfach nicht bewegen! Alle außer Ryder. Er stand auf, nahm sich ein Gewehr aus dem nächsten Gewehrständer, lief auf die Straße und erschoss den Löwen!«

Rex beugte sich zu mir. »Die Geschichte hat es in die englischen Zeitungen geschafft, weil er dabei Abendgarderobe trug.«

Ich stieß ihn leicht in die Seite. »Jetzt nehmen Sie mich aber auf den Arm.«

»Überhaupt nicht«, widersprach er. »Nach dem Dinner suche ich den Zeitungsausschnitt für Sie heraus.«

Er hielt Wort. Nachdem wir uns zu einem kleinen Tanz zum Grammofon in den Salon begeben hatten, tauchte Rex mit einem Album neben mir auf, eine Art Sammelalbum der Kolonie. Es gab Seiten, die den Pferderennen und den Weihnachtsfeiern in Nairobi gewidmet waren, mit Fotografien lächelnder Menschen und mit Zeitungsschnipseln, in denen die albernen Streiche dargelegt wurden, die sie einander spielten und die oftmals an die Streiche von Schuljungen erinnerten. Aber vereinzelt waren andere Ausschnitte zu sehen, nüchterne Erinnerungen an Leben, die zu früh geendet hatten, Todesanzeigen und Meldungen von Unfällen und anderen Missgeschicken.

»Ein hartes Stückchen Erde, Ihr Afrika«, sagte ich leise.

Rex lächelte mich freundlich an. »Aber es ist jedes Leben wert, das es kostet, und noch viel mehr.«

»Sie lieben es, stimmt's?«

Er hob die eleganten, von silbernen Fäden durchzogenen Brauen. »Natürlich. Ich weiß, dass Sie das noch nicht verstehen. Wie sollten Sie auch? Afrika ist brutal, aber auch Sie werden es eines Tages lieben, trotz der Brutalität. Vielleicht sogar gerade deshalb.«

Dann blätterte er um und nahm einen losen Zeitungsausschnitt heraus. Lächelnd gab er ihn mir. Zu dem Artikel gehörten zwei Fotografien. Auf einer war ein Löwe abgebildet, der ausgestreckt auf dem Tresen der Bar im *Norfolk Hotel* lag, und dessen Blut auf das polierte Holz tropfte. Alle hatten sich in prächtiger Abendgarderobe um ihn versammelt, hoben die Gläser, um darauf anzustoßen, dass sie gerade noch einmal davongekommen waren. Nur Ryder fehlte. Das zweite Foto zeigte ihn allein. Er trug Abendgarderobe und blickte nur halb in die Kamera, als hätte jemand ihn gerufen und als hätte er darauf reagiert, indem er aufblickte.

»Er hat nicht zugelassen, dass sie ihn mit dem Löwen fotografieren«, sagte Rex. »Er fand den Wirbel schrecklich, der darum gemacht wurde. Ich glaube, er hat nicht einmal die Krallen behalten.«

»Die Krallen.«

»Ja. So etwas wie eine Tradition bei ihm. Von jeder Raubkatze, die er schießt, ob Löwe oder Leopard, nimmt er eine Kralle oder einen Zahn mit für ein Armband, das er trägt. Nicht als Trophäe, keinesfalls. Er sagt, es soll ihn daran erinnern, dass jedes Leben hier draußen zählt und nicht vergessen werden darf … Oh je, Bunny scheint den Single Malt gefunden zu haben. Bitte entschuldigen Sie mich.«

Er nahm das Album mit, doch das Stück Papier hielt ich

noch in der Hand. Ich betrachtete die Fotografien, die lachenden, lebhaften Gesichter, die um den so grausam getöteten Löwen herumstanden. Die Szene hatte etwas Obszönes an sich, und unsinnigerweise war ich froh, dass Ryder kein Teil davon war. Dann dachte ich an das Armband, das er trug, an dem jeder Zahn und jede Kralle ein Tier darstellte, das er getötet hatte, und ich erschauerte.

»Was ist los? Ist dir gerade ein Geist begegnet?« Kits Stimme klang angenehm warm an meinem Ohr.

»Versuch du mal, ein rückenfreies Abendkleid zu tragen«, sagte ich und drehte mich schnell um. »Du würdest auch zittern.« Ich ließ den Papierschnipsel auf den Tisch hinter mir fallen und hakte Kit unter. »Komm, tanz mit mir. Wenn ich mich recht erinnere, bist du auf der Tanzfläche ebenso gut in Form wie anderswo.«

Er lachte und zog mich schwungvoll in seine Arme.

10

Am nächsten Morgen schlich Dora lange um mich herum, und als ich ein Bad nahm, stellte sie mich. Sie wollte mit mir über das Haus reden.

»Es ist wirklich in beklagenswertem Zustand«, sagte sie, ordnete meine Kosmetikartikel auf einem Tablett und wandte prüde den Blick ab, als ich mich abseifte. »Die meisten Bücher sind wurmstichig, in den Polstermöbeln haben die Motten gehaust, und den Termiten scheint die Tapete besonders gut zu schmecken.«

»Reiß sie ab. Ich hasse Tapeten.«

»Aber es ist nicht unser Haus. Es gehört Sir Nigel.«

»Nigel hat es so herunterkommen lassen«, sagte ich. »Das ganze Haus muss ausgeräumt und von oben bis unten gründlich geputzt werden. Lass uns eine Liste machen.«

Sie holte Papier und Stift, und als wir all unsere Vorhaben aufgeschrieben hatten – Holz polieren, Böden schrubben, Bäder desinfizieren, Betten austauschen –, hatte Dora drei Seiten mit ihrer sauberen, kleinen Handschrift gefüllt.

»Und jetzt noch eine«, befahl ich. Diese Liste war nur für mich. Ich ließ sie meine Pläne für die Haltung von Milchkühen für die Arbeiter skizzieren. Einige der alten, mit dem Tode ringenden Pyrethrumfelder würde ich unterpflügen, um dort Gemüse zu ziehen. »Und Hühner«, fügte ich hinzu. »Wir brauchen Hühner für frische Eier. Also müssen wir einen Hühnerstall und ein sicheres Gehege bauen. Fressen Löwen auch Hühner?«

Sie blinzelte. »Um Himmels willen, woher soll ich das wissen?«

Ich stand auf, und sie drehte sich wieder um und kümmerte sich um die Liste. »Aber das bedeutet auch, dass wir Holz auftreiben müssen und Draht und Nägel …« Ihre Stimme verklang, und sie schrieb eifrig weiter.

»Nicht unbedingt. Wir haben die Wirtschaftsgebäude noch nicht durchsucht. Die Scheune ist wahrscheinlich vollgestopft mit altem Zeug. Vielleicht finden wir dort, was wir brauchen.«

»Hoffentlich«, sagte sie grimmig. »Was du dir da vorgenommen hast, kostet Geld – Geld, das wir nicht haben.«

Ich zuckte mit den Schultern und trocknete mich weiter ab. »Mir fällt schon etwas ein.«

»Wie üblich.«

Nach dem Frühstück war ich erfreut, die junge Kikuyu-Mutter mit ihrem Kind draußen im Schatten auf der Veranda sitzen zu sehen. Sie wartete auf mich. Behutsam nahm ich dem Kind den Verband ab und stellte befriedigt fest, dass die Wunde gut heilte und es keine Anzeichen für eine frische Infektion gab. Ich befestigte den Verband wieder und bedeutete ihr mit Gesten, dass sie weitermachen sollte wie bisher. Sie nickte und lächelte ihr schönes, stilles Lächeln.

Plötzlich wurde ihre Miene wieder ernst, und ich merkte, dass sie über meine Schulter blickte. Hinter mir stand ein Mann, dem ich noch nie begegnet war, doch als ich mich umdrehte, zog er den Hut.

»Miss Drummond! Ich kann gar nicht sagen, wie leid es mir tut, dass ich nicht hier war, um Sie gebührend auf Fairlight willkommen zu heißen. Meine Frau und ich sind mit den Kleinen an die See gefahren, um ein wenig zu baden.«

Er deutete auf eine blasse Frau – ungewöhnlich in diesem Klima – und auf zwei ungesund aussehende Kinder. Die Frau nickte, und die Kinder standen einfach stumm da. Der Junge bohrte begeistert in der Nase, während das kleine Mädchen mich mit offenem Mund anstarrte.

»Sie müssen Mr Gates sein«, sagte ich. Ich sparte mir die Mühe, ihm die Hand zu geben. Ich hatte nicht den Wunsch, einen von ihnen zu berühren, und ich war sehr irritiert, dass er nicht da gewesen war, um uns zu empfangen.

»Ja, der bin ich. Und das ist Mrs Gates«, fügte er unnötigerweise hinzu. »Ruben, unser Junge, und unsere Tochter Jonquil.«

Jonquil! Das war ein erstaunlich exotischer Name für ein so gewöhnliches Kind. Zweifellos hatten sie sich den Jungen genau angesehen und dann all ihre Hoffnungen auf das zweite Kind gesetzt. Einen Augenblick lang erwog ich, sie zu fragen, ob die Kinder einfältig waren, doch das erschien mir dann doch als zu unhöflich.

»Ich würde mit Ihnen gern über den Zustand der Farm sprechen, Mr Gates. Wenn Sie sich heute Nachmittag freundlicherweise zu meiner Verfügung halten würden.«

Die afrikanische Sonne hatte ihn dunkelbraun gebrannt, aber unter der Bräune wirkte seine Hautfarbe kränklich, und Schweiß tropfte ihm von der Stirn. Ein winziger Muskel an seinem Auge zuckte in regelmäßigen Abständen. Er war nervös.

»Natürlich, Miss Drummond. Obwohl ich Sir Nigel so verstanden habe, dass Sie hergekommen sind, um sich zu schonen und zu entspannen. Wir erwarten gewiss nicht von Ihnen, dass Sie sich an Dingen aufreiben, um die Sie sich keine Gedanken machen müssen.«

Da war er. Der scharfe, metallische Geruch von Angst lag in der Luft. Ich roch es in seinem Schweiß. Als ich lächelte, achtete ich sorgfältig darauf, dass das Lächeln meine Augen nicht erreichte.

»Mr Gates, ich empfinde Schonung nicht als entspannend. Ich habe gern etwas zu tun, und ich glaube, hier auf Fairlight gibt es vieles, womit ich mich beschäftigen kann.«

Seine Frau warf ihm einen scharfen Blick zu und ballte die Fäuste. Er setzte ein kriecherisches Lächeln auf. »Natürlich, natürlich. Ich verstehe vollkommen. Und wenn ich Ihnen irgendwie helfen kann …«

Er ließ die Worte verklingen, doch ich schlug zu.

»Das können Sie tatsächlich. Ich möchte wissen, ob es auf dem Grundstück Holzreste gibt. Ich möchte einen Hühnerstall bauen. Sie können einige Arbeiter organisieren, um ihn zusammenzusetzen.«

»Einen Hühnerstall?«

»Für Hühner«, sagte ich gedehnt.

»Ich verstehe.« Allmählich verlor er die Fassung. Seine Stimme nahm eine gewisse Schärfe an. Er konnte seinen Unmut nicht mehr zurückhalten, und ich sah, dass seine Frau ihm erneut einen warnenden Blick zuwarf. Zweifellos würde er seine schlechte Laune an ihr auslassen. Sie sah aus wie eine Frau, die es gewöhnt war, von ihrem Mann mit groben Worten bedacht zu werden. Natürlich konnte ich ihm das nicht vorwerfen. Ihre unterwürfige Art sorgte dafür, dass ich sie selbst am liebsten geohrfeigt hätte. »Sie wollen Hühner halten?«

»Ja. Und ich will, dass die Scheune gründlich gereinigt wird, und ein Stück Weide für Milchkühe muss eingezäunt werden. Wenn das erledigt ist, will ich die beiden Felder neben der Straße unterpflügen. Das Pyrethrumzeug dort ist nicht mehr zu retten. Der Boden wirkt ausgelaugt. Wir können jede Menge Dünger von den Massai kaufen, den Boden beackern und Gemüse und Mais darauf anbauen, um unsere eigene *shamba* zu bewirtschaften. Wenn sie Milch, Eier und Gemüse bekommen, sollten diese Leute bald sehr viel gesünder aussehen.«

»Sie wollen die Farmarbeiter ernähren?«

»Genau. Und ich habe vor, mir das Pyrethrum genau anzusehen. Eine so große Pflanzung sollte bessere Erträge bringen als das, was ich in den Büchern der Farm gesehen habe.«

Er hob die Hand. »Miss Drummond, ich muss darauf bestehen, dass Sie das mir überlassen. Landwirtschaft ist Männersache.«

Ich schnaubte verächtlich. »Aber nicht da, wo ich herkomme. Meine Urgroßmutter ist über neunzig, und sie verwaltet noch immer eine Zuckerplantage von achttausend Hektar. Sie hält Vieh, hilft den Kühen beim Kalben, führt die Bücher, und sie schwingt die Peitsche über jedem, der aus der Reihe tanzt, einschließlich ihrer sechs Söhne. Und jetzt würde ich gern mehr über Fairlight wissen, und ich glaube, Sie sind derjenige, der es mir erzählen kann. Also, warum planen Sie für heute Nachmittag nicht einfach einen Besuch bei mir ein, damit wir die Dinge regeln können?«

Wieder lächelte ich und ging fort, bevor er die Chance hatte zu antworten. Hinter der Ecke wartete Ryder auf der Veranda. Er saß in einem der Kolonialliegestühle, die bestiefelten Beine bequem auf den langen Lehnen des Stuhls ausgestreckt.

»Guten Morgen. Wie ich sehe, haben Sie Bekanntschaft mit den Hilfskräften gemacht.«

Ich schüttelte den Kopf. »Ich mag diesen Mann nicht, und die Kinder sehen aus, als hätte man sie besser gleich nach der Geburt ertränkt. Aber lassen Sie uns nicht weiter über dieses Schmierentheater von Familie reden. Sie kommen zu spät. Die Kikuyu sind gerade weg.«

Er stand auf und deutete auf die Trockenmilchdosen, die auf der Veranda gestapelt waren. Daneben stand eine große Flasche Rizinusöl und eine andere mit Vitaminen, außerdem eine neue Dose mit antiseptischem Puder.

Ich sah mir alles genau an und war froh, Säcke mit Bohnen und Reis vorzufinden, dazu einen ausladenden Korb mit frischem Obst und Gemüse, größtenteils Zwiebeln und Kürbisgewächse.

»Sehr gut«, sagte ich und strich mir die Ponyfransen aus der Stirn. »Was bin ich Ihnen schuldig?«

Er stand ein winziges bisschen zu nah vor mir. »Betrachten Sie es als Geschenk zum Einzug.«

»Ich glaube, ich möchte lieber bezahlen. Was bin ich Ihnen schuldig?«

Lächelnd trat er einen Schritt zurück. »Ich zähle später nach.«

»Nun, wenn es unbedingt sein muss. Ich möchte auf keinen Fall, dass Sie meinetwegen noch mehr Geld verlieren«, sagte ich mit süßlicher Stimme.

Er hätte einen guten Pokerspieler abgegeben. Ich hatte ihn bei seinem eigenen Spiel geschlagen, und das gefiel ihm nicht besonders, aber er konnte verdammt noch mal nichts anderes tun, als es im Ganzen zu schlucken.

Genau in diesem Augenblick tauchte Gideon mit einer weiteren Dose Trockenmilch unter dem Arm auf. »Guten Morgen, *Bibi*«, sagte er wie stets auf Englisch mit leichtem Akzent.

Ich hob die Brauen, und er schenkte mir ein breites Lächeln. »Sie müssen sagen: ›*Habari za asubuhi.*‹«

Er wiederholte es ein halbes Dutzend Mal, bevor ich es richtig aussprach, aber schließlich klappte es. »Sehr gut, *Bibi.* Ich habe gehört, dass Sie eine Kuh kaufen wollen. *Bwana* Ryder und ich werden Sie hinbringen.«

»Gideon, ich glaube, Mr Bell hätte sich nicht die Mühe gemacht, das Telefon zu erfinden, wenn er Erfahrungen mit den Rätseln des afrikanischen Busches gemacht hätte. Ja, ich würde gern eine Kuh erwerben, eine sehr schöne Massaikuh.«

Er schüttelte den Kopf. »Das ist nicht möglich, *Bibi.* Ein Massai verkauft seine Kuh nicht.«

Das ließ mich an einen seltsamen Gentleman denken, den ich in London kennengelernt hatte, einen Hindu. Die Hälfte einer ansonsten todlangweiligen Dinnerparty verbrachten wir damit, über Indien und die Überzeugungen seiner Einwohner zu plaudern, während ich mein Steak aß und er Gemüse auf seinem Teller hin- und herschob. Endlich dämmerte es mir.

»Ich verstehe. Kühe sind den Massai heilig.«

Gideon johlte vor Lachen. »Nein. Kühe sind Geld, *Bibi.* Sie sind mehr wert als alles, was Sie ihnen dafür geben könnten. Aber auch die Kikuyu halten Rinder, und sie verehren sie nicht so sehr wie die Massai. Sie werden Ihr Geld gern nehmen.«

»Geh du vor«, befahl ich ihm.

Er schulterte seinen Speer, und zusammen setzten wir uns in Bewegung. Ryder folgte uns auf dem Fuß. Ich erinnerte mich an vieles von dem, was er mir am Tag zuvor erzählt hatte, und ich zeigte Gideon verschiedene Pflanzen und versuchte, ihre Namen auf Suaheli auszusprechen. Ein Warzenschwein kreuzte unseren Weg. *»Ngiri«,* sagte ich triumphierend.

»Ngiri«, bestätigte Gideon.

Ich lächelte ihn an, und als er das Lächeln erwiderte, verspürte ich ein seltsames Ziehen in der Brust. Es war mehr als ein Lächeln von einem gut aussehenden Mann. So etwas holte ich mir wie andere Frauen die Luft zum Atmen. Das hier war etwas völlig anderes. Gideon hatte etwas Sanftmütiges an sich, eine einfache Art, die Welt zu betrachten. Er war frei von Dummheit und Belanglosigkeit. Er hatte nichts Kleinliches an sich. Seine Welt war an Tod und Blut gebunden, und das Leben war kurz und so spitz wie ein Dorn, billig wie Dreck und so wertvoll wie Diamanten. Nur selten findet man einen Mann, der seinen Stolz ohne Eitelkeit trägt, und Gideon war ein solcher Mann. Plötzlich wollte ich alles über ihn wissen, alles, was er wusste, bis zum letzten Tropfen in mich aufsaugen. Das Schicksal hatte ihm die Gabe der Gelassenheit geschenkt, und ich beneidete ihn bitterlich darum.

Ich wandte den Blick ab, und er sprach weiter, betete die klangvollen Worte auf Suaheli für mich herunter, als würde er ein Kind unterrichten. »Das sagen wir für ›Feuer‹ …«

Rinderhandel läuft in Afrika genauso ab wie überall sonst auf der Welt. Wir fanden einen Kikuyu, der bereit war, einige Kühe und ihre Kälber zu verkaufen, und nachdem er in ihre Mäuler gesehen und ihre Euter betastet hatte, handelte Gideon einen Preis aus. Es gab eine lange Debatte, von der ich kein Wort verstand, und die Kinder der Kikuyu starrten uns ausgiebig an. Schon der Massaikrieger schüchterte sie ein wenig ein, aber eine weiße Frau in Hosen – das war wirklich etwas Besonderes.

Als wir fertig waren, sprachen Ryder und Gideon kurz miteinander. Dann wandte Gideon sich an mich.

»Sie brauchen einen Jungen, der das Vieh für Sie hütet. Ich kenne so einen Jungen. Würden Sie mit uns zu dem Ort gehen, an dem ich lebe?«

Ich willigte ein, und wir machten uns zu Fuß auf den Weg, der sich als lang und staubig herausstellte.

Ryder schien seine gute Laune wiedergefunden zu haben, und während wir durch den Busch trotteten, erzählte Gideon. »*Bwana,* ich weiß etwas, was Sie nicht wissen …« Es war ein Spiel, das sie spielten, wenn sie draußen unterwegs waren, erklärte Gideon mir. Es fing immer damit an, dass einer sagte: »Ich weiß etwas, was du nicht weißt«, und dann folgte irgendeine Wahrheit, sei es eine schlichte Tatsache oder eine tiefgründige philosophische Frage. Dann war ein anderer an der Reihe, der das Gesagte entweder bestreiten oder etwas Eigenes beitragen konnte.

»Würden Sie gern spielen, *Bibi*?«, fragte Gideon. »Ich fange an. Ich weiß etwas, was Sie nicht wissen – die Ausscheidungen zweier Tiere stören die Rinder – die des Löwen und die des Straußes.«

»Das mit dem Löwen kann ich mir gut vorstellen, aber der Strauß? Wirklich?«

»Oh ja«, versicherte Gideon. »Der Strauß ist kein Freund der Rinder. Jetzt müssen Sie uns etwas erzählen, was Sie wissen.«

»Na schön. Ich weiß etwas, was ihr nicht wisst – Ryder hat mein Leben gerettet, indem er auf der Fahrt nach Fairlight einen Büffel erschossen hat.«

Ryders Kopf fuhr hoch, und Gideon blieb stehen. »*Bwana*, wie groß war dieser Büffel?«

Ryder sah ihn nicht an, sondern blickte mir in die Augen. Ich sah seinen Adamsapfel hüpfen, als er heftig schluckte. »Die Spanne der Hörner betrug ungefähr einen Meter zwanzig.«

»Das ist wirklich *sehr* groß, *Bwana*«, sagte Gideon. »Es ist sehr gut, dass Sie *Bibi* das Leben gerettet haben.«

Noch immer wandte Ryder den Blick nicht ab. »Wir haben einander gerettet«, sagte er leise. Dann machte er auf dem Absatz kehrt und stakste davon.

Gideon und ich folgten ihm, und Gideon rief: »*Bwana*, ich weiß etwas, was Sie nicht wissen – Ihr Geist kennt viele Gedichte. Sagen Sie eines für uns auf?«

Ryder schüttelte den Kopf, ohne sein Tempo zu verringern. »Jetzt nicht.«

Ich beugte mich zu Gideon. »Schreibt er Gedichte?«

»Oh nein, *Bibi*. Er merkt sich die Gedichte, die andere Männer geschrieben haben. Er behält sie in seinem Kopf, und manchmal sagt er sie laut auf.«

Ich konnte es nicht fassen. Ich starrte auf den breiten Rücken vor mir, das Gewehr hing ihm über der Schulter, das Gold seiner Ohrringe funkelte. »Ist das wahr? Ryder sagt Gedichte auf?«

Gideon nickte. »Und das Periodensystem der Elemente. Ich habe es nur bis zu Rubidium geschafft. Ich muss noch viel lernen.«

Als wir ein kleines Dorf erreichten, das so primitiv war, als stammte es aus der Steinzeit, konnte ich noch immer nicht fassen, dass Ryder den Kopf voller Poesie haben sollte. Ein weiter Platz unter Akazienbäumen war mit großen Dornbuschbündeln abgeriegelt worden.

»Damit die Rinder vor den Löwen in Sicherheit sind«, erklärte Gideon mir.

Ich nickte. »Das ist sinnvoll. Ich sollte dasselbe mit der Weide machen, die ich in Fairlight gerade vorbereite.«

»Solange Sie einen guten Jungen haben, der die Kühe hütet, brauchen Sie nur eine Scheune«, sagte er. »Einen guten Jungen, der nicht einschläft und zulässt, dass der Löwe sich anschleicht und sich nimmt, was ihm nicht gehört.«

Er führte uns hinter die Einzäunung der *boma* und zu einer Lehmhütte. Drinnen war es pechschwarz. Gideon blieb im Eingang stehen und rief respektvoll nach dem Bewohner. Einen Augenblick später war ein schlurfendes Geräusch zu hören, wie das Rascheln von Herbstblättern, und ein älterer Mann kam auf den Eingang zu. Er trug die Toga der Massai – die *kanja* hieß, wie Gideon mir erklärt hatte –, und um seinen Hals baumelten etliche schmale Lederriemen. Sie waren mit Perlen versehen, genau wie der schwere Schmuck an seinen Ohren, und auf seiner Nasenspitze saß eine dicke, runde Brille, die ihn wie eine sonderbare Eule aussehen ließ. Trotz der Wärme des Tages hatte er sich in eine Art langen Umhang aus grauem Fell gehüllt.

Er legte die Hände auf Gideons starke Schultern und sprach schnell auf Maa mit ihm. Gideon erwiderte den Gruß, und der alte Mann tat dasselbe bei Ryder und umfasste seinen Kopf kurze Zeit mit seinen verdorrten Händen. An mich gewandt sagte Gideon:

»*Bibi,* das ist mein *babu,* mein Großvater. Er gehört zu den geachteten Ältesten meines Volkes.«

Ryder stand neben mir. »Der *babu* spricht nur wenig Suaheli, aber er versteht Sie, wenn Sie ihn mit *›shikamoo‹* begrüßen. Eine ehrerbietige Anrede ist *Mzee.*«

Ich neigte den Kopf vor dem kleinen, ledrigen Mann. *»Shikamoo, Mzee.«*

Er hob die Hand zu einer Geste, die auch ein Priester gemacht hätte. *»Marahaba.«*

»Er dankt Ihnen für die ehrerbietige Begrüßung«, erklärte Gideon.

Darauf bat der Großvater uns hinein, und Gideon führte uns in die Hütte. Das Erste, was mir auffiel, war der strenge Geruch. Es war, als würde man die hinterste Ecke einer Scheune betreten, die seit hundert Jahren nicht gereinigt worden ist. Der Geruch setzte sich aus Schlamm und Dung und dem Rauch des Kochfeuers zusammen, das nur ein kleines Loch in der Decke als Abzug hatte. Eine Frau lief mit einem verbeulten Kochtopf herum, und einen Augenblick später wurden uns Kalebassen mit bitterem, milchigem Tee serviert. Das Gebräu roch und schmeckte nach Holzrauch. Erleichtert, dass es sich nicht wieder um Blut und Milch handelte, nahm ich das Getränk dankbar an, und wir setzten uns um das Feuer.

Während Gideon und Ryder mit dem Großvater plauderten, sah ich mich in der Hütte um. Selbst einem Spartaner wäre sie karg vorgekommen. In einer Ecke standen eine Pritsche aus Rindsleder und ein kleines Regal für Kochutensilien. Und das war alles. Nur ein paar Quadratmeter gestampfter Erdboden, Wände aus Lehm und Dung und ein Dach aus gewebten Gräsern. Aber Gideons *babu* wirkte zufrieden, und als das Gespräch sich eine Zeit lang hingezogen hatte, teilte Gideon mir mit, dass sein *babu* für einen Massai ein recht wohlhabender Mann war. Er hatte viele Rinder, gute Rinder, und darauf war er stolz. Ryder erklärte ihm, dass ich gerade selbst Vieh gekauft hätte, und der *babu* antwortete darauf mit einem wahren Wortschwall.

»Er will wissen, ob Sie Erfahrung mit Kühen haben.« Gideon unterdrückte ein Lächeln, und ich hatte den Verdacht, dass der alte Knabe mich auf die Probe stellen wollte. Der Massai mochte zwar normalerweise keine Kühe verkaufen, aber Gideon hatte mir erklärt, dass sie glaubten, ihnen gehöre von Gottesgnaden jede Kuh auf Erden.

Ich blickte den *babu* fest, aber respektvoll an. »Ich habe Erfahrung, *Mzee.* Mein eigener *babu* ist ebenfalls ein Mann, der viele Kühe besitzt.«

»Er will wissen, wie viele«, sagte Gideon.

Ich nannte ihm die Zahl, und der alte Mann legte den Kopf in die Hände, schüttelte ihn und stöhnte leise.

Gideon lachte. »Er sagt, das sind sehr viele, mehr, als irgendein Massai besitzt. Er sagt, Ihr *babu* muss ein außerordentlich glücklicher Mann sein. Und dieses Glück muss sich auch auf Sie übertragen haben. Er freut sich, dass die Kühe Ihrer Obhut übergeben werden, und er sagt, mein jüngerer Bruder hat seine Erlaubnis, die Kühe für Sie zu hüten.«

»Dein Bruder? Ist er hier? Kann ich ihn kennenlernen?«

»Moses ist heute in der Missionsschule«, antwortete Gideon stolz. »Er ist sehr klug, und er ist gut in der Schule. Aber ich werde ihn bald zu Ihnen bringen, und dann haben Sie einen guten Jungen, der sich um Ihre Kühe kümmert.«

Wir plauderten noch eine Weile, tranken den übelriechenden Tee und verständigten uns mit Zeichensprache und mit Gideons Hilfe. Es war die netteste Teeparty seit Ewigkeiten, und ich seufzte leise, als ich mir den Staub abklopfte und wir uns zum Aufbruch erhoben.

Im Eingang blieb Gideons *babu* stehen, sah mich an und schüttelte den Kopf.

»Was ist?« Ich drehte mich zu Ryder.

»Er sagt, dass ein Geist Sie verfolgt – ein trauriger Mann mit Augen so grau wie der Himmel in der langen Regenzeit. Kennen Sie so einen Menschen?«

Ich brachte kein Wort über die Lippen, also schüttelte ich nur den Kopf.

Der *babu* sagte noch etwas, eindringlicher jetzt.

Gideon übersetzte. »Er sagt, dass es so ist. Der Mann mit den grauen Augen trägt eine Uniform, wie ein Soldat oder ein Polizist, und er beobachtet Sie, *Bibi.* Mein *babu* verfügt über mächtige Zauberkräfte. Er kann den Geist vertreiben, wenn Sie es wünschen.«

»Gebt euch keine Mühe«, sagte ich bitter. »Er kann mir nichts mehr tun.«

Ryder und Gideon begleiteten mich auf dem Fußweg zurück nach Fairlight. Diesmal ging Ryder vor, mit straffen Schultern und angespanntem Kiefer. Irgendetwas hatte ihn verärgert, aber ich hatte keine Ahnung, was. Ich überließ ihn seinen Gedanken und unterhielt mich mit Gideon. Er erzählte mir, dass er vorhatte zu heiraten, wenn er eines Tages kein Krieger mehr sein würde.

»So ist das bei uns, *Bibi.* Ein Krieger, ein *moran,* hat Aufgaben zu erledigen. Viele Jahre lang arbeitet er hart, ab dem Zeitpunkt seiner Beschneidung, wenn er ein Mann wird und sein kindliches Verhalten ablegt. Erst wenn seine Arbeit beendet ist und er ein Ältester wird, darf er sich eine Frau nehmen und Kinder haben.«

»Und hast du schon eine junge Dame ins Auge gefasst?«

Er wirkte verlegen. »Ja. Ich glaube, ihre Eltern werden glücklich sein, wenn wir heiraten.«

»Versteht ihr euch gut miteinander?«

Er nickte. »Sie ist stark und klug und wird ein schönes Haus bauen und viele Söhne gebären, glaube ich.« Zögerlich fügte er hinzu: »Sie ist sehr still. Ich weiß nicht, worüber sie nachdenkt. Aber vielleicht soll ein Krieger auch nicht wissen, was Frauen denken.«

»Ist sie hübsch?«, fragte ich, um ihn zu necken.

Seine Miene blieb sachlich, aber ich bemerkte, dass seine Augen lächelten, obwohl sein Mund es nicht tat.

»So schön wie der erste Sonnenstrahl nach einem starken Regen«, sagte er.

»Ein poetischer Gedanke, Gideon. Hast du ihr gesagt, dass du so von ihr denkst?«

Er schüttelte den Kopf. »Ein Krieger sollte über solche Dinge nicht so offen mit Frauen sprechen. Ich hätte es Ihnen nicht erzählen sollen.«

»Manche Dinge sollten aber ausgesprochen werden. Sag es ihr. Ich verspreche dir, wenn sie weiß, wie sehr du sie bewunderst, wird sie nicht mehr stumm bleiben.«

»Ich soll mit dieser Frau reden? Ihr meine geheimsten Gedanken verraten?«

»Ja. Vertrau mir, Gideon. Ich war dreimal verheiratet. Ich weiß, was funktioniert und was nicht.«

»Drei Mal! Und sind Sie eine Witwe? Sind alle drei Ehemänner tot?«

»Nein. Nur zwei. Der zweite lebt noch, drüben in England. Ich habe mich von ihm scheiden lassen.«

Erneut schüttelte er den Kopf. »Es ist schlimm, seinen Ehemann fortzuschicken, aber manchmal muss es eben sein. Hat er Sie misshandelt?«

»Nicht so, wie manche Männer das tun. Er hat mich nicht geschlagen.«

»War er der Trunksucht verfallen?«

Ich lächelte. »Weniger als ich. Es war eine Frage des Vertrauens. Er hat geglaubt, dass ich ihn betrüge.«

»Ihn betrügen?«

»Er hat geglaubt, dass ich ihm untreu war, mit einem anderen Mann.«

Gideon schnalzte mit der Zunge. »Das ist auch eine schlimme Sache.«

»Nicht immer. Aber in diesem Fall hat mein Mann unrecht gehabt. Er hat dem Klatsch und den Lügen mehr Glauben geschenkt als meinen Worten. Und da er mir nicht vertrauen konnte, habe ich ihn verlassen.«

»Hat er erfahren, dass Sie unschuldig waren?«

»Da war es schon zu spät. Ich wollte ihn nicht zurück, denn ich bin stolz und störrisch, und schließlich wäre unsere Ehe doch gescheitert. Aber es war ihm eine Lehre. Wir sind jetzt sehr gute Freunde, weil er weiß, dass er mir vollkommen vertrauen kann.«

»Warum heiraten Sie ihn nicht wieder?«

»Er hat eine andere Frau. Und Kinder mit ihr.«

»Wohlgeratene Söhne?«

»Einen. Und seine Zwillingsschwester.«

»Töchter sind gut. Töchter hüten das Vieh und bauen Häuser und kümmern sich um die, die sie brauchen.«

»Und was machen Krieger?«, fragte ich und lächelte.

Er erwiderte das Lächeln. »Wir beschützen, *Bibi.* Das ist es, was wir tun.«

11

Als wir Fairlight erreichten, bog Ryder auf den Weg zu seiner *boma* ab, ohne sich noch einmal umzusehen. Gideon brachte mich bis in den Garten, wo Pfarrer Halliwell stand und mit Dora plauderte.

»Sieh mal, Delilah, Mr Halliwell hat uns Orangen gebracht!«, sagte sie und schwenkte einen Korb mit verlockend runden, grünen Früchten.

»Unsere afrikanischen Orangen sind grün«, erklärte der Geistliche. »Meine Schwester meinte, sie würden Ihnen vielleicht schmecken. Gerade heute Morgen hat sie einen Scheffel gekauft und wollte eine gute Nachbarin sein. Hallo Gideon«, sagte er ein bisschen langsamer. »Ich hoffe, du warst Miss Drummmond eine Hilfe.« An mich gewandt erklärte er: »Gideon ist in unserer Missionsschule ausgebildet worden. Eines der intelligentesten Kinder, die unsere Schule von innen gesehen haben.«

Er hatte ein törichtes Lächeln im Gesicht, als wäre ihm noch nie in den Sinn gekommen, dass er mit einem erwachsenen Massaikrieger nicht reden sollte, als hätte er nicht mehr Bedeutung als ein Haustier. Seine Haltung hatte etwas allzu Lässiges und Respektloses an sich.

»Ich habe viel von Gideon gelernt«, sagte ich mit schneidender Stimme. »Er hat mich seinem Großvater vorgestellt.«

Halliwell schüttelte leicht den Kopf. »Seien Sie vorsichtig, Miss Drummond. Die Wege der Eingeborenen sind unergründlich für einen Geist, der Jesus liebt.«

»Oh, ich habe nie behauptet, Jesus zu lieben, Mr Halliwell. Tatsächlich kenne ich ihn kaum.«

Dora fiel mir rasch ins Wort. »Wo habe ich nur meine Manieren gelassen? Mr Halliwell, wollen Sie sich nicht zum Tee mit uns auf die Veranda setzen?«

Er folgte der Einladung, und ich wandte mich Gideon zu. Während der Geistliche sich mit Dora entfernte, musterte Gideon mich eingehend und sagte leise zu mir: »Tragen Sie Ihren Zorn nicht wie eine Maske, *Bibi.* Solche wie er sind so schlicht wie Kinder. Sie können nichts dafür, dass sie so vieles nicht wissen.«

Ich schenkte ihm ein strahlendes Lächeln. »Ich weiß, dass du von mir weder Essen noch Trinken annehmen würdest, aber da arbeitet so ein Bursche in der Küche. Vielleicht darf er dir etwas geben, bevor du dich wieder auf die Heimreise machst.«

Gideon nickte und winkte mir zu, dann begab er sich auf den Weg in die Küche. Ich gesellte mich zu Dora und Halliwell auf die Veranda. Mit einem warnenden Blick reichte Dora mir ein Glas frisch ausgepressten Zitronensaft. Ich verdrehte die Augen und setzte mich, streckte meine gestiefelten Beine auf den Lehnen der Kolonialliege aus, genau wie Ryder es getan hatte.

»Es ist hübsch hier, um spazieren zu gehen, nicht wahr?«, sagte Halliwell. Ich taute ein wenig auf, und wir fingen an, über die Landschaft zu reden. »Natürlich muss man immer auf die wilden Tiere aufpassen, aber das verleiht dem Leben eine gewisse Würze, finde ich. Gefahren lauern hier hinter jedem Dornbusch. Ich sage immer zu Evelyn, dass sie vorsichtig sein soll, wenn sie zum Malen hinausgeht.«

»Ist sie Künstlerin?«, fragte Dora höflich.

»Gewissermaßen. Sie versucht gern, die Landschaft hier ins Bild zu bannen, die so anders ist als bei uns zu Hause in Kent. Aber sie ist nicht so ein Talent wie Mr Parrymore.«

»Kit ist außerordentlich talentiert«, pflichtete ich ihm bei. »Seitdem ich ihn in New York kennengelernt habe, hat er als Künstler eine enorme Entwicklung durchlaufen.«

Vor Eifer beugte Halliwell sich zu mir. »Seine Bilder sind so voller Leben, sie vibrieren geradezu – finden Sie nicht auch? Sie scheinen regelrecht zu pulsieren, so lebendig sind sie.«

Dora nippte an ihrem Zitronensaft, und ich zündete mir eine Zigarette an. »Sie überraschen mich, Mr Halliwell. Dass ein Pfarrer sich so sehr für Kunst begeistern würde, hätte ich nicht gedacht.«

Er lachte. »Ich gebe zu, dass ich nicht dieselbe Berufung empfinde wie viele andere Männer Gottes. Meine Eltern haben beschlossen, dass ich Priester werden sollte. Wir sind auf einem kleinen Anwesen in der Nähe von Canterbury aufgewachsen. Unser ältester Bruder war natürlich der Erbe, und Evelyn und ich waren gezwungen, den Plänen unserer Eltern zu folgen. Ich wurde zur Kirche geschickt, und sie sollte mir den Haushalt führen. Aber unsere große Liebe war immer die Kunst. Leider bin ich nie anständig darin unterrichtet worden, sodass meine Technik sich nicht entwickeln konnte. Evelyn hat ein paar Monate lang elementare Unterweisung von einem Zeichenlehrer erhalten. Ich fürchte, das war unsere ganze formale Ausbildung«, fügte er mit zerknirschter Miene hinzu.

Ich ahnte, dass Dora gleich etwas sinnlos Besänftigendes sagen würde, also kam ich ihr zuvor.

»Warum sind Sie nicht weggelaufen?«

Er blinzelte wie ein Kaninchen, das aus seinem Bau herauslugt. »Wie bitte?«

Um den Augenblick auszukosten und die Spannung zu steigern, nahm ich einen tiefen Zug von meiner Zigarette. »Warum sind Sie nicht weggelaufen? Haben Ihr Leben in die Hand genommen, um das daraus zu machen, was Sie wollten?«

Lange starrte er mich an, so verwirrt, als hätte ich Chinesisch gesprochen.

Schließlich lachte er erneut, nachdem er offenbar zu dem Schluss gekommen war, dass ich harmlos, wenn auch womöglich etwas geistesgestört war. »Meine Liebe, was für eine Frage! Wie einfach das aus Ihrem Mund klingt und wie unmöglich.«

»Schwierig«, stellte ich richtig. »Nicht unmöglich.« Neben mir rührte Dora sich, und ich musste sie nicht ansehen, um zu wissen, dass sie ihren missbilligenden Blick aufgesetzt hatte. Das ist es, was ich an den Engländern schon immer lästig gefunden habe. Diese lange Liste von Dingen-die-man-nicht-sagen-darf.

»Nicht unmöglich«, wiederholte ich. »Sie hätten sich nur entscheiden müssen, es ohne die Hilfe Ihrer Eltern zu schaffen. Verabschieden Sie sich von ihrem Geld, und Sie sind auch ihre Einmischung los.«

»Sie meinen das ernst«, sagte er nachdenklich.

»So ernst wie ein Grab. Niemand sollte tun müssen, was er nicht will, nur weil irgendein reicher Sack in der Verwandtschaft dafür sorgt. Mit Geld kann man jemanden zur Marionette machen, Mr Halliwell. Aber man kann die Fäden auch durchschneiden.«

Dora hielt es nicht mehr aus. »Sie macht natürlich nur Witze, Mr Halliwell«, sagte sie besänftigend. »Was sie da sagt, glaubt sie nicht wirklich, denn sonst wäre sie selbst gar nicht hier.«

Es sah Dora nicht ähnlich, vor anderen die dreckige Wäsche der Familie zu waschen, doch die Gründe für meinen Aufenthalt in Afrika waren allgemein bekannt. Dass sie sie erwähnte, zeigte allerdings, wie sehr ich sie verärgert hatte.

»Oh, ich glaube jedes Wort davon. Nur bin ich zufällig ein bisschen scheinheilig.« Ich zeigte meine Zähne und bedachte Mr Halliwell mit einem Krokodilslächeln. »Ich liebe schöne Dinge, und für jede Art von Arbeit bin ich völlig ungeeignet.«

»Arbeit!« Er griff nach seinem Taschentuch und fuhr sich damit über die Augenbrauen. »Natürlich nicht. Keine junge Dame von guter Herkunft sollte für Geld arbeiten müssen.«

»Evelyn müht sich also nur deshalb mit der Missionsschule ab, weil sie auf Gotteslohn hofft?«

Dora sprang auf. »Mr Halliwell, ich habe Ihnen noch gar nicht gezeigt, was ich in letzter Zeit alles am Garten verändert habe. Ich würde zu gern Ihre Meinung hören. Nein, nein, nehmen Sie Ihren Drink ruhig mit. Es ist zu heiß, um ohne Erfrischung spazieren zu gehen.« Sie verließen die Veranda, wobei Dora mir einen Blick über die Schulter zuwarf, der mich wahrscheinlich töten sollte.

Ich lehnte mich auf der Liege zurück, um meinen Zitronensaft auszutrinken und die Zigarette zu Ende zu rauchen. Ich hatte eine Kuh gekauft, den Leiter der Farm terrorisiert und die Nachbarn beleidigt, überlegte ich. Nicht schlecht für einen einzigen Morgen.

Mein Treffen mit Gates am Nachmittag war weniger ergiebig. Offenbar hatte er sich für eine Taktik geschmeidiger Zusammenarbeit entschieden – zumindest an der Oberfläche. Was auch immer ich vorschlug, er stimmte begeistert zu, um nur wenige Minuten später hier und da ein paar Worte darüber fallenzulassen, warum das, was ich wollte, nicht machbar war. Dann erinnerte ich ihn daran, wer am längeren Hebel saß, und er passte sich wieder an, bevor das Ganze von vorn anfing. Es war ermüdend, doch als ich mit ihm fertig war, hatte er ein paar Kikuyu damit beauftragt, die Scheune zu reparieren und einen Hühnerstall zu bauen.

Ich stritt mich gerade mit ihm über die Größe des Stalls, als

Ryder mit einer kleinen toten Antilope über der Schulter auftauchte. »Abendessen«, sagte er.

»Gott sei Dank. Wir sind nicht dazu gekommen, die Vorräte aufzustocken, und außer Fladenbrot und gekochten Eiern ist nichts mehr da.«

Er trug die Antilope in die Küche, während ich Gates entließ, der leicht verstimmt davoneilte.

»Ich glaube, er mag Sie nicht besonders«, bemerkte Ryder.

Ich grinste. »Gut so.«

Ryder erwiderte mein Lächeln nicht. »Seien Sie vorsichtig. Er kann ein ganz fieser Kerl sein.«

»Schlägt er seine Frau, so wie Ihre Freunde?«

»Anthony Wickenden ist nicht mein Freund«, sagte er mit tonloser Stimme. »Und nein, das ist eine Sünde, deren man Gates nicht bezichtigen kann. Allerdings schikaniert er gern die Kukes.«

»Warum ausgerechnet die Kikuyu?«

»Weil ich den Massai gesagt habe, dass sie ihm aus dem Weg gehen sollen.«

»Würde er sie noch schlechter behandeln?«

»Das tun alle. Die Massai stehen bei allen ganz unten auf der Liste, ob Weiße oder Afrikaner.«

»Aber warum?«

»Sie haben gesehen, wie sie leben. Lehmhütten und Rinderblut. Primitiver geht es nicht.«

»Ryder, ich bin Wohnungen mit Bädern darin gewohnt, Federbetten, erlesene Weine und schnelle Autos. Für mich ist hier alles primitiv.«

Erneut grinste er. »*Touché.* Und jetzt lassen Sie uns Ihre Vorratskammer sortieren.«

Doch anstatt auf das Haus zuzusteuern, schlug er den Weg ein, der zur Straße führte.

»Wohin gehen wir?«

»Zu meiner *duka.* Was ich mitgebracht habe, ist für die Kikuyu. Jetzt ist es an der Zeit, Vorräte für Sie anzulegen. Ich habe alles, was Sie brauchen. Einschließlich Hühner.«

Er hatte nicht übertrieben. Bis zu dem kleinen Laden musste man von Fairlight aus fast eine Stunde lang gehen, doch er war die Reise wert. Ein Blechdach beherbergte das Geschäft und die tiefe Veranda, und auf der Veranda saß im Schatten des Blechdaches ein kleiner, dicker Inder mit einem Turban auf dem Kopf an einer betagten Nähmaschine. Der Stoff glitt ihm durch die Finger, als er den Fußhebel betätigte, und ein kleiner Affe saß auf der Maschine und beaufsichtigte seine Arbeit. Als wir näherkamen, sprang der Mann auf und rief etwas ins Innere des Hauses, bevor er auf uns zukam, um uns zu begrüßen.

»Mr Ryder! Und die Lady von Fairlight!«

»Das klingt, als wäre ich einem Gedicht von Tennyson entsprungen«, murmelte ich in Ryders Richtung.

Ryder stellte mich Mr Patel ordnungsgemäß vor, und der Bursche schüttelte mir heftig die Hand und verbeugte sich mehrmals, während er uns in das Gebäude geleitete. Es war weit mehr als ein Laden; es war Ali Babas Höhle. Die Wände waren bis zur Decke mit Kisten und Fässern und Dosen voller Essen und Vorräten vollgestopft, während am Tresen ein Schild hing, das den Ort als offizielles Postamt auswies. An einer Wand verlief ein schmaler Tresen, und in einer Ecke waren einige kleine, mit Kissen aus Chintz bestückte Rattanstühle verstaut. Auch vor der schmalen Tür, die den Laden von dem dahinterliegenden Wohnquartier trennte, hing Chintzstoff. Mr Patel rief etwas durch den Vorhang, und einen Augenblick später erschien eine schlanke Inderin in einem pinkfarbenen Sari, die ein Tablett mit Gläsern und einen Teller mit kleinen Gebäckstücken trug. Sie war klein, nicht ganz so groß wie ich, und hatte ihr schweres schwarzes Haar zu einem Zopf geflochten, der beim Gehen im Rhythmus ihrer Hüften hin- und herschwang.

Mr Patel stellte mir seine Frau vor und befahl ihr, uns zu bedienen. Die Gläser waren bis zum Rand mit sehr süßem Tee und das Gebäck mit Pistazien gefüllt und mit Honig beträufelt. Sie überreichte uns eines nach dem anderen, mit einem Lächeln, das hübsche weiße Zähne in ihrem dunkelhäutigen Gesicht aufblitzen ließ.

»Köstlich«, sagte ich zu ihr. Ich wusste nicht, ob sie Englisch sprach, doch sie lächelte ohnehin und eilte wieder hinter den Vorhang. Auch der Affe hatte ein Glas bekommen und trank höflich. Nach jedem Schluck wischte er sich das Maul ab. Ich blickte auf und sah, dass der Vorhang kaum merklich geteilt war, und nur das Schimmern eines dunklen Auges war dahinter zu sehen. Allerdings war sein Blick nicht auf mich gerichtet. Es fixierte Ryder, ohne zu blinzeln.

Mr Patel, der offenbar nicht länger als eine Minute still sitzen konnte, sprang auf und stürmte hinter den Tresen. Als er wiederkam, gab er mir einen dicken Stapel Umschläge, die mit einem Stück rauer Schnur zusammengebunden waren.

»Die Post!«

»Rajesh holt die Post aus Nairobi ab«, erklärte Ryder, »aber weiter reist sie dann nicht. Sie müssen herkommen, um sie abzuholen oder um einen Brief zu verschicken. Wenn ein Telegramm ankommt, schickt Rajesh einen seiner Söhne mit dem Kraftrad los.«

»Einen Ihrer Söhne?«

»Ja«, sagte Mr Patel und lächelte breit. »Ich bin mit drei starken Jungen gesegnet. Sie sind beinahe erwachsen.«

Ich dachte an die schlanke, junge Mrs Patel und fragte mich, wie das möglich war.

»Die erste Mrs Patel ist letztes Jahr gestorben, sehr traurig«, erklärte Mr Patel mir mit leiser Stimme. »Ich habe mir eine neue Braut genommen, die meinen Söhnen eine Mutter ist und mir Glück bringt. Das ist die Mrs Patel, die Sie kennengelernt haben, mein Juwel.«

Ich warf Ryder, der lässig seine Stiefel betrachtete, einen Blick zu.

»Wie schön für Sie«, sagte ich zu Mr Patel. »Und Sie haben ein Kraftrad?«

»Oh ja! Sehr zuverlässig und sehr schnell!«

Ich hörte ihn kaum. Ich war zu sehr damit beschäftigt, über das Juwel nachzudenken und mich zu fragen, ob er wusste, was sie anstellte, wenn er in Nairobi war. Ich sah den Stapel Briefe durch und registrierte die Absenderadressen. »Mossy, Nigel. Quentin. Gott segne sie. Und für Dodo sind auch welche dabei. Sie wird begeistert sein.«

Ich steckte die Briefe in meine Tasche und genoss die Vorfreude darauf, sie bei einem großen Glas gut gekühltem Gin Tonic zu lesen. Wir plauderten mit Mr Patel, bis von dem Gebäck nur noch klebrige Krümel auf einem Teller übrig waren. Die nächste Stunde verbrachte ich damit, Ryders Regale nach allem zu durchkämmen, was wir auf Fairlight gebrauchen konnten. Es summierte sich, und als Mr Patel mir die Rechnungssumme präsentierte, war ich entsetzt.

Ich wandte mich an Ryder. »Ich fürchte, ich habe kein Geld bei mir.«

»Das ist hier sowieso nutzlos, zumindest auf täglicher Basis. Sie kaufen auf Rechnung, und einmal im Vierteljahr wird bezahlt. Rajesh, setzen Sie die Summe auf die Rechnung von Fairlight.« Mr Patel öffnete ein abgenutztes grünes Kassenbuch und fing an, einen ordentlichen Eintrag zu schreiben.

»Wer zahlt dafür?«, wollte ich wissen.

Ryder warf Mr Patel einen Blick zu, der plötzlich leicht verlegen wirkte. »Es liegt in der Verantwortung des Anwesens, die Rechnung zu begleichen.«

»Wann wird abgerechnet?«

»Vierteljährlich, *memsa.*«

»Und hat Gates die Rechnung für das vergangene Vierteljahr bezahlt?«

»Ich bedaure, sagen zu müssen, dass das nicht der Fall ist.«

»Seit wann ist das Anwesen im Rückstand?«

Er fuhr mit einem Finger sachte über die Seiten seines Kassenbuchs. »Sechs, *memsa.*«

Ich blickte Ryder an. »Sechsmal drei Monate? Seit eineinhalb Jahren hat Fairlight seine Rechnungen nicht mehr bezahlt?«

Er blickte weg. »So etwas passiert.«

»So etwas passiert nicht einfach so, und das ist eine erbärmliche Art, ein Geschäft zu führen. Mr Patel, wie hoch ist die Summe?« Er nannte einen Betrag, und mir blieb die Luft weg. »Ich möchte Sie bitten, einen Bericht zu erstellen. Führen Sie alle Posten auf, damit ich genau sehen kann, was von dem Anwesen gekauft wurde. Ich werde dafür sorgen, dass Sie Ihr Geld bekommen.«

Mr Patel wurde bedeutend munterer. »Wie Sie wünschen, werte Lady. Ich werde die Rechnung erstellen und sie Fairlight bei der nächsten Gelegenheit zukommen lassen.«

»Und sie wird mir ausgehändigt, niemandem sonst, haben Sie das verstanden?«

Er zwinkerte mir zu. »Wir sind Verschwörer, *memsa.*«

»Genau. Und haben Sie meine Hühner aufgeschrieben?«

Ryder hob eine Hand. »Sie haben es zwar abgelehnt, aber ich würde Ihnen gern ein Willkommensgeschenk machen.«

»Danke. Sie sind ein so jämmerlicher Geschäftsmann, dass

ich ablehnen sollte, aber ich glaube, Fairlight ist Ihnen im Augenblick ohnehin genug schuldig.« Zu meiner Überraschung lachte Ryder spöttisch.

Ich vereinbarte mit Mr Patel, dass alles geliefert werden würde, und winkte ihm zum Abschied. Als wir das Haus verließen, war ich überrascht, dass die Schatten inzwischen lang geworden waren.

»Keine Sorge. Es ist noch reichlich Zeit, um Sie nach Hause zu bringen«, sagte Ryder. Es verstörte mich ein wenig, wie mühelos er meine Gedanken las. Schweigend gingen wir ein paar Minuten nebeneinander her, bis er stehen blieb und auf einen Baum deutete. Ein leuchtend gelber Vogel war damit beschäftigt, das eigenartigste Nest zu bauen, das ich je gesehen hatte. Es war wie eine Träne geformt und hing von dem Ast wie exotischer Weihnachtsschmuck.

»Wie schön«, flüsterte ich.

»Das ist ein Goldweber. Das Männchen baut ein Nest für das Weibchen, das er begehrt, damit es kommt und es in Augenschein nimmt. Wenn sie es nicht mag, zerstört er es und baut ein neues.«

»Und wenn ihr das zweite auch nicht gefällt?«

»Dann baut er noch eines.«

»Und wenn sie das immer noch nicht mag?«

»Baut er ein weiteres Nest. Er tut alles, was in seiner Macht steht, um sie glücklich zu machen, bis sie endlich nachgibt.«

Ryder betrachtete mich, doch ich behielt den Vogel fest im Blick.

»Vielleicht wäre es einfacher, wenn er aufgäbe und sich ein Weibchen suchte, das er leichter zufriedenstellen kann.«

»Das Einfache interessiert ihn nicht. Er will, was er will. Egal, welche Schwierigkeiten sie macht, und egal, ob er selbst es überhaupt versteht.«

Damit ging er weiter, und ich musste ihm hinterhereilen. Er sagte kein Wort, bis wir die Ausläufer des Gartens von Fairlight erreichten. »Ich habe Pierre die Antilope zum Abendessen überlassen, aber es war nur eine kleine. Es reicht nicht, um alle in Ihrem Haus satt zu bekommen. Kommen Sie mit zu mir nach Hause. Ich mache Ihnen Abendessen, und danach bringe ich Sie zurück.«

Ich hätte Nein sagen sollen. Es wäre vernünftiger gewesen. Aber schließlich interessierte ich mich so wenig für Vernunft, wie Ryder sich für das Einfache interessierte. Außerdem war ich neugierig zu sehen, wie er lebte. Er war eine Anhäufung von Widersprüchen, heikel und mürrisch im einen Augenblick, charmant wie der Teufel im nächsten, und ich wusste nicht, welcher dieser Männer der wahre Ryder White war. Einer von Mossys uneigennützigen Ratschlägen lautete, dass ein Mann einen in der Öffentlichkeit täuschen kann, indem er einem irgendein beliebiges Gesicht zeigt. Doch sein Zuhause lügt nicht. Sein Zuhause erzählt mehr Wahrheiten, als ihm je über die Lippen kommen werden.

Durch die tiefer werdenden Schatten liefen wir zu seiner *boma*, und gerade, als wir das kleine Gebäude erreichten, erstrahlte die Sonne ein letztes Mal in Rotgold und sank dann hinter den Horizont. Einige Minuten lang herrschte blauviolette Stille, die alsbald von der hereinbrechenden Dunkelheit verschlungen wurde.

Ryder führte mich durch eine Hecke von Schwarzdorn-Akazien und in seine *rondavel*, eine Rundhütte aus Lehmfachwerk. Sie war behaglich und klein, aber mit allem erforderlichen Komfort ausgestattet. Es gab einen kleinen Tisch mit zwei Stühlen, ein Regal für Teller und Tassen und einen einzigen Topf. Eine Flasche Whisky stand dort, Single Malt aus einer teuren Brennerei. Er hatte eine schmale Bettstatt mit einer bunten Bettdecke und eine kleine Truhe, die vermutlich seine restliche Garderobe enthielt. Zwar gab es nicht viel, doch was es gab, war gut. Alles war von ausgezeichneter Qualität, als hätte er nur das Allerbeste und Allerwenigste von dem ausgewählt, was ein Mann zum Leben brauchte. Er hängte sein Gewehr an einen Gewehrhalter über der Tür und fing an, das Essen zuzubereiten. Sein Kochfeuer befand sich draußen, und zwei Akazienstümpfe dienten als Sitzgelegenheiten. Als der Abend voranschritt, wurde die Luft kälter, und er warf mir eine Decke zu. Es war eine Bahn des Stoffes, den die Massai trugen, leuchtend scharlachrot und erstaunlich weich. Ich wickelte mich darin ein und trank meinen Whisky, während ich ihm zusah.

Manche Männer können keine Frauenarbeit verrichten, ohne albern dabei auszusehen, aber Ryder gehörte nicht dazu. Ich nehme an, es lag daran, dass er Manns genug war, um mir in einer mit Rüschen besetzten Schürze ein Petit Four zu reichen und dennoch jeden Mann, dem ich jemals begegnet war, durch seine bloße Männlichkeit auszustechen. Ich glaube, er wusste, dass ich ihn beobachtete. Er schien alles wahrzunehmen, was ich tat, ob er mich ansah oder nicht. Kaum hatte ich den letzten Schluck getrunken, da goss er mir erneut einen Whisky ein. Ich nahm ihn an, ebenso wie den Teller mit Essen, den er mir überreichte, denn ich war ausgehungert, und das saftige, würzige Schmorgericht mit viel Fleisch darin schmeckte köstlich. Es gab Fladenbrot, um den Saft aufzusaugen, und ich aß wie eine Feldarbeiterin. Wir blieben zum Essen draußen, genossen die Wärme des Feuers, und hin und wieder blickte ich auf und sah dessen Schein über sein Gesicht flackern. Er wirkte vollkommen entspannt, wie eine große Katze nach dem Füttern und der Fellpflege, die nichts Besseres zu tun hat, als hin und wieder mit dem Schwanz zu schlagen und das Treiben der Welt zu beobachten.

Ich räusperte mich. »Sie sind ein außergewöhnlich guter Koch. Ich sollte Ihnen einen Job anbieten.«

Ryder lachte. »Das habe ich am Yukon gelernt. Nicht viele Frauen dort in den Lagern, und ich war zu klein, um mich beim Schürfen nützlich zu machen.«

»Dass Sie mal klein waren, kann ich mir gar nicht vorstellen«, sagte ich, und um meine Mundwinkel zuckte es leicht.

»Fangen Sie jetzt bloß nicht an, mit mir zu flirten. Dann bin ich für meine Handlungen nicht mehr verantwortlich.« Er sagte es leichthin, doch das kühle Blau seiner Augen war wärmer geworden. Manche Männer wenden den Trick an, direkt durch eine Frau hindurchzusehen, als ob die Kleidung alle außer ihnen davon abhalten würde, direkt in ihr Inneres zu blicken. Ryder gehörte zu dieser Sorte von Männern.

»Hatten Sie nicht gesagt, dass Sie mich heil und unversehrt nach Fairlight zurückbringen würden?«

»Und das werde ich auch. Sobald Sie mit dem Essen fertig sind.«

Ich spürte einen merkwürdigen kleinen Stich von etwas, was sich wie Enttäuschung anfühlte, und einen deutlich stärkeren Stich von Verdruss. An Gleichgültigkeit war ich nicht gewöhnt. Ich dachte an die schlanke Mrs Patel, und der Stich wurde schmerzhafter. Ich hatte mit einem anständigen Verführungsversuch gerechnet, etwas Unverhohlenes, was ich leicht hätte zurückweisen können, etwas, was mir Gelegenheit gegeben hätte, ihn entschieden und auf Dauer in seine Schranken zu weisen. Doch er beachtete die Spielregeln nicht. Anstatt die Sache übers Knie zu brechen, hatte er mir nur die Tür geöffnet, damit ich den Rest des Weges auf ihn zuginge. Es war eine raffinierte Strategie, das musste ich ihm zugestehen, auch wenn ich es nur widerwillig tat. Er hatte den Köder in die Falle gelegt, doch ob eine willige Frau hineinging oder nicht, blieb ganz ihr selbst überlassen. Wenn sie es nicht tat, gab es nichts zu verzeihen oder zu entschuldigen. Er hatte nur ein Dinner und etwas Unterhaltung vorgeschlagen. Doch wenn sie den ersten Schritt machte, um ihn ins Bett zu bekommen, würde er die Herausforderung ohne jeden Zweifel annehmen. So schnell, dass ihr gar keine Zeit bliebe zu bemerken, dass er derjenige war, der bestimmte, wo es langging. Die Schönheit dieser Vorgehensweise lag darin, dass die durchschnittliche Frau sie nicht einmal als absichtliche Verführung erkennen würde. Wenn er es geschickt anstellte, würde sie sich vielleicht sogar selbst die Schuld an dem Ganzen geben. Aber ich war keine durchschnittliche Frau – nicht annähernd, und es würde ein Kinderspiel für mich sein, ihn an die Grenzen seiner Selbstbeherrschung zu bringen.

Ich setzte mein lieblichstes Lächeln auf. Es belebte meinen Blick und strahlte unter meinen Wimpern hervor, einladend und schmeichelnd versprach es Dinge, die ich ihm geben würde oder auch nicht.

»Sollten Sie nicht versuchen, mich zu verführen? Wenn ich mich recht erinnere, haben Sie doch meine Tugend betreffend sogar eine Wette abgeschlossen?«

Er zuckte die Schultern. »Die Wette habe ich bereits verloren. Ich wusste, dass ich eine Extrawette auf Kit hätte abschließen sollen.« Kopfschüttelnd seufzte er. Ich spürte, wie mein Ärger wuchs.

»Und das macht Ihnen nichts aus?«

»Was? Dass Sie mit Kit Parrymore geschlafen haben?« Er warf den Kopf zurück und lachte. »Wenn ich glauben würde, dass ich den Vergleich mit Kit fürchten muss, würde ich in den Busch hinausgehen, mich erschießen und von den Geiern fressen lassen.«

»Sie nehmen den Mund ganz schön voll«, sagte ich flapsig.

Ruckartig stand er auf und zog mich mit hoch. Fest umklammerten seine Hände meine Oberarme, sein Gesicht lag halb im Schatten. Ich spürte seine pure Kraft, wie eine Naturgewalt, und das Blut rauschte mir schnell und andauernd in den Ohren. Ich verzog die Lippen zu einem Lächeln. Ein Kinderspiel, in der Tat.

Seine Hände griffen mir ins Fleisch, schmerzhaft, und der Schmerz fühlte sich gut an. Denn dieser Schmerz bedeutete Macht. Er bedeutete, dass ich ihn zu dem einen Schritt zu viel gebracht hatte, und er tat mit mir das, was ich bereits mit ihm getan hatte. Ich öffnete die Lippen.

»Sündige mit mir«, murmelte er und senkte den Kopf.

In letzter Sekunde drehte ich den Kopf, und seine Lippen streiften meinen Kiefer, berührten harte Knochen anstelle des weichen Mundes, den er gesucht hatte. Er zog sich zurück, verwirrt, und das Lächeln, das ich ihm schenkte, galt dieses Mal nur mir selbst.

»Sie haben doch nicht wirklich geglaubt, dass es so leicht werden würde, stimmt's?«

Er zog die Hände zurück, so schnell, als hätte er sich an mir verbrannt, und vielleicht hatte er das auch. Mein Blut war heiß wie flüssiges Feuer, und ich nahm Schwefelgeruch in meinem Atem wahr. Er trat zurück und ließ die kühle Abendluft in den Raum zwischen uns strömen.

»Hat Ihnen niemand beigebracht, dass es gefährlich ist, mit dem Feuer zu spielen?« Seine Stimme klang heiser, und seine Hände öffneten und schlossen sich nun um leere Luft anstatt um mich.

Ich neigte den Kopf und lächelte. »Sie sind ja ein Schätzchen, Ryder White. Da schließen Sie Wetten auf die Überreste meines guten Rufs ab, während Sie selbst fleißig die Hälfte der Frauen in Kenia vögeln, einschließlich des kleinen Juwels des armen Mr Patel. Sagen Sie, hat er auch nur die geringste Ahnung?«

»Wahrscheinlich nicht. Wenn sie wollen, können Ehemänner erstaunlich kurzsichtig sein.«

»Oh, das gilt nicht nur für Ehemänner. Nun, wir werden einiges voneinander mitbekommen, während ich hier bin, also lassen Sie mich ein paar Dinge von vornherein klarstellen. Ich tue, was ich will und mit wem ich will, und ich schere mich einen feuchten Dreck darum, was andere davon halten. Aber ich bin kein Preis auf einer Kirmes, den Sie bekommen, weil Sie den Ball eingelocht haben, und ich bin auch keine Kerbe im Bettpfosten irgendeines Mannes. Ich gehöre niemandem außer mir selbst, und Sie können sich meiner niemals sicher sein. Also halten Sie Ihre Libido in Schach und hören Sie auf, an meinen Röcken herumzuschnüffeln. Denn es wird nicht passieren.«

Er verschränkte die Arme über der Brust und starrte mich an. Der Feuerschein verlieh seinem Haar den Schimmer dunklen Goldes, ließ es rötlich glänzen, als die Schatten über sein Gesicht und wieder zurückwanderten. Jeder andere Mann hätte sich entschuldigt und versucht, den Augenblick zu entschärfen, um seine Würde mit sanften Händen und noch sanfteren Worten wieder aufzurichten. Nicht Ryder. Er lächelte, und in diesem Lächeln lag ein Aufblitzen von Grausamkeit, ein Aufblitzen, das er mich nur zu gern sehen ließ, bevor er es wieder in eine Ecke schob und es zwang, sich zu benehmen.

»Sie wissen doch, dass wir hier draußen allein sind, stimmt's, Delilah? Keine Menschenseele befindet sich in Rufweite, niemand, der Sie hören, niemand, der Ihnen helfen kann. Ich könnte Sie auf sechzig verschiedene Arten vergewaltigen und Sie dann den Hyänen zum Fraß vorwerfen, bevor irgendjemand Ihr Verschwinden auch nur bemerkt.«

Seine Worte klangen gefährlich, doch die Stimme war leise und sanft und schmeichelnd, sie verwirrte mich so sehr, dass ich nicht mehr wusste, ob ich seinen Lippen oder seinen Augen glauben sollte. Mein Herz hämmerte hart und schnell, als er eine Hand ausstreckte und sich eine Strähne meines Haars um einen Finger wickelte. Langsam zog er, bis mein Kopf ihm folgen musste. Er berührte mich nur mit diesem einen Finger, zog mich näher und immer näher zu sich, bis mein Mund sich öffnete. Ich hatte Männer gehabt, die ihren ganzen Körper benutzten, um mich zu verführen, und ihren Verstand und ihr Vermögen noch dazu, aber niemals nur einen Finger, mit dem sie mich lockten, bis dieser Finger alles war, woran ich denken konnte. Ich spürte seinen Atem über meine Lippen streichen, spürte die Wärme seines Mundes, als er mich beinahe … aber nur beinahe berührte, gerade eben außer Reichweite blieb. Ich beugte mich vor und dachte daran, wie gern ich meine Schenkel um seinen Hals legen würde.

»Ganz wie Sie wollen, Prinzessin«, flüsterte er sehr nah an meiner Haut, und unter dem Hauch seines Atems bekam ich eine Gänsehaut. »Mal sehen, wer zuerst nachgibt.«

Und damit löste er den Finger aus meinem Haar und trat zurück. Mir zitterten die Beine, als er die *rondavel* betrat, um sein Gewehr zu holen.

Zwar erstickte ich fast an den Worten, dennoch brachte ich fröhlich heraus: »Danke für Ihre Gastfreundschaft. Das Abendessen war köstlich.«

Er antwortete nicht. Stattdessen führte er mich wortlos auf den Heimweg und hielt nur ein einziges Mal an, weil wir ein lautes, kratzendes Geräusch hörten, als sägte jemand Holz.

»Ein Leopard«, murmelte er, die Lippen irritierend nahe an meinem Ohr. Seine Brust drückte gegen meinen Rücken. Ein langsamer, kräftiger Rhythmus schlug darin, und ich stand regungslos, spürte seinen gleichmäßigen Herzschlag. Er fürchtete sich nicht, und weil er da war, fürchtete auch ich mich nicht. Ganz still standen wir da, bis er das Gefühl hatte, dass wir gefahrlos weitergehen konnten, und nach bemerkenswert kurzer Zeit befanden wir uns wieder auf Fairlight. Im Garten verabschiedete er sich von mir.

Mit einem Fuß schon auf der Veranda stehend, zögerte ich. »Ryder«, sagte ich, und erst einen Augenblick später war ich froh, dass er mich unterbrach. Ich habe nie herausgefunden, was ich sonst vielleicht zu ihm gesagt hätte.

»Um Himmels willen, Frau. Jetzt stehen Sie nicht da herum und starren den Mond an. Das hier ist Afrika. Gehen Sie rein, bevor etwas Sie auffrisst.«

Ich ging.

12

In dieser Nacht schlief ich schlecht. Der Mond war klein und hing schief zur Seite, wie der Luftballon eines Kindes, der langsam aufgeblasen wird. Aber dennoch ergoss sich sein seidiges Licht in mein Zimmer, und ich lag wach und sah zu, wie die Schatten sich über mein Bett bewegten. Ich hörte die Nachtschwalben im Garten singen und die Grillen einander Ständchen darbringen, und unter all dem gelegentlich das dunkle Grollen eines Leoparden.

Als ich endlich eingeschlafen war, kamen die Träume schnell und heftig, wie ein Film, der zu schnell abläuft und von einer Szene zur nächsten springt. Am Morgen konnte ich mich an nichts mehr erinnern, doch als ich aufwachte, war mein Kissen schweißnass.

Am Nachmittag kamen meine Kühe an. Gideon nahm sie von dem Kikuyu in Empfang und trieb sie zu Fuß nach Fairlight. Er brachte auch einen Jungen mit, der leicht humpelte und sich auf eine Krücke stützte. Er mochte zehn oder zwölf Jahre alt sein, war von schlanker Statur und hatte ein ernstes Gesicht. Als Gideon uns einander vorstellte, musterte er mich aufmerksam.

»Das ist mein Bruder, *Bibi.* Er heißt Moses.«

»Hallo Moses.«

»Mein Bruder Moses spricht nicht, *Bibi,* aber er hört ausgezeichnet, und er kann sehr gut mit Kühen umgehen. Es ist eine große Verantwortung, sich um Ihr Vieh zu kümmern, und Moses wird hervorragende Arbeit leisten.«

»Das wird er ganz sicher. Danke, Moses«, sagte ich an den Jungen gewandt.

Das schien ihn zu erschrecken. Vermutlich machten die meisten Weißen sich nicht die Mühe, einem Massai für irgendetwas zu danken. Gideon sagte ihm, wohin er die Kühe bringen sollte, und drehte sich dann wieder zu mir.

»Er wird bei den Kühen in der Scheune schlafen, *Bibi.* Vielleicht kann er hin und wieder, wenn er seine Arbeit erledigt hat und die Kühe in Sicherheit sind, nach Hause gehen und unseren *babu* sehen.«

»Natürlich. Wann immer er will.«

»Nein, *Bibi.* Das bestimmen Sie.«

»Ich glaube, wir werden uns gleich zum ersten Mal streiten, Gideon.« Ich lächelte, um ihm zu zeigen, dass ich es nicht ernst meinte, und zu meiner Erleichterung erschien ein breites Grinsen auf seinem Gesicht.

»Sie scherzen mit mir.«

»Ja, das tue ich. Ich freue mich sehr, wenn Moses nach Hause gehen kann, wann immer er gebraucht wird, solange für die Kühe gesorgt ist. Was ist mit seinem Schulbesuch?«

»Die meisten Massai gehen nie zur Schule. Moses hat schon viel mehr als viele andere aus unserem Volk gelernt. Er ist froh, dass er eine Arbeit hat, mit der er Geld verdient.« Er zögerte, und obwohl er nichts mehr sagte, spürte ich, dass er noch etwas auf dem Herzen hatte.

»Gideon?« Ich sprach seinen Namen sanft aus, schmeichelnd.

Er atmete tief ein, stützte sich an seinem Speer ab und sagte leise: »*Bibi,* ich mache mir Sorgen um meinen Bruder. Sein Bein ist schwach, und er kann die Kühe nicht so hüten wie die Massai es tun, die jeden Tag viele Meilen laufen. In unserem Stamm kann er deshalb kein wichtiger Mann werden, und er wird niemals heiraten. Es ist sehr schlimm für einen Mann, wenn er nicht heiratet und keine Kinder zeugt. Wir finden es nicht gut, wenn der Mensch allein ist.«

»Verstehe. Und wenn er Geld verdient, kann er seinen Teil beisteuern?«

Die Anspannung in seinem Gesicht ließ nach.

»So ist es, *Bibi.* Und ich würde Ihnen keine Unwahrheit erzählen. Wenn ich sage, dass Moses sich auf Kühe versteht, dann kennt er sich wirklich sehr gut damit aus. Er spricht nicht, aber er kann pfeifen, und er spürt, was sie brauchen. Sie mögen ihn. Ihr Vieh ist bei ihm in guten Händen.«

»Daran habe ich nie gezweifelt. Glaubst du wirklich, dass ihm die Arbeit helfen wird?«

»Ja, *Bibi.* Er verdient Geld, und mit der Zeit wird er sich eigene Kühe kaufen, und dann wird es ein Mädchen geben, das froh ist, ihn zu heiraten und seine Kinder zu bekommen, denn er wird ein Mann sein wie alle anderen.«

»Sehr gut. Er kann die Schule ausfallen lassen und die Kühe hüten, und er kann euren *babu* besuchen, wann immer er möchte.«

Er nickte. »Ich werde Moses davon berichten. Er wird zu Ihnen kommen, bevor er geht, um sicher zu sein, dass es Ihr Wunsch ist.«

»Schön.«

Er schwieg einen Moment, dann fragte er: »Gibt es noch etwas, was ich für Sie tun kann?«

Ich zuckte die Schultern. »Nein, im Augenblick fällt mir nichts ein. Ich nehme an, du willst jetzt mit Ryder auf die Jagd gehen?«

»Nein, *Bibi.* Ich soll hierbleiben.«

Ich hob eine Braue. »Um *was* zu tun?

Gideon wand sich vor Verlegenheit. Die Massai mögen es

nicht, die Unwahrheit zu sagen. Auch geben sie nicht gern etwas Unangenehmes zu, aber schließlich erzählt kein Mann einer Frau gerne etwas, was sie vielleicht erzürnt.

»Gideon?«

»Ich soll auf Sie aufpassen, *Bibi.*«

»Ich brauche niemanden, der auf mich aufpasst.«

»Trotzdem, *Bibi,* das ist es, was man mir aufgetragen hat.«

Ich zügelte meine Wut und dachte nach. Ich mochte Gideon. Ryder hatte ihn angewiesen, mich zu bewachen, was beklagenswert war, aber darüber würde ich mich mit Ryder auseinandersetzen müssen, nicht mit Gideon. Ich nickte.

»Verstehe. Es ist nicht deine Schuld, dass Ryder ein selbstherrlicher, arroganter Blödmann ist.«

»Verzeihen Sie, aber dieses Wort habe ich noch nie gehört. Was bedeutet ›Blödmann‹? Heißt das dasselbe wie ›Scheißkerl‹?«

»Ich nehme an, dieses Wort hast du nicht in der Missionsschule gelernt, oder?«

»Oh nein! Aber *Bwana* beherrscht die unanständige Sprache fließend.«

»Zweifellos. Und nein, ›Blödmann‹ ist nicht ganz so schlimm wie ›Scheißkerl‹. Es heißt nur, dass dir jemand auf die Nerven geht.«

Mit ernstem Gesichtsausdruck nickte er. »Eine Frau könnte einen Blödmann lieben. Aber keinen Scheißkerl.«

»Viele haben es versucht, Gideon, viele.«

Gideon machte sich daran, den Zaun um die kleine Weide fertigzustellen, auf der ich die Kühe halten wollte. Die riesigen Herden der Massai zogen über ausgedehnte Gebiete in der Savanne und im Buschland, aber es würde sehr viel einfacher sein, ein paar Milchkühe eingepfercht in der Nähe des Hauses zu halten. Moses streifte an den ängstlichen Kühen entlang, tätschelte sie und summte eine merkwürdige kleine Melodie. Von Zeit zu Zeit schenkte er mir ein breites Lächeln, das dem seines Bruders sehr ähnlich war, und ich brachte ihnen etwas zum Lunch hinaus. Ich stellte das Essen auf einem Felsen ab, wo sie es finden würden, denn sie mochten es nicht, Essen so direkt von einer Frau in Empfang zu nehmen.

Als ich zum Haus zurückging, sah ich eine Staubwolke am Horizont, und wenige Minuten später kam Mr Patel auf seinem Kraftrad vorgefahren. Sein Turban hatte sich zur Hälfte abgewickelt und flatterte hinter ihm, und die Schutzbrille war von rotem Staub bedeckt. Der Beiwagen war mit all dem vollgepackt, was ich bestellt hatte, und ein Käfig voller traumatisierter Hühner war darauf festgeschnallt. Seinen Affen hatte er auf dem Beifahrersitz mitgenommen, und sobald Mr Patel anhielt, schwang das Tier sich auf den nächsten Baum und schwatzte ärgerlich drauflos.

»Warum musstest du auch unbedingt mitkommen, du teuflische Kreatur?«, fragte Mr Patel und hob die Faust. Er stieg von dem Kraftrad, klopfte seine Gewänder aus und wand sich den Turban wieder fest um den Kopf. Er schob sich die Brille ins Haar und lächelte. »*Memsa!* Ich bringe Ihnen Ihre Sachen. Und würden Sie gern einen Affen kaufen? Ich mache Ihnen einen ausgezeichneten Preis dafür.«

»Nein, vielen Dank, Mr Patel. Brauchen Sie Hilfe?«

»Auf keinen Fall! Eine Dame sollte sich nicht die Hände schmutzig machen«, behauptete er in einem Ton, der keinen Widerspruch duldete. In diesem Augenblick kam Dora aus dem Haus, und ich stellte die beiden einander vor.

»Dora, das ist Mr Patel. Hier draußen ist sein Laden das, was *Harrod's* am nächsten kommt. Mr Patel, das ist meine Cousine, Miss Brooks.«

Patel verbeugte sich mit einer vornehmen Geste, als Dora den Kopf neigte. »Wie geht es Ihnen? Ich zeige Ihnen, wo Sie all das ablegen können. Wenn Sie mir bitte folgen würden.«

Er trottete hinter ihr her, den Käfig mit den Hühnern auf der Schulter, als wöge er nicht mehr als ein Kissen. Na ja, sie bestehen ja auch vorwiegend aus Federn, dachte ich achselzuckend.

Ich wollte ihnen eigentlich folgen, als ich eine weitere Staubwolke näherkommen sah. Ich hielt mir die Hand vor die Augen und spähte in die Ferne. Als ich Rex' buttergelben Rolls über die Auffahrt fahren sah, winkte ich.

»Hallo Rex. Grundgütiger, hier geht es ja heute zu wie in einem Taubenschlag.«

Er stieg aus dem Wagen und drückte mir einen freundlichen Kuss auf die Wange. »Hallo Liebes. Ich bin auf dem Weg nach Nairobi und dachte mir, ich schaue mal rein, um zu hören, ob ich Ihnen etwas aus der Stadt mitbringen soll.«

»Sie sind ein schrecklich netter Nachbar. Uns geht es gut. Kann ich Ihnen einen Drink anbieten, um Sie für die Fahrt auf Trab zu bringen?«

Er grinste. »Ich sollte nicht. Wie es aussieht, werde ich beängstigend lange unterwegs sein, aber einer solchen Versuchung kann kein Mann widerstehen.«

»Bin ich eine Versuchung?«, neckte ich ihn.

Das Lächeln wurde breiter. »Eine größere, als es irgendeiner Frau erlaubt ist«, sagte er leichthin. »Einen Gin Tonic, wenn ich bitten darf.«

»Selbstverständlich. Nehmen wir den Drink auf der Veranda. Das Haus ist auch so schon dreckig genug, ohne dass ich die halbe Savanne mit hineinschleppe.«

Er folgte mir auf die Veranda, und ich goss uns ein. Er trank den ersten Schluck, und plötzlich schien etwas von ihm abzufallen, irgendein unsichtbares Gewicht, unter dem er sich gebeugt hatte.

»Alles in Ordnung, Rex?«

Er kämpfte mit sich selbst. Was auch immer ihm durch den Kopf ging, er hatte Lust, es mitzuteilen, aber etwas hielt ihn davon ab. Er schenkte mir nur sein typisches abwesendes Lächeln und trank einen Schluck.

»Wie Sie wollen«, sagte ich achselzuckend. »Aber wenn Sie ein offenes Ohr brauchen, sind Sie hier stets willkommen.«

Er trank sein Glas aus und stellte es mit einem lauten Knall ab. Ich zuckte leicht zusammen, und er legte seine Hand auf meine. Er blickte mich nicht an, doch seine Hand blieb, wo sie war, bedeckte die meine, als er tief einatmete. Er ließ die Luft wieder heraus, als hätte er in gewisser Weise aufgegeben.

»Ich wünschte, ich könnte es Ihnen sagen. Ich wünschte, ich könnte Ihnen *alles* sagen.« Seine Stimme klang schneidend.

Ich stellte mein Glas ab. »Das können Sie, Rex. Natürlich können Sie das. Wir sind doch Freunde, stimmt's?«

»Sind wir das?« Er musterte mich, als sähe er mich zum ersten Mal. »Ja, ich glaube, das sind wir. Ich glaube, ich könnte Ihnen wirklich alles erzählen.«

»Dann tun Sie das. Offensichtlich beunruhigt Sie etwas. Spucken Sie es aus, und Sie werden sich wie ein neuer Mensch fühlen«, versprach ich ihm.

Sein Lächeln war wieder da, zurückhaltender und weniger breit als zuvor. »Funktioniert das wirklich so? Ich glaube, um so etwas vorzuschlagen, muss man eher Amerikaner als Engländer sein. Wir sind gut darin, Dinge in uns hineinzufressen und sie so festzuhalten, dass wir sie nicht einmal loslassen können, wenn wir es wollen.«

Dann verstummte er, und ich lehnte mich mit einem Schulterzucken zurück und nahm meinen Drink wieder in die Hand.

»Dieser Ort bricht mir das Herz«, sagte er schließlich. »Es ist so schön hier, so riesig und so unberührt. Wenn nichts dafür getan wird, steht ihm nichts als Zerstörung bevor. Jemand muss ihn schützen. Jemand muss ihn genug lieben, um es zu versuchen.«

»Sprechen Sie über Afrika oder über Fairlight?«

Das Lächeln war noch immer still und zurückhaltend. »Beides vermutlich. Ich habe angeboten, Fairlight zu kaufen, wissen Sie. Mehr als einmal. Aber Sir Nigel ist sentimental, er hängt zu sehr an diesem Ort, um ihn loszulassen. Das kann ich ihm nicht vorwerfen. Denn so empfinde ich für ganz Afrika.«

Erneut verfiel er in Schweigen, und ich wandte mich wieder meinem Drink zu. Da stand er auf, streckte die Hand aus und zog mich auf die Füße.

»Ich glaube, ich fühle mich ein wenig besser.«

»Ich wüsste nicht, wieso. Ich habe nichts getan.«

»Sie haben mir gestattet, hier zu sitzen und ein wenig Ruhe zu finden. Das ist ein seltenes Geschenk für einen Mann. Sie haben keine Ahnung, wie selten.«

Er gab mir einen weiteren Kuss auf die Wange, diesmal deutlich wärmer, und leichteren Schrittes als zuvor ging er fort. Dora erschien genau in dem Augenblick, in dem er wegfuhr.

»War das Rex?«

»Ja, das war er.« Ich goss ihr einen Gin Tonic ein und reichte ihr das Glas.

»Was wollte er?«

»Über eine unerwiderte Leidenschaft jammern. Offenbar ist er in Afrika verliebt, aber es erwidert seine Liebe nicht.«

Dora streifte ihre Schuhe ab. »Mr Patel hat alles in der Vorratskammer verstaut und seinen ekelhaften kleinen Affen wieder eingefangen. Er ist gerade weg. Ich habe Gates dazu gebracht, den Hühnerstall gerade rechtzeitig fertigzustellen. Die

Hühner müssen sich erst noch eingewöhnen. Die Hennen kauern zusammengedrängt in einer Ecke und gackern, und der Hahn sorgt für Aufruhr, weil er zu entkommen versucht.«

»Dann solltest du sie besser warnen. Das erste Huhn, das mich im Morgengrauen weckt, wandert in den Kochtopf.«

Erschöpft salutierte sie. »Aye, aye, Captain.«

Nicht der Hahn weckte mich in der Morgendämmerung. Es waren die Rufe der Kikuyu, die sich klagend und jammernd im Garten versammelten. Ich warf mir einen Kimono über, schlüpfte rasch in meine Hausschuhe und stieß mit Dora zusammen, als wir die Türen öffneten, um nach draußen zu eilen. Alle Kikuyu-Farmarbeiter hatten sich vor dem Haus eingefunden und bildeten eine Traube um einige Männer, die etwas auf einer Decke trugen. Als wir näherkamen, legten sie sie auf den Boden, und ich brauchte einen Augenblick, bis mir klar wurde, auf was ich da blickte. Der Körper war klein und so stark verletzt, dass ich nur Teile davon erkennen konnte. Ich sah den weißen Verband, schmutzig und zerrissen, und Haut, die an kleinen Zöpfen hing. Die Füße waren unversehrt, die kleinen weißen Knochen standen direkt über dem Knöchel hervor, und lange, weiße Oberschenkelknochen waren zu sehen, aufgebissen, das Knochenmark freigelegt. Über dem Geheul der Kikuyu hörte ich ein anderes Geräusch, ein hohes, keuchendes Schreien, das nicht enden wollte.

Ich drehte mich zu Dora und presste ihren Kopf an meine Schulter, hielt ihr die Augen zu und erstickte ihren Schrei. Einen Augenblick später verstummte sie und schob mich weg, um sich in das Gebüsch zu übergeben. Ich ging langsam auf die Mutter zu, die auf dem Boden zusammengebrochen war. Sie zerriss ein Stück von einer Bougainvillea mit den Fingern in kleine Fetzen. Ich legte meine Hände auf die ihren.

Da blickte sie zu mir auf, dumpf und tonlos drang das Wort ihr über die Lippen, die starr vor Schock waren. »*Simba.*«

Ich nickte. Ein Schatten fiel auf uns, und als ich den Kopf hob, sah ich Gates, der sich damit abmühte, sich ein Hemd über seinen fischbauchweißen Oberkörper zu streifen, der im Licht des frühen Morgens leuchtete.

»Ein Löwe hat ihr Kind getötet.«

Er nickte. »Das sieht man an den Bissen. Löwen mögen große Muskeln. Darum sind die Oberschenkel und die Pobacken nicht mehr da. Mit den kleineren Teilen geben sie sich nicht ab«, fügte er hinzu und zeigte auf den winzigen Fuß.

Ich wirbelte auf dem Absatz herum. »Klappe. Ruhe. Halten Sie den Mund.« Jedes Wort unterstrich ich mit einem Schlag auf seine Beine.

Mit weit aufgerissenen Augen starrte er erst die Mutter an, dann mich, als es ihm ganz langsam dämmerte. »Machen Sie sich etwa Sorgen um sie? Diese Kukes sprechen kein Englisch, Miss Drummond. Es gibt keinen Grund, auf ihre Gefühle übermäßige Rücksicht zu nehmen. Außerdem: Wenn es kein Löwe, Leopard oder keine Schlange ist, dann eben eine Krankheit oder ein Feuer. Sie haben oft nur wenig Glück dabei, ihre Kinder am Leben zu erhalten«, sagte er kopfschüttelnd.

Ich erhob mich und legte der Mutter dabei eine Hand auf den Kopf. An die Kikuyu gewandt, sprach ich in stockendem Suaheli. Ich fragte, ob der Löwe getötet worden war, und sie schüttelten die Köpfe. Mit viel Pantomime wurde allmählich klar, dass dies der Grund für ihr Kommen war. Sie wollten mir das Werk des Löwen zeigen und das Versprechen mitnehmen, dass jemand sich darum kümmern würde. Ich drehte mich zu Gates.

»Habe ich das richtig verstanden? Sie erwarten von uns, dass wir den Löwen jagen und ihn töten?«

Er nickte. »Sie könnten es auch selbst tun, aber es ist gefährlich, und sie dürfen keine Gewehre benutzen. Für einen weißen Mann ist es leichter.«

»Gut. Dann machen Sie das.«

Er blinzelte heftig. »Ich glaube nicht, Miss Drummond.«

»Gerade haben Sie gesagt …«

Er hob eine fleischige Hand. »Ich habe gesagt, dass es für einen Weißen leichter ist. Aber nicht für jeden von uns. Ich bin Leiter der Farm und kein Jäger. Das steht nicht in meiner Stellenbeschreibung. Wissen Sie, ich war entgegenkommend, seit Sie hier sind, sehr entgegenkommend sogar. Ich habe vieles getan, was eigentlich nicht in meinen Verantwortungsbereich gehört. Aber hier ziehe ich den Schlussstrich, und zwar unwiderruflich. Ich bin ein Familienvater. Was wird aus meiner Familie, wenn ich bei dem Versuch ums Leben komme, einen Löwen zu töten, obwohl ich nicht dazu verpflichtet bin?«

Er schwitzte, doch sein Gesichtsausdruck war selbstgefällig und überheblich. Jetzt hatte er mich. Ich konnte ihn nicht zwingen, sein Leben bei dem Versuch aufs Spiel zu setzen, einen menschenfressenden Löwen zu erlegen. Aber ich wusste genau, wer das übernehmen würde.

Ich sagte alle tröstenden Worte, die mir auf Suaheli einfielen, und die Kikuyu akzeptierten mein Versprechen, dass jemand sich um den Löwen kümmern würde. Dora drehte sich um, als die Eingeborenen die Decke mit dem kleinen zerstörten Körper darauf anhoben. Ich sah ihnen nach, als sie fortgingen, dann wandte ich mich an Gates.

»Sie haben vollkommen recht, Mr Gates. Sie sind Farmer. Also gehen Sie wieder zu Ihrem Pflug, und ich werde Ihnen Bescheid geben, wenn das hier vorbei ist.«

Wie ein begossener Pudel schlich er davon, und ich begab mich ins Haus, um mich anzuziehen. Als ich damit fertig war, hatte Dora sich bereits um das Frühstück gekümmert, und ich würgte ein Stück Toast und eine Tasse Tee hinunter, bevor ich vom Tisch aufstand.

»Pack mir ein paar Sandwiches ein, Do. Ich muss Ryder suchen, und ich weiß nicht, wie lange ich weg sein werde.«

Sie wollte etwas erwidern, presste die Lippen aber sogleich wieder zusammen, als ebendieser Mann die Veranda betrat.

»Habe ich Ihnen nicht gesagt, dass Sie nicht nach mir suchen sollen?«, fragte er. Um seine Mundwinkel zuckte es. »Sie müssen wirklich besser zuhören.«

»Oh, Gott sei Dank, dass Sie hier sind.«

Er hob die Brauen. »An so eine Begrüßung könnte ich mich gewöhnen«, sagte er und ließ sich am Tisch nieder.

»Darf ich Ihnen etwas zum Frühstück anbieten?«, fragte Dora freundlich. »Wir haben reichlich Eier und Toast und Tee und köstliche Konfitüre.«

Sie füllte einen Teller für ihn, während ich mich aufregte. »Das hier wird kein Höflichkeitsbesuch, Ryder. Ich brauche Sie, damit Sie einen Löwen töten.«

Er hob eine Hand. »Ich weiß schon alles über Ihren Löwen. Darum bin ich hier.«

»Oh. Nun, in dem Fall sollten wir uns über die Bedingungen einigen.«

Dora stand auf und murmelte etwas über Tee, den sie aufsetzen wollte, als Ryder mich mit amüsiertem Blick betrachtete. »Bedingungen?«

»Ja, die Bedingungen Ihres Arbeitseinsatzes.«

Er lachte laut. »Prinzessin, das können Sie sich gar nicht leisten, verabschieden Sie sich also lieber gleich von dieser Idee.«

»Woher wollen Sie wissen, was ich mir leisten kann?«

Er lächelte, und die kleinen Falten um Augen und Mund

kräuselten sich leicht. »Weil ich weiß, was ich berechne, und normalerweise können diesen Preis nur Mitglieder des Königshauses oder solche der Familie Rockefeller aufbringen.«

»Nennen Sie Ihren Preis«, forderte ich ihn heraus.

Das tat er, und ich starrte ihn an, während er sich den Teller zum zweiten Mal mit Eiern vom Rechaud belud.

»Menschenskind, Ryder, wenn Sie so viel verdienen, sollten Sie mich zum Frühstück einladen und nicht umgekehrt.«

Er grinste. »Sag ich doch.«

»Wie in aller Welt kommen Sie damit durch, so viel zu fordern?«

Er zuckte mit den Schultern. »Die Leute sind immer bereit, für den Besten zu zahlen.«

Ich schnaubte. »Wie ich sehe, zählt Bescheidenheit nicht zu Ihren Tugenden.«

»Nein, aber Ehrlichkeit. Ich bin ein verdammt guter Jäger, Prinzessin, aber ich hasse es, den Fremdenführer zu spielen. Ich dachte mir, wenn ich horrende Preise berechne, hören die Leute auf, mich zu engagieren, und ich kann tun und lassen, was ich will. Aber so ist es nicht gekommen.«

»Nein?«

Er schob sich mit der Gabel ein Stück Ei in den Mund und ließ ein kleines Stück Toast folgen. »Es hat sich gezeigt, dass die Leute einen nur umso mehr wollen, je astronomischer die Preise sind, die man fordert. Offenbar ist das ein Gütesiegel«, sagte er und neigte den Kopf zur Seite.

»Abgesehen von dem Gütesiegel haben Sie recht. Das kann ich mir nicht leisten. Für so viel Geld kann ich mir eine Wohnung in Paris kaufen.

»Dann mache ich es umsonst.«

Aus schmalen Augen blickte ich ihn an. »Warum?«

Er lehnte sich zurück und verschränkte die Arme. »Was ist

los? Gefällt Ihnen die Vorstellung nicht, in meiner Schuld zu stehen?«

»Die gefällt mir tatsächlich nicht.«

»Dann kommen Sie doch einfach mit. Wenn ein anderer schießt, berechne ich für die Jagd auf einen Menschenfresser nur die Hälfte. Dann sind Sie mir auch nur halb so verpflichtet.«

Ich zögerte aus den genau richtigen Gründen. Und aus völlig falschen Gründen nahm ich sein Angebot an.

»Gut«, sagte ich und streckte die Hand aus.

Er nahm sie und schüttelte sie langsam. Als Dora mit einer frischen Kanne Tee erschien, hatte er noch immer nicht aufgehört. Ich zog meine Hand zurück, und sie setzte eine betont gleichmütige Miene auf.

Ryder stand auf und dankte ihr. »Ich fahre jetzt wieder nach Hause, um noch einiges zu organisieren. Nach dem Mittagessen komme ich wieder, und dann machen wir uns auf den Weg.«

Als er ging, blickte Dora mich über die Teekanne hinweg scharf an. »Ich verstehe nicht, warum du so etwas tust. Ganz sicher hat Sir Nigel niemals die Absicht gehabt –«

»Nigel ist nicht hier«, rief ich ihr ins Gedächtnis.

Hartnäckig fuhr sie fort: »Trotzdem, wenn er das wüsste! Ich kann mir nicht vorstellen, dass er damit einverstanden wäre, dass du dein Leben für so etwas aufs Spiel setzt.«

»So etwas?« Ich schaffte es, meine Stimme freundlich klingen zu lassen. »Ein Kind ist tot, Dora.«

Sie zuckte zusammen. »Ich weiß. Und ich möchte nicht gefühllos klingen –«

»Dann tu es auch nicht.«

Tiefe Röte überzog ihren blassen Teint. »Hör mal, das ist nicht fair. Ich habe durchaus Interesse an ihrem Wohlergehen, ein angemessenes Interesse«, sagte sie und betonte das Wort *angemessen*. »Aber ich finde, es verrät eine merkwürdige Art von Arroganz, sich so tief in ihre Angelegenheiten einzumischen.«

»Arroganz?«

»Ja«, sagte sie, und auf ihren Wangen waren noch immer zwei rote Flecken zu sehen. »Wir müssen sie nicht verstehen, Delilah. Ihre Art zu leben unterscheidet sich einfach zu sehr von der unseren. Die Rolle der Weißen in Afrika sollte eine ganz einfache sein – sie sind ein Vorbild an Lernbereitschaft, Zivilisation und effizienter Führung.«

Ich ließ sie noch einige Minuten auf diese Weise herumschwafeln, bevor ich die Hand hob und ihr mit dünnem Lächeln bedeutete, aufzuhören.

»Das habe ich alles schon einmal gehört, Dora. Du vergisst, dass ich an einem Ort aufgewachsen bin, der sich nicht so schrecklich von diesem hier unterscheidet. Die Schwarzen machen ihre Arbeit, die Weißen zählen ihr Geld – zumindest denken die meisten Leute das. Die Realität sieht anders aus. Beide Seiten müssen Verständnis aufbringen. Und es fängt damit an, dass man sich nicht voreinander fürchtet.

Ihre Röte verblasste. »Das ist nicht fair.«

»Ach ja? Ich sehe doch, wie du zurückweichst, wenn du mit einem Afrikaner sprechen musst.«

»Das liegt nicht an ihrer Hautfarbe«, gab sie hitzig zurück. »Ich bin nur nicht daran gewöhnt, Befehle zu erteilen. Dabei fühle ich mich nicht wohl.«

»Drüben in England fällt dir das ganz leicht. Du schreist den Fleischer an, wenn die Koteletts zu fett sind, und du machst den Jungen in der Werkstatt zur Schnecke, wenn er dir für einen geflickten Reifen an deinem Fahrrad zu viel in Rechnung stellt. Es macht dir überhaupt nichts aus, ihnen die Meinung zu sagen.«

»Natürlich nicht! Sie sind …« Sie brach ab und presste störrisch die Lippen aufeinander. »Ach, egal. Aber trotzdem ist es falsch, es ist sogar sehr falsch, dass du dich mit ihnen einlässt, als wären sie deine Freunde. Du solltest dich über sie erheben, um ihnen das beste Vorbild zu sein.«

»Ich bin für niemanden das beste Vorbild«, erwiderte ich. »Sonst noch etwas?«

»Ja, allerdings. Er ist ein guter Mann, Delilah.« Sie erwähnte seinen Namen nicht, doch es bestand kein Zweifel daran, wen sie meinte.

»Tatsächlich? Ich weiß nicht, ob ich einen guten Mann erkennen würde, wenn ich einen sehe.«

»Dann verlass dich auf mich. Er ist ein guter Mann.«

Ich zuckte mit den Schultern. »Wenn du es sagst. Aber du weißt wahrscheinlich nur die Hälfte.«

»Ich rede nicht von dem Klatsch hier. Dass er in gewisser Weise ein Schürzenjäger ist und eigentümliche Moralvorstellungen hat, ist mir bekannt.«

Ich schnaubte, doch sie redete weiter, und ihre Wangen röteten sich erneut. »Du kannst ruhig darüber lachen, aber ich finde, er hat etwas Feines an sich. Unter all der Wildheit verbirgt sich etwas Reines.«

Rein wäre vermutlich das letzte Wort gewesen, mit dem ich Ryder White beschrieben hätte, aber Dora hatte tatsächlich nicht ganz unrecht. Ich beschloss, ihr nichts von seiner Drohung zu erzählen, mich zu vergewaltigen und den Hyänen zum Fraß vorzuwerfen. Ihre Illusionen waren zu schön, um sie zu zerstören. Und nach allem, was ich wusste, hatte sie außerdem recht.

Sie brach ein Stück Toast entzwei und warf es in den Garten hinaus.

»Warum machst du das?«

»Unter der Veranda hat eine Schildkröte Quartier bezogen. Sie mag Toast.«

Ich stand auf, und sie legte mir die Hand auf den Arm. »Ich weiß, dass du mich für dumm hältst, aber es ist mein Ernst, Delilah. Verletze ihn nicht.«

Ich dachte an seine elende Wette, der Erste zu sein, der mich ins Bett kriegen würde. Wenn ich ihn verletzte, war das nur gerecht. Er hatte schließlich angefangen.

»Ich weiß nicht, ob ich das kann.«

»Dann bist du nicht halb so klug, wie ich geglaubt habe«, sagte sie und ließ meinen Arm los.

»Geh und füttere deine Schildkröte, Do«, sagte ich so freundlich wie möglich. »Und überlass mein Leben mir.«

Ryder hielt Wort und tauchte nach dem Mittagessen wieder auf. Schweigend trottete Gideon hinter ihm her. Ich hatte mich vorbereitet, so gut ich konnte, indem ich eine kleine Tasche mit allem Nötigen gepackt und mich vergewissert hatte, dass meine Gewehre geputzt waren. Ich übertrug Dora die Aufsicht über Fairlight, zumindest, soweit das in Gates' Gegenwart möglich war. Moses winkte zum Abschied von der Weide herüber, auf der er bei den Kühen stand, und grüßte seinen Bruder. Gideon hob seinen Speer, und dann brachen wir auf.

Auf der Straße nach Nairobi wanderten wir ein Stück auf Rex' Anwesen zu und bogen dann plötzlich auf einen schmalen Pfad aus festgestampfter Erde ab.

»Wohin gehen wir?«, fragte ich Ryder.

»Nyama Ranch. Ich muss mich mit Tusker treffen, bevor wir losziehen. Wir brauchen noch ein paar Männer, und sie wird uns wahrscheinlich begleiten wollen. Sie liebt eine zünftige Löwenjagd.«

»Hat sie es sich zur Gewohnheit gemacht, Löwen zu jagen?«

»Sehen Sie mich nicht so überrascht an. Sie züchtet Rennpferde, und Löwen sind eine echte Plage für sie. Solange sie nicht kommen und den Pferden etwas antun, tut sie ihnen auch nichts. Dasselbe gilt für Leoparden.«

Mich schauderte.

»Was ist los, Prinzessin? Keine Lust mehr? Noch können Sie umdrehen. Gideon wird Sie nach Hause bringen.«

»Auf keinen Fall. Das Biest ist ein Menschenfresser, und ich will dabei sein, wenn es bekommt, was es verdient. Man vergisst es einfach zu leicht.«

Er verlangsamte den Schritt und blickte mich unter seiner Hutkrempe hervor neugierig an. »Vergisst was?«

»Wie grausam es hier ist. Dass das Leben von einer Sekunde zur anderen vorbei sein kann. Auch meine Mutter züchtet Pferde, wissen Sie. Sie hat einen feinen Stall in England, und sie sagt, dass es tausend verschiedene Dinge gibt, die die Tiere umbringen können. Sie macht sich Sorgen um schlechtes Wasser, schlechtes Futter und um die Maul- und Klauenseuche, aber um eines muss sie sich keine Sorgen machen: dass eine verdammte Katze ihre Pferde mitten in der Nacht in Stücke reißt.«

»Stimmt, aber hat sie auch all das hier?« Mit einem Arm machte er eine ausladende Geste und deutete auf die Landschaft, die vor uns lag. Die flache Savanne erstreckte sich meilenweit und war mit Dornbüschen und Akazienbäumen übersät, bis sie in der Ferne auf eine violettfarbene Erhebung stieß. An ihrem Fuß weidete eine Herde Elefanten, deren schwere, graue Schatten sich durch die Büsche bewegten. Über all dem wölbte sich wie eine riesige Kuppel der blaue Himmel so hoch, dass mir bei dem bloßen Anblick schon schwindelig wurde. Ohne auf eine Antwort zu warten, setzte Ryder seinen Weg fort. Ich ging langsamer und gesellte mich zu Gideon. Lächelnd blickte ich ihn an.

»Du scheinst sehr gute Laune zu haben, Gideon. Bei den meisten Männern deutet das auf eine Frau hin, aber ich schätze, bei einem Massai geht es eher um einen Löwen.«

»Allmählich verstehen Sie uns, *Bibi*«, sagte er und erwiderte mein Lächeln.

»Gideon, ich hoffe, du hältst mich nicht für unhöflich, aber darf ich dich nach deiner Zahnlücke fragen? Mir ist aufgefallen, dass die meisten Eingeborenen eine haben.«

Er legte einen Finger an die Stelle, an der seine beiden unteren Schneidezähne hätten sein sollen. »Sie werden gezogen, wenn wir noch sehr kleine Kinder sind. Und wenn wir dann die zweiten Zähne bekommen, werden auch die gezogen. Auf diese Weise kann man uns auch ernähren, wenn wir krank sind und eine Kiefersperre haben.«

Das klang absolut sinnvoll; es war sogar eine ziemlich clevere Lösung für das Tetanusproblem. Die meisten Leute mit Wundstarrkrampf verhungerten, weil sie keine Nahrung mehr aufnehmen konnten. Ihnen die Zähne zu ziehen, bedeutete zumindest, dass man sie ernähren konnte, bis das Fieber vorbei war und die Kiefermuskeln sich wieder entspannen konnten.

»Aber Moses' Zähne sind nicht gezogen worden.«

Es war, als senkte sich eine Jalousie über seine Augen. »Nein, *Bibi.* Es war der Wunsch seiner Mutter, dass er so bleiben sollte, wie er auf die Welt gekommen war.«

»Aber warum? Wenn er an Tetanus erkrankt, wird er fast mit Sicherheit sterben.«

»Seine Mutter würde nicht um ihn trauern«, sagte Gideon, und seine Stimme hatte einen bitteren Unterton. »Sie ist eine unfreundliche Frau, und ihr Herz ist verschlossen. Sie liebt ihren Sohn nicht so, wie sie sollte.«

»Du meinst, sie wäre froh, wenn er stürbe? Liegt es daran, dass er nicht spricht?«

»Nein, *Bibi.* Es ist wegen seinem Bein. Er wurde mit einem krummen Bein geboren, und unser Vater hat sie sehr schlimm verprügelt, weil sie ihm untreu war. Er sagte, all seine anderen Kinder seien gerade und hochgewachsen, und darum könne dieses Kind nicht seines sein. Seine Mutter war sehr wütend, und die Wut hat sie an ihrem Sohn ausgelassen.«

»Hat sie die Wahrheit gesagt? Oder war sie tatsächlich untreu?«

»Vermutlich beides. Sie ist mit einem Stammesbruder erwischt worden, der so alt ist wie ich. Das ist sehr schlimm. Eine Frau darf bei ihrem Mann liegen und manchmal auch bei den Männern, die zur selben Zeit beschnitten worden sind wie er. Aber bei einem Mann aus einer anderen Altersgruppe zu liegen ist wirklich sehr schlimm. Mein Vater hat sie geschlagen, als er sie erwischt hat. Sie sagt, Moses ist sein Sohn und sei schon in ihr gewachsen, als sie bei dem anderen Mann war, und dass es an den Schlägen meines Vaters liegt, dass er ein krummes Bein hat. Mein Vater schlägt sie, weil sie so etwas sagt.«

»Sie sind also immer noch zusammen?«

Er zuckte mit den Schultern. »Sie ist sehr hübsch. Mein Vater trinkt *moratina* und vergisst, warum er sie hasst. Dann trinkt er noch mehr, und es fällt ihm wieder ein. Sie streiten sich sehr oft, und mein Vater hat seine Kühe verkauft, um *moratina* zu kaufen.«

»Was ist *moratina?*«

»Honigbier. Es lässt ihn vergessen, wie sich ein guter Mann benehmen muss, und er hebt den Stock gegen seine kleineren Kinder. Die meisten von ihnen leben nicht mehr in seinem Haus. Die Mädchen haben geheiratet, schlechte Ehen, weil sie wenige Kühe hatten, die sie ihren Ehemännern geben konnten. Und die kleineren Jungen treiben viel Unfug und werden oft vom *moran* wegen ihrer Respektlosigkeit geschlagen. Er hat ihnen nicht beigebracht, mit Würde zu sprechen und sich nützlich zu machen. Er hat ihnen nur gezeigt, wie man andere verachtet, und darum werden sie selbst auch verachtet. Nur Moses verschont er.«

»Und warum?«

»Eines Tages, als unser Vater viel *moratina* getrunken hatte, habe ich mich gegen ihn gewandt, als er den Stock gegen Moses erheben wollte. Ich habe ihm gesagt, für jeden Schlag, den er meinem Bruder versetzte, würde er einen von mir bekommen. Ich bin größer als mein Vater«, sagte er und lächelte traurig. »Mein Vater hatte Angst vor mir und schob Moses in meine Arme und sagte, jetzt sei er wie mein Sohn, und ich solle mich um ihn kümmern. Ich habe ihn zum Vater meiner Mutter gebracht, zu meinem *babu*. Er ist ein sehr guter Mann, *Bibi*. Er hat sein Haus für das Kind der anderen Ehefrau des Mannes seiner Tochter geöffnet, und so etwas passiert nicht oft.«

»Dein *babu* ist großzügig.«

Gideon runzelte die Stirn. »Ja, aber er wird alt, *Bibi*. Und wenn er stirbt, werden seine Söhne und Töchter sein Vieh bekommen, so will es der Brauch. Keine Kühe für Moses. Darum bin ich glücklich, dass Moses Arbeit hat. Wegen Ihnen wird er ein Mann mit Kühen sein.«

Wir gingen weiter, und er deutete auf die Spuren der winzigen Mäuse, die in der Ebene lebten, und auf den Abdruck, den eine Schlange im Sand hinterlassen hatte. Er gab mir ein Blatt des Kampferbusches, des *leleshwas*, und zerdrückte es in meiner Hand, sodass der salbeiartige Geruch mir in die Nase stieg. Er hob einen winzigen Knochen aus dem Staub auf und erklärte, dass er vom Rückgrat eines Stachelschweins stammte, und er brachte mir bei, dass ich mich ganz still verhalten musste, wenn ich die Possen eines kleinen schwarzen Vogels beobachten wollte, der aufgeregt herumhüpfte.

»Die weißen Siedler nennen ihn Witwenvogel. Das da ist ein Männchen. Den größten Teil des Jahres über ist er grau und unauffällig, aber einmal im Jahr wechselt er das Federkleid und sieht so aus wie jetzt.«

Es schien unvorstellbar, dass dieser Vogel unscheinbar sein könnte. Sein Gefieder glänzte schwarz, und die Schwanzfedern bildeten eine Schleppe, die er mit königlicher Würde trug. Wir beobachteten, wie er tänzelte und umhertollte und dabei ein kunstvolles Lied sang und zur Bekräftigung mit den Flügeln schlug.

»Das ist der Tanz, mit dem er ein Weibchen anlockt, damit sie Hochzeit halten können«, erklärte Gideon.

Ich spähte ins Gebüsch. »Ich sehe keinen anderen Vogel.«

»Dann tanzt er für Sie, *Bibi*«, sagte er mit seinem breiten Zahnlückengrinsen. »Willkommen in Afrika. Afrika freut sich, dass Sie hier sind.«

Und als wir im warmen Sonnenlicht des Nachmittags dahingingen, glaubte ich ihm.

13

Wir erreichten Nyama zur Teestunde, und ich war überrascht, Kit dort zu sehen, der fröhlich Sandwiches verschlang.

»Delilah!«, rief er, den Mund noch voller Krümel. Er stand auf und drückte mir einen Kuss in den Nacken. Ryder warf uns beiden einen kühlen Blick zu und ließ sich dann neben unserer Gastgeberin nieder. Jude saß auf der anderen Seite neben ihm und trank bedächtig eine Tasse Tee.

»Tag, Tusker«, sagte Ryder und legte sich selbst etwas zu essen auf einen Teller. »Ich hoffe, wir stören nicht, aber wir sind hinter einem Löwen her. Ich muss meine Ausrüstung zusammensuchen, und ich könnte ein paar von deinen Jungs als Träger gebrauchen.«

Sie winkte ihn zu einem Stuhl. »Jederzeit. Das weißt du.« Dann wandte sie sich an mich. »Also, Miss Drummond. Ihre erste Löwenjagd. Ich hoffe, Sie werden nicht weich, wenn es an der Zeit ist zu schießen. Sie sind schöne Monster, diese Löwen, aber Monster sind und bleiben sie, täuschen Sie sich nicht. Kaum, dass sie Sie sehen, reißen sie Sie auch schon in Stücke.«

Ich dachte an die Fetzen zerrissenen Fleisches, die auf einer Decke in meinen Garten gebracht worden waren, und ich schob die Sandwiches beiseite. Jude goss mir einen Tasse starken Tee ein und reichte sie mir.

»Ich habe Whisky, wenn Sie etwas zur Stärkung brauchen«, sagte sie. Ihre Stimme klang kühl, doch in ihrem Blick lag Anerkennung. Sie wusste, wie man sich neuen Schrecknissen stellen musste, wurde mir auf einmal klar.

»Ich hätte beinahe Lust mitzukommen«, verkündete Tusker. »Es ist ewig her, dass ich einen Tapetenwechsel hatte. Ich würde gern mal wieder da draußen den Wind im Haar spüren.«

»Dann pack deine Sachen«, sagte Ryder. »Ich will heute Abend noch los.«

Sie schüttelte den Kopf. »Nicht, wenn du hinter dem Löwen her bist, der das Kuke-Kind auf Fairlight gefressen hat. Er ist auf der anderen Seite der *lugga* am Rand meines Grundstücks gesehen worden. Der Mond scheint noch nicht hell genug, um es in der Nacht zu versuchen. Am besten brechen wir gleich morgen früh auf. Keine Sorge, ich kann euch heute Nacht hier unterbringen und euch etwas Anständiges zu essen geben, bevor wir morgen losgehen. Jude kann auf Nyama aufpassen, solange ich weg bin.«

Zu meiner Überraschung erklärte Ryder sich einverstanden. An Kit gewandt fragte er: »Kommst du auch mit, Parrymore?«

In seiner Stimme lag eine unausgesprochene Herausforderung, und Kit musste sie gehört haben. Er hob das Kinn und lächelte. »Lieber nicht, alter Junge. Ich glaube, hier gibt es schon genug zu jagen.«

Er warf Jude einen übermütigen Blick zu, aber sie schenkte ihm keine Beachtung, blieb unergründlich wie eine asiatische Göttin. Sie saß nur da und trank ihren Tee, während Ryder Kit aus schmalen Augen musterte.

»Pass auf, was du sagst, Kit. Glaubst du, dass ihr solche Reden nützen, wenn Wickenden davon hört?«

»Ich kann mir nicht vorstellen, dass dich das stört. Wenn Anthony sich danebenbenimmt, ist das doch nur eine Entschuldigung für dich, ihn wieder zu verprügeln. Schließlich weiß jeder, dass du es liebst, den Helden zu spielen.«

»Oder ich beseitige das Problem an seinem Ursprung«, sagte Ryder mit leiser, drohender Stimme …

Kit zögerte, offenbar nicht mehr ganz so seelenruhig. Ryder sah es und roch Blut. Er lächelte und entblößte die Zähne, als er sich in seinem Stuhl zurücklehnte. Er verschränkte die Arme über der Brust, die bloßliegenden Narben auf seinem linken Arm leuchteten schaurig im hellen Licht des Nachmittags. Flüchtig fiel Kits Blick auf sie, und er sah rasch wieder weg.

»Männer sind wie Kinder«, sagte Tusker zu mir. »Wirklich, ich habe Löwenmännchen gesehen, die einander mit mehr Raffinesse traktiert haben.«

Plötzlich lachte Jude, und ich wusste nicht, über wen. »Ach komm, Kit. Jetzt sag schon auf Wiedersehen. Du wolltest doch gerade gehen.«

»Ach, tatsächlich?« Doch er gehorchte. »Also gut, auf Wiedersehen.« Neben meinem Stuhl zögerte er, dann beugte er sich über mich. Er schob mir das Haar hinter die Ohren und drückte einen Kuss auf die Vertiefung darunter. »Pass da draußen auf dich auf. Lass dich nicht fressen.«

Lachend ging er davon, und ich zündete mir eine Zigarette an. Ryder murmelte, er wolle seine Ausrüstung überprüfen und stapfte davon, die Schultern betont gestrafft. Tusker betrachtete ihn und seufzte.

»Ryder ist ein lieber Junge, aber ihn in der Nähe zu haben ist beinahe, als hielte man sich einen Panther als Haustier im Salon.«

»Streiten er und Kit sich immer so?«

Mit einer Hand fuhr Tusker sich durch das kurz geschnittene graue Haar. »Bei Ryder sträuben sich den meisten Männern die Nackenhaare. Er legt es nicht darauf an, aber sehen Sie sich den Burschen nur an. Er sieht aus, als wäre er einer Sage entsprungen, bedeckt mit den Narben seiner Kämpfe, und die Frauen werfen sich ihm an den Hals. Das macht die anderen Männer nervös. Und mit beidem wird er spielend fertig – mit den Frauen, die ihn begehren, und mit den Männern, die ihn hassen. Nichts berührt ihn, jedenfalls nicht wirklich.«

»Was ist mit seinem Arm passiert?«

Tusker griff nach dem Whisky. Sie goss jeder von uns einen kräftigen Schuss in die Tasse. »Trinken Sie aus, Kind. Es ist sowieso gleich Zeit für den Cocktail.«

Sie trank einen großen Schluck und schloss die Augen, als der Whisky ihr durch die Kehle rann. »Gott, ist das gut. Dafür haben diese dämlichen Iren wirklich einen Orden verdient. Worüber sprachen wir gerade? Ach ja, Ryders Arm. Ein Leopard.«

»Ein Leopard hat das getan?«

Sie nickte. »Er hat einen skandinavischen Prinzen geführt – ich darf Ihnen nicht sagen, welchen, denn die Geschichte würde kein gutes Licht auf sein Volk werfen, aber ich kann Ihnen verraten, dass es ein Däne war. Jedenfalls waren sie einem schwarzen Panther auf der Spur, der mehrere Kühe der Massai gerissen hatte. Es war die Art von Jagd, die Ryder schon hundertmal ohne jeden Zwischenfall angeführt hatte.«

»Aber nicht dieses Mal«, sagte ich. Ich nippte an dem Whisky und hob eine Braue. Offenbar war Ryder hier nicht der Einzige mit einer Vorliebe für Single Malt.

»Dieser Leopard war brutal, groß und schnell. Ryder folgte seiner Spur, aber er verletzte das Tier nur, ein Streifschuss an der Flanke, gerade genug, um es so richtig wütend zu machen. Als das Tier zum Angriff ansetzte, stand der Prinz einfach nur da und pinkelte sich in die Hose.«

»Grundgütiger.« Ich trank noch einen großen Schluck. »Und was passierte dann?«

»Ryder stellte sich vor ihn. Ihm blieb nur Zeit für einen einzigen Schuss. Doch dann schrie der Prinz irgendetwas, und die Raubkatze drehte sich. Ryder konnte nicht mehr richtig zielen und traf sie nur ins Bein. Dann ging das Tier auf Ryder los. Er schaffte es, dem Leoparden seinen linken Arm in die Kehle zu schieben und ihn mit der rechten Hand festzuhalten. Der Panther wehrte sich, aber es war Ryders einzige Chance. Hätte er losgelassen, hätte der Leopard ihn garantiert getötet. Seine einzige Hoffnung bestand darin, ihn zu ersticken. Also schob er ihm den Arm weiter in den Hals und drückte mit dem anderen zu, während er zerfleischt wurde.«

Ich schob die Tasse beiseite. Der Whisky schmeckte sauer auf meiner Zunge. »Wie ist es ausgegangen?«

Sie zuckte mit den Schultern. »Die Katze ist verblutet, oder Ryder hat sie erwürgt, er wusste nicht, was von beidem. Aber fast eine halbe Stunde lang haben sie auf dem Boden gelegen, Auge in Auge, und haben sich angestarrt und darauf gewartet, dass einer von ihnen starb. Später hat er mir erzählt, dass das die spirituellste Erfahrung in seinem Leben war. Er hat Gott in dem Panther gesehen, und Gott ließ ihn am Leben, Miss Drummond.«

Ich sagte nichts.

»Er kennt den Tod, und er kennt Gott. Die meisten Menschen haben zu viel Angst, um einem von beiden ins Auge zu sehen, und er geht einfach los und schüttelt ihnen die Hand. Das macht ihn zu etwas Besonderem, aber es ist auch dumm von ihm.«

Ich wurde munter. »Dumm?«

Sie winkte ab. »Diese Sache mit Anthony im Bahnhof. Er hätte ihn nicht schlagen dürfen, jedenfalls nicht in der Öffentlichkeit. Es gehört sich nicht, einen weißen Mann vor den Augen der Afrikaner so zu erniedrigen. Das könnte Probleme bereiten. Sie sind viel zahlreicher als wir. Wenn wir zulassen, dass sie den Respekt vor uns verlieren, vor irgendeinem von uns, dann könnte das Konsequenzen haben.«

»Da wir von Konsequenzen sprechen: Wird sein Angriff auf Mr Wickenden welche haben?«

Sie lachte, ein Lachen tief aus dem Bauch. »Kind, der Vizegouverneur hat ihn gerügt, weil er es in aller Öffentlichkeit getan hat, aber glauben Sie mir, die Regierung interessiert sich nicht für einen Familienstreit.«

»Familienstreit?«

Sie goss mir noch Whisky nach.

»Wussten Sie das nicht? Ryder ist mein Neffe. Und jetzt trinken Sie aus. Mein Koch ist furchtbar, und das Abendessen wird widerlich. Es ist besser, betrunken zu sein, wenn es aufgetragen wird.«

Als ich an dem Whisky nippte, dachte ich daran, was Ryder an jenem ersten Nachmittag zu mir gesagt hatte, an meine Vermutung, dass er eine Geliebte verteidigte, als er Anthony Wickenden schlug. Aber Jude war seine Cousine, und mir fiel wieder ein, wie locker er sie begrüßt hatte, als wir angekommen waren.

Ich konnte es riechen, wenn ein Mann sich von einer Frau angezogen fühlte. Ich wusste, was seine heißen Blicke bedeuteten, und ich wusste, dass es noch mehr zu sagen hatte, wenn er eine Frau überhaupt nicht ansah und sein Verlangen geheim und im Verborgenen hielt. Ryder und Jude hatten sich miteinander vollkommen wohl gefühlt; sie unterhielten sich mit der Leichtigkeit von Geschwistern. Aber warum hatte ihn Kits Anwesenheit dann so gereizt?

Ich dachte an Kits warme Lippen auf meinem Nacken und trank noch einen Schluck Whisky. Tusker beobachtete mich aufmerksam.

»Wahrscheinlich werden Sie mir auch gleich erzählen, dass er ein guter Mann ist und ich ihn nicht verletzen soll«, sagte ich leicht gereizt.

Erneut lachte sie. »Das können Sie gar nicht, Miss Drummond. Um einen Mann zu verletzen, müssen Sie ihn mitten ins Herz treffen, und Ryder hat keines. Oh, er kann nett sein, aber er lässt nichts und niemanden wirklich an sich heran. Wissen Sie, vor Jahren war er einmal verheiratet. Und als er seine Frau verlor, hat er sich verändert. Er hat sich abgeschottet. Natürlich kann man ihm deshalb keinen Vorwurf machen. Es ist eine übliche Reaktion. Er hat Anthony nicht nur geschlagen, weil er Jude verletzt hat, sondern auch wegen des Rufs der Familie. Er ist treu, und er ist stark, und er hat eine Mauer um sich errichtet, die so hoch ist, dass Sie ihre Höhe nicht einmal ermessen können. Nehmen Sie meinen Rat an und versuchen Sie es gar nicht erst.«

»Danke für die Warnung«, sagte ich und runzelte die Stirn.

»Ich mag Sie, Miss Drummond. Tatsächlich mag ich Sie so sehr, dass ich Sie Delilah nennen werde.«

»Unbedingt.«

»Und ich werde Ihnen einen Rat geben.«

»Oh je.«

Sie schnaubte. »Hören Sie auf uns Ältere, Kind. Wir tragen die Weisheit des Alters in uns.«

»Sehr schön. Und welchen Rat geben Sie mir?«

»Setzen Sie Ihr Glück nicht für einen Mann aufs Spiel, der anstelle eines Herzens einen Stein in der Brust trägt.«

Einen Augenblick lang zitterten ihre Lippen, und ich fragte mich, ob sie selbst glücklich war. Sie schien mit ihrem Los sehr zufrieden, Herrin über ein immenses Anwesen in schönster Wildnis, wo sie Arbeit verrichtete, die sie liebte. Sie hätte glücklich sein müssen. Doch etwas ließ ihren Mund weich werden und sie verletzlich wirken.

Ich bedeckte ihre Hand mit der meinen. »Machen Sie sich um mich keine Sorgen, Tusker. Ryder mag ein Herz aus Stein haben, aber meines ist ein Diamant. Und nichts auf der Welt ist härter.«

Trotz seiner Geräumigkeit gab es auf Nyama keine Gästezimmer. Ryder schlug im Garten ein Zelt auf, Gideon schlief unter einem Baum, und ich teilte mir das Zimmer mit Jude. Anthony war nach Nairobi gefahren, und es wurde ein lustiger Abend. Das Dinner war so widerwärtig, wie Tusker vorhergesagt hatte. Ich schob knorpeliges Fleisch auf meinem Teller herum und trank eine Flasche ausgezeichneten Rotwein, um die Leere in meinem Magen zu füllen.

»Keine Sorge«, murmelte Jude, als sie mir eine Schale graue Erbsen reichte, »Ihr Lagerkoch ist der beste von ganz Kenia. Wenigstens auf Safari werden Sie gut essen.«

Das war der längste Kommentar, den sie während des ganzen Abends abgab. Sie verhielt sich kühl und reserviert, und ich war ziemlich überrascht, als sie mir anbot, in ihrem Zimmer zu schlafen, damit ich nicht draußen übernachten musste.

Meinen Dank quittierte sie mit einem Schulterzucken. »Das Bad ist da drüben, wenn Sie zuerst gehen wollen. Lassen Sie das Wasser einfach für mich drin. Ich bin nicht empfindlich.«

Ich wusch mich rasch und suchte in meiner Tasche nach einem Satz frischer Seidenunterwäsche. Jude zog etwas an, was meiner Meinung nach nur eines von Tuskers alten Nachthemden sein konnte, üppiger rosa Flannell, der beinahe durchgewetzt war.

Ich musterte sie, als sie zu mir ins Bett stieg, und wieder zuckte sie mit den Schultern. »Es ist bequem.«

»Es ist abscheulich. Warum gönnen Sie sich nicht einmal etwas? Sie sind die hübscheste Frau, die ich je gesehen habe, aber Sie kleiden sich wie eine Landarbeiterin.«

»Ich bin eine Landarbeiterin«, sagte sie und bedachte mich mit einem schiefen Grinsen.

Ich holte meinen Nagelpolierer heraus und fing an, meine Fingernägel zu bearbeiten.

»Wie Sie wollen. Es gelingt mir auch nicht, Dora dazu zu bringen, sich ein bisschen herauszuputzen.«

»Ich sehe einfach keinen Sinn darin.« Jude machte es sich auf ihrer Seite bequem und sah mir beim Polieren zu. »Ich verbringe den ganzen Tag bei den Pferden.«

»Die ganze Nacht auch?«, fragte ich unverblümt.

Kühl musterte sie mich. »Anthony scheint gegen mein Aussehen nichts einzuwenden haben. Wie sagt er so gern? Nachts sind alle Katzen grau.«

»Ich weiß, es geht mich nichts an, aber er ist ein Prolet. Das müssen Sie doch wissen. Warum bleiben Sie bei ihm?«

Da lachte sie, und in ihrem Lachen lag eine Spur von Mitleid. »Glauben Sie wirklich, dass ich besser bin als er? Wenn er ein Prolet ist, dann bin ich eine Hure. Wir passen gut zusammen.«

»Ich rede nicht nur von Ehebruch, Jude. Sie sind beide erwachsen. Was Sie im Bett anderer Leute anstellen, ist Ihre Sache. Ich meine das andere.«

»Die Schläge?« Sie drehte sich auf den Rücken und streckte sich aus. »Manchmal tut er mir leid. Er weiß einfach nicht, wie er mich anders erreichen soll.«

»Er schlägt Sie, und Sie haben Mitleid mit ihm?«

»Er liebt mich mehr als alles andere, was er je in seinem Leben geliebt hat«, sagte sie mit ihrer kühlen, leidenschaftslosen Stimme. »Alles, was er will, ist, mich zu berühren, etwas in mir zu bewegen, damit ich seine Liebe erwidere. Und das kann ich nicht. Von mir bekommt er Schweigen und Mitleid, und manchmal ist es einfach zu viel für ihn. Er schlägt zu, weil es der einzige Weg für ihn ist, eine Reaktion von mir zu bekommen.«

»Und Prellungen sind besser als Küsse?«

»Ja, so ungefähr ist es. Haben Sie je gesehen, wie ein kleiner Junge versucht, die Aufmerksamkeit seiner Mutter zu erlangen? Er zieht an ihrem Kleid, ruft ihren Namen, und wenn sie ihn nicht beachtet, wird er immer lauter, zerrt an ihr und zwickt sie, bis sie ihn endlich sieht. Das ist Tonys Problem. Ich sehe ihn nicht, und egal, was er tut, er kann mich nicht dazu bringen.«

»Warum hat er nicht versucht, es Ryder heimzuzahlen, dass er ihn in der Öffentlichkeit verprügelt hat?«

»Weil er weiß, dass ich ihn umbringen würde. Das ist der Unterschied zwischen uns«, erklärte sie und blickte mich aus großen Augen seelenruhig an. »Tony kriegt die heiße Wut und lässt zu, dass sie ihn verbrennt. Mein Zorn ist kalt. Ich würde ihm das Abendessen vergiften oder ihm eine Kobra ins Bett legen und ihm beim Sterben zusehen.«

»Würden Sie ihn töten? Könnten Sie das?«

»Wahrscheinlich nicht. Aber Tony glaubt, dass ich es könnte, und das reicht. Es tut mir gut, mit ihm zusammen zu sein, wirklich. Er hält mich davon ab, zu viel nachzudenken. Und meistens ist er glücklich, mich geheiratet zu haben, denn so hat er etwas, wofür er arbeiten kann, damit ich seine Liebe endlich erwidere.«

»Wenn Sie ihn nicht lieben, warum haben Sie ihn dann geheiratet?«

Das Schweigen zwischen uns war so schwer, dass es Gestalt anzunehmen schien, wie eine dritte Person im Raum. Endlich brach Jude es und wog ihre Worte so sorgfältig, als wären sie Steine.

»Ich nehme an, ich habe es getan, weil er mich liebte. Und es war sehr lange her, dass mich jemand angesehen hatte, als wäre ich das Wichtigste auf der Welt.«

»Mein Mann ist auch im Krieg gefallen«, sagte ich. Ich drehte mich weg und legte den Polierer beiseite. Sie blies die Lampe aus, und wir lagen im Dunkeln und beobachteten den Schatten der Mondsichel, der über die Zimmerdecke wanderte.

»Mein Mann ist nicht im Krieg gefallen.« Leise erklang Judes Stimme in der Dunkelheit. »Ich glaube, dass er noch irgendwo am Leben ist. Er findet nur den Weg nach Hause nicht mehr.«

»Ich dachte, er ist für tot erklärt worden.«

Ich spürte, wie sie auf der Matratze die Schultern zuckte. »Das hat das Gericht gesagt. Aber nur weil sie das sagen, ist es noch lange nicht wahr.«

»Und wenn Sie recht hätten? Wenn er heimkäme und feststellen müsste, dass Sie mit Tony verheiratet sind?«

»Ich war seine Erste«, sagte sie verträumt. »Ich gehöre ihm für immer. Darum weiß ich, dass er nicht wirklich tot ist. Tusker wusste das auch. Sie hat sich immer wieder auf die Suche nach ihm gemacht, und als ich ihn für tot erklären ließ und Tony heiratete, war sie wütend auf mich. Sie spricht noch immer nicht mit mir, wenn es nicht unbedingt sein muss. Ich bin froh darüber. Wenn sie schweigt, ist es für mich leichter, ebenfalls zu schweigen.«

Darauf wusste ich nichts zu erwidern. Stille und Kummer vermischten sich in diesem Haus, und plötzlich empfand auch ich Mitleid mit Anthony. Ich konnte mir nicht vorstellen, wie es sein musste, mit diesen beiden Frauen zusammenzuleben, die sich beide nach einem Geist verzehrten, der vielleicht noch unter den Lebenden weilte.

»Ich hätte Tony nicht heiraten sollen«, fuhr sie fort. »Das weiß ich heute. Ich war ärgerlich und müde, und ich hatte so lange gewartet. Ich wollte einfach wieder geliebt werden.«

Jude drehte sich um, unter ihr quietschte die Matratze, und ich wusste, dass das Gespräch beendet war. Vielleicht weinte sie. Ich hörte ein kurzes Schniefen, dann spürte ich ein Schaudern, als sie sich im Schlaf entspannte. Ich lag wach, hielt nach Geistern Ausschau, doch ich hätte nicht sagen können, ob ich ihre oder meine zu sehen erwartete. Ich dachte an meine Grandma Miette, und ich wünschte, sie und Teenie und Angele wären da gewesen, um mit schwarzem Salz und geweihtem Wasser einen Kreis zu ziehen, der die Geister in Schach halten würde. Ich konnte mich nicht mehr an die schützenden Zaubersprüche erinnern, die sie mich gelehrt hatte, und ich hatte kein Gris-gris-Amulettbeutelchen und keine weiße Kerze. Mir blieb nur, ein Gebet zu unserer lieben Frau der sofortigen Hilfe, der Schutzpatronin Louisianas, in die Dunkelheit zu flüstern, die sich um mich herum bewegte und seufzte.

Ich schlief tief und lange, und als ich erwachte, war das Frühstück beinahe vorbei, und im Garten wimmelte es vor Trägern. Gideon erläuterte mir die Unterschiede zwischen Kikuyu, Turkana, Suaheli und Samburu.

»Die Samburu sind den Massai am ähnlichsten, und sie sprechen auch Maa, aber sie pflanzen Getreide an, und das ist anders als bei den Massai«, erklärte er. Ich konnte die Ähnlichkeit erkennen. Die Angehörigen beider Stämme waren schlank und hochgewachsen, obwohl wahrscheinlich niemand, der sie beide gesehen hatte, den einen mit dem anderen verwechseln konnte. Die Massai waren zwar die Ärmsten von allen, doch sie benahmen sich wie Könige.

Er fuhr fort. »Sehen Sie da, die Wildheit der Turkana? Wir anderen tragen die *panga,* aber das Messer der Turkana ist anders.« Was ich für merkwürdige Armbänder gehalten hatte, war tatsächlich nichts dergleichen. Die Turkana formten ihre Klingen, um sie am Arm zu tragen, wobei die scharfe Seite nach außen zeigte und von einem dünnen Stück Leder geschützt wurde. »Die Turkana sind flinke Kämpfer«, warnte Gideon. »Und sie verhandeln sehr hartnäckig. Die Suaheli kommen von der Küste und sind kleiner, aber sie können schwere Lasten tragen.«

Dem Gesetz nach waren sechzig Pfund die Grenze für die Last eines Trägers, und ein guter Aufseher würde darauf bestehen, dass die Träger diese auch tatsächlich aufgebürdet bekamen. Tusker hatte bereits erklärt, dass die Träger keine weißen Jäger respektieren würden, die gut zahlten und dann zu wenig für ihr Geld erwarteten. Im Gegenzug verlangten sie zwei Dinge von einem Führer: dass er seinen Mann stand und gut schießen konnte. Ein Versagen in jeglicher Hinsicht konnte zu einem verhängnisvollen Verlust an Respekt bei den Männern führen. Man hatte schon von Trägern gehört, die sich enttäuscht von einem Jäger, der ihnen nicht gefiel, abgewandt und es ihm und dem Schicksal überlassen hatten, den Weg zurückzufinden – wenn er ihn denn fand.

»Natürlich ist das bei Ryder kein Thema. Sie kämpfen wie Löwen darum, ausgewählt zu werden«, fügte sie hinzu und deutete mit einem Kopfnicken auf die sich zankenden Lastenträger. Ryder schob sich durch die hitzig debattierende Menge, die schlagartig verstummte. Er sprach leise, und innerhalb weniger Minuten hatte er entschieden, wer mitkommen und wer zurückbleiben würde. Er befahl einem Vorarbeiter, für Ruhe und Ordnung unter den Trägern zu sorgen, und ich deutete mit einem Kopfnicken auf Gideon.

»Warum nicht er?«

Tusker schüttelte den Kopf. »Die anderen Stämme würden das nicht dulden. Ryder hat es versucht, aber sogar er ist zu dem Schluss gekommen, dass es der Mühe nicht wert ist. Nein, er nimmt Gideon als seinen persönlichen Führer mit, und sie arbeiten zusammen, aber der Vorarbeiter muss die anderen zur Ordnung rufen. Und damit wird er rund um die Uhr beschäftigt sein, glauben Sie mir.«

»Wenn es so schwierig ist, für Frieden zu sorgen, warum wählt man dann nicht alle Träger aus einem einzigen Stamm aus?«

»Das könnte sich als verheerend erweisen«, sagte sie gleichmütig. »Sie rotten sich zusammen und gehen auf die Weißen los. Vor ungefähr zwölf Jahren ist das einer Jagdgesellschaft widerfahren, die nur von Kikuyu begleitet wurde. Es gab Streit um die Bezahlung. Als die Jagd zu Ende war, nahmen die Kikuyu den weißen Jäger mit in ihr Dorf, banden ihn an einen Pfahl und ließen jeden Dorfbewohner in seinen Mund pinkeln. Seitdem haben die Leute ihre Träger meistens aus verschiedenen Stämmen rekrutiert. Verdammt! Mir ist gerade eingefallen, dass ich die Moorhuhnpaste vergessen habe«, sagte sie. Sie hob die Stimme und bellte einen Befehl auf Suaheli, und einer der Träger machte sich davon, um die Dosen zu holen.

Tusker überwachte, wie Schnaps und Erste-Hilfe-Material in den Safariwagen geladen wurden, einen verbeulten alten Ford, der für holprige Fahrten ausgerüstet war. Der Rest der Ausrüstung wurde auf die Träger verteilt, und Tusker ließ einen Käfig mit Hühnern auf das Dach des Autos schnallen.

»Frische Eier auf der Safari«, sagte sie und rieb sich die Hände. »Und wenn sie keine legen, gibt's eben Hühnerfrikassee.«

Mit einem Kopfnicken deutete sie auf meine Gewehre. »Hoffe, Sie sind bereit, die da zu benutzen.«

Ich hob eine Braue. »Vielleicht ein bisschen zu viel Feuerkraft für einen einzigen Löwen.«

Sie lachte wiehernd und fuhr sich mit der Hand durchs Haar, das ihr in Büscheln vom Kopf abstand. »Dummes Ding.

Wir müssen die Träger ernähren. Das ist der wahre Grund, warum Ryder mich mitnimmt. Es ist verdammt hart, einen Menschenfresser zu jagen und gleichzeitig die Träger zu versorgen. Wir werden reichlich Wild schießen müssen, um sie sattzukriegen. So ist das Gesetz, wissen Sie.«

»Nein, das wusste ich tatsächlich nicht.«

Sie tätschelte meinen Arm. »Macht nichts. Bald werden Sie alles Nötige wissen. Aber passen Sie auf, dass Sie schießen, was die Männer mögen. Eine glückliche Mannschaft sorgt für eine glückliche Jagd, und wenn Sie Ihnen mehr als zwei Tage nacheinander Elenantilope vorsetzen, dann hockt die ganze Bagage in einer Reihe hinter den Kampferbüschen und scheißt sich aus. Das Fleisch der Elenantilopen ist sehr fett«, warnte sie mich.

Dann ging sie fort, und Ryder tauchte hinter mir auf. »Lagebericht von Tusker?«

»Sie ist eine einmalige Persönlichkeit«, sagte ich zaghaft.

»Nicht in Afrika. Aber Afrika zieht auch alle möglichen Leute an.«

Ich folgte ihm zu der Stelle, wo das Feuer vom Frühstück inzwischen zu grauer Asche verglüht war. »Sie hat mir erzählt, dass ich dafür verantwortlich bin, bei der Versorgung der Träger zu helfen.«

Er beugte sich hinab, um etwas Asche aufzunehmen und ließ sie zwischen seinen Fingern in eine kleine Ledertasche rieseln. »Ja, das stimmt. Hat sie Sie vor dem Fleisch der Elenantilope gewarnt?«

»Anschaulich bis ins Detail.«

»Nun, sie hat nicht unrecht. Halten Sie sich an Antilope, und es wird Ihnen wohl ergehen.« Er nahm noch eine Handvoll Asche auf.

»Was machen Sie da?«

»Einen Aschebeutel. Er hilft herauszufinden, von wo der Wind weht, und ob er zu schwach ist, um das Gras in Bewegung zu setzen.

»Wenn er zu schwach ist, um das Gras zu bewegen, wie wollen Sie dann wissen, ob er überhaupt weht?«

»Ich nicht, aber ein Löwe weiß es. Wenn wir auf der falschen Seite des Windes sind, ist er auf und davon, bevor wir ihn auch nur zu Gesicht bekommen, oder wir bekommen seine Zähne zu spüren.«

Mein Blick wanderte zu seinem Arm, zu den langen weißen Narben, die wie Schnüre auf seinen muskulösen, gebräunten Unterarmen lagen. »Tusker hat es mir erzählt«, sagte ich und deutete mit einem Nicken auf seinen Arm. »Ich kann mir nicht vorstellen, wie es ist, so etwas durchzumachen.«

Er zog den Beutel zu, straffte die Schultern und wischte sich den Staub von den Händen. »Zweifellos hörte es sich aus ihrem Mund heldenhaft an.« Er lächelte. »Lassen Sie sich nicht beeindrucken, Prinzessin. Jeder hier draußen hat Narben. Zufällig sind meine eben außen.«

Als der Safariwagen vollgeladen war und die Träger ihre Lasten aufgenommen hatten, stand die Sonne hoch am Himmel und warf kurze Schatten auf die grasbewachsene Savanne. Ryder führte die Jagdgesellschaft zu der *lugga*, wo der Löwe laut Tusker gesehen worden war. Er hatte den Schauplatz der Tötung bereits aufgesucht, um sich die Fußabdrücke in dem weichen Boden anzusehen und mit den Kikuyu zu sprechen. »Wir jagen ein junges Männchen, groß und gesund und unberechenbar«, hatte er sie gewarnt. Er durchstreifte das trockene Flussbett und hielt sorgfältig nach Spuren Ausschau, während Tusker und ich aufpassten, ob irgendwo Leoparden auftauchten. Der Vorarbeiter wies die Träger an, Rast zu machen, und Gideon übernahm die andere Hälfte der *lugga*. Nach längerer Beratung dirigierten sie uns nach Westen, zum Viktoriasee und in Richtung Uganda, das in weiter Ferne lag.

Wir brachen auf, Tusker fuhr den Geländewagen, Ryder und Gideon gingen zu Fuß. Einige Angestellte, einschließlich des Kochs, dessen Pflichten ihn davor bewahrten, irgendetwas tragen zu müssen, hielten sich außen am Jeep fest, während Tusker ihn über die weitläufige Ebene rumpeln ließ. Die anderen Träger erstreckten sich zu einer langen Reihe und sangen Lieder in ihren jeweiligen Sprachen, als wir uns auf den Weg nach Westen begaben.

Ich ging zwischen Ryder und Gideon und trug mein Gewehr Kaliber .22. Die Rigby war viel zu groß, um sie längere Zeit zu tragen, doch das .22 war leicht zu handhaben, obwohl ich bemerkte, dass Ryder mir gelegentlich einen Seitenblick zuwarf, um festzustellen, ob ich durchhalten würde.

Wir erreichten den ersten Fluss, der an dieser Stelle nicht sehr breit, aber tief und für den Ford schwer zu bewältigen war. Die Träger näherten sich mit Stöcken und Felsbrocken und schleuderten sie ins Wasser. Plötzlich begann der grüne Fluss zu brodeln wie ein Topf, in dem die Suppe zu kochen anfängt. Ich sah Zähne und Schwänze aufblitzen, als Krokodile sich schwanzpeitschend ihren Weg aus dem Wasser heraus und an das sandige Ufer bahnten. Sie sahen abscheulich aus, wie etwas Prähistorisches, mit ihren leeren, toten Augen und den robusten Körpern. Eigentlich hätten sie langsam sein müssen, doch das waren sie nicht. Unbeholfen rutschten sie übereinander und kämpften um Platz, als sie aus dem Wasser flohen.

Der Vorarbeiter behielt sie genau im Blick und gab Tusker schließlich das Zeichen loszufahren. Erhaben wie eine Königswitwe durchquerte der Wagen den Fluss, und die Träger eilten hinterher, jeder seinem Vordermann dicht auf den Fersen. Gideon folgte, und plötzlich waren nur noch Ryder und ich übrig. Eines der schuppigen Monster öffnete das Maul, und ein kleiner weißer Vogel hüpfte hinein und pickte vorsichtig kleine Bissen zwischen den grässlichen Zähnen heraus.

»Kommen Sie, Prinzessin. Bevor die Krokos ins Wasser zurückkehren und zu dem Schluss kommen, dass Sie lecker aussehen.«

Er nahm mich bei der Hand und watete voran. Ich setzte einen Fuß vor den anderen, doch mein Körper bewegte sich nach eigenem Gutdünken. Mein Verstand hatte alles weggewischt bis auf diese Augen, diese hungrigen, abwartenden Augen, die niemals blinzelten. Wenn ich allein gewesen wäre, wäre ich in dem strömenden grünen Wasser stehen geblieben und hätte mich von ihnen packen lassen. Aber Ryder ließ mich nicht los, zog mich mit sich und behielt mich so nahe bei sich, dass meine Hände unter den seinen links und rechts auf seiner Hüfte lagen. Auf der anderen Seite stiegen wir aus dem Fluss, und ich befreite meine kalten Finger aus seinem Griff.

»Danke«, murmelte ich.

Er lächelte. »Es sind nur Krokodile. Nicht gefährlich, wenn Sie wissen, was Sie tun müssen.«

»Aber ich weiß nicht, was ich tun muss«, sagte ich.

»Dafür haben Sie ja mich.«

Danach legte er ein forsches Tempo vor, und ich war froh darüber. Das schnelle Gehen und das goldene Licht, das sich über uns ergoss, wärmten mich auf. Ein kleine Herde Zebras hörte zu grasen auf, als wir näher kamen, und die Tiere hoben die Köpfe. Die Träger fingen wieder zu singen an, und langsam wickelten sich die Meilen hinter uns ab, als wir immer weiter gingen. Ryder hatte den Blick auf mittlere Entfernung eingestellt, sanft fokussiert, um zu sehen, wo der Boden vielleicht aufgewühlt worden war. Gelegentlich blieb er stehen, um sich mit Gideon zu beraten, und gemeinsam hielten sie uns auf der Fährte des Löwen vor uns. Manchmal verschwanden die Spuren im hohen Gras, und wir scherten in eine andere Richtung aus, aber immer wieder hatte der Löwe sich nach Westen gewendet und führte uns der Sonne entgegen.

Wir machten Rast, um ein kaltes Mittagessen einzunehmen, und gingen weiter, nachdem die Träger sich ausgeruht hatten. Als wir uns wieder in Bewegung gesetzt hatten, erhob Gideon die Stimme. »Ich weiß etwas, was Sie nicht wissen – Ryder kann die Gedichte von Mr Whitman auswendig.«

Einen Augenblick lang glaubte ich, Ryder würde ihn nicht beachten, doch dann fing er an zu rezitieren:

»›Fremdling, der du vorbeigehst! Du weißt nicht, wie sehnsüchtig ich nach dir blicke, du musst der sein, den ich suchte, oder die, die ich suchte (es kommt mir vor wie aus einem Traum). Ich habe sicherlich irgendwo ein Leben der Freude mit dir gelebt.‹«

Er fuhr fort und trug auch den Rest des Gedichts vor. Ich hatte Whitman gelesen. Mossy hatte mir ein Buch gekauft, das Grandma Miette prompt beschlagnahmte und bei meiner Ankunft in Louisiana verbrannte, weil es unanständig sei. Aber ich hatte es nicht unanständig gefunden. Whitman war echt; Whitman war Leidenschaft. Whitman war schmerzhaft und zerquetschend und sehnend und sich erfüllend. Ihn zu lesen war, als tränke man ein großes Glas Wasser, mittags an einem heißen Tag.

»›Ich will darauf achten, dass ich dich nicht verliere‹«, beendete Ryder das Gedicht. Ich musste ihn nicht ansehen, um zu wissen, dass er den Blick abgewandt hatte. Nun hielt er nicht mehr nach Spuren Ausschau oder nach Erdferkelhöhlen oder verirrten Schlangen.

Gideon sprach als Erster. »Ich kann mich nicht an dieses Gedicht von Mr Whitman erinnern. Wie heißt es?«

»›An einen Fremden‹«, sagte ich rasch. Ich warf Ryder einen Blick zu, und sein Mund verzog sich zu einem trägen Lächeln.

»Kennen Sie es?«

»Ja.« Ich versuchte, nicht an die Worte zu denken, die über seine Lippen gekommen waren. *Brust* und *Bart* und *Hände* und *Körper*.

Erneut ergriff Gideon das Wort. »Ich glaube, am liebsten mag ich den ›Gesang von mir selbst‹. Würden Sie das aufsagen, *Bwana*?«

Ryder folgte nun wieder der Fährte, drang durch das hohe Gras und fing an zu sprechen. Wir gingen weiter, jeder Schritt begleitet von einer Silbe des Gedichts, die Wörter schlüpften mir mühelos ins Ohr, waren Musik auf unserer Reise. Manche Wörter verklangen schnell, aber andere, ganze Sätze, schmiegten sich an meine Haut.

»›… denn jedes Atom, das mir gehört, gehört auch dir. Ich schlendre und lade meine Seele zu Gaste, ich lehne und schlendre nach meinem Behagen, einen Halm des Sommergrases betrachtend. Ein leises Küssen und Umarmen …‹«

Er rezitierte die ersten fünf Strophen, jedes Wort eine gemurmelte Einladung. Verführung lag in diesem Gedicht, Metaphern, die seine Lippen verließen und meine Ohren so sicher erreichten wie Küsse. Das Gedicht war geschrieben worden, um zu schockieren, um Überheblichkeit und List abzustreifen und nichts übrig zu lassen außer den nackten Seelen dahinter. Seine Stimme liebkoste die Worte. Nicht die Stimme eines geübten Redners, sondern die tiefe Stimme eines Mannes grollte sanft über die afrikanische Ebene dahin. Gideon ging mit ernster Miene und genoss das Gedicht als Unterhaltung.

Ich aber erschauerte bei jedem Schritt, schlich näher zu Ryder, dessen Stimme mit jeder Strophe leiser wurde. Es war Verführung durch Poesie, und wären wir allein gewesen, hätte ich ihn bei der Hand genommen und an mich gezogen, meinen Mund auf den seinen gelegt und jedes Wort getrunken.

Aber wir waren nicht allein, und als er die fünfte Strophe beendet hatte, blieb er stehen und hob die Hand. Er drehte sich um, scharf zeichnete seine Silhouette sich vor der untergehenden Sonne ab.

»Hier werden wir unser Lager aufschlagen«, verkündete er.

»Aber wir haben noch eine Stunde lang Tageslicht«, protestierte ich. Meine Knie zitterten, und von dem plötzlichen Halt rauschte es mir in den Ohren.

Er nahm den Hut ab und fuhr sich mit den Fingern durchs Haar. »Wir schlagen unser Lager hier auf«, wiederholte er. »Die Träger brauchen Zeit, um die Zelte aufzubauen und die Kochfeuer anzuzünden.« Neugierig blickte er mich an. »Was ist los, Prinzessin? Haben Sie immer noch nicht genug?«

Ich antwortete nicht, und das schien er auch nicht zu erwarten. Er ging ein paar Schritte auf mich zu und blieb vor mir stehen. »Delilah«, sagte er leise.

Ich wich nicht zurück. »Ja?«

Ich blickte ihm in die Augen und fragte mich, wie sie nur so blau sein konnten trotz der geweiteten schwarzen Pupillen. Ryder senkte den Kopf, hob eine Hand und fuhr mir mit einem Finger über die Wange. Erschauernd beugte ich mich vor. Ganz leicht nur ließ er seine Lippen über mein Ohr streifen, als er sprach. »Sie müssen los, Frischfleisch schießen.«

Mein Kopf schnellte hoch. »Wie bitte?«

»Die Träger brauchen etwas zu essen. Ich verschwende meine Waffenscheine nicht auf Buschfleisch. Also, geben Sie Gas. Gideon zeigt Ihnen die richtige Richtung.«

Mit verschränkten Armen und breitbeinig stand er da, ein riesiger Freibeuter, und grinste mich an. Ich machte auf dem Absatz kehrt und stolzierte davon, wohlwissend, dass er mich bei jedem Schritt beobachtete.

14

Ich schoss eine ziemlich große Antilope für den Kochtopf, und die Männer lächelten anerkennend. Der Koch verarbeitete das Fleisch zu einem Schmorgericht mit Zwiebeln und Kürbis, und sie verzehrten es an ihren eigenen Lagerfeuern, eines für jeden Stamm. Sie hatten Grünzeug auf die Feuer getürmt, was dazu führte, dass sich reichlich Rauch entwickelte und die Insekten vertrieben wurden, die die Männer sonst geplagt hätten. Sie würden unter dem Sternenhimmel schlafen, aber auch zwei Zelte waren aufgestellt worden, eines für mich und ein weiteres für Ryder. Tusker lehnte es ab, im Zelt zu schlafen, sie zog den Jeep vor.

»Nein, danke«, sagte sie, als ich ihr anbot, das Zelt mit ihr zu teilen. »Ich habe wirklich genug Erfahrung mit den Schlangen im Busch. Wenn ich nur daran denke, würde ich mich am liebsten betrinken. Ein netter Tag auf der Jagd, und kaum schläfst du ein, kommt etwas Glitschiges zu dir ins Zelt und bettet sich zwischen deine Schenkel. Nein, wirklich, vielen Dank.«

Um Ryders Mundwinkel zuckte es heftig, und ich wandte den Blick ab, um nicht lachen zu müssen. Tusker entschuldigte sich, und ich erhob mich von meinem Platz am Feuer und wickelte mir eine Bahn des Stoffs der Massai um die Schultern. Gideon hatte ihn mir geschenkt, bevor er davongestapft war, um sich selbst ein Bett unter den Bäumen zu bereiten, und ich war dankbar dafür. Die Nächte in der Ebene konnten kühl sein.

»Delilah!« Als ich gerade mein Zelt erreichte, rief Ryder nach mir. Ich zögerte.

»Ja?«

Faul lag er da, die Hände hinter dem Kopf verschränkt und die Fußknöchel gekreuzt, und blickte zu mir hoch.

»Vielleicht fürchten Sie sich«, sagte er mit ausdrucksloser Stimme. »Im Busch sind Geräusche, unheimliche Dinge mit Zähnen und Klauen, die in der Nacht Lärm machen. Vielleicht brauchen Sie Schutz. Ich könnte Ihnen da helfen.«

»Keine Sorge«, sagte ich mit süßlicher Stimme. »Ich habe mein Gewehr. Wenn ich höre, dass etwas sich meinem Zelt nähert, schieße ich einfach und frage mich erst später, was es wohl war.«

Als ich das Zelt hinter mir schloss, lachte er immer noch.

Am nächsten Morgen nahmen wir die Fährte wieder auf, und wir wechselten die Richtung und bewegten uns scharf gen Süden. Ryder war schweigsam und in ernster Stimmung, was Gideon gespürt haben musste. Er fragte nicht mehr nach Gedichten, und ich bezweifle auch, dass er welche zu hören bekommen hätte. Ryder wurde sogar noch stiller, als wir eine Felszunge passierten. Gideon, der Vorarbeiter und die Träger ließen sich zurückfallen, und gemeinsam verfolgten sie weiter die Spur. Nur Ryder setzte sich ab und machte sich auf den Weg zu den Felsen. Als ich ihm folgte, verlangsamte er den Schritt und passte sein Tempo dem meinen an. Ich fragte ihn nicht, wohin wir gingen. Die Felsen erhoben sich direkt vor uns, grau und verwittert, der einzige Orientierungspunkt in diesem Teil der Savanne.

Am Fuß der Erhebung blieben wir stehen, und ich sah das Kreuz, dass grob in den Stein geritzt worden war. Ryder nahm seinen Hut ab, als wir nahe nebeneinander gingen. Er fuhr mit der Hand über das Kreuz, zog die Linien nach, nach unten zuerst, dann seitlich. Er legte seine Hand flach auf den Stein, Handfläche zum Felsen, und verharrte so mehrere Minuten.

Dann seufzte er tief und trat zurück, sodass er wieder neben mir stand. Seine Hand streifte meine Finger, doch er griff nicht danach.

»Ist das die Stelle, an der Ihre Frau begraben liegt?«

Die Frage schien ihn zu überraschen. »Eliza? Nein. Das hier ist das Grab meines Vaters.«

»Warum ist er hier und nicht auf dem Friedhof?«

»Weil ich ihn hier getötet habe.«

Mit einer heftigen Bewegung setzte er sich den Hut wieder auf und machte kehrt, um die Gruppe einzuholen. Ich lief ihm nach und holte ihn Schritt für Schritt ein. »Sie können nicht einfach so etwas sagen und dann abhauen, wissen Sie. Was ist passiert?«

Er atmete tief ein und ließ die Luft langsam wieder ausströmen. »Es gab einen Elefantenangriff. Auf der Jagd ist er einer Kuh zu nahe gekommen, die größte, die ich je gesehen habe. Jeder ihrer Stoßzähne wog zweihundert Pfund, und er wollte das Elfenbein als Trophäe.« Sein Kiefer war angespannt, als er die Geschichte erzählte, die Worte hervorpresste, als bereitete ihm jedes einzelne Schmerzen. »Beim ersten Schuss ist er ausgerutscht. Bevor er noch einmal feuern konnte, war sie schon über ihm. Ich habe zweimal auf sie geschossen, sie rollte zur Seite, aber es war zu spät. Sie hatte ihn schon vom Nacken bis zur Leistengegend aufgeschlitzt. Es war nur eine Frage der Zeit.«

»Also haben Sie ihn erschossen, um ihn von seinem Leiden zu erlösen.«

»Sie können es schönfärben, damit es edel klingt, aber die hässliche Wahrheit ist, dass ich ihm eine Kugel direkt zwischen die Augen verpasst habe. Ich habe es getan, weil er es von mir verlangt hat.« Sein Blick war leer und kalt geworden. »Er wollte es selbst tun, aber sie hatte ihm die Finger zertrümmert.

Darum konnte er den Abzug seines Revolvers nicht mehr betätigen.«

Ich schüttelte den Kopf. »Sagen Sie nichts mehr.«

»Sie haben gefragt, Prinzessin. Wollen Sie nicht alles hören? Wollen Sie nicht wissen, dass wir uns gestritten hatten, kurz bevor er den Schuss abgab? Ich hatte ihm gesagt, dass sie schon zu nahe war und dass er keine weitere verdammte Trophäe brauchte. Ich habe ihn einen alten Trottel genannt. Ja, das war das Letzte, was ich zu ihm gesagt habe. Er hat verlangt, dass ich ihn töte, und das habe ich getan, und ich habe vergessen, ihm zu sagen, dass es mir leid tat. Ich habe vergessen, ihm zu sagen, dass ich ihn liebe. Ich habe vergessen, ihm zu sagen, dass ich alles, was ich über das Mannsein weiß, von ihm gelernt habe. Ich habe alles vergessen, was ich ihm hätte sagen sollen, und dann war er tot, und es war zu spät. Es ist für immer zu spät.«

Ich schob meine Hand in seine, und die kleine Berührung schien etwas in ihm auszulösen. Die aufgestaute Anspannung ließ nach, und er ließ die Schultern nach vorn sinken. Seine Kiefer entspannten sich, dann zog er ein Taschentuch hervor und reichte es mir.

»Haben Sie selbst nie eins dabei?«

Ich schüttelte den Kopf und wischte mir die Augen. Ich hielt es ihm hin, doch nun schüttelte er seinerseits den Kopf. »Behalten Sie es. Mir gefällt der Gedanke, dass Sie etwas von mir besitzen.«

Darauf ließ er meine Hand los, und wir gingen zu den anderen zurück, die immer noch langsam über die weite afrikanische Tiefebene marschierten.

Später an diesem Nachmittag trotteten wir träge dahin, gesättigt von einem guten Mittagessen, und spürten, wie uns die heiße Sonne dazu verlockte, gelegentlich den Schatten einer Akazie aufzusuchen. Plötzlich begann Gideon, schnell auf Suaheli auf Ryder einzureden, der sich rasch über die Fährte beugte. Er drehte sich zu mir und lächelte mich breit an.

»Wir haben ihn und noch einen dazu. Er hat eine Gefährtin gefunden.«

Dort in dem weichen Erdboden, neben den Spuren eines riesigen Männchens, waren die kleineren Abdrücke einer Löwin zu sehen, die manchmal vor ihm her sprang, manchmal wie flirtend hinter ihm im Kreis lief. Ryder erklärte, dass wir vorsichtig weitergehen müssten, bis wir sie finden würden.

»Sie wollen sich doch bestimmt nicht an die beiden heranschleichen, wenn sie sich gerade paaren«, sagte er zu mir. Gideon nahm den Aschebeutel und fingerte eine Handvoll Asche heraus, um sie in die Luft zu werfen. Der Wind stand günstig, und wir gingen weiter und signalisierten Tusker und den Trägern, dass sie zurückbleiben sollten. Während wir die Löwen verfolgten, schlugen die anderen das Lager auf.

Wir hörten sie, bevor wir sie sahen. Gleich nach einer kleinen Anhöhe fiel das Land zu einer schmalen *lugga* ab. Sie verfügte über eine dürftige Vegetation, nur ein paar Dornbüsche und eine Akazie, doch es gab ein wenig Schatten, und die Löwen hatten beschlossen, sich genau an dieser Stelle zu paaren. Gideon bewegte sich ein kleines Stück nach rechts und vollführte rasch einige Gesten mit der Hand, während ich bei Ryder blieb.

»Wir gehen nicht näher heran, und wir holen ihn uns auch noch nicht«, sagte er, den Mund an meinem Ohr.

Ich zuckte leicht mit den Schultern, und er legte sich einen Finger auf die Lippen und bedeutete mir dann mit einer Geste, dass ich zusehen sollte. Die Löwin hatte offenbar soeben beschlossen nachzugeben. Sie kauerte auf dem Boden und peitschte mit dem Schwanz unter dem Kiefer des Löwen hin und her, um ihn zu reizen. Mit einem tiefen Brüllen warf er sich auf sie und bedeckte ihren ganzen Körper, während sie die Krallen in die Erde grub. Er biss sie in den Nacken, hielt sie in ihrer unterwürfigen Stellung fest und drang in sie ein. Leise maunzend drehte sie den Kopf, um ihn zu beschnüffeln. Er war riesig, ein kräftiges Paket aus Muskeln und Knochen und Sehnen und viel größer, als ich es erwartet hatte. Selbst aus der Entfernung spürte ich den Boden unter der Gewalt seiner Stöße erbeben.

Auf einmal war es vorbei. Die Löwin ging auf ihn los, stieß ein ungeduldiges Brüllen aus und schlug ihm mit der Tatze auf die Nase. Blut schoss heraus, und er fauchte sie an, doch sie ließ ihren Schwanz peitschen und antwortete mit einem tiefen Brüllen. Die beiden kämpften miteinander, erst stürzte der eine los, dann der andere, sie rollten sich über den Boden und wirbelten eine Staubwolke auf, die sie beide mit feinem Sand bedeckte. Dann endete der Kampf ebenso plötzlich, wie er begonnen hatte. Das Männchen schüttelte den Kopf, noch immer strömte ihm Blut aus der Nase. Das Weibchen kroch zu ihm, leckte ihn ab und schnüffelte. Er drehte den Kopf, zeigte sich spröde angesichts ihrer Bemühungen. Die Löwin bewegte sich an ihm vorbei, anmutig wie eine Tänzerin, und quälte ihn mit dem Büschel Haare am Ende ihres Schwanzes, mit dem sie ihm wieder sanft unter das Kinn schlug. Er knurrte, und sie drehte um, strich noch einmal an ihm entlang, geschmeidig, lockend. Er senkte den Kopf, und sie lief ein drittes Mal an ihm vorbei und wiegte sich dabei in den Hüften. Auf ein Geräusch von ihm kauerte sie sich auf den Boden, bewegte den Schwanz zur Seite, und er stürzte sich erneut auf sie und deckte sie.

Ryder berührte mich am Arm. »Gehen wir lieber, solange sie noch beschäftigt sind«, murmelte er. Wir schlichen uns davon, und er gab Gideon ein Zeichen, dass wir uns am Lagerplatz treffen würden.

»Wenn Sie sicher sind, dass das der Menschenfresser ist, warum holen Sie ihn sich dann nicht?«, fragte ich.

»Oh, ich bin mir ganz sicher. An seinem Hinterlauf fehlt ein Zeh. Keine Verwechslung möglich.«

»Noch mal, warum holen Sie ihn sich nicht?«

Ryders Lippen zuckten. »Nun, ich dachte, anstelle einer Henkersmahlzeit könnte ihm ein letztes Mal …«

»Schon gut«, unterbrach ich ihn.

Er lachte. »Entspannen Sie sich, Prinzessin. Er ist unser Menschenfresser, und morgen ist er dran. Aber er wird sich jetzt zwei Tage lang mit diesem Weibchen paaren. Ich wollte ihm nur die Chance geben, ihr ein paar Löwenbabys zu machen, bevor ich ihn erschieße.«

»Finden Sie es gut, wenn es noch mehr Löwen gibt? Wenn sie die Kinder und Kühe der Leute hier fressen?«

Er drehte den Kopf und sah mir ins Gesicht. »Ich bin kein Wissenschaftler, und ich bin kein Historiker, aber ich weiß, dass diese Löwen schon lange vor uns hier waren. Wenn allerdings alle anfangen, sie wie Schädlinge zu behandeln, werden sie bald verschwunden sein. Also, es ist kein Problem für mich, einen Löwen zu beseitigen, der zu einer Gefahr wird. Aber nur, weil er ein Menschenfresser ist, muss das noch lange nicht für seine Jungen gelten.«

»Aber es könnte sein«, beharrte ich.

»Dann werde ich sie auch töten. Zufrieden?«

»Nein! Sie sind der widersprüchlichste Mensch, der mir je begegnet ist – ein weißer Jäger, der nicht gern jagt?!«

Er seufzte. »Delilah.« Die Sanftheit, mit der er meinen Namen aussprach, ließ mich wie angewurzelt stehen bleiben. Er sah mich an, sah mich wirklich an, als könnte die Kraft seines Blickes mich lehren, ihn zu verstehen. »Ich mache das schon sehr lange. Ich habe gesehen, was in den Vereinigten

Staaten passiert ist, als die Leute freie Hand bekommen haben, um Büffel zu jagen. Früher sind Millionen von ihnen durch die Prärie gezogen. Jetzt sind sie weg, von der Bildfläche verschwunden, und mit ihnen all die Stämme, die dank ihrer überlebt haben. Es ist eine ganze Kultur, die nicht mehr existiert, und das ist eine Tragödie. Schlimmer noch, es ist ein Verbrechen, nur wird niemals jemand dafür am Galgen baumeln. Eines hat Roosevelt richtig gemacht. Er hat geschützte Nationalparks und Reservate geschaffen. Und vielleicht, nur vielleicht, wird ein Teil der Wildnis überleben, in der ich aufgewachsen bin. Aber hier in Afrika gibt es niemanden, der dafür sorgt. Alles ist noch zu neu, zu chaotisch, und es gibt zu viel Streit. Niemand hält Land für Nationalparks zurück, und niemand schützt die Lebensweise, die hier seit Tausenden von Jahren besteht.«

Er trat einen Schritt näher und sagte eindringlich: »Verstehen Sie nicht? Diese Zebras, die wir gestern gesehen haben, gehören zu etwas Größerem, zu einem großen Zug von Tieren, die sich jedes Jahr in einem riesigen Kreis über diese Ebenen bewegen. Erst kommen die Gnus, dann die Zebras, dann die kleinen Gazellen. Das Ganze hat einen Rhythmus, eine Bedeutsamkeit und einen Sinn, der dafür sorgt, dass Sie an Gott glauben, auch wenn nichts anderes das schafft. Und wenn die Menschen sich heraushalten, funktioniert dieses System ganz hervorragend. Manche der Huftiere fallen den Löwen und Leoparden zum Opfer, aber die meisten entkommen ihnen. Der Großteil überlebt, was auch für die Katzen gilt und für die Menschen, die hier draußen leben. Es funktioniert – zumindest war es so, bis die Weißen herkamen und anfingen, alles auseinanderzureißen. Nicht mehr lange, und sie haben alles zerstört.«

Er blieb stehen und holte tief Luft. »Die Chancen, dass die Löwin überhaupt trächtig wird, stehen schlecht. Und wenn es passiert, werden die meisten ihrer Jungen das Erwachsenenalter wahrscheinlich nicht erreichen. Aber wenn es doch eines schafft, dann wird das wiedergutgemacht, was ich tun muss, indem ich diesen Menschenfresser töte. Ich kann es wieder ins Gleichgewicht bringen, und wenn alles hier zum Teufel geht, wenn von dieser Savanne nichts übrig bleibt außer Erinnerungen und Bedauern, dann bin ich daran wenigstens nicht schuld. Verstehen Sie? Können Sie das verstehen?«

Er stand so nahe vor mir, dass ich die goldenen Sprenkel im Blau seiner Iris sehen konnte. Ich öffnete den Mund, doch er wandte sich ab. »Ich hätte Ihnen keine Moralpredigt halten sollen. Kommen Sie. Mal sehen, was Tusker zum Abendessen aufgetrieben hat.«

Das Essen, das Tuskers Koch zubereitete, war ein wahres Wunderwerk, und während Ryder zu den Trägern ging, um mit ihnen darüber zu diskutieren, was am nächsten Tag der Jagd geschehen würde, lungerten Tusker und ich mit Pink Gin am Lagerfeuer herum. Die Nachtschwalben sangen, und die Grillen zirpten, der zunehmende Mond stieg am Himmel auf. Tusker warf den Kopf zurück und atmete tief ein.

»Nehmen Sie Afrika tief in sich auf, Kind. Es ist der belebendste Ort, den ich kenne.«

»Sind Sie hier aufgewachsen?«

Sie stieß ein bellendes Lachen aus. »Himmel, nein. Ich bin in England aufgewachsen, eine artige kleine Debütantin, die vor dem Prince of Wales knickst und ihre Tanzkarte ausfüllt. Ich bin ausgebrochen, so schnell es ging. Habe Balfour gesagt, dass ich ihn heiraten würde, wenn er mich nur aus England herausbringt. Es war ein Fluchtplan, wissen Sie.«

»Flucht?«

»Ja, Flucht, vor allem, den Erwartungen, den Anstandsregeln und dem höflichen Lächeln, hinter dem sich bösartige Zungen verbergen. Wissen Sie, mein Herz war gebrochen. Habe mich in den falschen Kerl verliebt, und er hat mich unterdrückt und fertiggemacht. Am Ende blieb nichts als die Schande.«

»Und Balfour hat Sie wieder zusammengeflickt?«

»Ja. Ein feiner Kerl, das war er. Für eine Schwuchtel zumindest.«

Sie trank einen großen Schluck von ihrem Cocktail, und ich blinzelte. »Er war homosexuell?«

»Oh ja, und genauso stolzierte er auch durch die Gegend! Aber mir war das egal. Das bedeutete, dass er mich im Schlafzimmer niemals belästigen würde, und mehr wollte ich nicht. Also haben wir geheiratet, und er hat mich hergebracht. Wir sind ziemlich gut miteinander ausgekommen. Armer Kerl, ständig hatte er irgendwelche Pläne, wie er an Geld kommen wollte, und keiner davon hat funktioniert. Aber zusammen haben wir uns durchgeschlagen, und wir waren ziemlich glücklich.«

»Was ist aus ihm geworden?«

Sie winkte ab. »Das, was aus uns allen wird, liebes Kind. Er ist gestorben.« Erneut trank sie einen großen Schluck. »Das Schwarzwasserfieber hat ihn dahingerafft. Eine scheußliche Sache ist das. Es kommt, wenn man zu oft Malaria hatte, und es kann einen umbringen. Ein Mensch kann nur wenige Anfälle dieses Fiebers überstehen, bevor sein Körper versagt und er stirbt. Der arme Balfour ist schon in der ersten Runde gestorben. Aber Ryder ist aus härterem Holz geschnitzt. Ich schätze, er schafft es noch ein- oder zweimal, bevor er geht.« Stirnrunzelnd sah sie ihr Glas an. »Ich glaube, ich brauche noch einen zum Abschluss. Was ist mit Ihnen, Liebchen?«

Ich hielt ihr mein Glas hin, und sie schenkte mir ein. »Was hat das mit Ryder zu bedeuten? Ist er krank?«

»Im Augenblick nicht. Er hat die Konstitution eines Ochsen.

Aber das Schwarzwasserfieber hat er schon dreimal gehabt. Fünfmal übersteht das niemand.«

»Kann man etwas tun, um es nicht zu bekommen?«

Sie zuckte mit den Schultern. »Alle Moskitos umbringen? Sie verursachen das Fieber, wissen Sie. Mit Malaria fängt es an. Gleich nach der Regenzeit, wenn die Luft warm und feucht ist, ergreift er Vorsichtsmaßnahmen. Normalerweise geht er in die Berge, so hoch, dass die Moskitos ihn nicht mehr plagen können. Aber es gibt keine Garantie. Oh, jetzt sehen Sie mich doch nicht so betrübt an, Kind! Meistens denkt er überhaupt nicht daran. Warum sollte er auch? Hier draußen kann man völlig gesund sein, und dann tritt man auf eine Kobra, und das war's, Ihr letztes Stündlein hat geschlagen, und Sie singen mit den Engeln im Chor.«

Sie schwieg, und ich ließ den Blick zum Feuer schweifen, um das die Männer sich versammelt hatten. Aufmerksam lauschten sie Ryders Worten, zupften sich Zecken von den Beinen und warfen sie in die Flammen.

»Es muss schön für Sie beide sein, einander hier draußen zu haben. Familie, meine ich.«

»Ach, das. Na ja, es war ein Unfall, schlicht und einfach. Ich hatte die Verbindung zu Ryders Vater verloren, nachdem er von zu Hause fortgegangen war. Weggelaufen mit siebzehn, so war Jonas. Immer schon ein flatterhafter Junge. Wissen Sie, es gibt einen Hang zum Wildsein in der Familie«, fügte sie mit einem Augenzwinkern hinzu und nickte gedankenverloren. »Aber er wollte immer schon die Welt sehen, und das hat er getan. Ich war überhaupt nicht überrascht, dass er hier gelandet ist. Natürlich, wenn Sie Engländer sind und die Wildnis suchen, dann haben Sie keine große Auswahl, stimmt's? Irgendwann schafft es jeder Verstoßene und jeder Vagabund nach Mombasa. Als ich hörte, dass Jonas dort war, habe ich ihm telegrafiert, und er kam her. Es überraschte mich zu erfahren, dass er einen Jungen hatte. Keiner von uns hatte von ihm gewusst. Und das brachte natürlich neue Schwierigkeiten mit sich.«

»Schwierigkeiten?«

»Miles, unser ältester Bruder, hatte den Titel der Familie geerbt. Nichts Beeindruckendes, nur eine erbliche Baronie ohne Geld und mit wenig Ländereien. Aber Miles hatte damals noch keine eigenen Kinder, und Ryder war der mutmaßliche Erbe. Miles bestand darauf, dass er zur Ausbildung nach England geschickt werden sollte. Unter anderen Umständen hätte Jonas nicht zugestimmt, aber er hatte gesundheitlich gerade eine schwere Zeit durchgemacht. Hatte seine eigene Sterblichkeit gespürt, den langen Schatten des Sensenmannes, diesen ganzen Quatsch. Also hat er Ryder nach England geschickt, gegen den heftigen Protest des Jungen, das kann ich Ihnen versichern. Er verbrachte zwei Spielzeiten beim Rugby, dann wurde er wegen einer Schlägerei der Universität verwiesen. Miles beschloss, einen Privatlehrer aufzutreiben, und dann wurde es noch schlimmer. Der Junge lief weg, und er brauchte vierzehn Tage, um ihn wiederzufinden. Er hatte in Dartmoor auf der Straße gelebt, ausgerechnet in Dartmoor.«

»Das glaube ich gern«, sagte ich und lächelte in mein Glas.

»Na ja, jedenfalls hat das gereicht, um Jonas zur Einsicht zu bringen. Ryder durfte nach Afrika zurückkehren, und Miles tat, was er längst hätte tun sollen: Er suchte sich eine Frau und fing an, seine eigenen Erben zu zeugen.«

»Das heißt, Ryder ist nicht mehr der Erbe.«

»Grundgütiger, nein. Zwischen ihm und dem Titel stehen jetzt sieben andere, und das ist vollkommen in Ordnung für ihn. Er würde sich eher aufhängen, als in England zu leben. Er findet, dass das ganze Land einfach verdammt zu klein ist. Er bekommt dort Platzangst.«

»Es kann ein bisschen erdrückend sein«, pflichtete ich ihr bei.

»Was ist mit Ihnen? Woher kommt Ihre Familie?«, fragte sie plötzlich.

»Hier und da. Mein Vater war ein Drummond aus Devonshire, meine Mutter eine L'Hommedieu aus Louisiana.«

»Devonshire? Ich erinnere mich, dass ich auf meiner Debütantinnenparty mit einem Drummond aus Devonshire getanzt habe. Strohdumm, aber ein verdammt guter Tänzer. Und ziemlich gut aussehend. Die Devonshire-Drummonds sind allesamt attraktiv und dumm.«

»Das passt.«

»Wie sind denn die L'Hommedieus?«

»Attraktiv und dumm.«

Erneut ließ sie ihr bellendes Lachen hören. »Ach was!«

»Na ja, dumm sind sie eigentlich nicht, aber sie halten hartnäckig an den alten Sitten fest, auf Biegen und Brechen. Mein Großvater L'Hommedieu war der jüngste Oberst in seinem Reiterregiment.«

»Aha, ein Soldat! Daran ist ja nichts auszusetzen.«

»Er gehörte zu den Konföderierten.«

»Ha! Er hat auf die Verlierer gesetzt. So eine Schande. Na ja. Das passiert uns allen mal. Ich nehme an, Ihre Leute sind Kreolen? Sie sehen so aus mit Ihren schwarzen Haaren.«

»Ja, dunkel wie der Teufel und doppelt so wild, sagt meine Großmutter immer.«

»Das liegt Ihnen im Blut«, stimmte Tusker zu. »Das Erste, was Sie beim Pferdezüchten lernen, und das gilt auch für Menschen. Darum muss man immer wieder frisches Blut hineinbringen.«

»Dasselbe predigt meine Mutter. Aber in ihrem Teil des Landes gibt es noch ein Dutzend weiterer Ställe. Für Sie muss es schwieriger sein, neue Tiere zu bekommen.«

Sie fixierte Ryder mit starrem Blick, als er sich ihnen näherte. »Sagen Sie *ihm* das. Meine Rennpferde sind reinrassig, aber ich züchte auch andere, die ebenfalls schnell wie der Wind sind. Sie sind ordentliche Kleinverdiener, aber jemand weigert sich, loszufahren und mir neue Hengste zu bringen.«

Ryder schnaubte. »Als ich das letzte Mal gefahren bin, hätte es mich fast meine Männlichkeit gekostet, deshalb.«

Tusker lachte schallend und hielt sich den Bauch. »Oh, das stimmt, Liebes«, sagte sie, als sie meinen skeptischen Blick bemerkte. »Die besten Pferde der Welt werden in Abessinien gezüchtet, aber es ist unmöglich, mit den Leuten dort zu handeln. Ich habe mit Ryder gewettet, dass er es nicht schafft, mir einen abessinischen Hengst und zwei Stuten mitzubringen, ohne dass er gefangen und kastriert wird.«

»Kastriert?« Entgeistert starrte ich Ryder an.

»Die Strafen für Pferdediebstahl sind in Abessinien ziemlich extrem«, räumte er ein.

»Sie sind den ganzen Weg nach Abessinien gefahren, nur um zu riskieren, dass man Sie kastriert?«

»Natürlich nicht«, sagte er und lächelte hintergründig. »Ich bin gelaufen.«

Ich schüttelte den Kopf, als Tusker erneut in stürmisches Gelächter ausbrach. Sie wischte sich die Augen mit dem Saum ihres Hemdes. »Ich war mir sicher, dass der Junge nicht mehr am Leben war. Er war wochenlang unterwegs, *wochenlang*. Schließlich kam er angehumpelt und hatte die schönsten Pferde im Schlepptau, die Ihnen je unter die Augen gekommen sind, Delilah. Jedes von ihnen wäre eines Kaisers würdig gewesen. Die Reise war so gefährlich, sie ist im Buch des Clubs niedergeschrieben worden.«

»Und zwar völlig übertrieben«, warf Ryder ein. »Ich habe keine drei Löwen getötet. Sondern nur einen.« Er rieb mit einem Finger über das geflochtene Armband an seinem Handgelenk. Ich beugte mich darüber.

»Ein Souvenir?«

Ryder hob die Hand. »Er war hinter den Pferden her. Hat eins getötet, bevor ich ihn kriegen konnte, aber ich dachte, ein Stück von seiner Mähne wäre eine nette Erinnerung.« Das Haar war so schwarz wie eine sternenlose Nacht.

»Ich wusste nicht, dass sie schwarze Mähnen haben.« Ich berührte die Haare. Sie waren elastisch und dick. Meine Fingerspitzen strichen über den Puls an seinem Handgelenk, und für einen Moment kreuzten sich unsere Blicke.

»Alles Schwarzhaarige bedeutet Ärger für mich«, sagte er leichthin, doch seine Miene wirkte ernst. Eine nettere Frau hätte Mitleid mit ihm gehabt. Eine freundlichere Frau hätte ihn aus seinem Elend erlöst, ihn bei der Hand genommen und in ihr Zelt mitgenommen. Eine bessere Frau als ich hätte die Nacht mit ihm verbracht.

Aber ich bin nichts davon. Also stand ich auf, sagte gute Nacht und ging allein zu Bett.

Am nächsten Morgen erwachten wir vor Sonnenaufgang. Die Löwen begatteten sich noch immer. Die Geräusche der Paarung wälzten sich über die Tiefebene, und im Lager hasteten die Träger mit neuer Dringlichkeit umher. Heute war der Tag, auf den sie gewartet hatten. Jagdbeute, ein gutes Essen, Beginn der Rückreise zu ihren Familien, und am Ende wartete ein saftiges Trinkgeld auf jeden von ihnen.

Ryder überprüfte die Waffen, und zusammen mit Gideon und mir zog er nach dem Frühstück los. Ich hatte nichts gegessen, aber Ryder schob mir ein Paket Sandwiches zu und befahl mir, es mitzunehmen. Ich nahm mein Gewehr und die Munition und folgte ihm durch das Gras hinab zu der *lugga*, wo der Tod wartete.

Der Löwe hatte für seine Lust bezahlt. Das Weibchen hatte ihm eine Abreibung verpasst; offene Wunden zierten seine Nase, dort, wo sie ihn mit ihrer Pranke getroffen hatte. Ihr eigener Rücken war von pinkfarbenem Schaum aus dem Maul des Männchens befleckt, dort, wo er sie festgehalten hatte, unsanft zumeist. Beim Essen war Ryder noch einmal das Procedere durchgegangen. Wenn die beiden sich trennten, sollten wir auf das Männchen schießen und die Löwin möglichst verschonen. Er erklärte, dass sie vielleicht angreifen würde, aber darauf würden wir es ankommen lassen müssen.

Wir ließen uns im Gestrüpp nieder und warteten. Wir warteten den ganzen Morgen bis zum Nachmittag, saßen so still, dass es sich anfühlte, als hätten wir nie gelernt, uns zu bewegen. Die Sonne stieg hoch, vertrieb die Wolken des frühen Morgens und warf kurze Schatten. Der Hunger kam und ging wieder, und immer noch warteten wir. Endlich, als der Nachmittag sich schon seinem Ende zuneigte, bestieg der Löwe seine Gefährtin ein letztes Mal. Sie schlug nach ihm, und er duckte sich und wälzte sich am Boden. Sie hatte es nicht böse gemeint. Endlich streckte sie sich und legte den kurzen Weg zum Fluss zurück, um zu trinken, und dann ging sie einfach fort, hocherhobenen Schwanzes, und hatte jegliches Interesse an ihm verloren.

Genau in dem Augenblick entdeckte der Löwe irgendetwas, oder vielleicht witterte er uns.

Er kam auf seine vier mächtigen Pranken, hob den riesigen Kopf und bewegte sich langsam auf uns zu. Gideon nahm seinen Speer hoch, und Ryder und ich schulterten die Gewehre.

»Haben Sie ihn?«, fragte Ryder gelassen.

»Ja.« Unter meinem Finger fühlte der Abzug sich kalt an.

»Er gehört Ihnen. Holen Sie ihn sich.«

In meinem Magen grummelte es. Ich wollte das nicht tun. Ich hätte es niemals getan. Das hier war zerstörerisch, es fühlte sich kriminell und falsch an. Der Löwe kam näher, ganz langsam, überzeugt von seiner eigenen Größe, seiner Kraft. Die bernsteinfarbenen Augen spähten in das Gebüsch, und ich sah, dass sie um die Pupillen herum gelb waren, genau wie Ryders Augen.

»Prinzessin?«

»Ich habe ihn«, sagte ich. Meine Stimme zitterte, doch meine Hand war fest. Da sammelte sich der Löwe und brüllte so laut, dass der Boden unter meinen Füßen erzitterte. Das Geräusch fuhr von der Erde in meine Beine, breitete sich in meinem Bauch und meinem Herzen aus und blieb mir im Halse stecken. Ich konnte es noch fühlen, als ich abdrückte, und das Brüllen des Löwen, das Brüllen des Gewehrs und das Brüllen meiner eigenen Stimme waren eins.

Der Löwe blieb stehen, machte einen stolpernden Schritt vorwärts, dann kam er noch näher. Ich schoss noch einmal, und diesmal winselte er und rollte auf die Seite. Ryder befahl mir, wieder zu laden und ihm Deckung zu geben, wenn er sich aus dem Gebüsch wagte. Meine Hände waren schweißnass, und in den Handflächen fühlte ich das Rattern der Gewehrkugeln.

»*Ich* werde ihm Deckung geben, *Bibi*«, sagte Gideon leise, den Arm mit dem Speer im Anschlag.

Ich nickte und stopfte die Kugeln ins Magazin, spannte das Gewehr. Ryder winkte mir, ich sollte weiter vorkommen.

»Er ist erledigt.«

»Ich will ihn nicht sehen. Muss ich ihn mir anschauen?«

»Er ist Ihre Trophäe.«

»Lassen Sie ihn dort liegen. Ich will nicht, dass er angefasst wird. Die Hyänen können ihn haben. Und das ist auch nicht der Grund, aus dem ich ihn getötet habe. Das wissen Sie.«

»Dem Löwen ist das egal«, sagte Ryder. Mit dem Messer in der Hand machte er sich an das blutige Geschäft und erhob sich alsbald wieder. Er kam zu mir und öffnete meine Hand. Entschlossen drückte er mir etwas in die Handfläche, und ich blickte darauf hinab. Es war ein Zahn, so lang und breit wie der Finger eines Menschen. Er war scharf und schimmerte weiß durch das Blut. Er fühlte sich warm an in meiner Hand. Er gab mir auch ein Büschel Haare von der Mähne, und ich steckte mir die beiden Trophäen in die Tasche.

Ryder drehte sich zu Gideon. »Irgendein Zeichen von dem Weibchen?«

»Nein, *Bwana.* Beim Krachen der Gewehre ist sie fortgerannt.«

»Gut«, sagte Ryder.

»Ja, ich bin auch erleichtert.« Gideon lächelte und entblößte dabei seine Zahnlücke.

Wir machten kehrt und begaben uns auf den Rückweg zum Lager. Ich empfand nichts, keine Furcht, keine Euphorie, nichts als eine sonderbare, unvergleichliche Leichtigkeit. Ich hätte einfach fortschweben können, und nur das Gewicht des Zahnes in meiner Tasche hielt mich am Boden.

»Warum bist du erleichtert?«, fragte ich unvermittelt.

Gideon drehte sich zu mir. »Die Löwin ist absolut todbringend und sehr gefährlich, und wenn sie beschließt, ihren Gefährten zu rächen, könnte sie *Bwana* verletzen. Und dann müsste ich sie vielleicht selbst töten.«

»Du willst sie nicht töten?«

»Nein, *Bibi.* Ich habe neun Löwen umgebracht. Das reicht.«

»Neun sind sehr viele.«

Er schüttelte den Kopf. »Es sind zu viele. Wenn ein Mann mehr als neun Löwen tötet, hat er mehr als seinen Anteil gehabt, und er wird großes Unglück erleiden, *Bibi.* Wirklich sehr großes Unglück.«

15

Unter dem Jubel der Männer erreichten wir das Lager genau in dem Augenblick, als Tusker mit ihrem Träger zurückkam. Er hatte einen Riedbock geschultert, und in einer Hand trug er dessen Magen, vollgestopft mit den inneren Organen und dann zugenäht. Der Koch ging an die Arbeit, die Träger brachten Wasser herbei und füllten die Badewanne aus Leintuch in meinem Zelt. Ich wusch zuerst mich selbst, schrubbte Dreck, Schweiß und Blut ab und war überrascht, dass ich hinterher überhaupt nicht anders aussah. Ich spreizte die Finger, starrte die saubere Haut und die makellosen Nägel an.

»Keine Düfte aus Arabien nötig, um diese kleine Hand zu säubern«, murmelte ich.

»Selbstgespräche? Gut so, dann können Sie wenigstens sicher sein, sich in intelligenter Gesellschaft zu befinden«, sagte Tusker. Sie steckte nur den Kopf und die Hände zum Zelteingang herein und bot mir ein Glas an. »Champagner. Das ist so Tradition.«

Sie verschwand, und ich nippte an dem Champagner. Er war wunderbar kalt, und als ich mich zu ihnen ans Feuer setzte, sagte ich ihr das.

»Das liegt an der Weide«, sagte sie und deutete mit einem Nicken ihres Kopfes auf die enggewobenen Flaschenhüllen. »Wir stecken die Flaschen einfach hinein und versenken den ganzen Kram dann in einem Fluss. Hält das Blubberwasser schön kalt. Lassen wir noch einen Korken knallen, einverstanden?«

Tatsächlich ließen wir es noch dreimal knallen, und am Ende blieben nur noch Tusker, Ryder und ich am Lagerfeuer übrig, jeder mit seiner eigenen Flasche.

»Nur gut, dass Sie ordentlich zu Abend gegessen haben«, sagte Tusker und hickste leise. »Ryder dachte schon, dass das Erlegen des Löwen Sie vielleicht aufgeregt hätte. Ich bin hingegangen und habe mir den Kadaver angesehen. Die Aasgeier haben sich schon auf ihn gestürzt, aber er war ein riesiges Vieh.«

»Es musste sein«, sagte ich mit leiser Stimme. Ich nahm noch einen großen Schluck aus der Flasche, und die Bläschen kitzelten mich in der Nase.

»Das haben Sie gut gemacht«, sagte Ryder leise. Er saß mir gegenüber, und zwischen uns flackerte das Feuer. Sein Blick war warm.

»Ich muss zugeben, Delilah, dass ich befürchtet habe, Ihnen könnte vielleicht der Mumm fehlen«, bemerkte Tusker. »Ich dachte, Sie würden sich vielleicht umdrehen und wegrennen oder es zumindest Ryder überlassen, das blöde Ding zu erschießen. Freut mich zu sehen, dass Sie aus härterem Holz geschnitzt sind.«

»Gewogen, geprüft und für nicht zu leicht befunden?«, sagte ich wie beiläufig.

»Ungefähr so«, antwortete Tusker. Ryder sagte nichts, doch seine Miene unterschied sich von allem, was ich bisher in seinem Gesicht gesehen hatte. Irgendwie wirkte es eine Spur weicher, beinahe verletzlich. »Die Frauen hier draußen spalten sich in zwei Lager auf«, fuhr Tusker fort. »Die, die zu allem taugen, und die, die zu nichts in der Lage sind. Dazwischen gibt es nichts. Und die, die zu allem taugen, sind so selten wie ein weißer Rabe. Sie haben Mumm«, sagte sie und hob die Flasche.

Auch ich trank einen Schluck. Ryder beobachtete mich noch immer.

»Ich weiß nicht, wie viel Mumm ich habe«, sagte ich nachdenklich. »Ich wollte nicht abdrücken. Und ich will es immer noch nicht.«

»Genau darum taugen Sie etwas«, sagte Ryder, dessen Stimme im Knistern des Feuers kaum hörbar war. »Sie wollten das nicht tun, aber Sie haben es getan, weil es getan werden musste.«

»Ich hätte es Ihnen überlassen sollen.«

»Das hätten Sie nicht gekonnt. Es war Ihr Kampf, nicht meiner. Dafür hat der Löwe gesorgt, indem er einen Ihrer Kikuyu getötet hat.«

»Sie sind nicht meine Kikuyu«, widersprach ich, und meine Stimme klang schärfer als nötig. Tusker drehte ihre Flasche um und nuckelte noch den letzten Tropfen Champagner heraus.

»Seit dem Augenblick, als Sie Fairlight betreten haben, gehören Sie Ihnen«, erwiderte Ryder. »Ob es Ihnen gefällt oder nicht, Sie sind für sie verantwortlich. Und das wissen Sie, oder zumindest wissen Ihr Blut und Ihre Knochen das. Denn sonst hätten Sie diesen Löwen nicht erschossen. Sie haben Ihre Leute beschützt, denn das ist es, was wir hier draußen tun. Sie sind dabei, eine von uns zu werden.«

»Eine von euch?«, wiederholte ich. »Ihr Sinn für Humor ist größer, als ich dachte, denn das ist ein verdammt guter Witz. Ich bin keine von euch. Ich werde niemals eine von euch sein.«

»Natürlich wirst du das«, sagte Tusker und hickste erneut. »Dauert nur ein bisschen, das ist alles. Nächstes Jahr um diese Zeit …«

»Nächstes Jahr um diese Zeit bin ich nicht mehr hier. Ich bleibe nicht. Dass ich hierbleibe, war niemals vorgesehen. Ich bin hergeschickt worden, um eine Strafe zu verbüßen, mehr nicht. Sobald meine Familie mich auf Bewährung freilässt, nehme ich den ersten Dampfer von Mombasa hinaus.«

Tusker schnaubte. »Kind, du hast bereits Gefallen an Afrika gefunden. Mit weniger gibst du dich nicht mehr zufrieden. Europa, Amerika, sogar der Orient – sie alle sind blass und blutleer, voller Menschen, denen man den Geist und das Feuer aus den Knochen gesaugt hat. Ist es das, was du willst?«

»Ja«, sagte ich kühl. »Ich will Seidenschuhe tragen, ohne dass sie blutig werden. Ich möchte essen, ohne genauso viel roten Dreck wie Nahrung hinunterzuschlucken. Ich will ins Bett gehen, ohne mir Gedanken über Ameisen oder Skorpione oder Schlangen machen zu müssen, die mich fertigmachen wollen. Und ich will an einem Ort leben, wo meine Kinder nicht zerfleischt werden, sobald ich ihnen den Rücken zudrehe.«

Schweigend hörte Ryder zu. Er trank nur einen weiteren großen Schluck aus seiner Flasche.

»Also, Kinder, ich leg mich jetzt mal hin«, sagte Tusker und kam schwankend auf die Füße. Wir wünschten ihr eine gute Nacht, und sie torkelte zum Wagen.

»Wird sie zurechtkommen?«

Ryder bedachte mich mit einem halbherzigen Lächeln. »Ich habe sie schon Elefanten zu Fall bringen sehen, da war sie doppelt so betrunken wie jetzt. Sie kommt schon klar.«

Auch wir standen auf, und er legte mir eine Hand auf die Schultern. »Bleiben Sie heute Nacht drinnen, egal, was Sie hören. Wenn diese Löwin beschließt, hier herumzuschnüffeln, kann es gefährlich werden.«

»In Ordnung.« Ich wandte mich zum Gehen, doch ich war noch keine zehn Schritte weit weg, als Ryder neben mir auftauchte.

»Was zum Teufel habe ich Ihnen gerade gesagt?«

»Mich nicht vom Fleck zu rühren, sobald ich zu Bett gegangen bin. Und ich bin noch nicht im Bett«, sagte ich betont sachlich.

Seine Stimme klang barsch. »Sie haben gesehen, was so ein Vieh mit einem Menschen anstellen kann. Wie verdammt dämlich müssen Sie sein, dass Sie hier einfach herumlaufen?«

»Ich laufe nicht herum. Ich brauche nur einen Augenblick für mich allein, bevor ich ins Zelt gehe«, erklärte ich ihm. »Ich habe anderthalb Flaschen Champagner getrunken.«

»Um Himmels willen«, murmelte er. Er packte mich an der Hand und zog mich ins Gestrüpp. »Gehen Sie dorthin.«

»Ich glaube nicht«, sagte ich und verschränkte die Arme. Auge in Auge standen wir uns gegenüber, und ich rührte mich keinen Millimeter vom Fleck.

»Frauen«, sagte er schließlich. Er lief im Kreis auf ein üppiges Gebüsch zu und schlug mehrmals mit der flachen Hand darauf ein. Ein aufgescheuchtes Stachelschwein kam herausgelaufen und warf ihm empörte Blicke zu, als es davonwatschelte.

Mit einer energischen Geste deutete Ryder auf das Gebüsch. »Dahinter. Ich warte hier bei dem Baum, bis Sie fertig sind. Dann werde ich Sie persönlich zu Ihrem Zelt geleiten und es zumachen. Abgemacht?«

»Gut.« Ich tat, was ich tun musste, und eilte zurück. Mit der Schulter lehnte er an dem Baum und rührte sich nicht, als ich näher kam.

»Ryder?«

Er deutete nach oben, und ich blieb neben ihm stehen und sah zu, wie der Mond hinter einer schmalen Wolke hervorkam. Sein Licht war noch schwach, doch es reichte, um die gesamte afrikanische Savanne zu versilbern und alles in ein kühles Licht zu tauchen. In der Ferne konnte ich die Männer noch immer an ihren Lagerfeuern reden hören, mit leisen, schläfrigen Stimmen, während sie sich für die Nacht bereit machten. Weit in der Ferne hörte ich die Löwin ein langes, tiefes Heulen ausstoßen, und es klang, als würde sie trauern.

Als ich zu Ryder aufblickte, sah ich, dass er mich beobachtete. Ich streckte die Hand aus und fuhr mit den Fingern über die Narben auf seinem Arm. Er atmete hörbar ein, rührte sich jedoch nicht. Die Nachtluft bewegte sich leicht, ließ die Blätter um uns herum rascheln, und schwer lagen der Salbeiduft der *leleshwas* und der kräftige Geruch der Veilchen, die wir unter unseren Füßen zertreten hatten, in der Luft.

Ich legte ihm eine Hand auf die Brust und ging so nahe auf ihn zu, wie ich konnte, drückte mich an ihn, Schenkel an Schenkel, Bauch an Bauch, und wartete darauf, dass er den nächsten Schritt machen würde.

Ich musste nicht lange warten. Er packte meine Handgelenke und stieß mich gegen den Baum. Mein Rücken prallte an den Stamm, und hoch über meinem Kopf presste er meine Hände an den Baum, sodass mein Körper straff gespannt war wie ein Bogen. Mir zitterten die Beine, und er schob einen Oberschenkel dazwischen, um mich aufrecht zu halten.

Ich sagte seinen Namen, und er senkte den Kopf. Jeder andere Mann hätte mich geküsst. Nicht so Ryder. Heftig drückte er sich an mich, füllte den Raum zwischen uns aus, sodass es kein Ich und kein Er mehr gab, keinen Baum, kein Getrenntsein. Er näherte sein Gesicht dem meinen, seine Nase berührte meine Schläfe. Und dann sog er meinen Duft ein, ganz langsam, bahnte sich den Weg von meinem Haaransatz hinab. Er umrundete mein Ohr, verweilte an meinem Nacken und schnüffelte dort einen Augenblick lang, bevor er sich weiter nach unten bewegte. Meine Arme und Schenkel schmerzten, und ich wollte, dass es für immer so weiterging, bis das Ende der Welt uns zu Asche verbrennen und der Wind uns über die Savanne verteilen würde.

Er vergrub das Gesicht zwischen meinen Brüsten und hob dann wieder den Kopf, noch immer schnüffelte er an mir wie ein Tier. Seine Hände zerquetschten meine Handgelenke, aber ich sehnte mich danach, dass er noch fester zufasste. Ich zog, und er knurrte, drückte mich fester an die Härte des Baumes hinter mir. Er war nicht sanft oder liebevoll oder locker, und ich begehrte ihn so heftig, dass das Verlangen zu einem eigenständigen Wesen wurde, das alles steuerte, was ich tat. Ich hätte mir die Haut abgekratzt, um es loszuwerden, und ich wollte, dass er das wusste.

Er hatte das Gesicht an meinen Nacken gepresst, und ich drehte den Kopf und berührte seine Schläfe mit den Lippen. Plötzlich fuhr er zurück, als hätte ich ihn versengt, dann presste er seinen Körper noch fester an meinen, wie zur Strafe, und er dehnte meine Arme noch weiter. »Ja.« Meine Stimme klang fast wie ein Schluchzen.

Er schüttelte den Kopf. »Nein.«

Und auf einmal ließ er mich los, so schnell, dass ich zu Boden rutschte. Meine Arme und Beine waren knochenlose, nutzlose Dinger. Hart prallte ich mit dem Po auf und starrte ihn von unten herauf an.

Er streckte mir die Hand entgegen, zog sie aber gleich darauf wieder zurück, als würde er sich verbrennen, wenn er mich berührte. »Tut mir leid, Prinzessin. Das Risiko kann ich nicht eingehen.«

»Welches Risiko? Du warst schon ziemlich willig. Was hat sich geändert?«

»Alles. Du gehst fort.«

»Das wusstest du doch.« Ich legte die Hände flach auf den Erdboden und stieß mich ab. Mühsam stolperte ich auf die Füße, benommen und schmerzerfüllt. Ich nahm eine Zigarette aus dem Etui und zündete sie an. Meine Hand zitterte so heftig, dass ich drei Streichhölzer fallen ließ, bevor ich es schaffte, eines zu entflammen.

»Ich dachte, du würdest deine Meinung ändern, wenn du erst einmal eine gewisse Zeit hier verbracht hast.«

»Nun, das werde ich nicht.« Ich nahm mehrere tiefe Züge von der Zigarette, bevor ich weiterredete. »Du bist wirklich immer für eine Überraschung gut«, sagte ich endlich.

»Zwing mich nicht, darüber zu sprechen. Ich kann es nicht erklären.«

»Nein, ich glaube auch, dass du das nicht kannst. Ich sollte beleidigt sein. Es kommt nicht sehr oft vor, dass ich abgewiesen werde. Aber es liegt nicht daran, dass du mich nicht begehrst, stimmt's? Ich bin schon groß, Ryder. Ich weiß es, wenn ein Mann mich will. Und ich weiß, dass du mich in dieser Sekunde so sehr begehrst, dass du all die Kraft, die du nicht hast, aufbringen musst, um mich auf den Boden zu werfen. Du musst mir nicht einmal sagen, dass ich recht habe. Ich sehe, wie deine Hände zittern. Ich weiß, dass du wegen mir hart geworden bist.«

Es sollte scherzhaft klingen, doch seine Miene wirkte ernst. »Glaubst du, dass mir das zum ersten Mal passiert? Ich habe mich schon daran gewöhnt, Delilah. Es braucht nur wenig, damit es passiert. Der Klang deiner Stimme, der Duft deines Parfums. Zum Teufel, du musst nicht einmal anwesend sein. Ich muss nur an dich denken, und ich bin so bereit, dass ich diesen verdammten Ort Felsen für Felsen auseinandernehmen könnte, nur um dich zu kriegen.«

»Warum hast du dann nichts dafür getan? Du bist nicht der Einzige, der leidet, weißt du das?«

»Nicht!«, befahl er.

»Das war's? Mehr kriege ich nicht? Du lässt zu, dass ich dich errege, aber dann nutzt du das nicht, um mir denselben Gefallen zu tun? Wie ungezogen, Ryder, wirklich ungezogen. Hat dir denn niemand beigebracht, dass es nicht nett ist, selbstsüchtig zu sein?«

Auf seinen Oberschenkeln ballte er die Hände zu Fäusten und entspannte sie, immer wieder. »Ich schlage keine Frauen«, sagte er, halb zu sich selbst.

»Aber du würdest es gern tun«, fuhr ich leise fort. »Du möchtest etwas in mich hineinstecken, und wenn es nicht das ist, was wir beide wollen, warum dann nicht deine Faust?«

Ich drückte die Zigarette an meinem Stiefel aus und stand nahe bei ihm. Schließlich nahm ich seine Hand, diese zur Faust geschlossene Hand, und ich öffnete sie, umschmeichelte seine Finger, bis er sie endlich spreizte. Seine Handfläche war offen und flach, verletzlich, und ich drückte meinen Mund darauf, knabberte sachte mit den Zähnen an der Haut.

Mit der anderen Hand ergriff er meinen Hinterkopf und schob mich hoch, bis er meinen Mund berührte. Es war kein Kuss. Es war ein Angriff, den ich sofort parierte, indem ich ihn in die Lippe biss. Ich schmeckte Wacholder und Blut, und ich krallte ihm die Hände ins Haar und zog ihn näher.

Ich war nicht überrascht, als er sich von mir löste. Er drehte sich weg, packte meine Hände und hielt sie fest.

»Delilah«, sagte er, und es klang flehentlich.

»Schon gut«, sagte ich. »Ist erledigt. Ich bedränge dich nicht mehr.«

Er ließ meine Hände los. Ich legte eine davon vorn auf seine Hose und umschloss seine Härte.

»Ich wollte nur, dass ihr beide etwas habt, woran ihr denken könnt, wenn ihr nachts wachliegt.«

Ich drehte mich um und ging zu meinem Zelt zurück. Ich hatte das letzte Wort gehabt. Das war kein großer Trost, aber es würde reichen müssen.

Viel später, lange nachdem der Mond untergegangen war, erwachte ich, und das Herz hämmerte mir gegen die Rippen. Ich setzte mich auf und starrte angestrengt in die Dunkelheit, doch ich konnte nur einen Schatten vor meiner Zelttür ausmachen. Er bewegte sich nicht, aber ich hörte ein tiefes, getragenes Heulen. Das Geräusch kam aus einiger Ferne, und ich beobachtete den stummen Schatten, der vor meinem Zelt kauerte.

Über dem Heulen ertönte eine Reihe schauerlicher Schreie, ein Kreischen, das nur eines bedeuten konnte: Die Hyänen hatten den Löwen gefunden. Ich hörte ihnen zu, bis ich es nicht mehr aushielt. Meine Hände hielten krampfhaft das Laken umklammert, und ich musste all meinen Willen aufbieten, um sie zu öffnen. Schweißperlen säumten meinen Haaransatz, als ich hörte, wie sie fauchend und zähnefletschend den Kadaver zerlegten. So schien es stundenlang zu gehen, diese entsetzlichen, unerträglichen Geräusche, während sie den Löwen auseinanderrissen. Und in der ganzen Zeit bewegte sich der Schatten vor meinem Zelt überhaupt nicht.

Ich schwang die Füße über den Rand meiner Pritsche, und wie aus Protest quietschte der Rahmen leise. Der Schatten bewegte sich.

»Ich bin hier, Delilah. Geh wieder schlafen.«

Ich bettete den Kopf wieder auf das Kissen, doch es dauerte Stunden, bis ich wieder einschlief. Und er blieb dort sitzen, die ganze lange Nacht, und wachte über mich. Ohne ein Wort spähte er in die Dunkelheit, die sich an uns drückte wie ein Lebewesen.

Die Reise zurück nach Fairlight verlief ereignislos. Tusker pflegte einen leichten Kater, und die Männer waren in Hochstimmung. Sie sangen Lieder, erfüllten den Himmel über der Savanne mit ihrem Gesang und ersparten dem Rest von uns die lästige Aufgabe, Konversation zu betreiben. Wir liefen quer durch die Landschaft und sparten auf diese Weise einen Tag ein. Zur Teestunde erreichten wir Tuskers Ranch. Ich ging neben Gideon, und die Stille zwischen uns war kameradschaftlich, anders als das gereizte Schweigen, das zwischen Ryder und mir herrschte. Er blickte mich nicht an, bevor wir Tusker auf Nyama zurückgelassen und er mich nach Fairlight gebracht hatte. Er lud meine Ausrüstung ab und stand dann da, die Arme in die Hüften gestützt.

»Ich muss veranlassen, dass dein Honorar aus Nairobi hergeschickt wird«, sagte ich.

»Vergiss es«, sagte er mit ärgerlich verzogenem Mund. »Das hier geht aufs Haus.«

»Das ist sehr nett von dir.«

»Ich bin nicht nett, und das wissen wir beide. Ich tue, was ich will, und ich habe meine Gründe dafür.«

»Schön. Du bist nicht nett, und ich bin nicht dankbar. Noch etwas?«

»Ja.« Er fuhr sich mit den Händen durchs Haar. Es war wild und zerzaust, doch unter meinen Fingern hatte es sich angefühlt wie rohe Seide. »Ich gehe fort. Wenigstens für einen Monat. Ich muss eine kurze Safari leiten, für einen Kunden aus Nairobi.«

»Na, dann gute Reise.«

»Verdammt noch mal, Delilah ...« Er verstummte. »Schon gut. Gideon lasse ich hier. Er wird dich und Fairlight im Auge behalten.«

»Ich brauche kein Kindermädchen, Ryder. Nicht einmal deines.«

»Nein, aber einen Freund kannst du bestimmt gebrauchen. Wenn du mich brauchst, weiß er, wo er mich finden kann.«

Bevor ich ein Wort sagen konnte, packte er mich am Hinterkopf und küsste mich heftig. Es hatte kaum begonnen, da war es auch schon wieder vorbei, und als er mich losließ, sah er noch zorniger aus, als ob er mich ganz gegen seinen eigenen Willen geküsst hätte.

Ich weiß genau, wie du dich fühlst«, murmelte ich. Ohne ein weiteres Wort stolzierte er davon, und ich drehte mich um und betrat das Haus von Fairlight, das nun leer und klein wirkte. Aber ob ich dabei an das Haus oder an mich selbst dachte, vermochte ich nicht zu sagen.

Danach stellte sich alsbald wieder eine gewisse Routine ein. Ich verbrachte den Morgen damit, auf Fairlight die Kikuyu und die Massai zu verarzten, während Gates seine Feindseligkeit vor mir verbarg und meistens einfach tat, was ich von ihm verlangte. Während ich fort gewesen war, hatte Dodo begonnen, das Haus von oben bis unten instand zu setzen. Sie ließ alles schrubben und die Teppiche und Gardinen in den Garten schleppen, wo sie ausgeklopft wurden. Sie beauftragte vier Jungen damit, die Kricketschläger besaßen, und die Wolke von Staub und Insekten, die sie aufwirbeln ließen, hätte uns alle beinahe erstickt. Die Böden wurden gebohnert und auf Hochglanz gewienert, das Silber geputzt, bis es glänzte. Jedes einzelne Fenster ließ sie mit Essig und Zeitungspapier putzen, und als sie fertig war, wirkte das Haus leichter, als hätte es seinen Mantel aus Schmutz und Vernachlässigung abgelegt.

Auch die Küche wurde gründlich gereinigt, und Pierre fand einen geeigneten Koch, einen eleganten Somalier namens Omar. Er würde zwar kein Schweinefleisch anfassen, doch sein Können würde das Fehlen von Schinkenspeck bei Tisch mehr als wettmachen. Pierre war entzückt angesichts dieser Veränderung, und anstelle des alten schenkte ich ihm einen flotten roten Fez. Eines Abends ging er sogar so weit, beim Servieren des Dinners weiße Handschuhe zu tragen, doch ich sagte ihm, dass das in Afrika lächerlich geziert wirkte, und er zog sie wieder aus. Eine Zeit lang schmollte er, und erst als ich ihm eine Lohnerhöhung versprach, wurde er wieder munter. Dora schürzte die Lippen und blickte mich missbilligend an, aber sie sagte nichts. Sie hatte sich an dem Haus die Finger wundgearbeitet. Alles glänzte wie eine neue Nähnadel, und das sagte ich ihr auch.

»Oh, danke«, erwiderte sie und wirkte ein wenig verwundert. »Eigentlich hat es mir ziemlich viel Spaß gemacht. Nicht alles natürlich, wo denkst du hin. An manchen Tagen hat mich nur unverbrüchliche britische Entschlossenheit weitermachen lassen. Aber jetzt sieht es ziemlich hübsch aus, wenn ich das so sagen darf.«

»Das darfst du. Die Schonbezüge, die du für den Salon genäht hast, waren eine geniale Idee.«

Sie hatte meterweise beschichteten schwarzen Chintzstoff mit einem Muster aus herbstlich fallenden Blättern darauf bestellt, und ich hatte den Rest der Unterhaltszahlung des Colonels für dieses Vierteljahr ausgegeben, um die Rechnung zu bezahlen. Das Schwarz verhinderte, dass sie zu feminin wirkten, und das fallende Laub erinnerte irgendwie an die warmen Farben der afrikanischen Landschaft. Sie hatte sich etliche Fingernägel an einer alten Nähmaschine ruiniert, die sie ausgegraben hatte, bevor sie herausfand, dass Mr Patel alles in der Hälfte der Zeit anfertigen konnte, und das für wenige Pennys die Stunde. In Anbetracht der Tatsache, dass wir es beide fertiggebracht hatten, einen Großteil unserer mitgebrachten Kleider zu ruinieren, war das eine nützliche Entdeckung. Insekten, herumliegende Nägel, Dornbüsche – alle hatten sie ihren Tribut gefordert, und am Ende war Dora darauf verfallen, Mr Patel ein halbes Dutzend Hauskleider nähen zu lassen, die sie beim Arbeiten über ihrer eigenen Kleidung tragen konnte. Ich hatte mir die Mühe gespart. Stattdessen hatte ich es mir angewöhnt, jeden Tag Reithosen und eines von Mishas Hemden zu tragen, meine modischen Kleider aus Paris hatte ich mit Zeder und Lavendel weggepackt, bis sich die Gelegenheit zu abendlicher Unterhaltung oder zu einer Fahrt in die Stadt bieten würde.

Außer Kit hatten wir kaum einen unserer Nachbarn gesehen. Ich machte es mir zum Prinzip, mehrmals in der Woche hinzugehen und ihn zu besuchen, aus Gründen, die auf der Hand lagen. Er hatte beschlossen, mich zu malen, und nachdem er mir Lunch serviert hatte und mit mir ins Bett gegangen war, stand er auf und stellte sich an seine Staffelei, während die Sonnenstrahlen seine nackte Haut wärmten. Er vertraute mich der Leinwand an, zuerst mit einem weichen Bleistift, dann mit einer Palette von Farben, blickte stirnrunzelnd vom Bild zu mir und wieder zurück. Er hatte mich so positioniert, dass ich aufrecht am Kopfende saß, das Laken nachlässig um die Taille geschlungen, eine Zigarette in der Hand. Er wählte eine Winkelperspektive, ungefähr wie bei *La Grande Odalisque*, sodass nichts Anstößiges zu sehen war, obwohl ich wusste, dass auf jeden Fall Kritik geübt werden würde. Es interessierte mich nicht besonders. Kit war ein talentierter Künstler, und mir gefiel die Vorstellung, bei irgendeinem Sammler an der Wand zu hängen, oder, besser noch, in einem Museum, nackt den Blicken der Welt dargeboten. Ich drehte mein Gesicht, sodass mein Blick auf den gerichtet war, der das Bild betrachtete, wer auch immer das sein mochte, und Kit stieß einen begeisterten Schrei aus.

»Perfekt, mein Liebling! Bleib so. Das Kinn eine Winzigkeit tiefer … sehr gut. Nicht bewegen. Und woran du auch gerade denkst – hör nicht auf. Dieser Ausdruck ist genau das, was ich will. Es fordert den Betrachter zum Wegsehen auf. Sie werden sich fühlen, als wären sie selbst nackt, und nicht du.«

Ich konnte es kaum abwarten, das Bild zu sehen, doch Kit war abergläubisch. Er sorgte stets dafür, dass ich mich sofort danach anzog und wegging, sodass ich keinen Blick auf das Gemälde erhaschen konnte. Er war ganz aufgeregt wegen seines Werkes, aufgeregter als beim Liebemachen selbst. Meistens beeilte er sich beim Sex, um endlich malen zu können, und eigentlich hätte ich ein bisschen ärgerlich sein müssen. Aber ich sorgte immer dafür, dass ich das bekam, wofür ich gekommen war, und wenn es bei ihm anders war, nun, dann blieb ihm zum Trost immer noch das Bild. Er sagte, dass es das Herzstück seiner Ausstellung in Nairobi sein würde, und er plapperte beim Arbeiten wie ein Äffchen. Die meisten Künstler hatten es gern leise, wenn sie arbeiteten, aber das galt nicht für Kit. Solange ich ihm zuhörte und mich nicht allzu viel bewegte, wollte er reden. Er zwitscherte, wie klein die Welt der Kunst doch sei, und dass eine einzige erfolgreiche Ausstellung seine Eintrittskarte sei, um wieder Zutritt zu dieser Welt zu bekommen. Er redete über die Kontakte, die er in Paris und New York noch hatte, und darüber, wie die Kunstszene in Berlin aufzublühen begann. Er erzählte von Barcelona und Chicago und Rom, von all seinen Hoffnungen und Zielen.

Auch über Menschen redete er, vor allem über unsere Nachbarn, und er warf mir einen schelmischen Blick zu, als er anfing, die Frauen aufzulisten, die er seit seiner Ankunft in Afrika gehabt hatte. Dass er es mit Jude und Bianca getrieben hatte, überraschte mich nicht, aber dass er auch mit Helen geschlafen hatte, schockierte mich doch ein wenig.

»Ich hätte gedacht, dass sie ein bisschen zu alt für dich ist«, sagte ich und versuchte, den Mund nicht zu stark zu bewegen.

Er lachte kurz und bellend wie eine Hyäne. »Wenn Helen herumhuren will, wer bin ich, sie aufhalten zu wollen? Das Problem ist, dass Rex ihr nicht reicht. Oh, es ist nicht seine Schuld. Sie sagt, er ist riesig und außerdem sehr geschickt. Aber unsere Helen liebt eben die Abwechslung.«

»Also *ist* sie eine Nymphomanin. Armer Rex. Glaubst du, er weiß es?«

»Oh, er weiß Bescheid. Und ganz unter uns, ich glaube, dass er auf eine merkwürdige Art sogar stolz darauf ist. Rex liebt es, das Beste und Schönste zu haben, und Helens kleine Abenteuer sind der Beweis dafür, dass andere Männer haben wollen, was er hat. Außerdem gilt seine Hauptleidenschaft der Politik. Er nimmt ihre Fehltritte hin, und sie toleriert seinen Ehrgeiz. Es scheint gut zu funktionieren. Mehr als gut – sie sind kein Paar, zwischen das ich mich gern stellen würde.«

»Vielleicht. Trotzdem kommt es mir ein bisschen traurig vor.«

»Warum? Sag nicht, die Skandalnudel zweier Kontinente glaubt an Treue.« Spöttisch verzog er den Mund. Warum war mir eigentlich noch nie aufgefallen, wie dünn seine Lippen werden konnten?

»Dreier Kontinente eigentlich. Du hast das eine Mal in Buenos Aires vergessen. Und ja, ich glaube an die Treue. Nicht an die Treue zu dir natürlich«, fügte ich mit einem boshaften Lächeln hinzu. »Aber meinen Ehemännern bin ich immer treu gewesen, bis sie mir entweder gestorben sind oder die Ehe scheiterte. Noch nie habe ich einen Mann betrogen, dem ich Treue bis in den Tod geschworen habe.«

Eine Weile schwieg er. Er war zu sehr damit beschäftigt, blindwütig zu malen. Dann spähte er hinter der Leinwand hervor. »Ich habe einen Brief von meiner Schwester erhalten. Sie schreibt, die Pariser Gerüchteküche habe mächtig gebrodelt, als dein russischer Prinz gestorben ist. Es heißt, du hättest dabei vielleicht die Hand im Spiel gehabt. War es so?«

»Nein«, sagte ich langsam. »Aber er hat mich darum gebeten. Er hat mir seinen Revolver gegeben. Der hat dem letzten Zaren von Russland gehört, weißt du. Es war ein hübsches kleines Teil, aber ziemlich tödlich. Ich konnte einfach nicht abdrücken. Eine bessere Ehefrau als ich hätte es getan.« Ich dachte an Ryders Wahl unter denselben Umständen. Es war merkwürdig, dass wir so etwas gemeinsam hatten. Es schmiedete ein Band zwischen uns, obwohl wir auf die Bitte völlig unterschiedlich reagiert hatten. Er war stärker als ich. Oder vielleicht liebte er seinen Vater auch einfach mehr, als ich Misha geliebt hatte. Man muss jemanden voll und ganz lieben, um in der Lage zu sein, ihn zu zerstören.

Polternd fiel der Pinsel zu Boden. »Grundgütiger.«

Ich nahm einen tiefen Zug von meiner Zigarette. »Nun, du hast gefragt«, sagte ich gleichmütig. »Das war das letzte Mal, dass ich ihn gesehen habe. Ich habe ihm die Pistole an den Kopf gesetzt, und meine Hand hat gezittert. Denn ich musste daran denken, wie oft ich diese Haare gekämmt und gestreichelt und mich in ihnen festgekrallt habe, wenn ich seinen Namen schrie. Ich konnte einfach nicht abdrücken. Also bin ich aus dem Zimmer gegangen und habe ihn allein dort zurückgelassen, obwohl ich wusste, dass er sterben wollte, und dass ich ihn nicht genug liebte, um ihm dabei zu helfen.«

Er machte keine Anstalten, den Pinsel wieder aufzuheben. Er stand einfach da und starrte mich an, während ich sprach.

»Warum wollte er, dass du so etwas tust? Hat ihn die Scheidung so aus der Fassung gebracht?«

Ich lachte, aber es klang nicht wie ein Lachen. Es klang wie ein Schluchzer, etwas Trockenes und Zerbrechliches, das zwischen den Knochen klappert. »Nie habe ich einem Mann so sehr das Herz gebrochen, dass es ihn getötet hätte, Kit. Er hatte Krebs, die schmerzhafte und hinterhältige Art von Krebs, und die Krankheit hatte sich tief in seine Knochen gegraben. Die Ärzte konnten nichts tun. Er wollte seinem Leben selbst ein Ende setzen, bevor alles noch schlimmer wurde. Er hatte sich selbst schon längere Zeit Morphium gespritzt, aber es war so schlimm geworden, dass die Droge dem Schmerz nicht einmal mehr die Spitze nehmen konnte. Es war an der Zeit.«

»Was ist passiert, nachdem du aus dem Zimmer gegangen warst?«

Ich zuckte mit den Schultern. »Misha brachte den Mut auf, den ich verloren hatte. Er steckte sich die Pistole in den Mund, drückte ab und ruinierte einen Meter der teuren Tapete im *Ritz*. Diese Schweinehunde haben mir eine Rechnung darüber geschrieben.«

Kit legte seine Palette beiseite und ging langsam zum Bett. »Ich habe keine Ahnung, wie du mit so einer Geschichte leben kannst.«

»Ganz einfach. Wie alle anderen üblen Dinge, die mir widerfahren sind, habe ich es weggesperrt und denke nicht mehr daran. Hin und wieder fragt mich jemand danach. Dann hole ich den Schmerz hervor und zeige ihn herum, damit die anderen ihn sich ansehen können. Er ist wie ein Glasauge oder ein Holzbein. Sie sind schockiert, und es bereitet mir eine Art gruseligen Kitzel, jemandem einen Schock zu versetzen, der überhaupt nicht damit rechnet.«

Er schüttelte den Kopf. »Du warst schon immer überwältigend. Hast Schwung in jede Party gebracht und warst das Glamourgirl, das bis zum Morgengrauen tanzt.«

»Stimmt, so bin ich. Aber ich tanze auf Glasscherben. Ich bin wie die Hochzeitstorte von Miss Havisham, Kit. Schaumiges, teures, von Mäusen angefressenes Zuckerwerk. Ich bin die Nase der Sphinx, der gestürzte Koloss. Ich bin eine schöne Ruine, und es ist die Zeit, die mich dazu gemacht hat.«

Zu meinem Erstaunen nahm er mich in den Arm, und nach kurzem Zögern ließ ich ihn gewähren.

Er legte einen Finger auf das schwarze Band an meinem

Handgelenk. »Ich habe mich immer gefragt, was du darunter verbirgst. Es macht dich noch geheimnisvoller, weißt du.«

»Was glaubst du, was sich darunter befindet?«

Er lächelte verschmitzt. »Ich glaube, es ist eine Tätowierung aus deiner Kindheit, als man dich mit kreolischem Voodoo gekennzeichnet hat. Oder bist du vielleicht wegen Diebstahls gebrandmarkt worden wie Milady de Winter?«

»Du hast zu viele Schauerromane gelesen. Es ist nur ein Band, Kit.«

»Meine Version finde ich besser. Interessanter«, sagte er, schloss die Augen und zog mich an sich. Ich entspannte mich und hätte mich beinahe gehen lassen.

Das ist das Gefährliche, wenn man den Schmerz unter Verschluss hält. Es ist schwer, wieder menschlich zu werden, sich von jemandem nur um der Nähe willen umarmen zu lassen. Und bevor es zwischen uns allzu tröstlich wurde, ließ ich eine Hand zwischen seine Beine gleiten, und er vergaß den Vorsatz, mich zu trösten. Stattdessen stieß und ächzte er, und als wir fertig waren, drehte er sich um und schlief fast sofort ein. Ich saß zwischen den klebrigen Laken und rauchte noch eine Zigarette. Kit gegenüber hätte ich beinahe alle Vorsicht fahren lassen. Er war wild und kreativ und unberechenbar. Doch er hatte noch eine andere Seite, eine unerwartete Sanftheit, die gefährlich für mich war. Er war so unbeständig wie der Wind und unzuverlässig wie die Sonne im Frühling. Wenn ich meine Hoffnung auf ihn setzte, würde das niemals gut gehen. Kit bot keinen festen Untergrund, auf den ich hätte bauen können. Meine Zuneigung zu ihm durfte nicht größer werden. Schweigend zog ich mich an und schlüpfte davon.

16

Der Rest des Monats brachte Überraschungen mit sich. Die erste bestand darin, wie sehr Tusker Balfour mir ans Herz zu wachsen begann. Eines Morgens tauchte sie in Fairlight auf, bedeckt vom roten Staub der Straße, und schob ein Fahrrad, das einen platten Reifen hatte.

»Direkt vor deinem Tor habe ich mir ein Loch geholt«, sagte sie anstelle einer Begrüßung. »Du kannst mich nicht zufällig nach Hause bringen?«

»Natürlich. Ryder hat mir seinen erbärmlichen Laster dagelassen. Wir können dein Fahrrad auf die Ladefläche legen. Aber erst musst du zu Mittag essen.«

Sie nahm die Einladung so eilig an, dass ich mich fragte, ob die Reifenpanne vielleicht nur ein Trick war, um einen Blick auf das werfen zu können, was sich hinter dem Tor befand. Die Mühe hätte sie sich sparen können. Der Verhaltenskodex im afrikanischen Busch entsprach exakt dem der kreolischen Gastfreundschaft. Wenn ein Nachbar erschien, gewährte man ihm Zuflucht und Nahrung, und man brachte ihn, wohin er wollte, ohne auf Bezahlung zu bestehen oder sie auch nur zu erwähnen.

Wir setzten uns zu einem Mahl aus Curryhuhn und Reis und einigen schmackhaften Beilagen, darunter ein Orangenbiskuitkuchen, auf den Omar lächerlich stolz war. Er hatte ihn quer durchgeschnitten und mit Vanillepudding gefüllt, dann das ganze Ding mit Rosenwasser besprengt und es schließlich mit einer überschwänglichen Geste dargeboten. Tusker aß drei Stücke davon, ohne sich zu schämen.

»Verdammt leckerer Kuchen. Egal, wie viel du dem Burschen zahlst, wenn du nicht willst, dass Helen ihn abwirbt, verdopple seinen Lohn am besten. Was Bedienstete betrifft, ist sie in dieser Gegend die schlimmste Wilderin.«

»Das klingt nicht nach guter Nachbarschaft.«

Tusker zuckte die Schultern. »So ist Helen eben. Ich glaube, sie ist ganz in Ordnung. Ein bisschen gedankenlos, aber eigentlich tut sie niemandem etwas zuleide.«

Ein schwaches Lob. Sie fuhr fort. »Wo ist eigentlich diese Cousine von dir?«

»Dora? Sie versucht, die Landschaft auf Papier zu bannen. Nachdem sie das Haus in Ordnung gebracht hatte, war sie so erschöpft, dass ich ihr befohlen habe, sich Zeit zu nehmen und sich zu entspannen. Dora stellt sich darunter ein neues Rezept für Biskuitkuchen und ein Skizzenbuch vor. Sie und Evelyn Halliwell haben sich angefreundet, und die Freundschaft basiert auf Kunst und Gärten, glaube ich. Und Kit hilft ihnen gelegentlich weiter bei ihren kümmerlichen Werken.«

Sie schüttelte den Kopf. »Ich frage mich wirklich, was du dir dabei denkst.«

»Verzeihung?«

Sie rutschte auf dem Stuhl nach vorn, ihre Miene wirkte ernst. Ein winziger Klecks Vanillepudding klebte ihr an der Lippe und zitterte ein wenig, als sie sprach. »Du hast Charakter, hast Rückgrat. Oh ja, von Zeit zu Zeit gerätst du ins Schwanken, aber dein Rückgrat hält. Wie bei meiner Nichte Jude. Du hast etwas Besseres verdient als diesen Kit Parrymore. Er ist attraktiv, das muss ich dir zugutehalten. Aber innerlich ist er weich. Hat selbst kein Rückgrat. Am Ende wirst du ihn tragen müssen, und eines Tages brichst du unter der Last zusammen. Irgendwann bereust du, dich auf ihn eingelassen zu haben.«

»Nur wenn ich dumm genug wäre, mich auf ihn zu verlassen«, entgegnete ich.

Tusker stieß ein schrilles Lachen aus. »Na, das beruhigt mich. Wenigstens siehst du nichts in ihm, was er nicht ist.«

»Es würde mir schwerfallen, etwas anderes als ihn selbst in ihm zu sehen. Kit ist nicht wie die meisten Männer. Aus seinen Unzulänglichkeiten macht er kein Geheimnis.«

»Das stimmt allerdings.« Sie griff sich die Schale mit den Pistazien und fing an, die Früchte gemächlich zu knacken. »Hast du zum Beispiel die neueste Ausgabe des *Standard* gelesen? Ein saftiger kleiner Artikel über euch beide als Paar. Alles dreht sich darum, dass das Herzstück seiner nächsten Ausstellung ein Gemälde ist, das er von dir anfertigt – ein Akt.«

»Ist das so?« Ich zündete mir eine Zigarette an und blies einen Rauchring aus, während sie mit ihren Pistazien spielte. *Knack. Knack.*

»Es hieß, das Gemälde sei der neueste in einer ganzen Serie von Skandalen, die sich um dich ranken. Und dann geht der Artikel dazu über, sie alle aufzuzählen.«

»Es überrascht mich, dass die braven Bürger von Nairobi nichts Besseres zu tun haben, als irgendwas über meine kleinen Sünden zu lesen.«

»Kit sagt, damit wäre seine Karriere gesichert.«

Ich hielt den Atem an, während ich noch einen weiteren Rauchring hinausblies. Er waberte davon wie ein totgeborener Engel. »Kit ist zitiert worden?«

»Ausführlich.« *Knack. Knack.*

»Mistkerl«, sagte ich leise. Ich drückte die Zigarette aus. »Nun, etwas anderes hätte ich nicht von ihm erwarten dürfen. Meiner Erfahrung nach verkauft jeder Künstler für ein bisschen Publicity seine eigene Mutter.«

Wieder lachte sie schrill auf, und ich registrierte anerkennend, dass sie nicht versuchte, etwas Tröstliches zu sagen. Ich streckte den Arm aus und wischte ihr mit meiner Serviette den Vanillepudding von den Lippen. »Wenn du schon dasitzt und Pistazien knackst, solltest du sie wenigstens auch essen.«

Sie zermalmte einige mit den Zähnen und ließ den Rest in ihre Tasche rutschen. »Für mein neues Fohlen. Besonderer Leckerbissen.«

»Wie bist du zu dem Namen Tusker gekommen?«

»Als ich frisch verheiratet war, bin ich mit Balfour auf Safari gegangen. Ich habe einen Elefanten mit einem Schuss getötet, und dabei war ich noch keine neunzehn Jahre alt. Überall in der Kolonie wurde darüber gesprochen – oder im Protektorat, was es damals noch war. Sogar der *Standard* hat darüber berichtet. Der Gouverneur selbst hat mir einen Gratulationsbrief geschrieben. Aber ich hatte nicht gemerkt, dass die Elefantenkuh eine Mutter war. Sie hatte ein Kalb, das von ihr getrennt worden war, und indem ich die Mutter tötete, habe ich das Kalb zu einer Waise gemacht.

Ich weinte den ganzen Heimweg über. Balfour hatte die Stoßzähne genommen und ich den Schwanz. Das Kalb folgte uns, folgte dem Geruch des Blutes seiner Mutter. Balfour meinte, wir sollten es einfach auch erschießen, aber das habe ich nicht zugelassen. Ich habe es gefüttert und ihm beigebracht, seinen Rüssel zu gebrauchen und welche Pflanzen es fressen konnte und wie es sich an einem Baum selbst kratzen konnte. Ich habe sogar einen Leoparden erschossen, der es anfiel, als es hinausging, um etwas zu trinken. Jahre vergingen, und dieser Elefant folgte mir überall hin. Er bekam die schönsten Stoßzähne, die du je gesehen hast – hundertfünfzig Pfund, in Unzen gewogen. Und als er ausgewachsen und paarungsbereit war, habe ich ihn in den Busch hinausgebracht, damit er sich mit seinen Artgenossen ausleben konnte.«

»Eine reizende Geschichte«, sagte ich.

Sie knackte noch eine Pistazie. »Na ja, so reizend auch wieder nicht. Jäger haben ihn einen Monat später wegen seiner Stoßzähne erlegt. Haben sie ihm einfach aus dem Kopf geschnitten und ihn liegen lassen. Nicht mal eine Meile von meinem Haus entfernt ist er gestorben. Vielleicht war er gerade auf dem Weg zu mir, um mich zu besuchen.«

Langsam aß sie die Nuss. »Und darum bin ich so eigen, wenn es um Dickhäuter geht.«

»Eigen?«

»Du kannst fragen, wen du willst. Jeder wird dir sagen, dass ich verrückt bin, aber das stimmt nicht. Ich ertrage es nur nicht, wenn Elefanten wegen ihrer Stoßzähne verletzt werden. Sie sind so groß, dass die Leute vergessen, wie zart und empfindlich sie eigentlich sind. Und wie sehr sie uns ähneln.«

»Elefanten ähneln uns?«

»Mehr als jedes andere Tier, dem ich je begegnet bin. Sie leben in Familien, und wenn einer von ihnen stirbt, erweisen die anderen ihm die letzte Ehre. Sie trauern. Ich habe gesehen, wie sie das machen. Und ich habe gesehen, dass sie noch Jahre später trauern. Sie verlassen ihr angestammtes Gebiet und wandern meilenweit, nur um an den Ort zu kommen, wo einer der ihren gestorben ist, und ihre Erinnerungen bleiben immer frisch. Sie sind die sanftesten Geschöpfe auf Erden, wenn man weiß, wie man mit ihnen umgehen muss. Aber diese Geisteshaltung bringt mich in Schwierigkeiten.«

»Was für Schwierigkeiten sind das?«

»Zum Beispiel habe ich Hausverbot im Regierungsgebäude«, sagte sie und lächelte verschmitzt. »Ich wollte, dass der Gouverneur ein Mandat unterzeichnet, mit dem ein Reservat geschaffen wird, in dem die Elefantenjagd untersagt ist. Natürlich hat er sich geweigert. Also habe ich einen Tipp aus dem

Buch der Suffragetten befolgt und mich an seinen Schreibtisch gekettet.«

»Ich kann mir kaum vorstellen, dass ihm das gefallen hat.«

»Absolut nicht. Sie haben fast einen ganzen Tag gebraucht, um einen Bolzenschneider aufzutreiben, der groß genug war, um die Kette zu durchtrennen. Ich habe ausgesehen wie der größte Briefbeschwerer der Welt.« Bei der Erinnerung daran musste sie lachen. »Ryder versteht mich. Ich glaube, er ist der Einzige, der das tut.«

»Seltsam eigentlich, denn er verdient seinen Lebensunterhalt mit der Elefantenjagd.«

Sie schnaubte. »Ryder ist so verschlagen wie der Teufel und doppelt so clever. Er schafft es immer, dass seine Kunden Problemtiere schießen, die sowieso getötet werden müssen – Menschenfresser oder eine Wildkatze, die auf den Geschmack gekommen ist und sich die Kühe der Massai oder die Ziegen der Kikuyu als Opfer ausgesucht hat. Er erzählt ihnen irgendeine Geschichte, wie bösartig das Tier ist und dass alle zu viel Angst haben, es zur Strecke zu bringen. Dann führen er und seine Jungs sie direkt zu dem Tier, und wenn der Kunde es erschießt, lässt Ryder die Eingeborenen ein riesiges Theater machen, mit Tanz und einem Festmahl. Die Jäger werden überall vorgeführt wie der heilige Georg, nachdem er den Drachen getötet hat, und alle sind glücklich. Der Einzige, der zahlt, ist Ryder, denn er steckt den Eingeborenen etwas zu, damit sie die Kosten des Gelages decken können.«

»Das *ist* schlau. Erstaunlich, dass seine Kunden wirklich so dumm sind.«

»Sie schießen zum Spaß auf Tiere. Diese Leute sind nicht gerade die hellsten Sterne am Firmament«, sagte sie und ließ eine weitere Pistazie zwischen den Zähnen zerkrachen. »Nein, Ryder können sie nicht das Wasser reichen, aber das hilft ihm auch nicht. Eines Tages wird er umkommen, und dann ist der Spaß vorbei.«

»Ein Tier wird ihn töten?«

»Oder irgendein Idiot mit einem Gewehr. Im Wettbuch im Club füllen die Wetten darauf eine ganze Seite. Darunter alle möglichen Optionen. Könnte ein eifersüchtiger Ehemann sein oder irgendein Krimineller, den er ausgepeitscht hat. Ein verärgerter Kunde oder eine sitzengelassene Frau. Vielleicht auch sein eigener Fahrstil. Er ist ein bisschen leichtsinnig. Natürlich ist er auch bekannt dafür, direkt auf Löwen zuzugehen, das ist also vermutlich eine weitere Möglichkeit. Dann sind da noch die Kobras und Flächenbrände und Seuchen und Stammesaufstände und Schwarzwasserfieber und neidische Führer und die Blitze über der Savanne. Es ist gefährlich, unser Afrika – für Mensch und Tier.«

Die Tage verliefen unerwartet friedlich. Manchmal ging ich mit Gideon hinaus, um die Gnus als lange, dunkle Schatten über die Tiefebene ziehen zu sehen. An anderen Tagen blieb ich einfach auf dem Sofa im Salon liegen, rauchte Sobranies und dachte nach. Dora hatte den Kunstunterricht bei Kit aufgegeben und verbrachte ihre Zeit, indem sie in den Gärten werkelte und von morgens bis abends den Boden bearbeitete. Es störte mich nicht. Sie strahlte eine Verdrießlichkeit aus, die jeden Anflug von guter Laune, dessen ich mich vielleicht hätte erfreuen können, sofort erstickte. Sie war grau und stumpfsinnig geworden, und wenn sie früh zu Bett ging, stellte ich einfach das Grammofon an und sang ohne sie mit.

Und an jedem Morgen besuchte ich Moses. Bald nachdem ich von der Löwenjagd heimgekehrt war, fing ich an, nach ihm zu sehen, und es dauerte nicht lange, bis eine Gewohnheit daraus wurde. Jeden Morgen wickelte ich nach dem Frühstück ein paar Scheiben Toast in ein Stück Stoff. Ich ging zur Weide hinaus, atmete tief die kühle, saubere Luft ein. Immer roch sie leicht nach Holzrauch und Kühen, gute, erdige, ländliche Gerüche. Und er wartete auf mich, hob den Kopf und lächelte mich schüchtern an, wenn ich näherkam.

Ich teilte mir den Toast mit ihm, und stets wickelte er das letzte Stück wieder ein, für später. Er holte sich seine Mahlzeiten an der Hintertür der Küche ab, und ich hatte Omar ermahnt, ihn niemals abzuweisen, wenn er um mehr bat. Sein Lieblingsessen war Toast, von dem der Honig tropfte.

Eines Morgens, als wir dasaßen und zusahen, wie die Kühe friedlich grasten, huschte ein Vogel vorbei. Es war ein unscheinbares kleines Bündel aus graubraunen Federn. Nur die weißen Schwanzspitzen fielen ins Auge, als er mit dem Wind aufstieg und sich wieder sinken ließ, doch Moses war ganz aufgeregt. Er zupfte mich am Arm und zog mich hoch, bis ich auf die Füße kam. Er lief dem Vogel nach und gab mir ein Zeichen, dass ich ihm folgen sollte.

Eilig trabten wir über die Wiese bis hinunter in eine *lugga*, und ich verfluchte mich selbst, weil ich kein Gewehr mitgenommen hatte. Moses hatte zu unserem Schutz nur seinen Kuhhirtenstab. Doch er stürmte voran, rannte jetzt und drehte sich nur gelegentlich um, um zu sehen, ob ich mit ihm Schritt hielt.

Der Vogel flog aus der *lugga* hinaus, und sein Schwanz blitzte auf, als er ein kleines Stück weiter hinaus in die Savanne flog. Ein einzelner Baum stand dort, der Vogel flog genau darauf zu. Moses war dicht hinter ihm, und als ich ihn endlich eingeholt hatte, schwer atmend und schwitzend wie eine Feldarbeiterin, deutete er mit einem Finger nach oben und lächelte glücklich.

Es handelte sich um einen wilden Feigenbaum. Gideon hatte mir die Grausamkeit dieser Baumart erklärt. Sie wachsen um einen anderen Baum herum und umschlingen ihn so eng, dass sie den Wirt ersticken. Auf den ersten Blick sieht ein wilder Feigenbaum vollständig aus, doch in seinem Innern verrottet der Wirtsbaum, und in seinem vermoderten Herzen verbirgt der Feigenbaum Honigwaben. Bienen summten leise um uns herum. Moses bückte sich rasch und pflückte eine Handvoll Gräser. Er formte sie zu kleinen Bündeln und bedeutete mir mit einer Geste, ihm Streichhölzer zu geben. Einen Augenblick später rauchte die behelfsmäßige Fackel heftig, und das grüne Gras brannte langsam ab. Vorsichtig bewegte er sich vorwärts und summte ein Lied, das er sich selbst ausgedacht hatte. Die Bienen umkreisten ihn immer noch, doch keine kam ihm zu nahe. Er steckte das brennende Gras in ein Astloch des Baumes und benutzte seinen Stab, um ein Stück von der Bienenwabe abzubrechen. Er hob es hoch, goldener Honig tropfte herab, und er legte es vorsichtig auf die Scheibe Toast, die er aufbewahrt hatte. Als er fertig war, scharrte er ein Loch in den Boden und begrub das brennende Gras darin. Er summte noch ein paar Takte seines Liedes für die Bienen und drehte sich zu mir, ein liebreizendes Lächeln im Gesicht.

Wir gingen ein kleines Stück weiter, um die Bienen nicht zu stören, und er brach Stücke von der Wabe ab und teilte sie mit mir. Ich sog den Honig aus dem Bienenwachs. Auf meiner Zunge fühlte er sich warm und dickflüssig an, und ich nahm eine kräftige Note von Gras und Kräutern wahr, die gleich darauf in der Süße unterging. Moses aß seinen Honig auf, kaute den Bienenwachs, und ich gab ihm mein Stück, damit er es für später aufbewahrte. Er lachte, als er den Honig auf meinem Kinn sah, und ich dachte an die Mutter, die ihn abgeschrieben, und den Vater, der ihn enteignet hatte, und ich hasste sie alle beide.

Auf dem Rückweg zur Weide gingen wir langsamer. Moses humpelte jetzt, schwer auf seinen Stock gestützt, aber fest entschlossen, zu seiner Herde zurückzugehen. Er nahm seine Kühe sehr ernst, und als wir die Weide erreichten, zeigte er mir voller Stolz, dass eine von denen, die ich gekauft hatte, trächtig war.

»Sorg dafür, dass sie besonders gute Pflege erhält«, befahl ich ihm. »Sie ist das Fundament unserer Herde.«

Abermals lächelte er und steuerte die Weide an, um ein spezielles Lied für sie zu summen, ein Lied, das ihr Kalb stark und ihre Milch süß machen würde.

Erst als ich fortgegangen war, erinnerte ich mich daran, dass ich nicht lange genug bleiben würde, um es auf die Welt kommen zu sehen.

Danach war ich noch öfter mit Moses unterwegs, und ich verbrachte lange Morgen damit, ihm zuzuhören, wenn er dem Vieh seine wortlosen Lieder vorsummte, und wir erzählten uns Geschichten, indem wir gestikulierten und mit seinem Kuhhirtenstab Wörter in die Erde ritzten. Manchmal gesellte Gideon sich zu uns, und manchmal gingen wir zu dritt in den Busch, um ein Giraffenbaby anzusehen oder um Honig für das Abendessen zu sammeln. Zusätzlich zu meinen Ausflügen mit Gideon und Moses lud Tusker mich zweimal die Woche zum Lunch ein, Mr Patel kam vorbei und brachte mir Briefe und Pakete, und ich verbrachte Stunden auf der Veranda, einen Drink in der Hand, und versuchte, mein versäumtes Pensum an Lektüre aufzuholen.

Ich verfiel in den afrikanischen Lebensrhythmus, ein langsames, stetiges Tempo, was bedeutete, dass oftmals ein Tag wie der andere war, bis die Jahreszeit wechselte und eine völlig neue Welt zum Vorschein brachte. Tusker erzählte von der kurzen Regenzeit, die im November kommen würde, und von den wilden Weihnachtsveranstaltungen im Club in Nairobi. Sie erzählte von den wachsenden Spannungen zwischen den Kolonisten und der Regierung, und sie brachte mir viel über die Eingeborenen bei. Sie hatte eine Schwäche für die einheimischen Mädchen und beklagte lautstark, dass so viele von ihnen beschnitten wurden.

»Der Himmel weiß, dass in der Hinsicht bei mir nie viel los war, weil ich eben eine Schwuchtel geheiratet habe, aber eine Frau sollte zumindest die Möglichkeit haben, ihre Dose ordentlich öffnen zu lassen«, sagte sie rundheraus.

»Natürlich rechtfertigen alle es, indem sie behaupten, dass es die Frauen davon abhält, einfach fremdzugehen.«

»Das ist ja absurd. Im Fall von Moses' Mutter hat es den Ehebruch jedenfalls nicht verhindert.«

Sie zuckte mit den Schultern. »Buschlogik. Mit Argumenten kommst du hier nicht weiter. Jude hat es versucht.«

»Jude missbilligt die Beschneidung auch?« Ich war fasziniert. Gelegentlich erwähnte Tusker ihre Nichte, als betastete sie eine Narbe, um das zarte Fleisch darunter zu prüfen.

»Das will ich meinen. Eines Tages ist sie sogar mit einem Stammesältesten in einen hitzigen Streit darüber geraten. Sie werden schon rechtzeitig zu sich kommen, daran besteht kein Zweifel. So ist es immer. Wir bringen ihnen Kultur bei und bilden sie aus. Wir bringen ihnen Lesen und Schreiben bei und wie man sich die Schuhe zubindet, und dabei berauben wir sie all dessen, was sie zu dem macht, was sie sind. Und dann halten wir uns für Heilige.«

Ich schwieg. Tusker konnte sich schnell für ein Thema erwärmen, und eines ihrer Lieblingsthemen war die Rolle der Weißen in der Kolonie. Aber sie war widersprüchlich. Ich hatte sie für beide Seiten streiten hören, einfach nur, um ihre Kontrahenten zu ärgern. Die Wahrheit war, dass sie sich um die

Eingeborenenstämme kümmerte, und zwar mit aller Leidenschaft. Sie respektierte ihre Weisheit und ihre Lebensweise. Aber sie war Engländerin genug, um gegen ihre grausamsten Bräuche aufzubegehren. Sie tat mir ein bisschen leid. Sie liebte ihre Illusionen, doch die waren ihr vor langer Zeit genommen worden, und sie betrachtete die Eingeborenen auf dieselbe Weise wie jeden anderen Menschen auch: nicht, wie sie sie sich wünschte, sondern so, wie sie waren.

Am nächsten Tag brachte ich das Thema der Beschneidung Gideon gegenüber zur Sprache. Zu meiner Überraschung schien ihn das nicht in Verlegenheit zu bringen.

»Das ist Tradition«, sagte er nur. »So war es bei den Massai schon immer.«

»Es war nicht Tradition bei den Massai, Englisch zu lernen. Zu lesen und zu schreiben. Und dennoch tut ihr all diese Dinge. Ihr geht in unsere Schulen und nehmt unsere Arzneien. Warum nicht auch in diesem Fall?«

Er hob eine Hand. »Die Ältesten haben das zuerst nicht verstanden und gegen eine Veränderung unseres Lebens gekämpft. Aber diese Änderungen machen alles besser.«

»Es wäre eine gute Veränderung, wenn ihr eure Frauen nicht mehr verstümmeln würdet.«

»Vielleicht. Und wenn es so ist, wird auch diese Veränderung rechtzeitig kommen.«

»Glaubst du das wirklich?«

Er lächelte. »Natürlich, *Bibi.* Anpassen oder sterben. So ist es in der Natur.«

Ich starrte ihn an. »Was hast du da gerade gesagt?«

»Anpassen oder sterben. Das ist das grundlegende Prinzip von Mr Darwins Theorie der natürlichen Auslese. Sicherlich haben Sie schon von ihm gehört.«

»Ja, das habe ich. Ich bin nur überrascht, dass du in der

Schule etwas darüber gelernt hast. Bei dem religiösen Völkchen dort ist er nicht gerade beliebt.«

»Oh, die Schule hat mir nichts über Mr Darwin beigebracht. Das war *Bwana Tembo.*«

»Ryder diskutiert mit dir über Darwin?«

»Natürlich. Er ist auf diesem Gebiet sehr belesen, *Bibi.* Die Zeit draußen im Busch kann sehr lang werden. Sich leise zu unterhalten ist ein guter Zeitvertreib.«

»Und Ryder redet über Darwin.« Ich schüttelte den Kopf. »Dieser Mann überrascht mich sogar, wenn er gar nicht da ist.«

Erneut lächelte Gideon. »Es ist gut, überrascht zu werden.«

»Das stimmt, Gideon, das stimmt.«

Danach stürzte ich mich in die Arbeit auf der Farm. Die Pyrethrumernte misslang. Durch den Regen, der früher im Jahr gefallen war, schien die Anzucht der Pflanzen gelungen zu sein, doch das Bewässerungssystem, das Wasser aus dem Lake Wanyama heranholte, war unzureichend. Die Pflanzen verdorrten, und egal, wie sehr ich ihn piesackte, Gates zuckte nur die Schultern und sagte, dass manche Ernten eben ein Totalausfall seien. Wenn das Rinnsal an Süßwasser aus dem See die Pflanzen nicht am Leben erhalten konnte, wären sie ohnehin nicht widerstandsfähig genug, um es bis zur Ernte zu schaffen.

Ich las alle Bücher über Landwirtschaft, die ich in die Finger bekam, und versuchte, eine Lösung zu finden, doch erst als wir bereits mehrere Wochen auf Fairlight verbracht hatten, erschien Dodo in einer meiner morgendlichen Sprechstunden, aufgewühlt und errötet. Es war eindeutig eine Verbesserung, was ihre Laune betraf. Je länger wir in Afrika blieben, desto mürrischer wurde sie, und das hätte sie nicht tun sollen. Doras Mund war zum Schmollen einfach nicht geschaffen.

»Delilah, kommt sofort mit und sieh dir das an!«

Ich blickte nicht auf. Ich war damit beschäftigt, einen Jigger zu entfernen, einen Sandfloh, ein widerliches kleines Vieh, das sich gern unter einen Zehennagel wühlte und dort eine schmerzhafte Infektion verursachte. Das einzige Heilmittel bestand darin, ihn langsam herauszuziehen, nach und nach in winzigen Schritten, damit er nicht einfach abbrach und zu eitern begann, wodurch der Zeh absterben würde. Der Feldarbeiter, ein Kikuyu, beobachtete alles mit stiller Resignation. Es war der vierte Jigger, den ich ihm entfernte, und egal, wie oft ich versuchte, ihm Schuhe zu schenken, er lehnte ab. Weil er Afrikaner und von Natur aus höflich war, lehnte er sie niemals offen ab. Er nahm die Schuhe, dankte mir überschwänglich, und dann verkaufte er sie, sobald er außer Sichtweite des Hauses war.

»Einen Moment noch, Dodo. Ich bearbeite gerade einen Jigger.«

Mit vor der Brust verschränkten Armen wartete sie, sagte kein Wort, doch mit dem Fuß tippte sie einen ungeduldigen Rhythmus auf den Boden, während ich arbeitete.

Vorsichtig zog ich die garstige Kreatur heraus und ließ sie in einen Krug mit Petroleum fallen. Der Kikuyu lächelte und nickte, und ich bestäubte den klaffenden Zehennagel mit Wundpuder und verband ihn. Mit festem Blick reichte ich ihm die Schuhe, und er nickte. Diesmal zog er sie an, bevor er davonging.

»Danke, lieber Gott«, murmelte ich. Ich wusch mir die Hände und ließ mich von Dodo zu den Feldern führen.

»Wohin gehen wir?«

»Ich habe ein weiteres Feld gefunden. Es gehört zur Farm, aber davor liegt eine *lugga*, die es vom Rest des Anwesens trennt.«

Wie angewurzelt blieb ich stehen.

»Dodo, wir können die *lugga* nicht ohne Schutz durchqueren. Und wenn du das schon getan hast, bist du noch dümmer, als ich dachte.«

Ich ging zum Haus zurück, um die .416 zu holen, überprüfte, ob sie geladen war, und steckte mir ein paar zusätzliche Patronen in die Tasche. Es war nicht gerade gut geeignet, um damit herumzulaufen, denn es war verdammt schwer. Aber ich durfte nicht riskieren, dass uns ein Büffel in der *lugga* überraschte, und wenn es eines gab, was ich über den Busch gelernt hatte, dann, dass man besser zu gut als zu schlecht bewaffnet sein sollte. Als ich mich Dodo wieder anschloss, blickte sie sich verstohlen um. In der Ferne bewegten sich ein paar Farmarbeiter lustlos zwischen den Pyrethrumpflanzen, sammelten Käfer auf und kniffen beschädigte Stellen von den Blättern ab.

»Sei taktvoll«, murmelte sie. Ich verdrehte die Augen, doch als sie sich durch das hohe Gras schob, folgte ich ihr. Aufmerksam beobachtete ich das Gras, hielt Ausschau nach verdächtigen Bewegungen, die darauf hinwiesen, dass eine Großkatze sich dort aufhielt. Da drehte der Wind, und ich hob eine Handvoll trockene, rote Erde auf und warf sie leicht in die Luft. Sie wehte von der *lugga* weg, und ich fühlte mich geringfügig besser. Wenn sich dort unten etwas versteckt hielt, konnte es uns im Wind nicht riechen. Zwar war es kein Aschebeutel, aber es würde reichen, und Dora schien der Trick schwer zu beeindrucken.

Ich hob das Gewehr, als wir uns der *lugga* näherten, doch nichts rührte sich. Da war kein scharfer Geruch nach Löwe oder Leopard. Ich wusste inzwischen, dass die größeren Katzen streng nach Urin und Blut rochen, vor allem wenn sie erst kürzlich ihr Revier markiert oder gefressen hatten. Es war möglich, sie allein anhand ihres Geruchs zu verfolgen, obgleich es dazu natürlich einen begabten Fährtenleser brauchte.

Rasch durchquerten wir die *lugga* und schlüpften durch eine Bresche auf ein Feld. Es war eines der traurig anzusehenden Pyrethrumfelder. Achselzuckend drehte ich mich zu Dodo um.

»Na und? Noch ein Acker mit kümmerlichen Pflanzen, die wir umpflügen lassen sollten.«

»Sieh noch mal genauer hin.«

Ich betrat das Feld, schob mich durch ein paar Reihen Pyrethrum und landete in etwas ganz anderem.

Ich blickte Dodo an. »Du machst wohl Witze.«

»Nein. *Cannabis sativa.* Hunderte von Pflanzen. Pyrethrum steht nur an den Rändern, wahrscheinlich zur Tarnung.«

Ich ging weiter in das Feld hinein und drückte die Pflanzen mit den Händen auseinander. Sie waren elastisch und grün, und es überraschte mich nicht, ausgezeichnete Bewässerungsgeräte vorzufinden, die perfekt funktionierten.

»Dieser Mistkerl.« Ich drehte mich um und ging mit großen Schritten zum Hauptgebäude der Farm zurück. Ich glaube, Dodo folgte mir, aber ich habe mich kein einziges Mal nach ihr umgesehen. Meinetwegen hätte sie auch ein Löwe wegzerren können. Ich hatte nur noch Gates im Kopf.

Ich traf ihn vor der Scheune an, wo er Moses schikanierte. Gerade, als ich um die Ecke bog, hob er die Hand und versetzte dem Jungen eine Ohrfeige.

Ich sparte mir die Mühe, seinen Namen zu rufen. Ich hob einfach das schwere Gewehr an und schoss auf den Boden vor seinen Füßen, sprengte ein Loch in die Erde. Klumpen roter Erde spritzten auf. Erschrocken sprang er in die Luft und wirbelte herum.

»Haben Sie den Verstand verloren, Sie dumme Ziege?« Sein Gesicht war knallrot angelaufen. Speichel flog ihm beim Sprechen aus dem Mund, und Moses starrte mit unverhülltem Entsetzen erst ihn an und dann mich.

Meine Schulter schmerzte von dem Rückprall, aber ich legte erneut das Gewehr an und nahm ihn ins Visier. »Packen Sie Ihre Sachen. Nehmen Sie Ihre hässliche Frau und Ihre ungezogenen Kinder und verlassen Sie das Grundstück.«

Er machte einen einzigen Schritt in meine Richtung, und wieder schoss ich. Diesmal streifte der Schuss seinen Stiefel. »Sie sind ja total übergeschnappt!«, brüllte Gates.

»Halten Sie den Mund. Ich habe Sie nicht einmal getroffen. Aber beim nächsten Mal werde ich treffen.« Wieder lud ich durch und legte noch einmal an, aber diesmal zielte ich direkt auf sein Herz.

»Sie glauben, dass Sie mich ungestraft töten können?«, fragte er mit verzerrtem Mund.

»Ich habe nicht vor, Sie zu töten«, sagte ich und zielte auf seinen Schritt.

Da endlich bewegte er sich, lief hastig auf sein Haus zu. Ich blickte Moses an, der heftig atmete.

»Moses, geh wieder zu den Kühen. Sobald Mr Gates verschwunden ist, werde ich mir deinen Kopf ansehen.«

Er nickte und trottete zu seinen Kühen zurück. Da kam Dodo um die Ecke gelaufen und hielt sich die Seite. »Himmel, ich bin schlimm gestochen worden. Was ist los? Was ist passiert?«

»Ich habe Mr Gates gekündigt«, teilte ich ihr mit. »Jetzt muss ich ihn nur noch endgültig ausquartieren.«

Langsam ging ich zu seinem Haus, und als ich dort ankam, tauchte er gerade mit seiner Frau und den Kindern und einigen eilig gepackten Koffern auf. »Ich hoffe, wir können unsere restlichen Sachen später noch holen«, sagte Gates und musterte mich mit eisigem Blick.

»Da hoffen Sie umsonst.«

Er machte Anstalten, auf mich zuzukommen, und ich hob

vielsagend das Gewehr. Grob fasste er seine Frau am Arm und schubste sie ins Auto, die Kinder schob er hinterher. In einer Staubwolke fuhr er davon, den Arm zu einer obszönen Geste aus dem Fenster gestreckt. Sein Sohn vollführte dieselbe Geste aus dem Rückfenster, und ich tat ihnen den Gefallen, sie zu erwidern.

»Delilah, also wirklich«, murmelte Dodo.

»Er hat angefangen.« Ich machte auf dem Absatz kehrt und ging direkt zu Moses. Er hatte lediglich einen kleinen Schnitt am Kopf. Ich sah ihn mir sorgfältig an, doch es schien ihm gut zu gehen, besser als mir wahrscheinlich. In meiner Schulter pochte es, und ich konnte den Arm kaum höher als bis zur Taille heben. »Moses, war das das erste Mal, dass Mr Gates dich geschlagen hat?«

Er schüttelte den Kopf.

Bei dieser Antwort zuckte ich zusammen. Dann legte ich ihm die Hände auf die Schultern und sah ihm direkt in die Augen. »Moses, du arbeitest für mich und für niemanden sonst. Niemand, und ich meine wirklich *niemand*, hat das Recht, dich zu misshandeln. Wenn jemand das tut, kommst du sofort zu mir, hast du gehört? Ich bin für dich verantwortlich, und ich werde nicht zulassen, dass dir jemand wehtut.«

Er zog ein wenig den Kopf ein, dann löste er ein kleines, perlenbesetztes Armband von seinem Handgelenk. Es war blau und weiß, wie viele andere, die ich bei ihnen im Dorf gesehen hatte, in einem komplizierten Muster gefertigt, mit dem ein unverwechselbarer schmaler grüner Streifen kontrastierte. Es war ganz einfach und dennoch ebenso elegant wie alles, was ich je in Paris zu sehen bekommen hatte. Er drückte es mir in die Hand, und bevor ich ein Wort herausbrachte, war er verschwunden. Ich legte das Band um mein Handgelenk und bewunderte den exotischen Chic.

»Wenn du erst weg bist, wird er dir dafür nicht mehr dankbar sein«, sagte Dora, und ihre Stimme hatte einen leicht boshaften, neidischen Unterton.

»Sei still, Dora. Ich habe genug von dir. So benimmst du dich jetzt schon seit Ewigkeiten. Wenn du Afrika so sehr hasst, dann fahr doch nach Hause. Hier wirst du niemandem fehlen.«

Sie hob das Kinn, und einen Augenblick lang glaubte ich, sie würde zu schreien anfangen. Es wäre mir lieber gewesen, wenn sie es getan hätte. Stattdessen senkte sie das Kinn wieder und zog sich in sich selbst zurück, ein stumpfsinniger, farbloser kleiner Vogel von erbärmlicher Haltung.

»Es tut mir leid, wenn du mich schwierig findest. Aber ich irre mich nicht. Nicht, was den Jungen betrifft. Und auch sonst nicht.«

Und sie drehte sich auf dem Absatz um und ging ins Haus, um das Mittagessen aufzutragen.

17

Am nächsten Morgen befahl ich den Arbeitern, das Cannabisfeld unterzupflügen und die Rohre der Bewässerungsanlage wieder auf die um ihr Überleben ringenden Pyrethrumpflanzen zu richten. Gideon schüttelte den Kopf und blickte mich kummervoll an, doch er sagte nur: »Das war nicht klug, *Bibi.*« Gleich darauf verschwand er, und ich ging hinaus zu den Feldern, um mich zu vergewissern, dass die Feldarbeiter taten, was ich ihnen aufgetragen hatte.

Ich stand an einen Baum gelehnt und sah ihnen zu, als Rex von hinten auf mich zukam. Er war für eine Fahrt in die Stadt gekleidet, trug einen leichten Anzug, und sein Kinn war frisch rasiert.

»Guten Morgen, Rex.«

Er machte sich nicht die Mühe, den Gruß zu erwidern. »Ich wollte nur mal sehen, ob es Ihnen gut geht.«

»Sie sind doch sicher nicht den ganzen Weg von Ihrer Farm hierher gelaufen, in diesem Aufzug.«

Er lächelte nicht. »Ich bin auf dem Weg nach Nairobi. Das Auto habe ich an der Straße stehen lassen.« Er schwieg einen Augenblick und musterte aufmerksam mein Gesicht. »Sie haben mir nicht geantwortet. Geht es Ihnen gut?«

Ich lächelte. »Es braucht schon mehr als einen Dummkopf wie Gates, um mich aus der Fassung zu bringen. Das einzige, was mir leid tut, ist, dass ich zwei Kugeln verschwendet habe, um meiner Aufforderung Nachdruck zu verleihen. Diese Munition ist verdammt teuer.«

Da entspannten sich Rex' Züge. Er versuchte sogar zu lächeln. »Das freut mich zu hören. Es gefällt mir gar nicht, dass Sie hier so ungeschützt leben.«

»Ich kann selbst auf mich aufpassen, Rex.«

»Genau davor habe ich Angst.« Er trat einen Schritt auf mich zu und legte mir die Hände auf die Schultern. »Delilah, die Dinge ändern sich. Dinge, über die ich noch nicht reden kann. Ich wünschte, ich könnte Ihnen alles erzählen. Aber das ist leider nicht möglich. Ich kann Ihnen nur sagen, dass Sie mir wichtig sind, furchtbar wichtig. Und Ihre Sicherheit hat Vorrang vor allem anderen.«

Vermutlich sollte diese kleine Ansprache mich beruhigen, doch tatsächlich wühlte sie mich nur auf. Und um die Verwirrung noch größer zu machen, beugte er sich plötzlich zu mir herab und küsste mich auf die Wange, heftig und schnell.

Er ließ mich los und machte auf dem Absatz kehrt, um dorthin zu gehen, woher er gekommen war. Da stand ich, starrte ihm hinterher und versuchte zu verstehen, was zum Teufel da gerade geschehen war.

Dora kam zu mir. »Was wollte Rex denn hier?«

»Sich vergewissern, dass bei uns alles in Ordnung ist.«

»Indem er dich küsst?«

»Ach, das hast du also gesehen?«

»Es war kaum zu übersehen.« Sie seufzte leise. »Delilah, er ist verheiratet.«

»Das weiß ich«, erwiderte ich, und meine Stimme war schneidend vor Empörung. »Ich habe ihn nicht geküsst. Er hat mich geküsst.«

»Aber du hast ihn nicht weggestoßen.« Ich antwortete nicht. »Und wenn er nun weitergemacht hätte?«

»Mit hypothetischen Fragen befasse ich mich nicht«, sagte ich von oben herab.

»Delilah, wirklich. So kannst du nicht weitermachen. Du kannst nicht einfach tun, was du willst, ohne an die Konsequenzen zu denken. Eines Tages wird bei deinen Spielchen jemand schlimm verletzt werden.«

Wenigstens dieses eine Mal entwickelte sie Temperament. Ihre Hände, diese fähigen, schweigenden Dora-Hände, waren zu Fäusten geballt und in die Hüften gestemmt, und ihr Gesicht war gerötet.

»Du solltest dich nicht von deiner Wut übermannen lassen«, sagte ich. »Davon kriegst du einen fleckigen Teint.«

Sie kam einen Schritt näher. »Ich meine es ernst, Delilah. Du kannst scherzen, so viel du willst, und so tun, als gäbe es auf der Welt nichts Ernstes. Aber auch andere Menschen haben Gefühle, weißt du. Und diese Gefühle können ziemlich tief sein.«

Ich verschränkte die Arme. »Über wessen Gefühle reden wir hier? Über Helens etwa? Denn Rex steht ziemlich weit unten auf ihrer Liste von Leuten, um die sie sich kümmern muss. Und wenn er hier bei mir herumschnüffelt, könnte das daran liegen, dass er sich ein bisschen einsam fühlt. Hast du darüber schon einmal nachgedacht?«

Die Farbe in ihrem Gesicht verblasste ein wenig. »Was sagst du da? Hast du etwa schon eine Affäre mit Rex?«

»Natürlich nicht«, versetzte ich. Nur mühsam gelang es mir, nicht laut zu werden. Dora stellte meine Geduld auf eine harte Probe. »Und das habe ich auch nicht vor. Wir sind nur Freunde – nicht dass dich das irgendetwas anginge. Aber wenn ich eine Affäre mit ihm hätte, wäre das so schlimm nun auch wieder nicht. Sie führen eine offene Ehe.«

»Das sagen die Leute immer, wenn sie ihre Seitensprünge rechtfertigen wollen.«

»Was willst du von mir, Dora? Du weißt, wie ich bin. Du

kennst mich länger als jeder andere, und du weißt, dass ich tue, was ich will. Die Katze lässt das Mausen nicht.«

Mit diesen Worten ließ ich sie stehen und ging die Zerstörung des Cannabisfeldes beaufsichtigen. Ich spürte, wie sich ihr Blick in meinen Rücken bohrte, als ich davonging.

Den Rest des Tages sprachen wir nicht mehr miteinander, doch am Abend tauchte ein Bote mit einer handgeschriebenen Einladung von Helen auf. Ich steckte das Blatt wieder in den Umschlag, leider nicht, bevor Dora die Handschrift erkennen konnte.

»Zitiert sie dich zu sich?«, fragte sie kalt.

»Sie feiert morgen eine Party, und ich bin eingeladen.«

»Nur du?« Ihre Stimme hatte einen hässlichen Unterton von Triumph, und ich wusste, sie hoffte, dass Helen vorhatte, mir klarzumachen, dass ich die Finger von Rex lassen sollte. Natürlich wollte ich mich gar nicht mit ihm einlassen, aber es lag auf der Hand, dass es leicht war, unsere Freundschaft falsch zu verstehen. Ja, er war schon etwas älter, aber er war immer noch attraktiv, und seine Vitalität konnte sogar Männer beschämen, die nur halb so alt waren wie er. Und Rex war so solide wie Stonehenge. Er war arriviert, und er strahlte eine Autorität aus, die ihn den meisten Männern haushoch überlegen sein ließ. Im Vergleich zu ihm wirkte Kit blass, und auch wenn die gemeinsamen Nachmittage mit ihm ausgesprochen lustvoll waren – Lust wird schnell langweilig, wenn ein Mann sonst nichts zu bieten hat. Und was Ryder betraf … ich unterdrückte jeden Gedanken an ihn, wie ich es schon getan hatte, als er auf Safari gegangen war. Es war sinnlos, über Ryder nachzudenken. Nein, Rex war ein Freund. Unter anderen Umständen hätte er mehr sein können als das, aber ich benahm mich einwandfrei, wenn ich mit ihm zu tun hatte. Es irritierte mich maßlos, dass Dora sich weigerte, das zu erkennen. Ich mochte es nicht, mich rechtfertigen zu müssen, egal, wem gegenüber, aber am allerwenigsten vor einem Waschlappen wie Dora.

Ich strich den Briefumschlag glatt und schob ihn mir in die Tasche.

»Ja. Nur ich.«

Am nächsten Abend kam Kit vorbei, um mich zu der Party abzuholen. Als er ankam, war ich noch dabei, mich anzuziehen und befestigte gerade mein schwarzes Seidenband. Ich trug Moses' Armband, um mir einen exotischen Touch zu verleihen, und meine Nägel hatte ich giftgrün lackiert, damit sie zu meinem mit Perlen bestickten Kleid passten. Meine Tanzschuhe waren eine wandelnde Sünde – die höchsten Absätze, die ich besaß, dazu gemacht, Männer zum Hinsehen zu bringen. Kit stieß einen leisen Pfiff aus, als er in der Tür zu meinem Schlafzimmer stand.

»Hat dir noch nie jemand gesagt, dass es ungehörig ist, unaufgefordert das Boudoir einer Dame zu betreten?«

Er hielt die lose baumelnden Enden seiner Fliege hoch. »Ich war nie sehr gut in diesen Dingen. Hilfe!«

»Du bist fünfunddreißig, Kit. Wie kann es sein, dass du nie gelernt hast, dir eine Fliege zu binden?«

Er zuckte mit den Schultern. »Rebellion gegen das Establishment. Außerdem trage ich normalerweise eine Krawatte. Viel weniger Aufwand, und außerdem kann man damit jemanden festbinden«, sagte er und grinste anzüglich.

Ich zog die Fliege unter seinem Kragen hervor. »Und du glaubst, mit einer Fliege kannst du dich nicht amüsieren? Gut, dann zeige ich dir, wie du sie binden musst. Aber pass gut auf.«

Ich stellte einen Fuß auf den Ankleidehocker und schob langsam mein Kleid hoch. Die Fliege legte ich unter meinen Schenkel und ließ die Enden darüber zum Vorschein kommen.

»Also, siehst du, dass ein Ende länger ist als das andere? Das legst du drüber und ziehst es unter dem anderen durch. So.«

Er streckte die Hand aus, und ich versetzte ihm einen Klaps. »Wo bleiben deine Manieren? Zieh die Enden schön fest, so gut wie möglich. Jetzt wird es schwierig, also pass gut auf.« Ich rückte das kurze Ende zurecht und band das lange fest darum. »Tu so, als wäre es ein Schmetterling, und halte die beiden Flügel zusammen«, befahl ich ihm und hielt die Schlaufen fest in einer Hand. »Siehst du das Loch hier hinten? Jetzt musst du dieses Ende nur noch ganz hindurchschieben. Dann lass los. Die Flügel entfalten sich wieder, und du musst sie nur noch ein wenig justieren. Ganz einfach.« Ich drehte meinen Schenkel in alle Richtungen, damit er mein Werk bewundern konnte.

Erneut streckte er die Hand aus, und ich schlug ein zweites Mal leicht darauf. »Böser Junge.« Ich band die Fliege wieder auf und legte sie ihm über die Schulter. »Du bist dran.«

Ich drehte ihn zum Spiegel und schob meine Hände unter seinen Armen durch, um ihm zu helfen. Er brauchte fast zehn Minuten, um die Fliege richtig zu binden, außerdem vier weitere Schläge auf die Hand, aber schließlich hatte er es geschafft und trat einen Schritt zurück. Nicht ohne Stolz schob er die Manschetten seines Hemdes über eine stilvolle goldene Armbanduhr zurück, die ich noch nie zuvor gesehen hatte. Das Geschäft mit der Kunst läuft offenbar immer besser, dachte ich.

»Ziemlich elegant«, sagte er. »Aber ich finde trotzdem, dass du eine abgebrühte kleine Fopperin bist, wenn du so etwas mit einem Mann machst und ihm dann keine helfende Hand reichst.« Er ergriff meine Hand und drückte sie flach an seinen Bauch. Er begann, sie nach unten zu schieben und sah mir weiterhin tief in die Augen.

Gerade als ich den Knopf seiner Hose berührte, zog ich die

Hand zurück. »Immerhin hast du jetzt etwas, woran du beim Dinner denken kannst.«

Auf dem Weg nach draußen warf ich einen Blick in den Salon, aber Dora war damit beschäftigt, sich Sorgen zu machen und irgendwelche Gegenstände in ein Sammelalbum zu kleben. Sie blickte nicht auf, als Kit und ich vorbeigingen, aber ich spürte, dass sie über uns nachdachte.

»Guten Abend, Dora«, sagte Kit. Ein kaum unterdrücktes Lachen lag in seiner Stimme. Dora errötete tief und murmelte einen Gruß.

»Viel Spaß mit dem Klebstoff!«, rief ich und warf die Haustür zu. Ich rannte fast zum Wagen und warf mich auf den Beifahrersitz. Die Nacht war warm, und Kit fuhr schnell, lieferte sich ein Wettrennen mit dem Mond, der hoch und voll über der Landschaft aufging. Das Haus erstrahlte im Lichterglanz, und einer der eingeborenen Diener öffnete uns die Tür.

»*Memsa* empfängt Sie im Bad«, sage er und brachte uns zu Helens Suite. Ich warf Kit einen Blick zu, doch er lächelte nur. Der Diener klopfte an und öffnete die Tür, ohne eine Antwort abzuwarten. Die berühmte Badewanne aus rosa Quarzstein war fast bis an den Rand mit nach Rosen duftendem Wasser gefüllt. Helen lag ausgestreckt darin, ihre weißen Brüste und Knie ragten aus dem schaumigen Wasser, als wäre sie eine alternde Aphrodite.

»Ihr Lieben! Ich bin so froh, dass ihr kommen konntet. Bedient euch, nehmt euch einen Drink.«

Ein Tablett mit Drinks stand auf ihrem Schminktisch, und Kit goss jedem von uns einen gut gekühlten Gin ein. Die Pembertons, gerade von der Küste zurück, waren schon da. Gervase stand in einer Ecke und hielt ein Glas in Händen, während Bianca auf dem Deckel der Toilette saß und sich an einer silbernen Spritze zu schaffen machte.

»Die liebe Bianca, immer schon so geschickt mit der Nadel«, sagte Helen und lächelte boshaft. Bunny Stevenson saß auf dem Rand der Badewanne und schnippte verspielt Wasser auf Helens Brustwarzen. Sie spritzte zurück und durchnässte seine Hemdbrust, bis sie unter schallendem Gelächter untertauchte. Es wirkte gezwungen, dieses Lachen – hektisch und ein bisschen zu schrill –, und ich fragte mich, ob sie sich ebenfalls an Biancas Drogen bedient hatte.

»Nun, wenn ich gewusst hätte, dass das Dinner im Bad stattfindet, hätte ich mir nicht die Mühe gemacht, mich zu frisieren«, sagte ich lässig. »Die Feuchtigkeit wird alles ruinieren.«

Mit seifiger Hand winkte Helen ab. »Keine Angst, Liebes. Wir sind fertig hier drin. Lasst uns zu Abend essen, ja?« Sie erhob sich, und der Arzt reichte ihr ein Handtuch. Sie trocknete sich nicht einmal ab. Sie hüllte ihren nassen Körper in einen Morgenrock aus blassrosa Seide und durchnässte die Marabufedern am Saum. Die Feuchtigkeit ließ den Stoff durchsichtig werden und auf ihrer Haut kleben.

Sie hakte sich bei mir unter wie ein klatschsüchtiges Schulmädchen, das Vertraulichkeiten ausplaudern will. »Ich interessiere mich leidenschaftlich für Geschichte. Hast du gewusst, dass französische Königinnen und Kurtisanen ihre Gäste im Bad zu empfangen pflegten? Und die Schönheiten zu Zeiten des Regency befeuchteten die Chemises, die sie unter ihren Kleidern trugen, um ihre Figur zur Schau zu stellen. Ich erweise nur der Geschichte die Ehre«, sagte sie, bevor sie erneut in Gelächter ausbrach.

Ich antwortete ihr nicht. Wahrscheinlich hätte sie mir ohnehin nicht zugehört. Sie führte uns in das Speisezimmer, und ich war überrascht, Mr Halliwell dort anzutreffen, dem ein wenig unbehaglich zumute zu sein schien. Helen machte sich an ihn heran und drückte sich mit den Brüsten an seinen Arm.

»Ich bin so froh, dass du gekommen bist, Lawrence. Ich hatte schon befürchtet, dass du dich nach dem letzten Mal zu sehr ängstigen würdest«, sagte sie. Sie zog eine Feder von ihrem Ärmel und kitzelte ihn damit. Ich sah Kit vielsagend an, doch er warf mir nur einen verschmitzten Blick zu, und mir wurde klar, dass er schon vor unserer Ankunft gewusst haben musste, in was für einer Stimmung Helen sein würde. Und dadurch, dass er mir nichts davon gesagt hatte, ließ er mich dafür bezahlen, dass ich ihn mit der Fliege geneckt hatte.

Wir hatten gerade die Suppe in Angriff genommen, als die Tür sich öffnete. »Ich hoffe wirklich, dass ich nicht zu spät komme.«

Ich blickte auf und vergaß für den Bruchteil einer Sekunde zu atmen. Noch nie hatte ich Ryder in etwas anderem als in seiner Buschkleidung gesehen. Er hatte sich gut zurechtgemacht. Sein Haar war zurückgekämmt und wirkte viel dunkler. Die ewigen Bartstoppeln hatte er fein säuberlich wegrasiert, und mit einem schwarzen Abendanzug und gestärktem Hemd war er tadellos gekleidet. Nur die goldenen Ohrringe verrieten, dass er ein Pirat war. Er setzte sich auf den Stuhl neben mir, und ich sah einen winzigen Faden getrocknetes Blut direkt unter seinem Ohr, wo er sich beim Rasieren geschnitten hatte. Plötzlich verspürte ich den Drang, die Zunge herauszustrecken und es zu kosten. Da drehte er den Kopf, und ich senkte den Blick. Eilig brachte ein Diener ihm einen Teller Suppe.

Die anderen begrüßten ihn, doch ich widmete mich meiner Suppe. Nach einer Weile ebbten die Gespräche ab und wurden in kleineren Gruppen wieder aufgenommen. Ryder beugte sich zu mir, die Lippen so nah an meinem Ohr, dass ich Gänsehaut bekam. »Ich höre, dass du in Schwierigkeiten warst.«

»Nichts, womit ich nicht fertiggeworden wäre. Hast du deine Tasche bekommen?«

Er schenkte mir ein strahlendes Lächeln. »Und ein Trinkgeld, das reichen würde, um noch eine *duka* zu kaufen.«

»Schön für dich.«

Doch trotz seiner erfolgreichen Reise strahlte er eine gewisse Nervosität aus. Er wirkte wachsam, und ich sah, dass sein Blick gelegentlich zu Helen und dann wieder um den Tisch zu den anderen Gästen wanderte, als ob er auf etwas wartete. Die Stimmung war in Rex' Abwesenheit irgendwie gestiegen, und das lag nicht allein an Helens seltsamer Laune. Die Männer tranken reichlich, besonders Kit, der entschlossen schien, sich noch vor dem Käse einen Vollrausch anzutrinken. Gervase fing an, eines seiner düsteren Gedichte aufzusagen, über einen Mann, der in die Leiche eines Mädchens verliebt war, das er zu Lebzeiten gekannt hatte, und Bunny hörte nicht auf, Helens Arme zu küssen, während sie etwas zu essen versuchte.

Mir gegenüber am Tisch saß Bianca, deren Pupillen im Licht der Kerzen riesig wirkten, und ich dachte an die Renaissanceschönheiten, die ihre Pupillen mit Belladonna weiteten, um verführerischer zu wirken. Bianca gereichte das absolut nicht zum Vorteil. Sie redete mehr als üblich, ihr Gesicht war gerötet und ihre Stimme schrill. Sie ertappte mich dabei, dass ich sie musterte, und starrte mich über den Tisch hinweg an.

»Was trägst du da? Ist das Eingeborenenschmuck?« Sie erhob sich von ihrem Stuhl und beugte sich über den Tisch. Bei dem Versuch, einen genaueren Blick auf mein Armband zu werfen, landete sie mit einem Knie in ihrem Teller. Als ich die Hand hochhielt, stieß sie einen leisen Schrei aus. »Wie primitiv! Hast du vor, eine neue Mode zu begründen?«

Ich zuckte nur die Schultern, und Gervase legte ihr einen Arm um die Taille und schob sie mit schmeichelnden Worten wieder zurück auf ihren Stuhl. »Vielleicht. Der Streifen aus grünen Perlen passt gut zu meinem Kleid, und ich dachte mir, dass es ihm eine ungewöhnliche Note verleihen würde.«

»Sehr kleidsam«, sagte Helen. Ich wollte gerade erklären, dass nur die Massai in Gideons Dorf diese Perlen verarbeiteten, doch bevor ich den Mund öffnen konnte, hatte Bianca angefangen, mit kleinen Stücken von ihrem Brötchen nach Lawrence Halliwell zu werfen.

Ich blickte Ryder an und verdrehte die Augen. »Nanu, eine Essensschlacht?«

Als ein Kotelettknochen an seinem Ohr vorbeizischte, aß er in aller Ruhe weiter. »Ich dachte, das wäre genau das Richtige für dich.«

Mit kühlem Blick erwiderte ich: »Eigentlich nicht. Ich ziehe erwachsenere Vergnügungen vor.«

Er antwortete nicht, und das Nahrungsmittelduell verlief so schnell im Sande, wie es begonnen hatte. Biancas schrilles Lachen wurde weinerlich, und als das Dessert serviert wurde, hatte sie erneut nach der Nadel gegriffen und sich ganz offen am Esstisch eine Spritze gesetzt. Helen machte ihr Vorhaltungen.

»Bianca, wirklich! Übertreib es nicht. Es sind heute mehr Männer als Frauen da. Wir wollen doch, dass jede Frau in bester Form ist.«

Entweder war Bianca nicht in der Stimmung, Helens Spielchen zu spielen, oder sie war schon zu abwesend, um ihr noch Aufmerksamkeit zu schenken. Sie stand vom Tisch auf und fing an, ein paar Takte Flamenco zu tanzen, klapperte mit den Fingern anstatt mit Kastagnetten und ließ ihren Schal flattern wie einen großen, plumpen Vogel.

Helen zwinkerte mir verschwörerisch zu, und bevor ich verstanden hatte, was sie meinte, räumten die Diener den Tisch ab und entblößten die lange Platte aus poliertem Holz. Helen erhob sich und zupfte sich fünf Federn vom Ärmel. »Es sind fünf Gentlemen anwesend und drei Ladys, also müssen wir uns etwas einfallen lassen.«

Sie legte eine Feder vor jeden Mann. »Jeder bläst diese Feder über den Tisch und in den Schoß der Frau seiner Wahl. Sie muss mit dem Mann gehen, dessen Feder zuerst in ihrem Schoß landet«, erklärte sie. »Die Gästezimmer sind alle für euch vorbereitet, und wenn ihr Lust habt, einen der übrig gebliebenen Gentlemen zum Zuschauen oder Mitmachen einzuladen, tut euch keinen Zwang an. Die zweite Runde fängt in zwei Stunden mit dem Lakenspiel an«, sagte sie fröhlich.

Sie klingelte mit einer kleinen Kristallglocke, und die Männer fingen an zu pusten. Bunny blies die Backen so heftig auf, dass ich mich wunderte, dass er nicht sofort einen Schlaganfall bekam. Er pustete seine Feder zu Helen, und sie lächelte ihn freundlich an. Kit pustete nur einmal und fing sogleich unbeherrscht zu kichern an. Er war viel zu betrunken, um weiterzumachen. Zu meinem Entsetzen sah ich Gervase und den Pfarrer in offenem Kampf darum, ihre Federn in ein und dieselbe Richtung zu bugsieren – zu mir.

Gerade als Gervases Feder über dem Tischrand schwebte, stand Ryder auf und ließ seine Feder in meinen Schoß fallen. »Sie gehört mir«, sagte er, packte mich am Arm und zog mich vom Stuhl hoch.

»Das ist Betrug«, protestierte Gervase, aber wir hatten das Speisezimmer schon verlassen und befanden uns auf dem Weg zur Haustür. Er schob mich in seinen Truck und ließ den Motor an.

Wir waren schon einige Minuten gefahren, bevor ich mich zu ihm drehte und ihn ansah. Das Mondlicht beleuchtete seine Züge, doch nicht einmal das silbrige Licht ließ sie sanfter erscheinen. Er war zornig.

»Warum habe ich das Gefühl, dass du die Hände lieber um meinen Hals als auf dieses Lenkrad legen würdest?«

Er trat so heftig auf die Bremse, dass hinter uns Erde und Kiesel hochspritzten. Dann stellte er den Motor ab, und nur noch das Ticken von heißem Metall und das leise Lied der Grillen waren zu hören.

»Soll ich dich zurückbringen?«

»Natürlich nicht. Ich bin sogar sehr froh über diese Rettung. Mit einem solchen Abend hatte ich absolut nicht gerechnet.«

»Was hast du denn geglaubt, was dort passieren würde?«

Ich überlegte, was ich sagen sollte, und entschied mich für die Wahrheit. »Ich dachte, dass sie wegen Rex über mich herfallen würde. Könnte ja sein, dass sie mir unsere Freundschaft übel nimmt.«

Ryders Augen wirkten in dem unsteten Licht so schwarz wie Tinte. »Helen ist zu klug, um so etwas zu tun. Ihre beste Rache hätte darin bestanden, dich auf eine ihrer kleinen Partys zu holen und dann alles Rex zu erzählen. Es war dumm von dir, hinzugehen.«

»Woher hätte ich das wissen sollen? Und wenn du so besorgt um mich warst, hättest du mich warnen können, als du angekommen bist, anstatt zu warten, dass die Dinge ihren Lauf nehmen und erst dann auf dein weißes Pferd zu steigen und mich wegzubringen.«

»Ich musste es wissen.«

»Was musstest du wissen?«

»Ob du dort sein *wolltest*. Du schienst dich nicht unwohl zu fühlen. Soweit ich sehen konnte, war dir völlig klar, was passieren würde, und du wirktest mehr als glücklich, daran teilzunehmen.«

»Mit Gervase Pemberton?«

»Tu nicht so verächtlich. Es wäre durchaus möglich.«

»Wäre es *nicht*. Auch wenn es dir schwerfällt, mir das zu glauben – ich habe bestimmte Ansprüche. Und denen wird Gervase eindeutig nicht gerecht. Auch gebe ich mich nicht wahllos mit irgendeinem Mann ab. Ich ziehe es vor, mich mit Leuten meiner eigenen Wahl zu amüsieren, vielen Dank auch.«

»Ich hoffe, du verstehst meine Verwirrung«, erwiderte er boshaft. »Du schläfst mit Kit. Das spricht nicht gerade für deine Ansprüche.«

»Oh, du hast es gerade nötig, mir Vorhaltungen zu machen! Nach allem, was man hört, lässt du in der ganzen Kolonie nichts anbrennen. Natürlich hast du gewusst, was uns heute Abend erwartet«, schloss ich triumphierend.

»Ja, ich bin schon einmal dort gewesen«, räumte er ein. Ob er damit eine der Partys meinte oder das Innere von Helen, wusste ich nicht, und ich wollte es auch auf keinen Fall wissen.

»Was dem einen recht ist …«, sagte ich. »Und außerdem hast du kein Anrecht auf mich, schon vergessen? Ich kann gehen, wohin ich will, und ich wüsste nicht, was dich das angeht.«

»Also gut«, stieß er zwischen zusammengebissenen Zähnen hervor. »Ich bringe dich wieder hin.«

Er griff nach dem Schalthebel, aber ich hatte die Nase voll. »Oh, Grundgütiger«, murmelte ich und schwang mich auf seinen Schoß, setzte mich rittlings auf ihn. Ich zog ihm die Jacke über die Arme hinab und nahm ihm die Fliege ab. Ich knöpfte sein Hemd auf und schob es ihm bis zu den Handgelenken hinunter, die dadurch gerade so fest gebunden wurden, dass er es spürte. Er öffnete den Mund, doch bevor er ein Wort hervorbringen konnte, hatte ich seine Hose aufgeknöpft und war mit der Hand hineingeschlüpft.

Es war nicht schön, und es war nicht sanft, und hätte uns jemand beobachtet, hätte er bestimmt gedacht, dass wir einander umzubringen versuchten. Vielleicht stimmte das auch. Ich stieß und schüttelte ihn, klammerte mich an ihn, frustriert wie nie zuvor, dass Knochen, Sehnen und Muskeln zwischen uns waren, und er behandelte mich auf dieselbe Art, Kratzer um Kratzer, blauer Fleck um blauer Fleck. Unsere Körper schienen plötzlich nur noch lästig zu sein, weil ich nichts anderes mehr wollte, als ihn zu verschlingen – oder mich von ihm verschlingen zu lassen, das war mir einerlei. Ich wollte verbrennen, bis nichts mehr von mir übrig bleiben würde als ein kleiner Haufen grinsender, aschiger Knochen. Ich wollte ihn mit bloßen Händen zerreißen, direkt zu seinem Kern vordringen, etwas Vollkommenes, Vollständiges, was ich mir in die Tasche stecken und nie wieder loslassen würde.

Auf der Rückfahrt nach Fairlight zündete ich mir eine Zigarette an. Einen Arm hatte er fest um mich gelegt, also führte ich die Zigarette an seine Lippen, und er nahm einen tiefen Zug. Ich rauchte sie auf, und als wir in Fairlight ankamen, blies ich den letzten Rauch aus.

»Delilah –«

»Du bist doch nicht so dumm zu glauben, dass wir darüber reden müssen, oder?«

»Nein. Ich weiß, dass sich dadurch nichts ändert. Du bist, wer du bist. Und es ging dir nicht um mich, eigentlich nicht. Es hat dich gejuckt, du hast dich gekratzt, und ich war schwach genug, es zuzulassen.«

Es waren bittere Worte, doch seine Stimme klang gleichmütig. Meine Hand zitterte ein wenig, als ich die Zigarette an der Sohle meines Schuhs ausdrückte.

»In ein paar Tagen breche ich wieder zum Lake Macheo auf, um dort zu jagen und zu fischen«, erklärte er. »Eine Woche lang werde ich nicht hier sein.«

Als ich aus dem Truck stieg, hörte ich unter meinem Absatz etwas knirschen. Das kleine Massaiarmband, das Moses mir geschenkt hatte. Es war zerrissen, obwohl ich nicht sagen konnte, wer von uns beiden es gewesen war. Ich hob es auf, schlug die Wagentür zu und beugte mich über das offene Fenster. Das Innere des Trucks roch nach verbranntem Tabak und meinem Parfum und dem salzigen, verschwitzten Geruch unserer Körper. Eine Handvoll Perlen von meinem Kleid schimmerten auf dem Sitz und dem Bodenbrett wie glitzerndes Konfetti.

»Gute Reise«, sagte ich leichthin.

Einen langen Augenblick starrte er mich an, dann schüttelte er den Kopf. »Das darf nicht noch einmal passieren, Delilah. Es wird nicht passieren.«

»So ein großer Mann und so viel Angst!«

»Du hast keine Ahnung.«

»Warum? Warum fürchtest du dich so vor mir?«

Mit einer Fingerspitze berührte er meine Herzgegend. »Ist das die Stelle, an der du die Kerben machst? Eine Narbe für jeden von uns, bis nichts mehr übrig ist, um zu fühlen? Du hast eine Mauer um dich errichtet, eine Meile hoch und eine Meile dick, und nichts wird sie zum Einstürzen bringen.«

»Ausgerechnet du musst von Mauern sprechen.«

»Meine hat Risse, Prinzessin. Und das ist das Problem. Wenn ich es zulasse, wirst du dafür sorgen, dass mir das ganze gottverdammte Ding um die Ohren fliegt.«

»Und das kannst du nicht erlauben?«

»Nein«, sagte er mit tonloser Stimme. »Das kann ich nicht. Es gibt Frauen und Orte, die einem unter die Haut gehen, ins Blut und dann direkt in die Knochen fahren. Und dort bleiben sie für immer. Afrika hat das bei mir schon geschafft. Da kann ich dich nicht auch noch gebrauchen.«

»Wie poetisch.« Ich sprach leise und lächelte, doch innerlich fror ich. Er dachte in denselben Bildern wie ich. Und ein Mann, der dieselbe Sprache sprach, war ein gefährlicher

Mann. »Vielleicht ist das unser Problem, Ryder. Wir sind uns einfach verdammt ähnlich.«

Er schwieg, und ich verstand, dass es sinnlos war.

Ich schenkte ihm mein betörendstes Lächeln. »Versuch, nicht an mich zu denken, wenn du weg bist. Ablenkungen können tödlich sein draußen im Busch.«

Er machte Anstalten, auf die Tür zuzustürzen, und ich tänzelte rückwärts und flüchtete ins Haus. Es war so spät, dass niemand mehr auf mich wartete, also machte ich mich selbst bettfertig. Ich nahm kein Bad. Ich streifte mein ruiniertes Kleid ab und warf es in eine Ecke. Das Armband landete im Schmuckkästchen auf meinem Schreibtisch – neben der Coldcream, um die ich mich nicht weiter scherte. Ich krabbelte geradewegs ins Bett, viel zu aufgewühlt, um zu schlafen. Ich fühlte mich, als hätte ich nach einem elektrischen Draht gegriffen und könnte nicht mehr loslassen. Stundenlang lag ich wach, beobachtete die wandernden Schatten durch das Moskitonetz über meinem Bett. Irgendwann muss ich eingeschlafen sein. Als ich aufwachte, war es heller Tag, und noch immer roch meine Haut nach Ryder.

18

Am nächsten Morgen erschien Gideon. Erneut hatte Ryder ihn zurückgelassen, damit er auf mich aufpasste, und wieder war ich froh darüber. Das hätte ich nicht sein sollen. Ich hätte empört sein müssen, dass er mir nicht zutraute, auf mich selbst achtzugeben. Aber Gideon kam für Ryder einem besten Freund am nächsten; mit ihm zusammen zu sein, bedeutete in gewisser Weise, auch mit Ryder zusammen zu sein. Und wenn ich innegehalten hätte, um darüber nachzudenken, wie sehr ich mir das wünschte, hätte ich mich zu Tode gefürchtet, also tat ich es nicht. Ich dachte nicht daran, wie er sich anfühlte, auf mir und in mir, und vor allem dachte ich nicht darüber nach, was diese Nacht vielleicht zu bedeuten hatte. Diesen Gedanken packte ich so weit weg wie möglich, faltete ihn zusammen, legte ihn in einen Koffer ganz hinten in meinem Kopf und knallte den Deckel zu. Zahlreiche andere Gedanken leisteten diesem Gesellschaft.

»Habari zu asabuhi, Bibi«, sagte Gideon.

»Dir auch einen guten Morgen.«

»Ich bin gekommen, weil ich Sie um etwas bitten möchte.«

Verwundert starrte ich ihn an. Gideon bat mich sonst nie um etwas. Ich hob eine Braue.

»Mein *babu* wünscht Sie zu sehen. Würden Sie mit mir in unser Dorf gehen?«

»Natürlich. Moses nehmen wir mit, dann kann er euren *babu* auch besuchen.«

Ich sagte Dora, dass wir gehen würden, doch sie schenkte

mir keine Beachtung. Demonstrativ hatte sie mein zusammengeknülltes, ruiniertes Kleid in der Ecke in meinem Zimmer liegen lassen, doch meine zerrissenen Strümpfe waren sorgfältig gewaschen und in meinem Bad zum Trocknen aufgehängt worden. Das war ihre Art, Missbilligung auszudrücken – ohne Worte, aber überhaupt nicht still. Die Geste sprach Bände über ihre Verachtung. Sie fragte nicht, mit wem ich zusammen gewesen war, und von mir aus sagte ich es ihr nicht. Soweit ich es beurteilen konnte, sprach sie noch immer so wenig wie möglich mit mir, und auf dem Weg nach draußen knallte ich erneut die Tür, nur um etwas Lärm im Haus zu machen.

»*Memsa* Dora ist unglücklich«, bemerkte Gideon, als wir uns auf den Weg zur Weide machten.

»Eigentlich nicht. Weißt du, *Memsa* Dora lehnt mich ab, und das macht sie tatsächlich sogar ziemlich glücklich. Es gefällt ihr, irgendetwas besser zu können als ich.«

»Das verstehe ich nicht, *Bibi.*«

Ich stieß einen Seufzer aus und atmete die kühle, blaurote Morgenluft ein. »*Memsa* Dora hat mich schon immer ein bisschen gehasst. Wir haben unsere Kindheit zusammen verbracht. Unsere Väter waren Cousins. Als ich zu meinem *babu* nach England zog, war Dora immer dort. Doch als wir älter wurden, haben sich die Dinge für uns unterschiedlich entwickelt. Meine Familie hatte Geld, Doras nicht. Das hat sie mir übel genommen.«

»Ist das alles?«

»Nein. Mein Leben war schwierig, aber es war aufregend, Gideon. Ich habe Männer geliebt, und sie haben meine Liebe erwidert. Zeitungen haben über mich geschrieben, und ich bin durch die halbe Welt gereist. Im Vergleich dazu ist Doras Leben sehr eng. Die meiste Zeit hat sie in einem winzigen Dorf in England verbracht, während ich herumgezogen bin.«

»Herumgezogen?« Er runzelte die Stirn. Auf der anderen Seite der Weide stand Moses und sang den Kühen, die um ihn herum friedlich grasten, leise etwas vor.

»Das bedeutet, dass ich viel gereist bin. Ich hatte Spaß. Ich habe *gelebt.*«

Er lächelte. »Dann ist Ihr Leben wie meins. Ich habe viel von der Welt um mein Dorf herum gesehen, und ich hatte Spaß. Auch ich habe gelebt.«

Gideon meinte das ernst. Wahrscheinlich hatte er sich nie mehr als hundert Meilen von dem Dorf entfernt, in dem er geboren war, und er hatte jede einzelne Meile zu Fuß zurückgelegt, doch er betrachtete sich selbst als weit gereisten Mann.

»Ich habe viel gesehen, und ich habe großartige Freundschaften geschlossen«, fuhr er fort. »Aber Moses hat das nicht. Er ist in unserem Dorf geblieben, und sein Leben ist sehr eng, wie das von *Memsa* Dora.«

»Dann verstehst du, was ich meine.«

Er schüttelte den Kopf, und seine Perlen klimperten leise. Das Geräusch erinnerte mich an den Rosenkranz meiner Großmutter. Sie betete ihn zweimal am Tag, jeden Tag, betete auf Knien im Rosenduft des Weihrauchs, den sie in ihrem Schlafzimmer verbrannte. Hinter vorgehaltener Hand behaupteten die Bediensteten sogar, dass immer, wenn sie Grandmas Kissenbezüge wuschen, ein kaum sichtbarer Heiligenschein in das Leinen gesengt war.

»Ich verstehe es überhaupt nicht, *Bibi.* Moses und ich sind sehr verschieden, aber wir sind Brüder. Und ich wäre niemals ärgerlich auf ihn, weil er etwas hat, und er wäre auch niemals ärgerlich auf mich. Er wohnt in meinem Herzen und ich in seinem.«

Ich schluckte hart. »So sollte es auch sein, Gideon.«

»Dann sollten Sie vielleicht versuchen, Ihren Streit mit

Memsa Dora in Ordnung zu bringen, egal, worum es geht«, sagte er ganz ruhig zu mir. »Es ist nicht gut, Ärger mit sich herumzutragen. Das macht einem das Reisen schwer.«

Er drehte sich um und hob einen Arm. Als Antwort darauf hob auch Moses einen Arm, und ein breites Lächeln huschte über sein Gesicht.

»Ich werde es versuchen, Gideon«, versprach ich.

In der kühlen Morgenluft fiel mir der Gang zum Dorf leicht, und als wir ankamen, saß ihr *babu* draußen vor seiner Hütte, um uns zu empfangen. Gideon und Moses exerzierten die übliche Begrüßungszeremonie durch, und ich wartete, bis ich an der Reihe war, bevor ich den Kopf neigte. *»Shikamoo, Mzee.«*

»Marahaba.«

»Asante«, antwortete ich. Und damit waren wir beide mit unserem Suaheli am Ende. Der *babu* sagte etwas zu einer der Frauen, die sich in der Nähe herumdrückten, und sie verschwand in einer Hütte und kam einen Augenblick später mit den üblichen Kalebassen voll Milch und Rauchtee wieder zum Vorschein. Zum Dank lächelte ich sie an und trank einen kleinen Schluck.

Der *babu* wandte sich an Gideon und fing an, schnell auf Maa auf ihn einzureden. Ich wartete auf die Übersetzung. Der *babu* war in seinen langen braungrauen Pelzumhang gehüllt. Beim letzten Mal hatte ich danach gefragt, und Gideon hatte mir erklärt, dass er aus dem Pelz von Schliefern gemacht war, drolligen Nagern mit runden Ohren. Schliefer waren recht niedlich anzusehen, doch sie hatten üble Zähne, mit denen sie gnadenlos zubeißen konnten. Tusker hatte mir erzählt, dass sie einen als Haustier gehalten hatte, bis er ihr ein Loch ins Ohrläppchen gebissen hatte.

Nach einem langen Wortwechsel lehnte der *babu* sich zurück und wartete, bis Gideon übersetzt hatte. Sanft fächerte er sich mit einem aus Zebraschweif gefertigten Fliegenwedel Luft zu und verjagte die Insekten, die sich angesammelt hatten. Seine kleinen, runden Augen spähten hinter dicken Brillengläsern hervor. Während Gideon sprach, musterte der alte Mann mich aufmerksam, als wollte er sich vergewissern, dass auch jedes seiner Worte an mich weitergegeben wurde.

»*Babu* sagt, er habe gehört, wie tapfer Sie sich mit *Bwana* Gates auseinandergesetzt haben.«

»Wo hat er das denn gehört?«

Gideon grinste. »Ich habe es ihm erzählt. Er sagt, *Bwana* Gates ist ein böser Mensch, und solche Bösartigkeit hinterlässt Spuren. Die Nachwirkungen seines bösen Wesens sind hier noch zu spüren.«

Die Sonne stand hoch am Himmel und übergoss uns mit ihren goldenen Strahlen. Der Marsch hatte Schweißperlen auf meine Schläfen treten lassen, und dennoch zitterte ich. Grandma Miette und Teenie und Angele hatten das Böse kennengelernt, und sie hatten sich große Mühe gegeben, es zu vertreiben, wenn es angekrochen kam. Sie sagten, dass es Arten des Bösen gäbe, bei denen das nicht gelang, egal, wie sehr man es versuchte oder wie weit man wegrannte. Wenn es wollte, fand es einen.

Aber ich konnte mir nicht vorstellen, dass Gates so böse war, wie der *babu* glaubte, oder dass er mir ernsthaft Schaden zufügen würde. Er tyrannisierte die Leute, und ich hatte ihn ebenfalls tyrannisiert.

»Bitte danke deinem *babu* für seine Sorge und sag ihm, dass ich aufpassen werde.«

Er wiederholte dem alten Mann meine Worte, doch er hatte sie kaum ausgesprochen, als der *babu* schon energisch den Kopf schüttelte. Er griff in seinen Umhang und zog einen kleinen Lederbeutel heraus, der mit Perlen und Kupferdraht in einem komplizierten Muster bestickt war. Er roch nach Rauch und Erde, nach kaltem Schweiß und alterndem Fleisch, genau wie der alte Mann selbst.

Er drückte mir den Beutel in die Hand.

»Was ist das? Eine Art Schmuck?« Ich drehte ihn in meiner Handfläche um und fühlte etwas Knotiges in seinem Inneren – ein paar Kieselsteine, etwas, was raschelte wie Blätter und noch irgendetwas, was schmal und verdächtig lang und hart war. Ein Stück von einem Knochen?

»Es ist ein Amulett zu Ihrem Schutz, *Bibi.* Mein *babu* ist ein sehr guter Freund des mächtigsten *laibon* unseres Stammes«, fügte er nicht ohne Stolz hinzu.

»*Laibon?* Was ist das? Eine Art Medizinmann?«

»Ein *laibon* ist ein Mann, der über mächtige Zauberkräfte verfügt. Mein *babu* hat mit ihm gesprochen, und er hat dies hier für Sie gemacht.«

Mit einem Kopfnicken deutete ich auf seinen Hals. »Wie ich sehe, hast du auch eines.«

»Genau wie Moses. Mein *babu* sagt, es ist notwendig.«

Ich zuckte mit den Schultern und band das Ding an eine Schlaufe meines Gürtels, um es dann in der Tasche verschwinden zu lassen. »Reicht das so?«

Angestrengt spähte der *babu* durch seine Brille und nickte widerstrebend. Er war nicht ganz zufrieden, doch schließlich sagte er zu Gideon, dass es ausreichte, und ich war froh. Ich hatte nicht die Absicht, das übel riechende Ding direkt unter meiner Nase zu tragen. Es konnte in meiner Tasche bleiben, und ich hoffte nur, dass Dora sich nicht über den Geruch beschweren würde, wenn es Zeit zum Wäschewaschen war.

»Ich behalte es, aber nur, damit der *babu* glücklich ist. Gates ist ein Rüpel. Sobald man so einem zeigt, wo es langgeht, zieht er den Schwanz ein und haut ab.« Ich verneigte mich vor dem *babu,* um ihm zu danken.

Er hob die Hand und legte sie mir auf den Kopf, wo er sie lange in einer priesterlichen Geste liegen ließ. Dann wandte er sich wieder an Gideon.

»*Babu* sagt, dass der Gentleman in der Uniform Ihnen noch immer folgt, aber er geht mit dem Tod, *Bibi.* Der Tod ist sein Freund.«

Ich schwieg und trank noch etwas von dem scheußlichen Tee. In Anbetracht der Tatsache, dass ich Johnny fast zehn Jahre zuvor beerdigt hatte, überraschte es mich keineswegs, dass der Tod sein Freund war.

Mit einer Stimme so verrostet wie ein altes Akkordeon fuhr der *babu* fort.

»*Babu* sagt, dieser Mann beobachtet Sie, aber der Tod wartet, dass ein anderer Mann ihm Gesellschaft leistet.«

Noch immer schwieg ich, doch meine Hand zitterte, als ich die Kalebasse hob.

»*Babu* sagt, Sie sind so stark wie eine Massaifrau, und das ist gut so.«

»Warum? Braucht er eine, die ihm ein Haus baut?«, fragte ich vorlaut und lachte.

Gideon übersetzte, und zu meinem Erstaunen schlang der *babu* die Arme um seinen schmächtigen Körper und rang keuchend nach Luft.

»*Babu* lacht. Er wünscht sich kein Haus, *Bibi.* Er sagt, Ihr Geist ist stark, und das ist gut. Sie werden Kummer ertragen müssen. Dafür ist es gut, wenn man einen starken Rücken hat.«

Daraufhin stand ich auf und zollte dem *babu* meinen Respekt. Er segnete uns, und wir gingen fort, lenkten unsere Schritte auf den Pfad, auf dem wir nach Fairlight zurückkehren würden. Bei jedem Schritt dachte ich an Johnny und an den Mann, den der Tod erwartete. Und ich dachte an Ryder draußen im Busch, wo ein gebrochenes Bein oder der Biss einer

Schlange oder das Fieber einen Menschen zwischen Frühstück und Mittagessen umbringen konnte.

Wenige Tage nach Helens Party erschien Rex auf Fairlight. Er wirkte nach seiner Reise nach Nairobi ein wenig ausgezehrt, doch er lehnte es ab, etwas zu essen oder zu trinken. Dodo, die noch immer schmollte, verschwand unauffällig und ließ uns im Salon allein. Er saß neben mir auf dem Sofa und ließ den Arm wie zufällig oberhalb meiner Schultern ruhen, als er die Augen schloss.

»Sie sehen erschöpft aus. Wollen Sie wirklich nichts essen?«

Er öffnete die Augen, dann schüttelte er den Kopf, als müsste er wieder zu Verstand kommen. »Nein. Es hilft schon, einfach hier zu sein.«

»Was ist in Nairobi passiert?«

»Eine Katastrophe«, sagte er und verschluckte fast die Silben. »Der Gouverneur hat vor, aus England zurückzukommen. Er gibt auf.«

»Sie meinen, keine Unabhängigkeit für Kenia?«

»Genau das meine ich.« Seine Lippen wurden schmal. »Alles, wofür ich in den letzten fünfzehn Jahren gearbeitet habe, und er lässt zu, dass es uns einfach durch die Lappen geht. Es liegt an seiner Gesundheit. Er ist nicht stark genug, um den Kampf durchzustehen.«

Rex wirkte erschüttert, und ich legte meine Hand auf seine. »Das tut mir leid.«

Er fasste kurz zu, dann ließ er wieder los.

»Entschuldigen Sie. Ich weiß, ich habe kein Recht, Sie mit meinen Sorgen zu belasten. Ich sollte direkt nach Hause fahren, aber Helen – « Er verstummte, dann räusperte er sich. »Als wir uns kennenlernten, war sie anders, wissen Sie. Wild natürlich, genau wie Sie.« Er verzog leicht den Mund. »Ich dachte, in Afrika würde sie zur Ruhe kommen. Stattdessen scheint alles noch schlimmer zu werden. Jedes Mal, wenn ich ihr vorschlug, von hier wegzugehen, hat sie gedroht, sich umzubringen. Ich konnte es nicht mehr ertragen, sie leiden zu sehen. Wissen Sie, ich liebe sie noch immer. Ich liebe sie so sehr«, fügte er hinzu und lächelte entschuldigend. »Also haben wir eine Abmachung getroffen. Wir bleiben hier, und sie versucht, mir eine gute Ehefrau zu sein, wenn ich sie brauche. Wenn ich geschäftlich in Nairobi bin, ist sie frei, zu tun und zu lassen, was immer sie will. Ich hatte keine Ahnung, wie schlecht es ihr ging, bis ich vor einigen Jahren früher nach Hause kam und –«

Erneut verstummte er, und ich setzte ein argloses Lächeln auf. »Ich kann es mir vorstellen.«

»Können Sie das wirklich? Ich weiß es nicht. Arme Helen. Immer trifft sie die falsche Wahl. Damals kam ich nach Hause und erwischte sie dabei, wie sie sich mit Biancas Spritze etwas injizierte. Sie hielt ein Laken in der Hand. Es waren Löcher hineingeschnitten, damit die Gentlemen aus der Gegend sich entblößen und die Damen sie miteinander vergleichen konnten.«

Das war also das Lakenspiel, das ich verpasst hatte. Ich bedauerte es keineswegs.

»Natürlich hat sie sich bei mir entschuldigt, und ich habe alle weggeschickt. Danach hat sie sogar versucht, sich zu benehmen. Aber Einsicht zu verlangen, das überspannte den Bogen, sogar für jemanden, der so biegsam ist wie Helen. Es ist nur eine Frage der Zeit, bevor sie wieder einen Fehltritt begeht, zu viel trinkt oder diese üblen Drogen nimmt oder sich auf eine Affäre mit einem Nachbarn einlässt. Es ist einfach abscheulich.«

Erneut schloss er die Augen und ließ die Hand reglos auf dem Sofa zwischen uns liegen. Er trug keinen Ehering, nicht einmal ein schmaler Streifen blasser Haut unterbrach die Bräune seines Fingers. Er seufzte tief und schlug die Augen wieder auf. Sie waren blau und doch so ganz anders als Ryders Augen. Ryders Augen waren wie das Meer, unberechenbar und wechselhaft. Die von Rex waren wie der gleichförmige, kühle Himmel des Nordens.

»Wissen Sie, wahrscheinlich wird sie nicht mehr lange leben«, sagte er auf einmal. »In diesem Tempo kann sie nicht weitermachen. Eines Tages wird ihr Herz oder ihre Leber versagen. Für beides bekommt sie schon jetzt Medikamente. Niemand hier weiß davon, aber nur der Arzt in Nairobi hält sie noch am Leben.«

»Rex, das tut mir furchtbar leid.«

»Ich habe lange gebraucht, um mich damit abzufinden. Sie ist wie ein Kind. Ein verwöhntes, liebreizendes Kind, ein prächtiges, zauberhaftes Wesen, und ich kann kaum glauben, dass sie jemals mein war. Ich weiß nicht, was ich tun werde, wenn sie einmal nicht mehr ist.«

Wieder bedeckte ich seine Hand mit meiner, und jetzt entzog er sich nicht mehr.

»Sie sind ein süßes Mädchen«, sagte er und führte meine Hand an seine Wange. Plötzlich kehrte das Leben in seinen Blick zurück. »Sie sollten bei uns bleiben. Ich glaube, Sie wären glücklich in einem neuen, freien Kenia.«

Ich wählte meine Worte mit Bedacht. »Ich dachte, Sie sind gerade dabei, diesen Traum aufzugeben.«

Er lächelte, und in seinem Blick flackerte etwas auf, als er meine Hand losließ. »Eine Karte habe ich noch, die ich ausspielen kann. Es ist noch nicht offiziell verlautbart worden, aber ich weiß aus gut unterrichteten Kreisen, dass der Duke und die Duchess of York uns im nächsten Jahr einen Besuch abstatten werden.«

»Tatsächlich? Und wird das Ihrer Sache nützen?«

»Es ist noch zu früh, um das zu sagen, meine Liebe«, sagte er ein wenig abweisend. »Aber der zweite Sohn des Königs könnte ein mächtiger Verbündeter sein, und ich habe die Hoffnung, dass wir den Duke zur Einsicht bringen können, wo andere gescheitert sind. Wenn wir Erfolg haben – nun, dann steht uns eine blendende Zukunft bevor.«

Ich öffnete den Mund, doch er schüttelte den Kopf. »Ich hätte besser nichts gesagt. Aber Ihre Gesellschaft ist äußerst wohltuend für mich, Delilah. Sie waren mir ein wundervoller Trost, meine Liebe«, sagte er leichthin. Er stand auf. »Ich muss gehen, aber wenn Sie mich brauchen, müssen Sie es nur sagen.«

Dann schwieg er, lächelte mich nur noch einmal traurig und vielsagend an und machte sich auf den Weg. Leise schloss er die Tür hinter sich.

In dieser Nacht erwachte ich jäh, ohne zu wissen, warum. Im Garten zirpten die Grillen, die Ziegenmelker aber waren verstummt. Ich wartete auf ein Geräusch, doch es kam keines – kein Knacken im Busch, das auf ein Flusspferd hindeutete, nicht das schrille Lachen der Hyänen. Nichts als das hohe, aufdringliche Zirpen der Insekten und das Gefühl, dass irgendetwas nicht stimmte. Ich zündete mir eine Zigarette an und wartete. Der Vollmond war hinter einem Schleier aus Wolken verschwunden, und das einzige Licht kam von meiner glühenden Zigarette, die aufblitzte wie ein Glühwürmchen. Noch immer wartete ich, aber nichts geschah, und nach einer Weile drückte ich die Zigarette aus und drehte mich im Dunkeln auf die andere Seite.

Beim zweiten Mal waren es die Schreie, die mich weckten. Omar, der Koch, schlug Alarm, rief nach Pierre, der wiederum nach mir rief. Ich streifte mir ein Kleid über und zog mir Stiefel an, ohne mir die Zeit zu nehmen, etwas ordentlich zuzuschnüren. Ich rannte hinaus, und dort fand ich sie; mit der völligen Reglosigkeit, die nur der Tod mit sich bringt, lagen sie da. Ihre Hälse waren umgedreht und die Federn überall in dem kleinen Auslauf verteilt.

»Wer hat das getan?«, fragte ich laut. »Ein Tier? *Un animal?*«

Pierre deutete auf den verschlossenen Auslauf und antwortete stockend auf Französisch: »Ein Tier kann nicht durch Zäune gehen, *madame.*«

Er hatte recht. Ich überprüfte den kleinen Hühnerhof, und der Drahtzaun wies kein einziges Loch und auch keinen umgeknickten Abschnitt auf. Er war so stabil wie an dem Tag, als er errichtet wurde. Ich wischte mir den Staub von den Händen und befahl dem Koch, die Hühner zu rupfen und so viel Fleisch wie möglich zu retten, damit die Feldarbeiter es essen konnten.

Er wich vor mir zurück und streckte die Hände aus, als wollte er mich fortschieben.

»Was ist los?«

Pierre blickte vom Koch zu mir. »Niemand wird diese Hühner essen, *madame.* Sie sind mit bösem Zauber in Berührung gekommen.« Auf Französisch besaßen diese Worte eine abschreckende Anmut. *Mauvaise magie.*

»Böser Zauber? Sei nicht albern. Diesen Schaden hat ein Mensch angerichtet, der mit einem Schlüssel und viel Missgunst ausgestattet war. Und ich glaube, wir alle wissen, um wen es sich handelt.«

Pierre zuckte mit den Schultern. »Ein Mensch kann bösen Geistern befehlen, ihm zu gehorchen.«

»Das hier hat kein Geist getan. Das war ein Mensch«, wiederholte ich. Aber Pierre und Omar rührten sich nicht vom

Fleck. Sie weigerten sich sogar, die Hühner anzufassen, und ich musste einen der kühneren Kikuyu auftreiben, um die Gerippe zu entfernen und sie zu verbrennen. Nur so konnte der böse Zauber aufgehoben werden, darauf bestand Pierre, nicht ohne hinzuzufügen, dass die Dienste eines ortsansässigen Medizinmannes gewiss nicht schaden würden.

Ich unterdrückte einen Fluch. Plötzlich merkte ich, dass es Tag geworden war. Die Sonne war vollständig aufgegangen, ein großer, blutroter Ball, der direkt über dem Horizont stand. Doch es war kein Geräusch zu hören von den Kühen, keine beharrliche Aufforderung, sie zu melken, keine Laute von Moses, um sie auf die Weide hinauszutreiben.

»Nein!«, brüllte ich und rannte los, als ginge es um mein Leben.

Ich roch das Blut, bevor ich das Scheunentor öffnete. Der Boden war nass davon, und ich rutschte aus, als ich hineinstürmte. Die Kühe waren stille Fleischklumpen, bereits im Verrotten begriffen. Aber irgendetwas in dieser Scheune lebte noch, das wurde mir plötzlich klar. Ich warf mich neben Moses auf den Boden und tastete an seinem Hals nach dem Puls. Ich fand ihn, schwach und dünn wie bei einem Vogel. Unregelmäßig zwar, aber er war da. Ich untersuchte ihn auf gebrochene Knochen oder andere Verletzungen und stellte fest, dass er eine schlimme Wunde am Kopf hatte. Sein Blut hatte sich mit dem der Kühe vermischt, und ich hob ihn hoch und brachte ihn fort von diesem finsteren Ort, der nach Tod roch. Ich trug ihn hinaus ins Freie und brach zusammen, gerade als Gideon auf mich zuging. Er hatte Feuerholz geholt. Das Lächeln auf seinem Gesicht verschwand, als er die Arme sinken und seine Last zu Boden fallen ließ. Er rannte los und setzte über den Weidezaun, als wäre es nur ein kleiner Busch. Er nahm seinen kleinen Bruder in die Arme.

»Er braucht einen Arzt, Gideon. Einen richtigen Arzt. Das kann ich nicht behandeln. Mit Kopfwunden habe ich nicht genug Erfahrung.«

Gideons Miene versteinerte. »Nein, *Bibi*. Hier haben sich schon genug weiße Männer eingemischt. Ich bringe ihn zu unserem *babu.«*

Mit Moses, der schlaff in seinen Armen lag, erhob er sich. »Gideon, hier geht es nicht um Magie. Kein Zauberspruch kann das in Ordnung bringen. Er braucht richtige Medizin.«

Gideon warf mir einen bekümmerten Blick zu, als wäre ich ein Kind, das seine Lektion nicht begreift.

»Nein, das war keine Zauberei, *Bibi*. Sondern es war böse. Und davon versteht niemand mehr als unser *babu.«*

Ich stritt mich nicht mit ihm. Er trug seinen Bruder über den staubigen Pfad, und ich lief hinter ihnen her, hielt Gideons Speer und passte auf, ob hinter ihm Löwen auftauchten. Das war das Mindeste, was ich tun konnte.

Den Rest des Tages verbrachte ich mit den Massai und sah genau zu, als die Ältesten sich bemühten, Moses das Leben zu retten. Der *babu* hatte den *laibon* herbeigerufen, den Zauberer des Stammes, der örtliche Heiler und Austreiber von Dämonen. Er behandelte die Kopfwunde mit den Heilmitteln der Eingeborenen und bereitete mehrere Arzneitränke zu, die dem Jungen löffelweise eingeflößt wurden. Er erklärte, welche Kräuter er benutzte und wie jedes davon helfen würde. Eines konnte die Schwellung lindern, eines die Blutung stillen, ein anderes für friedlichen Schlaf sorgen. Ich hörte nicht viel von dem, was er sagte. Den Großteil der Zeit verbrachte ich damit, an Gates zu denken und daran, wie dumm ich gewesen war, weil ich ihm nicht die Schlüssel abgenommen hatte, als ich ihn vom Grundstück warf. Und ich dachte an das, was ich tun würde, wenn ich ihn in die Finger kriegte.

Nach einigen Stunden stellte eine der Frauen einen Blechnapf mit Maisbrei und eine Kalebasse mit dampfend heißer Milch vor mich hin. Ich hatte nicht geglaubt, hungrig zu sein, aber ich trank die Milch und aß den Brei und fühlte mich ein bisschen besser. Stundenlang saßen Gideon und ich vor der Hütte und redeten. Er erzählte mir Geschichten über Moses, wie klug der Junge war und was für Pläne er für seinen kleinen Bruder hatte. Wir redeten über seine Tapferkeit und seine gewinnende Art, sein strahlendes Lächeln und seine Neugier. Und dann fing ich zu erzählen an, Geschichten über meine Grandma Miette – wie sie die anderen weißen Frauen mit den dunklen Dingen schockierte, die sie manchmal mit Angele und Teenie tat. Ich erzählte ihm von dem *chaudron,* dem Kessel für den Zucker, der so groß war, dass ein Mensch darin Platz hatte, ein großes, gusseisernes Ungeheuer, das am Rand der Zuckerrohrfelder hockte und auf die Alchemie von Feuer und Zuckersaft wartete. Es war ein Schmelztiegel, der den dicken Sirup einkochte und die Luft mit süßem Rauch erfüllte.

Manchmal aber, wenn das Feuer aus anderen Gründen entfacht wurde, verrichtete der *chaudron* finstere Arbeit. Sei es, dass er einen Mann bestrafte, der einem Mädchen Gewalt angetan oder der seine Spielschulden nicht bezahlt hatte, sei es, dass er ein Lästermaul zum Schweigen brachte oder jemandem irgendeine Bosheit mit gleicher Münze heimzahlte. An solchen Abenden schickte Grandma Miette mich stets früh zu Bett, Nächte, in denen der Mond der Erde sein dunkles Gesicht zuwandte, wegsah von dem, was in den Stunden nach Mitternacht geschah. Doch manchmal kroch ich aus dem Bett und schlich mich in den Schatten der Herbstduftblüten, so wie Mossy es vor mir getan hatte, und ich erblickte dieselben Rituale, die sie gesehen hatte, und ich zitterte, obwohl kein Wind wehte. Niemals blieb ich bis zum Schluss. Immer lief ich schnell zu meinem Bett zurück und vergrub mich unter der Decke, und der Duft von Herbstduftblüten und süßem Rauch klebte auf meiner Haut. Und in diesen Nächten träumte ich, dass Dinge wahr wurden, grässliche, rote Dinge, von denen ich nichts wissen wollte. Jetzt aber wollte ich es. Ich wollte, dass Gates von diesen Dingen heimgesucht wurde, bis er Ströme von Tränen weinen würde, so tief, dass er darin ertrank. Ich erzählte Gideon davon, und er lächelte.

»Moses wird wieder gesund, *Bibi«,* sagte er.

»Wie kannst du dir so sicher sein? Manchmal werden die Leute auch nicht wieder gesund, das weißt du doch.« Es war falsch, so etwas zu sagen, aber aus mir sprach die Bitterkeit.

»*Babu* hat seine Zukunft vorausgesagt, und es ist noch nicht an der Zeit, dass er uns verlässt.«

Ich lachte laut und unhöflich, doch Gideons Stimme klang so gleichmütig wie zuvor. »Es tut mir leid«, sagte ich und drehte mich um. Mein Hals war so zugeschnürt, dass ich kein Wort mehr herausbrachte.

Eine der Frauen brachte mir noch eine Kalebasse mit Milch, und ich hielt sie fest, um meine Hände beschäftigt zu halten. In demselben Augenblick tauchte der *babu* aus seiner kleinen Lehmhütte auf. Er bewegte sich langsam, und Gideon sprang auf, um ihm seinen Arm zu bieten und ihm zu helfen, neben mir auf dem Boden Platz zu nehmen. Der *babu* sprach, und Gideon übersetzte.

»Er sagt, wir können nichts tun als warten.«

»Aber Moses …«, fing ich an.

Zu meinem Erstaunen verzog der *babu* sein altes, ledriges Gesicht zu einem Lächeln.

»Er sagt, wir können nichts tun als warten, obwohl er versteht, dass das sehr schwer für Sie ist. Sie sind eine Frau, die rennt.«

»Eine Frau, die rennt?«

Der *babu* öffnete den Lederbeutel, den er um den Hals trug, und nahm eine Prise Tabak heraus. Er knetete sie zu einer Kugel und fing an, darauf herumzukauen und fachmännisch auszuspucken. Dann nahm er die Brille ab und putzte sie mit einem Zipfel seiner Toga. Der Stoff verschmierte die Gläser ein wenig, also zog ich seufzend ein Taschentuch hervor. Ich deutete auf die Brille, und er reichte sie mir und beobachtete aufmerksam, wie ich sie polierte. Als ich sie ihm zurückgegeben hatte, spähte er durch die Gläser und brummte zufrieden. Ich gab ihm das Taschentuch, das er mit einem anmutigen Nicken einsteckte.

»Was soll das heißen, eine Frau, die rennt?«

Gideon wiederholte die Frage, und der *babu* hob zu einem langen Vortrag an. Aufmerksam hörte Gideon ihm zu, dann wandte er sich wieder an mich.

»Er sagt, dass Sie vor langer Zeit zu rennen gelernt haben, um sich vor dem dunklen Ding zu verstecken, das dem Hund ähnelt, der zur Hälfte Mensch ist.«

»Der Rougarou«, flüsterte ich.

»Das Wort kenne ich nicht, *Bibi*«, sagte Gideon. »Was ist ein Rougarou?«

»Das ist der Schwarze Mann, eine Geschichte, mit der man den Kindern Angst macht, dort, wo ich herkomme. Er existiert nicht.«

Doch während ich die Worte aussprach, spürte ich, dass es eine Lüge war. Es gab den Rougarou. Ich hatte ihn oft genug gesehen. Das Einzige, was nicht stimmte, war, dass er wie ein Wolfsmensch aussah. Grandma Miette hatte mir die Geschichte des Rougarou als Erste erzählt. Manche Kreolen nannten ihn den *loup garou*, den Werwolf; manche behaupteten, dass er schlechte Katholiken bestrafte. Andere glaubten sogar, dass man ein Rougarou werden konnte, *indem* man ein schlechter Katholik war. Wer sieben Jahre lang die Fastenzeit nicht einhielt, handelte sich damit womöglich einen Wolfskopf ein, hieß es hinter vorgehaltener Hand. Aber Granny Miette hatte gesagt, dass das nur dummer Aberglaube war. Sie sagte, jeder wisse, dass der Rougarou in der Nacht komme, um unartige Kinder zu holen, die Unfug trieben und ihre Mütter zum Weinen brachten. Der Rougarou streife in den Sümpfen umher auf der Suche nach unartigen Kindern, röche das zarte Fleisch und den verkohlten Geruch der Schlechtigkeit mit seiner langen Wolfsnase, bis er sie in ihren Betten endlich fand. Wenn das Kind Glück hatte, fraß der Rougarou es ganz auf und ließ nichts als die knochigen Füße zurück. Aber wenn es wirklich sehr böse war, wenn das Herz des Kindes durch seine Untaten schwarz wie die Nacht geworden war, fraß der Rougarou es nicht auf. Dann trank er nur das Blut und verwandelte das Kind ebenfalls in einen Rougarou.

»Er hat ein Gespür für Schlechtigkeit, Delilah Belle«, murmelte Granny, und die veilchenblauen Augen stachen aus ihrem pergamenthellen Gesicht hervor. »Er kann sie riechen, so wie du frisches Brot riechst oder den Schlamm im Mississippi. Du kannst deinen Großvater an der Nase herumführen, ja, sogar die alte Granny Miette«, sagte sie und beugte sich so nahe zu mir, dass ich den Duft angebrannter Veilchen auf ihrer Haut riechen konnte. »Aber den Rougarou kannst du nicht täuschen. Seine Nase folgt dem Schmerz, genauso, wie ein Spürhund einer Blutspur folgt. Und wenn er dich erst gewittert hat, kannst du nicht vor ihm weglaufen. Du kannst es versuchen, *chouchou*, und rennen, so lange und so schnell du kannst. Aber niemand entkommt dem Rougarou für immer.«

Und da nahm ich mir vor, es zu versuchen. Ich wusste, dass er kommen würde, um mich zu holen. Immer schon war ich ein freches Kind gewesen. Ich ließ Kerzen bis tief in die Nacht hinein brennen, um lesen zu können. Ich stopfte mir die Taschen heimlich mit Bonbons voll, wenn Großvater sagte, dass ich genug gehabt hätte. Und wenn Mossys Mutter, die eingemauerte Heilige, die ihre Gemächer nie verließ, mich zu sich zitierte, damit ich mit ihr den Rosenkranz betete, ließ ich jede dritte Perle aus, weil ich wusste, dass Gott es sowieso nicht merken würde. Je größer ich wurde, desto kühner wurden meine Verbrechen. Ich schwamm nackt im Fluss, obwohl ich wusste, dass die Söhne der kleinen Farmpächter ausgepeitscht werden würden, weil sie mich beobachteten. Ich stahl Mossys Lieblingsohrringe und verlor sie bei einem Maskenball, den ich nicht besuchen durfte. Ich steckte mir einen Flachmann unter das Strumpfband und küsste Jungen in schattigen Gärten. Ich drehte mir Zigaretten, rauchte sie unter dem Haus und las dabei Schundromane, von denen Grandma Miette glaubte, dass sie sowohl meine Moral als auch meine Augen verderben würden.

Der Rougarou holte mich nicht. Wie alles andere aus meiner Kindheit legte ich auch die Geschichten ad acta, die sich um ihn drehten. Damals hatte ich zu rennen begonnen und seitdem nicht mehr damit aufgehört.

»Er existiert nicht.« Störrisch wiederholte ich die Lüge.

Der *babu* zuckte nur mit den Schultern.

»Er sagt, dass Ihr Glaube nichts daran ändert, ob er existiert oder nicht. Es ist das, was er sieht.«

»Ich dachte, er hätte einen uniformierten Mann gesehen, der gemeinsam mit dem Tod wartet«, sagte ich. »Jetzt sieht er einen Werwolf. Ich glaube, der *babu* braucht eine neue Brille.«

Entweder verstand der *babu* keinen Sarkasmus, oder er hatte beschlossen, meine Bemerkung zu ignorieren. Er lachte, als Gideon meine Worte übersetzte, und tat so, als hätte ich einen großartigen Witz gemacht. Ich stand auf, mein Gesicht brannte.

»Der *babu* sagt, dass Sie den ganzen Weg nach Afrika gerannt sind, *Bibi,* aber jetzt müssen Sie nicht mehr rennen. Hier kann der Wolfsmensch Ihnen nichts tun.«

»Das glaubst du«, sagte ich bitter.

Dann verließ ich das Dorf, aber Gideon folgte mir, und ich war froh darüber. Tränen trübten meinen Blick, und ich war so müde, dass ich ständig in die Löcher stolperte, in denen Warzenschweine herumstöberten. Gideon lief geduldig neben mir her, mit leichtem, lockerem Schritt, den Speer im Anschlag.

Erneut strauchelte ich, und Gideon streckte die Hand aus. Mit einer Fingerspitze streifte er meine Hand. Ich verflocht meine Finger mit seinen, und wir starrten beide auf unsere Hände, die so unterschiedlich aussahen. Aber waren sie das auch? Streif die Haut ab, und zum Vorschein kommen die gleichen Knochen, das gleiche Blut, das gleiche Geflecht von Nerven, Sehnen und alles andere, was einen Menschen ausmacht.

»Es tut mir leid«, sagte ich noch einmal und wischte mir mit der freien Hand über die Augen. »Du bist mein bester Freund hier, Gideon.«

»Sie sind auch meine Freundin, *Bibi.«*

»Weißt du was, lass die *Bibi* einfach weg und sag Delilah zu mir.«

»Das gehört sich nicht.«

»Wenn Menschen Freunde sind, gehört es sich. Du kannst mich so nennen, wenn wir allein sind, wenn du dich sonst nicht wohl dabei fühlst.«

Er dachte nach. »Also gut, Delilah.« Der Name klang seltsam aus seinem Mund, aber dennoch sprach er ihn aus, und zum ersten Mal an diesem Tag lächelte ich.

Dann zogen wir die Hände zurück, und ich dachte an das

Mädchen, das er heiraten wollte, und daran, wie einfach die Dinge für die beiden waren. Und ich fragte mich, warum es für alle anderen so kompliziert sein musste.

»Gideon, sag mir die Wahrheit. Gibt es irgendetwas, wovor du Angst hast? Ich meine, große Angst, so groß, dass sich dir der Magen umdreht und dein Herz so schnell schlägt, dass du das Blut in deinen Ohren rauschen hörst, wenn du im Dunkel der Nacht daran denkst?«

»Ich fürchte mich vor Löwen«, sagte er mit ernster Stimme. »Und als ich noch ein Junge war, hatte ich Angst vor dem Kneifer.«

»Vor dem Kneifer?«

»Er ist wie Ihr Rougarou, aber es gibt ihn wirklich. In jedem Dorf gibt es einen Kneifer, und seine Aufgabe besteht darin, ungehorsame Kinder zu bestrafen. Er nimmt die Haut zwischen seine langen Fingernägel und verdreht sie ganz stark. Mütter sagen zu ihren Kindern: ›Sei artig, sonst kommt der Kneifer, und dann tut es dir leid.‹ Als Junge hatte ich große Angst vor ihm. Einmal war ich böse, und ich hatte die Lieblingsziege meiner Mutter verloren, eine vollkommene Ziege mit weißem Fell, das aussah wie frische Milch. Eine weiße Ziege ist etwas ganz Besonderes, und diese Ziege sollte bei einem Festmahl geopfert werden. Und ich hatte die Ziege entlaufen lassen. Das war wirklich schlimm, und es war dem Kneifer zu Ohren gekommen. Er hat den ganzen Tag nach mir gesucht. Und ich verbrachte den ganzen Tag damit, mich vor ihm zu verstecken. Erst oben auf einer Akazie, das war sehr unbequem. Dann im Haus meines besten Freundes, was nicht nett von mir war, denn der Kneifer hätte auch ihn gekniffen, wenn er davon gewusst hätte. Dann versteckte ich mich bei den Kühen, was am schlimmsten war. Die Kühe wussten, dass ich mich fürchtete, und sie bekamen ebenfalls Angst. Sie traten auf mich und stießen mich mit ihren scharfen Hörnern, und als ich schließlich aus der *boma* krabbelte, war meine Haut von blauen Flecken und Schrammen bedeckt. Den ganzen Tag lang war ich so in meiner Angst gefangen, dass ich keine Luft mehr bekam. Und dann, als ich endlich aus meinem Versteck kam, wartete der Kneifer bei mir zu Hause auf mich.«

»Was hat er gemacht?«

»Er hat einen Blick auf meine blutenden Schrammen und die Prellungen geworfen und gesagt: ›Du hast dich selbst schlimmer gekniffen, als ich es gekonnt hätte!‹«

»Und hat er dich in Ruhe gelassen?«

Gideon lächelte. »Oh nein. Er hat mich zweimal gekniffen, einmal, weil ich die Ziege verloren hatte, und einmal, weil ich ihn hatte warten lassen. Aber eines weiß ich – mit Angst zu leben heißt, überhaupt nicht zu leben. Ein Mensch stirbt in jedem Augenblick, in dem er sich fürchtet.«

»Du meinst also, ich sollte den Dingen ins Auge sehen, die mir Angst machen? Dem Rougarou ins Auge sehen und direkt auf den Kneifer zugehen?«

Sein Lächeln wurde breiter. »Ich glaube, Afrika macht eine kluge Frau aus Ihnen, Delilah.«

Ich schniefte und bedauerte, dass ich mein Taschentuch nicht mehr besaß. Ich rieb mir mit dem Ärmel über das Gesicht und fragte mich, was die Stammgäste des *Club d'Enfer* dazu sagen würden, wenn sie mich sehen könnten.

»Dann lass uns zurückgehen und nachsehen, wie es Moses geht. Wir warten gemeinsam.«

19

Auch einige Stunden später hatte sich an Moses' Zustand nichts geändert, und Gideon brachte mich nach Fairlight zurück. Am Gartentor verabschiedete er sich von mir, und ich ging allein ins Haus. Jeder Knochen tat mir weh. Dora hatte mir etwas zu essen übrig gelassen und eine Nachricht geschrieben, dass die Männer die Kuhkadaver aus der Scheune geschafft und das Gebäude ausgescheuert hatten, und dass sie die Nacht bei den Halliwells verbringen würde. Ich schenkte dem Essen keine Beachtung, goss mir einen Drink ein und ließ mich auf dem Sofa nieder. Dort fand Helen mich wenige Stunden später.

Ich hatte eine halbe Flasche Gin getrunken, und sie half mir, sie ganz zu leeren. Sie war mit Blumen aus ihrem Garten und einem entschuldigenden Grinsen aufgetaucht.

»Ich nehme an, du findest mich schrecklich«, sagte sie.

Ich hielt die Flasche hoch. »Nicht schrecklicher als alle anderen auch. Willst du Tonic dazu oder Bitter Lemon?«

Sie seufzte. »Nein. Und für mich ohne Eis. Soll ich mich in aller Form entschuldigen, oder ist es so in Ordnung?«

»Ach, ich glaube, es ist schon in Ordnung.«

Ich hatte gehofft, dass sie es dabei bewenden lassen würde, doch sie fuhr fort. »Diese Partys, es ist nichts Schlechtes daran, weißt du. Es ist einfach nur Spaß.«

Ich sagte nichts. Sie nippte an ihrem Gin. »Manchmal wache ich auf, und mir gefällt nicht, was ich im Spiegel sehe. Und so eine kleine Abendgesellschaft sorgt dafür, dass ich mich wieder gut fühle. Das verstehst du doch, oder?«

Mir gefiel nicht, wie sie mich anflehte und mich dabei allzu eindringlich betrachtete. Ich wollte, dass sie sorglos war und ein wenig grausam, schön und lebhaft. Das war die Helen, die ich kannte. Die Risse in der Fassade wollte ich nicht sehen.

»Wenn du wüsstest, wie sehr es mir schadet, würdest du mich wahrscheinlich nicht trinken lassen«, sagte sie und lachte halbherzig.

»Ich weiß, wie schädlich es ist. Ich finde nur, jeder hat das Recht, mit dem eigenen Körper zu tun, was er will.«

Helen öffnete den Mund, dann machte sie ihn wieder zu. Sie trank einen großen Schluck Gin und behielt ihn im Mund, bevor sie ihn hinunterschluckte. »Danke. Das ist das Schlimmste, wenn man nicht ganz gesund ist, weißt du. Jeder glaubt zu wissen, was das Beste für einen ist. Aber sie irren sich. Das hier ist gut für mich, *Leben* ist gut.« Sie zögerte. »Ich nehme an, Rex hat es dir erzählt?«

»Ja.«

Sie hob das Kinn. »Er hat dich gern. Es macht mir nichts aus. Du musst nicht glauben, dass es mich stört. Ich werde nicht ewig leben, weißt du. Und wenn ich nicht mehr da bin, könnt ihr beide vielleicht …

»Hör auf«, sagte ich. Meine Stimme klang schneidend, doch sie lächelte nur.

»Was ist los? Gefällt dir die Vorstellung nicht, die Schuhe einer Toten zu tragen? Die Badewanne aus rosa Quarzstein würde dir gefallen. Und tu Rex nicht einfach ab. Im Bett ist er ein Teufel.«

Unwillkürlich lächelte ich, und sie lachte laut. »Oh, ich liebe es, mich mit dir zu unterhalten, Delilah. Du gehörst zu den wenigen Leuten, die sich wirklich niemals schockieren lassen. Das ist mein Ernst, weißt du. Das mit Rex stört mich nicht. Er ist ein guter Mensch. Ich finde, er sollte nicht allein sein, wenn ich nicht mehr da bin. Was mir nicht gefällt, ist, ersetzt zu werden, solange ich noch lebe.«

Gleichmütig blickte ich sie an. »Ich fürchte, ich verstehe nicht ganz, was du meinst.«

»Kit Parrymore«, sagte sie lapidar. Ihr Lächeln wurde schwächer, doch es wirkte noch immer wie festgeklebt. Nur ihr Blick war flehend. »Ich weiß, es ist öde, aber ich habe ihn wirklich sehr gern. Nimm ihn mir nicht weg, ja? Es ist so ein Nervenkitzel, mich mit ihm unanständig zu benehmen, und du weißt doch, Liebes, mir bleiben nicht mehr viele Kitzel.«

Ich sagte nichts. Sie stand auf. »Der Gin ist schon durchgelaufen. Zeig mir das Bad, und dann machen wir noch eine Flasche auf und zeigen den Eingeborenen, wie man sich amüsiert.«

Ich zeigte ihr die Richtung zu meinem Zimmer, und sie verschwand. Lange Zeit blieb sie fort, doch ich folgte ihr nicht, und als sie wiederkam, war ich froh, dass ich es nicht getan hatte. Ihre Nase war frisch bestäubt, ihre Augen rosa gerändert. Ich war nicht grausam genug und würde es auch nie sein, um meine Nase in diese Sache hineinzustecken. Sie goss uns beiden etwas in frische Gläser und machte es sich für einen langen Abend bei mir bequem. Wir redeten über Mossy und über alte Freunde; wir stellten das Grammofon an und tanzten unsicher Foxtrott. Wir stießen auf den Mond an, und als sie ging, war es, als hätte das Licht den Raum verlassen. Helen war immer glamourös gewesen, wirklich glamourös, und ich hob das Glas und trank auf sie, als sie den Motor anließ und heftig auf das Gaspedal rat. Das Zimmer war leer und kalt ohne sie oder Dodo. Ich zog das Grammofon auf und trank den Gin aus. Als ich damit fertig war, nahm ich mir den Whisky vor. Es dämmerte bereits, als ich auf dem Sofa einschlief, und als ich wieder aufwachte, legte Ryder mir gerade eine Hand an den Hals.

»Was machst du da?« Meine Stimme war nur ein heiseres Krächzen.

»Deinen Puls überprüfen. Du siehst schlimm aus.«

»So fühle ich mich auch.« Ich setzte mich auf. Noch immer trug ich die Kleider, in denen ich Moses in der Scheune gefunden hatte. Sie waren blutverkrustet und standen vor Dreck. Meine Haare waren verfilzt, unter den Fingernägeln klebten Erde und getrocknetes Blut.

Ryder streckte die Hand nach mir aus. »Komm mit.«

Ich machte mir nicht einmal die Mühe, ihn zu fragen, wohin wir gingen. Vorsichtig hob er mich in den Truck und verließ Fairlight mit mir. Meinetwegen hätte er in diesem Augenblick auch über eine Klippe rasen können. Ich hatte angenommen, dass wir zu seiner *boma* unterwegs waren, aber er fuhr auf eine andere Straße, und nach einer Weile stellte er den Truck hinter einer Gruppe von Büschen an einem kleinen See ab. Wir gingen ein kurzes Stück bis zu einer *lugga* und von dort in ein Baumdickicht. An einem der Bäume lehnte eine schmale Leiter, und Ryder bedeutete mir mit einer Geste, hinaufzusteigen. Das tat ich, obwohl meine Arme und Beine nicht mehr zu mir zu gehören schienen. Wie mein Verstand waren sie abgetrennt von mir, und ich weiß nicht, wie ich es schaffte, dass sie funktionierten. Ich weiß nur, dass Ryder direkt hinter mir war und mich nach oben schob.

Oberhalb der Leiter befand sich eine Plattform mit einem kleinen Geländer und einem Dach aus dichtgewebten Blättern und Farnen. Es gab ein behelfsmäßiges Bett und einen kleinen Campingkoffer aus Metall mit Vorräten darin. Ryder befahl mir, mich hinzusetzen, und durchsuchte den Koffer. Mit Fladenbrot und scharfem Weißschimmelkäse in der Hand tauchte er wieder auf. Es gab auch Bilton, eine örtliche Spezialität aus Fleisch, das in Essig und Gewürze eingelegt und dann getrocknet wird, und etwas Obst, das schon zu weich, aber noch süß war. Er ließ mich essen, und als ich fertig war, befahl er mir, mich umzudrehen.

Das Baumhaus zeigte auf den See, die Sicht war sehr klar, und aus der geringen Entfernung konnten wir all die Geschöpfe erkennen, die zum Trinken gekommen waren. Eine Löwin schleckte am Ufer das Wasser auf, während eine Gruppe von Zebras sie von der gegenüberliegenden Seite aus argwöhnisch betrachtete. Die Löwin beachtete sie nicht und setzte sich träge in Bewegung, jeder ihrer Schritte signalisierte Gleichgültigkeit.

Wie gebannt saß ich stundenlang da und beobachtete die Szenen, die sich dort draußen abspielten. Die Warzenschweine, die ihre kleinen Ferkel umsorgten, deren Schwänzchen wie Fahnen in der Luft flatterten. Das Flusspferd, das energisch und mit großen Schritten in die Mitte des Flusses lief und untertauchte, um sogleich wieder aufzutauchen und zufrieden und geräuschvoll wie eine Kuh seine Wasserpflanzen vor sich hin zu mampfen. Die Giraffen, die mit würdevoller Zielstrebigkeit an das Ufer schritten, ihre Köpfe senkten und die Beine spreizten. Eine von ihnen wagte es, einige Schritte auf uns zuzukommen und knabberte an den Blättern, die das Baumhaus umgaben, bis sie so nahe war, dass ich sie berühren konnte. Ich legte einen Finger auf ihr Fell und war überrascht, dass es sich wie Pferdehaar anfühlte. Aus der Entfernung wirkte das elegante Patchworkfell, als wäre es aus Samt. Dann blickte sie mich aus ihren riesigen Puppenaugen an und blinzelte langsam. Sie schien mir zum Gruß zuzunicken, bevor sie sich umdrehte und einen anmutigen Abgang vollführte.

An diesem Tag gab es so vieles, worüber ich staunte. Und als die Luft heiß wurde und die Tiere Schatten und Ruhe suchten, fing ich an zu reden. Ich erzählte Ryder Dinge, die ich noch nie jemandem erzählt hatte. Ich erzählte ihm von Johnny, den ich geliebt hatte, und wie überrascht und verängstigt ich war, jemanden so sehr zu lieben. Ich erzählte ihm, wie ich die Teile seines Körpers begraben hatte, die man mir zurückgeschickt hatte, und was es bedeutete, mit zwanzig Witwe zu sein. Ich erzählte ihm von den Männern, die ich danach gehabt hatte, von denen, die ich geliebt hatte, und von denen, die ich nicht geliebt hatte. Ich erzählte ihm von Dingen, derer ich mich schämte, die ich bedauerte, und ich weinte, bis meine Augen so geschwollen waren, dass ich Ryder nicht mehr sehen konnte. Er hielt mich im Arm wie einen kranken Welpen, zärtlich und ohne Fragen zu stellen. Er reichte mir ein Taschentuch und sagte nur wenig. Mit der Hand strich er mir über das Haar, entwirrte die Knoten, und als ich fertig war und nichts mehr zu sagen hatte, gab er mir noch einmal etwas zu essen und befahl mir, mich hinzulegen. Er deckte mich mit der dünnen, kratzigen Decke zu, streckte sich hinter mir aus und barg mich an seinem Körper. Ich schlief ein, fiel in einen so tiefen und langen Schlaf, dass die Sterne am Himmel standen, als ich aufwachte. Sie blinkten, als hätte jemand eine Handvoll Glasscherben auf ein samtenes Tischtuch geworfen. Ich zählte sie, bis die Dämmerung rosa und goldene Streifen an den östlichen Horizont zauberte.

Da erwachte auch Ryder und deutete auf den See. Die Tiere regten sich, manche, wie die Löwen, kehrten gerade von der nächtlichen Jagd zurück. Andere, wie die sanftmütigen Giraffen, hatten sich überhaupt nicht zur Ruhe gelegt, sondern zogen es vor, wie schläfrige Wachposten die ganze Nacht auf den Beinen zu bleiben. Wieder andere, wie die Affen, erhoben sich mit der Dämmerung und plapperten in den Bäumen mit den Vögeln.

»Ich weiß gar nicht mehr, was ich dir alles erzählt habe«, sagte ich, als er mir eine Tasse kalten Tee gab. Er lächelte, und dieses Lächeln hatte etwas Seraphisches an sich. Seraphim waren Engel, aber sie waren auch Krieger, daran erinnerte ich mich noch aus den Katechismusstunden. Sie brachten Absolution und Vergeltung, eine beunruhigende Verbindung, aber auch eine großartige.

»Das ist nicht so wichtig. Wichtig ist nur, dass du es endlich gesagt hast.«

»Schon möglich. Mein Psychoanalytiker würde das auch sagen. Allerdings bin ich fünf Jahre lang zu ihm gegangen, und er hat es nicht geschafft, mich zu heilen.«

»Wovon musst du denn geheilt werden?«

Ich unterdrückte den Drang zu lachen. »Hast du mir heute Nacht nicht zugehört?«

Er zuckte mit den Achseln. »Wir sind alle verletzt, Delilah. Das ist es, was Afrika tut. Es zieht entweder Leute an, die sowieso schon verletzt sind, oder der Kontinent erledigt das selbst. In diesem Land kann man sich Schwäche nicht leisten.«

»Ich kann an dir nichts Kaputtes erkennen. Du machst einen ziemlich gesunden Eindruck.«

»Dann hast du nicht genau hingesehen.«

»Du meinst die Frauen?« Erneut zuckte er die Schultern.

»Hör auf damit. Achselzucken ist keine Antwort.«

Unverwandt blickte er mir in die Augen. »Gut. Du willst also eine Antwort? Vor langer Zeit habe ich ein Mädchen geliebt. Ich habe sie geheiratet, und sie erwartete ein Kind. Ich war der glücklichste Mensch auf Erden.«

»Was ist passiert?«

»Was passiert ist? Ich war ein gottverdammter Idiot, das ist passiert. Sie war im vierten Monat schwanger mit dem Kind meines besten Freundes, als ich sie heiratete, und ich war dumm genug, ihr zu glauben, dass sie den Geburtstermin falsch berechnet hätte.«

»Mein Gott«, murmelte ich.

»Es wird noch besser. Sie liebte ihn noch immer. Und der einzige Grund, warum sie mich geheiratet hat, war, dass er sie verlassen hatte, um Jude zu heiraten. Ich war nur die Notlösung, Plan B.«

»Wusste Jude davon?«

»Anfangs nicht. Aber als meine Frau niederkam, wurde deutlich, dass es sich nicht um eine Frühgeburt handelte. Es gab Komplikationen, und sie beichtete alles Tusker, die es Jude und mir erzählte. Tusker glaubte, es sei besser, wenn die Wahrheit ans Licht käme.«

»Und dann ist sie gestorben?«

Er lachte schroff. »Nicht ganz. Sie hat einen gesunden Jungen von zehn Pfund zur Welt gebracht, der meinen Namen und die Augen meines besten Freundes hatte. Zuletzt habe ich gehört, dass sie schwere Zeiten durchgemacht hat und in Kairo ein Bordell leitete.«

»Sie hat dir das Herz gebrochen«, sagte ich leise.

»Das hat sie. Leg dein Ohr auf meine Brust, dann kannst du wahrscheinlich die Einzelteile scheppern hören.«

Ich hob meine Tasse. »Einen Toast auf die Verwundeten also.«

Er stieß mit mir an, und wir tranken. Eine Weile sagte er nichts, doch er beobachtete mich genau.

»Was ist los, Ryder? Dein Schweigen ist laut.«

»Ich frage mich gerade, was du für Pläne hast.«

»Ich habe keine Pläne. Ich fahre so bald wie möglich nach Hause.«

»Nicht, wenn du Strafanzeige gegen Gates erstattest«, sagte er. »Dann musst du während des Prozesses hierbleiben, um als Zeugin auszusagen. Willst du nicht, dass er zur Rechenschaft gezogen wird?«

»Das ist nicht fair«, widersprach ich, doch der Kampfgeist hatte mich verlassen. »Ich bin müde, Ryder. Ich will nach Hause.«

Ich blickte auf die Wasserstelle hinaus, die in ungetrübtes rosa Licht getaucht war. »Irgendwie komisch, dass ein erwachsener Mann ein Baumhaus besitzt.«

»Hier schlafe ich, wenn die Moskitos überhandnehmen.« Er sagte es einfach, ließ die Worte fallen wie kleine Steine in einen Teich. Doch ich spürte ihr Gewicht. Er musste den Moskitos entkommen, weil sie ihn umbringen konnten. Noch nie war er näher daran gewesen, mir vom Schwarzwasserfieber zu erzählen, und ich wartete ab, fragte mich, ob er sich entblößen und mir Vertraulichkeiten in den Schoß werfen würde, als wären sie abgelegte Kleider.

Doch der Augenblick verstrich. Er stand auf und reichte mir die Hand. »Komm, Delilah. Ich bringe dich nach Hause.«

Als er mich am Tor vor Fairlight aussteigen ließ, beugte er sich über mich, um mir die Beifahrertür zu öffnen. »Ich habe im Dorf vorbeigeschaut, bevor ich dich abgeholt habe. Moses ist bei Bewusstsein, und der *babu* sagt, dass er wieder gesund wird.«

»Es ist noch nicht an der Zeit für ihn zu gehen.« Lächelnd wiederholte ich Gideons Worte.

»Und für dich auch nicht. Denk darüber nach.«

Am nächsten Morgen suchte Gideon mich auf und sagte mir, dass es Moses deutlich besser ging. Ich befahl ihm, sich vorzubereiten, um mit mir nach Nairobi zu fahren. Er würde mir als Zeuge für die Vorfälle mit Gates dienen. Auf die höfliche Weise, die so typisch für ihn war, versuchte er sich zu weigern, doch schließlich setzte ich mich durch. Omar gab uns einen Korb voller Esswaren mit, und wir fuhren in Ryders schrecklichem alten Truck los. Mit viel Fingerspitzengefühl und wenig Problemen schaffte ich es, die tückische Straße nach Nairobi entlangzufahren. Infolgedessen erreichten wir die Stadt in Rekordzeit, beide mit rotem Staub bedeckt. Ich hatte vorgehabt, mir im *Norfolk Hotel* ein Zimmer zu nehmen und mich dort frisch zu machen, doch als sie »meinem Angestellten« naserümpfend befahlen, draußen zu warten, machte ich auf dem Absatz kehrt und steuerte direkt auf das Regierungsgebäude zu. Ich hätte auch zur Polizei gehen können, doch ich dachte, dass es sinnvoller war, Ermittlungen von ganz oben in die Wege leiten zu lassen. Mit ziemlicher Sicherheit war die Kolonialpolizei mangelhaft ausgestattet und unterbezahlt, und einen Fall, der sie hinaus in den Busch führen würde, würden sie vermutlich zugunsten einfacherer Aufgaben beiseiteschieben. Aber eine Anweisung direkt aus dem Regierungshaus konnten sie nicht ignorieren, und ich war nicht bereit, mich von einem einfachen Angestellten abwimmeln zu lassen. Das hatte ich von meinem Großvater gelernt – niemals ein Nein von jemandem hinzunehmen, der nicht über die Autorität verfügt, Ja zu sagen.

Ich brachte mich in Ordnung, so gut es ging, dann stellte ich Gideon und mich am Empfangstresen vor und fragte nach Mr Fraser. Sein Sekretär, derselbe hasengesichtige Bates, der mich bei meiner Ankunft eskortiert hatte, schoss von seinem Stuhl hoch und lief hastig ins Büro hinter der Rezeption. Nachdem man uns unverschämt lange hatte warten lassen, wurden wir hereingebeten. Mr Fraser war immerhin höflich genug, mir zur Begrüßung die Hand zu reichen. Seine Krawatte saß schief, und seine Frisur war so zerzaust, als hätte er sich die Haare gerauft. Auf seinem Schreibtisch stapelten sich Papiere und Landkarten und Telegramme, und als ich mich setzte, konnte er einen Seufzer nicht ganz unterdrücken. Gideon stand hinter mir.

»Miss Drummond, wie Sie sehen, bin ich beschäftigt. *Ziemlich* beschäftigt. Können wir das hier sehr schnell erledigen?«

»Selbstverständlich«, sagte ich und lächelte süßlich. »Ich wünsche, einen Mordversuch anzuzeigen.«

Er hob die Brauen und stieß einen leisen Pfiff aus. »An Ihnen?«

»Natürlich nicht! Wie kommen Sie darauf, dass mich jemand umbringen will?«

»Ja, das leuchtet mir ein«, murmelte er. Er zog ein Notizbuch heran, öffnete es und leckte an der Spitze seines Bleistifts. »Also gut. Wer sollte das Opfer sein?«

»Moses, der Kuhhirte, der mein Vieh in Fairlight hütet.«

»Ein Kuhhirte?« Er schwieg, die Hand mit dem Stift darin hielt inne. »Sie meinen, ein Eingeborener?«

»Massai«, antwortete ich und deutete mit einem Nicken auf Gideon. »Das ist Moses' Bruder Gideon. Er ist mein Zeuge für die Ereignisse, die ich Ihnen schildern werde.«

Fraser schlug das Notizbuch zu. »Nein, das ist er nicht, denn ich werde mir das nicht anhören. Mit Streitigkeiten zwischen den Eingeborenen haben wir nichts zu tun, und auch Sie sollten sich da nicht einmischen. Ich habe Ihnen doch gesagt, dass Sie sich aus diesen Dingen besser heraushalten.«

Ich nahm einen tiefen Atemzug und versuchte es noch einmal. »Mr Fraser, das war kein Streit unter Eingeborenen. Der Schuldige ist ein Mann namens Gates, ein Weißer, den ich aus seiner Anstellung auf Fairlight entlassen habe.«

Er runzelte die Stirn und wühlte in den Papieren auf seinem Schreibtisch, bis er fand, was er suchte. »Ist Ihnen bewusst, dass Mr Gates bei der Polizei hier in Nairobi Beschwerde gegen Sie eingereicht hat? Sie sollen mit dem Gewehr auf ihn geschossen haben. Zweimal.«

»Er hat meinen Stiefvater betrogen und meinen Kuhhirten geschlagen«, antwortete ich ruhig.

»Nichts davon rechtfertigt es, einen Menschen mit einem Gewehr zu erschießen.«

»Ich habe ihn nicht erschossen. Ich habe *auf* ihn geschossen«, stellte ich richtig. »Das ist ein Unterschied.«

Er überflog die restlichen Seiten des Berichts. »Mit einer Rigby .416? Damit hätten Sie ihm ein Loch von der Größe eines Hundes in die Brust gejagt, wenn Sie nicht richtig gezielt hätten.«

»Das habe ich aber nicht«, sagte ich, empört ob dieser Beleidigung meiner Treffsicherheit.

Er warf die Papiere auf den Schreibtisch. »Das spielt keine Rolle. Sie sind auf leichtsinnige Weise mit einer Schusswaffe auf diesen Mann losgegangen, mit der Absicht, ihn einzuschüchtern. Sie hätten ihn umbringen können. Wenn er Sie anzuzeigen beschließt, kann ich kaum etwas dagegen tun.«

»Sie machen wohl Witze. Er hat unbefugt mein Grundstück betreten, all meine Hühner und Kühe umgebracht, und er hat versucht, meinen Kuhhirten zu töten. Und Sie beabsichtigen, nichts gegen ihn zu unternehmen?«

»Wenn ich der Polizei Anweisung gebe, in diesem Fall zu ermitteln, werden sie sich alles genau ansehen, einschließlich der Tatsache, dass Sie auf Gates geschossen haben. Sie werden zu dem Schluss kommen, dass Sie es waren, die mit der ganzen Sache angefangen hat, und dann wird man Sie ziemlich lächerlich aussehen lassen.«

Ich stand auf. »Ich versichere Ihnen, Mr Fraser, ich bin nicht diejenige, die hier lächerlich aussieht. Ich weiß, was Gerechtigkeit ist, und ich danke Ihnen, dass Sie mir genau gezeigt haben, was sie in Kenia wert ist.«

Elegant drehte ich mich auf dem Absatz um, und der Vizegouverneur sprang auf. »Miss Drummond, tun Sie nichts Unbedachtes. Lassen Sie diese Sache ruhen. Stellen Sie Wachen in Fairlight auf, wenn Sie sich bedroht fühlen, aber lassen Sie Gates um Himmels willen in Ruhe. Diese Dinge vergehen fast immer von selbst.«

»Und wenn nicht?«

Er zuckte mit den Schultern. »Normalerweise stirbt einer der Beteiligten.«

»Aber nicht ich«, sagte ich und stürmte aus dem Büro.

Im Truck aßen Gideon und ich unsere Sandwiches und tranken kalten Tee dazu. Er hatte sich eine Ausnahme von der Regel genehmigt, kein Essen von mir anzunehmen, doch er bestand darauf, auf der Rückbank zu sitzen. Es kam mir absurd vor, mich durch das kleine Fenster mit ihm zu unterhalten, aber er wollte auf keinen Fall allein mit mir in dem Truck sitzen. Er legte großen Wert auf Anstand und den äußeren Schein, und ich begriff, dass Gideon nach zwei verschiedenen Gesetzen lebte, eines für den Busch, wo er sich auskannte, und eines für die Stadt, wo er nicht wichtiger war als ein Warzenschwein, das zufällig die Straße überquerte.

Während wir aßen, schäumte ich vor Wut und malte mir ein Dutzend verschiedener hübscher Racheakte gegen Gates aus, doch nichts davon gefiel mir wirklich. Gideon schwieg und kaute selbstzufrieden auf seinem Brot herum, bis ich mit der flachen Hand gegen die Fensterscheibe schlug.

»Du hilfst mir überhaupt nicht, Gideon. Eine halbe Stunde lang habe ich jetzt aufgezählt, wie ich Gates leiden lassen könnte, und du sagst kein Wort dazu.«

»Es ist nicht an mir zu sprechen.«

»Warum nicht?«

»Solche Worte sind Gift. Sie müssen reden, bis Sie nicht

mehr reden können. Dann ist das Gift verschwunden, und Sie sind frei davon.«

Ich verstummte, aber er hatte natürlich recht. Ja, er wollte auch, dass Gates bezahlte für das, was er Moses angetan hatte, doch er ging anders vor als ich. Er verließ sich darauf, dass ein Löwe oder eine Kobra die Sache für ihn erledigen würde, vielleicht mit Hilfe eines *laibon.* Die Rache eines Massai war stets raffiniert und kaum wahrnehmbar.

Doch etwas an ihm war anders, seine Stimmung hatte sich leicht verändert, und ich fragte mich, ob es ihn überfordert hatte, den Busch zu verlassen.

»Es tut mir leid, dass du mitkommen musstest und wir trotzdem nichts erreicht haben«, sagte ich. »Ich dachte, es sei nötig, aber ich glaube, es hat dich ziemlich aufgeregt.«

»Ich bin besorgt, aber nicht wegen der Stadt.«

»Warum dann?«

Ich drehte mich auf dem Sitz zu ihm um und sah, dass seine Augen weiße Ringe hatten. »Gestern Abend habe ich die Löwin erlegt, die sich mit dem Löwen gepaart hatte, den Sie erlegt haben, Delilah.«

»Aber … das verstehe ich nicht. Was ist passiert?«

»Seit dem Tag, an dem wir ihren Partner getötet haben, habe ich sie häufig gesehen. Sie kam immer ganz leise, schlich durch das Gras, blieb aber immer weit genug weg, sodass ich nie nahe genug an sie rankam, um meinen Speer zu werfen. Gestern ist sie an den Rand der *boma* gekommen. Sie hat eine von *babus* Kühen gerissen.«

»Aber woher weißt du, dass sie es war? Gewiss gibt es Tausende Löwinnen im Busch«, sagte ich, aber Gideon schüttelte nur mitleidig den Kopf.

»Ich kenne mich mit Löwen so gut aus wie Sie mit Kleidern. Sie würden kein lila Kleid ansehen und behaupten, dass es genauso aussieht wie ein blaues. Diese Löwin war die Partnerin. Und ich habe sie erlegt.«

»Warum hast du nicht auf Ryder gewartet? Oder auf mich?«

»Dazu war keine Zeit. Sie hatte mich schon einmal angegriffen und würde die *boma* nicht verlassen. Die Kinder hatten große Angst, und die *morani* mussten ihre Pflicht erfüllen. Mein Freund Samuel hätte die Löwin sehr gern getötet, und er hat seinen Speer genommen, um es zu tun.«

»Und ist gescheitert?«

Er nickte. »Er hat nur ihre Seite gestreift. Sie hat sich umgedreht, sehr wütend, und ist auf ihn losgegangen. Ich musste meinen Speer werfen. Ich wollte sie nur aufhalten, sodass der Speer eines anderen sie ums Leben gebracht hätte, aber sie hat sich umgedreht, und mein Speer hat sie ins Herz getroffen.«

»Der zehnte Löwe«, sagte ich leise.

»Und darüber denke ich nach, wenn ich schweigsam bin. Das bringt Unglück, Delilah, und zwar größeres als den Kneifer oder den Rougarou.«

Ich warf das Pergamentpapier wieder in den Korb und wendete den Wagen. Dann ließ ich den Motor aufheulen, und der Staub von Nairobi wallte hinter uns auf, als wir uns auf den Weg zurück in den Busch machten.

20

Das Haus war still in dieser Nacht ohne Dodo. Eine ganze Weile schon waren wir nicht gut miteinander ausgekommen, doch stets war ich mir ihrer bewusst gewesen, wenn sie sich im Haus bewegte, aufräumte, organisierte und Dinge verstaute. Ohne sie schüttelte ich nun die Kissen auf, wechselte das Wasser in den Blumenvasen und entstaubte auch die Bilderrahmen selbst. Ich ging sogar nach draußen und warf der Schildkröte ein wenig Toast hin, aber nicht einmal die machte sich die Mühe, sich sehen zu lassen. Mit der Hausarbeit konnte ich zwar ein bisschen Zeit totschlagen, aber letztendlich musste ich doch das Grammofon aufziehen, um die Stille zu übertönen. Ich legte meine jazzigsten Platten auf und tanzte mit meinem Schatten, bis der Apparat abgelaufen war und es Zeit wurde, ins Bett zu gehen. Und bevor ich unter das Moskitonetz schlüpfte, blickte ich auf den Kalender und zählte die Tage, bis ich vernünftigerweise nach Paris zurückkehren konnte. Es handelte sich nur um wenige Monate, dann würde ich Afrika endlich hinter mir lassen. Afrika mit seiner Schönheit und Wildheit und mit seinen verschiedenen Gesetzbüchern, dem für die Weißen und dem anderen für die Schwarzen. Afrika mit seinem heißen Atem und den blutwarmen Flüssen, die wie Venen das Herz des Kontinents durchzogen. Afrika mit seinen plötzlichen Sonnenauf- und -untergängen, die so schnell vonstattengingen, dass die Dunkelheit sich wie ein Trauerflor über die Landschaft legte. Ich hasste diesen Ort, das redete ich mir entschlossen ein. Ich hasste ihn so, wie man nur etwas hassen kann, was zu einem gehört, ein Teil des Selbst, der lange in Vergessenheit geraten war. Ich hasste es mit der Kraft eines Kindes, starr und unnachgiebig. Ich hasste es stärker, als ich je zuvor einen Ort gehasst hatte.

Und ich weinte bis tief in die Nacht bei dem Gedanken, Afrika zu verlassen.

Am nächsten Nachmittag tröstete ich mich mit einem Besuch bei Kit. Seine Aussichten hatten sich tatsächlich verbessert. Er hatte sich ein wesentlich besseres Grammofon besorgt und dazu ein Dutzend neuer Aufnahmen, und wir verbrachten den Nachmittag damit, sie anzuhören und Champagner dabei zu trinken – teures Zeug, nicht den billigen Fusel, den er sonst zu kaufen pflegte. Zum Lunch setzte er mir Toastecken mit Kaviar vor, und als ich ihn fragte, ob er ein Bild verkauft hätte, bedachte er mich mit einem schmallippigen Lächeln, legte den Zeigefinger an die Nase und gab sich den Anschein des Nachdenkens. Es überraschte mich nicht, dass er es vorzog zu schweigen. Ich erkannte das Grammofon. Es gehörte Helen. Offenbar hatte sie beschlossen, das Zünglein an der Waage zu ihren Gunsten ausschlagen zu lassen, indem sie ihm teure Geschenke machte, doch die Mühe hätte sie sich sparen können. Kit war für mich eine nette Ablenkung, mehr nicht. Ehrlich gesagt interessierte mich vor allem, wie er mit meinem Porträt vorankam. Er sagte, es sei beinahe fertig. Nur die Ränder mussten noch gemalt werden, aber dennoch wollte er mir das Bild nicht zeigen. Es sollte eine Überraschung sein. So ist Kit, dachte ich im Stillen. Ein ewiges Kind, das sich auf den Kitzel freute, es bei der Vernissage zu enthüllen. Zweifellos rechnete er damit, dass es den Betrachtern vor Bewunderung den Atem verschlagen würde. Und diesen großen Moment gönnte ich ihm von Herzen.

Später dachte ich an jenen Nachmittag zurück. Ich zwang

mich, jede Liebkosung und jedes Wort, jedes Streicheln, jeden Kuss und jedes Keuchen noch einmal zu durchleben. Ich schrieb es auf und zerriss das Papier. Ich träumte davon. Stundenlang saß ich mit einem Glas Gin in der einen und einer Zigarette in der anderen Hand auf dem Sofa und erinnerte mich an alles. Als er mich berührte, wusste ich da, dass es das letzte Mal sein würde? Als er in mich glitt, ahnte ich da, dass ich nie wieder seinen Körper auf mir spüren würde? Ich glaube nicht. Aber etwas an diesem letzten Nachmittag war traurig, ein Gefühl, als liefe etwas ab, nähere sich dem Ende wie eine Uhr, auf der die letzten Minuten verstrichen, ein Grammofon, das das letzte Lied spielte.

Als er eingeschlafen war, küsste ich ihn, zog mich an und ging nach Fairlight zurück. Nach einem einsamen Abendessen, als ich mit einem Glas Gin Tonic in der Hand auf der dunklen Veranda saß, sah ich Lichter, die näher kamen. Ein Wagen fuhr in scharfem Tempo die Zufahrt hinauf, und ich stand auf, als er ausrollte und zum Stehen kam. Rex stieg aus, ging langsam auf das Haus zu und sah mir dabei die ganze Zeit in die Augen. In der Dunkelheit muss ich wie ein Geist ausgesehen haben in meinem Kleid, das sich blass von den schwarzen Schatten abhob.

Er kam näher und nahm meine Hand. »Es tut mir so schrecklich leid.«

»Was ist passiert?«, fragte ich mit einer Stimme, die ich seit Johnnys Beerdigung nicht mehr von mir gehört hatte.

»Man hat ihn heute Nachmittag gefunden. Jemand hat ihm in den Kopf geschossen. Es tut mir so leid«, sagte er noch einmal.

»War es ein Unfall? Bei einer Safari?«

Rex fasste mich an den Schultern. »Safari? Wovon redest du? Ich spreche nicht von Ryder. Kit ist tot, Delilah, Kit! Kit ist tot.«

Er fasste fester zu, aber egal, wie fest, ich wusste, dass ich ihm entgleiten, dass ich in Ohnmacht und direkt in seine Arme fallen würde.

Auf dem Sofa kam ich wieder zu mir. Rex rieb mir die Handgelenke. Er hatte mich an sich gelehnt und hielt mich in seinen Armen aufrecht. Ein paar Minuten lang war ich selig, dort zu schweben, und nur seine Wärme hielt mich auf der Erde fest. Ich wusste, da gab es etwas, woran ich mich nicht erinnern wollte, und ich schob alles weit von mir, bis auf das Gefühl, von ihm berührt zu werden. Ich war wie die Überlebende eines Schiffbruchs, die sich an den einzigen Gegenstand klammert, der sie über Wasser hält.

»Delilah«, sagte er leise. Und dann erinnerte ich mich.

Ich setze mich auf und stieß ihn von mir. »Was ist mit Kit passiert?«

»Wir müssen nicht jetzt sofort darüber reden …«

»Was ist passiert?«

»Er ist erschossen worden. In seinem Haus. Im Bett. Es war Mord, aber niemand weiß, wer es war.«

In demselben Bett, in dem ich noch am Nachmittag mit ihm geschlafen hatte. Ich ging ins Bad und würgte mehrere Minuten lang. Danach ging es mir besser. Ich spülte mir den Mund mit Orangenminze aus und ging in den Salon zurück, wo Rex auf mich wartete, das Gesicht in den Händen vergraben. Ich setzte mich neben ihn, Schulter an Schulter, wie zwei Soldaten.

»Helen ist untröstlich, wie du dir sicher denken kannst. Sie hatte Kit sehr gern. Wir alle hatten ihn gern. Ich werde alles Nötige veranlassen. Ich glaube kaum, dass seine Familie sich die Mühe machen wird.«

»Wir werden es ihnen sagen müssen.«

»Natürlich. Aber sie haben keine Zeit, um herzukommen. Wir müssen an die Stelle seiner Familie treten.«

Er stand auf, straffte sich, und ich sah die Entschlossenheit und Kraft des Empires in ihm. »Ich werde dafür sorgen, dass Ermittlungen eingeleitet werden und der Täter gefunden wird. Und wenn es das Letzte ist, was ich tue, das verspreche ich dir. Ich werde dafür sorgen, dass Kit Gerechtigkeit widerfährt.«

Er ließ mich mit meinen unbeantworteten Fragen allein, doch ich machte ihm keinen Vorwurf. Wir hätten sie umkreisen können wie Hunde, die nach einem Stück Fleisch schnappen, und es hätte nichts genützt. Nicht bevor die Polizei sich eingeschaltet und Fragen gestellt und jeden einzelnen Stein umgedreht hätte. Ich wusste, dass es nicht lange dauern würde, bis sie bei mir auftauchen würden. Rauchend saß ich in der Dunkelheit und wusste, dass es für lange Zeit der letzte friedliche Abend sein würde.

Am nächsten Morgen erwachte ich früh, benommen und mit vom Schlaf verklebten Augen. Ich dachte, Dora wäre zurückgekommen, aber sie war nicht da. Nur Gideon erschien, doch er wirkte geistesabwesend, und sein Lächeln war kaum zu erkennen. Ich befürchtete, dass Moses' Zustand sich wieder verschlechtert hatte, doch als ihn danach fragte, schüttelte er nur den Kopf.

»Moses geht es gut, *Bibi.*«

»Du sollst mich Delilah nennen«, schnauzte ich ihn an.

»Tut mir leid, Delilah«, antwortete er, doch sein Blick leuchtete nicht wie sonst, wenn er sich über einen gemeinsamen Scherz amüsierte. Ich ergriff seine Hand.

»Was ist los, Gideon?«

»Es ist *Bwana Tausi.* Die Polizei hat mich verhört.«

»Wegen Kit? Aber warum in aller Welt?«

Er wich meinem Blick aus. »Sie halten es für möglich, dass ich *Bwana Tausi* diese schrecklichen Dinge angetan habe.«

Seine Hand war eiskalt, und ich verstand, warum. Welche

Art von Gerechtigkeit blühte einem schwarzen Mann angesichts eines ermordeten Weißen, wenn es Zeugen gab, die ihn damit in Verbindung brachten?

»Hattest du ihn besucht?«

»Seit vielen Monaten nicht mehr. Er hat mein Bild gemalt, aber das war noch vor der letzten Regenzeit.«

»Mach dir keine Sorgen, Gideon. Du hattest keinen Grund, Kit etwas zuleide zu tun. Du hast nichts zu befürchten. Dafür werde ich sorgen.«

Er richtete sich zu seiner vollen Kriegergröße auf. »Es ist nicht Ihre Aufgabe, für mich zu sorgen, Delilah.«

»Gideon, im Busch würde ich dir mein Leben anvertrauen, wenn uns ein Löwe gegenübersteht. Es gibt niemanden, von dem ich mich lieber beschützen lassen würde.«

Ein stolzes Lächeln umspielte seinen Mund. »Danke.«

»Aber das hier sind meine Löwen. Und jetzt bin ich an der Reihe, dich zu beschützen.«

An jenem Nachmittag kamen die Polizisten. Ich war darauf vorbereitet. Die Reithose und Mishas Hemd hatte ich abgelegt und ein Kleid angezogen. Es war aus weißer Seide, so leicht wie eine Wolke, und dazu gemacht, mich zerbrechlich und verletzbar wirken zu lassen. Der rote Lippenstift hätte die Wirkung aufheben können, aber ich hatte viel Puder aufgelegt, um so blass wie möglich auszusehen. Sie sollten nicht vergessen, dass ich keine von ihnen war, keine Siedlerin mit gebräunter, ledriger Haut nach mehreren Jahreszeiten unter äquatorialer Sonne. Ich kam von einem privilegierten Ort und stammte von privilegierten Menschen ab, die ihren Einfluss nutzen würden, wann und wofür auch immer ich wollte.

Ich empfing sie im Salon und wies Pierre an, Tee und Gebäck zu servieren. Der Inspektor war athletisch gebaut und drahtig und strich sich ständig über seinen fuchsroten Haarschopf. Er überreichte mir eine Karte, auf der sein Name stand: Gilchrist. Er hielt sich nicht damit auf, seine Untergebenen vorzustellen, und ließ sie draußen warten.

»Wir wollen die Dame nicht überfordern«, sagte er mit einem kummervollen Nicken in meine Richtung. Ich dankte es ihm mit einem matten Lächeln und bedeutete ihm mit müder Geste, auf dem Sofa Platz zunehmen.

»Miss Drummond, ich bedaure sehr, Ihnen das hier zumuten zu müssen«, hob er an.

Ich riss die Augen weit auf. »Aber natürlich, Inspektor. Das verstehe ich vollkommen. Sie müssen Ihre Arbeit machen.«

Damit war der Austausch von Höflichkeiten beendet. Eine ganze Stunde lang bearbeitete er mich, klopfte jeden Zentimeter des immer gleichen Bodens ab, bis er völlig platt war. Er erklärte, dass Kit wahrscheinlich zwischen fünf und sechs Uhr nachmittags mit einem großkalibrigen Revolver ermordet worden war, der ihm selbst gehört hatte. Der Einschusswinkel schloss einen Selbstmord aus, und es hatte keinen Kampf gegeben. Er befasste sich mit meiner Affäre mit Kit und mit allem anderen, was er sonst noch für sachdienlich hielt. Ganz besonders beharrte er darauf, dass es sich um ein *crime passionnel* handelte. Warum nur sprach man über Verbrechen aus Leidenschaft immer auf Französisch?, fragte ich mich. Verletzten sie auf diese Weise das angelsächsische Zartgefühl nicht so sehr? Sein Blick belebte sich, als er beschrieb, was seiner Meinung nach passiert sein könnte.

»Wäre es nicht möglich, Miss Drummond, dass Mr Parrymore *in flagranti* von einem eifersüchtigen Ehegatten ertappt und aufgrund sexueller Eifersucht getötet wurde?«

Ich beschloss, geradewegs zum Kern der Sache vorzudringen. »Das ist nicht möglich, Inspektor. Ich fürchte, Kit war gestern Abend nicht in der Lage, eine andere Frau zu beglücken.«

»Wie bitte, Miss Drummond?«

»Seien wir ehrlich, Inspektor. Kit war im Schlafzimmer recht talentiert, aber er hatte seine Grenzen. Zwischen zwei und halb fünf ist er zweimal mit mir zusammen gewesen. Er wäre absolut unfähig gewesen, sich einer weiteren Herausforderung zu stellen.«

Der Kommissar errötete leicht. »Ich weiß nicht, ob ich Sie richtig ...«

»Soll ich noch deutlicher werden? Kit hätte zu dem Zeitpunkt keine Erektion mehr zustande gebracht. Nach unserer gemeinsamen Zeit muss er tief und fest geschlafen haben. Als ich ging, rührte er sich nicht, und ich habe nicht versucht, besonders leise zu sein. Wer auch immer ihn ermordet hat, ist wahrscheinlich ins Haus geschlichen, als Kit noch schlief, und hat sich Kits Pistole genommen. Er hat bestimmt nichts davon gehört.«

Der Inspektor zögerte. »Nun, Mr Parrymores Körperhaltung deutet darauf hin, dass er überrascht wurde, während er ruhte.«

»Noch eine Lücke in Ihrer Theorie eines *crime passionnel*«, fügte ich gnadenlos hinzu.

Säuerlich lächelte der Inspektor mich an. »Wie Sie meinen, Miss Drummond. Aber wenn Mr Parrymore auf die Weise getötet wurde, die Sie annehmen, von einem Eindringling, der ihn schlafend antraf, dann nimmt dieser Mord eine viel unheilvollere Bedeutung an.«

»Wie meinen Sie das?«

»Vorsatz, Miss Drummond. Wenn ein Mann einen anderen umbringt, weil er erfahren hat, dass dieser mit seiner Ehefrau schläft, ist das unter Umständen verzeihlich. Aber einen Mann mit seiner eigenen Pistole im Schlaf zu erschießen, das ist ein schändliches Verbrechen. Wer immer das getan hat, wird dafür am Galgen baumeln.«

Er schwieg eine Weile. »Natürlich spricht Vorsatz für Feindseligkeit, tief liegende Gefühle, die schon lange an jemandem nagen. Kennen Sie irgendjemanden, der einen Groll gegen Mr Parrymore gehegt haben könnte?«

»Nein. Allein die Vorstellung ist absurd. Kit ist ... war ein Mann, der unbeschwert durchs Leben ging, Inspektor. Er schloss schnell Freundschaften, mit Menschen beiderlei Geschlechts. Er hatte die Gabe, ungezwungen mit anderen Menschen umzugehen. Männer haben gern in seine Kunst investiert. Frauen investierten in den Mann. Sie müssen wohl geglaubt haben, ihn zähmen zu können.«

»Sie auch?«

»Ich bin nicht auf der Suche nach einem Ehemann. Ich mochte Kit, wie er war. Für andere Frauen kann ich nicht sprechen.«

»Nein, natürlich nicht. Aber gab es vielleicht eine, die ihre Hoffnung in Mr Parrymore gesetzt hat und dann feststellen musste, dass sie sich nicht auf ihn verlassen konnte?«

»Vielleicht. Aber Kit und ich haben über solche Dinge nie geredet. Ich nehme an, dass er auch mit anderen Frauen geschlafen hat. Ja, ich hoffe es sogar. Aber um wen es sich dabei handelte – das interessierte mich absolut nicht.«

Ich fand es sinnlos, die Namen der anderen Frauen zu nennen. Wenn Gilchrist zu ermitteln verstand, würde er sie ohnehin herausfinden. Und wenn nicht? Nun, das war nicht mein Problem.

Der Inspektor hörte auf, sich Notizen zu machen, und starrte mich mit offenem Mund an.

»Sehr ungewöhnlich«, murmelte er. »Meiner Erfahrung nach sind Frauen in solchen Dingen eher neugierig.«

»Sie haben aber keine Erfahrung mit *mir*«, erwiderte ich.

Zu meiner Überraschung errötete er leicht. »Wohl kaum«, sagte er kurz angebunden. »Sie wissen also nicht, wer Mr Parrymores spezielle Freundinnen waren. Wie sieht es mit seiner politischen Haltung aus?«

Ich zuckte die Achseln. »Nicht anders als bei den meisten Kolonisten hier. Er war für die Unabhängigkeit.«

Gilchrist hob die Brauen. »Sehr?«

»Keine Ahnung. Kit und ich haben nur selten über solche Dinge gesprochen, wenn wir zusammen waren. Eigentlich haben wir überhaupt nicht viel geredet.«

Jetzt überzog die Röte seinen ganzen Hals, und er zupfte an seinem Kragen herum. »Verstehe.« Dann änderte er die Strategie, und plötzlich klang seine Stimme seidenweich, warm und voller Anspielungen, als wollte er mir vertrauliche Informationen abschmeicheln.

»Ich habe gehört, dass man Sie recht häufig in Gesellschaft eines Massai sieht, eines Burschen namens Gideon.«

Träge blinzelte ich. »Oh, Sie meinen Ryder Whites Fährtenleser. Natürlich. Er ist mir sehr nützlich.«

Plötzlich rutschte der Inspektor auf dem Stuhl nach vorn, und seine breiten Schultern machten es mir unmöglich, mich vom Sofa zu erheben. Wie war ich nur darauf gekommen, dass er schwach sein könnte? »Miss Drummond, ich habe Grund zu der Annahme, dass dieser Massai dort war. Ich glaube, dass er etwas mit Kit Parrymores Tod zu tun hat. Und ich will, dass Sie mir sagen, was.«

»Ich weiß nicht, wovon Sie sprechen. Das ist völlig verrückt.«

»Ach ja? Es wäre nicht das erste Mal, dass eine Frau für Schwierigkeiten in dieser Kolonie sorgt«, sagte er mit grimmiger Miene.

»Glauben Sie etwa, Kit und Gideon haben sich gestritten? Wegen *mir*? Das ist ja vollkommen absurd.«

»Ich weiß noch nicht, was ich glauben soll, aber ich weiß, wo ich mich umsehen und wen ich fragen muss. Aber in diesem Augenblick möchte ich *Ihre* Version der Geschichte hören.«

»Ich habe keine Geschichte zu erzählen, Inspektor. Gideon steht in Ryder Whites Diensten und hilft gelegentlich hier auf Fairlight aus. Kit war mein Liebhaber. Soweit ich weiß, kannten die beiden sich kaum. Und wenn Sie glauben, dass ich mehr weiß, als ich sage, dann sind Sie auf dem Holzweg.«

»Tatsächlich?« Ich verlagerte das Gewicht, und die weiße Seide rutschte mir ein wenig über die Schulter und entblößte ein Stück Haut, das ebenso glatt und weiß wie der Stoff war. Der Blick des Inspektors fiel darauf. Er beugte sich noch weiter zu mir, und ich roch das Aroma von Tabak, Bay Rum und Haaröl. »Ich will die Wahrheit wissen. Ist der als Gideon bekannte Massai Ihr Liebhaber?«

Ich unterschätzte den Schlag ein bisschen. Eigentlich wollte ich ihn direkt auf das Jochbein schlagen. Wenn man richtig zielt, kann die Haut über dem höchsten Punkt des Knochens aufplatzen und ein eindrucksvolles Zeichen hinterlassen. Aber ich hatte es zu eilig und traf ihn an der Schläfe. Mein Ring schnitt in seinen Haaransatz, und ein helles Rinnsal Blut erschien, zeichnete den Weg meiner Hand nach wie einen Fluss auf der Landkarte. Sein Kopf flog zurück, doch sein Körper bewegte sich nicht. Also musste er den Schlag erwartet haben, und das war gefährlich. Es bedeutete, dass er in solchen Dingen viel erfahrener war als ich und dass er bereit war, eine geringfügige Verletzung in Kauf zu nehmen, um zu bekommen, was er wollte.

Noch immer blickte er mir direkt in die Augen. Er zog ein Taschentuch aus seiner Hosentasche, als ein paar helle Tropfen seines Blutes auf meinen Schoß fielen. Ich sah, wie er das Tuch an seine Schläfe drückte. Ganz langsam breitete sich ein Lächeln auf seinem Gesicht aus. Dann stand er auf und zückte eine Karte. Er ließ sie auf den Tisch fallen.

»Wir bleiben in Kontakt, Miss Drummond.«

Leicht schwankend ging er davon, und ich zündete mir eine Zigarette an und fragte mich, wie groß der Schaden wohl sein mochte, den ich soeben angerichtet hatte.

21

Am nächsten Morgen hielten wir auf Fairlight Kriegsrat. Ich hatte Tusker, Rex, Ryder und die Halliwells herbeirufen lassen. Rex war in Nairobi, um Vorkehrungen für Kits Beerdigung zu treffen, aber Tusker und Ryder erschienen mit Jude im Schlepptau. Dora kam mit Mr Halliwell, obwohl Evelyn zu Hause geblieben war, um sich um die Schule zu kümmern. Helen war da. Sie wirkte älter und zerbrechlicher und hielt ein feuchtes Taschentuch umklammert. Wir versammelten uns im Salon, um die Lage zu besprechen. Ryder traf als Letzter ein, hohläugig vor Müdigkeit schüttelte er sich den Staub der Straße aus dem Haar.

»Wo ist Gideon?«, fragte ich ihn.

»In der Scheune. Er konnte nicht in seinem Dorf bleiben. Die Polizei war schon wieder dort und hat Fragen gestellt. In den letzten vierundzwanzig Stunden sind wir ihnen einen Schritt voraus gewesen. Aber es ist nur eine Frage der Zeit, bis sie ihn finden.«

»Das dürfen wir nicht zulassen«, sagte ich mit tonloser Stimme. Ich drehte mich zu den anderen. »Ich wollte, dass ihr alle herkommt, weil wir uns einen Plan ausdenken müssen, um Gideon zu schützen.«

Als Helen das Wort ergriff, klang ihre Stimme schneidend vor unterdrücktem Gefühl. »Wir können ihn nicht aufnehmen. Das wäre viel zu auffällig. Unsere Farm wird eine der ersten sein, die durchsucht werden, genau wie Nyama.« Tusker nickte. Jude schwieg, und Halliwell runzelte die Stirn. Dora war damit beschäftigt, Sandwiches zu verteilen, von denen aber niemand etwas aß. Ich wandte mich an Halliwell. »Kann er eine Weile bei Ihnen in der Schule bleiben?«

Betrübt sah er mich an. »Ich fürchte, nein. Er war dort Schüler. Darum ist es nur logisch, dass sie die Schule durchsuchen, und das kann ich nicht zulassen. Ich muss auf die Kinder achtgeben.«

Ich dachte daran, wie Helen mit beiden Händen Drinks von sich geschoben hatte, als Halliwell ihr anzüglich grinsend auf das Dekolleté geblickt hatte, und jetzt starrte ich ihn nieder. »Was ist mit Freunden von Ihnen? Ich weiß, dass die Missionsstation Verbindungen in ganz Afrika hat. Wir könnten ihn mit einer anderen Station in Kontakt bringen und ihn ganz aus Kenia wegschicken.«

Halliwell zögerte, und ich setzte nach. »Wir brauchen einfach Zeit. Gestern habe ich mit dem Inspektor gesprochen, und ich glaube, er hat sich auf Gideon versteift, weil es am einfachsten ist, ihn zu verdächtigen. Sobald er seine Ermittlungen beendet hat, ohne weitere Verdächtige ausfindig gemacht zu haben, wird er aufhören zu suchen. Er wird Gideon vor Gericht bringen und dafür sorgen, dass man ihn aufhängt. Können Sie damit leben? Ich kann es nicht.«

Halliwell wandte den Blick von mir ab, als Ryder den Mund aufmachte. »Der Inspektor hat sich nicht auf ihn versteift, weil es das Einfachste ist. Er hat Indizien.«

»Was für Indizien?«, fragte ich.

»Sie haben ein Armband am Tatort gefunden, wie es die Massai tragen, und die Farben deuten darauf hin, dass es aus Gideons Dorf stammt.«

Verblüfft öffnete ich den Mund, doch bevor ich ein Wort sagen konnte, sagte Jude: »Ich nehme ihn auf.«

»Von wegen«, unterbrach Ryder sie. »Du hast gehört, was

Helen gesagt hat. Nyama ist einer der ersten Orte, die sie durchsuchen werden. Außerdem hält Anthony Gideon bereits für schuldig. Wenn du ihn mit nach Hause nimmst, erschießt er ihn, sobald er ihn zu Gesicht kriegt.«

»Nicht, wenn …«

»Jude, hör auf«, befahl Tusker energisch. »Ryder hat recht. Anthony würde ihn entweder erschießen oder ihn ausliefern und die ausgesetzte Belohnung einstreichen.«

»Was für eine Belohnung?«, fragte ich mit tonloser Stimme, und Ryder sprang fluchend auf.

Erneut wischte Helen sich über die Augen. »Die Nachricht kam heute Morgen aus Nairobi. Es ist eine Belohnung ausgesetzt worden für denjenigen, der Gideon ergreift. Jeder Weiße und die Hälfte der Schwarzen in Kenia suchen schon nach ihm.«

»Aber bis dahin hätte es noch Tage dauern müssen«, sagte ich. Tusker winkte ab.

»Wenn die Leute es wollen, kann das hier draußen ganz schnell gehen. Hier ist Grenzland, Kind. Und so sind hier auch Recht und Gesetz. Seien Sie froh, dass sie beschlossen haben, ihn lebendig festzunehmen.«

Wieder fluchte Ryder, und ich setzte mich hin. Sogar Dora legte ihr verdammtes Sandwich auf den Teller und wirkte betroffen. »Es muss doch jemanden geben, der ihm gegenüber loyal genug ist, um dem Geld zu widerstehen«, sagte sie leise.

»So jemanden gibt es«, sagte Ryder und wechselte einen vielsagenden Blick mit Tusker.

»Ausgezeichneter Plan, mein Junge. Aber du wirst mit ihm gehen müssen, wenn du sicher sein willst, dass Gideon beschützt wird.«

»Natürlich.«

»Worüber reden wir gerade?«, wollte ich wissen.

Ryder warf Halliwell einen Blick zu. »Nichts, was ich gern genauer erklären würde.«

Halliwell wurde rot. »Na, sieh mal einer an …«

Energisch fiel Dora ihm ins Wort. »Er hat recht, Lawrence. Es ist besser, wenn keiner von uns Bescheid weiß.« Stirnrunzelnd blickte ich sie an. Wenn sie mit dem Hausherrn auf Du und Du stand, musste es im Haus der Halliwells recht behaglich zugehen.

Er nickte. »Ja, du hast recht, Dora.« Natürlich stimmt er ihr zu, dachte ich bitter. Je weniger er wusste, desto leichter konnte er seine Hände in dieser Angelegenheit in Unschuld waschen. Aufmerksam musterte er Dora, und sie errötete leicht. Mit einem angenehmen kleinen Schaudern dachte ich daran, wie gern ich ihr von seinen Mätzchen auf Helens letzter Party erzählt hätte.

»Wann brecht ihr auf?«, fragte Tusker.

»Jetzt. Je früher, desto besser.«

»Ich komme mit«, sagte Jude und reckte das Kinn. Ryder nickte langsam.

»Jude«, sagte Tusker, aber Jude trat einen Schritt vor, die Fäuste geballt.

»Es ist meine Entscheidung, Tusker. Wenn Ryder mich lässt, gehe ich mit. Ich bin eine bessere Fährtenleserin als er, und ich kann besser schießen als Gideon. Sie können mich gut gebrauchen.«

Ich ging zu dem Gewehrhalter über der Tür, nahm die Rigby heraus und gab sie ihr. »Nehmen Sie diese hier. Es ist ein besseres Gewehr als Ihres.«

Sie bedachte mich mit einem langen, ausdruckslosen Blick, dann streckte sie die Hand aus. »Danke.«

»Schießen Sie nicht öfter damit als unbedingt nötig. Die Kugeln sind verdammt teuer.«

Sie lächelte leicht und steckte die Munition ein. »Jeder Schuss ein Treffer.«

Ich folgte Ryder und Jude zur Scheune. Dora hatte Proviant zusammengetragen, und Ryder nahm so viel zusätzliche Munition mit, wie er tragen konnte. Ich half ihm, und in meinem Schädel pochte es. Ich konnte es kaum erwarten, in meinem Schmuckkästchen nachzusehen, ob mein Armband noch dort war, aber ich hatte keine Chance. Man sagt, in einer Krise läuft alles langsamer ab, so, als hielte man die Luft an und ginge unter Wasser. Aber das stimmte nicht, nicht diesmal. Die Zeit raste so schnell, dass mir schwindlig geworden und ich hingefallen wäre, wenn ich stehen geblieben wäre. Also lief ich immer weiter, bahnte mir den Weg, während die Dinge um mich herum passierten. Meine Hände wussten, was sie zu tun hatten, auch wenn mein Gehirn es nicht mehr wusste. Als wir das Scheunentor erreichten, drehte Ryder sich um und küsste mich heftig.

»Du kommst zurück«, befahl ich ihm. »Das ist keine Frage.«

Er küsste mich ein zweites Mal und entriegelte das Scheunentor. Gideon schlich aus dem Schatten hervor.

»Bibi?«

»Ich bin hier, Gideon. Du gehst mit Jude und Ryder. An einen sicheren Ort.«

Er stand vor mir, groß und so gerade wie ein Speer. »Ich verstehe.« Er streckte eine Hand aus. »Ich möchte Ihnen gern die Hand geben, *Bibi.«*

Ich nahm sie, umfasste die breite, warme Handfläche. Ich drehte sie um und betrachtete sie. In dieser Handfläche lag ganz Afrika. Die Linie des Mara Rivers floss hindurch, mit den Hochebenen, auf denen ein Mann sich vielleicht frei fühlen konnte, und den tiefen Ausläufern des Ostafrikanischen Grabens, wo die Zeit stillzustehen schien. Ich legte mir seine Hand auf das Gesicht, und er ließ sie kurz dort liegen, bevor er sie zurückzog.

»Ich kann nicht wiederkommen«, sagte er und fasste in Worte, was ich bereits wusste.

»Ich werde dich nicht vergessen«, versprach ich. »Solange Afrika besteht, werde ich mich an dich erinnern, mein Freund.«

Ich konnte ihn kaum noch sehen. Tränen verschleierten sein Gesicht, und das Letzte, was ich von ihm sah, war so transparent und wesenlos wie ein Geist. Schon jetzt verblasste er. Ich machte Anstalten zu gehen, doch dann drehte ich mich noch einmal um. »Wie heißt du, Gideon? Ich möchte deinen wahren Namen erfahren, nicht den, den die Schule der Weißen dir gegeben hat. Ich möchte wissen, wie dein Volk dich genannt hat. Der Name, bei dem Gott dich ruft.«

Er lächelte. »Ich heiße Ole, Delilah.«

»Ole«, sagte ich langsam. »Gut. Denn wenn ich jemals in den Himmel komme, will ich wissen, wie ich dich finden kann.«

»Ich weiß etwas … du bist meine Freundin, Delilah.«

Dann drehte ich mich endgültig um und ging zur Tür. Aber es war zu spät. Die Polizei war schon da.

Der Inspektor stieg aus dem Wagen und mit ihm einige Polizisten. Er lächelte mich an und hielt ein Blatt Papier über seinen Kopf. »Ich habe einen Haftbefehl für einen Massai, der unter dem Namen Gideon bekannt ist. Wo ist er?«

»Das weiß ich nicht«, rief ich, »aber Sie kommen gerade recht, um zu sehen, wo der Vorarbeiter Gates meinen Kuhhirten angegriffen hat. Das Blut ist weggeschrubbt worden, aber Sie können immer noch Spuren davon finden. Würden Sie sich das bitte einmal ansehen?«, fragte ich und ging langsam auf ihn zu. Tusker und Jude rückten hinter mir zusammen, während Ryder beiläufig das Scheunentor schloss. Es gab nur wenige

Verstecke, und wir konnten bestenfalls ein paar Minuten für Gideon herausschlagen, aber ich konnte nicht einfach dastehen und zusehen, wie sie ihn festnahmen, aufgrund von Indizien, die sie ebenso gut gegen mich hätten verwenden können. Dora und Halliwell erschienen auf der Veranda, und Halliwell legte ihr den Arm um die Schultern.

Der Inspektor näherte sich mir, hinter ihm bildeten seine Männer eine Mauer. Abermals lächelte er. »In meinem Terminkalender steht heute etwas Wichtigeres als ein Angriff auf einen eingeborenen Jungen, Miss Drummond. Nun, alles geht viel einfacher, wenn Sie uns einfach sagen, wo er hingegangen ist, damit wir weiterkommen.«

»Weiterkommen womit?«, fragte Jude. »Damit, einen Unschuldigen zu hängen? Sagen Sie, Inspektor, was für Prozesse werden schwarzen Männern in diesem Land gemacht? Ich glaube, die Antwort auf diese Frage kennen wir beide.«

Sein Lächeln wurde schwächer. Gott sei Dank, dachte ich. Ryder hatte sich zu meiner Linken durchgeschoben, und mir wurde klar, dass die Polizei dadurch und durch Judes theatralisches Gehabe vielleicht gerade lange genug abgelenkt sein würde, um Gideon auf der anderen Seite der Scheune entkommen zu lassen. Er konnte sich in der *lugga* verstecken, wenn wir die Polizisten nur beschäftigt hielten.

Da fing Jude zu schreien an und lief direkt auf den Inspektor zu, bis sie ihm Auge in Auge gegenüberstand. Es war ein Schritt zu viel. Sobald sie in Reichweite gelangte, verlagerte der Inspektor seine Aufmerksamkeit auf die Scheune. Er gab zwei seiner Männer ein Zeichen, Jude zu ergreifen, und als sie sich in Bewegung setzten, legte Ryder sein Gewehr an.

»Versuchen Sie nur, Hand an sie zu legen«, sagte er. »Ich bitte Sie darum.«

Sie befanden sich in einer Pattsituation. Die Luft war zum

Schneiden, als Jude sich weigerte nachzugeben und Ryder hinter ihr die Stellung hielt. Die Polizisten zogen ihre Waffen. Es fehlte nur noch ein Lidschlag, und die Hölle würde losbrechen.

»Ich habe es getan.« Die Worte kamen mir über die Lippen, bevor ich überhaupt wusste, dass ich sie sagen würde. Jeder auf dem Farmgelände drehte sich zu mir um und blickte mich an. Erneut trat ich einen Schritt vor und straffte die Schultern. »Ich habe Kit Parrymore getötet.«

Einen Augenblick lang herrschte heilige Stille, bevor der totale Tumult ausbrach.

Tusker fing an zu lachen, tief aus dem Bauch heraus und am Rande der Hysterie. Dora brach in Halliwells Armen zusammen, und Jude fuhr herum und starrte mich an, wobei sie mit Ryder zusammenstieß. Er sah mich an, unsere Blicke kreuzten sich, und er verstand.

Ich drehte mich wieder zu dem Inspektor um, dem abermals der Mund offen stand. Mit ausgestreckten Händen machte ich einen Schritt auf ihn zu.

»Haben Sie Handschellen dabei? Passen Sie nur auf, dass sie nicht zu eng sind. Ich bekomme leicht blaue Flecken.«

Er schüttelte den Kopf. »Nicht so schnell, Miss Drummond. Ich will eine Aussage.«

»Schön. Hier haben Sie Ihre Aussage – ich bin durchgedreht und habe Kit mit seinem eigenen Revolver im Schlaf erschossen. Ich glaube jedenfalls, dass ich das getan habe. Ich meine, in meinem Kopf ist alles so verworren. Ich kann mich nicht richtig erinnern.«

Die Augen des Inspektors wurden schmal, und sein Lächeln war so sauer wie unreife Trauben. »Ich glaube Ihnen nicht.«

Einen Augenblick lang schloss ich die Augen, und Dunkelheit hüllte mich ein. Ich hörte das Heulen des Rougarou, und ich spürte noch immer die Wärme von Gideons Hand. Ein letztes Mal atmete ich tief ein, dann sprang ich ins kalte Wasser.

»Es war nicht das erste Mal, dass ich durchgedreht bin«, sagte ich. Ich hob die Hand und nahm das schwarze Band ab. »Sehen Sie diese Narbe? Das habe ich mir mit dem Rasiermesser meines Ehemannes zugefügt, an dem Tag, an dem sie seine sterblichen Überreste aus Frankreich nach Hause gebracht haben.«

Zweifel spiegelten sich in den Augen des Inspektors wider. Die Verunsicherung machte ihre ersten vorsichtigen Schritte in seinen Verstand. Ich musste ihr nur noch einen Stoß versetzen.

»Drei Monate lang war ich in einem Irrenhaus in England eingesperrt. Wenn Sie mir nicht glauben, fragen Sie meine Cousine.«

Er wandte sich an Dora, und ich vermied es, sie anzublicken. Es wäre verhängnisvoll für Gideon, wenn Gilchrist uns geheimer Absprachen verdächtigte. Sie musste ihm die Wahrheit sagen, und ich hoffte, dass sie mich genug hasste, um das zu tun.

»Das stimmt«, sagte sie nahezu unhörbar. Sie drehte sich um, vergrub das Gesicht an Halliwells Schulter und schluchzte.

»Ich brauche ein umfassenderes Geständnis«, sagte Gilchrist.

»Nun, das bekommen Sie nicht. Nicht, bevor ich in Nairobi bin und mein Anwalt bei mir ist. Und jetzt nehmen Sie mich fest, Sie Hohlkopf.«

Mit diesem letzten Wort war ich ein Wagnis eingegangen, aber wie ich erwartet hatte, reichte meine Geringschätzung, um ihn aus dem Konzept zu bringen. Bis in die Haarwurzeln lief er rot an, und als seine Männer zu kichern anfingen, erbleichte er. Er packte mich bei den Handgelenken und schleppte mich zu seinem Automobil. Er öffnete die Tür und trat energisch zurück, um mir den Vortritt zu lassen. Mit einem Lächeln auf den Lippen drehte ich mich um.

»Wollen Sie sich nicht vergewissern, dass ich nicht bewaffnet bin?«

»Das Risiko gehe ich ein«, stieß er zwischen zusammengebissenen Zähnen hervor.

Ich wagte nicht zurückzublicken. In dem Wagen kauerte ich mich zusammen und richtete mich auf die Fahrt nach Nairobi ein. Hinter uns hörte ich die anderen Polizisten in ihre Autos steigen, die die Nachhut unserer kleinen Karawane bilden würden. Langsam fuhren wir durch das Tor aus Fairlight hinaus, und als die Zufahrt eine Kehrtwende machte, sah ich sie alle genauso dort stehen, wie ich sie verlassen hatte, ein Stillleben im Morgenlicht. Ich hoffte, dass Gideon mich durch einen Spalt in der Scheunenwand sehen konnte. Ich hoffte, er würde entkommen und sich in Sicherheit bringen. Ich hoffte, dass er ein langes, glückliches Leben führen würde. Ich hoffte so vieles auf dieser langen Fahrt nach Nairobi. Ebenso gut hätte ich beten können. Gideon brauchte ein Wunder, um sich zu retten, und tausend weitere würden vonnöten sein, damit er in Sicherheit bleiben konnte. Aber Gideon verdiente ein Wunder. Und wenn ich mit eigenen Händen eines erschaffen musste. Es war ein schmutziges, schlampiges, behelfsmäßiges kleines Ding, mein trauriges Wunder, krumm und schief zusammengeflickt, doch es war alles, was ich ihm geben konnte. Ich hoffte aus ganzem Herzen, dass es genug sein würde.

Ich wurde direkt zum Verhör auf das Polizeirevier gebracht. Auf der Fahrt nach Nairobi hatten wir einmal angehalten, und aus einem Essenskorb wurden trockene Sandwiches und warmer Orangensaft verteilt, aber ich hatte abgelehnt. Alles, was ich aß, würde wahrscheinlich als Zugeständnis gesehen werden, also blieb mein Mund verschlossen. Weitere zwei Male hielten wir wegen einer Reifenpanne und technischer Schwierigkeiten an, und infolgedessen erreichten wir das Polizeirevier erst nach Einbruch der Dunkelheit, gerade als die ersten Schauer der kurzen Regenzeit zu fallen begannen. Ich wurde eilig durch einen Hintereingang geschoben und in eine Einzelzelle gebracht. Ich sah mich um und machte Bestandsaufnahme. Es gab eine schmale Pritsche, eine dünne Decke und unsägliche hygienische Vorrichtungen. Ich wickelte mich in die Decke, streckte mich auf der Pritsche aus und schloss die Augen. In der Ferne hörte ich Geräusche – Stimmen, Schreibmaschinen, gelegentlich das Klingeln eines Telefons und ein- oder zweimal das unheilvolle Scheppern einer Zellentür, wenn eine weitere arme Seele dahinter eingesperrt wurde. Bei meiner ersten Reise nach Nairobi hatte ich das Gefängnis von Kilimani gesehen. Es war nicht gerade das *Hôtel de Crillon*, und jetzt faltete ich die Hände und betete zwei Rosenkränze und hoffte, dass sie mich niemals dorthin schicken würden. Ich war allein und von den Zellen der eingeborenen Afrikaner getrennt, etwas, was ich dem Inspektor gegenüber erwähnte, als er mich einige Zeit später in ein Vernehmungszimmer bringen ließ.

»Ich hätte gern mein Suaheli ein bisschen verbessert«, sagte ich fröhlich.

Gilchrist räusperte sich, und einer seiner Lakaien trat mit einem Tablett und einer Teekanne darauf ein. »Wie zivilisiert. Und wie überaus britisch«, murmelte ich.

Säuerlich lächelnd goss er mir eine Tasse ein und stellte einen Teller mit Sandwiches und Kuchen vor mich hin. Ich hob eine Braue, und leichte Röte überzog seinen Teint.

»Essen Sie. Es kommt aus dem *Norfolk Hotel*.« Seine Stimme klang freundlicher, als es angesichts der Umstände zu erwarten war.

Achselzuckend bediente ich mich. Ich hatte zwei Mahlzeiten und den Tee verpasst, und wenn ich ein Verhör durchstehen wollte, musste ich bei Kräften bleiben.

Er sah mir zu, und bald darauf nahm er sich selbst ein Sandwich und schlang es mit einem Bissen hinunter.

»So kriegen Sie garantiert Verdauungsstörungen.«

Er verzog das Gesicht. »Die habe ich bereits, vielen herzlichen Dank.«

»Sie schmeicheln mir.«

Er seufzte. »Miss Drummond …«

»Delilah bitte. Ich vermute, wir werden ziemlich viel Zeit miteinander verbringen.«

»Delilah.« Er senkte die Stimme, die nun viel sanfter als je zuvor klang. »Sie müssen mir helfen. Ich glaube nicht, dass Sie Kit Parrymore umgebracht haben.«

»Dann ist es merkwürdig, dass Sie mich so schnell festgenommen haben.«

Abermals errötete er. »Ich habe mich von Ihnen dazu aufstacheln lassen, und das war ein Fehler. Ich hätte von Anfang an wissen müssen, dass Sie nur bluffen.«

»Wer sagt, dass ich bluffe?«

Er lächelte, und zu meiner Überraschung wirkte es aufrichtig. »Wo war er? In der Küche? In der Vorratskammer?«

»In der Scheune«, räumte ich ein. »Aber es hätte Ihnen absolut nichts genützt, einen unschuldigen Mann einzusperren. Ich habe Ihnen einen Gefallen getan …«

»… indem Sie ein Verbrechen gestehen, das Sie nicht begangen haben«, beendete er den Satz.

»Wer sagt, dass ich es nicht war? Ich habe gestanden. Wenn Sie mein Geständnis nicht beachten, wäre der Gouverneur vermutlich äußerst verärgert. Er wird ziemlich unter Druck stehen, die Sache schnell und diskret in Ordnung zu bringen. Und ich denke, wenn der Gouverneur unter Druck ist, sind Sie es auch. Wie ich gehört habe, plant der Duke of York einen offiziellen Besuch im nächsten Jahr. Überlegen Sie nur, was der König dazu sagen würde, wenn Sie jetzt einen Fehler machen! Vielleicht erlaubt er dann dem Duke gar nicht herzukommen. So eine perfekte Gelegenheit, Whitehall zu demonstrieren, wie sehr Kenia die Autonomie verdient – verschwendet! Ja, Sie stehen wirklich unter Druck, Inspektor.«

»Ich kann Ihnen gar nicht sagen, wie sehr«, gab er zu. »Aber dieses absurde Geständnis, das Sie da abgelegt haben …«

»Es ist nicht meine Schuld, wenn Sie mir nicht glauben.«

»Dann helfen Sie mir, es zu glauben. Ich brauche Fakten, ein Motiv.«

»Oh, aber gewiss können Sie selbst die richtigen Schlüsse ziehen. Sie sind ein kluger Mann«, sagte ich und streckte die Hand nach einem weiteren Sandwich aus.

Er umklammerte mein Handgelenk. »Glauben Sie, ich habe diesen Job, weil ich ein Idiot bin? Ich gebe zu, ich habe Ihren Köder geschluckt, als wäre ich ein kleiner Fisch, aber damit ist es jetzt vorbei. Ich habe das Heft wieder in die Hand genommen, und jetzt gebe ich den Ton an. Ich tanze nicht mehr nach Ihrer Pfeife, Miss Drummond.«

»Sie vermischen gerade die Metaphern. Und wir hatten uns doch auf Delilah geeinigt.«

Damit entwand ich meinen Arm seinem Griff. Er lehnte sich zurück und rieb sich die Schläfe.

»Kopfschmerzen? Da nehme ich immer einen Löffelvoll Magenbitter ein und lege mich mit einer Kompresse in einem kühlen Raum hin. Vielleicht versuchen Sie das mal.«

Er lachte auf. »Man hat mich gewarnt. Sie würden mich auf zig verschiedene Arten verwirren. Ich konnte mir nicht vorstellen, wie Sie das anstellen würden, aber tatsächlich, so ist es.«

Nun vergaß er, dass er Polizist war. Die kühle Effizienz fiel von ihm ab, und da saß er, die Hände locker im Schoß gefaltet, mit resigniertem Gesichtsausdruck. Er wirkte wie ein Mann, dem man gerade seine liebsten Illusionen genommen hat, und es blieb nichts mehr übrig als Bedürftigkeit. Es war ein Blick, den ich zuvor schon gesehen hatte, und keiner, für den ich gern verantwortlich sein wollte.

»Inspektor«, sagte ich sanft. »Sie sollten mir Fragen stellen.«

»Ich weiß. Ich wünschte nur, wir könnten ehrlich zueinander sein. Alles andere ist ermüdend. Aber wenn wir einfach bei der Wahrheit bleiben würden …« Seine Stimme verklang, und wieder beugte er sich mit warmem, schmeichelndem Blick vor.

Ich spürte, dass ich mich ebenfalls vorbeugte. »Inspektor«, sagte ich mit leicht bebender Stimme.

Er kam noch näher, die Lippen erwartungsvoll geöffnet. »Ja?«

Ich spürte den Schauder seiner gespannten Erwartung und wusste, dass mein Instinkt mich nicht getrogen hatte.

Ich rückte noch näher zu ihm. »Ich habe das Gefühl, ich kann Ihnen alles sagen. Absolut alles.«

»Fahren Sie fort«, drängte er mich und blickte mir tief in die Augen.

Noch näher. Ich streckte eine Hand aus, um das Gleichgewicht zu halten, und spürte die Rundung seines Knies in meiner Handfläche. »Ich gebe Ihnen, was immer Sie wollen«, sagte ich und griff fester zu. Das Bein beugte sich unter meiner Hand, und seine Lippen verzogen sich zu einem dünnen, triumphierenden Lächeln.

»Ja?«

»Sobald Sie meinen Anwalt holen. Bis dahin können Sie sich von mir aus aufhängen.«

Ich setzte mich zurück und lachte, als er ziegelrot anlief und so schnell auf seinen Stuhl zurückrutschte, als hätte ich ihn erneut geschlagen.

»Das ist kein Spiel, Delilah.«

»Natürlich ist es das. Und Sie haben verloren. Nehmen Sie es sportlich. Sie haben geglaubt, Sie könnten mich beschwatzen, nur weil ich eine Frau bin. Aber Gilchrist! Mit Männern wie Ihnen umzugehen, das habe ich gelernt, bevor ich auch nur laufen konnte. Jetzt lassen Sie mich wieder in meine Zelle bringen, und holen Sie meinen Anwalt her. Quentin Harkness, Lincoln's Inn Fields, London. Ich werde warten.«

»Wenn Sie glauben, dass ich vierzehn Tage auf einen gelackten Advokaten aus London warte, dann haben Sie sich gründlich getäuscht.«

»Bitte achten Sie auf Ihre Worte! Und ja, das glaube ich. Vergessen Sie nicht, Inspektor, ich bin nicht nur eine Bürgerin Großbritanniens. Ich bin Amerikanerin. Und ich glaube, mein Großonkel, *Senator* L'Hommedieu, wäre sehr beunruhigt, wenn mir ein fairer Prozess verweigert würde.«

Er schrieb Quentins Namen und Adresse auf, wobei ihm die Mine des Bleistifts abbrach.

»Warum sind Sie sich so sicher, dass er überhaupt kommen wird?«

»Er ist mein Ex-Ehemann.«

Da lachte Gilchrist, ein unangenehmes Geräusch in dem kleinen Raum. »Erstaunlich, dass einer von ihnen mit dem Leben davongekommen ist. Ich dachte, Sie beißen ihnen den Kopf ab und lassen sie einfach krepieren.«

Eins musste ich ihm lassen. Er hatte sich der direkten Konfrontation mit mir gestellt und dabei das letzte Wort behalten. Und das war mehr, als die meisten Männer fertigbrachten.

22

Ich verbrachte die Nacht damit, in meiner Zelle über jedes einzelne Wort des Verhörs nachzudenken und dem Regen zu lauschen, der auf das Dach prasselte. Weder Gilchrist noch ich hatten das Armband erwähnt. Ich glaube, er wollte mich damit überfallen und dann zusehen, wie mein Kartenhaus zusammenbrach. Er ahnte nicht, dass das verdammte Ding wahrscheinlich mir gehörte, und ich hatte einen Zeugen, der das beweisen konnte, zumindest, wenn Bianca nicht zu betrunken gewesen war, um sich zu erinnern, dass sie auf Helens Party einen Kommentar dazu abgegeben hatte. Aber es war kompliziert, das Armband als Trumpf auszuspielen, und ich wollte es mir für den richtigen Augenblick aufbewahren.

Am nächsten Morgen wurde ich in aller Frühe zu einem weiteren Verhör zu Gilchrist gebracht. Diesmal spielte er auf Sieg, und beinahe hätte er mir leidgetan.

Beinahe. Stattdessen wedelte ich ihm mit meinem schwarzen Band vor dem Gesicht herum und betastete das Buttermesser, rieb es an meinem Handgelenk, bis er nach einem Polizisten rief und mich wieder in meine Zelle verfrachten ließ. An jenem Abend, nach einem überraschend schmackhaften Essen, das mir aus dem *Norfolk* gebracht worden war, kam er mit zwei weiteren Polizisten in meine Zelle, alle in Uniform. Er gab mir einen schlichten schwarzen Mantel und befahl mir, ihn anzuziehen.

»Na ja, es ist nicht gerade Patou, aber vermutlich muss das für den Augenblick reichen«, sagte ich sauer. Ich schob die

Arme in die Ärmel. »Wo gehen wir denn hin, Inspektor? Wollen Sie mich in die Stadt mitnehmen?«

»Nicht ganz.« Er fasste mich am Arm und schob mich zur Hintertür des Polizeireviers. Er trieb mich hinaus und hielt mir einen Schirm über den Kopf, als wir auf ein wartendes Auto zueilten. Offenbar wusste der Fahrer, wohin er uns bringen sollte, denn er gab Vollgas, bevor die beiden anderen sich überhaupt richtig hinsetzen konnten.

Gilchrist saß neben mir, eine Schulter kameradschaftlich an meine gedrückt.

»Kommen Sie«, sagte ich mit einem Augenaufschlag. »Ich bin doch nett zu Ihnen. Sie könnten mir wenigstens sagen, wohin wir fahren.«

Er seufzte. »Vermutlich kann es nicht schaden, wenn ich es Ihnen sage. Es sind Vorkehrungen getroffen worden, Sie in Haft zu behalten, bis Ihr Berater eintrifft.«

Ich wappnete mich gegen die Kälte, die mein Inneres zu durchdringen begann. »Kilimani also?«

»Kilimani.« Der Inspektor war darüber eindeutig erfreut.

Das Gefängnis von Kilimani war nicht gerade ein Sommerferienlager. Sie steckten mich in eine spezielle Einzelzelle und ließen mich dort verrotten, während es weiterhin regnete, unerbittlich und grau, so schwach und zerstreut, wie ich mich fühlte. Ich verbrachte die nächsten drei Wochen in der kleinen Zelle, verbesserte mein Suaheli mit dem Wärter, der mir das Essen brachte, und indem ich Bücher las, die er mir lieh. Er hatte eine ausgeprägte Schwäche für Dickens, aber ich arrangierte mich damit. Bis auf *Eine Geschichte aus zwei Städten* las ich sämtliche Romane durch. Ich kam bis zu der Stelle, wo Carton das Schaffott besteigt, um sein Leben anstelle des Ehemannes der Frau, die er liebt, hinzugeben, und dann schlug ich das Buch zu. »Was ich tue, ist etwas viel, viel Besseres, als ich jemals getan ...« – der Satz traf schmerzlich ins Schwarze. Doch später schlug ich das Buch an derselben Stelle auf und unterstrich sie, und als das nicht reichte, schrieb ich die Worte mit einem Bleistift an die Zellenwand.

Ich bekam Besuch. Ryder kam nicht, und dafür dankte ich dem Himmel jeden Tag. Denn jeder Tag, der verging, trug ihn und Gideon hoffentlich weiter in den Busch hinein. Helen besuchte mich, doch sie schrie so unzusammenhängendes Zeug, dass sie sogleich wieder aus der Zelle geführt wurde. Rex kam und bestand darauf, ungestört und unter vier Augen in einem der Gefängnisbüros mit mir zu reden. Ich war schockiert, dass sie sich von ihm die Bedingungen diktieren ließen, doch vermutlich zeigte sich darin, welch großen Einfluss er in der Kolonie besaß. Gilchrist betrachtete ihn offenbar als zukünftigen Präsidenten, und er gestand uns zehn Minuten allein zu. Rex hielt mich sanft im Arm und sagte nicht viel. Es war herrlich, jemanden zu haben, der mir über das Haar strich.

»Ich wünschte, du hättest meine Haarbürste mitgebracht«, sagte ich zu ihm. »Ich sehe bestimmt schrecklich aus.«

»Du siehst wundervoll aus«, entgegnete er. Dann gab er mir einen Kuss auf die Wange und stellte mir viele neugierige Fragen über die rechtliche Situation und darüber, ob meine Rechte auch respektiert wurden. Er teilte mir mit, dass er sich mit Quentin in Verbindung gesetzt hatte, der jetzt auf dem Weg zu mir sei, aber mehr konnte er mir nicht sagen, und der Inspektor klopfte an die Tür, als wir uns noch unterhielten.

»Tut mir leid, Ihre zehn Minuten sind um, Sir«, rief Gilchrist.

Rex drehte sich wieder zu mir. »Kann ich dir irgendetwas schicken?«

»Eine Feile?«, sagte ich leichthin.

Er lächelte, doch es wollte kein Lachen daraus werden. »Halte durch, meine Liebe. Bald ist all das vorbei.«

»Das hoffe ich.« Und dann ging er fort, und Gilchrist ließ mich in die Zelle zurückbringen, wo ich einen weiteren Tag mit Bleistift auf der Wand abhakte.

Mein nächster Besucher war weniger unterhaltsam. In dem Moment, in dem sie mich erblickte, brach Dora in herzhaftes Schluchzen aus.

»Oh, um Himmels willen, Dora«, murmelte ich.

Geräuschvoll schnäuzte sie sich in ihr Taschentuch. »Es tut mir leid. Ich kann einfach nicht aufhören.«

»Konntest du Mossy erreichen? Hast du ihr die Lage erklärt?«

»Nicht ganz«, sagte sie. »Ich habe ihr telegrafiert, dass es ein paar Schwierigkeiten gibt, aber dass es dir gut geht und du ihr Genaueres schreiben würdest, wenn du dazu in der Lage bist.«

»Das ist ja großartig, Dora! Warum hast du es ihr nicht selbst geschrieben? Die Geschichte wird bald sogar in London in der Zeitung stehen.«

Sie biss sich auf die Unterlippe. »Ich wusste nicht, dass ich es ihr unbedingt erzählen sollte. An die Presse habe ich nicht gedacht. Wahrscheinlich habe ich da etwas durcheinandergebracht.«

Ich seufzte und verschränkte die Arme. »Wenn ich mich jemals für eine kriminelle Laufbahn entscheiden sollte, wirst du mir gewiss verzeihen, dass du als Komplizin nicht gerade meine erste Wahl bist.«

Verzweifelt hob sie die Hände. »Es tut mir leid. Ich habe mein Bestes getan, aber alles war so schwierig. Die Beerdigung war …« Sie verstummte, und ich war froh darüber. Ich hatte in den Zeitungen davon gelesen. Fast jeder Weiße in Kenia hatte an dem Ereignis teilgenommen, ebenso sehr aus makabrer Neugier wie aus Respekt für den Toten. Ich war froh, es verpasst zu haben. Beerdigungen hasste ich beinahe ebenso sehr wie Hochzeiten.

Sie zog ihr Taschentuch hervor und schniefte hinein.

»Hör auf damit, Dodo. Alles kommt wieder in Ordnung«, versuchte ich sie zu trösten. »Ich habe schon in größeren Schwierigkeiten gesteckt.«

»Schwierigkeit? Das hier ist keine Schwierigkeit, Delilah. Du bist verhaftet worden, weil man dich wegen des Mordes an Kit Parrymore verhören will. Begreifst du das nicht? Wenn du vor Gericht gestellt wirst, werden sie dich aufhängen.«

»Nur, wenn ich verurteilt werde.«

»Wie kannst du nur so ruhig bleiben? Du bist kein menschliches Wesen!«

Abermals fing sie zu schluchzen an, und ich wartete ab, bis sie ein zweites Taschentuch durchnässt hatte.

»Wie geht es Lawrence?«

Sie zog die Nase hoch und putzte sie sich am Ärmel ab. »Wir heiraten.«

»Gratuliere. Soll ich dir jetzt oder später von seinen eigenartigen sexuellen Neigungen erzählen?«

»Das hat er schon selbst getan«, sagte sie streng. »Es ist mir egal. Er hat gesagt, wenn wir verheiratet sind, werden wir zu einer neuen Mission in Uganda gehen, weg von hier. Und es stört ihn nicht, dass ich kein Interesse an diesen Dingen habe. Wir werden eine Josephsehe führen.«

»Du machst wohl Witze.«

»Nein, tue ich nicht. Viele Leute tun das. Vor allem Geistliche.«

»Um Himmels willen, Dora, es gibt keinen Grund für dich, die Charlotte Lucas zu spielen und dich irgendeinem abstoßenden Mann an den Hals zu werfen, nur weil du keine alte Jungfer sein willst.«

»Ich bin keine alte Jungfer!«, rief sie. »Ich bin keine Jungfrau, dass du es nur weißt. Und, bist du jetzt schockiert? Ich habe meine Erfahrungen gemacht. Und ich will keine weiteren machen. Mit diesen Dingen bin ich fertig. Ich will nur Sicherheit, Kameradschaft. Und Lawrence will dasselbe.«

Sie wischte sich die Augen. Dieser kleine Ausbruch schien ihr jeglichen Kampfgeist genommen zu haben.

»Wie dumm ich bin«, murmelte ich. »Es ist passiert, als ich auf Safari war, den Löwen erlegt habe, der das Kind der Kikuyu getötet hat, stimmt's? Danach warst du verändert. Wollte er dich malen?«

Sie lachte bitter. »Nein. Evelyn und ich sollten eine Unterrichtsstunde bekommen, aber sie blieb noch kurz in der Schule, und ich bin schon vorgegangen. Mir war klar, dass nur er und ich da sein würden, und trotzdem bin ich gegangen. Ich wusste, was passieren würde«, betonte sie. »Ich war nicht dumm oder naiv. Ich wusste, er würde es versuchen. Und ich würde es zulassen.«

»Warum?«

Sie zuckte mit den Schultern. »Weil ich neunundzwanzig bin. Weil Jungfräulichkeit eine Last ist, wenn man älter als neunzehn ist. Weil es an der Zeit war, sie loszuwerden. Ich wollte nur fühlen. Mein ganzes Leben ist so sauber und ordentlich, ich hätte schreien mögen. Ich wollte einfach alles stehen und liegen lassen und endlich einmal nur *fühlen.«*

Ich schwieg, und sie fuhr fort, leiser jetzt. »Es war nicht so, wie ich es erwartet hätte. Ich habe Bücher gelesen, viele Bücher. Aber es war anders. Ich dachte, es würde schlimmer wehtun. Und ich habe nie begriffen … das heißt, als es passiert war, habe ich dich zum ersten Mal verstanden, glaube ich.«

»Wie meinst du das?«

»Ich glaube, dir geht es gar nicht um die Lust. Es geht um Vergessen.«

Sie hatte recht. Sie verstand mich tatsächlich besser. Es war das Vergessen, wonach ich mich verzehrte, jener Moment, in dem man in dem See schwimmt, der die geweitete Pupille in Gottes Auge ist, wo nichts existiert außer dem Nichts.

Sie fuhr fort. »Ich habe mich gesäubert und bin gegangen. Und ich wusste, dass es das letzte Mal gewesen war, dass ich das getan hatte. Ich dachte, ich wollte das, diesen Kontrollverlust, die totale Euphorie. Aber ich habe mich geirrt. Das Gefühl, dass sich etwas in mir aufbaute, war recht angenehm. Wäre das alles gewesen, es hätte mich nicht gestört. Aber dann ging es weiter, es drängte mich, trieb mich an und schien ein Eigenleben zu führen. Es machte mir Angst, dieses Gefühl. Ich hätte alles getan, was es von mir verlangte. In dem Augenblick hätte ich getötet. Glaube ich. Ich hätte mich ins Feuer geworfen oder mich ertränkt, um es zu beenden. Ich hätte mir das Fleisch von den Knochen gerissen, um dieses Gefühl loszuwerden, um diesen Moment der Erfüllung zu erleben. Es war beängstigend. Ehrlich, Delilah. Ich weiß nicht, wie du das aushältst.«

Und damit zündete sie sich mit flinken Händen eine Zigarette an.

»Du übernimmst meine schlechten Angewohnheiten.«

»Nur diese. Die Männer kannst du behalten, jedenfalls die, die etwas zurückhaben wollen. Das vertrage ich nicht.«

Sie blies einen stümperhaften Rauchring aus, der sich in der Luft auflöste. »Erinnere mich daran, dir das richtig beizubringen.«

Da lächelte sie unter Tränen und drückte die Zigarette aus. »Ich werde Lawrence noch diese Woche heiraten. Dann brechen wir nach Uganda auf. Der Inspektor ist nicht glücklich darüber, aber er hat keinen Grund, uns zum Bleiben aufzufordern. Ich werde nicht hierbleiben und dieser Sache bis zum Ende zusehen.«

»Ich verstehe dich, Dodo. Du hast mir lange genug gedient. Gute Reise.«

Sie stand auf und wischte sich die Asche vom Rock. »Ich habe immer gewusst, dass es zwischen uns mit Tränen enden würde.«

»Ich weine nicht.«

»Doch, das tust du.«

Und damit verließ Dora mich. Sie war meine Cousine gewesen, meine Gefährtin, meine Anstandsdame, und ich hatte mich an sie gewöhnt. Vielleicht zu sehr. Sie war mein Schatten gewesen, aber ein Schatten hat keine Substanz, keine Tiefe und kein Licht, und Dora hatte etwas Besseres verdient. Ich hoffte, dass sie mit Lawrence glücklich sein würde. Hoffte es und bezweifelte es trotzdem. Ich hörte von Dritten, dass Evelyn nicht besonders glücklich über Lawrence' Eheschließung und verzweifelt war, weil sie ihre Schule zurücklassen musste. Aber wie so viele bedauernswerte Verwandte – also wie Dora auch – war Evelyn den Menschen, von denen sie abhängig war, schutzlos ausgeliefert. Sie packte ihre Koffer und lief mit, das ewige fünfte Rad am Wagen. Ich hoffte, dass Kit auch mit ihr geschlafen hatte. Gott wusste, dass sie am Ende ihres Lebens nur wenig haben würde, worauf sie mit Freude zurückblicken konnte, wenn es so weiterging wie bisher.

Ich schrieb Briefe an Dora und an Mossy und an ein Dutzend anderer Leute, aber es schien nur wenig Sinn zu haben, sie abzuschicken. Stattdessen zerriss ich sie und fing an, eine Art Tagebuch zu schreiben. Ich schrieb alles nieder, was geschehen war seit jenem grauen Tag in Paris, als sie mich dazu überredet hatten, nach Afrika zu gehen. Ich machte ihnen keine Vorwürfe. Ich war ein Problem, das gelöst werden musste, und Afrika schien eine gute Lösung zu sein. Man hatte mich unter den Teppich gekehrt, weggeräumt wie irgendeine Unannehmlichkeit. Und dann musste ich alles ruinieren, indem ich mich mit einem Mann einließ, der sich einfach umbringen ließ. Ich erstickte fast an der Ironie, die darin lag.

Also las ich Bücher, an die ich mich nicht erinnern konnte, und schrieb Briefe, die ich nicht abschickte, und brachte den Wärtern bei, wie man Poker spielt. Mein Großvater hatte es im amerikanischen Bürgerkrieg gelernt und mir beigebracht. Wir hatten immer um Bares gespielt, und es war ihm egal, wenn er mich um den letzten Penny meines Taschengeldes brachte.

Offenbar hatte die Geschichte inzwischen in all ihren reißerischen Einzelheiten die Presse erreicht, und ich hatte Bewunderer. Sie überhäuften mich mit Geschenken, einschließlich Schmuck, Alkohol und Heiratsanträgen. Sie schickten mir Taschentücher aus Schweizer Leinen und belgische Spitzenkragen, in Leder gebundene Bücher und Schachteln mit Früchten aus Marzipan. Ich verschenkte alles. Die anderen Insassinnen hatten solche Luxusgüter nie besessen, und ich hatte weiß Gott kaum Verwendung dafür.

Doch als Ergebnis meiner Großzügigkeit erfuhr ich so manches. Sie zahlten es mir in der einzigen Währung zurück, die ihnen zur Verfügung stand – Informationen. Jedes dieser Mädchen kannte jemanden oder war mit jemandem verwandt, der im Haushalt eines Weißen arbeitete. Ich erfuhr, dass der Cannabis, den Gates in Fairlight angebaut hatte, ein äußerst profitables Geschäft für ihn gewesen war und dass er ihn an weiße Siedler verkauft hatte. Ich erfuhr, dass Biancas Kokain in Dosen mit spanischem Talkumpuder ins Land geschmuggelt wurde, die mit der Diplomatenpost direkt ins Regierungsgebäude geliefert wurden. Und ich hörte, dass es weiße Siedler gab, die Waffen horteten. Die Meinungen liefen heiß gegen die Mächte und Kräfte in London, die die Idee eines autonomen Staates Kenia abgeschmettert hatten. Viele glaubten, dass ein bewaffneter Aufstand nur noch eine Frage der Zeit war, und diese Gewissheit hatte die meisten von ihnen dazu gebracht, sich geheime Vorräte an Waffen, Munition und Nahrung zu sichern, um der Belagerung standhalten zu können.

Auch von kleineren Dramen, die sich um mich herum abgespielt hatten, erfuhr ich. Leute mit Töchtern unter siebzehn machten einen großen Bogen um Bunny Stevenson, Anthony Wickenden hatte die Ranch verlassen, um mit einer Massaifrau zusammenzuleben, die ihn mit Tripper angesteckt hatte, und Gervase hatte sein gesamtes Geld in eine Herde Hochlandschafe investiert, die in der Hitze tot umgefallen waren. Ich fand auch heraus, dass der Inhaber der Galerie in Nairobi eine posthume Ausstellung von Kits Werken angekündigt hatte, sobald mein Gerichtsverfahren zu Ende sein würde.

»Der Scheißkerl hält mich für schuldig«, murmelte ich. Dem Mädchen, das mir davon erzählt hatte, steckte ich eine Schachtel Veilchentrüffel von Charbonnel et Walker zu. Ich dachte noch über die Konsequenzen eines bewaffneten Aufstands nach, als sie mich aus der Zelle holten, damit ich Quentin treffen konnte.

»Du siehst furchtbar aus.« Ich hätte auch mit etwas Netterem herausplatzen können, als ich ihn erblickte, aber es stimmte. Seine Hosenbeine waren bis zu den Knien durchnässt, und sein Haar glänzte vor Regentropfen.

Resigniert lächelte er mich an. »Wer hätte gedacht, dass es in Afrika regnet? Und ich wünschte, dasselbe könnte ich von dir sagen, mein Liebling. Wenigstens im Gefängnis hättest du ein bisschen von deinem Glanz verlieren können.«

Ich strich mir über das Haar. »Ein Mädchen hat eben seine Ansprüche.« Sein Lächeln wurde schwächer, und ich hob eine

Hand. »Nicht. Alles, aber kein Mitleid, Quentin. Du weißt, das ertrage ich nicht.«

Er griff in seine Tasche. »Ich habe einen Brief von deiner Mutter mitgebracht.«

Er hielt ihn mir hin, doch ich zögerte. »Mich wundert, dass das Papier nicht schwelt.«

Ohne es zu wollen, lächelte Quentin. »Vielleicht erlebst du eine Überraschung. Du hast immer gesagt, dass Mossy in Krisensituationen zur Höchstform aufläuft.«

Wenn sie geschrieben hätte, um mich auszuschimpfen, wäre es leichter für mich gewesen. Doch plötzlich konnte ich den Gedanken nicht ertragen, dass sie womöglich Verständnis für mich hatte und auf meiner Seite stand. Ich legte den Brief beiseite, um ihn später zu lesen, wenn ich allein war, und blickte zu Quentin auf. Er seufzte.

»Grundgütiger, Delilah«, sagte er und ließ sich schwer auf einen Stuhl sinken. »Wie konnte es nur so weit kommen?«

»Wie es eben dazu kommt. Falscher Ort, falscher Mann.«

»Dafür hast du wirklich Talent«, sagte er und beugte sich vor. Ich konnte den vertrauten Duft seines Körpers wahrnehmen, sein Eau de Cologne und das Haaröl, das er benutzte. »Ich muss dich das fragen, Delilah. Hast du es getan?«

»Ich dachte, Strafverteidiger wollen nie die Wahrheit wissen.«

»Ich bin aber Rechtsanwalt.«

Ich zuckte mit den Schultern. »Was macht das für einen Unterschied?«

»Der Unterschied ist, dass ich dafür sorgen will, dass du hier rauskommst. Und jetzt sag mir die Wahrheit.«

Ich verschränkte die Arme vor der Brust und blickte ihm unverwandt in die Augen. »Nein. Ich habe Kit Parrymore nicht erschossen. Zufrieden?«

»Nicht ganz. Vielleicht lügst du mich ja an.«

»Dich, Liebling? Niemals.« Ich entblößte die Zähne zu einem Lächeln.

»Delilah, hast du begriffen, wie ernst es um dich steht? Auf Mord steht der Strang.«

Ich gab ihm dieselbe Antwort, die ich auch Dora gegeben hatte. »Nur, wenn man verurteilt wird.«

»Verdammt noch mal, Delilah!« Er fuhr sich mit beiden Händen durchs Haar und zerstörte seine sorgfältig gekämmte Frisur.

»Es tut mir leid, Quentin. Ja, ich weiß, dass es ernst ist, aber ich habe nichts weiter getan, als die Polizei anzulügen, und die hat es verdient.«

»Na also, immerhin ein Anfang. Was für Lügen hast du ihnen erzählt und warum?«

»Vielleicht habe ich ja behauptet, Kit umgebracht zu haben.«

Er erbleichte. »Du hast gestanden? Einen Mord?«

»Na ja, schon. Das hat sie in eine ziemlich schwierige Lage gebracht, weißt du, denn ich habe ihnen gesagt, dass ich ohne meinen Anwalt keine weitere Aussage machen würde. Natürlich hätten sie hier in Nairobi einen für mich auftreiben können, aber ich musste nur mit meinem amerikanischen Pass winken und den Namen meines Senatorenonkels nennen, und sie waren bereit, auf dich zu warten, bevor sie mich weiter befragen würden.«

»Heißt das, du bist nicht angeklagt?«

»Nein.«

»Großer Gott. Und sie haben dich die ganze Zeit hier im Gefängnis behalten?«

»Sie haben gesagt, damit würde ich ›der Polizei bei ihren Ermittlungen helfen‹, glaube ich. Hört sich doch an, als wäre ich sehr kooperativ, stimmt's?« Er rieb sich das Gesicht, und unter seinen Augen und um den Mund herum lagen Schatten. »Armer Quentin. Wie lange ist es her, seit du das letzte Mal geschlafen hast?«

»Tage. Ich kann mich nicht mehr daran erinnern. Vielleicht habe ich in diesem gotterbärmlichen Zug von Mombasa hierher ein bisschen gedöst, aber irgendein Bursche hat mir ständig furchtbare Geschichten von Löwen erzählt, die Bahnarbeiter auffressen.«

»Die Löwen von Tsavo. Du hättest zuhören sollen. Es ist eine faszinierende Geschichte.« Ich dachte an den Tag zurück, als ich Dora damit gequält hatte. Das schien eine Ewigkeit her zu sein.

»Wie dem auch sei, ich würde mich lieber wieder dem eigentlichen Thema widmen. Der Polizeiinspektor wird eine offizielle Aussage von dir verlangen, und ich rate dir, so ausführlich wie möglich zu antworten, ohne etwas zu verraten, was sich nachteilig auf deinen Fall auswirken könnte.«

»Ich weiß nicht einmal, was das bedeutet. Warum sage ich nicht einfach die Wahrheit, und am Ende sehen wir, was dabei herauskommt?«

»Dabei könnte vielleicht auch die Schlinge des Henkers herauskommen«, sagte er brutal. »Wenn du nicht weißt, ob du eine Frage beantworten sollst oder nicht, sieh mich einfach an. Ich führe dich.«

»Gut.«

»Bist du bereit?«

»Absolut.«

Es dauerte sieben Stunden mit kurzen Pausen für das Mittagessen und den Tee. Als wir fertig waren, belehrte der Inspektor mich gründlich über die Folgen von Falschaussagen, und Quentin wiederum belehrte ihn gründlich über faire Gerichtsverfahren. Für alle war es eine tief greifende Erfahrung, und als es vorüber war, durfte ich gehen. Inspektor Gilchrist hatte dafür gesorgt, dass ich das Gefängnis durch den Hintereingang verlassen konnte, und er geleitete mich persönlich bis zur Tür. Er öffnete sie, und ich sah, dass der Regen noch immer niederfiel wie eine weiche, graue Gardine. Gilchrist wandte sich an Quentin.

»Mr Harkness, wären Sie so freundlich nachzusehen, ob der Wagen schon da ist. Ich möchte nicht, dass Miss Drummond draußen herumsteht und die Aufmerksamkeit der Presse auf sich zieht. Es ist nicht nötig, den Reportern noch mehr zu geben, worüber sie schreiben können«, sagte Gilchrist, und seine Lippen zuckten wie die eines Kaninchens. Quentin lief eilig zur Hintertür hinaus und ließ uns einen Augenblick allein.

»Danke«, sagte ich, neigte den Kopf zur Seite und lächelte süß.

»Sparen Sie sich die Mühe«, knurrte er. »Ich sollte Sie anklagen wegen Falschaussage und Behinderung der Ermittlungen. Sie haben mich beinahe drei Wochen gekostet.«

»Nein, habe ich nicht. Ich hatte Zeit, darüber nachzudenken, Inspektor. Sie wussten von Anfang an, dass ich es nicht war. Und Sie wussten, dass Gideon es auch nicht war. Sie wollten mich im Gefängnis behalten, denn solange ich irgendwo festgehalten wurde, konnten Sie behaupten, Ihr Bestes zu tun, um Kits Mörder zur Verantwortung zu ziehen, und damit war der Gouverneur zufrieden. Und gleichzeitig haben Sie einem unschuldigen Mann die Chance gegeben, seine Freiheit zu retten.«

Sein Kiefer war so hart, als wäre er aus Stein gemeißelt. »Ich weiß nicht, wovon Sie reden.«

»Doch, das wissen Sie.« Der Inspektor war nicht groß. Ich musste mich nicht auf die Zehenspitzen stellen, um ihn zu küssen. Ich drückte meine Lippen auf seinen Mund und zog mich in dem Augenblick zurück, als er die Arme hob. »Danke.«

Er griff in seine Tasche. »Ich glaube, das hier gehört Ihnen.«

Er hielt ein Massaiarmband in der Hand, blau und weiß, mit einer dünnen Linie aus grünen Perlen. Ich würde trotzdem in meinem Schmuckkästchen nachsehen, wenn ich wieder in Fairlight war, aber das war nur eine Formalität. Das hier war das Armband, das Moses mir geschenkt hatte, das Armband, das Gilchrist überhaupt auf Gideons Spur gebracht hatte. Der kleine Knick an der Stelle, auf die ich beim Aussteigen aus Ryders Truck getreten war, war unverkennbar.

Ich zögerte. »Warum glauben Sie, dass es mir gehört?«

»Routineuntersuchung. Am Ende entdecken wir dabei fast alles. Wissen Sie, es hätte uns viel Zeit und Mühe erspart, wenn Sie einfach zugegeben hätten, dass Sie es bei einem Ihrer Rendezvous in Parrymores Haus verloren haben.« Doch der Inspektor irrte sich. Seit der Nacht mit Ryder hatte ich es nicht mehr gesehen, die Nacht, in der ich es zur sicheren Aufbewahrung in mein Schmuckkästchen gelegt hatte. Gilchrist war nicht der Einzige, der sich getäuscht hatte, das begriff ich, als ich das Armband von ihm entgegennahm. Auch Gideon musste geglaubt haben, dass ich es verloren hatte. Und er wusste, dass es nicht seines war, aber er hätte mich nicht in Gefahr gebracht, indem er jemandem erzählte, dass es mir gehörte. Mit seinem Schweigen hatte er mich geschützt.

Ich ließ es in die Tasche gleiten und lächelte ungezwungen.

»Ich war mir nicht sicher, ob es mein Armband war, das Sie in Ihrem Besitz hatten. Soweit ich wusste, hätte es auch in Fairlight in meinem Schmuckkasten liegen können. Außerdem dachte ich mir, es wäre lustiger, Sie im Gerichtssaal damit zu überraschen, falls Sie Gideon jemals zu fassen bekommen hätten.«

Seine Miene war ernst. »Er kann nicht zurückkommen, das wissen Sie. Ich habe die letzten Wochen damit verbracht, die Regierung davon zu überzeugen, dass er außer Reichweite ist. Wenn ihnen auch nur gerüchteweise zu Ohren kommt, dass er wieder da ist, werden sie mich zwingen, ihn festzunehmen. Dann bleibt mir keine Wahl, und er wird hängen.«

»Ich verstehe. Sagen Sie mir nur noch eins. Woher wussten Sie, dass er unschuldig ist?«, fragte ich.

»Weil ich weiß, wer es getan hat. Und mehr sage ich dazu nicht.«

Er hielt Wort. Er weigerte sich, mir noch irgendetwas zu erzählen, und als er mich Quentin übergab, schien er glücklich, mich los zu sein. Doch einmal noch blickte ich mich um, und ich sah ihn allein dort stehen, mit geschlossenen Augen und blassem Gesicht, die Hände an den Hüften zu Fäusten geballt.

»Der Mann sieht gequält aus«, sagte Quentin und lächelte kaum wahrnehmbar. »Du musst sehr hart zu ihm gewesen sein.«

»Du ahnst ja nicht, wie hart.«

23

Quentin und ich zogen uns ins *Norfolk* zurück. Unter einem Decknamen hatte er uns dort angemeldet. Bademöglichkeiten hatten im Gefängnis praktisch nicht existiert. Es war schwer, mich gründlich zu säubern, und ich verbrachte zwei Stunden in der Badewanne, füllte sie immer wieder neu mit Wasser, bis meine Haut so runzlig war wie eine Rosine und ich roch wie eine Lilie. Quentin wartete in meinem Zimmer, als ich wieder auftauchte.

»Besser so?«

»Unendlich viel besser. Ist das das Dinner?«

»Ja. Ich habe dein Lieblingsessen und drei Flaschen Champagner bestellt.«

»Das hört sich schon mal gut an.«

Es dauerte Stunden, bis wir fertig waren, und als es so weit war, war der Tisch übersät mit dreckigen Tellern und Asche und Gläsern mit dem Bodensatz unseres Champagners. Wir drückten unsere Zigaretten in der Butter aus und tanzten barfuß, bis der Hotelmanager kam und sich beschwerte. Ich goss ihm ein Glas Champagner ein und schickte ihn mit einem Lächeln wieder weg. Telegramme trafen ein und auch Blumen, riesige Sträuße, die das Zimmer mit schwerem Duft erfüllten.

»Offenbar ist mein Inkognito verraten worden. Und hier drin riecht es wie in einem Beerdigungsinstitut«, sagte ich zu Quentin und glotzte ihn durch den Boden einer Champagnerflasche an.

»Besser als eine Hochzeitskapelle«, versetzte er.

Ich lachte laut auf. »Armer Quentin. Die Ehe war nicht sehr nett zu dir.«

»Cornelia ist schwanger. Wieder mal.«

Ich fuchtelte mit meiner Zigarette in der Luft herum. »Ich glaube, ich muss mal mit dem Mädchen reden. Ihr das Diaphragma erklären.«

»Ich wünschte, du würdest es tun«, sagte er.

»Oh Gott, Quentin. Sei nicht so griesgrämig. Du hast genug Geld, um für deine Brut zu sorgen, und ich bezweifle, dass du dich je mit ihnen abgegeben hast.«

»Es geht nicht um mich. Es geht darum, was mit Cornelia passiert. Als wir die Zwillinge bekamen, hat sie sich verändert. Keine Gespräche mehr außer über Windeln, Mittel gegen Koliken und Kekse, die das Zahnen erleichtern. Wenn wir noch ein Baby bekommen, kann es nur noch schlimmer werden. Ich habe ein reizendes Mädchen geheiratet, und inzwischen kommt es mir vor, als lebte ich mit meiner eigenen Großmutter zusammen.« Mit einem Nicken deutete er auf mich. »Weißt du, Delilah, das ist nicht dein geringster Vorzug. Du redest über Dinge. Du besuchst interessante Orte. Und immer bist du hübsch und schlank und knackig.«

»Vorsichtig, alter Junge. Jetzt wirst du anzüglich.«

»Dein Morgenrock ist aufgegangen«, sagte er.

»Na und?« Ich hielt es nicht für nötig, ihn wieder zu richten. Quentin hatte alles schon einmal gesehen. Er beugte sich zu mir.

»Wie wär's, meine Schöne? Ein bisschen Wärme, damit ich an dich denken kann, bevor ich zu der kalten Cornelia zurückgehe?«

Ich schob seine Hände von meinem Körper und legte sie sanft in seinem eigenen Schoß ab. »Das ist alles an Wärme, was du heute Nacht bekommst. Ich bin dir sehr dankbar, Quentin.

Aber wenn ich dich für geleistete Dienste bezahlen soll, musst du mir eine Rechnung schicken.«

Sein Gesicht zeigte aufrichtiges Erstaunen. Dann lachte er, ein lautes, herzhaftes Lachen aus dem Bauch heraus, das damit endete, dass er sich die Augen an seinem Hemdärmel abwischte. »Grundgütiger. Endlich ist es passiert. Du hast dich verliebt, stimmt's?«

»Nein, ich wüsste nicht, in wen. Aber eines weiß ich: Mein Leben ist gerade kompliziert genug, auch ohne dass noch ein weiterer Mann ins Spiel kommt.«

Er zwinkerte mir zu. »Über wie viele Männer sprechen wir denn?«

»Spielt das wirklich eine Rolle? Du weißt doch, dass ich schon immer gut darin war, auf mehreren Hochzeiten gleichzeitig zu tanzen.«

»Ich weiß nicht«, entgegnete er gelassen. »Für mich klingt das, als hättest du nachgelassen.«

Er stand auf, und ich gab ihm seine Schuhe. »Sei nicht böse, Quentin. Ich muss über einiges nachdenken, und das kann ich nur mit klarem Kopf. Wenn ich jetzt mit dir schlafe, verwirrt mich das nur noch mehr. Du hast es immer geschafft, mich alle anderen vergessen zu lassen.«

Diese kleine Schmeichelei erfüllte ihren Zweck. Er bedachte mich mit einem zerknirschten Blick und drückte mir einen Kuss auf die Wange. »Delilah-Schatz, ich war grob zu dir. Verzeih. Ich hoffe, du kommst bald wieder ganz in Ordnung.«

»Ich auch. Kommst du nach Fairlight?«

»Das nicht, fürchte ich. Ich muss schnell zurück nach England. Ich habe ein ziemliches Durcheinander hinterlassen, als ich losgestürzt bin, um dir zu helfen.«

Ich legte ihm eine Hand an die Wange. »Liebster Quentin. Wie gut du zu mir bist.«

»Aber eben nicht gut genug«, sagte er zerknirscht. Er küsste mich noch einmal, dann war er verschwunden.

Allein in meinem Bett an jenem Abend öffnete ich endlich Mossys Brief. Ich überflog ihn eilig, dann noch zweimal und kostete jedes Wort einzeln aus. Sie hatte eine kindliche Handschrift, wacklig und mit vielen großen Schleifen, und sie hatte die Seiten mit hastigem Gekritzel in violetter Tinte gefüllt. Sie schrieb, dass Grandma Miette eine Séance gehalten und ihr versichert hatte, dass ich geschützt sei. Mossy erzählte mit gestelzten Worten davon, und ich konnte mir ihren angespannten Gesichtsausdruck genau vorstellen. Sie behauptete, nichts von diesem Treiben zu halten, bezeichnete es als rückständig und dumm, aber ich wusste, dass sie früher um eine Flasche Folgemir-Wasser gebeten hatte, wenn sie einem Mann den Kopf verdrehen wollte, oder Friedhofserde in die Fußstapfen einer Rivalin gestreut hatte. Außerdem teilte sie mir mit, dass Großmama extra eine Reise nach New Orleans unternommen habe, um eine Kerze für unsere liebe Frau der sofortigen Hilfe anzuzünden. Ich lächelte, als ich das las, und bekreuzigte mich rasch. »Gott segne dich, Granny«, murmelte ich. Der Colonel hatte die Neuigkeiten nicht besonders gut aufgenommen. Er habe mir endgültig den Geldhahn zugedreht, schrieb Mossy. Kein hübsches Taschengeld mehr aus den Gewinnen der Zuckerplantage, und wenn ich jemals wieder nach Reveille kommen wollte, um Großmama zu besuchen, würde ich das tun müssen, wenn er sich gerade andernorts aufhielt. Beim Umblättern murmelte ich ein oder zwei Schimpfwörter vor mich hin. Der Rest des Briefs bestand aus beliebigen Nachrichten von Leuten, die wir kannten – wer geheiratet hatte, wer sich gerade scheiden ließ und wer der Grund dafür war. Es war Mossys Art, mir zu sagen, dass das Leben weiterging und dass auch dies vorübergehen würde. Auf diese Art schrieb sie weiter bis zur letzten Seite.

Jeder hat gesagt, ein Fluch läge auf uns, und vielleicht stimmt das. Vielleicht sind wir unter einem schlechten Stern geboren oder unser Leben steht einfach unter schlechten Vorzeichen. Aber wenn es wirklich so ist, wenn Kummer und Verlust uns verfolgen wie bösartige streunende Hunde, dann heißt das, dass irgendwo irgendein kämpferischer Engel davon überzeugt ist, dass wir stark genug sind, um damit fertigzuwerden. Also putz deine Tanzschuhe, kneif dich in die Wange und heb das Kinn, Kind. Denn wenn wir auf dem Weg in die Hölle sind, werden wir den ganzen verdammten Weg lang tanzen und dafür sorgen, dass sie genug Gesprächsstoff haben, wenn es uns nicht mehr gibt.

Und darunter hatte sie unterschrieben und ein Wort benutzt, das ihr nicht mehr über die Lippen gekommen war, seitdem ich fünf Jahre alt war.

In Liebe, Mama

Ich faltete den Brief zusammen, schob ihn unter mein Kissen und löschte das Licht. Und in der Dunkelheit hörte ich sie, die leise grüne Stille, die kommt, wenn die Regenzeit zu Ende geht und die ganze Welt schlaff und weich und bereit zum Neubeginn ist. Ich drehte das Gesicht zum Fenster, hinter dem ein schmaler Neumond aufging, und schlief ein.

Ich hatte nichts einzupacken, also schlenderte ich mit leeren Händen die Haupttreppe des *Norfolk* hinunter. Meine Rechnung hatte Quentin beglichen, und als ich aus dem Hotel trat, sah ich Ryders alten, verbeulten Truck im Leerlauf am Straßenrand stehen. Ich rannte darauf zu und riss die Tür auf.

»*Memsahib* Delilah! Wie schön, Sie zu sehen! Ich bin gekommen, um Sie nach Hause zu bringen.« Mr Patel trug eine Autobrille, genau wie sein kleiner Affe. Der Affe hüpfte auf einen Proviantkorb und fing an, ärgerlich auf mich einzuplappern.

»Beachten Sie ihn gar nicht, er mag die Stadt nicht«, riet Mr Patel mir. »Kommen Sie, schnell! Steigen Sie ein, bevor die Reporter merken, dass ich Sie hier abhole.« Er gab mir ein Zeichen, und ich schob mich auf den Beifahrersitz.

»Wie freundlich von Ihnen«, murmelte ich.

Er würgte den ersten Gang rein, und der Wagen fuhr schlingernd los. »Machen Sie sich keine Gedanken. Der *sahib* hat mich benachrichtigt und mir befohlen herzukommen.«

»Haben Sie etwas von Ryder gehört?«

Mehrere Minuten lang schwieg Mr Patel und manövrierte sich mühsam durch den schweren Verkehr, schlängelte sich zwischen Ochsengespannen und Rikschas und langen, eleganten Limousinen hindurch. Schließlich bogen wir auf die feuchte *murram*-Straße ein und verließen Nairobi, und endlich begann er zu sprechen.

»Was hatten Sie mich da vorhin gefragt? Oh, ja, ja, *memsahib* Delilah. Ich habe etwas von ihm gehört. Er hat mir ein Telegramm geschickt, dass ich Sie holen soll, und ich bin froh, dass ich das tun kann.«

»Er hat Ihnen telegrafiert?« Nur wenige *dukas* waren noch weiter draußen im Busch als Patels, und keine davon lag in der Richtung, in die er Gideon hatte bringen sollen. »Von wo aus?«

»Ägypten.«

»Ägypten! Was zum Teufel treibt er dort?«

»Das weiß ich natürlich nicht. Er sagt, er macht Geschäfte und kommt zurück, wenn er fertig ist.«

Ich zögerte. »Noch irgendetwas?« Ich wagte nicht, direkt nach Gideon zu fragen. Ich wusste nicht, wie viel Patel von Ryder erfahren hatte, und je weniger Leute wussten, dass Ryder ihn weggebracht hatte, desto besser.

Mr Patel runzelte die Stirn. »Nein, *memsa*. Er hat nur von dem Paket gesprochen, das Sie ihm anvertraut haben.«

»Was hat er darüber gesagt?«

»Dass es sicher angekommen ist und Sie sich keine Sorgen machen sollen. Bei seiner Rückkehr wird er Ihnen mehr von dem Paket erzählen. Das ist alles, was ich weiß.«

Wieder fing der Affe zu plappern an, und es war unmöglich, sich zu unterhalten. Ich ließ mich im Sitz zurückfallen, und mit jeder Meile, die wir auf dem dünnen, roten Band der Straße hinter uns ließen, fiel etwas vom Gewicht der letzten Wochen von mir ab.

Die Fahrt war lang und stickig, und ich fühlte mich matt und erschöpft, als wir ankamen. Doch der Geruch der Erde nach der kurzen Regenzeit war berauschend. Die Büsche strotzten vor grünen Blättern, und an den Gladiolen und wilden Orchideen barsten die reifen Knospen. Alles schien größer, schöner, die Farben strahlten heller, die Geräusche waren schärfer. Der Duft von Afrika stieg mir in Mund und Nase, das Aroma der frisch durchtränkten Erde, der grüne Duft von frischem Gras, von Holzfeuern und Dung und dieser eigenartige Geruch nach Afrika selbst, dem kein anderer glich. Es war Abend, als wir Fairlight erreichten, und zu meiner Verwunderung hielt Mr Patel gleich hinter dem Tor an. Er schaltete den Motor aus, und in der darauffolgenden Stille hörte ich es, ein stetiges Pochen, wie ein riesiges Herz, das unter dem Erdboden schlug.

»Was ist das?«

Mit einer Geste bedeutete er mir auszusteigen, und das tat ich. Wir gingen die letzte Viertelmeile, und als wir um die Kurve bogen, an der die Jacarandas in voller Blüte standen, sah ich sie. Aus jedem Stamm, der auf dem Gebiet von Fairlight lebte – von den Massai, den Samburu und den Kikuyu und aus anderen, kleineren Stämmen. Da standen sie, Schulter an Schulter, manche von ihnen Feinde von der Wiege an, und dennoch waren sie dort, stampften ihre Rhythmen in den Boden ihrer gemeinsamen Mutter. Sie trugen Festkleidung, ihre besten Felle oder *kanjas,* geschmückt mit Perlen und Armbändern, Kupferdrähten und Halsschmuck. Gemeinsam erhoben sie ihre Stimmen, eine Mischung aus Stammessprachen, Suaheli und Englisch, ein neues Babel, aber mit einer einzigen Bedeutung. In jeder Geste, in jedem Gesicht erblickte ich dasselbe Gefühl, und es lastete so schwer auf meinen Schultern, dass ich beinahe zu Boden gegangen wäre.

Ich schritt voran, und die Menschen versammelten sich um mich, schlossen sich wie eine Faust, wie Finger, die etwas Wertvolles in einer Handfläche bergen. Sie skandierten und sangen und stampften, und nach einiger Zeit trat eine Gestalt hervor. Es war Gideons *babu*, geführt von einem *moran.* Er legte mir eine Hand auf den Kopf und segnete mich, und als er mit seiner hohen, näselnden Stimme sprach, war sie laut genug, um das Stampfen von tausend Füßen zu übertönen.

»Nina mjukuu.« Das war Suaheli, und die Worte kamen stockend, aber ich verstand sie. *Ich habe eine Enkeltochter.* Er fuhr fort, sprach und segnete mich, doch nach dieser ersten Verkündigung hörte ich nichts mehr. Die Sprechchöre und das Stampfen dröhnten in meinen Ohren wie tausend Bienen, die heim in ihr Nest flogen. Als er verstummte, nahm ich seine Hände in meine und erwiderte seinen Segen.

»Nina babu«, antwortete ich ihm. *Ich habe einen Großvater.* Die Menschen stießen laute Rufe aus, und ich sah, dass einige Frauen weinten. Und nun traten sie vor, diese Tanten und Schwestern Gideons, und sie umfingen mich, beschmierten meine Kleider mit der roten Erde und der Pomade, die sie benutzten, um sich schön zu machen. Sie berührten mein Ge-

sicht und meine Hände, umarmten mich und nannten mich ihre Schwester. Die Männer blieben zurück, intonierten einen Sprechgesang über einen, den sie niemals vergessen würden, über geliebte Menschen, die sie verloren und der Erde zurückgegeben hatten, und über das Land selbst, das nicht stirbt, sondern jedes Mal wiedergeboren wird, wenn die lange Regenzeit beginnt. Sie sangen vom Leben, das so kurz ist wie ein Grashalm oder so lang wie das Herz des Ostafrikanischen Grabens, und über das stille Land, das sie im Jenseits erwartete. Sie sangen von Afrika.

Sie sangen noch immer, als ich in mich zusammenfiel, lange nachdem es dunkel geworden war und die Feuer angezündet worden waren. Und als sie mich zu meinem Bett trugen und mich so zärtlich hineinlegten wie ein Kind und mich dann allein ließen, da war dieses Lied von Afrika mein Wiegenlied.

Als ich am nächsten Morgen an das Fenster trat, war nichts von ihnen zu sehen bis auf das hellgrüne Gras, das ihre Füße zertreten hatten. Nachdem ich ein einfaches Frühstück zu mir genommen hatte, kamen die Afrikaner zurück, aber jetzt waren es die Feldarbeiter, die ich seit meinem Aufenthalt in Nairobi vernachlässigt hatte. Sie kamen heran, als wäre ich nie weggewesen, zeigten mir ihre Wunden und Krankheiten und vertrauten mir ihren Schmerz an. Ich trug Salben und Puder auf, verband und plauderte und nahm ihnen ihre Leiden ab und ihre Geschichten und schenkte ihnen dadurch Erleichterung. Sie erzählten mir von den beiden Babys, die in meiner Abwesenheit zur Welt gekommen waren, und von einem alten Mann, der gestorben und den Hyänen überlassen worden war, die seine Knochen zwischen ihren mächtigen Kiefern völlig zermalmt hatten. Afrika hatte ihn getragen, und am Ende hatte Afrika ihn sich zurückgeholt. Es gab nichts mehr, was von seiner Existenz hätte zeugen können, außer den Erinnerungen derer, die ihn kannten, und diese Erinnerungen teilten sie mit mir.

Ich trieb Handel mit ihnen – Salben gegen Erlösung, denn als ich arbeitete, fühlte ich zum ersten Mal seit langer Zeit wieder inneren Frieden. Ich gab ihnen Essen und Milch, und als sie gegangen waren, saß ich noch lange auf der Veranda, dachte über sie nach und darüber, wie wenig von Fairlights Versprechungen bisher gehalten worden war.

Am Nachmittag kam Ryder, in seinem langsamen Gang wiegte er sich in den Hüften, und ich stand in der Stille und beobachtete, wie er näher kam. Einen halben Meter vor mir blieb er stehen.

»Lass uns spazieren gehen.«

Wortlos folgte ich ihm, und er führte mich aus Fairlight hinaus und in die Savanne. Er nahm mich auf einen anderen Weg mit, einen Pfad, der mühsam in die Erde geschlagen worden war und zu einer hoch gelegenen Felszunge führte. Gemeinsam erklommen wir sie, und er reichte mir die Hand, um mich das letzte Stück zu der Stelle hinaufzuziehen, auf der er stand. Wir setzten uns auf den Fels, und er deutete über die Savanne. Dort, auf einem Termitenhügel, saß ein Gepard, feingliedrig und wachsam.

»Er ist schön«, murmelte ich.

»Sie«, stellte er rasch richtig. »Vor zwei Tagen hat sie ihre Jungen verlassen und jagt nun wieder für sich selbst.«

»Warum weißt du so viel über sie?«

Ohne sich zu bewegen, ließ die Gepardin den Blick über die Savanne schweifen. Ein kaum spürbarer Lufthauch zauste ihr das Fell, genau wie das hohe Gras. Eine kleine Herde Thomson-Gazellen graste in der Nähe und war sich der Anwesenheit der Gepardin nicht bewusst.

»Ich behalte sie schon seit Monaten im Auge.«

»Warum? Du jagst keine Geparden.«

»Weil etwas so Schönes und so Gefährliches es wert ist, beobachtet zu werden«, antwortete er.

Und da flitzte sie los, warf sich geradewegs auf einen kleinen Fleck zitternden Grases. Eine junge Gazelle kauerte dort und wartete bis zum letzten Moment, um loszurennen. Zu spät erkannte ihre Mutter die Gefahr und kehrte um, blökte ihre Qual hinaus und warf sich zwischen die Raubkatze und ihr Junges.

Doch die Gepardin ließ sich nicht ablenken. Sie lief im Kreis zurück, kürzte stark ab und packte das Jungtier und schleppte es triumphierend fort. Die Mutter schnupperte, blökte abermals leise und kehrte zu ihrer Herde zurück. Die Gepardin trug ihre Trophäe zu ihrem Termitenhügel zurück, erstickte sie schnell und fing an, sie aufzufressen.

»Sie verschwendet keine Zeit«, sagte ich.

»Das kann sie sich nicht leisten. Sie wirkt wild und unerschütterlich, aber hier draußen gibt es vieles, was größer und bösartiger ist als sie. Jedes dieser Tiere könnte ihr die Gazelle abnehmen und obendrein auch noch Jagd auf sie selbst machen. Sie ist viel verletzbarer, als sie aussieht.«

Ich seufzte. »Hast du mich hierher mitgenommen, nur um mir Metaphern für mein eigenes Leben vor Augen zu führen?«

Ein winziges Lächeln umspielte seine Mundwinkel. »Nein. Ich wollte an einem Ort mit dir reden, wo uns niemand belauschen kann.«

Ich nahm einen tiefen Atemzug und ließ ihn langsam wieder in den Wind entweichen. »Wie geht es ihm?«

»Schlecht. Ich habe ihn in eines der entlegenen Dörfer nahe der Grenze zu Uganda gebracht, zu weit weg, als dass die Behörden in Nairobi sich darum kümmern würden. Er hat keine eigenen Kühe, und er hat keinen Anspruch auf den Besitz seines *babu*, wenn der alte Mann stirbt. Und ohne eines von beidem kann er sich keine Frau nehmen. Und er nimmt keine Almosen von mir an.«

»Also habe ich alles umsonst getan.«

»Er lebt«, fuhr Ryder mich erbittert an. »Und das ist alles, was im Augenblick zählt. Er wird hart arbeiten und seinen Weg machen. Unterschätz ihn nicht, Delilah. Er ist stärker, als du glaubst, und genau jetzt läuft er auf seinen eigenen zwei Beinen – ein freier schwarzer Mann im Afrika des weißen Mannes –, weil du getan hast, was du getan hast. Vergiss das niemals.«

Ich schwieg. Zu schwer, um darüber zu sprechen, saß mir die Schuld im Nacken. Ich hatte unüberlegt gehandelt, überstürzt, wie ich es schon immer getan hatte. Zwar hatte ich Gideon damit das Leben gerettet, doch gleichzeitig hatte ich es ihm unmöglich gemacht, das Leben zu führen, das er sich wünschte. Einmal mehr waren meine Handlungen vom Gefühl bestimmt und weniger vom Verstand, und das hatte Konsequenzen. Nur dass diesmal ein anderer ihr Gewicht ertragen musste.

»Hast du dir schon überlegt, was du jetzt tun willst?«

Ich beobachtete, wie die Gepardin der kleinen Gazelle geschickt das Fleisch vom Hals riss. Überleben war ein blutiges Geschäft. »Ich habe vor, so bald wie möglich von hier fortzugehen. Daran hat sich nichts geändert, Ryder.«

Er wirkte jetzt sehr ruhig, aber ich spürte, dass sich etwas in ihm verändert hatte. Er strahlte Zorn aus, der Funken zwischen uns sprühen ließ.

»Ich hätte es wissen müssen. Tusker hat mich gewarnt, ich sollte mich nicht auf dich verlassen. Sie hat geschworen, dass du nicht durchhalten würdest, und ich habe dich in Schutz genommen. Ich habe ihr gesagt, dass sie sich irrt, dass du etwas Gutes in dir hast, etwas, was dieses Land als das erkennt, was es ist und was dadurch verändert wird. Aber du änderst dich nicht, und weißt du, warum? Weil du nirgendwo bleibst, mit niemandem so lange zusammenbleibst, dass er dich wirklich berühren kann.«

Heftig stieß ich den Atem aus. »Ryder, weißt du, was eine Zikatrix ist? Es ist eine Narbe, eine Stelle, an der man so tief geschnitten wurde, dass etwas ganz anderes übrig bleibt als das, was vorher da war. Es heilt nicht, nicht richtig, denn es wird nie wieder so wie vorher. Es ist undurchdringlich, und es bleibt für immer, um dich davor zu schützen, an derselben Stelle noch einmal verletzt zu werden.«

»Du wirst rührselig, wenn du philosophierst.«

»Wenn es wahr ist, ist es nicht rührselig.«

Er packte mein Handgelenk und verdrehte es, dort, wo die Schleife des schwarzen Bandes gebunden war wie eine Trauerblume.

»Fühlst du das? Fühlst du überhaupt irgendetwas? Himmel, Delilah, ich habe geglaubt, ich sei verletzt, aber noch nie in meinem Leben habe ich jemanden getroffen, der so große Angst hat, etwas zu fühlen, wie du.«

»Du weißt, warum«, antwortete ich achselzuckend.

»Nein, ich weiß es nicht. Du hast mir erzählt, was dir passiert ist. Na und? Jedem stößt irgendwann etwas Schlimmes zu. Das muss ich dir lassen. Aber du kannst nicht einfach abschalten und dich weigern weiterzuleben. Glaubst du, dass Johnny das gewollt hätte? Genauso gut hättest du zu ihm ins Grab springen und die Erde über dich ziehen können wie eine Decke, so wenig hast du dich seitdem auf das Leben eingelassen.«

Er drehte sich zu mir und nahm mein Gesicht in beide Hände. »Delilah, vielleicht ist das hier deine letzte Chance, wieder aufzuwachen. Das Leben gibt dir an jedem gottverdammten Tag eine neue Chance aufzuwachen, und du wirfst sie einfach weg. Wach auf, Delilah. Wach auf.«

Er unterstrich seine Worte mit den Lippen, drückte seinen Mund auf meine Lider und Schläfen, meine Wangen und das Kinn, und bei jeder Berührung murmelte er: »Wach auf.«

»Wach auf«, sagte er. »Wach auf, wach auf, wach auf.« Eine Beschwörung, eine Einladung, ein Zauberspruch, doch ich zog mich von ihm zurück und schüttelte den Kopf.

Er ließ die Hände sinken. Schweigen legte sich über uns, schwer und dick. Er lehnte sich zurück und nahm eine Zigarette aus einem Etui. Wortlos zündete er sie an und reichte sie mir, bevor er für sich selbst ebenfalls eine anzündete. Schweigend rauchten wir, doch ich spürte, dass er nachdachte, seinen nächsten Schachzug plante. Er spielte eine Schachpartie, die er zu gewinnen versuchte. Er war überzeugt, mich halten zu können, wenn er nur die richtige Strategie verfolgte. Er merkte einfach nicht, dass ich mich mitzuspielen weigerte.

Er sprach leise, bedachte jedes Wort. »Du bist anders als alle anderen Menschen, die mir je begegnet sind, Delilah. Du bist die selbstsüchtigste Person, die ich kenne. Früher habe ich geglaubt, dass du etwas Gutes in dir hast, etwas, das es wert ist, bewahrt zu werden. Aber jetzt glaube ich, dass das nicht stimmt, es kann nicht stimmen, wenn du siehst, in welch erbärmlichem Zustand dieser Ort ist, und dich dann umdrehen und gehen kannst. Wir könnten hier so viel Gutes tun, wenn du nur aufhören würdest, dir selbst leidzutun, um dich stattdessen um andere zu kümmern.

Aber du verschwindest lieber, lässt alles einfach hinter dir, und andere müssen es in Ordnung bringen. Und wenn es nun kein anderer tut? Wenn nur du etwas ändern könntest und es nicht tust? Das ist eine Sünde, genau das ist es. Und ich nehme dieses Wort nicht leichtfertig in den Mund. Ich bin nicht sehr religiös. Ich bete fast nie und gehe auch nicht in die Kirche, aber ich glaube an Gott und daran, dass ihm manches wirklich gegen den Strich geht. Und jetzt hier wegzugehen, das gehört dazu.«

Ich öffnete den Mund, um etwas zu erwidern, doch ich kam nicht dazu. Eine Staubwolke erhob sich über der Savanne, und wir standen auf und sahen zu, wie sie näher kam. Was es auch war, es erschreckte die Gazellen, die weiterliefen und ihren schlaksigen Nachwuchs mit sich nahmen. Als die Gepardin verschwand, sich vorsichtig ihren Weg durch die Savanne bahnte, hatte die Erscheinung uns beinahe erreicht. Es war ein Motorrad. Mr Patel fuhr es, die Augen geschützt hinter seiner Autobrille, seine Gewänder hinter ihm flatternd wie die Standarte eines Ritters. Wir stiegen von dem Felsen hinab, als er schleudernd zum Stehen kam, von dem Motorrad stieg und geradewegs auf Ryder zusteuerte.

»Das hier ist gekommen, es ist äußerst dringend«, sagte er und zeigte ein Telegramm vor. Ryder machte Anstalten, es an sich zu nehmen, aber Mr Patel schüttelte den Kopf. »Für *memsahib* Delilah«, stellte er klar und nickte mir zu.

Ich trat vor und nahm den Umschlag entgegen. In der weiten Leere des Flachlands klang es unnatürlich laut, als ich ihn aufriss. Ryder hatte sich hinter mich geschoben und schirmte mich mit seinem Körper gegen Patel ab. Es war eine ausnehmend rücksichtsvolle Geste, aber sie war vergeblich. So etwas wie Privatsphäre gibt es in Afrika nicht.

Ich las die Zeilen zweimal, dann noch ein weiteres Mal.

»Wer?«, fragte Ryder leise. Ich drehte mich zu ihm, und er blickte mich aufmerksam an. Ich weiß nicht, warum er es wusste. Telegramme enthalten ebenso oft gute wie schlechte Nachrichten. Aber dieses hier nicht.

»Mein Stiefvater Nigel. Er hat einen Herzinfarkt erlitten, in seinem Club in London. Er ist fast sofort gestorben.«

Ryder sagte kein Wort. Er öffnete die Arme, und ich schmiegte mich an ihn. In dieser Umarmung lag nichts anderes als die Fürsorge eines Vaters für ein trauerndes Kind. Er gab mir Trost und Zuspruch, und eine ganze Weile später erst ließ er mich los.

»Gehen wir.«

»Wohin?«

»Ich bringe dich nach Hause. Nach Fairlight.«

Aber er irrte sich. Fairlight war ein Teil von Nigels Vermögen. Nun gehörte es seinem ältesten Sohn Edgar. Es würde nie wieder mein Zuhause sein.

Langsam gingen wir zurück. Es gab keinen Grund, sich zu beeilen. Auf keinen Fall würde ich es schaffen, rechtzeitig zu Nigels Beerdigung in England zu sein. Über Mr Patel schickte ich Telegramme an Mossy und Edgar und richtete meine Aufmerksamkeit dann auf die Landschaft um mich herum. Ich rechnete nicht damit, noch einmal hierherzukommen, und ich ertappte mich dabei, wie ich auf den Horizont starrte, mir das Bild Afrikas einprägte für den Tag, an dem mir nur noch meine eigenen sepiafarbenen Erinnerungen bleiben würden.

Vor Ryders *boma* verabschiedeten wir uns. Ohne ein weiteres Wort begab sich jeder auf seinen eigenen Heimweg.

Im meinem Schlafzimmer angekommen streifte ich meine dreckigen Kleider ab und warf sie in eine Ecke, zu müde, um weiter darauf achtzugeben. Ich wusch mich nur oberflächlich und fiel dann ins Bett und in tiefen Schlaf.

Plötzlich erwachte ich. Das Kreischen eines Affen im Garten hatte mich erschreckt. Offenbar streift ein Leopard umher, dachte ich schläfrig, doch das vertraute krächzende Husten war nicht zu hören. Stattdessen raschelte ein merkwürdiges, seidiges Geräusch in meinen Ohren, und Rauchgeruch lag in der Luft. Irgendjemand ist früh aufgestanden, dachte ich, und zündet ein Kochfeuer an gegen die morgendliche Kühle. Doch schon, als ich es dachte, wusste ich, dass es nicht stimmte. Es war mitten in der Nacht und viel zu früh für die Feuerstellen.

Kerzengerade saß ich im Bett, warf die Decke von mir und schrie: »Ryder!« Ich weiß nicht, warum ich nach ihm rief. Er war nicht mit mir nach Hause gekommen, aber in diesem Augenblick großer Angst war es sein Name, den ich rief.

Ich rannte durch das Haus zu den Nebengebäuden und brüllte nach den Männern. Die Scheune brannte lichterloh, und das grelle Licht am westlichen Himmel musste Ryder in seiner *rondavel* alarmiert haben. Als er eintraf, war die Scheune verschwunden und die Küche wurde gerade vom Feuer verschlungen. Pierre und Omar hatten die Männer zusammengetrommelt und reichten Ledereimer mit Wasser darin weiter, aber noch während sie sich abmühten, sah ich, dass es sinnlos war. Der See war voll Wasser, aber es gab keine Pumpe, um es herauszuholen, und so arbeiteten sie so hart sie konnten, trugen die schweren Eimer und reichten sie von Hand zu Hand. Ryder durchnässte ein Taschentuch mit Wasser und band es sich vor den Mund, bevor er mit einem Eimer in der Hand auf das Dach des Hauses kletterte. Das wiederholte er zigmal, entschlossen, wenigstens das Haus zu retten. Wir arbeiteten die ganze Nacht, und als die Sonne aufging, erhob sie sich über ein Schlachtfeld. Zwei Arbeiter waren vom Dach gefallen und hatten sich dabei etwas gebrochen, und einige andere waren unter der Anstrengung und dem Rauch zusammengebrochen. Omar hatte sich schlimm die Hand verbrannt, und Pierres Augenbrauen waren versengt. Die Scheune war nur noch eine verkohlte Ruine und die Küche mit all ihren Vorräten völlig zerstört. Die Zäune und die Hälfte des Gartens brannten ebenfalls, und der Gästeflügel des Hauses war ausgebrannt. Nur der Hauptwohnbereich blieb übrig, obwohl der Salon durch den Rauch in Mitleidenschaft gezogen war.

Ich setzte mich auf die Überreste des Rasens, die ebenso schmutzig und kaputt waren wie ich selbst in diesem Moment. Als ich genauer hinschaute, sah ich die Schildkröte unter der Veranda hervorkriechen und sich auf den Weg zu den noch verbliebenen Jacarandas begeben. Sie warf mir einen unheilvollen Blick zu. Ryder setzte sich neben mich, die Hände voller Blasen und wund von den Mühen dieser Nacht.

»Wenigstens ist niemand gestorben«, sagte er trocken.

»Ich überlasse es dir, das Positive daran zu sehen.« In meiner Tasche angelte ich nach einer Zigarette, aber das Etui war beschädigt. Es befanden sich nur noch durchnässte Bruchstücke von Zigaretten, loser Tabak und ein paar Papierfetzen darin.

»Ich hätte gedacht, dass du davon geheilt wärst, nach allem, was du gerade durchgemacht hast«, sagte er. Ich blickte ihn böse an, und er lächelte. »In meinem Truck sind Zigaretten. Ich würde ja gern den Gentleman spielen und sie dir holen, aber wenn ich aufstehe, falle ich wahrscheinlich einfach um.«

Ruß hatte sich in seine Haut gefressen, aber als er lächelte, bildeten sich Fältchen, weiß und scharf, und bewiesen, dass er sogar in schlimmen Zeiten seine gute Laune behielt. Ich holte die Zigaretten und einen Flachmann, den ich im Handschuhfach gefunden hatte. Wir nahmen jeder eine Zigarette und einen großen Schluck aus der Flasche, bevor er sie an die Männer weiterreichte, die am Rand des Gartens standen, unter Schock und erschöpft.

Ihre Frauen waren gekommen, um sich um sie zu kümmern, und ausnahmsweise war einmal nicht ich diejenige, die zusammenflickte und verband. Die beiden Männer, die sich die Knochen gebrochen hatten, waren nach Hause gebracht worden. Bevor die Schwellung nicht abgeklungen war, konnten die Knochen nicht gerichtet werden. Pierre trug Salbe auf Omars Verbrennungen auf und bedeckte sie sanft mit Verbandsmull.

Die anderen brauchten nur Ruhe und eine ordentliche Mahlzeit, um wieder in Ordnung zu kommen.

»Glaubst du, dass ein Fluch auf diesem Haus liegt?«, fragte ich Ryder. »Ist es auf einer alten Begräbnisstätte der Massai errichtet worden?«

»Die Massai überlassen ihre Toten den Hyänen, Prinzessin. Nein, du hast einfach kein Glück, das ist alles.«

»Du meinst, Fairlight hatte keine Schwierigkeiten, bevor ich gekommen bin?«

»Ich meine, dass du Schwierigkeiten bringst«, sagte er. Er nahm einen tiefen Zug und fing sofort zu husten an. Er spuckte schwarzen Ruß ins Gras und drückte die Zigarette an der Sohle seines Stiefels aus, dann spülte er sich den Mund mit Gin aus. »Wenn du mich wegen Zigaretten zugrunde gerichtet hast, verzeihe ich dir das nie.«

Ich sagte nichts, und er lehnte sich an mich, drückte seine Schulter fest an meine. Er senkte den Kopf und sagte mit tröstender Stimme: »Aufbauen kannst du es immer wieder.«

»Ich kann nichts wieder aufbauen, was mir nicht gehört«, erinnerte ich ihn. »Fairlight gehört jetzt Edgar, und soweit ich weiß, will er alles abreißen und das Land verkaufen lassen.«

»Schade«, sagte Ryder leichthin. »Das hier könnte ein echtes Schmuckstück werden, wenn die richtige Person das Heft in der Hand hält.«

Langsam kam er auf die Füße und bot mir eine Hand, um mir aufstehen zu helfen. Er zuckte leicht zusammen, als ich seine blasenübersäte Hand ergriff. »Wenn der Rauch dir zu schaffen macht, kannst du bei mir wohnen.«

»Du hast kein Gästebett.«

Er lächelte breit. »Ich weiß. Darum müsstest du auch draußen vor der *boma* schlafen.« Er beugte sich zu mir, küsste mich sanft auf den Mund und ging fort.

Zu müde, um irgendetwas zu tun, saß ich auf den Überresten der Veranda, als auf einmal Moses auftauchte. Er brachte mir eine Schüssel Maisbrei mit den besten Grüßen von seinem *babu*. Dann gab er mir ein Zeichen, dass ich essen sollte, und ließ sich neben mir nieder.

Ich würgte einige Löffel von dem Brei hinunter. »Ich freue mich, dich zu sehen, Moses.«

Er schenkte mir ein Lächeln, sein breites, vollkommenes Lächeln. Mit seinem Stock ritzte er ein paar Worte in den Boden.

»Du willst bei mir bleiben? Aber ich habe keine Kühe mehr, die du hüten könntest, Moses.«

Er vollführte eine wegwerfende Handbewegung.

»Vielleicht glaubst du, dass das nicht wichtig ist, aber du wirst die Kühe sehr vermissen.«

Er legte sich einen Finger auf die Brust, dann auf meine, ließ ihn über meinem Herzen schweben.

»Du bist auch in meinem Herzen, Moses.«

Meine Kehle war wie zugeschnürt, und ich gab ihm die Schüssel. Glücklich aß er den Brei auf.

Gemeinsam beobachteten wir die Giraffen, die gekommen waren, um ein Stück von uns entfernt am Ufer des Lake Wanyama zu trinken. Es war eine kleine Herde, nur wenige Kühe mit ihren Kälbern und ein paar jugendliche Männchen, die ihnen folgten. Sie waren anmutig und still, und sie senkten die Hälse in einem geradezu lächerlichen Winkel, um an das Wasser zu kommen. Ein Kronenkranich watete in der Nähe hindurch, durchbrach die Wasseroberfläche, auf der sich kleine Wellen bildeten, die sich in unsere Richtung ausbreiteten und uns mit den Tieren verbanden. Und plötzlich wurde das Gefühl, das Moses herbeigezaubert hatte, so stark und tief, dass ich darauf hätte wegtreiben können. Ich war verliebt, zum ersten Mal seit langer Zeit war ich wirklich verliebt, vielleicht sogar zum ersten Mal überhaupt. Und es war Afrika, das ich liebte, so wirklich, als wäre es ein Mann. Das graugrüne Wasser des Tana war sein Blut, und sein Puls war das stetige Schlagen der Stammestrommeln. Der rote Staub seines Fleisches roch nach Salbei von den blauen Stielen der *leleshwas* und nach der Süße des Jasmins, und darunter verborgen lag der scharfe, kupferartige Duft von Blut. Inmitten des Ostafrikanischen Grabens schlug sein Herz, und die Felsen selbst waren seine Knochen. Afrika war mein Liebhaber, mein Lehrer und mein Mentor, und ich konnte es nicht verlassen.

Als ich aufstand, wischte ich mir die Tränen von den Wangen und hielt Moses die Hand hin. »Komm, wir fahren nach Nairobi.«

Mit fragendem Blick hob er die Hände, Handflächen nach oben.

»Weil ich schon zu lange mit Geistern Händchen gehalten habe.« Ich gab ihm ein Zeichen, in den Truck zu steigen, den Ryder zurückgelassen hatte, und wir machten uns auf den Weg zur *duka.* Mr Patel saß auf seiner Veranda und nähte, ließ die Finger über mehrere Meter Sariseide gleiten.

»Ich nähe Gardinen«, rief er und winkte aufgeregt. »Für Fairlight. Um die verbrannten zu ersetzen. Nur das Beste für *memsahib* Delilah.«

Ich brachte es nicht übers Herz, ihm zu sagen, dass ich die Gardinen nicht bezahlen konnte. Ich wusste nicht einmal, ob Edgar sie haben wollte, nun, da von Fairlight kaum noch etwas übrig war. Dennoch lächelte ich. »Mr Patel, ich muss nach Nairobi. Haben Sie Ryder gesehen? Ich möchte den Truck nehmen, aber ich will nicht, dass er ohne den Wagen dasteht, wenn er ihn braucht.«

Mr Patel winkte ab. »Der *sahib* ist schon mit meinem Motorrad weggefahren. Er braucht den Truck nicht. Wenn ich ihn sehe, sage ich ihm, dass Sie damit in die Stadt gefahren sind.«

Ich fragte nicht, wohin Ryder aufgebrochen war. Ich winkte und trat das Gaspedal durch, machte mich auf den Weg nach Nairobi, so schnell ich konnte. Leider hatten wir eine Reifenpanne, und es stellte sich heraus, dass Moses für Maschinen so wenig zu gebrauchen war, wie er für die Viehhaltung begabt war. Über eine Stunde lang kämpfte ich mit dem Rad, bis es mir schließlich gelang, es zu flicken. Und als wir in der Stadt ankamen, warf das Licht des Nachmittags bereits lange Schatten.

Während der Fahrt hatte ich nachgedacht und war zu dem Schluss gekommen, dass meine Chancen am besten standen, wenn ich mich direkt an die Spitze wandte. Ich hatte darauf verzichtet, mich zu waschen oder umzuziehen, und als ich das Regierungsgebäude betrat, sah ich aus wie etwas, das schon drei Tage tot war. Meine Kleidung starrte vor Dreck und Schweiß, und Rußstreifen bedeckten mein Gesicht. Mr Fraser sprang auf, als ich sein Büro betrat, mit Moses, der mir dichtauf folgte.

»Miss Drummond! Was in aller Welt …«

»Ich muss ein Verbrechen melden. Gates hat versucht, meine Farm niederzubrennen.«

Fraser wirkte gequält. »Haben Sie diesbezüglich Beweise?«

»Nein, aber wer soll es sonst gewesen sein? Ich habe einen Zeugen, dass er mir gedroht hat, als ich ihn entließ.« Mit dem Kopf deutete ich auf Moses.

Die Augen des Vizegouverneurs wurden schmal. »Ist das derselbe Junge, der Ihrem Bericht zufolge von Mr Gates während des Vorfalls geschlagen wurde, aufgrund dessen Sie ihn entlassen haben?«

»Ja, aber ich verstehe nicht …«

Der Vizegouverneur erhob sich und bedachte mich mit einem mitleidigen Blick. »Ich verstehe Ihre Enttäuschung, Miss Drummond, aber ich fürchte, damit ist diese Sache erledigt.«

»Erledigt? Haben Sie überhaupt gehört, was ich gesagt habe? Der Mann hat versucht, die Farm abzubrennen, auf der ich wohne.«

»Ist jemand ums Leben gekommen?«

»Nein, aber das …«

»Ist jemand erheblich verletzt worden?«

»Zwei Männer haben sich etwas gebrochen, und einer hat sich die Hand verbrannt«, zählte ich auf. »Dennoch glaube ich kaum …«

Er musterte mich mit kühlem Blick. »Miss Drummond. Afrika ist anders. Für manchen zu schwierig. Und jetzt schlage ich vor, Sie buchen Ihre Überfahrt nach England oder New York oder wo auch immer Sie herkommen, und dann vergessen Sie all das hier einfach.«

»Ist das alles? Mehr hat die kenianische Kolonialregierung nicht zu bieten? Man tätschelt mir den Kopf und befiehlt mir, nach Hause zu gehen, als wäre ich ein dummes kleines Mädchen?«

»Wie gesagt, Afrika ist gefährlich, und es ist schwer, hier zu leben. Diese Kolonie verlangt ein sehr spezielles Temperament von denjenigen, die hier erfolgreich sein wollen. Man muss einfallsreich und stark sein und standhalten können, komme, was da wolle. Sehr wenige Leute schaffen es, hier glücklich zu werden.« Er lächelte, doch seine Augen blieben kalt. »Ich glaube, es ist nun offensichtlich, dass Sie, Miss Drummond, nicht zu diesen Leuten gehören. Und im Lichte der jüngsten Entwicklungen habe ich das Gefühl, ich sollte Sie warnen. Man wird Schritte unternehmen.«

»Was genau soll das heißen?«

»Es soll heißen, dass man Sie auffordern wird, die Kolonie zu verlassen. Ich fürchte, Ihre Zeit hier ist zu Ende.«

Moses schob seine Hand in meine, und ich umklammerte sie. »Das können Sie nicht machen.«

»Nun, Sie werden feststellen, dass ich das sehr wohl kann. Der Gouverneur ist unpässlich wegen eines Malariaanfalls und wird seinen Pflichten voraussichtlich für mindestens einen Monat nicht nachkommen können. In seiner Abwesenheit erledige ich alle unwichtigen Fälle. Und Sie, Miss Drummond, sind ein unwichtiger Fall.«

»Aber ich habe eine Aufenthaltserlaubnis«, sagte ich mit tonloser Stimme.

»Eine Erlaubnis, die jederzeit von dieser Behörde widerrufen werden kann. Bei Ihrer Ankunft habe ich Sie gewarnt«, sagte er, nun eine Spur freundlicher. »Aber offenbar haben Sie es sich zur Gewohnheit gemacht, anderen Schwierigkeiten zu bereiten, und Sie haben unsere Gastfreundschaft über Gebühr beansprucht. Sie dürfen nach Fairlight zurückkehren und Ihre Sachen holen. Für Sie wird die Überfahrt auf dem Dampfer gebucht, der in vierzehn Tagen von Mombasa aus in See sticht. Damit sollte Ihnen mehr als genug Zeit bleiben, um sich zu verabschieden.«

Ich gönnte ihm die Genugtuung nicht, mich niedergeschlagen zu sehen. Ich schenkte ihm das betörendste Lächeln, zu dem ich imstande war, das, mit dem ich das beste Zimmer im *Hotel de Crillôn* bekam, sogar wenn ich pleite war. »Ich habe während meiner Zeit in Afrika viel gelernt, Mr Fraser, darüber, wie man hier überlebt. Und zu den ersten Lektionen gehörte die Erkenntnis, dass man das Fell des Bären nicht teilen soll, bevor man sich sicher ist, dass er tot ist. Denn wenn Sie etwas nur verwunden, hat es vielleicht noch genug Kampfgeist in sich, um Ihnen gefährlich zu werden. Komm, Moses. Wir gehen.«

24

Ich lief geradewegs zum nächsten Telegrafenamt und kabelte nach London. Ich musste etwas tun, irgendetwas, und Edgar war meine einzige Hoffnung. So kurz wie möglich erklärte ich ihm, dass Fairlight durch ein Feuer schwer beschädigt worden war und dass ich das Grundstück kaufen wollte. Ich schickte ein Telegramm an Quentin, um ihm ein Geschäft anzubieten, und bat ihn herauszufinden, ob Fraser tatsächlich das Recht hatte, mich aus dem Land zu werfen oder nicht. Ich kaufte für Moses und mich je einen Stängel Zuckerrohr, und wir setzten uns auf die Stufen vor dem Telegrafenamt, um die Antworten abzuwarten.

»Magst du Nairobi?«, fragte ich ihn. Ich lutschte an dem Zuckerrohr, und der Geschmack rief tausend Erinnerungen an Reveille in mir wach. Jedes Jahr hatte der Colonel mich mit hinaus aufs Feld genommen, um das erste Zuckerrohr der Ernte zu schneiden und zu prüfen, wie süß es war. Jedes Mal schnitt er ein Stück für mich ab, entfernte die Schale und bot mir das helle Fruchtfleisch an. Es schien unmöglich, dass ich ausgerechnet in Afrika denselben Geschmack auf den Lippen hatte.

Moses nickte aufgeregt, dann befeuchtete er einen Finger mit Zuckerrohrsaft und schrieb auf die Stufe: »London.«

»Du willst nach London?«

Abermals nickte er. Während ich die Minuten zählte, beschäftigte er sich damit, Bilder mit dem Ende des Rohrs zu malen.

Endlich, als die Sonne hinter dem Horizont versank und der kurze Abend unvermittelt in die Nacht überging, tauchte der Telegrafist mit zwei Blättern Papier auf. Er gab sie mir, und ich dankte ihm und hielt sie unter die Petroleumlaterne, um die Worte lesen zu können.

Das erste Telegramm kam von Quentin. Er versicherte mir, dass der Vizegouverneur in der Tat die Macht hatte, meine Aufenthaltsgenehmigung zu widerrufen und mich hinauswerfen zu lassen. Er versprach mir, sich an einen seiner einflussreichen Freunde zu wenden, um die Sache in Ordnung zu bringen, doch das konnte Wochen dauern, und bis dahin hätte man mich längst in Mombasa auf einen Dampfer verfrachtet. Auch stimmte er einem Vorschlag zu, den ich ihm gemacht hatte, und ich spürte, dass meine Lebensgeister zurückkehrten, als ich mich über das nächste Telegramm hermachte, das von Edgar. Ich las es zweimal, dann noch dreimal, bis ich es schließlich in der Faust zerknüllte.

»Komm, Moses. Es gibt keinen Grund für uns zu bleiben.«

Ich wagte es nicht, den ganzen Weg nach Fairlight im Dunkeln zurückzulegen. Kurz nachdem wir Nairobi verlassen hatten, hielt ich an, und Moses und ich schliefen in dem Truck. Hyänen machten die ganze Nacht lang Radau, und lange vor Sonnenaufgang fuhren wir weiter. Um die Mittagszeit erreichten wir Fairlight. Alles sah traurig und ramponiert aus, wirkte entblößt und verlegen, und der bittere Geruch nach Rauch hing noch immer in der Luft.

»Nichts, was man mit harter Arbeit und ein bisschen Farbe nicht wieder in Ordnung bringen könnte.« Ryder tauchte aus dem Inneren des Hauses auf, als wir ankamen.

»Entschuldige, dass ich den Truck genommen habe, ohne zu fragen.«

»Ich habe ihn nicht gebraucht«, erwiderte er achselzuckend.

»Ich war in Nairobi«, sagte ich, doch er hob eine Hand und gebot mir Einhalt.

»Das Wichtigste zuerst. Ich muss Moses nach Hause bringen.«

»Moses ist schon zigmal ohne deine Hilfe aus seinem Dorf hergekommen und auch wieder zurückgegangen«, schnauzte ich ihn an. Ich war müde und sauer, und alles, was ich wollte, waren ein starker Drink und mich ordentlich ausschlafen.

»Diesmal nicht«, sagte Ryder. Er gab Moses ein Zeichen, und sie brachen auf. Resigniert hob ich die Hände und folgte ihnen. Wir machten uns auf zu dem Pfad, den wir immer nahmen, doch bevor wir das Dorf erreichten, wusste ich, dass etwas anders war. Das leise Summen von Aktivität fehlte, der Geruch nach Holzfeuer und Vieh. Kein Leben herrschte im Dorf, und alle Gatter standen offen, mitten in der Savanne.

»Was ist passiert?«

Ryder drehte sich zu mir. »Die Massai verlassen einen Ort, wenn sie das Gefühl haben, dass es an der Zeit ist. Sein Dorf ist weitergezogen, und ich weiß, wohin sie gegangen sind. Sein *babu* hat mich gebeten, Moses zu ihnen zu bringen.«

Uns voran ging er in den Busch, und ich spürte, wie mein Ärger mit jedem Schritt wuchs. Eine halbe Stunde Fußweg von dem bisherigen Dorf entfernt bauten die Massai sich gerade eine neue Siedlung. Die Frauen hatten Pfähle für neue Häuser in den Boden gerammt und beschmierten nun die Wände mit frischem Lehm, während die Männer stabile *bomas* errichteten, in denen das Vieh untergebracht wurde. In einiger Entfernung vom Dorf blieb ich stehen und bedeutete Moses mit einem Nicken weiterzugehen. Er winkte mir zu, und ich begab mich wieder auf den Pfad zurück und lief, so schnell ich konnte.

Ryder blieb, um einen Augenblick mit dem *babu* zu plaudern, doch bald holte er mich wieder ein.

»Du hast keine Waffe«, sagte er leichthin. »Hast du denn alles vergessen, was ich dir beigebracht habe?«

»Sei still«, sagte ich. »Sei einfach still. Ich will nicht reden.«

»Also gut. Dann sage ich dir eben nicht, dass du gleich in die Höhle eines Ameisenbären trittst.«

Ich wich aus und bedeckte meine Augen mit einer Hand. Ryder griff nach ihr, aber ich schüttelte ihn ab.

»Lass mich in Ruhe, bevor du dir was einfängst«, murmelte ich sehr leise, aber er hatte ein gutes Gehör.

»Bevor ich mir *was* einfange?«

»Den verdammten Fluch, der mir überallhin folgt.« Erneut stürmte ich mit großen Schritten voran, und Ryder folgte mir etwas langsamer. Er blieb hinter mir, bis wir den zerstörten Garten von Fairlight erreichten. Er fasste mich am Arm, fester diesmal, sodass ich mich nicht losmachen konnte.

»Willst du mir das jetzt mal erklären?«

»Nein«, sagte ich, doch er bewegte sich nicht von der Stelle, und ich merkte, dass er bereit war, die ganze Nacht dort zu stehen und mich festzuhalten.

»Alles ist kaputt. Alles, was ich seit meiner Ankunft hier getan habe, ist gescheitert. Jeder, den ich mag, hat Schaden genommen.«

»Das ist wirklich ein schlimmer Fluch«, sagte er feierlich.

»Wage es nicht zu lachen. Dann hau ich dir so eine runter, dass noch deine Enkel nach deinen Zähnen suchen werden.«

»Daran habe ich keinen Zweifel«, sagte er, doch um seine Mundwinkel zuckte es.

Ich hob die Hand, und er packte sie und drückte sie fest an seine Brust. Ich spürte seinen Herzschlag, langsam und regelmäßig, und schüttelte den Kopf. »Nicht. Sei bitte einmal nicht nett zu mir. Es ist einfach zu schlimm.«

»Was denn?«

»Von dir Abschied zu nehmen. Von all dem hier, von Afrika.«

»Dann tu es nicht.«

»Ich muss«, sagte ich. »Fraser erklärt meine Aufenthaltsgenehmigung für ungültig. Innerhalb von vierzehn Tagen muss ich aus Afrika verschwinden. Er bucht gerade meine Rückreise nach England.«

»Und du willst nicht gehen?«

»Natürlich will ich nicht gehen!« Ich sagte es, als handelte es sich um eine offensichtliche Wahrheit, als hätte niemand je eine selbstverständlichere Tatsache ausgesprochen als ich, die ich nun zum ersten Mal laut sagte. »Ich will nicht gehen«, wiederholte ich. »Heute habe ich versucht, Fairlight zu kaufen.«

»Tatsächlich?«

»Oh, lach du nur! Ich weiß, dass es lächerlich ist. Alles, was ich tue, ist ein gottverdammter Witz. Aber ich will diese Farm. So sehr, dass ich Edgar telegrafiert und ihn gebeten habe, sie mir zu verkaufen.«

»Und hat er das getan?«

»Nein. Er sagt, sie stünde nicht zum Verkauf. Und selbst wenn er sie verkaufen würde – der Preis, den er genannt hat, war so hoch, dass ich ihn auf keinen Fall hätte aufbringen können.«

»Ich dachte, du hättest teuren russischen Schmuck auf der hohen Kante liegen.«

Noch immer lag seine Hand flach auf meiner, und noch immer hielt er sie auf seine Herzgegend gedrückt.

»Es sind Fälschungen. Die Volkonsky-Juwelen sind nichts weiter als hübsches Glas. Das ist der Grund, warum ich sie nicht den Verwandten gegeben habe, die Anspruch auf das Vermögen meines Ehemannes erheben. Niemand sollte erfahren, dass Misha pleite war, als er starb. Es wäre ihm schrecklich peinlich gewesen, wenn die Leute gewusst hätten, dass alles weg war. Ich habe ihm am Sterbebett versprochen, es niemandem zu erzählen.«

»Du bist also pleite.«

»Annähernd. Ich habe Quentin mein Auto verkauft, aber das hat mir nur neuntausend Pfund eingebracht.«

»Neuntausend?« Er ließ meinen Arm los und rieb sich das Kinn. Er hatte sich nicht rasiert, und die Sonne schimmerte golden in dem Schatten auf seinem Kiefer. »Das reicht.«

»Wofür?«

»Fairlight. Du wolltest es doch kaufen.

Ich starrte ihn an und fragte mich, ob die Hitze mich krank gemacht hatte. »Ich verstehe nicht.«

Er sprach langsam. »Neuntausend Pfund. Das ist ein fairer Preis. Dafür überlasse ich dir das Haus und die Gärten und ein paar Morgen für eine *shamba*, aber mehr nicht. Mit dem Rest des Landes habe ich etwas anderes vor.«

Ich ballte die Faust und schlug ihm hart auf die Schulter. »Hör auf, solchen Unsinn zu reden, und sag mir sofort, was das zu bedeuten hat.«

Er hielt meine Faust fest. »Edgar konnte dir Fairlight nicht verkaufen, weil er es bereits mir verkauft hat. Ich will das Land haben, und ich behalte es auch. Aber du kannst das Haus bekommen und das Land, auf dem es steht.«

»Warum willst du das restliche Land?«, fragte ich und griff die erste von mindestens einem Dutzend wichtiger Fragen auf, die mir gleichzeitig in den Sinn gekommen waren.

»Weil ich ein Wildreservat daraus machen will. Wenn ich hier draußen noch etwas Bedeutendes tun will, muss ich verdammt noch mal jetzt damit anfangen. Schließlich werde ich nicht jünger.«

»Das glaube ich nicht«, sagte ich. »Ich muss mich setzen.« Er legte mir einen Arm um die Taille.

»Besser so?«, murmelte er in mein Haar.

Ich stieß ihn fort. »Nein, sogar schlimmer. Aber wir vergessen beide, dass ich hier keinen Grundbesitz erwerben kann. Laut Mr Fraser bin ich eine unerwünschte Einwanderin. Es war dumm von mir zu glauben, dass sie mir erlauben würden zu bleiben.«

Ryder zuckte mit den Schultern. »Das werden sie, wenn wir ihnen sagen, dass du meine Verlobte bist.« Ich taumelte, doch er sprach weiter. »Nur eine kleine Lüge, und wenn sie herausfinden, dass es nicht stimmt, sitzt Kendall schon wieder an seinem Schreibtisch. Glaub mir, Fraser nutzt seine Abwesenheit, um dich loszuwerden, aber wenn du dich nicht unterkriegen lässt, müsstest du es schaffen.«

»Du willst eine Verlobung vortäuschen?«

»Hast du eine bessere Idee?« Seine Miene war kühl und undurchdringlich.

»Ich weiß nicht …«, sagte ich, doch er hob die Hand.

»Entscheide es nicht jetzt. Ich muss nach Narok und mir ein Flugzeug ansehen, das ein Freund von mir verkaufen will. Es heißt in letzter Zeit oft, dass Flugzeuge sehr nützlich für die Durchführung von Safaris sind. Und wenn das stimmt, sind sie erst recht nützlich für Wildreservate. Wenn du die Farm kaufen willst, schick mir einfach ein Telegramm. Wenn nicht, dann bis später, Prinzessin.«

Er reichte mir die Hand, und zögerlich schlug ich ein.

»Gute Reise also«, sagte ich.

Er wollte einen Schritt auf mich zumachen, doch plötzlich trat er entschieden zurück, als hätte er gerade einen Krieg in seinem Inneren gewonnen. Zum Abschied hob er eine Hand, und nur einen Augenblick lang blieb er am Ende des Gartens stehen, seine Silhouette hob sich vor den Bäumen ab. Dann war er verschwunden, und ich war auf Fairlight allein.

Die ganze Woche lang blieb ich auf Fairlight allein, bis schließlich Tusker kam. Sie brachte Dosenpfirsiche mit, die wir zu frischem Brot am Ufer des Sees verspeisten. Ein Flusspferd badete träge am anderen Ufer und rollte sich im Schlamm langsam von einer Seite auf die andere, um sich abzukühlen.

»Ich habe gehört, dass du uns verlässt«, sagte sie.

»Hat sich ja schnell herumgesprochen«, antwortete ich und lächelte.

»Du bist ein Dummkopf. Und er auch.«

»Vielen Dank auch. Du warst diejenige, die mir geraten hat, mich auf keinen Fall mit ihm einzulassen, schon vergessen? Oder war das nur ein geschickter Schachzug umgekehrter Psychologie, um uns zusammenzubringen? Ich weiß, dass du ihm erzählt hast, ich hätte keine Ausdauer. War das auch ein Versuch, ihn zu manipulieren, damit er darum kämpft, dass ich hierbleibe? Macht nichts. Das spielt jetzt keine Rolle mehr. Nichts davon.«

Ärgerlich schüttelte sie den Kopf und schien das Thema wechseln zu wollen, doch dann beschloss sie weiterzubohren. »Du wirst dich elend fühlen in London oder Paris oder New York. Hast du darüber schon mal nachgedacht? Du wirst auf irgendeiner dummen Straße in irgendeiner dummen Stadt stehen und ein dummes Kleid tragen, und es wird dir das Herz brechen. Und dann fragst du dich, was hier in Afrika passiert, was wir gerade tun. Und dir geht es schlecht, es wird dir elend zumute sein.«

»Das schilderst du ja in rosigen Farben«, sagte ich leichthin.

»Es ist die Wahrheit.«

»Die Lage ist kompliziert«, sagte ich. »Und wenn ich gehe, wird sie nicht mehr so kompliziert sein.«

»Warum?«, fragte Tusker. »Weil Liebe wehtut? Werde endlich erwachsen, Delilah. Das *Leben* tut weh. Nur die Starken überleben. Nur Spieler, die sich nicht davor fürchten, die Würfel rollen zu lassen, leben wirklich.«

Ich seufzte. »Es ist zwecklos, Tusker. Ich kann nicht hierbleiben und von Brosamen leben. Ich dachte, er wollte mich, aber er hat mir nur eine vorgetäuschte Verlobung angeboten. Sein Wildreservat interessiert ihn, nicht ich. Ich bin für ihn nur eine Nebensache. Und um bei deinem Bild vom Spieler zu bleiben: Wenn ich bliebe, dann nur für einen Mann, der All-in spielt.«

»Ich weiß nicht mal, was das bedeutet«, sagte sie und schlug ungeduldig mit der Hand nach einem Käfer.

»Das ist ein Pokerbegriff. Es bedeutet, sich seiner Sache so sicher zu sein, dass man alles riskiert. Man setzt alles aufs Spiel, was man hat, weil man sich so sicher ist, dass man gewinnt.«

Sie stieß einen leisen Schrei aus und raufte sich die Haare. »Ach, du unmögliches Weib! Begreifst du denn nicht, dass er genau das getan hat?«

»Wovon redest du?«

»*Er hat All-in gespielt.* An jenem Tag ist er nicht nur nach Nairobi gefahren, um Fairlight zu kaufen. Sondern um alles andere, was er besitzt, zu verkaufen und Geld aufzutreiben. Das Haus an der Küste in Lamu, die *dukas,* seine Zuckerrohrfelder. Es ist alles weg.«

Plötzlich war mein Mund wie ausgetrocknet. »Red keinen Unsinn. Ryder hatte schon immer Geld. Sein Vater hat auf den Goldfeldern am Yukon ein Vermögen gemacht.«

»Und alles innerhalb eines Jahres verprasst! Alles, was Ryder besitzt, hat er sich selbst erarbeitet. Und er hat alles verkauft, um Fairlight kaufen zu können, nicht für irgendein dämliches Naturschutzprojekt, sondern für dich, du kleiner Dummkopf.«

»Warum hat er mir nichts davon gesagt?«

Sie verdrehte die Augen. »Sogar meine Pferde haben mehr Verstand als du, Mädchen. Weil er nicht wollte, dass du dich verpflichtet fühlst. Du sollst hierbleiben, weil du hierbleiben *willst*, weil du ihn und dieses Leben so sehr willst, dass du bereit bist, alles andere aufzugeben. Was glaubst du, warum er zu dieser absurden Lüge bereit ist, du seist seine Verlobte? Weil er hofft, dass du es eines Tages wirklich sein wirst.«

Mit triumphierender Miene beendete sie ihre kurze Ansprache. Ich stellte meinen Teller mit Pfirsichen ab. »Er kann mich nicht heiraten. Seine Frau ist …« Ich verstummte.

»In Kairo«, beendete sie mit süffisanter Stimme meinen Satz. »Und dorthin ist er gefahren, als du in Nairobi im Gefängnis gesessen hast. Es hat ihn ein Vermögen gekostet, aber er hat die Scheidung durchgesetzt. In dem Augenblick, als du eingegriffen hast, um Gideon zu retten, wusste er, dass er diese Schlampe von Ehefrau loswerden muss, um frei zu sein, sich um dich zu kümmern. Es war nur eine Frage der Zeit, bis der Vizegouverneur sich dem Druck beugen und dich aus dem Land werfen würde. Er wollte frei sein, um dir einen Heiratsantrag machen zu können, damit du bleiben kannst.«

»Aber er hat nicht …«

Abermals stieß sie einen Schrei aus. »Welcher Mann würde das tun? Grundgütiger, du bist die unabhängigste Frau, die ihm je begegnet ist. Er wusste, dass du sofort nach Mombasa getürmt wärst, wenn er dir ernsthaft einen Antrag gemacht hätte. Er hat sich gedacht, wenn er es schafft, dich hierzuhalten, würdest du irgendwann zu dir kommen und erkennen, dass er so viel wert ist wie zwanzig von den Männern, die du bisher kennengelernt hast.«

Ich schüttelte den Kopf. »Hör auf. Sag so etwas nicht. Du bringst mich ganz durcheinander.«

»Warum? Es sollte dir sonnenklar sein. Er ist so verzweifelt in dich verliebt, wie ein Mann überhaupt in eine Frau verliebt sein kann. Du willst Gedichte und tief empfundene Liebeserklärungen? Er hat alles verkauft, was er besaß, alles, wofür er gearbeitet hat, nur um dich vielleicht in seiner Nähe zu behalten und dich hin und wieder zu sehen. Er ist bereit, bis zum Jüngsten Gericht auf dich zu warten, den rechten Augenblick abzuwarten und sich vor Sorge zu verzehren, denn er wünscht sich nichts anderes, als dass du seine Liebe erwiderst. Also tu es auch«, sagte sie, und ihre Augen strahlten. »Tu es auch, Delilah. Schenk ihm deine Liebe. Er hat sie verdient.«

Tusker betastete ihre Augen. »Ich bin ein alter Esel, aber ich irre mich nicht.« Mühsam kam sie auf die Füße. »Übrigens, Gates ist tot. Dachte, das könnte dich interessieren.«

Der plötzliche Themenwechsel wirkte wie ein Peitschenhieb.

»Was? Wie?«

»Ist beim Wildern von einem Felsen gestürzt und hat sich das Bein gebrochen. Die Hyänen haben ihn erwischt.«

Ich schauderte, doch nur zum Teil aus Entsetzen. Es lag ein kleines bisschen Befriedigung in diesem Beben, so primitiv und so wild, dass ich mich davor hätte fürchten sollen. Auf einmal fielen mir meine Gedanken zur Raffinesse der Rache eines Massai wieder ein, zum *laibon* und das, was Grandma Miette mir über Magie beigebracht hatte, die weiße und die schwarze, die heilende und die, die schadete, zwei Seiten derselben dünnen Medaille.

»Also ist Fairlight jetzt gerettet.«

Sie verzog die Lippen zu einem dünnen Lächeln. »Afrika sorgt für sich selbst.«

Nachdem sie gegangen war, verbrachte ich den restlichen Nachmittag am Ufer des Sees. Dort saß ich und beobachtete, wie die Sonne langsam am Horizont versank und dabei lange Schatten warf. Als der Mond aufging, ging ich zu Bett. Durch das Moskitonetz hindurch sah ich schemenhaft eine Gestalt, einen Mann, der in der Nähe der Tür stand und dessen Gesichtszüge verwischten, als ich ihn aus dem Augenwinkel betrachtete. Als ich mich umdrehte, um ihn direkt anzusehen, verschwand er, und ich wusste, dass er nun endgültig gegangen war.

Am nächsten Morgen lief ich zu Patel und schickte ein Telegramm nach Narok. Am Abend würde Kits Vernissage in der Galerie in Nairobi stattfinden, und ich packte eine Tasche mit den Dingen, die ich hatte retten können, um die Nacht in der Stadt zu verbringen. Ich hatte den Koffer eben geschlossen, als Helen kam. Sie umarmte mich und beugte sich zurück, um mir ins Gesicht zu sehen.

»Mein armer Liebling. Afrika war nicht sehr nett zu dir, stimmt's?«

»Es gab auch gute Momente. Setzen wir uns auf die Veranda und trinken etwas.«

Ich goss uns ein, und Helen trug die Gläser hinaus. Als sie den Lake Wanyama erblickte, schrie sie vor Begeisterung auf. Das Licht ließ das blaugrüne Wasser glitzern, und ein Marabustorch stolzierte würdevoll durch eine seichte Stelle. »So eine schöne Aussicht! Ich glaube, sie ist sogar noch besser als die bei uns.« Helen sprach leichthin, als hätte sie überhaupt keine Sorgen, doch ich fragte mich, ob sie Schmerzen hatte. Das Sonnenlicht tat ihr keinen Gefallen. Es betonte jede Falte in ihrem Gesicht. Sie hatte einen harten Kampf gegen Alter und Hässlichkeit gekämpft, doch die Zeit und ihre Krankheit waren dabei, ihn zu gewinnen.

Ich wählte meine Worte mit Bedacht. »Das hat Rex auch gesagt. Er scheint das Anwesen sehr zu mögen.«

»Ja … stimmt«, erwiderte sie ebenso zögerlich. »Tatsächlich ist es wohl besser, wenn du es von einem von uns hörst. Er hat ein Kaufangebot für Fairlight abgegeben. Ein großzügiges«, beeilte sie sich hinzuzufügen, »du musst nicht befürchten, dass wir die Familie deines Stiefvaters auszunutzen versuchen. Ich glaube sogar, dass sie froh sein werden. Rex will die Gebäude wiederaufbauen. Es war ein so schönes Haus, und er hat schon immer davon geträumt, hier am See zu leben.«

Es kam mir verdammt grausam vor, über eine Zukunft zu sprechen, die Helen höchstwahrscheinlich nicht erleben würde, aber ich hatte keine andere Wahl.

»Es überrascht mich, dass ihr die Farm verlassen wollt. Ich weiß doch, wie stolz ihr auf das seid, was ihr dort aufgebaut habt.«

Sie lachte auf, drehte sich zu mir und sah mich unverwandt an. »Wenn es dir lieber ist, können wir weiterhin um den heißen Brei herumreden, aber ich halte es für besser, offen und ehrlich zu sein. Es ist Zeit für dich, Afrika zu verlassen, meine Liebe.«

Ihre Stimme hatte nichts Bösartiges, keine ungewöhnliche Kälte lag darin. Sie sagte es so freundlich, als hätte sie mich zu einer Gartenparty eingeladen. Aber ich wusste es besser.

»Hast du Fairlight deshalb niedergebrannt? Um mich loszuwerden? Weil du befürchtet hast, dass Rex mich allzu lieb gewinnen würde?«

Ihr Gelächter erschreckte den Storch. Mit nervösem Flügelschlagen setzte er sich in Bewegung. »Ach, mein liebes Kind, glaubst du das wirklich? Glaube mir, solange wir leben, gehören Rex und ich zusammen. Es spielt keine Rolle, was wir anstellen, wir sind Partner. Unsere Treue gilt nur einander. Du bist einfach nicht wichtig genug, als dass ich mir deinetwegen Sorgen machen würde.«

Seltsamerweise glaubte ich ihr das. »Warum dann dieser Versuch, mich loszuwerden? War es wegen Kit? Hast du mir übel genommen, dass er mich vorzog?«

Sie hob eine Hand und betrachtete eingehend ihre Fingernägel.

»Hat er das? Ich habe immer geglaubt, dass Kit einem Kater ähnelte – nur an dem interessiert, was gerade vor seiner Nase lag.«

»Vermutlich hast du recht. Warum also? Was hat dich so gegen mich aufgebracht? Warum hast du mich verleumdet und behauptet, ich hätte Kit umgebracht?«

Reglos ließ sie die Hand in der Luft schweben. »Weißt du das, oder sind das nur wilde Mutmaßungen?«

»Oh, eindeutig Mutmaßungen. Das meiste jedenfalls. Aber im Gefängnis hatte ich viel Zeit zum Nachdenken, und ich glaube, dass ich recht habe. Du hast beschlossen, dass Kit sterben musste, und du warst glücklich bei dem Gedanken, dass ich an deiner Stelle aufgehängt werden würde. Und jetzt soll ich aus Afrika verschwinden, weil ich als Einzige weiß, dass du Kit ermordet hast. Ich würde nur gern wissen, warum.«

Abermals erklang ihr Gelächter. »So viele Vermutungen, und so wenige davon treffen zu! Wo soll ich anfangen, Häschen? Mit Kit haben wir beide unseren Spaß gehabt. Oh, es hat mich zunächst gequält, als er anfing, sich mit dir zu treffen, das gebe ich zu. Er hatte weniger Zeit für mich, und das gefiel mir nicht. Aber es hat nicht lange gedauert, bis ich gemerkt habe, dass Kit mich nicht verlassen würde. Dazu liebte er die Abwechslung zu sehr, und das ist meine Spezialität«, sagte sie und streckte die Beine vor sich aus. »Er war ein hübscher Junge, nicht wahr? Aber käuflich und engherzig, und ständig griff er nach Dingen, die ihm nicht gehörten.«

»Hast du ihm darum Geschenke gemacht?«

Sie hob einen Fuß und balancierte die Ferse vorsichtig auf den Zehen ihres anderen Fußes. »Ich habe ihm nichts geschenkt. Das war Rex.«

»Warum in aller Welt ...«

Sie gab mir einen leichten Klaps auf den Oberarm. »Kannst du dir das nicht denken? Erpressung! Kit hatte entdeckt, dass Rex Waffen in einer kleinen Fischerhütte lagerte, die er an einem der Seen unterhält. Er hat gedroht, den Behörden zu sagen, was er gesehen hatte, wenn Rex nicht mit Geld rüberkommen würde. Rex gab ihm zunächst alles Bargeld, das er auftreiben konnte, aber Kit war da nicht so wählerisch. Er war ebenso glücklich mit der Armbanduhr und dem Grammofon.«

»Aber fast alle Siedler horten Waffen. Warum sollte es die Regierung stören, wenn Rex das auch tut?«

Sie lächelte kaum merklich. »Weil die meisten Siedler nicht in Erwägung ziehen, den Duke und die Duchess of York zu kidnappen, um ihrer Meinung Nachdruck zu verleihen.«

»Du machst Witze.«

»Kein bisschen. Rex hat darüber nachgedacht, den Gouverneur zu entführen, aber als er vom geplanten Besuch des Herzogspaares hörte, war ihm klar, dass das viel besser wäre! So viel öffentliche Aufmerksamkeit für die Sache der Autonomie.«

»Das ist ja verrückt.«

Sie zuckte mit den Schultern. »Ja, natürlich ist es das. Aber du weißt doch, wie das ist mit den Männern und der Politik. Hör zu, ich bin seit fast zwei Jahrzehnten mit Rex verheiratet. Ich weiß genau, wie ich mit ihm fertigwerde. Ich musste ihm nur zustimmen und ihm erzählen, was für eine glänzende Idee er da gehabt hätte, und mir irgendwann in dem Jahr zwischen jetzt und dem Besuch der Yorks etwas einfallen lassen, damit er seine Meinung ändert.«

»Aber dann kam Kit dazwischen.«

Ihr Mund nahm einen harten Zug an. »Dann kam Kit. Er fing an, Forderungen an Rex zu stellen, und Rex geriet in Panik. Ob du es glaubst oder nicht, Rex ist nicht halb so stark, wie er tut. Er verlässt sich auf mich – mehr, als irgendjemand weiß. Wir unterstützen uns gegenseitig, und er braucht mich.«

Ich wusste nicht, ob sie damit mich oder sich selbst überzeugen wollte, aber auf eine eigentümliche Weise ergaben ihre Worte einen Sinn. Die meisten Männer hätten Helens himmelschreiende Hurerei nicht hingenommen. Rex hingegen schien deswegen sogar eine Art Stolz zu empfinden.

»Kit hat also gedroht, ihn zu verraten, und er hat Geld verlangt«, sagte ich.

»Ehrlich gesagt ist nicht mehr viel da, nachdem wir das Haus gebaut und eingerichtet und Rex' gesamten Bestand an Zuchtpferden importiert haben. Er hätte erst aufgehört, wenn er uns völlig ausgeblutet hätte. Wir mussten etwas unternehmen.«

Es war ein unheimlicher Satz, freundlich und leicht dahingesagt, aber tödlich.

»Ihr habt gemeinsam beschlossen, euch um dieses Problem zu kümmern?«

»Nein, es war meine Idee. Die besten Ideen sind immer von mir«, fügte sie mit dem Anflug eines Lächelns hinzu. »Rex musste nur abdrücken und den Rest mir überlassen. Ich wusste, dass Kit tief schlafen würde nach einem Nachmittag, den er im Bett verbracht hatte. Wir mussten nur warten, bis ihr beiden zusammen gewesen wart, und dann die Gelegenheit beim Schopf ergreifen.«

Ich dachte an den Abend zurück, den ich mit ihr zusammen verbracht hatte – die Momente, in denen sie allein in meiner Wohnung gewesen war, sich die Nase angeblich gepudert und etwas aus meinem Schmuckkästchen gestohlen hatte.

»Wusste Rex, dass du mich reinlegen wolltest?«

Sie verdrehte die Augen. »Wie ich schon sagte – zu viele Mutmaßungen, von denen kaum eine zutrifft. Niemand hat die Absicht gehabt, dich reinzulegen. Ich habe das Armband genommen, weil es von den Massai stammte. Ich dachte, die Behörden würden ihre Ermittlungen auf Eingeborene anstatt auf Weiße richten. Ich war entsetzt, als sie herausfanden, dass das Armband dir gehörte.«

Ich wusste nicht, ob ich ihr glaubte oder nicht, doch sie hatte jetzt keinen Grund mehr, mich anzulügen. Tastsächlich schien sie sich sogar zu amüsieren. Das sagte ich ihr.

Sie nickte. »Es ist wie eine Läuterung. Oder eher wie eine Beichte, aber ohne dass einem ein langweiliger Geistlicher eine Buße auferlegt.« Sie schwieg eine Weile, dann blickte sie mir unverwandt in die Augen. »Weißt du, wir hatten einen Plan, um dich zu retten. Rex hat die Situation in Nairobi genau im Auge behalten. Wenn sie dich angeklagt hätten, hätte ich gestanden, dass ich es war, die Kit ermordet hat.«

»Warum du, wenn Rex abgedrückt hat?«

Ihr Lächeln wirkte jetzt verzückt. »Weil ich diejenige bin, die nicht mehr lange zu leben hat. Von meinem Leben ist nicht mehr viel übrig, aber dafür hätte es gerade noch gereicht.« Sie hob ihr Glas zum Toast und leerte es in einem Zug. Plötzlich wurde sie lebhafter. »Noch Fragen?«

»Mir fallen bestimmt noch welche ein, wenn du weg bist, aber ich glaube kaum, dass ich Gelegenheit haben werde, sie dir zu stellen.«

Sie erhob sich, und ich tat es ihr nach. »Dann bist du also jetzt ein artiges Mädchen und begibst dich in die Zivilisation zurück?« Ihre Stimme klang angespannt, aber beinahe freundlich.

Ich antwortete ihr nicht direkt darauf. »Sag Rex, er bekommt Fairlight nicht. Heute Morgen habe ich selbst ein Angebot abgegeben, aber es war zu spät. Es ist schon verkauft.«

Sie riss die Augen auf. »Aber wer …«

»Es gehört Ryder.«

Gegen ihren Willen lachte sie und hob die Hände zum Himmel. »Ich hätte es wissen müssen. Dieser Mann kriegt einfach immer, was er will.«

Ich begleitete sie bis zu den Stufen der Veranda. »Ich weiß noch nicht, wohin ich jetzt gehe, Helen. Aber eines weiß ich – du hast jemandem das Leben genommen, der vielleicht nicht vollkommen war, aber den Tod hatte er nicht verdient. Und du hast das Leben eines unschuldigen Mannes ruiniert, der mein Freund war. Ich weiß, dass ich mich nicht an die Behörden wenden kann. Sie würden mich auslachen. Also seid ihr sicher vor dem Zugriff des Gesetzes. Aber vor mir seid ihr nicht sicher. Solange du atmest, werde ich daran denken, was du diesen beiden Männern angetan hast, und ich werde beten, dass du dafür in der Hölle schmorst. Und wenn du stirbst, werde ich deiner gedenken, egal, wo auf der Welt ich gerade bin. Und ich werde weiterleben, Helen. Rex und Gideon und Afrika und alles, was du liebst oder hasst, wird weiterleben ohne dich. Und uns allen wird es ohne dich besser gehen. Das weiß ich mit absoluter Sicherheit.«

Ich machte auf dem Absatz kehrt, ging ins Haus zurück und schloss leise die Tür hinter mir.

25

An demselben Abend noch war ich in Nairobi. In der Galerie fand die Vernissage von Kits Werken statt, und der Inhaber hatte um meine Anwesenheit gebeten. Mir graute davor. Die Presse würde dort sein, makabre Fragen stellen und ihre Nase in jedermanns Angelegenheiten stecken. Aber es war Kits letzter Auftritt, und ich hatte das Gefühl, ihm zumindest das schuldig zu sein.

Ich war geradewegs zum *Norfolk* gefahren und hatte dort eingecheckt. Sie gaben mir das winzigste Zimmer, das man sich vorstellen konnte, zweifellos, damit ich niemals wiederkommen würde, aber es war mir egal. Ich tat es für Kit. Ich badete und bestäubte mich mit Reispuder, um meine Haut weiß wirken zu lassen. Ich kämmte mir eine winzige Menge Jasminöl ins Haar, damit es glänzte, und malte mir einen dunkelroten Mund, der zu meinen Nägeln passte. Das weiße Seidenkleid, das ich auf meiner ersten Party in Afrika getragen hatte, war verbrannt, aber ich fand ein neues in einem kleinen Laden in der Nähe des Hotels, und ich kaufte es, für Kit. Er hatte mich immer gern in Weiß gesehen. Anstelle von Ohrringen befestigte ich einen winzigen Zweig Stephanotis an jedem Ohr und band das schwarze Seidenband um mein Handgelenk.

Als ich fertig war, nahm ich ein Taxi zur Galerie und stellte fest, dass bereits großes Gedränge herrschte. Ein Blitzlichtgewitter ging auf mich nieder, als ich aus dem Taxi stieg, und ich war nahezu geblendet, doch Mr Hillenbrank kam herbeigestürzt, um mich in die Galerie zu geleiten.

»Miss Drummond! Welche Freude, dass Sie heute Abend zur Enthüllungsfeier gekommen sind. Ich hatte gehofft, dass Sie uns die Ehre geben würden.«

Ich murmelte etwas Passendes zur Antwort und ließ zu, dass er mich in seine Obhut nahm. Er schleppte mich durch den Raum und stellte mich mehreren Leuten vor. Nur mit halbem Ohr hörte ich auf die Namen, und die Gesichter verschwammen mir vor den Augen. Ich hatte noch keine Antwort auf das Telegramm bekommen, das ich Ryder geschickt hatte, und ich dachte über den Inhalt nach. Nur drei kurze Wörter, ein Sprachfetzen, doch ich hatte geglaubt, dass er groß genug war, um ihn an mich zu binden.

HEIRATE MICH. STOP.

Hundert verschiedene Dinge konnten passiert sein. Das Telegramm war vielleicht nicht angekommen. Oder sie hatten sich verpasst, und die Nachricht war erst in Narok angekommen, als Ryder schon aufgebrochen war. Oder Tusker hat übertrieben, dachte ich und begann zu zittern. Vielleicht hatte sie Dinge behauptet, die er nicht empfand. Ich schob den Gedanken beiseite, schlenderte in der Galerie umher und betrachtete Kits Gemälde. Auf einem war Gideon zu sehen, groß und stolz, und das Herz schlug mir bis zum Hals, als ich meinen Freund ansah. Ich schluckte hart, doch wie ein Kloß schien mein Herz dort festzusitzen.

In diesem Augenblick fiel ein Schatten über meine Schulter. »Genießen Sie die Ausstellung, Miss Drummond?«

Ich drehte mich um. »Inspektor Gilchrist. Welche Überraschung.«

»Warum? Dürfen Polizisten keine Hobbys haben?« Er betrachtete das Bild. »Hat er ihn gut getroffen?«

»Besser geht es nicht.« Ich atmete tief ein. »Inspektor, ich weiß …«

»Nein, wissen Sie nicht«, sagte er entschlossen. »Was auch immer Sie zu wissen glauben, vergessen Sie es. Er hat Freunde in sehr hohen Positionen, Miss Drummond. Sehr hoch. Diesmal haben Sie Glück gehabt. Aber wenn Sie ihm noch einmal in die Quere kommen … Tun Sie es lieber nicht, das ist mein Rat für Sie.«

Ich öffnete den Mund, um ihm von Helen zu erzählen, dann schloss ich ihn wieder. Was hatte das für einen Sinn? Sie hatte sich einer finsteren, schrecklichen Sache schuldig gemacht – und dafür würde sie sehr bald bezahlen. Und was Rex betraf, so behielt Gilchrist ihn zumindest wachsam im Auge. Vermutlich würde er ohne Helens sorgfältige Planung eines Tages einen Fehler begehen, der so groß war, dass keine seiner Verbindungen ihn retten konnte. Afrika sorgte für sich selbst.

Ich lächelte Gilchrist an. »Also gut. Aber auch ich habe Freunde, Inspektor. Und ich hoffe, Sie sind einer davon.«

Er gab mir die Hand, und ich schüttelte sie. »Ich glaube, wenn ich auf ein Pferd setzen sollte, würde ich Sie wählen, Miss Drummond. Es mag lange dauern, aber am Ende kommen Sie immer durch.«

Und damit verneigte er sich, küsste mir die Hand und verschwand in der Menschenmenge.

Es machte mich glücklich, dass an vielen Gemälden winzige Karten steckten, die besagten, dass das Werk verkauft worden war und an wen.

Nachdem Mr Hillenbrank einige weitere Toasts ausgebracht und mir ein Dutzend neuer Leute vorgestellt hatte, begab er sich in die Mitte der Galerie und nahm mich mit. Er hielt eine langatmige Rede über Kit, sein enormes Talent und seine Lebenslust. An dieser Stelle fingen mehrere Damen in der Menge an zu kichern, und etliche tupften sich diskret mit ihren Taschentüchern eine oder zwei Tränen aus dem Gesicht.

Mr Hillenbrank fuhr fort, als hätte er nichts gehört. »Aber Kit Parrymore war mehr als nur ein begabter Künstler. Er war ein Künstler mit riesigem Potenzial – einem Potenzial, das er erst mit seinem allerletzten Bild fast vollkommen zum Ausdruck gebracht hat. Hier in diesem Raum sind Beispiele seines Jugendwerks, seines Überschwangs ausgestellt. Aber mit diesem einen Bild hat er wohl seine künstlerische Reife erlangt. In Anwesenheit der Dame, die er porträtiert hat, präsentiere ich Ihnen nun: *Delilah Drummond.*«

Auf sein Zeichen hin ergriff ich die Schnur. Zuerst gab sie nicht nach, und ich musste heftig daran zerren, um das verhüllende Tuch herunterzuziehen. Aber dann plötzlich fiel es herab, ein Teich aus blutrotem Samt ergoss sich über den Boden zu meinen Füßen. Die Menge keuchte hörbar auf. Ich drehte mich und betrachtete das Bild. Kit hatte mich eingefangen, alles von mir. Ich war Kind und Frau, ganz präsent und schon gegangen, gehörte ganz ihm und gleichzeitig niemandem. Mein gemaltes Selbst beinhaltete alle Widersprüche, und zwar in so vollkommener Harmonie, als wäre auf der Leinwand Note für Note eine Sinfonie zur Aufführung gekommen.

Mein Blick wanderte zu der Karte, die neben dem Bild an die Wand geheftet worden war. *Delilah Drummond.* Und darunter stand in fein säuberlich getippten Buchstaben auf einer blütenweißen Karte: EIGENTUM VON J. RYDER WHITE.

Schräg hinter mir stand Mr Hillenbrank. »Es freut mich besonders, dass ich dieses Stück schon vor der Vernissage verkauft habe«, sagte er mit stillvergnügter Miene.

»Ist er da?«

»Nein, aber erst vor einer Stunde haben wir ein Telegramm aus Narok erhalten. Der Gentleman legte besonderen Wert auf den Wortlaut der Karte. Er muss ein ziemlich leidenschaftlicher Sammler sein.«

Ich reckte mich auf die Zehenspitzen und küsste ihn auf die Wange. Ein scharlachroter Abdruck meiner Lippen blieb darauf zurück. Er hustete und wirkte ungemein erfreut.

»Er ist überhaupt kein Sammler, Mr Hillenbrank. Aber er hat ein unglaubliches Durchhaltevermögen.«

Und damit trat ich zur Seite und machte den vielen Menschen Platz, die nun vortraten, um einen genaueren Blick auf das Bild zu erhaschen. Schnurstracks ging ich aus der Galerie und auf die Straße hinaus. Um mich herum atmete Nairobi, blähte sich auf und rauschte vorbei wie die reißenden Wasser eines Flusses, der Hochwasser führte. Frauen trugen Körbe auf dem Kopf, und eine Gruppe Kinder rannte lachend davon, als ein Pavian wegen ihres Obstes hinter ihnen herjagte. Männer rösteten süßen Mais, um ihn zu verkaufen, und riefen mit hoher, durchdringender Stimme ihre Waren aus. Ein Dutzend verschiedener Sprachen verschmolzen auf dieser Straße, und die Luft roch nach Gewürzen und Rauch und dem warmen Leib der afrikanischen Erde. Ein lautes, dröhnendes Geräusch erklang hoch über mir. Ich beschirmte die Augen mit den Händen und blickte zum Himmel. Zu dem kleinen Flugzeug, dessen Umriss sich dunkel gegen die Sonne abhob. Ich löste das schwarze Band von meinem Arm und winkte damit hoch über meinem Kopf, gab ein Zeichen. Ryder kam nach Hause.

Danksagung

Mehr als jedes andere Buch, das ich geschrieben habe, verdankt das vorliegende alles der Freundlichkeit von Freunden und Fremden. Außerordentlich dankbar bin ich:

Der smarten und großzügigen Dianne Moggy und ihrem Mann David, die mir so aufsehenerregende Fotos von Safaris gezeigt haben, dass ich beinahe geglaubt hätte, in Kenia zu sein.

Becky vom Vergnügungspark Busch Gardens in Tampa, dafür, dass sie mir meine endlosen Fragen beantwortet und mir gezeigt hat, wie es hinter den Kulissen des Parks aussieht – und dafür, dass sie mich mit Kasi bekanntgemacht hat, dem schönen jungen Geparden, der uns stets höflich zuhörte, wenn wir uns unterhielten.

Jill Martin und Jackie Ogdan, die mir den Kontakt zu Gary Noble und Steve Metzler ermöglichten, den Experten für wilde Tiere bei Disney, die mich im Disney Animal Kingdom und in der Animal Kingdom Lodge großzügig an ihrer Zeit und ihrem Wissen teilhaben ließen. Von Herzen danke ich ihnen für den Nervenkitzel, nur drei Meter vor einem brüllenden Löwen zu stehen – eine Erfahrung, die ich nie vergessen werde. Besonders danke ich unseren Safariguides im Animal Kingdom – vor allem Mark –, die uns eine Zeit lang vergessen ließen, dass wir eigentlich gar nicht in Afrika waren. (Es war ein echtes Vergnügen, nach Hause zu kommen und nachträglich herauszufinden, dass Mark zufällig ein Fan von Lady Julia und Brisbane ist, den Protagonisten meiner Grey-Romane.)

Vee Romero für ihre Leidenschaft für Afrika und seine wilden Tiere.

Dr. Ross Fuller, meinem Zahnarzt, dessen Praxis ich unzählige Male besucht habe. Weitaus erträglicher wurde dies dadurch, dass er sein reiches Wissen über historische doppelläufige Gewehre aus Großbritannien mit mir teilte, vor allem über die .416 Rigby.

Jana Angelucci und Gail Sauer für ihre für Menschen aus Georgia so typische Gastfreundschaft und die Bereitschaft, den Chauffeur für mich zu spielen. Außerdem Kim Caudell und Blake Richardson Leyers. Sie haben mir Forschungsergebnisse zur Verfügung gestellt, die ich für dieses Buch nicht verwendet habe, die sich jedoch in Zukunft gewiss noch als äußerst nützlich erweisen werden. Vielen Dank an Gayatri Khosla und Rati Badahur Madan für ihre Beiträge zu der Figur von Rajesh Patel und für ihre wundervolle Begeisterungsfähigkeit.

Alecia Hawkes, die handschriftlich die Texte von BBC-Dokumentarsendungen über die Geschichte der Safaris transkribiert hat, auf die ich aus den USA keinen Zugriff hatte. Das Wort *großzügig* beschreibt nur unzureichend, was sie für mich getan hat.

Dem gesamten MIRA-Team des Harlequinverlags – Grafik, Vertrieb, PR, Marketing, Redaktion und Finanzen –, so viele Hände, die bereitwillig und mit großem Fingerspitzengefühl dafür sorgen, dass meine Bücher so gut wie möglich werden. Ein großes Dankeschön geht an Michael Rehder, der mir das atemberaubende Titelbild meiner Träume geschenkt hat. Besonders dankbar bin ich dem schönen Model, das so liebenswürdig war, sich das Haar schneiden zu lassen, damit sie Delilah Drummond optimal verkörpern konnte.

Der hochtalentierten Miranda Indrigo für die elegante, federleichte Redaktion, die dieses Buch auf ein Niveau gehoben hat, das ich allein niemals erreicht hätte, und Dank auch an Laura McCallen und Michelle Venditti, die mit Adleraugen jedes Detail überprüft haben.

Meinen Schriftstellerfreundinnen für ihre Ermutigung, ihr Lachen und die Ausblicke in die Zukunft. Ganz besonders Joshilyn Jackson, die mich angespornt hat, furchtlos zu schreiben, und Lauren Willig für ihre Großzügigkeit und ihre Begeisterung, als wir feststellten, dass wir beide an Büchern schrieben, die in den Zwanzigerjahren in Afrika spielen und in denen Figuren namens Dodo vorkommen!

Chobani für die Anregungen, Nicole Hunt Sardinas dafür, dass sie TOTOs »Africa«-Video gepostet hat, und Jomie Wilding, die mich auf der Zielgeraden mit Cupcakes versorgt hat.

Leichtsinn ist manchmal eine wesentliche Zutat für Kreativität.

Dankbar bin ich den Bibliothekaren, Buchhändlern, Bloggern und Lesern, die Veranstaltungen besuchen, Bücher kaufen oder verkaufen, E-Mails versenden, twittern und ihre Anerkennung freundschaftlich mit anderen teilen.

Meiner unglaublich unterstützenden Agentin, Pam Hopkins, für unzählige Gefallen, die sie mir getan hat.

Meiner Familie, wie immer. Ohne meine Eltern, meine Tochter und vor allem ohne meinen Liebsten würde ich zwar schreiben, aber ich würde es schlechter tun.

Und den Menschen in New Orleans, die mir genau gezeigt haben, woher Delilah kommt und wer sie ist.

Mirja Hein

Australia – Goldzeit

Roman

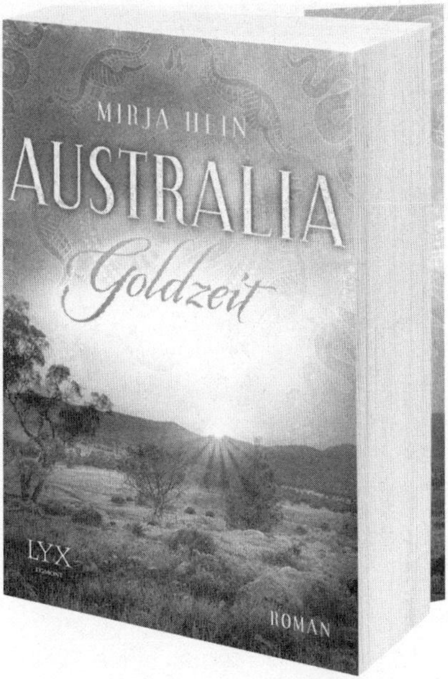

Zwei Familien – in Liebe und Hass verbunden

Australien, 1853: Die junge Vicky Stewart kann ihrer neuen Heimat Melbourne nichts abgewinnen. Doch als sie den attraktiven Goldgräber Jonathan Boyle kennenlernt, erstrahlt der Rote Kontinent plötzlich in leuchtenden Farben. Vicky will ihr Leben mit ihm verbringen und verspricht, ihm treu zu bleiben. Aber während Jonathan auf den Goldfeldern von Ballarat bis zum Umfallen schuftet, drohen die Intrigen von Vickys Familie gegen den mittellosen Glückssucher die beiden für immer zu entzweien …

Band 1 der Serie
544 Seiten, kartoniert mit Klappe
€ 9,99 [D]
ISBN 978-3-8025-9568-4